Staread
星文文化

养狼

青端·著

长江出版社

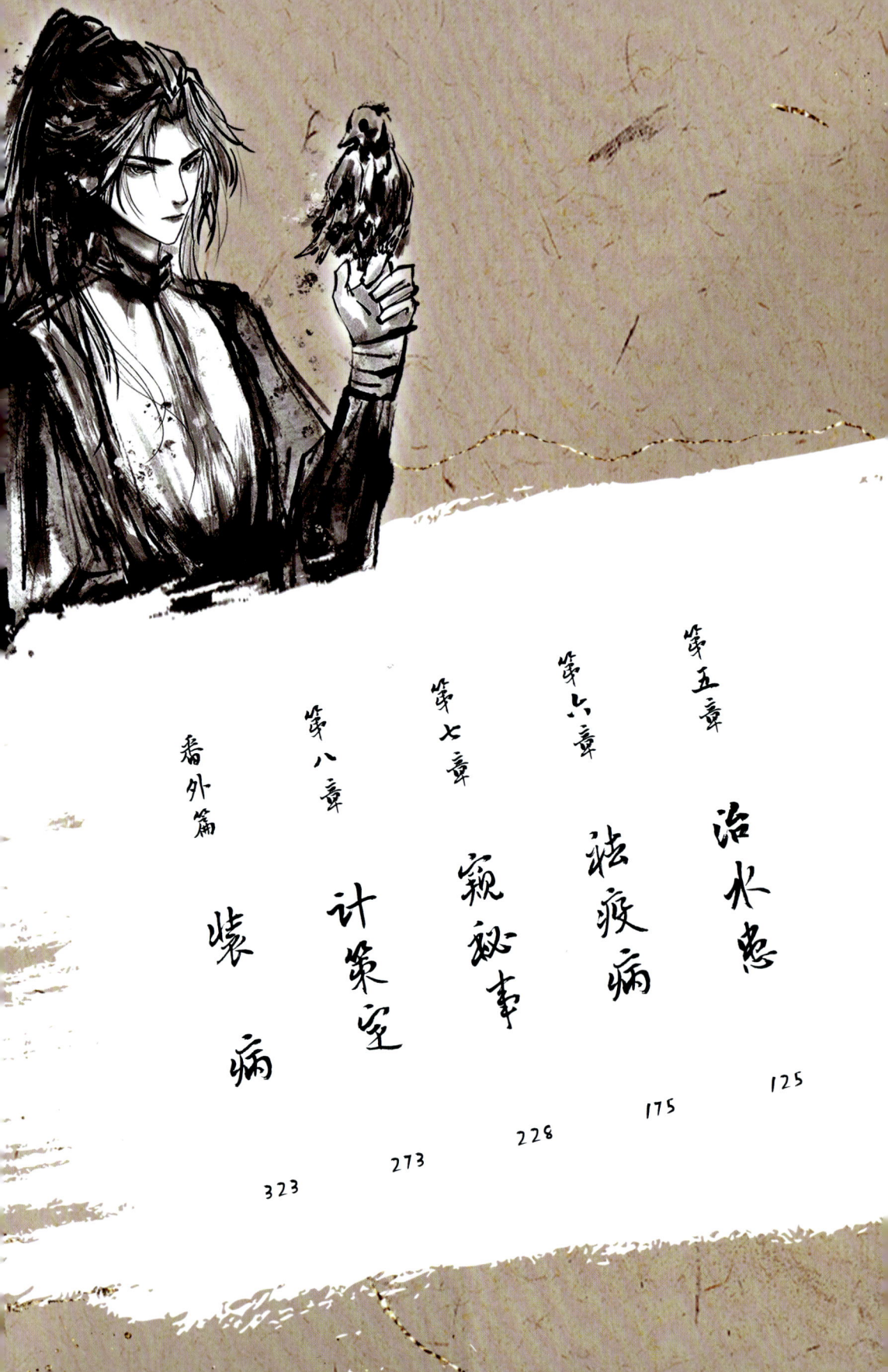

第五章 治水患 125

第六章 祛疫病 175

第七章 窥秘事 228

第八章 计策室 273

番外篇 崽病 323

目录

第一章 陆太傅 001

第二章 宁果果 029

第三章 长大了 058

第四章 下江南 082

陆太傅 第一章

"公子，求你了，快醒醒吧！"

耳边传来一声声焦急的呼唤，陆清则醒了。

他的意识飘飘忽忽的，想睁眼却睁不开，呼唤声越来越大，直到脑中"嗡"地一下，灵魂好像猛地一沉，获得了身体的掌控权。

陆清则勉力睁开眼，眼前却是张全然陌生的脸，肤色微黑，看着机灵讨喜，年岁不大，眼睛红得像兔子。

见到陆清则终于睁开眼，少年眼中露出喜色："您醒了！太好了，太好了，我还以为……"

他喉头一哽，眼眶顿时更红了。

陆清则愣了愣，不动声色地扫了眼屋内的环境。

这是间布置得古色古香、颇为清雅的屋子，身下是张拔步床，虽然被褥十分软和，但显然不是他小姨从泰国背回来的进口乳胶床垫。

他想坐起来再看仔细点，身体却不怎么使得上力，反而因为意识的回笼，浑身上下都泛起了令人骨头发酸的密密匝匝的疼，冷汗顷刻间就下来了。

少年吸着红通通的鼻子，噙着泪："您从狱中出来后就一直昏迷不醒，这些日子我天天守在您身边唤您，大夫说您今日若是再不醒，就再也……呸！不能说这种晦气话。"

陆清则咬着牙才吞下痛吟，有气无力地瞥了他一眼。

虽然他还没弄清楚发生了什么，但这位小朋友的公子恐怕是真没了。

——否则他也不会出现在这里。

少年兀自惊喜，又猛地一拍脑袋："我……我太高兴了，都忘了问，公子您感觉怎么样？我这就去叫孙大夫来给您看看！"

陆清则看他拔腿就跑，来不及叫一声，门就被打开了。

一股凉到骨子里的冷风从门缝透进来，他不慎吃了口风，喉间一痒，顿时咳得惊天动地，喉间泛起股尖锐的疼，隐有腥甜气息，人几乎咳出了血沫。

　　少年一个哆嗦，迈出去的脚又缩了回来，"砰"地关好门，慌忙跑过来扶他坐起来顺气，看他终于不咳了，又去倒了杯水过来："公子慢点喝，别呛着。"

　　陆清则咳得头昏眼花，脑子里嗡嗡的，要死不活地就着少年喂水的动作喝了两口，温凉的水滑过喉头，方才舒服了点。

　　少年看他脸色苍白如纸，密密垂下的眼睫都被冷汗濡湿，好端端的人成了个病骨支离的纸人儿，恨得咬牙切齿："那群天杀的阉人，竟在狱中那般折磨公子，卫首辅只叫他们掉了脑袋太便宜了，就该千刀万剐……"

　　阉人，卫首辅？

　　陆清则眼皮一跳，突然反应过来，眼底涌过一丝震愕，张了张嘴，沙哑地吐出了醒来后的第一句话："现在是哪年了？"

　　少年立刻咽下愤愤不平的话，小心回答："您是去岁被关进去的，现在是定安二十五年，二月底。"

　　陆清则眼前一黑，确定了。

　　他进入了昨天从学生那儿看到的小说里，成了其中一个同名同姓的角色。

　　这本书讲的是出身于世家望族的主角推翻暴君的故事。

　　暴君年幼失怙，侥幸逃离了阉党之乱后，又遭奸臣所挟，身边一个真心人也没有，他忍辱负重长大，解决了大奸臣。

　　因为小时候的经历，暴君对身边人毫无信任，残暴扭曲，鹰犬遍布朝野，大臣若敢有违便当庭斩杀，满门抄斩；对外又穷兵黩武、嗜杀成性，弄得民不聊生，怨声载道。

　　主角起兵造反，却完全不是暴君的对手，眼看着主角就要落败之时，暴君却因小时候落下的病根，先一步病死。

　　主角和反派搞成这样，看得出作者写着写着就掌握不住暴君这个角色了。

　　而陆清则，是暴君他爹崇安帝驾崩前一年的新科状元。

　　崇安帝沉迷修仙之术，纵容宦官乱政，陆清则因为悍不畏死进谏，被宦官抓去诏狱折磨，死在狱中。不过也因他的事，成了清君侧、诛奸宦的导火索。

　　连"炮灰"都不是，就是根"引线"。

　　陆清则随意翻完那本书后，心脏忽然一阵收缩，他想找药，手脚却已经不听使唤，直接晕了过去。

　　陆清则无声地叹了口气——看来他是死了。

　　上一世他患有心脏病，因为生病，成了家里人眼里的废物，亲缘淡薄，读完研就当了老师，许久也不和家里联系。

　　也不知道那边的遗体谁来收，会把学生们吓坏吧。

陆清则按下纷乱的心绪，抬眸看向面前的少年。

书里的陆清则父母双亡，独自上京赶考，眼前这少年是他入狱前在街上捡的小乞丐，叫陈小刀。

看陆清则脸色恢复，陈小刀拔腿又想去叫大夫。

陆清则攒起力气，费劲地拉住他："我没事，不用叫大夫，将我入狱之后到现在发生的所有事，一件不漏地说给我听。"

陆清则这个人物原本死了，现在却因为他活了过来，恐怕书里的情节也会随之改动。

陈小刀原本是街头乞丐，对消息最是灵通，听话地点点头，一五一十道："您入狱之后，大皇子就病故了，陛下伤心极了，又叫了好多道士去炼九转回魂丹。"

陆清则心想：离谱。

"那群阉党趁机作乱，将陛下禁在宫中，卫首辅与京卫一位樊指挥使制住阉党，救出了您和其他下狱的官员，陛下也被救了出来。陛下盛怒之下，让卫首辅监斩所有阉党，昨日就在菜市口行刑了……

"阉党作乱时，混乱中二皇子也死了。陛下子嗣福薄，就三位皇子，自此一病不起。前些日子才想起冷宫里还有位三皇子，于是下诏书立了他为太子。"

说到这里，陈小刀眉开眼笑道："陛下感念公子一片赤诚，封您为太子太傅，想现在东宫人少，又让您兼詹事府少詹事，只是您先前一直昏迷着，宫里来宣旨时是我替公子接的旨。

"对了，还有卫首辅，也派人来问了好几次公子的情况，很是关心您呢！"

卫首辅，就是暴君前期最大的威胁，权倾朝野的大宰相。

陆清则眼皮狂跳。

卫首辅派人来，自然是看他没死，想拉拢他。如果他拒绝了卫首辅的拉拢，势必会得罪他。

但另一位更得罪不得。

三皇子宁倦，生母早亡，又不受宠，在冷宫里长大，其他皇子死了，没储君人选了，老皇帝才想起他，看上去十分可怜。

但他以后就是书里那个杀人不眨眼的暴君啊！

卫首辅惹不起，暴君更惹不起。

得罪了哪边，下场都很可能是死无全尸。

就目前这个形势，他也不可能走得了。

陈小刀不知道这些，在他眼里，陆清则现在是既得皇上重用，又得卫首辅青眼，前途无量，便喜滋滋地说道："等太子殿下登基，您就是帝师啦，皇帝的老师！"

陆清则头疼不已，身子一晃，倒在了枕头上。

陈小刀大惊失色："怎么了，公子，这可是大喜事！还是您又有哪里不舒服吗？"

陆清则脸上丝毫没有喜色，略感痛苦地合上眼："我想辞职。"

正在此时，远处忽然传来了沉重的撞钟声。

苍茫暮色中，大钟浑厚的声音传遍京城，响彻每一个角落。

陈小刀吓了一跳，惶然地望向外面："这是……"

丧钟。

崇安帝终于过完了他离谱的一生，升天了。

陆清则精神耗尽，再次昏睡过去前，后知后觉地意识到，他那位素未谋面的太子学生三天升两级，现在晋级为皇帝了。

新帝登基，改年号为盛元。

崇安帝刚驾崩，后事有的忙，宦官之乱没完全解决，登基大典颇为简陋，而卫首辅已是万人之上的权臣了。

小皇帝形似傀儡，他本人都没几个人在乎，更别说在意陆清则了。

偌大的陆府除了陈小刀，只有几个扫洒仆役，也没人知道陆清则醒来，因此登基大典陆清则也没去参加。

他断断续续地又昏迷了几日，才养了点精神，好歹能下床走两步。

上天眷顾，重活一次，陆清则实在不想蹚浑水，清醒后把玩着特赐的进宫牙牌，凝神思索。

卫首辅在原书里贪污受贿、构陷忠良、草菅人命，是个不折不扣的奸臣，他当然不想与这种人为伍。

放到现代小皇帝还是个小学生，他努力努力，纠正小皇帝乖戾的性子，抑制黑化的苗头，应该也不难。

想到这里，陆清则又回想了一遍全书。

他一目十行地翻完，不少细节都漏掉了，好在记忆力不错，一下就想起了一个关键点。

暴君宁倦登基后不久，在御花园中不慎跌入池子，差点淹死，附近一个小太监不顾危险，将他救了出来，自此小太监也成了他当时唯一肯信任的人——虽然后来也被他宰了。

春寒料峭，小孩体弱，救是救回来了，却落下了终生的病根，身子骨一直不行，也是因此，后面主角与暴君对峙之时，暴君才会先撑不住，二十多岁就早早病逝。

书里只提了一笔，陆清则看得潦草，努力思索了会儿，记得那个日子是……

盛元元年，三月初五。

陆清则轻松把玩着牙牌的指尖一顿。

今日就是三月初五。

他脸色稍变，叫来陈小刀："立刻备马车。"

陈小刀不明所以："公子要去哪儿？"

"进宫！"

陆清则这宅子是高中状元后先皇赏赐的，离皇城很近。

马车辘辘往皇城行去，陆清则本来就一身暗伤，被颠得非常痛苦。但长痛不如短痛，他探头虚弱道："再赶快点。"

陈小刀立刻"弯道超车"。

陆清则继续思索原文内容。

原文里的暴君宁倦对待敌人手段极为冷酷残忍，对忠诚于自己的人，虽然不怎么信任，但也不会无缘无故就把人杀了，那个从池子里把他捞出来的太监是怎么回事？

肯定有别的地方提及。

陆清则有点后悔看得太草率，皱眉思索着，终于在马车停下前，想起了书里另一处寥寥几字的暗示。

那个小太监名为小福子，是卫首辅安排的人。

宁倦会掉进池子里，就是小福子推的！

陆清则的心又是一跳，马车停下。陆清则是太傅，又有进宫牙牌，禁军检查了牌子，便放他进了皇城，但陈小刀是不能进去的，更不能在宫中坐马车。

陆清则只好独自拖着一步三喘的病躯，飞快进宫。

宦官之乱和清君侧两拨清洗下来，再加上老皇帝宾天前，赐死了一大批后宫嫔妃，皇宫里新人还未补上，宫道上很是冷清。走了一会儿，陆清则才遇到一个小黄门。

他不认识对方，对方却认识他，行了个礼："见过陆太傅。"

陆清则脸色惨白，扶着墙缓了口气，嗓音发哑地直接问："这位公公，陛下现在在哪儿？"

小黄门偷偷打量他的脸，面上带着笑："今儿天气不错，陛下想去御花园看看，现在应当是过去了。陆大人若想见陛下，现在正好。"

时间紧迫，陆清则立即将出门时匆匆塞进兜里的银子拿出来，塞到他手里："我对宫中的路不熟，烦请公公带路，尽快，越快越好。"

小黄门掂了掂银子重量，笑得真切了几分："陆大人哪里话，请随小的来，小的知道怎么抄近路过去。"

见陆清则走路吃力，小黄门还主动搀着他，动作不紧不慢的。

陆清则焦急不已，心直跳，就怕走到半路听到大呼小叫"陛下落水了"的声音，道："可以走快点吗？"

小黄门又掂量了一下银子的重量："……好的。"

速度果然加快了点，陆清则抿了下唇，心思急转："这位公公是在陛下身边伺候的吗？"

小黄门叹气："小的才进宫不久，没资格在陛下身边伺候，只在几位公公手底下做事。陛下身边伺候的是福公公，陆大人等会儿就能见到了。"他想了想，看陆清则这副随时咽气的样子，忍不住又悄声提醒，"福公公脾气不好，弄死了许多宫人，对朝臣也不甚恭敬，陆大人可得仔细点。"

果然是小福子。

陆清则轻吸了口气,走得更快了。

小黄门疑惑地扫了眼陆清则。

这位太傅看着病恹恹的,恐怕在狱中脱了层皮,身子还没养好就跑进宫,也不知道急什么。

御花园内。

宁倦屏退了一群太监宫女,独自坐在荷花池边的巨石上。

初春刚至,荷花池内一片枯槁。宫中大乱,花匠也没心思打理,整个御花园竟无一丝春色,苍凉得很,其实没什么可看的。

唯一的可取之处,是这里够清静。

宁倦眼中升起了淡淡的厌烦之色。

从老皇帝想起他这个在冷宫里苟活了十几年的儿子开始,他身边就围满了人,每个人看他的神色各异:轻蔑、鄙夷、漠然,然后以一张张看似恭敬的笑脸来遮掩,以为他看不懂。

但他都看得清清楚楚。

冷宫里不受宠的皇子活得甚至不如下人,更何况他母妃得罪了皇后,宁倦能活到现在,对旁人的情绪感知尤为敏锐。

他是老皇帝不得已的情况下封的储君,从封太子到登基,前后不过十来天,就像走过场。如今卫鹤荣是内阁首辅兼吏部尚书,大权在手,人人巴结,更没人在意他这个傀儡皇帝的死活。

宁倦抿了抿唇,脸色发沉。

他正出神,后面忽然传来一声厉喝:"大胆,你想做什么?!"

宁倦吓了一跳,身子不由自主地一歪,眼看着就滑向了荷花池,身后陡然一暖,他被人往后一抱,随即传来一股暖融融的气息,似是梅香,还夹杂着几丝苦涩的药味。

另一头,跟着一起过来的小黄门死死抱住了意图不轨的小福子,尖声叫:"福公公,这可是你逼我的!"

说着,闷头撞去,"砰"地一记头槌,愣是把还在挣扎的小福子给撞晕了。

陆清则抱起小皇帝时还有点诧异。

按照情节发展,这孩子怎么说也十一二岁了吧,怎么轻飘飘的?

他一副病躯,抱在怀里也没觉得太沉。

对待稍有不慎成长起来就可能是暴君的小皇帝,陆清则秉承小心谨慎的原则,轻轻将他放下,半蹲下来,柔声道:"臣救驾来迟,陛下没事吧?"

宁倦回过头,好似撞进了一片柔软的春色中。

赶到御花园见到蹑手蹑脚靠近宁倦的小福子时，本来疾步走了一路、已经没了力气的陆清则，最后几步是用跑的。

苍白如纸的脸庞因为这个举动浮上了几丝潮红，略浅的眼眸也水亮一片，喘息未匀，活像个琉璃做的脆弱美人灯。

他气质疏淡，偏生眼尾浓勾上翘，尾尖一点泪痣。

宁倦僵了一下，后退几步，谨慎地盯着他："你是谁？"

被打量的同时，陆清则也在打量他。

面前这个小孩儿瘦巴巴的，瘦骨伶仃一小只，看起来还不到十岁的样子，连这个年纪的孩子该有的小奶膘也没有，想必在宫里没少吃苦。

那张小脸生得倒是十分可爱，眼眸黑亮，五官俊秀，一团玉雪，干净漂亮得像个糯米糍，两道细细的眉轻蹙着，叫人看了就心疼。

注意到宁倦眼中明晃晃的不信任，陆清则有点无奈。

小家伙正是最惶恐无助的时候，还是得先获取信任。

赶得太急，喉咙如火灼般，陆清则干咽了一下，语气倒还是很舒缓："臣陆清则，先皇任命臣为您的太傅，前些日子在昏睡之中，还没来得及见过陛下。"

宁倦不动声色地打量着他。

这就是那个年轻的状元郎？

听说卫鹤荣颇为惜才，派人与他接触了数次，今日这一遭，会不会是卫鹤荣安排的，只为了让他信任陆清则？

两人互相试探打量着，那边的小黄门又"嗷"了一声："陛……陛下，陆大人，咱能先处理下这个吗！"

小福子的力气惊人，被发现后惊慌失措，想要逃走。

小黄门拼死抱着他在地上滚了几圈，脸都被挠花了。

陆清则这才想起这嗷嗷叫的人，望向在地上打滚的两人："陛下应当猜出来这是谁派的人了吧？"

小皇帝长长的眼睫动了动，狐疑地迅速瞥了他一眼，板着脸没吭声。

虽然宁倦是个没有任何靠山，年龄尚小，曾经还在冷宫中度过十几年，没有接受过帝王教育的皇帝，但卫鹤荣依旧对他有三分防备。

今日宁倦被推进寒冷的池子里，无论是落下病根、发烧变傻还是因此而恐惧生恨，都对卫鹤荣十分有利，就算是死了也无所谓。

但问题是，纵然清楚地知道小福子是奉谁的命令而来的，也不能和卫鹤荣撕破脸皮，目前无论是宁倦，还是陆清则，都没有任何反抗之力。

其他人就更别说了，满朝文武，没几个把小皇帝放心上的。

陆清则盯着终于被小黄门猛踹一脚肚子、弓下腰被制住的小福子。

他们不可能放小福子回去。今日若不是他来得及时，稍有不慎，宁倦很有可能就会溺亡——古代不比现代，医疗水平低，水里细菌多，小孩身体也弱，落水可不是闹着玩的，死亡率极高。

倘若不是落水，原著里的暴君也不会在二十多岁就英年早逝。

陆清则垂下眼，那双眼睛春水般温柔宁和，却也荡漾出几分春水的微寒，缓缓道："今日陛下不慎落水，小福子为了救您，溺亡在了池子里。"

原本还满腔忐忑怀疑的宁倦微怔。

陆清则抑制不住地又闷咳了几声，继续说："臣正好路过，见到了这一切。"

他在表忠心？

在人人都保留立场，不敢在卫鹤荣的阴影下有所表露的时候，这个看起来下一刻就要断气的状元郎，居然在向他表忠心？

……也是，敢在阉党气焰最盛时上谏，脑子一开始就不正常吧。

宁倦不解地盯着他看了会儿，眼底涌现恶意。

当朝最年轻的状元郎，手上还没沾过血吧，看上去干干净净、清清冷冷的，内里真如表面上那样？

小皇帝的小脸蛋上忽然露出一丝堪称天真的微笑，笑得可爱极了："那就请陆大人送小福子一程吧。"

陆清则暂时可还没做好亲手杀人的心理准备。

这小崽子，难道现在就是黑的吗？

还是个黑芝麻馅的。

这恐怕是取得小皇帝信任的第一步。

推，还是不推？

小福子是卫鹤荣的人，方才一路上，小黄门也提点了他几句，小福子手上沾着血，不是善茬。

陆清则犹豫的当口，小黄门押着小福子在心里号：您二位都不推，我来推成了吧！能不能搞快点？

陆清则握了握拳，终于下定了决心："……那就请陛下闭上眼吧。"

宁倦眨了眨眼："什么？"

陆清则温和地"嗯"了声："陛下还是个孩子，小孩子不要看这种事。"

宁倦一怔。

小黄门看这两位终于商量好了，努力把小福子押到池子边，就等着陆清则来推人。

陆清则走过去，闭上眼，一不做二不休，刚抬起手，袖子就被拉住了。

他的眼睫颤了颤，回过头。

不及他肩高的小皇帝一手拽着他的袖子，视线落在面如死灰的小福子身上，冲小黄门扬了扬下颌:"踹下去。"

摩拳擦掌已久的小黄门当即不再客气,猛地一脚蹬过去。

小福子扑通落水,小黄门扬眉吐气。

小皇帝这才转向他,淡淡道:"陆大人不要看这种事,继续闭着眼吧。"

陆清则反应很快,侧身挡住宁倦的视线,低头与他视线交接,微微挑了下眉。

这小浑蛋刚才是在嘲讽他吗?

小福子在水里挣扎着想要爬上来,拼命高呼求救,可惜为了完成今日的表演,他早就把侍卫支开了,这儿又是个偏僻地方,哪儿叫得来人?

宁倦虽然看不见,但猜得出来,再一次开口:"打下去。"

小黄门非常来劲地听令。

扑腾的水声和惨叫声近在咫尺,陆清则听得心情很复杂。

除了些微的不适,一方面他略感欣慰,小皇帝聪明冷静,并非任人鱼肉的小可怜;另一方面又有点担心,小小年纪就是个黑芝麻馅的,看来将暴君导向明君的计划得尽快了。

十来岁的孩子,世界观都建立得七七八八了,再晚些就该到叛逆期了。

陆清则在内心评估了一下自己这位新学生。

他救了小皇帝,又没拒绝解决小福子,他们俩也算是共谋了,在小皇帝这儿多少也提升了点信任度吧?

等周围终于消停,宁倦不客气地推开陆清则,目光落在表现得相当骁勇的小黄门身上。他年纪虽小,小脸威严,努力摆出皇帝的气度说道:"叫什么?"

小黄门平日里受小福子支使欺凌,时常胆战心惊地防着自己被小福子一个不顺眼弄死,这会儿忠君报主的同时,还出了口气,神采奕奕道:"回禀陛下,奴婢叫长顺,在尚衣监当差。"

宁倦"嗯"了声:"往后到朕跟前伺候。"

小皇帝虽是傀儡,但到底是皇帝,能在皇帝身边当差,风险与收益是成正比的,何况他杀了小福子。

而且也不见得这位小陛下就真是任人玩弄的主儿。

长顺心里门儿清,忙不迭跪地叩头谢恩。

"知道现在该做什么吗?"

长顺相当机敏,瞬间反应过来:"哎呀,大事不好,小福子为救陛下不慎落水了!小的这就去找侍卫来捞!"

说完就一溜烟跑开了。

宁倦的注意力其实一直放在陆清则身上,看他嘴唇抿得薄红,又一副想开口说话的样子,屏着气等着。

陆清则忍耐着和他对视了三秒,终于憋不住了。

他捂着嘴,偏过头,陡然撕心裂肺地咳了起来,仿佛要将五脏六腑都咳出来,惨白的一张脸遍布潮红。光听他咳着,小皇帝的肺管子和嗓子眼都跟着疼。

宁倦张了张嘴,当没听到:"送朕回乾清宫,别戳在这儿。"

陆清则从眼冒金花的状态缓过来,喉间炸裂般地疼,漫上一股淡淡的血腥味。

原身被阉党抓进诏狱,隆冬腊月的浸在水牢里,直接丢了命,陆清则穿了过来,但并不能改善被伤到根本的身体,未来大概很长一段时间,都得这么病恹恹的了。

两辈子都得不到一具健康的好身体,陆清则无声地叹了口气,微微笑道:"微臣遵旨。"

宁倦很熟悉宫里的小道,带着陆清则避开了侍卫,两人一离开御花园,后脚长顺就把侍卫叫来了。

宫里虽人多,听说小陛下差点落水,竟也没几个人担心的。

陆清则浑身都没什么力气,走几步就有些气喘,好在小孩子腿短,步子迈得也不大,他瞅瞅小皇帝浑圆的小脑袋,嗓音跟被沙砾磨过一般:"陛下最近的功课是哪位先生在讲读?"

听到这一声问,宁倦诧异地扭头看了他一眼,确定陆清则眼底是疑惑而非刁难后,才歪头闷闷道:"没有。"

崇安帝沉迷修仙十九年,乱七八糟的仙丹不知道吃了多少瓶,早把身体底子给亏了,一病不起后,醒来的时间甚少,也就封宁倦为太子时清醒了会儿,点了陆清则为太傅,随即又浑浑噩噩下去,压根没来得及给宁倦凑齐一班人马。

要知道宁倦自小在冷宫,连学堂都没能去过。

首辅卫鹤荣自然乐见其成,宁倦是个任人拿捏、屁也不会的蠢货,他最放心。

卫鹤荣不说话,朝中也没几个人敢说话,要么声音微小,要么作壁上观。

陆清则也想明白了,没怎么犹豫,直接道:"那从明日起,臣便来给陛下讲读吧。"

一阵凉风吹来,陆清则跟纸糊的似的又歪了歪。

宁倦甚至都来不及感到惊喜,只怀疑他这一秒就要折了,狐疑地瞅瞅他,眼中是强烈的怀疑:"你行?"

陆清则不悦:"臣当然行。"

中午出的家门,出宫时天色都暗了些许。

陈小刀在外面等得无聊,觍着脸在跟禁卫军套近乎,禁卫军不搭理他,他也能聊得自得其乐,看陆清则回来了才收敛,一溜小跑过来,扶着他上了马车,意犹未尽地问:"公子,回去也要那么快吗?"

即使在宫里休息了会儿,从偌大的宫城里溜达出来,陆清则也快没气了,声音微弱:"快吧,再快点就能把我送上天了。"

陈小刀立刻赶车堪比赶蜗牛。

回了陆府,陆清则喝了碗药,安静躺了一个时辰,才有精力爬起来,去了书房。先从书架上挑了几本书，依次翻看了会儿，拿着毛笔，在纸上写起来。

陈小刀在边上帮忙研墨，偷偷瞅着这位不太熟悉的主子。

陆清则穿着身淡青色的衣裳，即使在屋内，也要再披上件大氅，宽大的衣袖下腕骨伶仃，仿佛轻轻一捏就会碎，皮肤苍白得近乎透明，青筋脉络清晰，看着弱不禁风，握着毛笔的腕子却分毫不抖，稳稳当当的。

上一世，陆清则因为心脏病，被父母嫌弃不能继承家业，于是从小在爷爷身边长大。宽和慈祥的老人家心疼孙子，教导他情绪不能有太大起伏，为了让他磨性子修身养性，便手把手地教他写毛笔字。陆清则的一手行书相当漂亮，字迹如行云流水，错落有致。

陈小刀好奇地伸长了脖子："公子在写什么？"

陆清则悠悠道："大齐版小学生必修一。"

文化人讲话，果然听不懂。

陈小刀从小流落街头，大字不识一个，因饿晕在街头被捡了回来，他都没来得及在状元郎身边沾染文化气息，第二天陆清则就下了狱。看陆清则边写边画，陈小刀有些羡慕，无意识地嘀咕了声："若是我也识字就好了。"

陆清则的教师神经被触动了，看他一眼："好啊，往后我每日教你习字，要好好完成。"

陈小刀惊喜不已，生怕陆清则反悔，立刻叫道："谢谢公子！"

陆清则笑了笑，写完了一张纸，放下笔，把旁边原身做过注的书翻开，又对比了一下。

一模一样。

不知道是不是因为穿进来的缘故，他和原书里的"陆清则"不仅长得一模一样，连字迹都是一样的。

隔日一早，陆清则带着厚厚的一沓"劳动成果"又进了宫。

宫里死个小太监，显然不会有什么影响，风平浪静，一如既往。

宁倦没想到陆清则一副要死不活的样子，还真拖着病躯来了，不仅来了，似乎还准备颇多。

到底是孩子天性，从陆清则进了乾清宫起，宁倦的视线就偷偷黏在他手里那沓纸上没挪开过。

跟只偷偷摸摸的小猫似的，装作不在意地偷瞄一眼，又迅速收回视线，以为自己没被发现。

陆清则心道：你真是太小瞧班主任的火眼金睛了。

这群学生啊，讲台之下那些小偷小摸，真当老师看不见吗？

他暗暗一笑，抽出张，摆到宁倦面前："陛下之前学过什么？臣先看看您的功课怎么样。"

宁倦瞪了陆清则一会儿，还是提起了笔，默写《论语》。

陆清则眯了眯眼，看出第一个问题。

姿势不对。

但他没开口，只安静地看着宁倦默写。

等了许久，宁倦终于慢吞吞地写满了一张纸，小孩儿长长的眼睫垂着，眼睛忽闪忽闪的，有些心虚似的，不像昨天初见时心黑得那么理直气壮了。

陆清则拿过来一看，眉毛微扬。

其实原文里有刻意描写暴君写的字难看，来对比主角折服无数人的书法有多么令人惊艳。

现下一看，这哪是难看能形容的？

就没几个字能立起来。

除去惨不忍睹的字，内容倒是没差，一字不错。

堂堂一代君主，字写得居然跟狗爬似的。

陆清则看着看着，微微笑了起来："陛下的字虽然很爱打架，但进步空间非常大。"

宁倦敏锐地察觉到这句话不太对劲，小脸黑下来，冷冷地看他一眼。

哎呀，伤到孩子的自尊心了。

陆清则若无其事地收敛笑容，转到他身后，从后面握住他的手，调整他的坐姿与握笔姿势，嗓音温润："姿势错了，坐好，笔要放在中指和无名指间，手腕要稳，心正则笔正。"

宁倦连头发丝都开始僵硬了。

温暖的气息从身后拂来，带着些梅花的清冷与药的苦涩，将他笼罩其中，握着他的手有些微凉，却不失力度。

除了幼时母妃会将他抱在怀里护着，从没有人这么靠近过他。

陆清则认真地带着宁倦写了几个字，看出他的不自在，松手退后放开他："陛下自己写几个字试试。"

身后的气息消失的瞬间，宁倦的第一反应是松了口气。

旋即心底又生起些微失落，仿佛不舍一般。

他蹙眉，甩开那些没来由的念头，依照陆清则教他的姿势，缓慢地重新写了几个字，进步肉眼可见，方才还东倒西歪的字，这会儿至少能站起来了。

调整握笔的姿势有点难，毕竟成了习惯，但宁倦再提起笔时，竟然就再也没有错过。

陆清则欣慰不已——这是他带过的最省心的学生。

虽然这学生目前还没叫过他一声老师。

信任还不够啊。

陆清则幽幽想着，将自己昨日从下午勤奋耕耘到晚上的画册拿过来："接下来就先给陛下讲故事吧。"

宁倦秀气的眉尖一蹙："故事？朕又不是小孩儿，听什么故事？"

这孩子缺乏良好的自我认知能力，陆清则微笑着顺着他道："是讲给帝王听的故事。"

闻言，宁倦脸色稍缓，眼底藏着好奇，小下巴一昂："那讲吧。"

这本画册是《帝鉴图说》，陆清则大学时看的，选修课上教授让选一本书写论文，他选了这本，内容他记得十分牢固：书里上部讲皇帝勤奋工作的故事，下部是倒行逆施的后果，连文带画，给幼帝入门讲学，再适合不过。

画得妙趣横生的小册子摆到面前，宁倦不免怔住。

结合昨日陆清则不愿让他看到小福子溺死的景象，他此刻才真正确认了，陆清则不是在做戏，而是的的确确把他当个小孩子来看待的。

却不是那些大臣看他时的，带着轻蔑与居高临下的怜悯。

宁倦听陆清则讲着帝王故事，那尚带着几分沙哑的嗓音落入耳中，并不难听，反而令人不知不觉就沉浸其中。

他的目光在那张对男人而言过分漂亮的面孔上停留了几瞬，无声地收敛了点身周乍开的毛刺。

陆清则时刻注意着小皇帝，见此嘴角无声一勾。

小孩子，还是很好讨好的嘛。

黑一点怎么了，迟早给改回来。

只是，经传史鉴，他讲得未必就能有这个时代的名家好，要想培育出一代明君，光他来讲学，恐怕还不够。

陆清则陷入沉思。

该怎么打通卫鹤荣那关，让小皇帝的老师队伍壮大起来？

陆清则回想了下原文的剧情，心里隐隐有了个主意。

需要用到一个关键人物，只是眼下时机还不成熟，不好找机会接近对方，还得再等等。

还是先把眼前的小皇帝收拾妥帖了再说。

陆清则讲课讲得认真，宁倦听得更认真，漆黑的眼中隐隐亮着光。

他的母妃静嫔出生于医药世家，崇安帝微服下江南时水土不服，上吐下泻，跟随的太医竟也跟着倒下，随行的人匆匆去将她请了来，少女气质宛然，相貌甚佳，崇安帝一眼相中，将她带入了宫，一时颇有荣宠。

定安十五年，皇后落了胎，证据指向是静嫔下的药，虽然证据不确凿，但此时崇安帝也腻了，不仅将静嫔和宁倦打入冷宫，连静嫔远在江南的母家也受了牵连。

冷宫的日子不好过，更何况得罪了皇后，惯来踩低捧高的宫人在皇后的授意下，三天两头来打砸挑事，本来就体弱的母亲在他五岁那年就去世了。

静嫔去后，宁倦的处境更艰难了。

饿得发狠时，他甚至跟恶狗抢过食。

在崇安帝彻底沉迷修仙，全然忘记自己还有这么个儿子的时候，眼冒金星的宁倦在磨着石头，盘算着把那条狗宰了做晚餐。

但饿肚子还是最轻的，皇后每每想起自己还没出世的孩子，就会派人来折磨宁倦一番，好几次他都是死里逃生。

好在皇后郁郁而终，比崇安帝死得还早。

宁倦识的字、背的书，都是静嫔把着他的手，用树枝在泥地上一笔一画写的，今天陆清则检查功课，他是第一次握笔。

所以字当然不好看。

但对着陆清则，宁倦并没有解释什么。

原著里没写太细，只一笔带过小皇帝的童年过得很惨，具体怎样，陆清则也的确不知道。

堂堂皇子，再惨也不至于沦落到跟狗抢食吧？

这是他翻过那一页时浮现的念头。

早上的课业在陆清则又一次忍不住的咳嗽声里结束。

宁倦非常冷漠地看着陆清则肺都快咳出来的模样，甚至往后避了避。

陆清则用余光看到这一幕，差点气笑了。

这孩子缺德啊，不给他顺顺气，还遭瘟似的躲。

非得把这小浑蛋调教成个尊师重道的学生不可。

陆清则咳完了差不多也没气了，虚弱地摆摆手："也到午膳时间了，陛下先吃饭吧。"

瘦巴巴的，一看就营养不良，得按时好好吃饭。

午膳送上来，陆清则扫了眼南书房，除了长顺，居然也没人主动进来伺候，看得出宫人们确实不怎么把小皇帝放在心上。

不过宁倦也不在意，他厌恶被人围着。

陆清则没什么胃口，往椅子背后一靠，闭眼休息。

宁倦忍不住问："你不吃吗？"

陆清则浅锁着眉头，指了指自己的嘴，嗓音低而哑："咽不下去。"

本就咳得嗓子疼，讲课时针扎似的，停下来后，更是疼得吞咽一下都痛苦。

宁倦不由自主地顺着陆清则指的方向看去，浅淡的唇因为剧烈的咳嗽泛着薄红，和那张浮着冷汗的病气容颜反差极大，所以也尤为显眼。

即使是一副病容，这人的容颜依旧极盛，掩不住的神清骨秀。

他猛地回神，惊觉自己方才竟然盯着陆清则的脸。

一个大男人，怎么能长成这样？

宁倦抿了抿唇，扫了眼长顺："叫小厨房煮碗大枣银耳粥来。"

陆清则眉梢略微一挑。

小崽子的良心终于知道痛了？

宁倦却没看他，小脸沉着："陆大人得空还是找张面具遮遮脸吧。"

陆清则找到帕子擦了擦额心的汗，顺便纳闷地摸了把脸。

脸怎么了？

病歪歪的碍着这小祖宗眼了?

一天的课下来,陆清则几乎失声了,也没赢得小皇帝多少信任。

宁倦就像一只一直参着毛的警惕幼兽,对一切都带着提防,时不时还会露出小小的獠牙,意图把接近自己的人吓跑。

这么小的孩子,若是在现代,还是疯玩的年纪呢。

陆清则暗暗摇头,给宁倦布置了功课,又把没讲完的《帝鉴图说》留了下来。

宁倦的脸上这才终于露出了一个带有几分孩子气的真实笑容。

小孩儿生得好看,笑起来就显得尤其甜,可惜这笑意就像一捧雪,转瞬就化了,快得陆清则都怀疑自己眼花了。

他笑了笑:"明日臣也会准时进宫讲学,陛下别忘了完成课业。"

小皇帝也没要送他的意思,昂着小脑袋略微一点:"下去吧。"

陆清则没麻烦长顺带路,独自离开了乾清宫。

走至半途,忽然被一队侍卫拦住了,语气还算客气:"陆大人留步,请随我们来。"

彼时宫里死伤无数,亲军都指挥使干脆认了阉党为干爹,清君侧后,宫内就换成了五军营的京卫与锦衣卫一同巡守,而五军营指挥使与卫鹤荣素来交好。

显然是卫鹤荣要见他。

陆清则早就料到了,一句话也没问,跟着这队侍卫走。

见他这么配合,对方也有点惊讶,不过没多说什么。

走了会儿,到了文渊阁,这队侍卫便不动了。

陆清则做好了心理准备,推门走了进去。

原著里暴君前期最大的敌人——卫鹤荣——正坐在书案前。

出乎意料的,这位反派看着像个白面书生,模样并不奸猾,看着陆清则时,甚至带着点笑意。

唯有眼底不经意露出的丝丝阴冷,才昭显了他的本色。

陆清则不敢大意,行了一礼:"下官见过卫首辅。"

"陆太傅何须多礼。"卫鹤荣打量了几眼陆清则,"坐。"

陆清则站久了手脚冰凉,也没客气,拉过椅子就坐了下来。

卫鹤荣面带关切:"陆太傅身体可好些了?听说今日太傅去给陛下讲学了,如何?"

陆清则心道,果然是来问这个的。

他面上露出几分迟疑,片刻后,将怀里小皇帝之前默写的那一篇《论语》递给了卫鹤荣,微微叹了口气:"陛下……不怎么坐得住,下官让陛下对着书抄写,抄了整整一下午才抄完这点……"

卫鹤荣接过那张爬满了互相打架的字的纸,饶有兴致地打量了下。

通篇的字乱七八糟的,笔画凌乱,稚嫩笨拙,说是写字,不如说是照着画的,许多结构稍微复杂一点的字,干脆就涂成了个墨团。

陆清则垂着眼睫:"下官听说陛下从前没进过学堂,快十二岁了才开始学写字,或许是还不适应吧。"

涂成一团的字是他干的,为了不引起卫鹤荣怀疑,只能牺牲下小皇帝的名声了。

原本因小福子溺死而生出几分怀疑的卫鹤荣一下就笑了,慢慢道:"陛下年纪尚小,纵然不好学,也莫要逼着他,孩童天性罢了。"

陆清则脸露愁色,没有应好与不好。

卫鹤荣也不在意,这位年轻的状元郎性格清正古板,甚至有些天真,不然也不会在阉党势大时冒死上谏,蠢了点,不过这副活不过三年的样子,留着也不碍事。

他随意翻开本奏疏,不再关注陆清则:"陆太傅辛苦,早点回去歇着吧。"

这一关是过了。

陆清则心里松了口气,拱了拱手,慢吞吞地转身离开。

出了皇城,就看到陈小刀这社交狂人又蹲在禁卫军边上拉家常。

陆清则惊奇地发现,那位禁卫军统领昨天还面无表情,今天已经不由自主地被陈小刀给唠进去了,在陈小刀看到陆清则停住话头时,这位禁卫军露出了一丝淡淡的遗憾。

牛。

是位人才。

上完课又应付卫鹤荣,陆清则上了马车,有气无力地闭上眼,在心里规划明天的教案。

正好也到了散值的时候,大道上能看到其他京官的马车。

陆清则昏昏欲睡之时,外头忽然传来道声音:"哦?陆府的马车,里面可是陆清则陆大人?"

陈小刀被人挡着,不得不停下马车。

挡着道的是个穿着青色官袍的年轻男子,以陈小刀有限的认知,只知道这应当是个正五品的官员。

这半路拦车的一幕,让附近不少人看了过来,耳尖听到的,都纷纷住了脚。

毕竟陆清则这个名字,去岁两次轰动了整个京城,第一次是风光无限高中时,第二次是得罪了阉党被下狱时。

眼下小皇帝形同傀儡,卫首辅一手遮天,他居然还敢入宫讲学。

在众人基本都为了保全自身缄默时,陆清则的这个立场实在有点尴尬,大部分人都存着点看好戏的心思,也对陆清则十分好奇。

众目睽睽之下,沉闷的几声低咳后,马车的帘子被一只雪白瘦长的手轻轻掀开了一角。

纵然天色暗淡,那手却白得能发光似的,好似一块浑然天成的羊脂美玉,极为吸睛。

听说陆清则的容颜极盛。

怀揣着好奇之心的众人伸长了脖子，陆清则却没有从马车里出来，只掀开了一小角，从马车里传出不高不低的嗓音，和缓微哑："这位大人，有事吗？"

其他人碍于角度看不到，拦路的年轻官员却看见了。

马车中的人病恹恹的，却依旧耀眼，如一朵雪白优昙，绽放着惊心动魄的美。

听到陆清则的话，他不阴不阳地扯了个笑："陆大人贵人多忘事啊，转头就把我这个同乡给忘了。"

同乡？

陆清则认真思考起来，原著有这么个人吗？

程文昂看他沉思的样子，终于绷不住了："你少狗眼看人低了，我来只是告诉你，我如今擢了工部郎中了，并不比你差多少！"

状元郎天子师算什么，在如今的情势下，不也是个虚名？

他正愤懑着，陆清则也艰难地想起来这是谁了。

程文昂在原著里出场次数不多，和他算是同乡，殿试排名也不高，因此对高中状元的陆清则嫉恨得咬牙切齿，在原著里只是个边缘人物。

陆清则实在没什么精力，气若游丝道："啊，这样吗？那你真是太棒了，继续努力。"

程文昂：陆清则比以前更过分了！连正眼都不看他了！语气还敢那么轻飘飘的！

忙碌了一天的官员们不觉得累了，高端的休息方式只需要简单的围观看戏，众人恨不得搬个小凳子来嗑瓜子。

程文昂忍了又忍，才忍下爆粗口的冲动，盯着陆清则那张过于惹眼的脸，从鼻子里哼出一声："你还不知道吧，蜀王殿下就要到京城了。"

崇安帝驾崩，作为亲兄弟的藩王自然有正当理由归京。

程文昂忽然提及蜀王，并不是因为陆清则和蜀王有仇，而是因为……蜀王这个人，性格反复无常，尤其针对陆清则，那个傀儡小皇帝有本事护得住？

程文昂内心冷笑，等着看陆清则慌乱的表情。

陆清则彻底扛不住困意，眼皮耷拉下来，在半梦半醒间思索：蜀王是谁？

陈小刀扭头看了眼，小心地把帘子放下来："我家公子睡着了，你没事吧？没事就让让。"

程文昂又是一阵无能狂怒，怒瞪着马车，气势汹汹地横跨一步，让开了道。

热闹落幕，看够热闹的众人也散了，虽然好奇马车里的人到底长什么模样，但一想到压在头顶沉甸甸的卫首辅，还是没几个人敢上来说话。

陈小刀心里直乐，继续赶马车。

马车摇摇晃晃的，睡不安稳，陆清则很快又从颠簸里惊醒，揉了揉太阳穴，茫然问："方才那人呢？"

"被公子你气走啦！"

他干什么了？

陈小刀怕陆清则又睡着，和他聊起天："公子，方才我看到了个熟面孔呢。"

陆清则："嗯？"

"我去善仁堂给您拿药时见过那人几次，听说姓范，拿药的张大夫说，他赊了好几次账了，没想到是个官儿啊，当官的也那么穷吗？"

大齐的开国皇帝草莽出身，当上皇帝后过得也十分清苦，朝臣的俸禄并不高，尤其是品级低的小官，如果不贪油水，日子也就是勒勒裤腰带能过的水平。

所以这也导致贪官污吏如杀之不尽的蝗虫，原著里宁倦为了整治几乎被蛀空的大齐，花了不少心思。

正好也到了陆府，陈小刀掀开车帘，麻利地给陆清则披上大氅，小心扶他下车，继续说道："张大夫说，那个范大人他娘好像是染了什么病，天天都得喝药，为了拿到药，上次都给张大夫跪下了，啧啧，大孝子啊……"

陆清则动作一顿，缓缓扭过头："你说什么？再说一遍。"

陈小刀挠挠头，摸不着头脑，不过还是乖乖地又说了一遍。

陆清则琢磨着，笑了笑："没想到是这么解决的……小刀，这回得多谢你了。"

眼前倏然一亮，陈小刀微微睁大了圆溜溜的眼。

公子笑起来可真是好看啊，那什么回头一笑……粉黛没颜色！

开春清寒，陆清则怕冷，裹紧了大氅，走进陆府大门，低声道："你派个人去善仁堂盯着，若是再看到那位范大人去买药，就送些银钱给他。"想了想，又改口，"不，就买下他需要的药材送给他。"

直接送银钱，多少有些轻浮，八成会被拒绝。

陈小刀眨眨眼，敏锐地察觉到陆清则不是单纯地伸出援手，但很聪明地没追问："是，公子。"

解决了一个大问题，陆清则的心情颇为不错，强撑着精神，用完晚膳喝了药后，又教陈小刀认了些字。

结果当晚就乐极生悲了。

大概是独自从乾清宫到宫门那段路吹了风，陆清则躺下没多久，浑身突然忽冷忽热，不多久就发起了烧，吐得不行，天微亮时才安稳地灌下一碗药，恍恍惚惚睡了过去。

等能从床上起身时，也过了三天了。

陈小刀又是心疼又是担心，忍不住再次怒骂阉狗。

陆清则已经没力气去想阉党了，悲伤地望向皇城的方向。

三天前他对宁倦说了什么来着？

会准时去上课。

虽然他只是潦草地看了遍全书，但暴君最厌恶的是什么？是不守信用。

原著里，暴君有句话叫"腿断了也该爬到朕面前"。

完了完了，好不容易拉近点关系，不会又回去了吧？

陆清则闭了闭眼，坚强地爬了起来，虚弱地道："小刀，送我进宫。"

陈小刀忍不住道："可是公子你的身体……"

陆清则摆摆手，语气虽然温和，却不容拒绝："去吧。"

陈小刀张了张嘴，知道自己拗不过，再劝下去只会耽误他的时间，最后还是不太情愿地去准备车驾了。

在陆清则醒来前，陈小刀其实也就见过他一两次，旋即他就被阉党抓走了，这几日相处，才一点点了解了大人的性子。

陆清则无疑是温和的，就算强硬起来，也是温和的强硬。

这样反而令人更难以拒绝。

车驾辘辘到了皇宫，陆清则裹着厚厚的大氅，轻车熟路地赶到乾清宫，一进去就发现气氛不对。

殿门口跪满了人，看上去都是在乾清宫伺候的，长顺正来来回回走着，沉着脸道："是谁手脚不干不净，趁早承认，咱家还能向陛下乞求保你一命，若是等到查出来……"

长顺语带威胁，适时地住了口，转眸见到陆清则，连忙迎过来："陆大人可算来了，陛下等您好几日了。"

陆清则看了看瑟瑟发抖的一群宫人："这是怎么了？"

长顺如丧考妣："唉，大人不知道，陛下丢了东西，正在发怒呢。"

宫里人小偷小摸的不少，尤其是崇安帝完全不理朝政，纵容阉党祸乱之时，也是常态了。

新帝登基后，这群宫人看宁倦年纪小，平时更是疏懒，完全不把小皇帝放在眼里，连乾清宫的东西都敢偷。

陆清则眉尖一蹙，想起来了。

原著里有提到，在冷宫的几年间，为了能换取吃食衣物，静嫔将能兑换钱财的东西都送出去了，最后只留下了支簪子。

那支簪子对宁倦来说意义非凡，现在却丢了。

虽然只是支簪子，却也是暴君心里最后的慰藉，簪子丢了，意味着他心底最后一丝暖意也散了，所以后来即使有人忠心追随他，却再没人能和他交心。

原来是这时候丢的。

簪子是被一个出宫离开的宫女偷走的，那个宫女年纪到了，已经离开了，不在这群人里。

不过好在原文有提了句她是怎么处理簪子的。

陆清则当机立断，转身就走。

长顺傻眼："陆……陆大人，您不去看看陛下吗？"

陆清则步履匆匆:"我一会儿就回来,这群宫人没偷东西,让他们起来吧。"

话毕,人就不见了。

长顺简直目瞪口呆。

陆大人平日里病歪歪的,瞧着就跟雪堆的似的,轻轻一碰就要散了,走路快点都会被冷风呛到,咳得要死要活,这会儿怎么走得那么飞快?

他又看了眼还跪着的宫人。

陛下也说偷东西的人已经不在宫里了,是他不死心想再审审。

现在陆清则也这么说,长顺按下浓浓的担忧,吩咐众人起来,叹了口气,去找宁倦回禀了。

陆清则努力走快了些,出宫的时候,才发现陈小刀居然还等在宫门外。

他上次就吩咐陈小刀只需送他来,便回府休息,没必要在宫门外干等着。

恐是担心他的身体,怕他在宫里出事。

见陆清则这么快又出宫了,陈小刀有些诧异:"公子,怎么了?"

正事当前,陆清则还是打量了他两眼,压抑不住内心的好奇:"你怎么了?"

陈小刀一脸茫然。

"怎么不见你跟禁卫军唠了?"

陈小刀反应过来,讪讪地挠挠脸:"前头那个禁卫统领今儿不当值,今天这个,看面相就是一言不合拔刀相见的。"

不仅是社交达人,观察力也很了得啊。

陆清则觉得这孩子大有前途,拍拍他的肩:"你在正好,带我去城东的当铺。"

陈小刀扶着他上了马车:"公子,城东当铺有好多,是去哪间当铺啊?"

陆清则吐出三个字:"每一间。"

直到找到东西为止。

等到陆清则回宫的时候,已经是下午了。

好在帝师是有特权的,只要皇帝允许,并不限制进宫。

陆清则匆匆回了乾清宫,一进去就脚步一顿,敏锐地发现乾清宫里的宫人不仅变了,还少了许多。

看来他离开时宁倦有了动作。

趁着丢东西,他把乾清宫里有可能被安排进来的人,全部换走了。

长顺正抱着扫把扫洒着,见陆清则回来了,连忙问:"陆大人之前是去哪儿了?陛下得知您来了又走,又生了场气呢。"

陆清则的眉目倒依旧舒缓悠然,听到这话也不担心,朝他摆摆手笑笑,示意他安心:"我进去看看。"

长顺忧心忡忡地看他进了寝殿。

天气还冷着，屋内竟没烧炭，冷飕飕的，寒意直钻骨头。

陆清则一踏进去，就看到小皇帝孤零零地坐在窗前，小小的一个，孤寂又可怜。

听到脚步声，宁倦冷冷开口："出去。"

陆清则忍住喉间的难受，眨了眨眼："臣不过是因病来迟了，陛下也不至于直接赶我走吧。"

听到陆清则的声音，宁倦才侧了侧头，发着狠："走都走了，回来做什么，滚！"

说完就紧抿了嘴唇，眼眶发红，活像一只被激发了凶性的幼狼，在喉间发出低吼，再走近一步就要露出獠牙咬人了。

就是年纪还小。

再怎么掩饰，陆清则还是能从他眼底看出几分委屈来。

偷东西的人自作聪明，以为拿走的是一支不起眼的簪子，反而没动那些一看就会被察觉追究的贵重物品。

可那是宁倦的母亲留给他的最后一样遗物了，他那样珍惜，饿到发昏也没舍得拿去换吃的。

对上那样的眼神，陆清则的心一下软得一塌糊涂，并不畏惧隐隐散发出威胁之意的小皇帝。他上前几步，微倾下身，从袖中摸出个东西，往小皇帝头上随意一插，含笑道："凶死了，陛下。"

宁倦微微一怔，把头上的东西取了下来。

是一支打磨精致的白玉梅花簪。

这支簪子他再熟悉不过了。

他的手忽然有些颤抖，死死攥紧了失而复得的簪子，抬头看陆清则。

陆清则沿着城东一间当铺一间当铺找过去，又来回两趟，本来就还在病中，这会儿脸色白得近乎透明，连唇色都泛了白，身上的气息也因在外奔波而带着凉意。

宁倦的嘴唇动了动："你是怎么……"

陆清则摇摇食指，教他做人的道理："陛下，这会儿你应该说的是'谢谢'。"

为了让这小崽子不朝着暴君路线跑，他可是奔波了一早上。

他正盘算着给小皇帝进行一场思想品德教育，怀里蓦地一沉。

小皇帝将脑袋抵在了他怀里。

那具身体瘦瘦小小，落在怀里轻得像根羽毛，陆清则缓慢地眨了下眼，忽然感觉有点窝心，唇角便衔了点笑意，轻轻拍拍他的背。

算了，不道谢也行。

念头刚落，怀里就传来声小小的"谢谢"。

陆清则愣了一下，笑意更深了。

还是不肯叫老师啊。

不急，早晚的事。

簪子一事过后，陆清则明显察觉到小皇帝对他的态度好了许多，比如他隔天再进皇城时，御辇就先候着了。

长顺特地出来接的，笑眯眯地说道："陛下体恤陆大人体弱，特允陆大人在宫内乘辇。"

小浑蛋居然学会做人了，陆清则从容地由着长顺扶着自己上了御辇，眯着眼总结了一下薪资待遇。

上下班专车接送，皇家分配西城区三进四合院，就是工资有点低，还是基本全年无休的，好在奖金发得多。

如果学生不是个潜在暴君，朝中也没有个权势滔天、虎视眈眈的卫首辅，那就更好了。

一对一点对点辅导正式进入正轨，几天之内，宁倦的学习能力不断刷新陆清则的认知，《帝鉴图说》没多久便讲完了，必修二、必修三也很快安排上。

不管什么书，宁倦几乎看一遍就能背下，譬如六经四史，陆清则还没讲到，他就已经先看了，等陆清则来了，就提出不解的地方，一点就通，还能举一反三。

相比学习的进度，宁倦的字的进度反而比较慢……缓慢地从原始"爬行"状态，磕磕绊绊地进入"手脚并用"状态。

这些只有两人知晓。

对外，长顺负责跟其他宫人闲聊散播谣言，说陛下还在学《论语》，又把陆太傅气吐血啦。

下午的课提前讲完，陆清则口干舌燥，捧起茶杯抿了两口，干哑的喉咙方才舒适了点，再看看宁倦桌案上翻了小半的《通鉴》，有些好笑。

起初他还怀疑这小鬼头看不懂，现在已经打消这些怀疑了。

不愧是主角的一生之敌。

宁倦相当敏感，小脸严肃地看过来："你在笑什么？"

"没什么，"陆清则微笑着进行洗脑，"臣只是觉得，您很有当明君的潜质。"

小皇帝抿了抿唇，丢下了手里的书，脸色发沉，并没有为陆清则的夸奖感到高兴。

卫鹤荣一手遮天，甚至以"天子尚幼"为名头，不让他上朝，朝中一些大臣虽有微词，但并不怎么敢发言。

宁倦仓促登基，背后没有任何势力，除了烂摊子，崇安帝什么都没留给他。他也不能随意出宫，无法接触外臣，完全是孤立无援的境地。

没有人敢主动来接近他。

除了陆清则。

他本可以称病不来的，却还是拖着病躯，冒着风险，每日进宫为他讲学。

但他目前连保护陆清则的能力都很微小。

陆清则不太看得惯小孩儿心事重重的样子，不轻不重地捏了把小皇帝的脸，软乎乎、嫩生生的，手感极佳，嵌着双明亮的大眼睛。刚捏上去，那双眼就瞪了过来："放肆！"

还挺有威势，就是太小了点。

再厉害的头狼，小时候咬人也不疼。

陆清则不仅不害怕，甚至又捏了一把才收回手，敷衍地应了声："臣万死。"

嘴里告着罪，面上的笑意却不减，偏生那张染着苍白病色的脸，很难让人真正生气。

宁倦磨了磨牙，看在玉簪的分上，把气性压了下去，又听陆清则自言自语似的来了句："脸上都没点肉，又瘦，将来若是长得还没长顺高可怎么办……"

小皇帝的两道小眉毛挑得越来越高。

眼看小崽子又要咬人了，陆清则话锋一转："过段时间有个惊喜送给陛下，快到宫禁时间了，臣先回去了。"

说完不等宁倦说话，又是一阵听着就揪心的咳嗽。

他怀疑陆清则是故意的。

陆清则倒真不是故意的，恹恹地合了合眼，只感觉最后一点精气神都给咳出去了，又灌了口热茶，白如宣纸的脸色才好看了点，起身时眼前甚至晕了一下。

宁倦下意识地伸手想扶他，手伸到一半，又僵硬地缩了回去。

京城的春日寒气未散，每日来来往往，费时又费力，就算坐御辇，也着实累得慌，太医都叮嘱了陆清则要好好休息，身子已经伤了根，更得好好休养。

陆清则太瘦了，咳起来时，仿佛浑身的骨头都支不住，让人为他提心吊胆、捏一把汗。

宁倦眉头紧皱，终于还是没忍住开了口："端门内就有詹事府候朝的直房，你不如住在宫里算了。"

陆清则笑着摆摆手："不成，府里有人等着我回去呢。"

陈小刀每天都巴巴地等着他回去教认字，这会儿估计已经蹲在宫门外，跟禁卫军唠上了。

宁倦的眉眼阴郁，小脸上面无表情，盯着陆清则一步步离开的背影。

有人等着他回去？

什么人？

比他重要吗？

陆清则不是没有成亲吗？

凭什么他只有陆清则，陆清则却还有其他人？

陆清则完全没察觉到小皇帝海底针似的心思。

回陆府教陈小刀认完今日的字，复习一番后，陆清则忽然想起上回的事："范大人还没去善仁堂抓药吗？"

陈小刀点头："差点忘记跟您说了，今日我去街上找范大人的街坊唠了唠。"

陈小刀这张嘴，不唠则已，一唠惊人。陆清则搁下笔，饶有兴致："你说这个我可就不困了。"

"嘿嘿，我打听到了点事。"陈小刀以能帮陆清则办事为荣，面带骄傲，"这位范大人叫范兴言，从小丧父，是他母亲一手拉扯大的，小时候不好学，被他母亲逼着寒窗苦读，考了功名才翻的身。"

陆清则点头，和原文里对得上。

"为了老母的病，范大人借遍了街坊同僚，现在谁见到他都绕道走，他只能把家里的书案都搭出去了，平日里就坐在院子里的石头上处理公务。大伙儿看他一片孝心，也没在这时候去要债。"

这八卦打听得也太详细了，不愧是你，社交悍匪陈小刀。

不过看来，范兴言已经差不多要走到绝境了。

他若是还想救他母亲，就只能挑战自己的底线，贪墨捞油水，但以他目前的官职，要捞也捞不到多少。

耐心等着范兴言行动就好。

如此过了几日，陆清则照旧每天进宫打卡上班。

这日御辇一如既往地慢悠悠往乾清宫而去，走到半途，却忽然停了。

随即外面传来道声音："里面是何人，竟在宫内坐车驾？"

赶车的内侍似乎认识对方，忙不迭回道："回蜀王殿下，车内是陆太傅，因陆大人身子病弱，每日为陛下讲学，往来辛苦，陛下特地赐下御辇接送陆大人。"

原本慢吞吞准备掀开帘子看看的陆清则眼皮一跳，指尖顿住。

蜀王宁琮？

前些日子程文昂提过一嘴，说蜀王快到京城了。

蜀地离京城颇远，崇安帝驾崩的消息传过去，再怎么快也该再等几日才能到，这就到了？

原著里宁倦的手段太过狠厉，藩王都很老实，没什么描写。

得亏程文昂特地提了一嘴，陆清则请长顺帮忙打听了一下，才得知了点书里没提的宫闱秘事。

这位蜀王殿下色胆包天，还没出宫立府的时候，连后妃都敢觊觎，东窗事发时气得当时的皇帝差点拔剑砍了他，但宁琮的母妃家世煊赫，最后只能把他丢远点，眼不见为净。

宁琮从鼻子里哼出一声："哦，就是那个差点被阉党弄死的陆太傅？我们的小陛下还真是尊师重道啊，给他老师车驾，却不知道给叔叔车驾。"

这话也太大不敬了，丝毫没将小皇帝放在眼里，驾车的内侍冷汗狂冒，不敢接话，只能赔笑。

宁琮又扫了眼毫无动静的马车："怎么，帝师就能蔑视本王一介小小亲王了，狭路相逢，竟不出来见见？"

陆清则只能咳嗽几声，哑声开口："见过蜀王殿下，下官身染风寒，恐传给王爷的千金之躯，便不出来冲撞了，望王爷恕罪。"

从车帘后传来的那道嗓音不疾不徐，虽然微微有些哑，却难掩敲冰戛玉般清亮的声线，并未因沙哑而失色。

是个妙人。

宁琮从声推人，当即断定。他脸上想挑事的阴沉散了大半，反倒来了点兴致，眯着眼打量车驾："小陛下都不怕你传染风寒，本王怕什么。陆太傅，你不出来见本王，本王就亲自掀帘子来见你了。"

陆清则缓缓蹙起了眉，思考应对之策。

宁琮在封地逍遥惯了，并不在意这里是皇宫，伸手就要掀帘子。

陆清则眼底冷色一闪。

就在此时，外头忽然又响起一道声音，稚嫩却不软弱，隐含凌厉："皇叔，你将朕的太傅拦在这里，想做什么？"

竟然是宁倦。

陆清则讶异地透过一点缝隙看出去，小皇帝显然是匆匆赶来，脸色如覆寒霜，冷冷盯着宁琮。

小皇帝人都来了，再强行掀帘子，就是当面不给脸了。背后说归背后，陆清则还以为宁琮多少会顾忌一点，毕竟宁倦虽无实权，到底是皇帝。

岂料宁琮仅仅只是一顿，车帘就被掀开了。

眼前倏地一亮，陆清则就对上了一双肆无忌惮的眼。

看清马车中的人，宁琮不由得"啧"了一声："这般气度，不愧是状元郎啊。"

陆清则端坐在马车内，神色淡淡地观察这位蜀王。

后者被酒色掏空了身子，还算称得上英俊的脸被摧残得灰败黯淡，眼眶深陷，一脸虚相。

陆清则平静地问："蜀王殿下有什么指教吗？"

没有了车帘遮挡，清冷的嗓音清晰落入耳中，宁琮又多了分兴趣。

这小皇帝真是好福气啊，居然能有这样的妙人讲课。

宁琮情不自禁地伸出手，想把陆清则拉出来："都见到本王了，还不……"

话没说完，手也没碰到陆清则，他就被按住了。

宁倦的脸色极差，每一个字都压着瘆人的阴沉："蜀王，朕的太傅，你看够了吗？"

方才叫"皇叔"，现在直呼封号，就是明晃晃的警告了。

这儿到底是皇宫，宁琮不得不收回手，语气轻慢："我说陛下怎么藏着掖着的……"

陆清则的眼神又冷了几分。

宁倦胸腔里翻滚着磅礴怒意，脸上不见一丝表情。

宁琮大刺刺道："本王很想与陆太傅结交一番，今晚设宴洗尘，陆太傅不如来我府上坐坐？"

"下官身体不适，"陆清则淡淡道，"恐怕要辜负王爷美意了。"

被拒绝了，宁琮非但没不高兴，反而还挺高兴。

一般人生了病，气色不好看，容色折损。这陆太傅生着病，叫人看了就心生怜悯，生不出气来。

宁琮越发想要与他结识："既然陆太傅不好走动，那不如本王去你府上？"

宁倦盯着宁琮，眼神冷寂，藏着轻薄如刃的戾气："蜀王，适可而止。"

"本王就是想和陆大人交个朋友罢了。"宁琮瞥他一眼，不甚在意，"只要陆大人愿意，陛下也不会有什么意见吧？"

陆清则方才也没拒绝。

宁琮又看了眼陆清则，见他穿着雪白的狐裘，清冷的脸色被衬得柔软了几分，发丝一丝不乱，腰身笔直，与他从前所认识的酒肉朋友全然不似，更想与他交谈一番了。

宁倦忽然冷冷掀了掀嘴角："原来如此，想必当年，皇叔也是想与太祖爷爷的后妃交个朋友了。"

此话一出，连跟过来的长顺都眼皮一跳。

其他内侍拼命地往旁边悄悄地挪，就怕被殃及。

宁琮的脸一下就黑了。

这桩丑闻当年让他受尽了嘲讽，颜面无存，最后还被丢去了遥远的蜀地。

太祖死后，也没人再敢在他面前提这件事。

但是再怎么瞧不起这乳臭未干的小皇帝，那也是皇帝。

宁琮眼底掠过丝阴狠的杀气，冷哼了声，甩脸就走。

跟着他进宫的侍从连忙跟上去，疾呼："王爷，等等小的！"

宁倦更加心烦了。

等宁琮走了，陆清则才略感头疼地按了按眉心。

外头风大，小皇帝沉着脸不知道在想什么，脸都被吹得有些红了，他伸手把宁倦拉进轿子里，冲一群战战兢兢的内侍领首："回乾清宫。"

宁倦依旧没吱声。

方才受了凉，嗓子又不太舒服起来，陆清则闷闷地咳了两声，好笑道："被盯上的是臣，又不是陛下，摆什么脸色给臣看呢？"

宁倦紧抿着唇，半晌才说："朕只是觉得，朕没用得很。"

"陛下说的哪里话，"陆清则哄他，"方才不就是你把蜀王给刺走了？"

宁倦的脸色仍是不太好看。

陆清则又继续哄："若不是陛下赶来救场，还不知道要成什么样。你能特地赶来帮我，我很高兴。"

他说顺口了，一时忘了自称臣，宁倦也没提醒，脸色稍微缓了几分，瞅瞅陆清则，眉头又拧起来："那个无赖肯定不会就此罢休。"

陆清则看小皇帝的手被冷得发红，伸手握住他的手，轻轻搓了搓，安慰他："无妨，他难不成还能当街抢人？"

宁倦的眼睫颤了颤。

陆清则的身体不好，手自然也暖和不到哪儿去。

但被那双温凉细腻的手握住，好似被一段柔滑的绸缎倾盖，微淡却真实的暖意透过皮肤相触的地方，一点点浸过来。

他原本想抽回手的动作，便不知为何顿住了。

陆清则也就是下意识这么做了，半晌才回过神。

原著里提过，暴君从小就厌恶与人肢体接触，直到死前后宫都是空空荡荡的，谁敢上谏谁倒霉。

有几个不自量力的，意图勾引宁倦，后果是哪里碰到他，哪里就被砍了下来。

他头皮发麻，赶紧收回手，把手炉塞过去。

上回是教他写字，这回是好心取暖，不算故意接触吧？

宁倦捧着温度明显更高点的手炉，垂着眼睑，目光落在那双瘦长白皙的手上，生出了几分不满。

两人各怀心思地对坐着，隔了会儿，宁倦才把话题续上去："未必。"

陆清则抬眼："嗯？"

"蜀王在封地欺男霸女也不是什么新鲜事。"宁倦绷着脸，"再说了，他是亲王，你是臣子，他要是非邀你出门，你也不能次次回拒。"

说得有道理。

陆清则被这飞来横祸砸得头疼："拒就拒吧，反正所有人都知道我有病。"

"那如刚才那样，他要去你府上呢？"宁倦反问。

"至少在宫里，朕的视线范围内，他不敢对你做什么。"小皇帝俊秀的小脸神色格外认真，"反正你每日也要来宫里讲学，卫鹤荣也不会容忍藩王留京太久，宁琮在京的时候，你就留在宫里吧。"

也只能如此了，陆清则无奈道："多谢陛下——那劳您差个人去陆府，告诉我府里的人，我暂时不回去了。"

宁倦眉尖一动，想起他说府里有人，捏了下精致的手炉："朕一会儿差长顺去，带话给谁？"

"陈小刀。"

宁倦装作不经意问："他是谁？"

"臣府上的管家，"陆清则一笑，"也算臣的弟弟，比陛下大几岁。"

弟弟？

宁倦抿了抿嘴。

陆清则没察觉，接着道："顺便请长顺帮我带几张字帖出去吧，小刀也在每日习字，我不在的时候，只能让他临临帖。"

宁倦的眉宇间瞬间有了风暴，声音都拔高了一个度："你教他习字?!"

陆清则茫然："是啊，怎么了？"

宁倦怒道："你还记得你是朕的老师吗?!"

怎么可以教别人?!

陆清则稀奇地笑了："陛下，原来你知道我是你的老师啊？"

小皇帝这没来由的怒气持续了一上午，午膳的时候气性还没消。

陆清则自认没做错什么，不准备惯孩子。

家长没底线，惯出来的就是熊孩子，小皇帝这性子也得拧一拧，干脆就晾着没哄，淡定地讲学。

倒是长顺出宫一趟，带回来好几包分装好的药材。

陆清则不能出宫的原因不便提，陈小刀人机灵，旁敲侧击地打听了一下，就不再多问，只是忧心陆清则的身体，请长顺监督陆清则喝药。还托长顺带话，家中一切他会看好，让陆清则安心在宫里将养着，他在家等他回家云云。

殷殷切切的，对陆清则十分上心的样子。

小皇帝听得相当不爽，从鼻子里哼出一声："宫里什么药没有？"

陆清则睨他一眼。

宁倦看了三秒书，又抬起头："一会儿让太医来给你重新开服方子，你那弟弟请的是什么庸医，都这些日子了，还见天咳个不停。"

陆清则安静地听他说完，抿了口热茶，缓缓开口："陛下，我从方才就很想问了。"

宁倦困惑地看他。

"你对臣的弟弟，是不是有什么意见？"

"……啊，"宁倦小脸微僵，"朕怎么可能对一个小小的管家有意见？"

第二章

陆清则心底薄雾似的疑惑散去，没继续多想。

也是，宁倦甚至都没见过陈小刀，哪儿会对他有意见？

长顺吩咐人去叫太医的同时，午膳也传上来了。

大齐建立前期，皇帝的膳食都是光禄寺负责，但光禄寺做的饭菜实在是太难吃了，也只有节俭成性的开国皇帝不嫌弃。

所以忍无可忍的皇帝们在乾清宫里自有内厨，太监们大多没有其他念想，在吃食方面就极尽钻研，味道相当不错。

陆清则身体不好，胃口也欠佳，往日吃两口就搁下筷子了，今天上了道开胃的糟瓜茄，忍不住就多吃了点。

宁倦默默看了一眼，又垂下眼埋头吃饭。

陆清则搁了筷子，饶有兴致地打量这小家伙。

卫鹤荣还不至于克扣吃食，小皇帝这段时间好好吃饭，瘦巴巴的小脸上养出点奶膘，长长的睫毛低低盖着，一双眼又黑又亮，越发漂亮得像个瓷娃娃。

陆清则忍不住琢磨，等解决完内忧外患，说不定他可以找个喜欢的姑娘成亲，要是能再生个这么漂亮的孩子，就更完美了。

他不着边际地思索着，被盯了好一阵的宁倦忍无可忍开口："你盯着朕看什么？"

陆清则眼褶微弯，笑道："看陛下生得十分可爱。"

宁倦从小受够了宫人的冷嘲热讽与鄙夷虐待，自然不会有人对他说这种话，眼睛一下瞪得溜圆，耳根也热起来，憋了半晌，只吐出一句："放肆！"

小孩子真好玩。

看他一副局促的样子，陆清则在心里忍着笑："臣知罪。"

宁倦羞恼地瞪他一眼。

打从第一次见面，他就看出来了，陆清则虽然满口君君臣臣、知罪万死的，可实际上对他压根没有半分尊卑带来的恭敬。

但与那些看不起他的大臣和宫人不一样，陆清则就真的只是……把他当作个单纯的小孩儿来看待。

越发胆大包天了。

有点不爽。

但也没有讨厌的感觉。

用完午膳，太医来给陆清则诊脉，开了新的方子。

陆清则忠勇上谏、遭阉党迫害，朝中也有人对他十分敬佩，比如这位太医，看他气弱的样子，忍不住又多叮嘱了两句："陆大人伤了底子，切勿多思多虑，好好休养才是。"

长顺极有眼色，亲自送了太医，又拿着新方子去抓药煎熬。

陆清则当着小皇帝的面，面不改色地喝了口新药，心里"哕"了下。

比陈小刀抓的药还苦。

晚膳的时候，陆清则发现桌上又有道糟瓜茄。

他不由自主地瞅向宁倦。

小皇帝若无其事地吃着自己的，注意到他的视线，还抬头瞪了一眼："做什么？"

陆清则悠悠道："没什么，只是忽然想吃糖蒸酥酪了。"

宁倦下意识地看向长顺。

就听到对面一声闷闷的低笑。

宁倦攥紧了玉石筷。

陆清则无辜地眨眨眼："陛下愣着做什么，吃菜吃菜，多吃点，长高高。"

长顺咽了口唾沫，默默往角落里又缩了缩，无比庆幸小皇帝没有让人布菜的习惯。

陛下可不是什么软糯好拿捏的脾气，未来必定大权得握，煊赫留名。

陆大人真是……太大胆了。

乾清宫里有许多暖阁，陆清则暂住的那一间离小皇帝不远。

夜色彻底落了下来，白日里的一点暖意被驱散，春日复苏，地龙早就停了，炭盆也收了，暖阁里冷冰冰的。

陆清则的体质极为畏寒，汤婆子冷下来后，好似把被窝里的热意也全部吸走了，手脚依旧像块冰，怎么都焐不热。

这会儿整座宫城都静寂下来，鸦雀无声，陆清则冷得翻来覆去睡不着，只能爬起来，抱着汤婆子，想出去找值夜的内侍帮忙灌热水。

一出门，正好撞上个内侍，瞧着有几分眼熟，是在乾清宫里当差的。

由于上辈子的经历，陆清则养成了一副古井无波的心态，泰山崩于前也色不改，别说是内侍，就是突然跳出个深宫鬼来也吓不着他。

他平淡地注视着对方："这位公公，大半夜不睡觉，跑到我屋前是想做什么？"

内侍也没想到直接就和他撞上了，吓了好大一跳，拼命比画："陆大人，陆大人小点声，切莫让人听见了！"

看他既不像来行刺的，也不像是偷鸡摸狗的，陆清则挑了下眉。

内侍笑得谄媚："奴婢是受贵人之托，来给您送点东西的。"

陆清则隐约猜到了几分。

果不其然，内侍从怀里掏出块和田白玉玉佩，附上一条丝帛，上面写着几行字，外头没点灯，看不清具体写了什么。

"那位贵人说，这只是点小礼物，若是大人愿意收下，以后奇珍异宝，任君挑选。"

陆清则裹紧了大氅，懒懒靠在柱子上，随手接过那块玉佩。

雕工精致，质地润泽，一看就价值不菲。

他又拈起那条丝帛，眯着眼哼笑道："行啊，我收下了。"

内侍眼底的鄙夷之色一掠而过。

白日装成一副清高模样，果然也是这般货色。

又听头顶传来声淡淡的问话："那位贵人还说了什么？"

听到他这个语气，内侍才感到有些不对，偷偷抬头看了眼，对上的目光如霜似雪，冷冷的。

他的冷汗不知不觉就冒了出来，明明知道面前是个走三步都要喘一喘的病秧子，嘴唇却不知为何抖了抖："贵人说，陆大人跟着小……跟着陛下……"

后头的话音却越来越低。

前头忽然响起声音："跟着朕怎么？"

宁倦从阴影里走了出来，半边脸掩在黑暗中。

也不知道听到了多少。

内侍的脸色刷白，"砰"地跪到地上："陛下饶命！陛下饶命！"

小皇帝面无表情地走到陆清则身边，重复："宁琮说，跟着朕，怎么样？"

那姿态、语气太过瘆人，极具压迫感的目光笼罩下来，全然不像这个年龄的孩子。内侍简直肝胆俱裂，"哐哐"狂磕头，不敢吱声。

宁倦平静地点了下头："看来你是想死。"

听出这一声里的杀意，在没顶的恐惧之下，内侍脱口而出："蜀王殿下说，跟着陛下，陛下是满足不了陆大人的期许的！"

陆清则：拉我出来做什么？

内侍也意识到自己说了什么，"砰砰砰"磕得更猛了，脑袋都磕破了，边磕边哭，口齿不清地求饶。

宁倦阴鸷地盯着地上的内侍，听到陆清则似乎笑了一下，恼怒地扭头看他："你还笑？"

陆清则立刻握拳抵唇："咳，陛下，你准备怎么处理？"

动静太大，这会儿值夜的宫人纷纷赶了来。

宁倦眼中浮动着杀气："来人，将这不忠之仆拖下去，杖刑五十板，若是打完还有气，丢去浣衣局。"

电视剧里动辄五十一百大板，打完了人擦个药就没事了，但实际上五十板子打完了，人还能活着就是运气不错了。

若是死了，就是活活疼死的。

内侍浑身一软，顿时失了力气。

长顺使了个眼色，让人把他拖下去，清清嗓子，略微尖细的嗓音里满含警告："都看见了？但凡对陛下有不忠之心，就是这个下场！"

上次偷盗一事后，乾清宫就借口换了批宫人，都是长顺仔细挑选进来的，头一次见小皇帝出手，个个噤若寒蝉，纷纷应是。

宁倦没有多分眼神给其他人，挥挥手示意人都退下，皱眉看着陆清则手里把玩着的玉佩："你还拿着做什么，别告诉朕，你当真要收下。"

陆清则歪了歪头，笑得狡黠："为什么不收？"

宁倦本来压下去一点的火气又腾地蹿了上来："你缺这点吗？"

陆清则掐了把他的脸，没好气："这玉佩上有蜀王府的标识，留着有用。"

宁倦更火了："有什么用，他送你这带着标识的玉佩，就是要收买你，叫人看见了都解释不清！"

陆清则一时也说不上能有什么用，但直觉告诉他留着必然有用。他看小皇帝只穿着单薄的寝衣就跑出来了，伸手一摸，浑身冷冰冰的，于是拉着他往暖阁里走，语调依旧松松懒懒的："哪儿来那么大火气？"

宁倦也不知道自己哪儿来的那么大火气。

但只要一想到宁琮想把陆清则抢走，他就压不住地想发火。

暖阁里点了灯，亮堂许多，陆清则把宁倦塞进被子里焐着，小皇帝顿时一个激灵："你被子里怎么这么冷？"

陆清则暗道失策，坐在边上道："担待一下，气虚体寒，没办法。"

清冷的梅香与微苦的药味笼罩而来，宁倦不自在地动了动，往边上挪了挪。

陆清则也没在意，把攥了半天的丝帛展开，看看宁琮都写了些什么狗屁玩意。

定睛一看，果然是狗屁玩意。

"今见陆卿肤如凝脂，特赠羊脂美玉，相得益彰，若有机会共赏把玩，此生无憾矣。"

陆清则眉毛挑了下，不咸不淡道："看来他要带着遗憾进棺材了。"

听到这句，宁倦差点又蹿起来的火才按了下去。

不知道是不是受了影响，他忍不住看向陆清则的手。

那双手的确十分漂亮。

每一根手指都如葱白竹节般，根根修长，白如美玉，隐约可见淡青色的脉络，竟不比羊脂美玉失色。

宁倦就这么愣愣地看着那只手捏着丝帛的一角，抵向烛火边，火舌燎起，瘦长的手指动作不紧不慢，透出几分从容优雅。

意识到自己在看什么，宁倦勃然色变。

他怎么也跟宁琮似的关注陆清则了！被传染了？

小皇帝忽然挣扎了一下，仓促地从好不容易焐出点暖意的被窝里跳出去，闷声不吭地直接离开了暖阁。

陆清则疑惑地抬抬眼，没跟出去，掸了掸手指，纳闷地躺下。

这小祖宗，又怎么了？

被窝里的暖意很快又散去，陆清则浑身似是裹在块冷冰冰的铁里，睡得不怎么好，次日里一整天精神都不太好，细碎地咳个不停，不太适合讲课。

干脆出了几科考卷的试题，来了个随堂小考。

古代的算术颇为不便，他把现代数学简单地融入来教宁倦。

小皇帝领悟得也快，端端正正地坐在桌案边，严肃地写着他的狗爬字。

午膳的时候，消失了一早上的长顺出现在暖阁里，一进来就道："陛下，奴婢打听到了，早上蜀王在府里大发脾气，但没人知道怎么回事。"

陆清则正惊奇地端起面前的糖蒸酥酪，闻言挑了下眉，笑了："哦？所以他做的这事，没其他人晓得？"

也不奇怪，私底下给皇帝的老师抛橄榄枝这种事，要是传出去，不说京城的言官会怎么说，就是卫鹤荣也会提高警惕。

宁琮再蠢，也知道现在最好不要和卫鹤荣对上。

长顺不清楚发生了什么，但猜到应该是和陆清则有关："应当是的，据说蜀王本来都要进宫来了，但接到个消息，又勉强按住了。"

宁倦的余光偷偷觑着陆清则，看他用勺子折腾那碗酥酪，目光心不在焉地扫过他的指尖，闻声一皱眉："还会吊胃口了？"

陆清则两指敲敲桌面："陛下，专心考试，你还有道大题没写。"

宁倦脸一皱，闷着脸低头把那道大题填上。

"奴婢不敢。"长顺以为自己恍惚眼花了，使劲眨了眨眼，"奴婢听说，靖王殿下今早就要到京城了。"

陆清则舀了两勺酥酪含进嘴里，享受地半眯起眼，回忆了下。

大齐历代的子孙枝叶没怎么散开，中途夭折的太多，崇安帝的子女也是，活下来的太少，最后只剩下宁倦。

如今皇室血缘最亲近的，也就蜀王宁琮和靖王宁璟。

比起色欲熏心、脑子又不怎么灵光的宁琮，靖王宁璟的风评就要好得多了，若不是他的生母只是个地位卑贱的宫女，崇安帝大概就不会那么轻松上位了。

看小皇帝蹙着眉，雪白的小脸上一股严肃劲儿，陆清则用勺子轻轻磕了下碗沿："愁什么呢，陛下？"

宁倦的眉头拧得更紧："两个藩王回京，京城的局势乱起来，你倒是不愁。"

"有什么好愁的？"陆清则慢悠悠道，"京城一摊浑水，才适合我们韬光养晦，当在后的黄雀。"

蜀王千里奔行疾来，对皇位的觊觎昭然若揭；看似不争不抢的靖王，又怎么可能真的无动于衷？

卫鹤荣现在应该很头疼这俩藩王，没时间来找他和小皇帝的麻烦。

不趁着这时候赶紧整点活儿，都对不起崇安帝的升天之恩。

谁看了崇安帝，不说两句死得好呢？

陆清则气定神闲的，宁倦心头的烦乱好似也跟着消了去，沉思着点了点头，忽而又想起什么，转头问："昨晚那人呢？"

长顺低下脑袋："打到第四十板子时就没气儿了。"

宁倦淡淡"嗯"了声。

宫里的人命比草贱，这是他五六岁时就懂得的。

看出宁倦对人命的淡漠态度，陆清则搅动着酥酪的指尖一顿。

他以后会教导小皇帝学会珍视旁人的性命，但现阶段不是动仁善之心的时候。

"我吃好了。"陆清则放下碗，起身收卷子，"陛下先用午膳吧，我看看你答得怎么样。"

陆清则批改卷子的时候，靖王府的马车辘辘地进入京城。

马车里的中年男人面容儒雅，合着双眸，听着跪在身前的人汇报情况。

下属事无巨细，将京城近来发生的事悉数汇报完，末了，又添了一句："对了，昨儿在宫道上，蜀王半路将皇上的太傅拦了，皇上解围，还被蜀王甩了脸。听宫里传出来的消息，皇上气得一晚上没睡着，让那个陆太傅宿在宫里躲着蜀王。"

听到这儿，宁璟才睁开眼来，眼底掠过一丝了然与嘲讽："老四这性子，想必那位陆太傅不错。"

下属道："据说是不错，还是定安二十四年进士及第，去岁的状元郎，因得罪阉党，被下了水牢，九死一生醒来，病病歪歪的。我探他府里的风声，似乎没几天好活，先皇临终前，点了他做新皇的太傅。"

宁璟神色莫测:"哦?既是状元郎,教小陛下应该教得很不错吧?"

"没有。"下属摇头,"新皇从前居于冷宫,没有进过学,习字进度慢,现在还在学《论语》。"

宁璟神色略松。

一个病秧子,加上个小蠢货,威胁不大。

紧要的还是内阁里的那个,得谨慎点。

"王爷,我们现在先去哪儿?"

宁璟掀开窗帘,望向皇城的方向,眼底掠过暗色:"进宫。"

靖王进宫的时候撞见了蜀王,两人是一同来见小皇帝的。

陆清则一想起昨晚那条丝帛上的话,就止不住起鸡皮疙瘩,人来之前,他就躲去了暖阁,倒也不担心宁倦应付不来。

不说如今在外人面前,原著里,前期蛰伏时,宁倦就伪装得让卫鹤荣没怎么察觉;等反应过来的时候,小皇帝已经能与他分庭抗礼了,刚露出獠牙,就快准狠地将他一击必杀,直接抄了卫鹤荣全家。

装蠢是有门槛要求的,蠢过头了太假,得蠢得刚刚好,还不让人察觉。

宁倦能把握好分寸。

宁倦也没让陆清则失望。

面对两位皇叔的亲切问询,答得天真而不失愚蠢,该听不懂的就听不懂,该被套出消息的就被套,末了还要露出一副沉思的神态,似乎在思索有没有失言。

看起来的确是个没有受过一点教导,从冷宫里长出来的野皇帝。

宁琮就没把小皇帝放在眼里过,但他顾忌着宁璟,虚与委蛇了半天,眼珠忍不住开始四处乱飘:"陛下,你不是将陆太傅留在宫里讲学吗,怎么不见人?"

宁璟呵呵笑着,借着低头喝茶的动作,不着痕迹地翻了个白眼。

又来了。

他这么一提,宁倦的脸色就不太好看了:"太傅身体不适,歇下了。"

宁琮的脸皮忒厚:"臣与陆太傅一见如故,他身子不好,臣该去看看。你们聊,本王去看望一下陆太傅。"

宁倦不冷不热道:"多谢皇叔盛情,只是太医叮嘱了,太傅休息时不能打扰。"

宁琮还是不肯放弃:"听说陆太傅教得不甚好,不如这样,臣给陛下推荐几位大儒,让陆太傅休息一下……"

宁倦杀人的心都有了,语气彻底冷了下来:"皇叔,陆太傅是先皇亲自指给朕的,你若是有异议,不如去找先皇说?"

此话一出，满屋寂静。

果然还是个小孩子，这么沉不住气。

见宁倦的脸色瞬间难看下来，看够热闹的宁璟呵呵笑道："蜀王就是开个玩笑，陛下何必动怒。四哥，陛下护师心切，话说得重了些，你可是长辈，应当不介意吧？"

宁琮阴沉地盯着宁倦，皮笑肉不笑："六弟说笑，本王怎么会和陛下计较？"

气氛僵成这样，自然寒暄不下去了，宁琮和宁璟又一道离开了乾清宫。

宁倦的怒意却丝毫未减。

不仅是因为宁琮那居高临下的鄙夷，他还毫不遮掩地觊觎他身边的人！

权势。

宁倦死死攥着拳头，将这两个字磨碎在齿间，眼神阴沉。

陆清则小憩了会儿，揉着眼睛走进暖阁，就见小皇帝一副气得快炸掉的样子，眯了眯眼："之前都同你说过什么？为君者，要喜怒不形于色。"

宁倦看他一眼："但我就是生气。"

"生气就深吸两口气，压一压，风水轮流转，回头十倍报还就是了。"

宁倦听他的，深吸了两口气，空气里淡淡的梅香与药味一同扑来，郁结在心头的闷气果然散了点，但还是郁闷："难道当了皇帝就不能有情绪了吗？"

陆清则看他平复了点，忍不住又捏了捏这张气嘟嘟的小脸蛋，含笑道："当然能有，但要看在谁面前。比如在你先生我面前，想笑想闹想撒娇随意。"

宁倦躲开他的手，对这番话嗤之以鼻："朕从不撒娇。"

这小崽子，到现在连声老师也没叫过。

陆清则暗暗摇头。

晚上，陆清则被请进了宁倦的寝殿。

殿里四角都放着炭盆，暖融融的，小皇帝已经换上了白色的寝衣，坐在床上，小腿无意识地一晃一晃，看陆清则进来了，扬扬下巴，示意陆清则看铺上了厚厚褥子的罗汉榻："你睡那儿。"

那张罗汉榻在窗下，支摘窗已经牢牢关上了，还糊了层纸，不会透风。

虽有些窄，但陆清则身形清瘦，睡榻上也不会伸展不开。

以小皇帝拧巴别扭的性格来看，这是昨晚看他被窝里冷，在拐弯抹角地关心他？

但又以小皇帝警惕的性子来看，不太可能容许与他睡一间屋子，毕竟他还没得到全部的信任。

除非是……

陆清则得到答案："难怪你白日里那么气，宁琮又发疯了？"

宁倦重重地"哼"了声："陆太傅，宁琮还真敢当街把你抢走。"

昨晚就来了个骚扰的，让陆清则一个人睡，他不放心。

而且……会很冷吧。

宁倦垂下长长的眼睫，不太想承认自己关心陆清则，爬到床上，给自己盖好被子闭上眼："你要是敢磨牙说梦话打呼，朕就把你丢出去。"

凶巴巴的。

陆清则好笑："臣遵旨。"

到底是小皇帝的窝，榻上也比昨晚的床舒服。

陆清则昨晚就没休息好，精神疲倦，躺下来没多久，意识就昏昏沉沉的。

恍恍惚惚不知道睡了多久，陆清则忽然听到了一点极为细微的声响。

他身子虚，觉也浅，但往往意识醒了，身体的反应却要慢上好几拍，等艰难地睁开眼，正看到窗外掠过几道黑影。

因为正好睡在窗边，给他发现了。

陆清则眼皮一跳，意识到了不对。

乾清宫里几处暖阁，就是为了让皇帝经常变换住所，防止被刺杀。

那些人在一间间地探查。

他没有作声，看了眼一片黢黑的室内，弓着身悄然下了榻，摸着黑想去叫醒小皇帝，找地方躲起来再叫侍卫。

岂料他刚挪到床边，门闩就被撬动了。

这一瞬间，宁倦已经警惕地睁开了眼，还没有动作，忽然就被人一把抱了起来。与此同时，外面传来阵阵尖叫，混着惨叫声。

"刺客！有刺客！"

搜到这一间的刺客也发现了两人，雪亮的刀光随即而至！

宁倦的第一反应不是恐惧，而是十分平静地想：又要被丢下了吧。

刚被打入冷宫时的静嫔，其实是带着一个婢女的，看着他长大，感情很不错。

后来静嫔一死，没有了庇护，皇后的人几次三番来冷宫闹事，盘算着先弄死大的，再解决他这个小的。

所以，那个婢女就丢下他，投靠了别的主子。

那个含着愧疚、绝情、胆怯与惊惧的眼神，他至今记得清清楚楚，所以也不愿过多回忆，强迫自己抹除所有记忆。

看着他长大的情谊尚且如此，他与陆清则相识不过月余，在生死面前，陆清则现在丢下他自己逃，他也不会有丝毫惊讶。

但抱着他的那只手并没有半丝松开的迹象，甚至又紧了几分，灵巧地躲开那一刀，逃到屏风后，狠狠一踢。

刺客被倒下的玉屏风砸到，动作不免一缓，再次冲上来时，顿时惨叫一声。

他被熟悉室内格局的陆清则引到了炭盆边，没注意脚下，一脚就踩了进去。

陆清则趁机矮身一缩，冲到了门边！

然而外面也是一片混乱，并没有比屋内安全多少，他们冲出来的瞬间，已经被注意到了。

"听好，"陆清则的喘息微乱，话音却依旧镇定，语速极快，"你躲到花丛里去，锦衣卫很快就能到，锦衣卫指挥使郑垚值得信任。"

话音刚落，屋内的刺客已经追了出来，前面的刺客也劈开两个宫人，提刀而来！

眼见着就要被前后夹击，长顺不知打哪儿斜冲了出来，一把扑住了后头的刺客，死死抱着对方，尖叫道："快跑呀！"

那前头的刺客却已杀了上来，雪白的冷刃朝小皇帝劈去的瞬间，陆清则忽然一侧身，挡住了那一刀。

一瞬间炸开的剧痛让他浑身一颤，眼前猛地发黑，手上也脱了力。

他的意识有些乱，全然忘了白日里还想着找机会增进信任，也忘了怀里的是个皇帝，满心只想保护好自己的学生。

这白来的第二条命，要交待出去了吗？

陆清则脑子里飞快闪过这个念头，耳边似乎有些嘈杂，有什么人赶来了。

他被一双小手抱住，那双手不敢轻，又不敢重，话音滞涩却又急促："为什么？"

猜出他想问什么，陆清则苍白的唇角弯了弯，低哑的嗓音轻而缓："因为……你是我的学生啊。"

就算今日不是宁倦，他也不会丢下自己的学生逃命。

宁倦怔在原地，看陆清则忍着痛合上眼，脑子忽然"嗡"地一下："老师……老师！"

陆清则闭上眼的那一瞬间，宁倦只感觉自己浑身的血都跟着凉了下去。

他探了下陆清则的鼻息，感受到微弱的呼吸，才找回理智，抱着陆清则厉声道："太医呢？"

巡夜的锦衣卫已制住了所有刺客，为首的锦衣卫身穿飞鱼服，腰佩绣春刀，"砰"地跪下："臣郑垚，救驾来迟，望陛下恕罪！太医正在赶来，陆太傅失血过多，可先为陆太傅撒上这止血的药粉。"

这就是陆清则说的，可以信任的人？

宁倦冷冰冰地注视着他。

一个十岁出头的孩子的视线，竟让郑垚额上不自觉地出了层薄薄的汗。

崇安帝时期，锦衣卫在东厂的压迫之下，过得跟孙子似的。阉党被除后，东厂也翻不起浪了，以卫鹤荣为首的文官集团又打压武将，锦衣卫依旧没有主心骨，存在感稀薄。

他升任锦衣卫指挥使，日子却颇为无望，得过且过的。新皇继任以来，他也动过点心，要不要观察小皇帝，试探值不值得托付忠心。

见过崇安帝被刺杀时惊慌失措、大呼小叫的模样，郑垚忍不住用余光偷觑了眼新帝，见到少年脸上的冷寒之色，心里微讶。

外头都传新帝愚笨懦弱，是卫鹤荣掌心里的一个傀儡。

但他觉得，这是只蛰伏着不露出獠牙利爪的头狼。

几乎一瞬间，他心里就隐约有了主意。

与此同时，宁倦也淡淡说了声："拿上来。"

郑垚毫不迟疑，双手奉上止血药。宁倦接过来，却没直接往陆清则身上用，而是从怀里掏出一把匕首，眼也不眨地在胳膊上划了一道，血光乍现。

被摔得头昏脑涨的长顺揉着脑袋，见状抖着眉"哗"了声："陛下！"

"朕是皇帝。"宁倦拔开药瓶的塞子，瞳仁极黑，仿若窥探不尽的幽潭，盯着郑垚，"郑指挥使，你要担得起责。"

郑垚心里一颤："是……是！"

宁倦将药粉倒到自己手上，见血很快就止住了，这才小心翼翼地拨开陆清则身上单薄柔软、被血浸透的寝衣，将药粉撒在他的伤口上。

即使已经失去了意识，陆清则还是疼得微微蜷了一下。

那张本来就苍白的面容此刻一丝血色也无，脸上却沾了几点飞溅的血，有一小点正好落在眼尾的泪痣上，惊心动魄。

宁倦又深吸了口气，这回嗅到的梅香，沾着浓浓的血腥气。

他彻底冷静下来，伸手揩去陆清则眼角的血："来人，将老师小心抬到屋里，盖好被子，老师怕冷。"

刺客一通杀戮下来，没剩几个宫人，而且幸存的宫人们又纷纷吓得呆若木鸡，还是锦衣卫上前，帮忙将陆清则带进了屋里。

地上许多尸体，夜色里，泼洒的血像墨汁般蜿蜒流动，一想到陆清则差点也成为其中的一员，宁倦的心脏就止不住地紧缩。

但他记得陆清则说过的，为君者要喜怒不形于色。

所以他平静地看向郑垚："探清来头了吗？"

院子里的气氛莫名沉凝，几乎让人喘不上气来，押着刺客的锦衣卫咽了口唾沫："回陛下，都是死士，身上没有任何标识。其他死士在被抓时立刻吞毒自杀，剩下的这个……"

他的脸色露出两分为难："舌头已经割了，意识也很呆滞。"

怕是什么都问不出来。

宁倦很清楚，想杀他的人不少，但会动手的很少。

他抬眸，黑沉沉的目光落在被押跪在地上的死士身上，认出来是捅伤陆清则的那个。

尚显瘦小的少年俯下身，捡起掉落在地上的刀，倒提着血迹犹存的长刀，一步一步走到死士面前。

长刀在地砖上拖出令人不适的声响，听得一院子的人心惊肉跳。

宁倦的脚步停在死士面前，没什么表情："宁琮派你们来的？"

这种死士经过特殊训练，眼里没有一点神色，麻木不仁地看着他。

宁倦却没在意，点了下头："你可以死了。"

下一瞬，鲜血飞溅而起，落在小皇帝稚嫩的脸上。

月色下淌着血的刀泛着雪白的冷光，所有人的瞳孔俱是一缩。

郑垚沉寂已久的冷血，却在这一刻沸腾了起来。

庸碌无能、贪生怕死的先皇，竟能生出这样的儿子？

就在这一刻，他彻底打定了主意，干净利落地跪下抱拳，头颅低垂，献上了第一份忠诚："臣愿为陛下效犬马之劳！"

宁倦松开刀柄，看向郑垚。

头顶的目光沉沉的，似乎是在思考、打量，带着几分探究，半晌，郑垚听到小皇帝问："你能为朕所用，当得好一把刀吗？"

被他盯着，郑垚凛然道："臣万死不辞。"

宁倦没应声，好半晌，他才丢出个东西，落在死士的尸体上。

郑垚定睛一看，眼底惊讶更浓。

这小陛下，比他想得还要深不可测啊。

他一眼就能看出，这是块货真价实的、有着蜀王府私人标识的玉佩！

宁倦接过长顺递来的帕子，淡漠地擦去脸上和手上的血迹："今夜乾清宫发生的一切，知道怎么说吗？"

郑垚脑子里一转，恭敬道："臣带人赶来时，陛下已经躲在陆太傅怀中晕了过去，缠斗之际，刺客怀里掉出了这块玉佩。"

宁倦点了下头，便往暖阁走去。

顿了顿，又想起什么似的，扭头补了一句："还有一条。"

"陛下请说。"

"刺客袭来时，划伤了陆太傅的脸。"

他不想再有任何人觊觎陆清则了。

郑垚蒙了一下，没太明白其中的深意。

但刚献上忠诚，还没让陛下看到自己的本事，就问东问西的，显得非常不聪明。

他深深行了一礼，指挥人搬走了院中的尸体，捡起那块玉佩，准备好做文章，又留了人，严密巡守乾清宫。

陆清则对外界发生的一切毫不知情。

那道刀伤落在肩上，所幸没伤到要害，但失血导致本就孱弱的身体更加虚弱，等醒来，已经是几日后了。

身下的褥子干燥柔软又暖和，似乎还有个什么暖烘烘的小玩意。

陆清则迷迷糊糊的，下意识地伸手摸了摸，却牵扯到了肩上的伤，额上冷汗涔涔而下，立刻就清醒了，眼睛还没睁开，脑子里先蹿出个念头：我还活着？

眼皮吃力地撑开，注意到脑袋边靠着一团小东西。

陆清则半眯着眼。

宁倦趴在他身边安静地睡着。

平时冷言冷语、张牙舞爪的小皇帝睡姿乖顺，柔软的黑发披散下来，眼睫低垂，衬得俊秀雪白的小脸柔润无辜，跟只求暖的小猫崽似的。

陆清则怀疑自己还没睡醒。

他一动，就惊醒了宁倦。小皇帝睁开眼，愣了愣后，眼底一亮："老师终于醒了！"

陆清则：幻听？

宁倦平日里总是努力装得老成持重，这会儿却掩饰不住地开心，直起身朝外头喊："顺子，立刻宣袁太医，老师醒了！"

在外间候着的长顺应了一声，连忙跑去叫人。

陆清则想动一动，又被宁倦轻轻按住："老师伤在肩上，小心别动。"

到此刻，陆清则基本确认自己应该是清醒了，他瞅着小皇帝红扑扑的脸，挑眉："哦？陛下这会儿终于想起来，臣是您的老师了吗？"

宁倦局促起来："朕……我，老师是在生气吗？"

陆清则瞅着小皇帝的变化，有种看到不懂收敛爪牙的幼狼被自己驯化成小狗的诡异成就感，笑着揶揄他："看来我这一刀挨得挺值，总算让陛下知道我的好了。"

宁倦抿抿唇。

其实从初见起，他就已经知道陆清则待他好了。

只是他不知道，陆清则会不会像当初抛弃他的那个宫女一般，毕竟在抛弃他之前，那人待他也很好。

但陆清则显然是不一样的，从一开始接近他时，陆清则就和其他人都不一样。

陆清则没接着逗小孩儿，目光在宁倦身上逡巡："好了，小事不必再提。受伤没有？我睡了几日了？外头怎么样？"

宁倦无声地将袖口拢了拢，藏起被自己划伤的胳膊，乖巧回答："没有受伤，锦衣卫将刺客都拿下了，现在已过了四日。老师神机妙算，玉佩果真起了作用，宁琮被锦衣卫拿下，现在交由刑部待审。"

本来郑垚跃跃欲试，想把宁琮逮到北镇抚司，重振一下锦衣卫的雄风，结果被宁倦冷冷骂了声蠢货，才冒着冷汗反应过来，按下了心思。

五军营总兵可是卫鹤荣的拥趸，眼下还不能和卫鹤荣硬碰硬。

陆清则听完这几日发生的事，若有所悟。

原著里的锦衣卫指挥使郑垚凶狠残暴，是暴君最忠诚的手下，本来应该要再过几年才会归附，可能是被他影响，导致剧情提前了。

也是好事。

宁琮送玉佩这事是瞒着外人做的，唯一能证明送出玉佩的内侍，也被宁倦处理了。他若知道自己搬起石头砸了自己的脚，一口老血都得吐出来。

单凭一块玉佩，虽然起不了决定性作用，无法证明刺杀一事就是他指使，但也够他惹一身骚的。

本来此事可大可小，宁琮抵死不认，说是被人诬陷也成，但藩王身份本就敏感，又正是新皇登基不久之时，靖王暗中助力，卫鹤荣再一推——

够他吃罪。

最主要的是，经过这么一遭，宁琮再想在京城赖下去就不可能了，这油腻的恶心之人总算能滚回去，连带着宁璟也得尽快回封国。

陆清则颇为满意。

两人说了几句，诊脉的太医就来了，还是之前那位常来的袁太医。只是人进来前，宁倦忽然起身，放下了帘子，让太医隔着一道帘子，给陆清则把脉。

袁太医似乎也习以为常。

陆清则看出不对劲，暂时没吱声，等太医开好调理方子离开，才转过视线，看向脸色明显有点发虚的小皇帝："说吧，怎么回事？"

宁倦小心翼翼道："我说了，老师能不生气吗？"

陆清则："不一定。"

宁倦垂下脑袋，无意识地揪了揪被角，因为忐忑，声音也放小了许多："我向外界传……老师被刺客伤了脸。"

陆清则：您可真是个"大孝子"。

不过这张脸从过去到现在，确实给他惹了不少麻烦。

尤其是这次刺杀，十有八九是宁琮做的。宁琮会直接下手，固然有对皇位的觊觎之由，剩下的，恐怕也间接有点他的原因——毕竟宁倦为了袒护他，得罪了宁琮几次。

宁倦也是为了他好。

一直趴着血液不通，不太舒服，陆清则微微挪动了一下，懒懒道："行啊你，那我也只能学一学兰陵王了。"

宁倦心里也舒了口气，露出柔软的笑容。

终于能少些乱七八糟的人了。

两人脑回路没对上，也不妨碍气氛和乐融融。

陆清则又问了点其他的情况，宁倦都回答得十分妥帖。

他越是妥帖，陆清则越觉得自己好像忘了什么，只是刚醒过来，脑子不太清醒。正思索着，外头传来长顺的声音："陛下，陆府的陈管家又来求见了，今儿也拒见吗？"

陆清则终于反应过来，扭头震惊地望着宁倦。

小皇帝扁了扁嘴，露出点不甘的悻悻之色："……带上来。"

顺子，你这月的俸禄怕是不想要了。

皇上遇刺、陆清则为保护皇上受伤的消息刚传出来时，陈小刀就飞窜到皇城外了，但苦于没有牙牌，不能擅自进宫，只能眼巴巴地每天求见，这几日大半的时间都蹲守在宫外。

好在禁军头领跟他唠熟了点，轮值时看他可怜巴巴地蹲在外面，好心地透露了点陆清则没有生命危险的消息，才叫他放心了许多。

兴许是宫里遭刺客，还乱着，所以陛下才不让他进宫？

陈小刀无聊地数着地上的蚂蚁时，长顺就来请他了。

宫城碧瓦飞甍，高大庄肃的宫殿鳞次栉比，气势威严。

陈小刀本该会很有兴致，但他现在挂心陆清则，没多看，麻溜地掏银子往这位带路的公公怀里塞："这位公公，请问我家公子怎么样了？"

小皇帝对陆清则的态度有目共睹，长顺哪儿敢收陆府的人的东西，笑眯眯地将银子推回去："陈管家放心，陆大人已经醒了。"

陈小刀彻底松了口气。

等到了乾清宫，进入暖阁，看见面色苍白、坐在床边的陆清则时，陈小刀还是一下红了眼眶，不管不顾地冲上去，一把抱住了陆清则的腰，哇哇大哭："公子！您怎么就这么倒霉哇，每次进宫都出事，担心死我了！"

你这话说得真是太犀利了。

陆清则心情复杂地想。

他被撞了一下，牵连到伤口，暗"嘶"了声，但没表现出来，哭笑不得地摸摸少年的脑袋，叹息道："好了，这不是没事吗？"

陈小刀正待继续说话，旁边传来道凉凉的嗓音，听起来年龄不大："你扯到老师的伤处了。"

陈小刀一惊，放开陆清则，退后几步，才注意到坐在里侧的少年，年纪虽小，气势惊人。

这就是皇帝了吧？

陈小刀赶紧跪下来："草民见过陛下，刚才太过激动，请陛下不要怪罪。"

宁倦方才没说话，就是在打量陈小刀，暗自做比较。

长得一般，瞧着也愚钝，肯定比不过他。

直到陈小刀扑进陆清则怀里，才让他有点恼了。

陆清则还摸他脑袋！

他凑到陆清则身边，抱住陆清则的胳膊，小心扶着："老师疼吗？伤处是不是裂开了，要不要让太医来看看？"

陈小刀没被搭理，敏锐地感到了一丝古怪。

是不是他的错觉，小陛下怎么似乎……对他有意见？

陆清则摆摆手："没那么娇气，赶紧叫小刀起来吧。"

小皇帝抿了下唇，不太友善地看了眼陈小刀，淡淡道："平身，看在老师的分上，不与你计较。"

看来果然是错觉，应该就是皇家规矩多吧。

陈小刀也没继续多想，又爬起来仔细询问。

他这几日忧心，休息不好睡不好，眼底也有了黑眼圈，陆清则摸摸这孩子的脑袋："我在宫中能出什么事，你回去好好休息。"

陈小刀嘀嘀咕咕："您这伤不就是在宫里受的？"

宁倦顿感心里被扎了一刀，隐约有点发蔫。

陆清则赶紧安慰："不是陛下的问题。"

宁倦的脸色更不悦了。

老师亲切地叫这个管家小刀，却叫他陛下！

生疏远近，不正可从称呼上窥见一二？

陈小刀原本还有事，准备等小皇帝离开了再说，没想到聊了许久，小皇帝还是黏在陆清则身边，只得暗示陆清则："对了，公子进宫前交代的事，我已办妥了。"

陆清则一听就明白过来，思索了下，这可是他特地准备的礼物，等着让小皇帝惊喜呢，还是先避开吧。

想毕，便扭过头，和颜悦色道："臣昏迷这几日，陛下的功课有没有落下？"

宁倦又被扎了一刀。

有什么事是他不能知道的？居然还要避着他说。

可是纵然再不情愿，被陆清则温和明亮的眼睛盯着，他还是挪了一下，慢吞吞站起来，低落地说道："你们先聊，我去书房。"

说着，还偷偷抬起眼，露出可怜相，试图让陆清则心软，再回心转意。

怎么一副落水小狗的可怜巴巴样？

陆清则忍不住摸了把他的脑袋，小皇帝性子硬，头发倒是很软："去吧。"

他身上的血腥味已经都被洗掉了，唯剩熟悉的梅香与清苦的药味。被摸了下脑袋，宁倦很是受用，但还是有些不乐意，一步三回头地离开了暖阁。

没其他人了，陈小刀总算也没那么别扭了，一屁股坐下来，苦着脸道："这宫里规矩可真多，公子您真是受苦了。"

陆清则失笑："你这话可别当着其他人的面说——范大人去抓药了？"

陈小刀点头："前日去的，我按照公子吩咐的，买了他所需的药送给他，范大人十分感激,若不是公子在宫里,他早就登门拜谢了。"

陆清则露出笑意:"做得很好。"

"那公子,您还要继续待在宫里吗?在这儿也见不了范大人吧。"

宁琮现在被关着,自顾不暇,也不需要在乾清宫里被庇护了。

陆清则"嗯"了声:"我去和陛下说一声。"

出乎意料的,陆清则想要回府的事,被宁倦一口回绝了。

宁倦看他竟然还下地走路,脸色很不好看,将他扶坐下来,再次重申:"不行。"

陆清则:"但是蜀王暂时没了威胁,我在这儿也打扰陛下……"

宁倦打断他的话:"老师也知道,蜀王只是'暂时'没了威胁,他很快就会被刑部放出来,这次我们彻底得罪了他,老师在外面太危险了。"

疾声说完,又垂下眼,满脸落寞:"而且乾清宫这么大,却只有我一个人,老师哪里会打扰我呢?"

陆清则被这副可怜兮兮的小模样打动了。

小家伙一个人在宫里,也是很担惊受怕的吧?

而且宁倦说得也对,在宁琮离京之前,恐怕都不得消停,眼下还是留在宫里最安全。

这副身子再被砍一下,恐怕就彻底玩完了,他上辈子萦绕在死亡的阴影中,对自己的命还是比较谨慎的。

陆清则被说服了:"好吧,那我去和小刀说一说。"

宁倦本来因为前两个字开心起来,听到后一句,又很不是滋味,压着气道:"我扶你。"

陆清则出去一趟回来主意就变了,陈小刀欲言又止,在小皇帝凉凉的目光中,只能再三叮嘱陆清则注意身体,才恋恋不舍地离开了。

长顺送上来熬好的药,宁倦亲自接过,试图以喂药来增进感情。

陆清则没看出来小皇帝的意图,接过来捏着鼻子闭上眼,一口气灌下去,动作十分熟练。

醒来就折腾了这么会儿,陆清则已经有点精神不济,喝完药后困意又滚滚袭来。宁倦看出来了,扶着他趴下,贴心地给他掖好被子:"老师放心睡吧,不会再有人来打扰的。"

对比一下小皇帝从前和现在的态度,陆清则心里感叹一声,却实在没精力揶揄什么了,眼睫一眨,便陷入了沉沉的睡梦里。

这一觉睡得格外绵长,合眼时外头天还亮着,再迷迷瞪瞪醒来时,外面静悄悄一片,应当已经入夜。

他眼睛还没睁开,先感到了口渴,正想挣扎一下,爬起来去找水喝,就感觉有什么东西贴了过来,微微发着凉,小心翼翼地试探了下他的鼻息。

换个正常人,这会儿被吓得原地起飞都是好的。

他睁开发涩的眼皮,呼吸依旧均匀,所以床边的人并没有发现他已经醒来。

那是道弯着腰的小小身影,陆清则一眼就看出来是谁了。

无言片刻，陆清则好笑地问："陛下，试完了吗？"

他冷不丁一开口，宁倦吓得头皮一紧，差点跳起来，好险没叫出声，随即镇定下来说道："老师什么时候醒的？"

"才醒，就看到陛下鬼鬼祟祟在我床边。"陆清则啼笑皆非，"我说，陛下，大半夜的，你不在自己寝殿里好好睡觉，跑我屋里来做什么？"

宁倦抿了抿唇，片晌，才低声回答："我怕老师死了。"

五岁那年，母亲就是在睡梦中离开他的。

他一觉醒来，静嫔已经没了呼吸。

宁倦的声音很平静，陆清则却听得心里不是滋味，伸手去拉他，这才发现小皇帝浑身都冷飕飕的，再一摸，只穿着件寝衣。

陆清则叹了口气，往床里面挪了挪："死不了，这不活得好好的——赶紧上来，也不怕着了风寒！"

虽然屋里烧了炭盆，但没地龙暖和，夜里单穿着寝衣晃悠肯定冷。

宁倦矜持了三秒，便一骨碌钻进了被子里，被焐得温暖的梅香包裹起来。

陆清则昏睡的那几日，他一直睡在陆清则身边，好随时查探陆清则的呼吸，确认陆清则还活着。

这个人瞧着像是用雪做的，略微经一点风吹日晒，便会无声无息化掉。

今日回去自己睡，他反倒翻来覆去地睡不着了，非得过来看一眼才安心。

陆清则睡了一觉，现在已经不大困了："陛下。"

宁倦冷不丁道："果果。"

陆清则愣了下："什么？"

宁倦小声道："我的乳名，母妃就是这么唤我的。"

他也想要陆清则像叫陈小刀那样，亲密地唤他。

这孩子生在皇家，小时候吃过不少苦，对温情的渴望比一般人更强。

陆清则心里一软，嗓音便也放得更柔和："那往后没外人时，我就这么称呼陛下，可以吗？"

宁果果。

暴君居然还有这么可爱的小名，原著里可没提到。

宁倦知道他现在肯定笑得很温柔，睁大了眼，想在黑暗中看到陆清则笑的模样，可惜只能看到个模糊的轮廓，小声应道："老师现在就可以这么叫我。"

"好，果果，"陆清则含笑道，"你是在向老师撒娇吗？"

宁倦支支吾吾的，不知该怎么回复。

几天前，他才在陆清则面前大言不惭地说了句"朕从不撒娇"。

陆清则猜出小崽子的窘迫，低低笑了声，不再逗他："你还是孩子，拥有撒娇的权利，在我面前，不必拘束。"

夜色静默流淌许久，他才听到宁倦"嗯"了声，嗓音有些不稳，仿佛带着颤意。

陆清则改为拍拍他的背，哄道："睡吧。"

宁倦好一会儿没说话，陆清则还以为他睡着了，重新闭上眼，将睡未睡时，忽然又听到耳边传来一句："老师喜欢我吗？"

有点羞涩，问得很不好意思。

陆清则没想到幼年时的暴君居然还会问这种问题，忍不住笑道："当然了。"

没想到小皇帝下一句就是："那老师喜欢陈小刀吗？"

陆清则睁开眼，挑眉："喜欢。"

都是他的好孩子。

宁倦想想白日里的一切，就十分委屈："老师是不是更喜欢陈小刀一些？"

心里忍不住想：快，说更喜欢我！

陆清则沉吟了会儿："不，我一视同仁。"

翌日，陆清则醒来时，宁倦正在外间低声与长顺说话。

他想起身，但伤到了后肩，没人扶一下的话，很难在不牵扯伤口的同时爬起来，又实在渴得厉害，耐心等了会儿，听交谈声停了，方才哑声开口："可以给我倒杯水吗？"

外面窸窣一阵，小皇帝"噔噔噔"跑进来，不等长顺动手，就亲自捧着水凑到了陆清则嘴边："老师今日怎么样？"

"好了许多。"陆清则就着小孩儿端着的茶杯喝了两口，干哑的喉咙得到滋润，舒服了点，抬抬眼问，"在外边说什么？"

宁倦笑起来："长顺找来了几副面具，我在看哪副适合老师。"

面具而已，还有什么适不适合的？

陆清则唔了声："拿进来我看看？"

宁倦拍了拍手，长顺便托着面具走了进来。当先就是一个格外花里胡哨的银面具，边上飞扬起一片银丝，宛若凤羽，精致华美。

宁倦眼睛亮晶晶的："我感觉这个很适合老师。"

长顺也嘻嘻笑着拍马："陆大人仙姿玉貌，再适合不过了。"

陆清则感到一言难尽。

这也太骚包了，哪儿适合他了？他又不是孔雀，戴着这么张扬的面具成天开屏吗？

宁果果，你这审美堪忧啊。

陆清则面无表情地指了指旁边一副朴实无华的银面具："选得很好，下次不要选了。就它吧。"

"……好吧，听老师的。"

宁倦颇为不甘心地点了点头，放下那副花里胡哨的，拿起陆清则指的面具，小心地给陆清则试戴。

银质的面具微凉，贴合着上半张脸，只露出嘴唇与下颌，不妨碍说话喝水，也没什么不便。

但也是因此，宁倦的目光就不由自主地落在了陆清则的嘴唇上。

因为失血，还没养回来，那张唇线优美的嘴唇依旧是苍白的，没有什么血色，像一片柔软却干涸的花瓣。

宁倦生出了几分心疼。

老师的身体如此孱弱，他一定要保护好老师。

"卫鹤荣要过来，"宁倦小心地扶起陆清则，踮着脚给他披上轻薄柔软的外袍，"说要顺道看望老师，要不要我帮老师推掉？"

陆清则想了想，摇头："不必，我们一起见见他。"

他越狼狈，卫鹤荣越放心。

陆清则行动不便，被照顾着梳洗了一番，没多久卫鹤荣就来了。

京中来了两个藩王，靖王势小但阴狡，蜀王又母家势大，卫鹤荣最近注意力多半放在那两人身上，也没怎么注意陆清则和宁倦。

屋内散发着浓重的药味儿，他扫了两眼陆清则。

距离上次见面也没太久，陆清则似乎瘦得只剩把骨头了，病骨支离，又遭了回刺客，脸上多了副面具，侧躺在床上，形容枯槁。

原本风光无限的小状元，可惜啊……

卫鹤荣心底凉薄地闪过几个念头，冲宁倦随意欠了欠身："微臣见过陛下。"

并未掩饰骨子里的傲慢与对宁倦的轻视。

宁倦坐在床头，似乎没看出卫鹤荣的无礼，露出笑容："卫首辅为朕分忧国家大事，还要为这种事再跑一趟，真是辛苦了。"

"为陛下分忧，是微臣的分内之事。"卫鹤荣看向陆清则，"陆大人的伤可要紧？"

陆清则的声音虚弱："多谢卫首辅挂怀，下官休养一段时日便好。"

说完偏头闷咳了几声，咳得沉沉的，仿佛全身内脏都在颤抖，听得人忍不住皱眉担忧。

卫鹤荣又看了他一眼，才别开视线："微臣过来，是想禀报陛下，除了锦衣卫从刺客身上搜到的玉佩，再没有其他证据能证明是蜀王殿下背后指使。此番蜀王被关，各地都有骚动，为安抚藩王，也不能再继续关下去了。陛下觉得，三日后请离蜀王殿下如何？"

"卫首辅说得对，便依首辅所言吧。"

宁倦眼睛乖顺地低垂着，一副唯卫鹤荣马首是瞻的模样，目光却沉了沉。

刑部尚书是卫鹤荣的人，换言之，刑部也算卫鹤荣的地盘，他没办法插手，无法让宁琮在里面吃足苦头。

三日后，宁琮不但会离开刑部，还要离开京城。

可是不狠咬宁琮一块肉，他咽不下这口气。

只是关几天罢了。

陆清则可是生生挨了一刀，他现在都还记得那沾着血腥气的梅香！

一想到这个，宁倦就恨不得把宁琮的皮扒了。

陆清则和宁倦的老弱病残组合非常真实，没让卫鹤荣试探太久。

卫鹤荣一走，小皇帝脸上唯唯诺诺的表情便消失得一干二净，沉着脸准备给宁琮找点不痛快。

"果果？"陆清则戳了下小皇帝鼓鼓的小脸，还以为他是因为在卫鹤荣面前装孙子不爽，"想什么呢？"

忽然被叫乳名，宁倦有点不好意思，可是又很喜欢陆清则这么叫他，眉宇间的郁色一散，又笑得天真无邪起来，一团孩子气："想老师会不会想吃糖蒸酥酪。"

陆清则心口一软。

小皇帝总是板着脸，但笑起来真是甜滋滋的，跟朵小棉花糖似的。

之前浑身都是刺，纵使暗暗地注意他，对他好一点也要遮遮掩掩的，假装浑不在意，现在会撒娇，也会明着对他好了，跟只求摸摸的小狗狗似的。

看来他的举措卓有成效。

用过午膳，宁倦想让陆清则休息，陆清则坚强地摆摆手："睡了好几日了，当真睡不着了，我检查一下你这几日的功课吧。"

宁倦踮脚摘下他的面具，看他精神确实还不错，勉强应了。

除了陆清则之前布置的作业，宁倦还额外看了许多书。

他看书很快，又过目不忘，什么都会看一些，颇有些好读书不求甚解之感。实在不懂的，就标记一下，等着陆清则给他解惑，短短几日，就垒起了高高一沓。

"老师，这句'我有功于人不可念，而过则不可不念；人有恩于我不可忘，而怨则不可不忘'，是什么意思？"

陆清则扫了一眼："我想你不理解的，应当是最后这一句。书中所言，旁人对你的过失，无须计较，必须忘掉。"

宁倦皱起眉："是的。"

陆清则没有直接解释，反问道："果果的看法是什么？"

宁倦抿了抿唇："我觉得是一派胡言，哪有别人对不起我，我还要往下咽的道理。"

谁敢得罪他，即使今日不报，他未来也必会报复。

"果果，你是君。"陆清则搁下书，"为君者，统御天下，将来你身边会有形形色色的人，若总是记怨，君臣关系便很难相和。我不是让你事事忍耐，但该糊涂的时候，就应该糊涂。"

小孩子的世界非黑即白，眼里容不下沙子。

宁倦还是不太乐意，看在陆清则的面子上，勉强支吾了声。

陆清则伸手点点他的额心，被小皇帝小猫儿似的蹭了下，眼里多了点笑意。

快意恩仇和当皇帝自然是不兼容的，等宁倦再长大一点就会知道了。

又讲了几本书，陆清则面上的疲态逐渐遮掩不住，宁倦严肃地把书抢过来："老师该休息了。"

陆清则确实疲乏了，起身时看了眼宁倦，才觉出不对，惊讶地把宁倦往身前拉了拉，比画了一下："果果，你长高了？"

小孩儿上月还是个瘦瘦的小不点，这个月不仅养了点小奶膘，还蹿高了许多，一直待在一起，他都没怎么注意。

小皇帝仰头看着陆清则美好的面庞，恍惚了一瞬，骄傲地挺起小胸脯，语气认真："以后我会长得比老师还高，给老师遮风挡雨。"

陆清则低低笑道："好，那老师就等着蒙受君恩了。"

送陆清则回去躺下后，宁倦转头就变了脸，笑意淡下去，吩咐长顺："让郑垚今晚来一趟。"

小陛下这惊人的变脸速度……

长顺心里咂舌，躬身应是。

晚些的时候，郑垚避开眼目，悄然来到了乾清宫。

宁倦不想让陆清则发现自己是个坏孩子，他躲在一间暖阁里，向郑垚交代了点事。

郑垚听完，脸色变得有点古怪："陛下，这……会不会有损皇室颜面？"

皇室还剩几分颜面？

宁倦心里冷笑一声，面上波澜不惊："朕下令，你去做，还有什么疑问吗？"

幼帝的气势实在充满了压迫性，但郑垚期待的正是这股压迫感，当即屏去杂念，恭敬应道："臣领命。"

隔日，街头巷尾忽然传起了一些皇家秘闻。

还是当年被死死压下的一则：蜀王宁琮还是皇子时，在后宫强迫后妃，被当场抓获。

百姓们茶余饭后就喜欢听这种东西，此则秘闻一出，当即火爆京城，又迅速飞出京城，仅仅三日，就衍生出各种添油加醋的版本。

等宁琮从刑部出来的时候，他已经彻底沦为了一大笑柄。

街头巷尾都在绘声绘色地传蜀王的故事，个别偏远些的地方，据说已经出了话本子，一时成为茶楼热门。

悠悠众口自然不可能堵得住，宁琮气得差点吐血，出来的第一件事就是派人去查，然而秘闻的源头却断得干干净净，一丝痕迹也无。

而他也没时间深入调查了。

他得即刻返回封地。

宁琮左思右想，觉得最有嫌疑的不是小皇帝，就是宁璟。

用仅剩的理智思索了下，宁琮就有了答案：那废物小皇帝哪来的本事插手到宫外？

必然是宁璟因为得提早离京，心怀怨怼，故意传出这种流言！

朝堂上看热闹的诸位大臣也是这么思量的，默默看着两位藩王扯头花。

走过路过时，也都忍不住要轻轻瞟一眼宁琮的下三路，不着痕迹地露出几分沉思的表情。

一时间，宁琮恨宁璟简直恨出血来了，趁着还没走，就先给宁璟找上了麻烦。

宁璟被丢了个黑锅，也郁闷不已，但他也不是好相与的，手段比宁琮毒辣高明得多。两人隔空匆匆交了个手，宁琮又吃了个暗亏，于傍晚含恨离开了京城。

宁倦听着郑垚的回报，眉宇间浮出几丝冷冷笑意："做得不错，就让他们狗咬狗吧。"

郑垚也忍不住笑，他看宁琮不爽很久了。

这招损归损，但真是解气。

正在此时，一个锦衣卫在外头敲了敲门："禀报陛下，属下在乾清宫附近抓到了一个形迹鬼祟的内侍。"

宁倦涌起点不好的回忆，皱皱眉："押上来。"

被押上来的内侍耷拉着眉，满脸绝望的惨白，跪下了还一个劲地哆嗦，连句求饶的话都说不清楚。

宁倦心里已经有了几分预感："谁派你来的？"

内侍抖得更厉害。

郑垚不耐烦，上去就是一脚："净身时连嘴也一起被割了？回话！"

郑垚面相凶恶，一身彪悍戾气，内侍吓得差点当场失禁，哆哆嗦嗦开口："奴……奴婢，奉蜀王殿下的命令，来……来给陆太傅传一句话。"

"一字不漏地说出来。"宁倦淡淡道，"差一个字，多受一种刑。诏狱的刑审手段，你应该不想体验个遍。"

内侍脸上最后一丝血色也褪了个干净，恐惧之下，身下出现了一摊水渍。

郑垚恶心得够呛："脏了陛下的眼！陛下，还是由属下带回去审吧，保管一字不差。"

听到这一句，内侍彻底吓疯了，边磕头边结巴道："蜀王殿下……殿下想对陆太傅说，说，别以为脸伤了，本王就会放过你，下次见面，你会跪着求本王……"

满室寂静，郑垚嘴角一抽，头皮发麻，都不敢看小皇帝的脸色了，屏息静气，当自己不存在。

半晌，他才听到宁倦极其压抑的声音："押下去，割了舌头，杖毙。"

郑垚如蒙大赦，赶紧拎着人下去了。

宁倦面无表情地掏出匕首，"嚓"一声，捅穿了旁边的一碟糯米糕，连带着底下的瓷盘，也"咔嚓"碎成了几瓣。

他握着匕首的手都在发抖,极力压抑着截杀宁琮的冲动。

若非情势不允许……

下一次,他定要亲手宰了宁琮。

他不允许任何人侮辱陆清则。

陆清则知道宁琮今日离京,喝下药后,就趴在床上等着。

直到天色沉沉,也没人来骚扰。

似乎是预料失误了,这玩意莫非还当了个人?居然没在离开前派个人来恶心他。

不过能不被骚扰,自然最好。

陆清则安心闭上眼,慢慢就有了点睡意,却没任由自己睡过去。

没过多久,外头传来极为细微的声响,有人蹑手蹑脚地进了屋,靠了进来。

陆清则睁开眼,看着黑暗里一个小小的身影走到床边,小心翼翼地伸手探过来。

没等那只手伸到鼻下,陆清则先一步开了口:"别试了,你家太傅活得好好的。"

床边的小身影一僵:"老师还没睡吗?"

陆清则懒懒道:"等着你呢。"

"老师知道我要来?"

陆清则似笑非笑:"没办法,谁让我这几天每天早上醒来,都会发现地毯上有一串花猫脚印呢。"

从前天早上开始,他就注意到雪白柔软的羊毛地毯上,多了几个黑乎乎的小脚印,跟雪地上的小猫脚印似的,一眼就能看出来是谁留下的。

这孩子似乎真的很担心他半夜睡着睡着突然一下没了,每晚都要来试试他还活着没有。

"怎么不穿鞋?"陆清则伸手摸了摸这小崽子,好歹今天披上外袍了。

宁倦小声:"我怕吵醒你。"

陆清则啼笑皆非,勉强拉开被子一角:"既然这么不放心,就同我睡吧。"

反正宁倦是个男孩儿,跟他一起睡也没什么。

小皇帝却没立刻爬上来,反而往后缩了缩:"老师等等我,我去洗洗脚!"

说着怕陆清则反悔似的,转头就小跑出去了。

没一会儿,又"嗒嗒嗒"抱着小枕头回来了,把小枕头往陆清则身边一放,刺溜一下钻进了被子里。

陆清则看得好笑:"这么想和我一起睡啊?"

宁倦认真地"嗯"了声。

那种浸入骨子里的、温和沉静的梅香,稍淡时清冷,稍浓时温暖,只要嗅到这个气息,就会让他感到平静。

陆清则弹了下他的额头,轻声笑骂:"小兔崽子。"

宁倦不以为忤,被陆清则这么骂了,反而有些说不上的高兴。

陆清则肯定不会和陈小刀这样吧。

还是他同陆清则更亲近!

一到夜里,宫里就静得像片死地。

陆清则安静了会儿,还是开了口:"果果,宁琮离京,我也该回府了。"

原本还在暗喜的宁倦一怔,委屈了:"老师为什么要急着走,是不喜欢和我待在一起吗?"

银白的月色从窗外淌进来,微微映亮屋内,隐约能看到这孩子撒娇的样子,长睫濡湿,黑亮的眸子里泛着泪光,小嘴扁着,像只落了水、可怜兮兮望过来的小狗。

小皇帝学撒娇也快啊。

可爱的东西让人手欠,陆清则忍不住又掐了把他的脸,嘴上倒很无情:"这招没用。"

宁倦委屈:"宫里这么大,老师以后就住在宫里不行吗?"

"不行。"陆清则原则分明,"我一介外臣,住在宫里像什么话。"

崇安帝死前赐死了一大片宫妃,但仍有零星几个不受宠的,在深宫冷院里待着。

要不是因为他是帝师,又受了伤,在朝堂上风评不错,住在宫里这么久,那群御史早把他骂死了。

"可是……"宁倦很不甘心。

陆清则受了伤,现在出宫休养的话,他肯定舍不得让陆清则再每天进宫为他讲学。

以他的身份,又不能日日跑出宫去找陆清则。

陆清则揉了把往他怀里蹭的小脑袋,毛茸茸的:"乖,听话。"

落在头上的那只手虽不算宽厚有力,却温和而细致,带着一股柔慈悲悯。

宁倦拒绝不了。

他低落地"嗯"了声,声音拖得很低很长,落满了失落。

陆清则实在不忍心让这小孩儿难过,嗓音越发温和:"果果,老师回去,是为了给你准备生辰礼物。"

礼物?

宁倦眨巴眨巴眼,距离他的生辰还早啊。

可是一想到陆清则在给他准备礼物,他又感到了一丝安慰,抱着陆清则的一条胳膊,叽叽喳喳地跟陆清则说了会儿话。

最后陆清则先抵抗不住困意,呼吸逐渐均匀。

翌日,在小皇帝的万般不舍中,陆清则生生拖到了傍晚才出宫。

小家伙不放心,让长顺送陆清则到家,连带着拎了一堆药材和补品,装了满满当当一马车。

陈小刀早早就等在了宫外,美滋滋地把陆清则接走。

到了陆府,他送走长顺,吩咐下人收好宫里带出来的东西,才扶着陆清则走进阔别已久的陆府内院。

进了屋,陈小刀就说起正事:"公子,我按您说的,给范大人的母亲请了位更好的大夫,现在范母的病有了好转,我猜他今晚就会登门拜访。"

"辛苦了。"陆清则欣慰地拍拍陈小刀的肩,"这件事多亏了你,做得很好。"

陈小刀尾巴都要翘上天了,干劲十足:"我去吩咐厨房煎药!公子先好好休息会儿。"

陈小刀没猜错,晚饭过后,陆清则在书房里闷着脸喝完一碗苦药,刚龇牙咧嘴地戴上副痛苦面具,范兴言就来陆府拜访了。

他不慌不忙地换上从宫里带出的银白面具:"去把人请来吧。"

范兴言此前并未见过陆清则。

去岁风光无限的年轻状元被下诏狱时,所有人都觉得他活不过初春了。

没想到死里逃生的陆清则依旧选择拥护正统皇室,为保护幼帝,甚至差点死于贼人刀下。

朝内许多大臣都对陆清则怀有敬重之心,可惜乌云盖顶,无人敢言。

范兴言早就想结交陆清则,只是苦于老母病重,无暇他顾。

随着陆府的年轻管家踏入书房,他一眼就看到了陆清则。

这位传言里的帝师戴着银面具,负手站在窗边,腰背如竹挺立,窗外的风一掠,单薄清瘦的身形似乎也随之一晃,抬手抵唇闷咳了几声,指尖雪白,露出的唇瓣亦泛着病态的苍白。

端的是风姿如月,不染凡俗。

范兴言心里一跳,几乎担心他会就那样倒下去,不由自主地跨了一大步,想去扶住他。

陈小刀快了一步,冲上去一把关上窗户,抱怨道:"公子,你身子不好,不能见风的,我就一会儿没看住……"

陆清则摆摆手,不太在意,嗓音却略有喑哑:"闷得慌,透点气。"

说着扭过头来,微微一笑:"范大人,久仰。"

范兴言眼眶忽然一热,想也没想,扑通一下就跪了下去。

陆清则愣了下:"范大人这是做什么,快快请起!"

范兴言的声音有些哽咽,硬生生行了一礼,才让陆清则扶起来,郑重道:"无论公私,帝师都受得范某一拜。"

陆清则叹了口气,示意陈小刀去外面守着,带着范兴言坐下来,嗓音温和:"范大人一片孝心,陆某不过略尽绵薄之力,能帮到忙就心怀甚慰了。"

范兴言眼底含泪,摇头道:"帝师怀瑾握瑜,光风霁月,又有浩然之气,在如今污浊朝堂上涅而不缁,范某早就心向往之,此番您于我更是有救命之恩,范某万死不能报。"

饶是他脸皮再厚,也被夸红了,好在戴了个面具能遮掩,仓促地咳了下:"范大人直呼我的名字就好，令堂的情况如何了？"

范兴言的情绪平复了点，羞赧地擦了擦眼睛："家母的病情已有好转，大夫说，不出半月就能下地走路，这一切都多亏您了。"

陆清则眼底露出点笑意："那就好。"

范兴言看着他脸上冰冷的面具，声音发涩："您的身体如何了？脸上的伤……"

"没什么大碍，多谢范大人关怀。"陆清则摸了摸脸上的面具，"不过这伤在脸上，过于狰狞，为防吓到旁人，往后只能戴着面具了。"

看他风轻云淡的，格外豁达坦然的样子，范兴言心中本就澎湃的感激与敬仰又上了一层楼，逮着陆清则又是一顿激动的吹捧。

陆清则：您这不重复的夸人文采，放到现代一定很受欢迎。

范兴言自然不是光来道谢的。

情绪彻底恢复之后，他的脸色凝重了点："我等外臣至今未能见过小陛下几面，不知宫中情况如何，敢问范某能做些什么？"

陆清则保持微笑听了半天，见终于进入正题了，略松了口气，缓缓道："如今陛下唯有我一人教导，也不能上朝听政。我想，此次藩王回京，陛下遭刺，正好可以作为一个突破口，若是范大人愿意联合所有御史一同上谏，想必即使是卫首辅，也拦不住悠悠众口，只是……"

会得罪卫鹤荣，有风险。

但言官的威力，是连皇帝都受不住的，更何况卫鹤荣本就立身不正。

他略微停顿，范兴言立刻会意，面色坚毅："您放心，范某必不会辜负您的期待！"

陆清则肃然起身，郑重地朝他行了一礼。

范兴言不敢受礼，连忙避开："这本就是我等的职责，帝师不必如此！您病体未愈，要好好休养才是。"

说完，热血已经燃了起来，握拳道："范某现在就回去写奏章！"

热血范大人不等陆清则说话，飞快回了个礼，转身就跑了。

守在门外的陈小刀甚至跟不上他的速度。

陈小刀目瞪口呆，纳闷地挠挠头："公子，这范大人冒冒失失的，靠谱吗？"

陆清则眼裙一弯，悠悠笑道："放心，没有比他更靠谱的了。"

原著里，范兴言的一番孝心打动了冯阁老家的千金，掐算一下时间，冯姑娘应当已经私服见过范兴言了……就是原本该冯姑娘暗中施助，被他截了道。

范兴言现在只是个小小的御史，但很快，他的品格与才能会得到冯阁老的赏识，随即迎娶冯阁老千金，走上坦荡仕途，话语权越来越重，最后也确实得到了暴君的重用，年纪轻轻便有望入阁。

最重要的是，冯阁老与卫鹤荣有龃龉，看不惯卫鹤荣已久，只是碍于朝野人心涣散，卫党又势大，郁郁地装病告假了许久，有机会自然会出手。

而都察院左都御史秦晖，一直在骂卫鹤荣的"一线"战斗着，不会不出手相助。

直接去找冯阁老或秦晖都是不现实的事，被卫鹤荣发现就是死路一条，将范兴言作为突破口，倒是最简单的。

之前他苦恼怎么接近范兴言时，还是陈小刀无意间点醒的。

正是这只小小的蝴蝶，将在朝堂上扇起风暴。

有了他们牵头，宁倦想要上朝，再添几位老师，就不难了。

这就是陆清则要送给小皇帝的礼物。

范兴言说到做到，陆清则在府里休养了几日，陈小刀就带回了打听到的消息。

以秦晖为首，所有御史联名上谏，争要幼帝入朝听政，择大家讲学，闹得沸沸扬扬，而先前告病的冯阁老也回了朝中，不声不响地站在了幼帝一派。

靖王晚蜀王几步离京，眼看乱起来，也不嫌事大地插了一手，隐隐也有站在小皇帝一方的意思——他当然看不起小皇帝，但这江山是宁氏皇族的，一个外姓权臣把持朝政，自然也会引起他的不爽，他不乐意看卫鹤荣只手遮天。

皇位暂时是谁的不重要，但必须姓宁。

闹哄哄的朝堂混战持续了一个月后，卫鹤荣不得不让步妥协。

陆清则看戏养伤，偶尔进宫哄哄孩子。

在太医的精心调养之下，伤好得很快，宁倦还特地让郑垚找来了不会留疤的药膏。

这场混战也没持续太久，就有了定论。

天气越来越热，夏荷初绽，宁倦的生辰也快到了。

陆清则携着这个好消息进了宫，将这个准备已久的生日礼物送给了宁倦。

出乎意料的，宁倦并不是很高兴。

小皇帝不像以往那样，一见面就扑到陆清则怀里撒娇，沉默了好一会儿，才低声道："我只要你教我，不想要其他人。"

隐隐带着股倔气。

陆清则好笑又好气，弹了下他的脑袋："说的什么话，费老大劲才给你争来的机会，好好珍惜，不许任性，新的先生都是很有学问的人。"

宁倦被教训了，闷闷不乐地"哦"了声。

他往后就要上朝了，那样的话，见到陆清则的时间就得减少。

等其他先生的讲学课程也安排进来，岂不是又要减少？

陆清则猜出他在想些什么，指尖点点他的额头："我三天两头地进宫还不够？往后你来我府上也不是不行，垮着脸做什么，我又不是要死了。"

听到"死"字，宁倦心里一紧，又想起了那混乱的一夜，陆清则浑身是血，周身萦绕着他永远忘不掉的血气梅香,睁大眼一把抓紧了陆清则的手,连"呸"了三声,绷着脸道:"什么死不死的,老师别乱说!"

陆清则适时转移话题:"果果,是不是又长高了?"

宁倦一直在暗中跟着郑垚练骑射武艺,宫里地盘大得很,够扑腾的。

大概是营养跟上来了,又在好好锻炼身体,每次见面,陆清则都觉得宁倦跟春笋似的,又蹿高了一小截,不再是几个月前那只瘦巴巴的小猫崽。

宁倦骄傲地昂起小脑袋:"高了一寸!"

他暗暗对着陆清则比画了一下。

老师虽然清瘦,但并不算矮,如果能比老师高小半个头……

一想到这个,就更有长高的动力了!

小皇帝现在每日起床的第一件事,就是量身高。

小孩子就是容易兴奋满足。

陆清则弯了弯眼,摸摸他的脑袋:"明儿就要上朝了,今天就放个假,不讲学,去御花园逛逛,我听长顺说,荷花都开了。"

宁倦对赏花没兴趣,不过陪着陆清则,他自然乐意。

御花园得到了好好的修整,也不像之前来时那般凄凉了。

荷花池中碧叶倾天,粉荷娇羞亭立,熏风卷着淡淡的清香拂面而来,不一会儿,又下起了淅淅沥沥的雨。

潇潇小雨中,一大一小坐在亭子里下棋,等待小皇帝拧眉思考下一步该怎么走的时候,陆清则托着腮,懒散地望了眼被晾在旁边的景致。

微雨过,小荷翻。

夏日将至,小皇帝要长大了啊。

长大了

第三章

又是一场雨下来，浇熄了连日来的燥热，整座京城笼罩在蒙蒙细雨中。

屋檐上的雨滴滴答答的，空气中浮动着潮湿的泥腥味，街上几乎见不到什么人了。

今年京城的夏日来得格外早，门房打了个哈欠，觉得这会儿应该不会有人来，回屋里想偷个懒觉。

刚躺下来，门就被敲响了，不紧不慢地敲了三声。

门房满腔烦躁，不得不重新起身去开门，一拉开，眼前顿时一暗。

门外站着个身量细长的少年，旁边的人踮着脚给他撑着伞，后头还跟着好几个腰间佩刀的侍卫。

这么大的雨，纵使撑伞也多少会有些狼狈，少年却丝毫未见窘迫，玄色袍服一丝不乱，垂眸淡淡看来。

那是张极俊美的面孔，线条优美的薄唇却紧抿着，清俊的眼眸深黑冷漠，气质尊贵。

看清那张脸，门房的腿一下就软了："陛……"

"玩忽职守，逐出陆府。"

少年没有多分一丝目光给他，丢下一句话，接过旁边人的伞，直接大步跨进了府内。路上碰到府中其他下人，只摆摆手，示意不必声张，轻车熟路地穿过月亮门与垂花门，进了内院。

一路走到西厢房，少年的脚步忽然放得更轻，慢慢推开了门。

雨水顺着屋檐淅淅沥沥斜飞着，形成道透明的雨帘，屋内的人披着件苍青色袍子，松松懒懒地斜躺在屋檐下，自成一幅水墨画，手上拿着本书，目光黏在上面，身边一碟葡萄，冷白的手指拈着葡萄，捏来捏去地折腾了半天，才凑到嘴边，吮了吮酸甜的葡萄汁。

听到开门声，也没在意："午饭先搁着，不饿。"

宁倦一下就笑了。

他悄无声息地走过去，弯下腰，猝不及防凑到他耳边叫："怀雪。"

意料之中的，没吓到人。

陆清则只是稍稍一顿，呼吸都没乱半拍，甚至还往嘴里又送了颗葡萄，挑了下眉："小兔崽子，敢直呼老师的字？"

陆清则没有长辈，加冠时还是冯阁老为他取的字。

宁倦把陆清则拉起来，一起坐到罗汉床上，不答反问："地上凉，陈小刀就让你这么躺着？"

语气有些冷。

陆清则想吐掉葡萄皮再说话，宁倦就一伸手。

尊贵的皇帝陛下似乎丝毫不觉得这有什么，眼睛甚至亮晶晶的，像只摇着尾巴的小狗。

倒也不用这么孝顺。

陆清则和宁倦僵持片刻，选择嚼嚼咽了，扬扬下巴："铺了席子呢。"

宁倦的脸依旧绷着。

这几年他想方设法，小心翼翼地养着陆清则的身子，珍奇补品，汤汤药药，辅之药膳，可算有了点起色，不似从前那般虚弱了。

但依旧像个精致脆弱的纸灯笼，挨点风吹雨淋就要坏掉。

宁倦蹭到陆清则身边坐下，下巴搭在他肩上："老师要是觉得热，我让长顺多送点冰来。"

少年已经不像小时候那样小小一只，能钻到他怀里抱住。

这几年宁果果"长势喜人"，已经和他一样高了。

恐怕再过几年，陆清则就得仰着头看他了。

小豆丁，长那么快。

陆清则颇为感慨，睨他一眼："多大人了，这么黏着我也不嫌丢人。"

嘴上这么说着，倒也没推开。

如今是盛元五年，他亲眼看着当初瘦巴巴的小孩儿，一步步长成这般英姿翩翩的模样。

异世漂泊，身似浮萍，陆清则几乎将宁倦当成了半个儿子并着半个弟弟养。

小崽子黏人，他反而生出了几分养崽成功的成就感。

宁倦当然不觉得丢人，垂下眼皮，又凑近陆清则。

微凉的梅香混着清苦的药味拂过鼻端，是很熟悉且令人安心的气息。

宁倦眼底流露深缠的依恋，几乎就想这么睡过去时，外头却来了个没眼色的："公子，我听下人说陛下来了，那午饭是送过来，还是你们移步去饭厅啊？"

陈小刀从屏风后冒出半颗脑袋，虽然看惯了宁倦有多黏人，但看着少年皇帝现在仍是这副样子，还是有点头皮发麻。

陆清则想了想："送过来吧。"

陈小刀心道陛下可真跟个小狗似的……刚冒出这个念头，冷不丁就和无声抬起头的宁倦对上了视线。

那双眼眸漆黑幽邃，如霜雪般寒凉。

视线相撞的瞬间，陈小刀打了个寒战，赶紧收回视线，脚底抹油似的溜了。

陆清则没察觉出异常，随手摸摸宁倦的脑袋："今天怎么来我这儿了？"

宁倦幽怨地抬起头："老师不肯进宫看我，我只能出来看你了，还被老师这样嫌弃。"

那张俊美的脸浮现出委屈之色，连睫毛都开始湿漉漉的，叫人看了就觉得自己罪孽深重。

小崽子年纪越大，撒娇卖乖的功力越见长。

陆清则一阵头大："谁嫌弃你了，我不是三天两头就进宫给你讲学？"

这几年韬光养晦，他的身体也实在是撑不住，领了个闲差休养着，大部分时间都用在陪这孩子身上了。

宁倦不满："可我想日日都与老师见面。"

"你不嫌腻得慌，我还嫌呢。"陆清则懒懒地弹开他的额头，"起开，吃饭了。"

宁倦哪儿听得了这话，气鼓鼓地盯着陆清则的背影。

在原地坐了会儿，发现陆清则没有要回头来哄自己的意思，才受伤地捡起碎成一地的心，眼泪汪汪地凑了上去。

近来十分闷热，厨房做的都是些清爽好入口的食物——陆府的厨子是宁倦派郑垚从不同酒楼里挖来的名厨，非常善做药膳。

两人对案而坐，陆清则也不秉承食不言寝不语："还没说呢，突然跑过来，怎么，宫里发生什么事了吗？"

提到这个，宁倦的脸色就有点沉，唇畔浮出丝冷笑："许阁老今日给我讲完学，催我尽快选定后位，就差把他家有个适龄的外孙女几个字写在脸上了。"

顿了顿，他看向陆清则，声音低沉下来："老师会催我吗？"

宁倦十七岁的生辰也快到了，历代皇帝，最晚十六岁也结亲了，是以大臣们催得紧。

陆清则满脸不赞同，果断道："不会。"

宁倦嘴角一弯，轻快的笑意刚溢出嘴角，就听陆清则严肃地补充："你还小，生长发育不完全，过几年再说。"

放到现代，宁倦还是个高二的小毛孩子呢。

别人陆清则管不着，但他的学生，他实在不能接受这么早就结婚生子。

还是孩子呢。

宁倦：什么叫发育不完全？

他完全得很！

昨晚……他还做了个梦。

但这种事，宁倦不太好意思和陆清则说。

陆清则就像月下的神仙一般，温和却疏淡，与凡尘俗世格格不入，虽在其间，冷静地看着红尘万丈，却不染尘埃。

那些难以启齿的东西，放在他面前就会令人自惭形秽。

宁倦把话咽了回去，视线无意间落在对面人的衣领上。

宁倦撇开视线，低下头往嘴里扒饭。

少年的变化全盘落在陆清则眼中，他摸摸下巴，陷入沉思。

他家小孩儿居然这么清纯？

只是一句发育问题，居然就把脸羞红了。

难道原著里暴君之所以不近女色，不是因为没有感情，而是因为太害羞了？

啧啧，原来是纯情暴君啊。

事不关己，陆清则乐呵呵地给宁倦夹菜："来，多吃点。"

吃完饭，陆清则想叫宁倦一起去书房，检查下功课，宁倦站起身，突然蹙着眉"嘶"了声。

陆清则脚步一顿："怎么了？"

宁倦看看膝盖，小声道："痛。"

其实也不怎么痛，他和郑垚学骑射时，摔下马眉头也不会皱一下。

但在陆清则面前，必须非常痛。

陆清则半蹲下来，给他揉了揉膝盖："生长痛吧，上次不是让你召太医给你多按按吗？"

宁倦露出丝嫌弃："不想让他们碰我。"

这孩子，真是越大越别扭了。

陆清则叹了口气，指指罗汉榻："上去坐着。"

说完，起身走到门边。

陈小刀应该是去吃饭了，外边站着几个身材高大的下人，见陆清则出来了，垂首恭敬地问："大人有何吩咐？"

陆府其他的下人只在外院活动，内院除了陈小刀，就几个宁倦派来的人。

这些人身手格外矫健，做事干净利落，八成是从侍卫里特地选拔出来的。

陆清则客气道："劳烦帮我打盆热水，再拿两条帕子。"

宁倦乖乖坐在榻上，正探着脑袋，想绕过屏风看看陆清则在做什么，见他端着盆热水回来，刚想开口，就见陆清则淡红的上下唇一碰："裤子脱了。"

少年天子瞳孔震颤，死死揪着裤子，嘴唇抖了抖："老……老师？"

陆清则挑眉："你不脱，难不成要我帮你脱？我可不会很温柔。"

说着，伸手碰到他的下裳，才注意到他衣裳下摆有点湿，估计是急匆匆地冒雨走来时溅湿的。

陆清则怕他感冒了，又扭身出去，吩咐外边的人找套干净衣裳，再煮点姜汤送上来。

宁倦的耳尖红得能滴血，犹豫再三，趁着陆清则出去的工夫，默默脱下了裤子。

陆清则又溜达回来，半跪着撩开他的衣裳下摆，两条修长有力的小腿露出来，他拍了拍，夸奖："练得不错。"

宁倦浑身紧绷着，揪紧了榻上的小被子。

中衣一直卷到膝盖，陆清则才停下。

然后撸起袖子，绞了两条热帕子，盖在宁倦的腿上。

热气驱散了凉意，好似就这么随着皮肤钻进骨骼，又蹿进血管，一路流淌到了心口，浑身都暖洋洋的。

宁倦一颗乱跳的心这时才安定下来，愣愣地盯着陆清则低垂的漂亮眉眼。

那双熟悉的细白手指落下来，隔着帕子，替他按揉起疼痛的地方："不想让太医碰你，就让长顺时不时给你这样揉揉，能舒服许多。"

半晌没听到应答，陆清则抬抬眸："做什么，傻了？"

宁倦静了静，轻声道："老师，你对我真好。"

陆清则低低哼笑了声："废话。"

说着，掀开已经逐渐丧失热意的帕子，手直接按在了少年的腿上。

微凉的指尖接触到皮肤，宁倦却觉得那双手炙热无比，烫得他条件反射地往回缩了下。

陆清则按住他的腿，纳闷："怎么，我力道太大了？"

宁倦缩了缩腿："没……没有。"

陆清则按得很仔细。

那双玉琢般的细白手指看上去孱弱，落下来的力道却不轻，不疾不徐的，从小腿到膝盖，手法娴熟。

自己的先生这么照顾自己，宁倦简直如坐针毡。

陆清则小时候跟在爷爷身边，老人家经常腰酸腿痛，他就学着按，手法就练出来了。

他仰起头问："舒服点了吗？"

宁倦窘迫地往榻上缩了缩，默默点点头。

见原著里打得主角乱窜、杀人不眨眼的未来暴君可怜兮兮的，陆清则忍不住坏心眼地逗他："躲什么，我还能笑你不成？"

什么笑不笑的？

宁倦耳根发烫，羞恼了："老师！"

陆清则从容起身，将送到屏风外的干净衣裳拿过来，递给宁倦："自个儿穿好。"

说完，悠然地离开。

宁倦坐在原地，深深地吸了口气。

直到脚步声彻底消失，他浑身紧绷的肌肉慢慢放松下来，脸上的羞窘趋于平淡，所有的情绪在陆清则离开之后，好像就找不到可以存在的理由了。

宁倦自己换好衣裳，步出厢房。

守在外面的侍卫低下头："陛下，陆大人在书房等着您。"

宁倦淡淡"嗯"了声，快步朝着书房走去。

等宁倦的时候，陆清则沏了壶茶。

是今年上贡的明前茶，颜色翠绿，幽香而味醇，宁倦三不五时地差人送东西来，去岁的都没喝完。

没等多久，宁倦就来了，他抬头笑着看过去，话到嘴边，却微微顿了一下。

跨入屋内的少年身姿笔挺，换了身亮眼的宝蓝色圆领袍，衬得眉目清俊，贵气逼人，掩去几分尚存的青涩，可以一窥日后风姿。

上一秒脸上还是生人勿近的冷淡，下一秒又带了笑，黏糊糊地凑过来："老师是要检查我的功课吗？"

陆清则回过神，颔首："坐。"

宁倦就乖乖坐了下来。

检查功课时，宁倦一如既往地对答如流，见陆清则露出笑意，趁机说出此行的真正目的："老师，过两日端午，你留在宫里多陪我几日好不好？"

前几年端午，陆清则要么旧病复发，要么风寒抱恙，不幸缺席，也没能进宫陪宁倦。

小皇帝一个人在宫里过这样热闹的节日，心里该是很寂寞的吧。

陆清则略一思索，便点头应了。

宁倦望着他眼角的泪痣，忽然就无比期待起今岁的端午了。

端午当日，一大清早，陆清则艰难地从床上起来，换上了没穿过几次的朝服。

不把这身衣服拿出来，他都快忘记自己多少也算个一品大员。

虽然是个虚衔。

朝服穿起来麻烦，还得陈小刀帮忙捯饬。

穿好了，陈小刀退后两步，上下一打量，夸道："公子，这身衣服很衬您啊！您穿红色真好看，回头让裁缝多裁几身红的呗？"

"别！"陆清则非常拒绝，"扎眼。"

陈小刀嘿嘿一乐，没再说。

反正陛下见到了，肯定也觉得公子穿红色好看，会让人送来。

宫城内早早就布置起来了，各宫门外摆满了菖蒲和艾蒿，宫城外停满了马车，官员相互攀谈着，闹哄哄一片。

到了地方，陈小刀正左看右看找停车位，就听轻轻一声咳，跟他唠熟了的那位禁军统领今天当值，目不斜视地指了个空位。

陈小刀喜滋滋地说："多谢多谢，回头一块儿喝酒去。"

十足的交际达人。

陆清则坐在马车内，把玩着面具，笑了笑，将面具戴上。

陆清则在朝中的地位有点特别——要说实权，目前没有，但要说名声，却大得很。

无论是当初登科，还是在众人缄默之时上谏阉党，抑或坚持为幼帝讲学，暗里推动陛下上朝，都令许多官员钦佩。

虽然更多人觉得他是脑子缺根筋，读书读傻了，居然敢挑衅卫鹤荣。

但无论是景仰还是嘲讽，的确无人不知这位将幼帝拉扯大的帝师，听说少帝对他亦是十分敬重信任，师生关系极好，也是一段佳话。

只是陆清则身体不好，很少见他出来。

陆府的马车一到，众人便纷纷看过来，紧盯着马车，想要见一见这位颇具传奇色彩的帝师。

掀开帘子的那只手很白，是有些病态的、接近透明的苍白。

果然身体不好。

这是众人的第一个感觉。

旋即陈小刀扶着车中的青年走了出来，绯色朝服上绣着仙鹤，腰佩玉带，身子虽单薄，步态却极稳，站直了，当真如那仙鹤般，静立如松，风姿如月，仅是个侧影，也看得出神清骨秀，令人不由得期待。

然而转过脸来，却戴着一张冰冷的银面具。

听说是为了保护陛下，不慎毁了容，面貌狰狞丑陋，所以陛下特许他在御前戴面具。

大伙儿后知后觉地想起这茬，不由得生出了几分可惜。

具体的滋味说不上来，翻来覆去脑海里也就三个字：可惜了。

怎么一群人围在这儿？

陆清则下意识摸了摸面具，确认面具是戴好的，然后左右瞅了瞅，想看看大伙儿在看什么。

方才静默的气氛又流动起来，众人又若无其事地继续笑谈着往宫里走。

陆清则吩咐陈小刀回去好好补觉，和来打招呼的官员寒暄两句，不过两步，身前又拦过来一个人，打量着他脸上的面具，"哼"了一声。

陆清则看他一眼："程大人，有什么事吗？"

这位当初提前告知他蜀王消息的程文昂程大人，这几年一有机会就会在他面前刷存在感。

只要撞见了，必要跳过来，今天表示"我负责的图纸可是很重要的"，明天又得意"我得了尚书大人赏识"，让陆清则非常怀疑他是不是刚从小学毕业。

他幼儿园拿到小红花时，都不兴这样炫耀了。

程文昂清清嗓子，又要来一段即兴炫耀，话没出口，陆清则幽幽道："你这朝服上的白鹇挺好看啊，比我的仙鹤大。"

一品仙鹤，五品白鹇。

一句话秒杀。

附近准备看热闹的官员们肩膀一抖，默默挪开了脚步。

程文昂噎了几秒，持续性无能狂怒，颇有点口不择言："虚衔有何用处，难道还比得上武国公！"

武国公？

陆清则觉得耳熟，正在思索，长顺的声音就从旁传来："程大人，今年端午，武国公驻守漠北不回来。听说您与武国公有隔着三十二房的亲戚关系，咱家也与有荣焉哪，毕竟咱家本姓程，说不定与你只隔二十三房呢！"

这不阴不阳的调调听起来实在是太损了，附近几个官员憋着笑路过。

程文昂彻底绷不住了，气冲冲地转身就走。

陆清则闷笑一声："长顺，能力见长啊。"

长顺笑眯眯地走到陆清则身边："陛下从昨晚就在念着您了，派奴婢来接您。"

陆清则也不意外，点点头，跟着长顺走。

长顺也算是跟在宁倦身边的老人了，如今品级不低，许多大臣见了都要尊称一声长顺公公，在陆清则面前倒依旧十分谦卑："陆大人，要不要告诉陛下？"

他指的是程文昂的事。

陆清则笑笑："不必。"

程文昂虽成日里酸唧唧的，非要与他攀比不可，但心眼不算坏，闲暇之时也挺有意思。

长顺本该告诉小皇帝的，但以他在深宫摸爬滚打多年的经验感觉，总觉得告诉小皇帝后，会有非常严重的后果。

所以他选择听陆清则的。

反正陛下也是听陆大人的吧。他惴惴不安地想。

陆清则还在思考武国公的事，一直到乾清宫了，也没太想起武国公在原文里的戏份，恐怕是他看漏了，只能进行求助："长顺，你对武国公有多少了解？"

提到武国公，长顺的语气都不由得带了几分敬仰："武国公是我大齐第一英勇悍将，有史大将军在，鞑靼与瓦剌只能俯首称臣！不过老将军已经多年未归京了，奴婢以前听说，似乎是因为……"

没等他说完，少年清朗的声音就从旁插入："老师想了解武国公，问朕岂不是更好？"

陆清则还没到，宁倦就跑到乾清宫外翘首以盼了。

见到一身绯袍的陆清则，他眼睛一亮，几乎可以想象出摘下面具后，这身绯袍会衬得那张面容何等明艳。

陆清则抬首，也看到了穿着十二章纹衮服的少年天子。

他身体太差，前些年都免于上朝，进宫时宁倦见他又只穿常服，这还是少见地看到宁倦穿衮服的样子,已然有了几分帝王的威严尊贵模样。

陆清则含笑打量了两眼。

宁倦不由自主地将腰板挺得更直。

常人都不敢直视天子,更何况是上下打量,但陆清则的目光,总叫他有点紧张无措。

半晌,陆清则弯了弯唇:"那就有劳陛下解惑了。"

他脸上其余的地方都被面具遮挡着,唯一露出的嘴唇就格外显眼。

当真是风华绝代。

宁倦一出现,长顺就很有眼力见儿地闭了嘴,领着其余宫人自动散开。

当年刺杀一事后,乾清宫的宫人便又被换了一拨,都是郑垚精挑细选的,伺候这么多年了,也知道小陛下不喜欢被人围着,尤其是与陆太傅在一起时。

方才一路走来,各宫殿的端午氛围都颇浓,挂满了菖蒲艾蒿,石榴花红艳,栀子花香浓,满宫红火。

倒是乾清宫,布置得反而没那么热闹。

陆清则和宁倦步入暖阁,打量着和以往区别不大的宫室:"果果,特地叫我来过端午,怎么连点氛围也没有?"

"都是形式罢了。"宁倦一扬下颌,颇有些不屑的样子。

他小时候在冷宫遭人欺辱,母妃去后,连吃口饭都成问题,宫里过节,再热闹也与他无关,所以对这些节日的观感很淡漠。

就算是现在,于他来说,端午唯一的意义,也只是能把陆清则请进宫来,多陪他几日。

四下也无人了,陆清则摘下面具,似笑非笑乜了眼宁倦,慢条斯理地从袖中掏出一条五色绳,两指拎着晃了晃:"原来陛下不喜欢?不早说,害我昨日白跟小刀学着编了半天。"

小皇帝的脸色顿时变得十分精彩,直勾勾地盯着那条五色绳,眼中写满了渴望和欣喜,抿抿唇,声音弱下来:"老师……"

陆清则佯作不懂:"看来陛下确实不想要,等会儿送给长顺吧,也不能真白费工夫了。"

长顺是想死吗!

宁倦的脸瞬间紧绷,想抢过来,又不敢伸手,眉峰紧蹙着,活像一只焦躁不安的小狗,眽着气势骇人,最后也只是可怜巴巴地叫了一声,带了几分央求:"我……我想要的,老师。"

陆清则眉梢一扬:"想要什么?"

"……想要老师亲手编的五色绳。"

脸好疼,这就是老师说的"打脸"吗?

但是能拿到的话,脸疼一点又怎么了?

陆清则眼底带着笑,指节轻轻叩了叩炕桌:"陛下,你是大齐的君主,想要什么,就自己拿,天下都是你的,不必求旁人。"

可别真把一代暴君养成了撒娇小狗,回头就得被人牵去宰了分食。

宁倦怔了怔,在心里反复咀嚼了一番这句话。

想要什么,就自己拿吗?

陆清则看小皇帝若有所思的模样,示意他坐下来,拉过他的手,将这条五色绳系在他手上,嘴上叮嘱:"端午后第一场雨时要剪下来丢掉。"

宁倦轻轻摸了摸陆清则亲手给他系上的绳结,抬眼一笑,眼眸亮晶晶的,映得满室生辉:"对了,老师怎么忽然问起了武国公的事?"

"唔,听长顺说,武国公今年也不回京,"陆清则想起这茬,"好像从未在京城见过史大将军,也甚少听人议论?"

这借口多少有点蹩脚,陆清则不是好奇心特别旺盛的人。

宁倦却只是点了下头,陆清则说了他便信了。

"武国公三代镇守漠北,满门忠烈,父兄战死沙场后,如今的武国公史容风少年袭爵领兵,独守漠北几十年,确实很少回京。"

略一沉吟后,他继续道:"在十二三年前,武国公就不再回京,只派副将进京述职。"

这回是真好奇了,陆清则不由自主地往宁倦那边靠了靠,认真听着:"为何?"

淡淡的梅香扑近,稍微浓郁了点,宁倦满意地半眯起眼:"此事还得从一桩旧事说起。二十年前,武国公曾与一漠北女子成亲,武国公夫人生产时血崩离世,留下一子。武国公与夫人生前感情甚笃,便将儿子留在身边教养,没有送回京城,只请封了世子。"

"小世子长到五岁时,鞑靼与瓦剌联手偷袭,二十万大军兵临城下,漠北战乱,彼时龙椅上那位忙着修仙,阉党势大,武国公又得罪过阉党,整整一个月,粮草竟都未调齐,漠北的士兵只能用死马肉并着深埋地底的草根果腹。"宁倦嘴角勾出丝凉薄嘲讽的弧度,"……最后还是卫鹤荣联合兵部与户部尚书,强行调了粮草送去。"

陆清则不免愣了一下。

情理之中,意料之外。

卫鹤荣是聪明人,知道覆巢之下无完卵,不过他会直接出面强行调军粮,倒有点出乎意料。

毕竟那时候的卫鹤荣还不是权势滔天的卫首辅,得罪了阉党,八成也得遭罪。

"没有粮草补给,漠北几乎陷入死局。武国公秘密派精锐亲兵,护送小世子回京,没想到消息走漏,半道被人偷袭。彼时战局胶着,武国公得知消息,却不能亲自去救,人手更是调无可调,等有了喘息之机,再带人去找,也已经晚了。"

陆清则深蹙着眉,心里堵得慌:"那孩子死了?"

宁倦见不得他皱眉,伸手轻轻抚平他的眉头,指尖下落时,在他眼尾的泪痣上略微一顿:"那队护送小世子回京的亲卫悉数战死,唯独不见小世子的尸首,除了武国公,所有人都觉得小世子已经死了,毕竟只是个五岁的孩子,在那种战乱中……"

也不知道是不是想起了自己，他缄默了一瞬："武国公寻了小世子多年，遍寻无踪，也再未归京。京中对此议论纷纷，有认为武国公是对皇室寒了心的，也有认为他是在漠北继续寻找小世子，所以不愿回京的。"

这桩旧事并不光彩，后来被崇安帝按下了，知晓的人不多，也不敢随意提起。

陆清则听完整个故事，总算想起来了。

难怪他觉得武国公耳熟，却又想不起来。

武国公在原著里都没露过面啊！

就缠绵病榻时，写了一小段剧情——主角找到了武国公失散多年的孩子，得到武国公的感激与支持，获得军中威信……然后武国公就病死了。

原来是主角的金手指。

主角这会儿还在江南待着当闲散少爷呢，宁倦不会再是个杀人如麻的暴君，主角也就没必要再起兵造反。

陆清则心安理得地想，他抢个剧情不过分吧？

可惜原著里并未清楚提及主角是在哪儿找到小世子的，好在有个大致范围，陆清则回忆了会儿，才望向宁倦："果果，帮我办个事。"

敢这么跟皇帝说话，简直大胆过头，宁倦却很喜欢，笑道："老师尽管说。"

"你找人去江南一带，寻一个十七八岁的少年，"原著里小世子上来就是真名，陆清则也不知道他现在叫什么，"他肩上有一个月牙形的胎记，武艺颇高。"

除此之外，也不知道还有什么特征。

毕竟当初翻得实在太潦草了。

宁倦的眼眸深黑，盯着陆清则看了一瞬，没有多问，起身走到外面，淡淡吩咐守在门外的长顺："叫郑垚避开人过来，朕有要事找他。"

说完，又折回屋里，冲陆清则露出甜甜的笑："老师吃了吗？厨房包了粽子。"

陆清则拧了下小皇帝的脸："戴着两副面具吗你？"

宁倦往他手上蹭蹭，笑眯眯的。

郑垚很快秘密赶来了乾清宫。

听完宁倦的命令，郑垚正准备去安排人，安静坐在一旁的陆清则忽然起身，将刚煮好绑在一起的一串小粽子递过去，道："特征太少，范围又大，辛苦郑指挥使了。端午还要劳烦你，吃点粽子吧。"

郑垚跟在宁倦身边几年，为他暗中办事，再清楚不过小陛下的脾气，当即无声吸了口气，一时不知道该接还是不该接，偷偷瞟了眼脸色难辨喜怒的宁倦。

片刻，才听到宁倦平和的声音："老师送你的，就收着，呆愣着做什么。"

……我怕您削我啊！

但郑垚脸上不敢表露半分,接过陆清则递来的粽子,弯了弯腰:"多谢太傅。"

大伙儿认识几年了,多少也算朋友,陆清则总觉得郑垚的态度有点奇怪,狐疑地看了眼宁倦。

后者正眼观鼻鼻观心,捧着杯热茶在吹,等郑垚退下了,才将茶盏推过来,一脸无辜天真:"白毫银针,颇为清甜,老师试试?"

还是很奇怪。

郑垚是在怕这小家伙吗?

陆清则咬着小粽子,琢磨了一下,又觉得挺好。

下属畏惧,总比下属无惧强,别过了头就好。

此时,长顺在外边敲了敲门:"陛下,陆大人,百官将齐,您看,是陆大人先过去,还是您陪陆大人一起过去?"

宁倦不假思索的一声"一起"还没出口,就被陆清则截断了:"我先过去。"

说着瞥了眼脸色垮下来的小皇帝:"嫌平日还不够招摇吗,晚上再来陪你。"

小皇帝的玻璃心摇摇欲坠,满腔委屈地点点头,见陆清则拿起面具,忽然伸手截过来,起身微笑道:"我来帮你。"

少年清爽的气息逼近,陆清则忍不住微微往后仰了仰。

小崽子是真的长大了。

从前非要给他戴面具,还得踮着脚。

戴好面具,宁倦不舍地将陆清则送到外边,才盯着他离开的背影止了步。

老师让他派人去找的,是武国公家那位小世子吧。

他有时候真怀疑,陆清则是不是天上下来的神仙,为什么会知道那么多,比如当初他被偷走的那支玉簪。

前些年,他派郑垚将偷窃的宫女抓了回来,拷问了一番。

顺便问了点有关陆清则的事。

那个宫女被拷问得神志不清之时,也肯定自己只远远见过陆清则一次,没有过任何交流。

但是陆清则就像知道簪子的下落一般,很快就为他找了回来。

老师身上的秘密太多了。

虽然很想知道一切,不过他舍不得逼陆清则开口。

眼里的那道绯色消失,宁倦转回身,思绪不由得散发了出去。

老师肤白胜雪,很适合穿红色,绯红、朱红、水红、杏红……想必穿大红的喜服,也极为好看。

可这世间有谁配让他穿上喜服?

宁倦面无表情地垂下眼帘。

陆清则抵达西苑时，百官基本都到齐了。

端午的一整日，大伙儿都不得消停，清早起来点名，拜见皇帝，再举行划龙舟、射柳等活动，晚上还有个端午晚宴。

陆清则在心里类比了下，大概就是小学生郊游、大型团建活动与公司年会领导发奖结合体。

等了会儿，宁倦便也从乾清宫过来，携领百官，去往皇家园林。

陆清则走在前头，身边就是卫鹤荣。

卫鹤荣今日的心情似乎不太好，虽脸上看不出来，但往日还会与人虚伪地客套几句，今日却笼着袖子谁也没理，不知道又在盘算着什么。

陆清则不过瞟了一眼，老狐狸腾地扭过脸，敏锐地捕捉到他的目光，露出个不阴不阳的笑："陆太傅，别来无恙啊。"

难得的好日子，陆清则懒得和这老狐狸掰扯，果断低下头，剧烈地咳了几声，十分虚弱："挺不错的，多谢卫首辅关心。"

说罢又继续咳嗽，咳得周围的人听着都面露不忍之色。

卫鹤荣当然看得出来陆清则是故意的，但看他咳嗽得唇瓣发白的样子，不知道想到了什么，低低"哼"了一声，竟然也没说什么，袖袍一甩，便将他抛到了脑后。

陆清则表演完了，慢吞吞地收回帕子。

除却五年前，那场关于小皇帝的讲师与上朝的风波外，这几年他们按兵不动，卫鹤荣再未吃过瘪，行事也越发张狂。

但他又有着令人发指的小心谨慎，做事不留痕迹，整个卫府也被围得密不透风、宛若铁桶，吏部也很难安插进新人。

原文里视角在主角那里，对宁倦的描写自然没么多，仅一句宁倦十九岁时扳倒了卫鹤荣，并没有过多详写。

好在朝中已有些大臣暗中投靠，又有冯阁老的明面支撑，至少现在，宁倦过得比原著里好得多，不再孤立无援。

只需要一个恰当的时机，就能根除卫鹤荣在朝中的势力。

陆清则抬眼，注视着少年挺拔的背影。

原著里的暴君太孤独了，短短的一生极为仓促，纵然坐在龙椅上，接受着万民与百官的朝拜，依旧是孑然一身，死后为万人唾弃，只余骂名。

他想要让宁倦被万人拥护，青史留名。

登龙舟时，百官列在岸边等着，陆清则一扭头，却发现卫鹤荣不见了。

一堆人在逐渐攀升的日头下等了许久，也没见人回来，逐渐都有些不耐烦了，用眼神交流着对卫鹤荣的不满。

平日蛮横无理就算了，这时候还敢如此！

今日园林里人多，京营与锦衣卫都在巡逻当值，郑垚也在队列中。

宁倦漫不经心地递去一个眼神。

接收到宁倦的眼神，郑垚眨了下眼，待了片刻，就寻了个由头转身离开，去派人探消息了。

宁倦收回视线，脸色很平静："卫首辅恐怕是有事耽搁了，我们先上吧。"

上了龙舟，陆清则就站在宁倦身旁。

湖面风大，清晨的风凉丝丝的，陆清则身子单薄，袍袖被风鼓起，猎猎而动，玉带勒出的一把细腰格外明显，让人担心他会被吹进湖中去。

宁倦看得皱眉，侧身替他挡住风。

各样的目光横扫而来，几个御史眉目严肃，低声咳嗽。

陆清则张了张嘴，想让宁倦别这么招人注目，结果不慎吃了口风，蹙着眉偏头闷咳起来。

龙舟上也没有船舱可躲风，宁倦果断扭头："朕忽然有些头疼，让龙舟靠岸。"

众大臣麻了。

这才开了不到一半！

陆清则揉了揉额角。

现在该头疼的是他了。

龙舟很快掉转，回到了岸边。

宁倦握了握陆清则的手，只觉得冷冰冰的，眉头皱得更深，又吩咐长顺去拿袍子来。

陆清则欲言又止："陛下，现在是五月。"

天上那么大一个太阳，你是想热死老师吗？

宁倦："那我替老师焐一焐。"

"不成体统。"陆清则果断把手抽回来，"大庭广众之下，像什么样子？"

宁倦眼底流露出一丝阴郁的不甘。

因为他现在势弱，所以连在其他人面前给老师焐焐手也不行吗？

若是他掌管大权，谁敢说三道四？

陆清则没注意宁倦的眼神，但能感觉到少年不太开心，左右看看，踮脚凑到他耳边，压低声音："晚上再说。去做你该做的事，不要任性，听话。"

暖暖的气息拂过耳畔，还有熟悉的淡淡梅香，宁倦的耳尖腾地漫上一层红，一下就没声儿了，乖乖点头。

平时卫鹤荣看得严，宁倦难以和外臣有接触，端午盛宴自然是一个接触的时机，趁现在卫鹤荣不在，得把握好时机。

接触的大臣名单，是陆清则根据原著记忆筛选，再由郑垚派人调查过的，都是未来会大放异彩但目前还寂寂无闻，所以也没被卫党拉拢的官员。

这些交给宁倦独自处理更好，他要是跟上去了，难免会让这些人产生"陛下还需要依靠太傅才能行事"的感觉。

宁倦前脚刚走，前头忽然传来"扑通"一声，慌张的惊呼声乍起："有人落水了！"

"谁会水？！"

"侍卫、侍卫呢？快来救人！"

众人正慌乱，一道黑影忽然冲到岸边，毫不犹豫地跳了下去，一把抓起水里挣扎的人，先将人送上岸了，自己才爬了上来。

是个身姿矫健的年轻人，看身上的衣服，是在京营当差的。

陆清则拨开人群走上前，听身边传来窃窃私语声："这不是左都御史秦大人家的公子秦远安吗？"

"听说秦公子不爱学文偏爱武，前年过了武试，还和秦大人闹僵了。"

"好好的文官不当，偏要去当粗鲁的武夫，换我是秦大人，也要打这不孝子一顿。"

"喊，就爱嘴上胡咧咧，没有武将保家卫国，你还能站这儿说风凉话？"

……

落水的人是个品级不高的小官，脸色惨白，有大胆的靠过去一探鼻息，声音颤抖："死……死了？"

端午宴会，竟死了人，这可不是小事。

陆清则拨开身前的人，走过去蹲下身，一把拉开这倒霉鬼的衣领。

即使有不认识陆清则的，看到面具也知道这是谁了："陆……陆太傅？"

"怎么能脱死者衣裳，太不体面了，有辱斯文啊！"

陆清则没搭理周遭的小声谴责，找准按压部位，进行胸外心脏按压。

秦远安看出陆清则不是在瞎捣乱，抹了把脸上的水，冷冷开口："都安静点，他在救人。"

数息之后，地上平躺着的人忽然呛出口水，胸膛又有了起伏。

周围一片讶然："又活了？"

"哎哎，太医来了，都让让！"

"挤在这儿做什么，不怕被都察院的记一笔啊！"

"记什么记，落水的就是个小御史。"

陆清则闭上眼甩了甩头，起身时还是一阵头晕，差点摔倒，还好秦远安就在旁边，扶了他一把："大人小心。"

这边的动静不小，宁倦在后头正见着几个大臣，忽听前头有人落水了，又听到夹杂着几声大呼小叫的"陆太傅"，心脏差点停跳，大脑一空，回过神时，已经跑了过来，见陆清则安然无恙地站在那儿，才发现自己起了身冷汗。

然后才后知后觉地发觉，自己是关心则乱。

他派了人暗中保护陆清则，陆清则怎么会落水。

见秦远安还扶着陆清则，宁倦的脸色微沉，走过去不动声色地挤开秦远安，亲自扶住陆清则，才开口问："怎么回事？"

陆清则三言两语说了下情况，又示意宁倦看旁边低着头的秦远安："多亏了秦公子下水救人。"

宁倦这才不太情愿地瞥了眼秦远安。

方才这人两只手都碰到老师的手了吧？

小皇帝内心"哇"一下打翻了醋坛子，面上不动声色："做得不错，想要什么赏赐？"

秦远安低着头，语气平平："多谢陛下，这本是微臣之责，不敢讨要赏赐。"

秦晖也赶了过来，正在边上站着，本来看着儿子湿漉漉的，还有两分担心，见他毫无恭敬的模样，又气不打一处来。

宁倦眯了眯眼，没对他的态度感到不满，淡淡道："论功行赏回头再说，先下去换身衣裳，秦大人很担心你。"

一直显得无动于衷的秦远安这才微微一顿，却没去看秦晖，只是又行了一礼，才转身下去了。

落水的小御史也被抬去看太医了，众人见没事，也纷纷散去。

宁倦一低头，发现陆清则的衣裳被洇湿了一片，担心他又受风寒，吩咐长顺送碗姜汤并着干净衣裳上来，拉着陆清则找了间空屋子换衣服。

陆清则被他弄得哭笑不得："我哪儿有那么娇弱。"

你有哪儿不娇弱？

宁倦忍不住在心里顶了一句，没好气道："老师，你一向说，人贵在有自知之明。"

陆清则噎了下。

这小兔崽子。

干净衣裳和姜汤很快送进了屋里。

身上的衣裳有些湿，确实不太舒服。

陆清则接过干净衣裳，便顺手宽衣解带，脱得只余一身中衣。

中衣也沾了水，他又准备将中衣也脱了。

宁倦没想到陆清则就这么在自己面前脱衣服，整个人顿时蒙了，腾地转过身。

大学时在寝室，夏天太热，一群男生衣服想脱就脱，见宁倦一下背过去，陆清则还愣了一下。

陆清则非常善解人意，从容地绕到屏风后去。

这段等待一时变得有些说不出地煎熬，宁倦额心沁出了细汗。

怪今年的夏日太过燥热了。

这衣服一个人穿有点小麻烦，等陆清则系好腰带，长顺正好拿了些水送上来。

冰库里的冰早拿出来了，今日晚宴上也会用来冰镇点水果，不难拿到。

见陆清则衣裳穿得不是特别齐整，长顺下意识地想帮忙理一理，转念一想陛下还在里面，又觉得自己有点多事，便下去了。

陆清则拧了条帕子，看宁倦还是跟朵阴暗的小蘑菇似的，长在墙角不肯回头，无奈地把湿帕子递过去："自己先擦一下。"

宁倦这才闷闷地"嗯"了声，头也不回地接过帕子，仔细地擦脸，用了好几条帕子，确认擦得干干净净了，才扭过头来。

散发着少年英气的面容干净俊美，眼眸还有些湿漉漉的，但脸紧绷着，拧巴得要命。

陆清则：这孩子的偶像包袱，得有八百斤重了吧。

"好了？"

宁倦闷闷地"嗯"了声。

宁倦又打量陆清则穿得不太服帖的衣裳。

他唇边带了丝笑，没想到永远雍容淡静、处变不惊又料事如神的老师还有这一面，真是……太可爱了。

这个念头刚闪过脑海，宁倦不免一怔。

片刻，宁倦放弃斟酌，松开微拧的眉心："老师，衣裳乱了，我替你理一理。"

陆清则后退两步，张开双臂，非常自然地接受皇帝陛下的服侍。

没想到他主动拉开了距离，宁倦反而上前一步，低下头，认认真真给他整理起来，手指拂过衣袖上每一寸褶皱，熨过不平整之处。

两人的视线已经从以前的一高一低变为了平视。

在不久的将来，恐怕又会变成一高一低，只是这回，是宁倦俯视他。

陆清则乐观地想，不是我矮，是这孩子蹿得太快。

他也是一米八的人呢！

陆清则正神游天外不着调地想着，腰上忽然一勒。

宁倦将他系得有点松垮的腰带系紧了，轻声问："老师平日里也是如此，当着旁人的面就直接脱衣服？"

陆清则没太明白："什么？"

"当着陈小刀的面也是如此吗？"宁倦的声音低，听不出声音里的情绪。

即使他挤出每一丝空闲，想与陆清则待在一起，但皇宫与外头终究隔着距离。

陆清则与其他人相处的时间，还是比和他在一起的时间多。

凭什么陆清则不可以住在宫里？

腰带似乎又紧了一分。

陆清则呛了一下，拍了下宁倦的手："当然不是——你是不是想欺师灭祖，松一点！"

宁倦闷不作声地稍稍松开了些。

系好腰带，他又蹲下去，给陆清则整理衣摆。

陆清则"哎"了声，把他拎起来："这就不用了。"

宁倦目光灼灼："老师，我服侍得不错吧？"

陆清则"唔"了声："技术一般，态度不错，下次再光临。"

宁倦又凑近了点，活像只期待摸摸的小狗："那，老师今晚能和我待在一起吗？"

陆清则挑眉："我要是不和你待在一起，你怕不是半夜又要偷摸来我屋里，看我还活着没了。"

这就是答应了。

陆清则近两年很少留宿皇宫了，宫门落锁前就会走。宁倦眼睛亮亮的，对晚上充满了期待。

陆清则总觉得小皇帝背后仿佛有条尾巴在欢快地晃，笑着点点他的鼻尖："好了，该出去了，收起你的小尾巴。"

宁倦"嗯嗯"点头，积极地帮他戴上面具。

尾巴摇得还是很欢快。

因为有了晚上的期待，白日就过得很快了。

端午最受瞩目的活动，无疑是"射柳"。

策马扬弓，射柳接枝，以无羽箭镞射场中插着的柳枝，既射断柳枝又能手接断柳飞驰离去者为上等，只射断柳枝而不能接住断柳者为中等，射不断或射不中者为下等。

大齐重文轻武，最能打的武国公在漠北守着，还待在京城的，骨头多少都有点退化了，唯有两人夺得了上等。

一个是与卫鹤荣走得极近的五军营总兵樊炜，另一个是被宁倦特许不必当值、一起参宴的秦远安。

阵阵喝彩声里，陆清则瞅了眼面无波澜的宁倦："想玩吗？"

宁倦盯着热闹的广场看了许久，才摇了摇头。

看来是想玩的。

少年天性，谁不爱玩。

陆清则有些堵心——凭什么他家孩子得活得这么小心翼翼的？

要不是宁倦得韬光养晦，低调做人，他能断定，今天的上等还能再添一人。

晚宴将近时，行踪不明了一天的卫鹤荣施施然重新出现在众人面前，也没解释去了哪儿。

对于卫鹤荣的骄纵失礼，宁倦依旧未置可否，反而将原本就丰厚的赏赐又添了一等，以示重视。

余下百官，除了陆清则的稍微丰厚，其余也都是正常规格的赏赐。

一时卫党得意扬扬，晚宴结束时，不少原本因为等待卫鹤荣而不满的大臣又攀了过去，堆着笑巴结。

范兴言满面不快地找到了陆清则，连叹几声："怀雪，你知道吗，今日卫鹤荣进宫，坐的车驾，规格都要比皇室高了！"

陆清则摇摇头："也不是一日两日如此了。"

比较庆幸的是，对古人而言，谋反不是说反就反的，需要过个很大的心理门槛，而且卫鹤荣对皇位似乎也不是很感兴趣。

范兴言叹了几口气，跟陆清则唠起家常："我家夫人最近脾气躁，我都连续睡了两天书房了。"

嘴上抱怨，口气却甜滋滋的。

有了岳父提拔，范兴言去年擢到大理寺少卿，眉目间的气质都更干练了几分。

这几年两人关系亲近了许多，范兴言人前清正挺拔，人后就爱碎碎念，还非常容易哭哭唧唧的。

冯阁老家那位千金格外吃范兴言这套，小夫妻俩感情好得不得了。

陆清则含笑听他说着，快出大殿了，脚步才一停："就送你到这儿了。"

范兴言愣了下，见长顺不知什么时候不远不近地跟在两人身后了，才恍然大悟："哦哦，陛下留你讲学吗？真是太刻苦了，是我耽误时间了！"

陆清则：不，他只是单纯想爹了。

待范兴言走了，长顺才小碎步跑过来，笑眯眯地说道："陛下在等您了。"

回到乾清宫，宁倦已经脱下了衮服旒冕，换上了常服，在院子里等着陆清则。

陆清则还有点可惜："这就脱了？我还没看够呢。"

宁倦愣了一下，也没怎么思索，扭头就道："长顺，让人把衮服重新拿回……"

陆清则好笑地打断了他："折腾什么，随口说说罢了，不累吗你？"

靠近时，他嗅到宁倦身上有一股淡淡的酒气，是晚宴时喝的，还喝了不少。

宁倦确实有些疲惫，拉着陆清则进了暖阁，抬手轻轻摘下他脸上的面具。

暖融融的烛光中，那张清艳的面庞露了出来，微勾的眼尾下一点泪痣，琥珀色的眼眸中倒映着细碎的微光。

宁倦顿时又精神百倍了，指尖一下下摩挲着那张微暖的面具，垂下眼道："和老师在一起，不累。"

小嘴还挺甜。

陆清则揉了把他的脑袋："晚上喝了不少酒，没醉？"

宁倦还挺骄傲："老师，我千杯不醉。"

小毛孩子，得意什么！

陆清则转为捏了把他的脸:"一会儿喝点解酒汤再睡——去江南寻人的人手齐了吗?"

宁倦很享受被陆清则管,笑眯眯地应下:"老师放心,已经出发了。"

不过近来多雨,此时乘船不太安全,便只能走陆路了,八成会耽搁一下。

陆清则点点头,想起另一件事:"白日里卫鹤荣消失了许久,你让郑大人去查了?"

他注意到登龙舟前,宁倦冲郑垚使了个眼色。

宁倦舔了下唇角,露出个意味不明的笑:"对,查出个十分意外的东西。"

陆清则被吊起了胃口:"什么?"

宁倦忽然灵光一闪:"老师答应在宫里多留三日的话,我就现在告诉老师。"

陆清则不言语。

宁倦小心斟酌着改口:"那……两日?"

自己加个价,又忙不迭砍了?

出息!

陆清则好气又好笑,无语地抄起桌上的茶盏抿了口,润了润喉:"好好好,陪你就是。查出什么了?"

宁倦盯着那杯茶支吾了一下。

"哼哼什么呢?"

陆清则闲适地靠在大迎枕上,毫无所觉地又呷了口茶,悠闲地教训:"切不可在人前也这么吞吞吐吐的。"

宁倦瞳孔幽深,盯着他摩挲着茶盏的细白手指,欲言又止了半晌,乖顺地"嗯"了声:"知道了,老师。"

暖暖的烛光里,少年坐姿端正,冷峻的五官也多了几分柔和,像只被顺着毛的小狼犬,看不出曾经浑身是刺的样子。

把随时可能失控咬断人喉的暴君,养得这么温良恭俭让,陆清则十分有成就感,伸手去碰他的脸:"脸怎么红红的?是不是白日里风吹多了?"

贴上来的手指细腻微凉,丝绸般细滑。

那感觉仿佛一下到了心口,暖乎乎的,茶水被陆清则毫无所觉地顺走了,宁倦只能重新倒茶:"没事,就是屋里闷了些。"

陆清则还想再问,宁倦却提前截了话头:"是这样的,老师,我让郑垚去查秦远安的时候,意外发现……"

陆清则发现不对:"等等,你查秦远安做什么?"

宁倦当然不会承认是自己瞎吃干醋,冷静道:"今日他出现在老师身边的时间太凑巧,该查。"

秦远安哪能确定他会过去救人?

陆清则更迷惑了。

宁倦赶紧跳过这一茬，抛出重点："没想到竟查出来，秦远安差点成为卫鹤荣的女婿。"

陆清则眉毛一挑。

秦远安他爹秦晖，是都察院左都御史，跟卫鹤荣不对付很多年了。

尤其是宁倦登基之后，秦晖每封奏章都在骂卫鹤荣。

五年前宁倦能获得听政的权力，秦晖至少出了小半的力。

这两人的不对付，是真的不对付。

而且重点是……

陆清则抬眸："卫鹤荣不是只有个儿子吗？"

根据锦衣卫递上的资料，卫鹤荣的独子卫樵出生便患了不治之症，卫夫人去后，十岁的卫樵被卫鹤荣嫌弃，丢回了卫夫人的老家，再没过问。

十足的冷酷绝情。

宁倦颔首："老师可能不知道，卫鹤荣与秦晖年轻时是一对挚友。"

甚至还是一起借住在寺庙里，寒窗苦读时，抵足而眠的那种挚友。

后来卫鹤荣先中一甲状元，秦晖又在三年后中进士，两人成婚时还结了娃娃亲，不过晚出生的卫樵是男孩儿，这件事就不了了之了。

但卫樵在离京前，与秦远安感情甚好。

旒冕摘了下去，少年的头发乌黑浓密，陆清则忍不住顺着毛茸茸的发顶蓐了两把："卫樵不是被送回老家了吗，你特地提他，难不成卫鹤荣把他接回来了？"

宁倦笑眯眯道："老师真是料事如神。"

陆清则愣了一下："若是接回来了，京中该有些闲言碎语。"

这小小的京城，还能有社交悍匪陈小刀打听不到的八卦？

他边说着，就想收回手。

宁倦察觉到他要收手了，悄悄又在陆清则手心里不经意似的蹭了两下。

乾清宫一干宫人，也只有长顺能贴身伺候宁倦，就算如此，他仍会避免被人触碰，不像那些离了下人就不能自理的王公贵族。

可是他好喜欢被陆清则摸脑袋。

那只不算宽厚也不算温暖的手掌，不紧不慢地抚摸着他的时候，总能带来一股如同他本人一般的沉静，徐徐浸润心田。

蹭完了，宁倦正了正脸色："卫鹤荣派人秘密将卫樵接回了京城，今日一早便抵达了，只是十分低调。"

若不是他看秦远安不爽，顺便让人查了一下，又让郑垚派人去卫府死死盯守，恐怕就不会注意到卫樵了。

"卫樵此次回京，是因为病入膏肓，时日无多。卫鹤荣白日里应该是暗中回去看他了。"

宁倦的嘴角缓缓勾起，眼底却没有笑意："想不到卫首辅舐犊情深，演了这么多年，也要演不下去了吧。"

所有人都以为，卫鹤荣与妻子关系冷淡，对亲生儿子不闻不问。

但没想到，卫鹤荣不是对卫樵毫不关心，相反，他煞费苦心地护着自己这个儿子，将他送出京城这个旋涡中心，显然是为了让他平平安安长大。

但因为卫樵病重，又不得不将他接回了京城。

要不是宁倦突发奇想，查了下秦远安，恐怕还不会注意到卫樵。

陆清则突然有点啼笑皆非。

卫鹤荣演了这么多年，没想到暴露在宁倦的一时兴起上，真不知道他会有什么表情。

陆清则往后靠了靠："卫鹤荣不可能眼睁睁看着儿子病死在眼前，京城名医云集，他把卫樵接回来，也是想再寻求一丝生机。"

宁倦点头："我会让人全天在卫府外盯着的。"

因着这桩事，派去江南寻人的锦衣卫，临时又领了个加急任务。

除了找小世子，还要帮他找一个人。

不过在确保能找到人前，他不想和陆清则说。

陆清则嘀咕："卫鹤荣不是病急乱投医的人，能进卫府的人，恐怕身上连根猫毛都沾不得吧。"

秘密的账本，来往的通信，这些致命的东西，卫鹤荣都滴水不漏地藏着，卫府内几乎三步一岗，凡是进府的，都要经过层层盘查，比皇宫还严密。

这几年他们想插人手进卫府或进吏部，都只能安排在最外围，卫鹤荣警惕得很。

但卫樵似乎能成为一个突破口。

陆清则又和宁倦商量了会儿，夜色愈浓，说着说着，不自觉地打了个哈欠。

宁倦打量着他的脸色，止住话题："老师，你该休息了。"

这具身体太孱弱，十分容易疲惫，陆清则以前通宵改试卷都不会这么累，他有气无力地点了下头，蔫蔫地去沐浴更衣。

看陆清则脚步不稳出去，宁倦沉下了眉眼。

从第一面见到陆清则起，他就觉得陆清则像个纸雕的美人灯，浑身都是易碎的脆弱感，得叫人小心呵护着才行。

这么多年过去，即使知道他的老师并非脆弱之人，但那种看一眼就油然而生的保护欲，非但没有消减——

反而一日浓过一日。

陆清则沐浴一番，换了寝衣，走进暖阁，就看到宁倦已经坐在他的被窝旁等着了。

小皇帝只穿着白色寝衣，披散着头发，显露出几分平时刻意压着的少年气，屈着条腿，漫不经心地靠在床头，听到脚步声，活像只嗅到食物竖起耳朵的小狗，腾地转过头来，眼睛亮晶晶的，笑出一枚小犬牙。

一瞬间陆清则感觉这画面十分诡异。

怎么活像他才是皇帝？

……这是能想的吗！

陆清则摇摇脑袋，甩掉这个荒诞的念头，走过去坐在床边，刚想说点什么，就见宁倦拍了拍手。

等候已久的长顺端着一碗黑乎乎的药进了屋，恭恭敬敬地递给陆清则。

宁倦依旧带着笑容："听彭六说，老师这几日偶尔咳嗽，又不肯喝药。"

没用的陈小刀，连监督老师喝药都做不了。

彭六就是宁倦派到陆府的侍卫领头。

陆清则这几年喝药都快喝吐了，那些大夫还能不断突破，随着他对苦味的阈值提升，开出更苦的方子，搞得他现在闻到药味儿，就条件反射地犯恶心，忙苦着脸摆手："不过是咳了几声，我好端端的，又没生病，喝什么药？拿下去吧，困了。"

说着，就像鸵鸟一样，往被子里钻。

这难得的三分幼稚看得宁倦一下笑了，手疾眼快地抓住陆清则的手，用身体挡住他企图逃避的动作，故意将语气压得冷了三分："躲什么，喝药。"

陆清则挣扎了一下，却被牢牢地束缚着，一动也不能动。

他看着宁倦长大，反而对宁倦的成长变化不怎么敏感，此时才真正意识到，当初那个轻轻松松就能抱起来的小家伙，现在力气比他大了。

陆清则不免有点郁闷。

眼前人身躯清瘦得像只剩一把骨头，宁倦甚至不敢太用力，声音都放轻了许多，生怕惊碎了陆清则似的："老师是怕苦吗？"

落在耳边的声线清越明澈，带着少年独有的清朗。

陆清则从恍惚中回神，严肃道："你不要瞎说，我是你的老师，怎么可能怕苦？"

宁倦本来就绷不住严肃的神情，闻声忍不住笑道："你是我的老师，和你怕不怕苦有什么关系——顺子，药拿上来。"

长顺就端着药站在边上，缩肩耷眼假装自己不存在，听到这话，才小心送上那碗黑乎乎的药。

陆清则的手依旧被钳制着，眼睁睁看着宁倦一手接过了药，眉梢高高挑起，瞪着与他面对面的少年。

这小兔崽子，难不成准备给他硬灌药？

这个想法刚从脑海中升起，他就看到宁倦一仰头，干脆利落地将这碗药一饮而尽。

看颜色就知道，这碗药肯定苦得掉牙，宁倦的脸色却分毫未变，极深的黑沉眼眸一眨不眨地盯着陆清则，漾着三分碎星般的笑意，语气越发柔和："不苦的。"

"老师怕苦的话，我陪老师一起喝。"

陆清则活了两辈子，头一次被学生哄着喝药，再不情愿也没脸不喝了。

捏着鼻子灌下长顺重新端上来的药，陆清则又含了会儿蜜饯才缓过来，漱了漱口，等宫人都下去了，才弹了下宁倦的额头："这只是预防风寒的药，你喝了也就算了，下回别胡乱喝了，当心吃错药变成傻子！"

宁倦认真地想了想："我要是变成了傻子，老师还会要我吗？"

重点是这个吗？

陆清则本来就困了，喝了药更困，眼睫闪了闪，就闭上了眼，含糊道："要呗，你就是个小乞丐我也要你。"

他入睡倒是快，话音落下没多久，呼吸就渐渐均匀。

宁倦一动不动地在床边站了片刻，因陆清则随意的一句话鼻头发酸，心头却是暖融融的。

他拿着药碗走进里间时，甚至没发现嘴角的弧度抑制不住地扬着。

长顺贴身伺候多年，哪儿见过宁倦笑成这样，战战兢兢地接过药碗，惊恐地思索要不要宣太医。

陛下……陛下好像，脸抽筋了！

下江南 第四章

陆清则在宫里给宁倦讲了几天学。

本来至多留宿几日,宁倦缠人,又多待了一天。

近黄昏时,宁倦依依不舍地把他送出乾清宫,试图挽留:"老师,要不明日再回府吧?"

陆清则无奈:"我又不是不回来了,再过几日又是你的生辰,到时候再来陪你。"

这孩子,怎么每次分开,都跟生离死别似的。

宁倦略宽慰了点,一眨不眨地看着他坐上御辇,久久地伫立着,直到长顺撑着伞举到他头顶,提醒了句"陛下,要下雨了",才转身回了屋里。

没过多久,天沉甸甸地压下来,风雷交加,一声惊雷后,哗哗坠下了豆大的雨滴,噼里啪啦摔在窗外,荡出一片清凉。

宁倦坐在南书房里,翻开了锦衣卫带来的一封封密信。

长顺去沏了壶热茶回来,见到宁倦一直戴在手上的五色绳,想起陆清则的话,笑道:"陛下,这是端午后的第一场雨,五色绳该解下来伴着雨水冲走了,奴婢帮您拿出去吧?"

话音落下,就看到少年帝王的脸色沉了下来,抬头看向他,黝黑的眼底冰冷一片。

长顺人机灵,办事利索,跟在宁倦身边几年,还从未被这样看过。

他的冷汗登时就下来了,隐约察觉到症结所在,赶紧搬出救命符:"是……是陆太傅叮嘱奴婢提醒您的。"

那道凉凉的目光笼罩在他身上,听到这句话,才慢慢移开。

长顺那口气却还是没敢吐出来。

静默片刻,他才听到少年帝王低低的声音:"拿个锦盒来。"

锦盒拿来了,宁倦才小心翼翼地解开腕上的五色绳,珍惜地放入。

长顺吐出口气:"陛下,是放到老地方吗?"

宁倦的目光回到桌上的密信上，头也不抬地"嗯"了声。

潜入卫府暂无进展，卫樵的情况便也无从探知。

不过在探得卫府的消息前，小雨连绵了几日。

陈小刀嘟嘟囔囔地抱怨："今年的天气也忒怪了，老是下雨。"

陆清则皱眉看了眼外头稍歇的潇潇小雨，不知道为什么，他心里总有点不安宁。

仿佛是应验了他心中所忧，下午宫里忽然来了人，请陆清则进宫议事。

陆清则每隔几日会进宫讲学，如果是宁倦想他，就会自己偷溜出来，要么就让长顺来请他，鲜少会派人来请他进宫议事。

出现这种情况，只有一种可能——内阁又吵起来了。

陆清则没有实职，却是货真价实的帝师，还是大齐史上最年轻的状元，之前几次内阁吵得不可开交时，也让他去围观进言了。

陆清则没怎么耽搁，换上朝服，便上了马车。

抵达文渊阁，陆清则才发现，除了几位大学士，工部尚书、户部尚书等人也在，貌似已经吵过几轮了，大家暂时偃旗息鼓，卫鹤荣面上喜怒难辨，宁倦则拿着本奏章在看。

四下安安静静的。

陆清则就在这样有点诡异的气氛里走进来，行了一礼："微臣参见陛下。"

见到陆清则，宁倦收起了眼底些微的不耐，带了点笑："太傅快起，来朕身边坐。"

陆清则戴着面具，坦然自若地顶着众人的目光，坐在了宁倦的右手边，看了眼宁倦。

宁倦适时开口："几位，可有决断了？"

话音一落，方才还静默的大殿顿时又吵嚷起来。

第一个开口的，就是暴脾气的范兴言岳父冯阁老："都什么时候了，南方水患，急需赈灾拨款，兴修水利，人命关天，十万火急！"

之前催婚宁倦的许阁老不阴不阳："江右水患一事真假尚不知，江右巡抚与布政使都尚未递奏章，冯阁老究竟在急什么，莫不是想着让范大人去赈灾领功？"

工部尚书躬身道："臣以为许阁老说得对，南方每年兴修水利，耗资甚广，如今也非水患多发时段，但皇陵已有十数年未修缮过，此次大雨倾盆，皇陵墙破，乃是祖宗的告诫啊！"

另一位大学士也开了口，拱手道："祖宗气运皆在皇陵，陛下，比起虚实未定的水患，还是修缮皇陵更重要。"

陆清则听了这么一会儿，也明白过来了。

南方传来水患消息，但真假不知，恰巧皇陵也被雨水洗礼了一番，倒了面墙，这群人便为是先修缮皇陵还是拨款去江右吵了起来。

陆清则悄然扫了眼卫鹤荣。

卫鹤荣老神在在的，听着下面几个人吵，敏锐地捕捉到他的视线，朝他微微一笑，眼底却没任何笑意:"不知陆太傅有何高见?"

陆清则拧眉:"赣江一带的确易出水患。"

他记得原文里,大齐经常出现水患。

农田被淹,瘟疫扩散,百姓流离失所,食不果腹,易子而食司空见惯,这也是民众起军叛乱的原因之一。

那时原著里的宁倦尚未掌权,却背了黑锅,等他大权在握,以强硬手段抢修水利,却已晚了,饱受苦难的百姓被征调去修河道,怨声载道,半路就反了。

崇安帝在位时,狂热地修了许多道观行宫,左支右绌,国库本来就空虚。户部尚书脸色不太好看,冷哼道:"南方年年报水患,求朝廷拨赈灾款修水利,这几年拨了百万白银下去。如今不过几日小雨,若是真出了水患,那倒要好好查查,往年的真金白银都填去了哪里!"

然后又是一轮扯头花。

陆清则听得揉了揉太阳穴:"可有从江右传来的消息?"

"自然有。"卫鹤荣气定神闲地说道,"江右巡抚昨日才发来奏章,言境内一切皆安,水患之说,多半是流言,见怪不怪罢了。"

陆清则略微一顿,意识到现在的情况。

除非弄清楚江右的情况,否则最后能做决断的人,依旧只有卫鹤荣。

但要是让卫鹤荣知道,宁倦有人手能拨去江右一探虚实,卫鹤荣就不会对他们这么和颜悦色了。

今日议事的大臣里,多半都是卫党,仅冯阁老几个人的声音,大不过那么多人,其余人揣摩着卫鹤荣的意思,不依不饶:"陛下,皇陵事关重大啊!"

宁倦被架着不让下,脸色冷了三分,最终吐出一句:"皇陵自然事关重要,所以更不能草率。杨尚书。"

工部尚书莫名地应了一声。

宁倦和陆清则对视一眼,得到陆清则微不可察的点头应允,开口:"既是修皇陵,就叫你手下的人画图纸上来,交由陆太傅定夺。"

杨尚书愣了愣,下意识地看向卫鹤荣。

卫鹤荣和善地望向宁倦,宁倦眼中适时露出几分警惕惶然。片刻,卫鹤荣拱了下手:"陛下所言甚是。"

其他人这才纷纷应和。

吵了一下午,总算能歇一歇了。

众人纷纷散去,陆清则也和宁倦回了乾清宫。

路上不太好说话,到了自己的地盘,陆清则才开口:"消息递出去了吗?"

宁倦忍了一下午,戾气横生,但面对陆清则,语气依旧柔和:"我已经让郑垚派人将消息递去了,刚巧南下的那支锦衣卫能顺便探查消息。"

只是从京城到江右，路途遥遥，即使快马加鞭，来往一趟，也要半月有余。

近来阴雨绵绵，行路不便，消息恐怕会更晚几日才能到。

看他眉心都还拧着，陆清则忍不住伸手给他抚平。

宁倦很喜欢陆清则永远处变不惊的淡静模样，乖乖地在他手心里蹭了蹭。

跟只毛茸茸的小狗似的。

陆清则眼底浮出点笑意："放心，在情况探明之前，我会拖住工部的人。"

隔天，陆清则就见到了负责皇陵修缮的人。

是个老熟人。

也不知道工部尚书是不是故意的，陆清则看到程文昂的时候，差点笑了。

程文昂的脸色相当之臭，实在不理解，工部的事，怎么能交给陆清则来定夺？

他努力奋斗这么久，不就是为了超过陆清则，让陆清则仰望他吗？！

但上头的命令，他又不能违背。

程文昂臭着脸，把从前的皇陵修缮的图纸递给陆清则："陆大人看吧，有什么意见，尽管讲。"

陆清则微微一笑，施施然坐下，也不急着看图纸，而是先不紧不慢地倒了杯茶："程大人请坐。"

说完，抿了口茶，颔首赞道："南岳云雾果然味甚香浓，程大人请用。"

他客客气气的，程文昂反而不好说什么，坐下来瞪着陆清则。

修皇陵其实不需要什么图纸，工部自然是选择将从前的图纸直接翻出来给陆清则看，谅他也说不出什么花来。

淡定地品完一杯茶，陆清则才翻开图纸，玉石般冷白的手指拈着图纸，细细地翻看。

然后脸色一沉，"嘭"地将图纸一拍："修缮皇陵事关重要，工部便是这般敷衍吗？！"

程文昂一口茶差点喷出来。

陆清则的声音珠玉溅落般清朗，说话向来不疾不徐，如今疾言厉色，声音冷沉下去，即使戴着面具看不到脸色，压迫感竟也极重："此次皇陵修缮，陛下极为重视，皇陵是皇家尊严所在，这种图纸工部也敢交上来？杨尚书与程大人，就是这般对祖宗先辈大不敬的吗？！"

只是修缮一下罢了，哪儿那么严重了，连对祖宗先辈不敬都出来了？

程文昂目瞪口呆，这一顶大帽子扣下来，他是一句话都不能辩驳了，脸色青青紫紫的，最终黑着脸应是："……我知道了。"

两日后，京城小雨淅淅沥沥，程文昂带着全新的图纸再次造访陆府。

陆清则打开图纸，摩挲下巴："算是看到了点诚心，但我感觉，还是有点奇怪。"

程文昂："哪里奇怪了？"

陆清则指指点点："这里，还有那里，我说不上哪里奇怪，但就是很奇怪，你再改改。"

程文昂憋着气："知道了。"

又两日后，程文昂再次携着新图纸来访。

陆清则蹙着眉，长吁短叹："唉，你们就是这般不上心吗？"

程文昂憔悴地一掐眉心："我改。"

再两日后，程文昂直接带着三版全新的图纸来访。

陆清则认真地欣赏了会儿，含笑抬头："要不，还是用回第一版吧？"

程文昂终于爆发了："陆清则，你是不是在故意戏耍我！！！"

陆清则满脸诚挚："怎么会呢？"

演完了，才想起脸上戴着面具，程文昂看不见他挤出来的诚挚表情，只能遗憾地收起自己的演技，严肃道："我只是尽职尽责，程大人应该能够理解，只有怀着对祖宗先辈的无限敬仰，才能将图纸绘制得完美绝伦。"

程文昂完全不能理解。

他愤怒道："那你觉得第一版可以，怎么不早说！"

枉费他不眠不休地精心绘制新图纸！

陆清则歪歪脑袋，无辜地说道："可能因为第一版还是有些不完美，你看，这里得大一点、突出一点，那里需要再往右移点。"

程文昂怒气冲冲地接过图纸，回去继续改。

陈小刀在旁边憋笑憋得难受，人一走，终于肆无忌惮地放声大笑出来："这程大人平时那么喜欢在公子面前阴阳怪气，可算是教训了他一回。"

陆清则感觉自己的甲方行径过于讨打，优哉地捧着茶盏，撇了撇茶末："其实我也不想这样的。"

谁叫程文昂正好撞上了呢。

陈小刀一屁股坐到陆清则边上，大咧咧地给自己倒了杯茶，一口喝下去，被苦得愁眉苦脸："咝……公子，陛下的生辰快到了，你是不是又要去宫内小住几日了？"

他都习惯了，要么陆清则被想方设法叫去宫里住，要么皇帝陛下亲自偷溜来陆府。

陆清则将面前的茶点往陈小刀面前推了推，摘下面具，含笑点头："府里的事就交给你了。"

即使早就看习惯了陆清则的脸，陈小刀还是有点不敢直视，搔了搔后脑勺。

他家公子长得这么好看，明明该是京城里最受姑娘欢迎的，可外头的流言越传越离谱，起初说陆清则被伤了脸才戴面具，后面传陆清则天生面貌丑陋，青面獠牙能吓哭小孩，才一直戴着面具，不以真容示人。

哪家姑娘听了这些传言，还会对公子感兴趣？

陈小刀唉声叹气的，几乎要为陆清则的婚姻大事愁掉了头发。

在陆清则的故意拖延下，工部的工作推进缓慢，皇陵还没开始修葺，宁倦的十七岁生辰就先到了。

五月十六日，天放了个大晴，宫中设了晚宴，邀百官携家眷参宴。

江右情况未明，但不耽搁大伙儿热热闹闹地过乾元节。

陆清则和百官一起，等着晚宴时才进的宫。

朝中群臣大致划分为三类，卫党、小皇帝党与墙头草，卫党与皇党泾渭分明，皇党明面上数量少，陆清则一出现在宫门外，几个相熟的大臣就凑上来打招呼，小声讨论近来的各种传闻。

范兴言姗姗来迟，看大伙儿正在七嘴八舌地讨论，就勉强把自己的话憋了回去，脸上带着傻笑，一副欲言又止的样子。

陆清则看了他一眼："范兄怎么了？想说便说吧，何必拘束？"

范兴言的笑容不由自主地扩大，笑得越发傻气："也没什么，就是……我要当爹了！"

大伙儿顿时哄笑起来："恭喜啊范兄！"

陆清则也笑起来，真心实意地道了几声贺，在面具的遮掩下，他只露出清晰的下颌线与薄红的唇角，却也足够吸引人。

众人不由得觉得有点可惜：当初陆太傅也是个俊秀绝伦的少年郎，若是脸没被划伤，哪会到现在都娶不上媳妇呢？

话题不知不觉就从范兴言这儿落到了陆清则身上，众人带着点小心翼翼："陆兄打算何时娶妻生子啊？"

干我什么事？

果果，借你一用。

陆清则微笑道："我是陛下的老师，陛下尚未成人，家国大事在前，岂敢考虑个人私事。"

大伙儿十分动容："陆大人……"

"我想陛下若是知晓，必然也会劝导陆兄先成家！"

陆清则听得无比头疼，余光忽然觑见个熟悉的身影，连忙道："几位先进去吧，我见到个熟人，去打个招呼。"

陆清则脱了身，走到个偏僻角落，转到守在那边的侍卫面前，打了个招呼："秦公子。"

秦远安原本在走神，猝不及防被叫了一声，吓了一跳："陆大人！"

陆清则含笑道："秦公子在想什么，那么出神？"

这种客套话，一般含糊过去便是，秦远安脸色冷峻，却回答得很诚实："一位故友生了重病，心情郁郁，下官有些担心，并非故意玩忽职守。"

陆清则眉梢一挑。

生了重病的朋友？是他想的那个吗？

卫鹤荣和秦晖早就分道扬镳了，但似乎没影响两个小辈的感情啊。

能让卫樵见见故友，稍微开心一点，卫鹤荣应该不会阻止。

陆清则忽觉找到了突破口，笑容越发和善，却没顺着说下去，只随意道："我也算久病成医，以我之见，生了病还被关在家里，心情必然郁郁，病情也难以好转。秦公子有空之时，带你朋友出去走走，或许对病人会好些。"

陆清则当年遭阉党迫害，一条命差点折在水牢里，往后几年，病情一直反反复复，一身病骨几乎腌出药味儿，直到现在，身躯也依旧单薄如纸，三步一喘似的，说这话可太有信服力了。

秦远安认真道了谢。

被人发现秦远安当值，说闲话就不妙了，陆清则没有多说，便转身走了。

入席不久，宁倦就来了。

每年生辰都要来这么一回，宁倦其实很不喜欢。

不过今年例外——往年这时候，陆清则还病歪歪的，多半见不得风，被他接进宫后，也是在乾清宫睡着，等他回去。

今年陆清则的身体好了许多，有他参宴，下头的歪瓜裂枣都顺眼了许多。

除了免跪的陆清则和几位阁老，百官哗啦啦跪了一片。

路过陆清则身边时，宁倦忍不住悄悄扭头看向他，被陆清则斜斜瞪了眼，才委屈巴巴地把脑袋转回去，走到高座之上，叫众人平身。

然后便是百官献礼。

除此之外，还有各地藩王与属国献礼，陆清则送的是一幅自己亲自作的画，在琳琅满目的生辰贺礼中，并不显眼。

宁倦却很欢喜，露出了今晚第一个真情实意的笑容。

众臣正小声讨论着谁送的礼最别出心裁，一声唳叫忽然响彻大殿，将众人的声音打断。

随即四下传来了小小的低呼，就连卫鹤荣也饶有兴趣地看了过去。

一个笼子被推进了殿中，笼中竟是只白羽缀褐斑的极为漂亮的猎鹰，即使显得疲惫，一双鹰目依旧无比锐利，礼官同时介绍："鞑靼三王子乌力罕，进献海东青一只，贺陛下生辰！"

陆清则平生第一次看到活的国家一级保护动物，听到这声，脑子里不由自主地冒出三个字：真行啊。

见到这只海东青，宁倦也来了点兴致。

兵部尚书坐得离陆清则近，面色隐有不屑："鞑靼已有两年未进朝贡，半月前漠北告捷，史大将军大败鞑靼，这群鞑子才知道装孙子。"

"听说鞑靼老可汗卧病不起两年了，如今手揽大权的就是这个三王子乌力罕，哼，黄毛小子，还不是被史大将军打得屁滚尿流。"

几阵窃窃私语后，有人愁眉苦脸道："但据说大将军在战场上，似是受了鞑子的暗算。"

"就鞑子的那点本领，怎么可能暗算得了史大将军？"立刻有人反驳，"哪次边关告捷，不会掺杂点这种闲言碎语。"

陆清则拧了下眉。

原著里史大将军病死，就是因为中了暗毒却未好好休养，又常年在漠北领兵作战，身上暗病堆积所致。

如果能早点把小世子找回来，说不定能改写一下老将军的结局？

送完礼，宴会正式开始。

宁倦的视线一直若有若无地落在陆清则身上，恨不得这宴会立刻结束，好让他和陆清则单独在一起说话。

陆清则被盯得感觉面具都要掉了，无声又横过去一眼，示意这小崽子收着点。

两人的眼神无声来回时，座下的许阁老忽然开口："陛下今日便满十七，也是时候考虑充盈后宫，开枝散叶了。"

真是哪壶不开提哪壶。

许阁老这么一开口，不少大臣也纷纷出言，中心思想都差不多：陛下也不小了，是时候立后选秀了。

无论是卫党还是皇帝一党，都希望宁倦早点立后，朝后宫里塞人。

宁倦下意识地看了眼陆清则，心里烦得很，嘴角一抿，嗓音冷淡："皇陵不日前才被雨水侵蚀，朕夜里梦到祖宗哭诉训诫，三年内都不宜成婚。诸位若是有异议，去皇陵前劝列祖列宗吧。"

众人震惊噎住。

什么啊！

这也是能搬出来的吗?!

陆清则本来还想帮忙解个围，闻言差点笑出声。

不愧是他的学生，深得他传。

被改图折磨得恍恍惚惚的程文昂怎么觉得陛下这话，有种似曾相识的感觉？

朝臣们被小皇帝近乎无赖的说法哽得反驳无能。

皇陵被雨水冲垮了一面墙是事实，宁倦敢搬出老祖宗说事，他们敢质疑老祖宗吗？

一时众人面面相觑，无论是卫党还是皇党，都集体陷入了沉默。

殿内的气氛诡异了会儿。

反而是卫鹤荣觉得很有意思似的，玩味地笑了一声，冲教得好的陆清则举杯："陆太傅这些年尽心尽力教导陛下，当敬一杯，请。"

陆清则身体不好，荤腥和酒都不该沾，宁倦脸色一沉，当即就想开口。

陆清则丢去个凌厉眼神，让他闭嘴，才转首与卫鹤荣对视上。

目光相触的瞬间，陆清则忽然生出一种怪异的感觉。

就好像，卫鹤荣知道他和宁倦没有表面上看起来那么简单。

却觉得很有意思，仿佛猫逗弄老鼠一般，居高临下地俯瞰着他们在自己的股掌之间挣扎。

——卫鹤荣，你真是料错了。

这可是原文里打得主角抱头鼠窜的小暴君宁倦。

陆清则无声勾了勾唇，平静地举杯回敬："卫首辅言重，您为辅助陛下殚精竭虑，特地将奏章带回府处理，陆某十分感动，该是我敬您一杯。"

一杯冷酒下肚，陆清则才发现这具身体的确不该饮酒。

火辣辣的酒意从胃里一下蹿烧到喉间，蒸腾得脸和脖子都在发烫，落入云端般的头重脚轻。

没料到这具身体的酒量如此之差，陆清则只能强作镇定地坐回去，呼吸有点沉重。

他戴着面具，也没人看得出他脸色有异。

好在只是胃里烧得慌，意识还没迷糊，陆清则担心自己真醉过去，老老实实坐在原地没动，喝了几杯茶，试图醒酒。

结果酒没醒成，反而因为喝多了茶，有点想去厕所。

陆清则使劲眨了下眼，尝试着控制了下肢体，估摸着应该能正常活动，才慢慢起了身，不带分毫异常地向身后的小太监问了路，稳步退出大殿。

宁倦的视线一直若有若无地笼罩在陆清则身上，见他离开了，硬生生按捺住跟过去的冲动，心不在焉地点了点桌面。

他很厌倦应付这些阳奉阴违的虚伪朝臣。

世界上只有陆清则，会用真挚明亮的温和眼神望着他。

给陆清则引路的小太监，是宁倦特地安排的人，跟随左右，陆清则出来，小太监还在外头等着。

大殿里气氛沉闷，一会儿少不得和别人虚与委蛇，陆清则脑子还有点沉重，想清醒一下，不急着回去，摆摆手道："我在外头透透气，你先回去吧。"

小太监小心道："陛下吩咐奴婢，要贴身跟着大人。"

大概是怕陆清则出什么事。

陆清则的第一个念头是"在宫里还能出什么事"，转念一想，在宫里说不定还真会出事，便也没赶人，缓步溜达起来。

就是不太奏效。

走了会儿，昏昏沉沉的感觉非但没消下去，积淀的酒劲反而缓缓攀了上来。

陆清则的脑子越发糊涂，一时有点分不清今夕何夕，走路却依旧稳稳当当的，气度一派雍容沉静，完全看不出一丝醉态。

他恍恍惚惚的，站在花园当中，负着手凝睇着面前盛开的红蔷薇发呆。

陆太傅是在沉思分析如今朝中的局势吗?

小太监屏息静气,敬仰地望着陆清则,不敢打扰他。

正在此时,有脚步声靠了过来。

小太监颇有点手脚功夫,闻声立刻转头,心尖一颤,高声提醒:"奴婢见过卫首辅。"

陆清则的思维慢了一拍,才捕捉到关键字眼,危机感袭上来,脑子霎时清醒了点,背着手慢慢转过身,果然见到了卫鹤荣,故作冷静地点了下头:"卫首辅也出来透气?"

别人看不出陆清则的真实情况,卫鹤荣的眼神却很毒辣,半眯起眼:"陆大人身体不好,既然醉了,就不该硬撑。"

话中似有深意。

陆清则眉梢微挑,淡淡道:"多谢卫首辅关心,陆某再不济,多撑几年也是没问题的。"

卫鹤荣在大殿里也被劝了不少酒,大概是有些醉意,看起来也不像平时那般傲慢阴狠,不像是来找麻烦的,反而一笑:"何必这般有敌意。"

他拨弄了一下开得极盛的红蔷薇,悠悠道:"看到陆大人这样子,真是让人怀念从前啊。"

卫鹤荣为官之前的过往被抹得几乎没有痕迹,但根据锦衣卫的调查,当年卫鹤荣考中功名后,应当也是个直臣。

这种一开始勤勤恳恳,此后处处碰壁,变得大奸大恶之辈太多,并不稀奇。

陆清则偏了偏头:"哦?卫大人从前与我很像?"

卫鹤荣避而不答:"天下举子,考取功名之时,谁不是满怀热血?"

陆清则被风吹得半边身子凉透,闷闷咳了几声,感觉更晕了:"后来呢?"

卫鹤荣的手搭在缠绕的花枝上,忽然稍微一用力,拧下了艳丽的花苞。

开得盛极的红蔷薇无声委地,看得小太监眼皮狠狠一跳。

他轻描淡写道:"不值当。"

话毕,不再多言,旋身便走。

陆清则揉了揉突突直跳的额角,想起了之前宁倦同他说的,十九年前,武国公在漠北那场惨烈的战役。

是卫鹤荣连同其他官员,为漠北输送去了一线生机。

卫鹤荣一走,紧绷的精神松懈下来,醉意又一股脑地冲上,将思维打散。

陆清则几乎分不清东南西北了,只得头昏脑涨道:"劳烦,带我找个亭子歇会儿吧。"

再不找个地方歇会儿,他怕自己真要醉昏过去了。

小太监终于看出他不太舒服,连忙应是,带着陆清则走上另一条鹅卵石路。

不想才走了几步,又被人惊喜地叫住:"陆太傅!"

……又来了!

陆清则心里直呼救命,发蒙地望过去,是个不怎么眼熟的中年男人。

对方拱手笑道:"陆大人,方才在殿内没机会打招呼,真是许久未见了。"

陆清则脑子里一团糨糊，但他醉后不仅不发酒疯，还很安静沉稳，甚至能和人应得有来有往，冷静地"嗯"了声。

对方又絮絮说了堆话，陆清则艰难地辨听着，似乎是在发表对他的敬仰，于是他谦虚微笑点头。

什么状元？不过他的确是省状元。

对方又夸起了自己的女儿："方才在宴会上，陆大人可有瞧见小女？小女年方十六，哈哈，不是在下自夸，小女琴棋书画，样样精通，相貌也不差……"

陆清则醉眼迷离的，对这位大人都没印象，更别说对他女儿有印象了，不过还是很给面子地顺着点头："令爱的确姿容过人。"

得到陆清则的赞许，对方更激动了："陆大人今年也二十有四了吧，府中仍那般冷清……小女待字闺中，仰慕陆大人已久，若是在下能与陆大人结秦晋之好……"

陆清则被酒精影响，思维有些迟钝，到现在听到了重点，才恍然大悟。

原来是来催婚的。

催完学生催老师，大齐婚介所啊这是。

他有点啼笑皆非，正想拒绝，忽然感觉有点不对。

身后不知何时落下了一道视线，灼烫得几乎要将他盯穿。

随后腰上忽然一紧，他被人大力往后拉开。

这位絮絮叨叨了半天的大臣脸色一变，连忙行礼："微臣参见陛下。"

啊，是果果？

陆清则唇角含着笑意转过头，顿时一愣。

身后的少年和他记忆里有些不一样。

月色之下，明暗交错，在他面前总像只撒娇狗狗的小皇帝，此刻脸色在半明半暗之间，矜贵俊美的面容冷冰冰的，轮廓线条紧绷，眼中泛着薄薄的戾色。

像头能一口咬断敌人脆弱脖颈的狼，露出利爪獠牙，充满攻击性。

宁倦冷冷地注视着对面冒出冷汗的大臣："说完了吗？"

陆清则没吭声，等那位大臣慌忙告辞离开后，才蹙着眉轻轻"嘶"了声。

腰上箍着的那只手，力道太大了。

宁倦却恍若未觉，面无表情地低头看来，脸庞彻底沉入了阴影之中，唯有一双眼，锐利寒亮，轻声细语问："老师喜欢周大人家千金，想成亲了？"

什么喜不喜欢的，还娶亲？

陆清则晕晕乎乎的，反应迟钝，半晌都没理解这句话的含义，愣愣地看着宁倦的脸发呆。

宁倦后知后觉地注意到，向来端方泰然的陆清则似乎有点不太对劲，顿了顿，语气缓和下来："老师？"

陆清则镇定自若："嗯。"

态度很冷静，尾音却是从鼻腔里哼出来，带着点鼻音，和平时大相径庭。

宁倦静默了一下，迟疑着问："你是不是……喝醉了？"

陆清则想也没想，矢口否认："没有。"

他拍开宁倦的手，认真地道："你看着，我还能走直线。"

说完，倔强地走向前面的石子路。

宁倦怕陆清则摔了，上前想扶他，却发现他的步伐还算稳当。

他眼睁睁地看着陆清则原地转了三圈后，一腔坏心情终于被驱散殆尽，没忍住一下笑出来。

方才在宴会上，他迟迟不见陆清则回来，心里不安，干脆亲自找了过来。

却没想到，还能看到素日冷静自持的陆清则露出这么可爱的一面。

宁倦回头瞪了眼跟过来的几个侍卫与长顺，示意他们扭头，不准看。

然后才上前去，轻轻拉住陆清则，嗓音带着笑："好了，我相信你没醉。"

陆清则停下了兜圈子的举动，负手淡然地点点头，却站在原地，半晌没动。

宁倦忍不住靠过去："怎么了？"

陆清则其实早就没什么力气了，目光在少年脸上描摹了片刻，艰难地辨认出这是他养大的小果果后，脑袋忽然沉重地低低一磕，差些摔倒，含混不清地叫了声："果果。"

宁倦连忙扶住他："老师？"

陆清则眯着眼，模糊地想，宁倦长大了，不像小时候，只到他腰间高。

宁倦托着他，感受着这份轻飘飘却又重若泰山的分量，知道他是醉了："老师还走得动吗？"

陆清则像他小时候那样，哄小孩似的拍了拍他的背："我困了，果果。"又想了会儿，才想起自己想说什么，"带我回去。"

说完这句话，耗尽了最后一丝力气，他合上眼睑，将全身的重量都放心地交给了宁倦。

之前跟过来的小太监见陆清则不胜酒力的样子，连忙过来想帮忙："陛下，奴婢来扶陆大人吧……"

话没说完，就被长顺捂着嘴摁回来了，低骂道："作什么死呢！陆大人也是你碰得的？"

小太监茫然地看过去，还没弄明白怎么了，便见到尊贵的皇帝陛下略一俯身，轻松地将陆清则背了起来，大步走向乾清宫，上身几乎纹丝不动，步子均匀稳当。

小太监目瞪口呆。

连长顺心里也犯嘀咕。

一路无言。

宁倦就这么静静地带着陆清则，回到了乾清宫。

他走得太稳，陆清则不仅没被颠醒，反而在轻微的晃荡里，睡得越发沉了几分。

长顺担心宁倦累坏了，眼巴巴地看着宁倦将陆清则小心翼翼放到床上了，赶紧凑上来："陛下，奴婢给您揉揉。"

宁倦拧了拧眉，不悦地剜他一眼。

也不小点声，吵醒了陆清则怎么办？

宁倦垂下眼，眼睫遮住了眼底神色，看着自己的手，虚虚握了握，声音轻忽下去，若不是离得近，长顺都听不清那一声："……他轻得很。"

就似一根羽毛般，没什么重量。

瘦得好似只剩一身病骨，叫人心惊胆战的，生怕动作大一点就会让他散了架。

少年天子的嗓音放得很低很柔，怕吵醒了陆清则，长顺连忙点头："那陛下，前头的宴会呢？"

"差不多也该散了。"宁倦亲自给陆清则盖上了薄毯，放下床帘，走出里间，淡淡吩咐，"朕去收个尾，叫人温着醒酒汤，准备好热水。"

长顺连声应是，给宁倦重新披上外袍，抚平了每一丝褶皱，跟着宁倦又回到了前头。

大臣们等了好半天，才把宁倦等回来，见陆清则不在，窃窃私语不断。

宁倦倒是坦然得很："太傅病体未愈，方才忽然晕倒了，朕去探了探。时辰也不早了，明日还要上朝，散宴吧。"

众人你看看我，我看看你，面面相觑。

果然啊……陆清则又病倒了！

收拾完前头的残局，宁倦步伐匆匆地回到了乾清宫，直奔暖阁，脚步却在踏入内室的瞬间放轻，小心走到了床前，掀开帘子看去。

陆清则的睡相很好，规规整整，离开前是什么样，现在就还是什么样。

宁倦这才恍然想起，方才走得太急，忘记给陆清则摘掉面具了，其他人又不被允许触碰陆清则。

戴着面具睡觉，恐怕并不舒服。

他俯下身，小心将那沾染着体温的银面具摘掉，露出了床上人的真容。

大概睡梦中感觉舒适了许多，陆清则的眉宇也舒展开了些。

他眉眼秀丽，气质清冷，平时没什么血色的脸庞有了云霞般的红，整个人顿时充盈着勃发的生机。

因为喝了酒，浅色的唇瓣也有了润泽的颜色。

室内灯影朦胧，仿佛每一丝空气都浸润了淡淡的酒意，混着清冷的梅香，杂糅成一种令人陶醉的气息，羽毛尖般轻轻蹭过鼻端，淌过心尖。暖阁内鸦默雀静，几乎可以听到灯花细微的噼啪声。

担心陆清则喝了酒难受，宁倦安静地陪伴在一边，看他脸色有些红，怕他又着了凉受风寒，伸手想探探他的额头。

陆清则短暂地睡了会儿，酒意总算消了些，睁眼就看到宁倦的手在自己眼前晃，懒懒地抓着捏了捏："小兔崽子，趁我睡着了作什么法呢？"

因为刚醒，嗓子还有些喑哑，懒洋洋的，倒不像骂人。

宁倦收回手："老师醒了？我……我给你倒杯茶。"

陆清则"唔"了声，捏捏额角，半坐起来。

他大致回忆了一下睡过去前发生的所有，镇定地略过自己干的丢脸事，接过宁倦倒来的温热茶水抿了口，掀了掀薄薄的眼皮。

这几年小皇帝如抽条的柳枝，长得极快，肩背虽还蕴含着少年独有的单薄感，身量却已经比他要高，挺拔修长，挡着屋内大半的光源。

虽背着光，脸色却并不像他之前看到的那样，含着锋锐的戾气。

那双狭长的眼眸一眨不眨注视着他，若是背后有尾巴，这会儿恐怕在摇个不停。

还是条乖巧可爱的小狗。

……之前是眼花产生的错觉吗？

陆清则思考了下，当时附近昏暗，就天上一轮冷月映照，他又醉眼迷离的，看错了也正常。

毕竟他一直担心宁倦会长成原著里那个凶残嗜血的暴君，宁倦小时候又的确是……挺凶残的。

好在他这几年卓有成效。

现在的宁果果多纯良可爱啊。

不过陆清则还是确认了一下："果果之前怎么心情不好？谁惹你了？"

一提起这茬，宁倦脸色就不太好看，腾地坐到他身边，闷闷道："老师之前听周大人说了那么久，是有意成婚了吗？"

陆清则恍然大悟。

以前他班里有个学生，是单亲家庭，跟着母亲过，母亲准备重组家庭的那段时间，那个学生一直郁郁寡欢的，担心母亲有了新家庭后，自己就会被忽视。他作为班主任，开导了好久——没想到宁倦这么早熟的孩子，也会有这种心理啊！

这些年他把宁倦又当学生又当弟弟，还当儿子养着。

在宁倦心里，他应该也是如父如母的存在，所以才会那么黏着他。

到底还是个孩子，害怕他成亲后会被忽视也正常。

陆清则放下茶盏，伸手揽住宁倦的肩，一副谈心的架势。

宁倦板着张脸，却还是又往他身边蹭了蹭。

陆清则的语气放得很柔和："担心我成亲后不要你啊？"

宁倦紧抿着唇瓣不吭声。

果然是在担心这个。

陆清则偏头观察着他的脸色，心也软下来，觉得这小家伙实在很可怜，又乖得惹人疼，温声道："放心，在铲除威胁前，我是不会想着成亲的。"

宁倦脱口而出："那之后呢？"

之后？

之后若是能遇上喜欢的姑娘，或许能试着追求，遇不到也没什么，他又不执着于结婚生子，那不是他人生规划里的终点。

何况他这一身病骨沉疴，也不知道能活多久，能不祸害人家好姑娘，还是别祸害了。

陆清则没有真把宁倦当成三岁小孩儿来哄，认真道："果果，你是我看着长大的，这份情谊不会因我成亲而改变。就像你成亲之后，也不会对我有所改观吧？所以，即使往后我遇到知心之人，你也永远是我最看重的孩子，不会有分毫改变。"

陆清则自认这番话讲得很透彻，宁倦的脸色却越来越难看了，心口处蔓延出一股冰冷的戾气与愤怒。

陆清则是自己唯一信任的人，他怎么能离开！

和知心之人成亲生子？

陆清则不会以为这么说，他会很高兴吧！

可是宁倦又有些茫然。

陆清则是自己的老师，他要不要成亲生子，自己没有资格置喙。

矛盾的不甘在心口剧烈碰撞着，又不能将这些情绪发泄到陆清则身上，最终宁倦面色一沉，声线压得极低："时候不早了，老师早点歇息。"

陆清则捧着茶盏，瞅着少年拂袖而去的背影，几分纳闷。

怎么还是不高兴？

他琢磨了会儿，试图分析小皇帝的心理。

脚步声又传来，陆清则以为是宁倦又回来了，笑着抬头一看，是长顺。

长顺端着醒酒汤，看到笔直端正坐在拔步床上的陆清则，又暗暗打量他的脸色，心底直犯嘀咕。

陛下刚才出去时满面沉怒，他还以为是跟陆大人吵架了，但看陆大人面色如常……而且就陛下对陆大人的看重，怎么舍得和陆大人吵架，就算生着气，还记得让他来送醒酒汤呢。

他心思转来转去，堆着笑道："这醒酒汤是陛下带着您回来时，吩咐内厨做的，还温着，陆大人快喝吧。"

陆清则眨了眨眼。

宁倦把他带回来的？

他之前睡得又不死，居然没被弄醒？

陆清则一口口喝着醒酒汤，又听长顺小心道："陛下待陆大人最好了。"

陆清则呛了一下。

长顺赶紧上来，轻轻顺了顺陆清则的背，看他呼吸缓下来了，才继续说："陛下平时一个人在宫里待着，就念着大人能进宫陪他片刻，有什么新鲜玩意，第一个想到的也是您，他最舍不得与您置气了，方才……"

陆清则看他一副谨慎试探的样子，好笑地摆手："没吵架，安心吧。陛下呢？"

"陛下去了南书房，把人都赶出来了，一个人在里头闷着。"长顺叹气道，"今儿还是陛下的生辰呢。"

陆清则顿感宁果果更可怜了。

是啊，今儿还是他的生辰呢。

一整日，绝大部分都用来应酬了，剩下这点时间，还生着闷气。

长顺看他凝眉，趁热打铁："陛下前些日子还发了好大的怒，今儿心情也不太好，晚宴上都没吃几口东西呢。"

陆清则偏头看他："前些日子？怎么了？"

他前几日进宫讲学，小皇帝看到他依旧是笑眯眯的，也没见有什么异色。

长顺赔笑道："这个小的不敢讲，不如您去问问陛下？"

话里话外，一直积极地推动他去跟宁倦主动求和。

陆清则喝完了最后一口醒酒汤，懒懒地站起身："知道了，我这就过去。"

走了几步，又略一停顿："你方才说，陛下晚宴上没怎么吃东西？"

小半个时辰后，陆清则端着亲手做的长寿面，并着一盘糕点，走到了南书房门口。

书房内烛光明亮，原本侍奉在内的内侍都在门外待着，确实全被赶了出来。

肝火还挺旺。

陆清则轻轻敲了三下门，没得到回应，又敲了一下，里面传出少年冷冷的声音："滚下去，别烦朕。"

这么凶啊？

陆清则不紧不慢地又敲了下门："那我滚了？"

话音才落，书房内霎时传来一阵慌乱的桌椅碰撞声。

"噔噔噔"的脚步声由远及近，旋即"嘎吱"一声，书房门霍然被拉开。

宁倦急匆匆的，微微睁大了眼，看到陆清则，又惊喜又不可置信。

他方才怒冲冲地跑出来，还以为陆清则肯定会生他的气，就有点惶惶的，待在书房里，不知道该怎么办。

没想到陆清则会主动过来。

两人一人在屋内，一人在台阶下。

陆清则微微仰首看他，戴着面具，看不见神色，但嗓音里满是调侃："还要我滚吗？"

宁倦脸一热，明明是站在高处的那个，却仿佛矮了一头，嗫嚅："老师……"

"好啦。"陆清则还抬着东西,扬扬下巴,示意他进屋,"听长顺说你晚上没吃什么,给你弄了点吃的。"

宁倦震惊地瞪大了眼:"老师亲手做的?"

"眼珠子都要掉进碗里了。"陆清则跟他进了书房,含笑道,"来尝尝味道,许久没下过厨了。"

宁倦并不在意这碗面的味道如何。

对他而言,这是陆清则亲手为他做的,就能抵过世间一切美味珍馐了。

何况味道并不差。

宁倦吃着面条,心尖上的雪被融了一层又一层,充盈着喷薄欲出的暖乎乎的甜意。

陆清则坐在宁倦对面,支着肘托着腮,笑眯眯地看宁倦吃面。

他意外落入这个时空,身似浮萍,并无根源,周遭的一切于他而言,无不陌生,宁倦算是他在这个世界立足的理由之一。

宁倦的确看重他,但他对宁倦的看重,恐怕更甚几分。

长寿面吃完了,还有个圆圆的糕点。

这个制作难度比较高,是陆清则让内厨的厨子用面粉、蜂蜜做成的,勉勉强强糊成个蛋糕的形状,上面缀着圈晶莹酸甜的樱桃。

陆清则从袖子里摸出根细长的蜡烛,借旁边的油灯点亮,正正经经地插在蛋糕上。

宁倦茫然地睁大眼睛:"老师这是做什么?"

陆清则晃着脚,唇角衔着点笑,哄孩子:"在我的家乡,过生辰时会吃蛋糕,点根蜡烛在上面,吃前闭眼许愿,再吹灭蜡烛,就能心想事成。"

宁倦半眯起眼,探究地看了看陆清则。

他着郑垚查过陆清则的家世。

陆清则祖籍临安府,自幼父母双亡,供养他读书长大的伯父,也在他进京赶考前病逝,再无其他亲人,简简单单,清清白白。

临安府有这样的习俗吗?他从没听说过。

看来老师还有些其他的秘密。

宁倦并不信神,甚至是厌恶的,世上哪有许个愿望便能实现的简单之事。

崇安帝妄图问道长生,折腾了那么几十年,也不过是徒增史书上一笔,供后人笑话罢了。

不过陆清则这么说了,他也就照做了,闭上眼时,原本无波无澜的心里,忽然急速地跳出几个下意识生出的愿望。

他希望陆清则一直在他身边。

他不想陆清则和别人成亲。

他也不想陆清则一直将他当作小孩儿看待。

几个愿望交织着,最终化成一声轻叹。

宁倦想，还是老师的身体最重要。

诸天神佛若有灵，便让老师福寿康宁，伴他长长久久。

他愿付出一切代价。

愿望许下，宁倦睁眼吹灭蜡烛，抬首便迎上一双温和的笑眼。

"果果，生辰快乐。"

隔日一早醒来，宁倦已经去上朝了。

陆清则生出淡淡的未成年孩子去上班养自己的罪恶感。

担心陆清则会走，宁倦还把长顺留下来看着他。

按照以往的惯例，他都会在宫里小住几日，也不知道这孩子紧张什么，每次都怕他跑了似的。

大概是因为那杯酒，到现在身体还不太舒服。

陆清则懒倦倦地闭上眼，被子蒙头，打算再眯会儿。

这一眯，直接就把宁倦给眯回来了。

陆清则模糊醒来，就听到外间传来窸窸窣窣的声音，以及低低的问话声，含着冷淡的不悦："多少叫他吃一口再睡，怎么办事的。"

长顺又挨骂了？

陆清则颇感愧疚地爬起来，拢了拢里衣，往外边走去："是我贪懒觉，说长顺做什么。"

长顺低头耷脑地挨着训，听到陆清则的声音，感动地看过去，又被宁倦瞪得缩了下脖子，赶紧收回视线。

宁倦的衮服还没换下，显露出几分帝王威仪。在陆清则面前，他脸色迅速柔和下来："老师睡得好吗？午膳已经准备好了。"

陆清则点了点头，努力睁开眼皮。

这副身体底子受了损，每天早上睁开眼，都得花很长一段时间，才能让身体和精神同步醒来。

而且睡不足会迷糊，睡过头了也迷糊。

看他脸色睡得微红，又一副迷离神态，没有了往日那副处变不惊、从容镇定的温和冷静模样，宁倦又觉得可爱，又是心疼，忍不住多看了几眼，顺手把长顺的脑袋又拧开了些："老师，往后切莫沾酒了。"

一杯酒就迷瞪成这样，三杯酒下去，还不得别人说什么，他就是什么？

太危险了。

陆清则毫无自觉，懒洋洋地应了声，扭身回去洗漱净面。

宁倦也去换上了常服，等着他一起用午膳。

起床这么久，陆清则也彻底清醒了，这才想起来，昨晚哄孩子的时候，忘记问宁倦前些日子是因为什么事不高兴了。

连长顺都不敢跟他提。

陆清则吃着宁倦夹给他的清炒藕片，顺口一问，宁倦的脸色就有点不爽起来，锁眉瞪了眼长顺。

长顺默默在角落里面壁，弱小可怜无助。

陆清则看不过去，用勺子轻轻敲了下碗沿，"当"一声："老凶长顺作甚，他又没说什么。说说，怎么回事？"

宁倦还是不太情愿："怕脏了老师的耳朵。"

陆清则稍一揣摩，就有了猜测："和蜀王有关？"

能让宁倦觉得提起来都恶心的，那大概只有那位蜀王宁琮了。

看陆清则猜出来了，宁倦皱着眉，不快道："宁琮想借贺寿之名进京，被我拒了。"

想起当年宁琮离京前派人来传的话，宁倦垂下的眉眼间掠过丝丝阴鸷杀气。

若不是现在腾不出手解决宁琮，宁琮的人头这会儿已经摆在案板上了。

陆清则摇头："宁琮不值得过多关注，该小心的还是靖王。"

比起宁琮这个蠢货，闷着声随时等着咬人一口的靖王宁璟，才算得上是威胁。

宁倦仔细注意着他的神色，看他没有太被影响到，才暗暗放下了心。

陆清则察觉到他那副谨慎的模样，哭笑不得："我不怕这些，不必那么小心翼翼的。"

宁倦张了张嘴，欲言又止。

老师怎么就那么安心？

他心里无奈，但确实不想让陆清则受影响，便把话咽了回去，胡乱点了下头。

罢了，反正自己会小心地看好陆清则，让他不被那些人触碰。

用过午膳，陆清则和宁倦去了书房，进去一抬眼，就发现昨日当作生辰礼物送给宁倦的那幅画，已经被挂了起来。

画的是陆府院中的蜡梅，点点绽红，傲雪凌霜。

皇帝的书房，挂着的自然都是些绝世名作。

陆清则的画技算是不错的，但放在一众名家的作品里，仿佛新手误入大佬村，简直公开处刑，惨不忍睹。

陆清则沉默三秒，知道肯定拗不过宁倦，只能移开眼，当没看见："对了，我昨日进宫时，遇到了秦远安。"

京中勋贵子弟众多，但有出息的少，大多都是蒙荫讨个闲差。

秦远安相貌堂堂，熟读兵书，在武试中大放异彩，被一群歪瓜裂枣衬托得格外清秀，是根好苗。

宁倦的指尖略微一紧。

便听陆清则毫无感情地说道:"他与卫樵还有来往,似乎感情不错,派人盯着点。"

能否借卫樵尽快渗透进卫府,就看秦远安的了。

宁倦指尖又松下来,露出笑意:"老师放心。"

这孩子,傻乐什么呢?

陆清则疑惑地看他一眼,亲手倒了杯茶推过去。

宁倦接过来品了口,表情顿时一凝。

他低头看了眼茶汤,露出几分疑惑。

陆清则坐在他对面,悠悠笑道:"看你最近火气挺旺的,特地给你泡的菊花茶,清清火。怎么,不喜欢?"

"……喜欢的。"宁倦急急咽回差点出口的教训长顺的话,为了表示自己真的喜欢,又喝了一大口。

差点呛到。

陆清则看他那样,眼睛弯了弯:"江右的消息来了吗?"

宁倦皱了下眉:"算算日子,早该到了。"

为防陆清则再说他火气旺,努力咽下了问责的话。

古代路途遥远,宁倦密令郑垚养的信鸽也飞不了那么远,陆清则也觉得有点奇怪,但没多想,倒是因为信鸽,联想到了其他的东西:"昨日那只海东青呢?"

海东青英武神骏,天性不驯,送到宫里来,会有专门的人熬鹰。

所谓熬鹰,便是不让海东青睡觉,消磨它的脾性,再以"过拳""跑绳""勒腰"等步骤训练,训出只野性尽消、只余奴性的猎鹰。

这过程很残忍,陆清则接受现代教育,稍微想想便觉不适。

他身处这个时代,自知凭借一己之力,不可能更改时代的走向。

可是对于一只鹰,他就忍不住会想多点。

毕竟要放一只鹰自由,比放一个人自由简单多了。

宁倦看陆清则沉默下来,微微倾身,凝视着他的眼睛:"老师想让我放了那只海东青吗?"

陆清则稍一犹豫,摇头:"这是你的礼物,不必问我。"

他并不想仗着自己是宁倦的老师,来要求宁倦做什么。

"那便是了。"猜对了陆清则的心理,宁倦露出个满意的笑,"我知道老师心善,不忍看那只海东青受熬鹰之苦,不过它被从漠北送来,浑身都是伤,等伤养好了,我就放了它。"

陆清则没觉得高兴:"真的不必,你若喜欢,就……"

"老师,"宁倦打断他的话,脸上依旧带着笑意,轻描淡写地说,"你想做的,我会为你做,只要你心甘,我便情愿。

"一只鹰而已,在我心里,远远比不上老师。"少年的语气淡淡的,态度却很强势,眼神过于坚定。陆清则愣了好一会儿,才回过神,不知怎么,对上宁倦越发幽邃漆黑的眼眸,他竟然一句话也说不出来。

他揉揉额角，甩去心底生起的古怪感觉，语气严肃："果果，我只是不希望你因任何人做出违背理性与原则的决定，你是大齐的君主，切忌爱则加诸膝，恶则坠诸渊。"

那些只凭自己的好恶来决定对旁人态度的，要么成了暴君，要么成了昏君。

"老师放心，我知道自己在做什么。"宁倦笑了笑，"况且，我本来也不喜熬鹰。"

将鹰抹去野性，让凶猛桀骜的海东青变得奴性十足，他不喜欢。

并非他天性中没有征服欲，对于他不喜欢的东西，这样做自然没什么，但他喜欢的东西，一旦如此，他就会失了兴趣。

他要的是心甘情愿的臣服。

陆清则将信将疑地点点头。

下午的时候，陆清则拒绝了宁倦让人把那只海东青带来查看的提议，跟着宁倦亲自去了趟鹰房。

那只千里迢迢送来的海东青被关在铁笼子里，已经疲惫入睡。昨日离得远，今日走近了，陆清则才发现它身上血迹斑斑，想来在路上就已经有过熬鹰驯化，但显然收效甚微。

即使伤痕累累，这只鹰隼依旧极为神骏威武。

驯鹰师擦了擦汗："陛下，这只海东青年龄虽小，但野性十足，最好不要靠得太近，以免伤到龙体。"

那只海东青警觉地睁开了眼，锐利的鹰眼望来，发出威胁的唳声。

看到陆清则，海东青偏了偏头，注视了他一会儿，慢慢地往他的方向靠了靠。

宁倦眉尖一蹙，立刻就想挡到陆清则面前。

陆清则比了个"嘘"的手势，夹了点旁边备着的鲜肉，隔着一段距离，递到它嘴边。

驯鹰师忍不住道："大人，这只海东青的脾气很倔强，恐怕是在路上受过训，不会主动吃……"

话没说完，那只海东青几乎没怎么犹豫，就叼走了陆清则手里的肉。

陆清则从小就很有动物缘，大部分动物都很喜欢亲近他。去动物园的时候，就连狼都会在他面前打滚卖萌；和朋友旅游去爬山，猴子不仅不抢他的东西，反而会把抢到的东西分给他。

没想到换了个壳子，这特质还在。

他眼褶微弯，看海东青低头进着食，斟酌了会儿，小心地伸出手，想尝试能不能再靠近一点。

驯鹰师的冷汗当即就下来了。

这只海东青年纪小是小，但劲极大，这位帝师又病歪歪的，袖下露出的手腕伶仃细瘦，手跟玉雕似的精细，鹰嘴一啄下来，恐怕要玉碎当场！

以陛下对他的重视，自己的脑袋不得跟着一起掉？

驯鹰师下意识地看向宁倦，张口想劝，宁倦却漫不经心地摆了摆手，盯着那只海东青，另一只背在身后的手做了个手势，示意跟在边上的侍卫——若这畜生有任何伤害陆清则的可能，即刻宰杀。

众人的视线都集中到了陆清则的手上。

那只手瘦长雪白，十指如玉，精致也脆弱，仿佛一摔就碎。

鹰房内的所有人不由自主地屏住呼吸。

下一刻，陆清则的手顺利触碰到了带着丝暖意的鹰羽，竟然出乎意料的蓬松柔软。

海东青依旧低头进食，仿佛没有察觉，虽没有表现出亲昵之意，但完全不排斥陆清则的靠近。

和想象里一样。

陆清则若有所思地笑了下："它有名字吗？"

驯鹰师一口气憋得脸色发青，这会儿终于放心地吐了出来："没……没名字，没想到它竟然愿意亲近您。"

他颇有经验，一接到这只海东青，看出脾性，就知道十有八九熬鹰会失败，心里还惴惴不安，看到这一幕，实在是震撼。

陆清则收回手，想了想："那就叫小雪吧。"

驯鹰师："……啊？"

驯鹰师呆了呆，愣愣地望向皇帝陛下。

宁倦的视线却没落在那只海东青上，而是注视着戴着冰冷面具、只唇边带笑的陆清则，似被感染了般，也露出了笑意："就叫小雪，听老师的。"

于是在宫里小住的这几日，陆清则多了个爱好。

宁倦去上早朝，他在鹰房；回来陪宁倦一会儿，又去鹰房；晚上睡前，还要再去一趟鹰房。

小雪非常警惕，只吃陆清则喂的肉；其他人喂的，一律视为对它不轨，打死不吃一口，拥有良好的自我管理意识。

有陆清则在，连给它上药也变得容易了许多。

陆清则也从一开始小心地摸一下翅膀，变得能摸摸脑袋，关系逐渐亲昵。

相比陆清则的兴致高昂，宁倦就没那么高兴了，每陪陆清则去一次鹰房，注视着小雪的眼中杀气就浓郁一分。

鹰房的一群废物点心，养不好这只畜生，害得老师每天都要来几趟，陪他的时间都用来陪鸟了！

一只破鸟有什么好的！

宁倦郁闷得不行，又不好意思表露出自己在跟一只鸟吃干醋，只能心里憋着。

不过这破鸟也没那么一无是处——

为了让小雪配合用药，伤势恢复快点，陆清则经过慎重考虑，决定暂时住在宫里。

因为这一点，宁倦心底的杀气又淡了几分。

虽然回过味来后，心里更加郁闷——他往日撒娇打滚，求老师多在宫里留几日，老师都会微笑着摸摸他的脑袋，然后无情拒绝。

但这次老师居然因为这只破鸟留在了宫里！

难道在陆清则的心里，这鸟比他还重要？

午膳，陆清则看着眼前的全鸟宴陷入了沉思。

小憩时，宁倦忍不住往陆清则身边靠。

天气越来越热了，陆清则嫌弃地推了推少年："一边去，别黏着我。"

这个年纪的少年血气方刚，火气太旺，像一团充满蓬勃生命力的火焰。

大夏天的，又没空调，这么黏黏糊糊地靠在一起，过于考验他对宁倦的父爱了。

宁倦沉默三秒，"哇"的一声破防了："老师！"

陆清则困得脑袋一点一点的，鼻子里哼哼："嗯，离我远点，说。"

冬天在一起的时候，夸他是贴心的小棉袄；等到夏天就翻脸无情，赶他远点。

老师怎么这样！

宁倦眼眶都红了，咬牙切齿地看陆清则没心没肺的样子，活像被欺负了。

然而陆清则依旧一动不动，没有反应。

宁倦吸了吸鼻子，声音都在发抖："老师，那只鸟比我还重要吗？"

陆清则都快睡着了：鸟？什么鸟？鸟什么？

宁倦盯着陆清则，瞪了半天，也没见陆清则有回心转意的意思，眼眶更红了，兀自委屈了好一阵，最终气冲冲地伸手攥住陆清则寝衣的一角，狠狠拧住。

虽然被陆清则气得肺管子疼，但淡淡的清冷梅香萦绕在身周，依旧让他感到十分安心。

宁倦独自气够了，终于生出点疲倦，意识渐渐开始失陷。

耳边忽然传来一声低不可闻的叹息。

一阵窸窣过后，嫌弃他太热的陆清则靠过来一些。

他刚才又被按着灌了碗药，含过蜜饯，虽然漱了口，开口时仿佛还带着蜜饯香甜的气息，一只手搭在宁倦肩上，轻轻拍了拍，嗓音带着迷迷瞪瞪的困意："什么鸟不鸟的，你最重要。睡觉。"

然后又倔强地画出底线："别靠太近，真的好热。"

宁倦的那点睡意瞬间消失得无影无踪。

怕热又怕冷的。

朕的先生，娇气些也天经地义。

宁倦的气彻底消了，情不自禁地露出笑容，目不转睛地盯着他看了许久，按捺住自己，没有伸出手去惊扰他。

只在心里翻来覆去地咀嚼陆清则迷迷糊糊的那句"你最重要"，越咀嚼越开心。

近在咫尺的呼吸声倒是越来越均匀了。

陆清则已经酣然入梦。

宁倦忽然有了个冲动，有些紧张地舔了舔唇，试探着小声呼唤："老师？"

陆清则睡得很沉，没有反应。

宁倦很喜欢陆清则的字。

可是其他人都能随心所欲地叫他的字，他却不能，他若是叫了，就是不尊敬师长。

但他就是很想叫陆清则的字。

身边人睡梦沉沉，无知无觉。

唤起一天明月，照我满怀冰雪。

半晌，年轻的皇帝眼睫轻颤，低低地唤了一声："怀雪。"

隔日下午，迟迟未至的探子终于风尘仆仆地进了宫，带来了江右的消息。

"集安府一带洪水决堤，沿途淹没数个村庄，溺死者众，浮尸千里。"

头一句话出来，就让陆清则和宁倦一同变了脸色。

如户部尚书所言，南方年年水患，求朝廷拨款支援，不断兴修水利，加固河堤，百万两真金白银砸下去，不至于砸出这么个豆腐渣工程。

这还未到雨季呢。

恐怕这真金白银都砸进了某些人的荷包，而不是河道。

宁倦的脸色看不出喜怒，指尖轻点桌面："继续。"

探子的头埋得更低："南方日渐炎热，属下往回赶时，正巧发了疫病，江右巡抚潘敬民下令，将大半个江右封锁了起来，属下费了些工夫才得以出入。"

崇安帝在位时不理朝政的后果显露出来了——地方官员阳奉阴违，压根不把新帝放在眼里，为了政绩和官途，肆意瞒报灾情。

恐怕即使有来自江右其他官员拼死越级发来的奏章，也被拦在了卫鹤荣手上。

宁倦"砰"地摔了面前的茶杯："好大的胆子！"

即使是像陆清则这样鲜少有情绪波动的人，胸腔也燎起了火，深吸了口气："如今集安府的情况如何？"

"回大人，重兵把守，常人不得随意进出，持有通行令者才能出入，通行令还需加盖巡抚印。"

在那群当官的眼里，这大概只是寻常之事，反正受难的是百姓，于他们来说不痛不痒。

既然报上朝廷会给自己惹麻烦，那不如瞒报——毕竟他们的官帽，比区区一群草头百姓的生死重要。

他们粉饰太平歌舞升平，灾民却流离失所，惶惶不可终日，在绝望中病死饿死。

陆清则看了眼面如寒霜的宁倦，冲地上的探子点了点头："辛苦了，先下去歇息吧。"

探子不敢动，听宁倦冷然重复了声"下去"，才俯身行了一礼，默默退下了。

南书房内一时陷入沉默。

陆清则给宁倦倒了杯菊花茶，推到他手边，顺便也给自己倒了一杯："卫鹤荣和潘敬民是什么关系？"

宁倦松开了攥得死紧、青筋暴露的拳头，一口气将茶灌下去，脸色平静下来："潘敬民中进士那年，卫鹤荣协同礼部主持会试，是那一届的主考官之一。"

所以，潘敬民勉强算是卫鹤荣的学生。

宁倦从小过目不忘，陆清则倒是不奇怪他把这种关系都记住了。

那日在文渊阁，卫鹤荣的态度也很好解释了，他在维护潘敬民。

但显然不会是因为师生情，只可能是卫鹤荣与潘敬民存在利益关系。

江右自古繁盛，潘敬民在当地必然富得流油。

卫鹤荣既然插了手，应当也是不想朝廷派人过去，免得发现什么——毕竟随着小皇帝年岁渐长，维护正统的人也在增加，即使不是皇帝一派，也还有不少人想把卫鹤荣扳倒。

陆清则摩挲着茶盏边沿，缓缓思索着："但如果我是卫鹤荣，比起担心朝廷派去赈灾的人查出什么，将灾情正常上报，派自己的人去光明正大地赈灾处理，当作寻常事了了，不是更好？"

毕竟南方几乎年年水患，遮遮掩掩的，反而更容易被察觉出异样不是吗？

宁倦拧着眉尖，薄唇微动："此事应当是潘敬民擅作主张。"

卫鹤荣心里大概也有不满，但失了先机，也只能帮忙掩盖。

那这个时候，倘若卫鹤荣察觉到他们要着人下江南赈灾探察灾情，会有什么反应？

——他要么先下手为强，把潘敬民解决了，要么派人提前去将线索抹干净。

这可是个攻击卫鹤荣的好机会，以上无论哪个结果，都不是卫党想看到的，所以他们只能暂时装作不知情。

除此之外，要想查清楚潘敬民与卫鹤荣之间的关系，还需要有一个信得过、有能力的人负责赈灾，暗中调查。

这几年两人笼络了一些可用之臣，但陆清则在脑中筛了一遍，一时竟然没有特别合适的——他们多半是年纪过大的文臣，派去出个远差，能不能顺利抵达都是个问题。

遑论江右恐怕上下勾结、沉瀣一气，这任务并不只是赈灾，派任何官员去都十分凶险。

吏部由卫鹤荣把控着，春闱选上来的，要么选择投入卫党，要么被安排个鸟不拉屎的地方上任，可用的新鲜血液也不少。

思来想去，竟然想不出合适的人选。

陆清则揉揉额角，感到了一丝头疼，正凝眉思索着原著里能用的人，额上忽然微微一凉。

宁倦无声无息地窜到他身后，伸手轻轻替他揉着穴道，力度不轻不重，恰到好处，熟练得让陆清则有种他专门练过的错觉。

少年的声音很平静："有一个人适合。"

陆清则的头疼缓解了点，轻蹙的眉尖也放松了些，抬抬眼："谁？"

宁倦薄唇启合，吐出一个字："我。"

陆清则的嘴不由自主地张大了几分，傻傻地发出个音节："啊？"

这副模样看上去分外可爱。

宁倦的心情好了几分，又露出个甜甜的笑，解释："先帝在江南修了行宫，每年六月都会下江南一趟，此番我下江南，并无异常。"

顿了顿，他的声音低下去："况且，我母亲便是出身于江南。"

宁倦的母妃出身于江南医药世家梁家，只是在"给皇后下毒谋害皇嗣"一事之后，梁家被牵连，早在十几年前就七零八散了。

宁倦登基之后，就将静嫔追封为了圣母皇太后，再过段时日，便是她的忌日。

生母忌日将近，皇上追思，要下江南，又有先例，有理有据，挑不出一丝毛病。

宁倦垂着眼皮，俊美的容颜隐没在阴影中，眼底是一片化不开的浓墨。

静嫔被陷害时，他尚在襁褓，做不了什么。

刚被裹挟着登基之际，陆清则被蜀王骚扰，他也无法用权。

卫党在朝内根深蒂固，要一举拔出，去江右或许会是个破局的好机会。

既然哪个都靠不住，他便亲自去。

看宁倦沉默下来，陆清则心里酸涩，以为他在忧思母亲的事，侧过身去，握住宁倦的手，温声道："好，便按你说的办，正好还能去你母亲的故地看看。"

陆清则的手其实并不温暖。

他身体不好，底子虚，就算在炎炎夏日，皮肤触摸上去也是温温凉凉的，像一块焐不热的冷玉。

但是被他握着手，宁倦依旧能感受到难以言喻的温暖。

稍显馥郁的清冷梅香抚慰了每一寸阵痛的神经，空荡荡的心口也逐渐充盈起来，他感到一丝温柔的平静，面色和缓了几分："嗯，离京之前，我会安排好京城的事宜与后续的接应。"

他不在京城的时候，卫鹤荣势必会更加放肆，不过这正是他们需要的，卫鹤荣越放肆，越不将他们放在眼里，对他们越有利。

京城的动向也得让人随时监督着，任何风声都得向他汇报。

除此之外，还要安排人准备赈灾……他私心想要陆清则当这个钦差。

只是即使如此，也要两三个月见不到陆清则了。

还没离开，他就已经开始思念近在咫尺的淡淡梅香了。

陆清则察觉到宁倦的力道变大，他双手动弹不得，但他也懒得动弹，任由这小崽子撒娇发泄不安。

"下江南的队伍里，必然会有卫鹤荣安插的人手，还得找两个身形肖似的替身，方便我们金蝉脱壳。"

这回换宁倦愣住了，迟疑道："我们？"

陆清则抽出手，语气凉凉："不然呢？难不成你还想把我丢在京城？"

宁倦惊喜错愕一阵后，忍着不舍摇头："路途遥远，江右又病疫蔓延，老师……"

"我又不是尊琉璃，没那么娇气易碎。"陆清则不轻不重地敲了下他的脑袋，"废话少说，江右灾情紧急，刻不容缓，赶紧去安排。"

"可是……"宁倦还是犹豫。

陆清则面色一沉，语气冷下来，教训道："拖拖拉拉的像什么样子，你是皇帝，去做你该做的事！"

被他一唬，宁倦下意识地挺直了腰板，往外走去，拉开门了，才反应过来这是他的书房。

长顺守在门外，见门突然开了，陛下则神情莫测地站在门边，赶忙弯下腰："陛下有什么吩咐吗？"

宁倦沉默了片晌，并没有显露出一丝被老师教训后的狼狈，面不改色道："传朕密令，召指挥使郑垚、冯大学士、大理寺少卿范兴言、户部侍郎周钦……秘密前来。"

长顺心口一跳。

这些都是天子拥趸，宁倦从未一次性接见过这么多人，这次恐怕是有大事。

但他清楚不能多问，又行了一礼，匆匆去传密令了。

几个大臣依言，散值后悄无声息地来到常密会的偏殿，与宁倦和陆清则见了一面。

等离开时，天色已深，趁着夜色，又在郑垚的掩护下，悄悄地离开了皇城。

隔日早朝，宁倦便拿出了准备好的理由，提出要下江南。

朝堂上顿时沸腾起来了。

卫鹤荣眉梢一扬，眼底流露出一丝异色。

早不去，晚不去，偏生这时候去？

但按旧习，此时下江南确实不奇怪，反倒因为小皇帝的生母皇太后出生于江南，更加理所当然起来。

朝臣们的意见分成了两派。

一半觉得少帝年纪轻轻，就开始学他爹纵情声色，实在是令人痛心，这是皇帝一派。

另一半则喜上眉梢，小皇帝才刚有了点拥护者，居然就要丢下京城的事，跑去江南玩耍，喜闻乐见啊，这是卫党。

议论纷纷之后，又有了第三种声音：陛下的母亲出生江南，大齐向来崇尚孝道，陛下思念母亲，乃是孝道体现啊。

卫鹤荣一直没有开口，揣摩着小皇帝的真实意图。

但也明白，这件事是不可能被驳回的，只能在南下的队伍里动点手脚了。

下早朝的时候，宁倦下江南一事已成定局。

原本太仆寺和各路官员还准备来和宁倦商量，此次南下要多大的仪仗、安排多少人、带哪些人……一堆杂务落下来，少说也要耽搁十天半月，宁倦听得眉尖一蹙，淡淡道："万事从简，尽快安排，朕不想铺张浪费，就交由卫首辅来安排吧。"

皇上想赶在母亲忌日前抵达——这个理由说出去，没有人敢说不是。

卫鹤荣坐于卫府的书房中，眉梢微抬："陛下当真说一切交由我来安排？"

他原本还有几分怀疑，等着看小皇帝的后招，没想到小皇帝居然猝不及防地来这么一手，不免有点错愕。

竟敢将南下的随行人员交由他安排，难道当真只是南下怀母？

书房里还坐着京营指挥使樊炜、刑部尚书向志明等人，几人目光交会，声音压低："卫大人，不如，就趁这次机会……"

暗中做掉小皇帝。

这几年小皇帝似乎没以前听话了，正好他身边那个病秧子也要跟着一起走。

趁小皇帝还没彻底成长起来，换掉他，从宗族里抱个三岁小儿上来，岂不是更妙？

或者，干脆一不做二不休，黄袍加身……

几人的思绪被茶盏重重磕在桌案上的声音打断。

卫鹤荣扫了眼面前这几人，生出点带蠢货的疲惫———一个两个的，眼前的蠢货还能管管，远在江右的那个蠢货一时看不住，更是捅破了天。

"小皇帝若是一死，各路藩王，靖王蜀王还坐得住？"卫鹤荣依旧噙着笑，嗓音却很冷，"远在漠北掌领兵权的武国公坐得住？"

众人心底霎时一寒。

靖王蜀王两人已经够麻烦了，但这两人加起来，还不够武国公一人让他们害怕的。

武国公幼时丧父，兄长又去了边关，一个人待在京城，太后见他可怜，将他接进了宫里养大，待他极好。

大概也是因此，纵然对朝廷心灰意冷，武国公也没有造反，仍旧驻守漠北多年，"忠"字刻在史家人的骨血里。

若是龙椅上换了个姓，焉知武国公不会直接杀回来，或干脆门户大开，将鞑子放进来？

以卫鹤荣对武国公的了解，开门放鞑子倒不至于，但史大将军必然会带上亲兵，奔袭千里，来京城取他首级。

众人静默下去，半晌，才有人讪讪道："那……"

"按陛下所言，一切从简。"卫鹤荣心平气和，头也不抬，"安排人盯着，别做得太明显。"

"是！"

下面的人准备得再快，也需要时间。

陆清则心里着急，不过他很清楚，宁倦已经把该说的都说了，越是这个时候，越不能显出急促。

趁着这几日，他多花了点时间，去鹰房陪孤零零的小雪。

驯鹰师一见陆清则来了，连忙行了一礼："太傅大人来了。"

陆清则和善地朝他颔首："小雪怎么样了？"

驯鹰师纠结了一下。

他还是觉得小雪这个名字，放在神骏桀骜的海东青身上，简直有种侮辱感啊！

别人家的海东青要么叫"威武将军""神威将军"……帝师大人这是什么恶趣味啊？

但这是陛下点头的名字，他也就只能跟着叫起来："小……小雪用的是最好的药，现在已经好了许多。只是不知为何，明明它的右爪和左翅都没有受伤，走起来却依旧一瘸一拐的，也飞不起来。"

是不是之前受过训，所以有了心理创伤？

陆清则揣测着走进鹰房，果然看到被驯鹰师放出来的小雪正一瘸一拐地在地上走着，不复天空之王的神勇，一时有点心酸。

见到陆清则，小雪身残志坚，扑腾着翅膀，活像只走地鸡似的扑了过来。

陆清则蹲下身来，心疼地摸了摸这只神骏的大鹰。

小雪已经非常习惯陆清则的抚摸了，被他摸的时候，会半眯着眼睛，用脑袋往他手心里拱。

鹰羽的触感并不细腻，但厚实而温暖，陆清则摸着摸着，忍不住悄悄地把小雪的脑袋和宁倦的脑袋做了个对比。

嗯……小狗和小鸟，各有各的好。

就是那种冷傲地不搭理旁人、只蹭着他的脾性，跟宁倦实在是很相似。

陆清则露出几分笑意，身后便传来少年皇帝发酸的声音："老师果然又在这里。"

宁倦踏入鹰房，阴冷地扫了眼一见他进来就倨傲地昂起脑袋的海东青。

陆清则又摸了两把小雪的脑袋，回过头："怎么，都商量好了？"

宁倦颔首："明日就能出发了。"

说到这儿，他忽然生出几分愉悦来。

等离开京城，这破鸟就不能分走陆清则对他的关注了。

宁倦少见地露出个笑容，盯着小雪："听驯鹰师说，它的翅膀和爪子受了伤，到现在也飞不起来，明日我们离开，就不带这累赘了。"

怎么突然说这个，他本来也没想带小雪下江南。

原本享受地在他手心里拱的大鸟突然一顿。

小雪抬起脑袋，仿佛是听懂了宁倦的话一般，忽然清唳一声，双翅一振——

它飞了起来！

宁倦无语至极。

果然是装的。

早晚宰了这破鸟。

陆清则睁大了眼。

这是什么医学奇迹？

"演技派"小雪最后还是没被带上。

陆清则离开前，听驯鹰师报告，因为没被捎上，小雪气得一顿少吃了两只兔子。

此趟南下，走的是水路，先渡黄河，再沿运河南下，途中并不准备靠岸，直向临安府。

随行的臣子只有陆清则，大伙儿丝毫不感到意外。

虽然精简过了队伍，但皇帝出行，排场还是不小，占得最多的是护卫，禁军三百人，锦衣卫三百人，皆由锦衣卫指挥使郑垚统领。

奢华的楼船有上下三层，护卫与伺候的杂役皆在底下两层歇住，宁倦和陆清则住在最上面一层。

宁倦不喜欢被人围着，锦衣卫只能在二层巡守，杂役也只有干活的时候才能上来。

陈小刀也被带上了，他不知道这趟出行的真正目的，上了船就趴在船舷上，不住地往下看，兴奋得像只小猴儿。

长顺和陈小刀的交情还不错，特地给陈小刀安排了间靠近的住处，凑到一块儿叙旧。或者说除了宁倦，陈小刀就没搞不定的人。

楼船缓缓行驶起来，迎面而来的凉风吹散了燥热。

早上起得太早，陆清则吹了会儿风，就回舱室里小憩了会儿，醒来时不知道已经行了多远，回头看去已经见不到京城的轮廓，长河浩渺，波光粼粼。

陆清则有点无聊，招呼宁倦来下棋，黑白纵横间，他抬眸看了眼少年皇帝俊美的面孔，陡然生出种预感。

等回来的时候，京城大概就该变天了。

一盘棋下了许久，陆清则的棋子被宁倦吃得差不多了，败局已定。

陆清则拈着枚黑子沉吟半晌，坦然道："我输了。"

宁倦下棋就如他从前的脾气，像头咬准了猎物咽喉就不再松口的狼，步步紧逼，攻击性极强。

陆清则更为宽和圆润，不动如山，往往宁倦一头扎进来，就很难再挣出去。

两人下棋，宁倦一向输多胜少。

然而赢了棋，宁倦并没有很高兴，而是一反往常地没有撒娇，闷闷地不吭声，有些古怪。

陆清则奇怪："怎么了？赢了棋还不高兴？"

宁倦又静默了会儿，才小声道："没有。"

天边红霞漫天，扯碎了落在长河中，两人一局棋下了许久，天色渐暗。

宁倦把身边搁着的外袍递过去给陆清则："晚上凉，老师披上。"

陆清则挑眉。

小崽子平时不都先行动再说话吗，一般这时候应该直接过来先给他披上外袍，怕他嫌热，还会小心系上，再解释两声。

有点不对劲。

但天色已暗，即使长顺和陈小刀已经点亮了烛火，靠着那点可怜的光，还是看不太清宁倦的面容。

他正想靠过去仔细看看，长顺就过来了："陛下，陆大人，晚膳好了，要现在用吗？"

宁倦低沉地"嗯"了声。

陈小刀就麻利地把晚膳端了上来，笑嘻嘻道："有鱼呢，公子最喜欢吃鱼了。"

陆清则笑道："陛下不喜欢有人在旁边看着，你们俩去吃晚饭吧，回头让人来收就好。"

长顺还有点犹豫，陈小刀就利落地"哎"了声，拉着他往下走，咕哝道："正好，我和厨房打听打听明天吃什么，我家公子也有许多不能吃的……"

人声远去了，陆清则拿起象牙筷，夹了点嫩白的鱼肚，天气燥热，用姜蒜丝去了腥清蒸，酱油提鲜，软嫩鲜美。

他吃了两口，才发现宁倦还是没动，纳闷地夹了一筷子到他碗里："这是怎么了？"

宁倦依旧没吭声，看到陆清则往他碗里夹了菜，默默拿起筷子，夹进嘴里，动作霎时凝滞。

然后他忽然迅速起身，趴到船舷上，"哇"地就吐了。

陆清则一时无言以对，哭笑不得地放下筷子走过去，扶着他拍了拍背："你晕船怎么不早说？"

宁倦吐完了，闷闷地别开脸："我没事，老师去用晚膳吧。"

陆清则不可思议地睁大了眼："宁果果，你不会觉得你在这儿吐着，我还能吃得下吧？"

宁倦思考了一下，虚弱但倔强："那我换个地方吐。"

这孩子，让他说点什么好。

他把宁倦按着坐下，弯腰仔细看了看，这孩子不知道什么时候脸色已经惨白一片，欲吐又止，估计之前下棋时就不适了，但硬撑着没吭声。

少年的目光躲闪，嘴唇抿得发白，八成是觉得丢人。

陆清则哭笑不得，看他耳尖都红了，善良地离远了点，折身去叫人。

趁着陆清则离开，宁倦迅速倒了两杯茶水，趴在船舷边漱了漱口，小心翼翼地呼了口气,感觉没什么味道了,才松了口气。

陆清则一转身就看到这一幕,眼底漫上笑意。

跟一只开屏的小孔雀似的。

这几吨重的偶像包袱到底哪儿来的?

在他面前都这样,往后在喜欢的姑娘面前,还不知道会成什么样子。

原文里,暴君大概是因为不信任任何人,所以不近女色。

陆清则忍不住猜测了下宁倦会喜欢什么样的姑娘。

再往后一畅想,说不定等宁倦有了自己的孩子后,他还可以退休返聘呢。

知道这个年纪的少年脸皮薄、自尊心强,他等宁倦坐回去了,才端着两样东西走过去,放在桌上:"让人拿了点酸萝卜和山楂上来,能缓解一下。"

宁倦还是觉得丢脸,"咯吱咯吱"咬着脆脆的酸萝卜不说话。

不过吃了几根酸萝卜后,那股胸闷恶心的晕眩感果然消了几分。

直至这会儿,宁倦才终于开了尊口,依旧十分倔强:"老师,我好了。"

陆清则笑骂了声:"再吃点,我还会嘲笑你吗?出息!"

宁倦蔫蔫地又吃了点山楂。

就算陆清则不嘲笑他,他也不想在陆清则面前丢脸。

看宁倦死要面子,陆清则好心地没告诉其他人陛下晕船了——免得随行的人把这事记进去,将来史书上也会记上这么一笔。

磕磕绊绊地吃完了晚膳,宁倦仍是有些不舒服,忍着反胃感,把郑垚叫了上来,吩咐他安排好到临安府后接应一事。

郑垚恭声应是,见宁倦捧着个空茶杯在摩挲,又上前来想给宁倦倒茶。

恰巧船身忽然一晃,活像压下来的最后一根稻草,宁倦猛地抓紧了茶盏,低低干呕了一声。

郑指挥使简直感觉晴天霹雳!

郑垚:"陛……陛下?"

陛下难道是嫌他恶心吗?

陆清则实在是看不下去了,哭笑不得道:"没事,陛下被风吹得有点不舒服,不是郑大人的问题,一会儿歇歇就成。"

顿了顿,又道:"不用把那些脸生的全部拦在三层外,偶尔放他们进来看一眼。"

这样卫鹤荣才会安心。

郑垚破碎的糙汉心拼了回去,松了口气:"好,我明白了。"

宁倦脸色发青,绷着脸道:"下去。"

陛下沉下脸来太恐怖了,也只有陆太傅经受得住。

郑垚心里嘀咕一声,迅速溜走。

夜色彻底沉了下来。

宁倦洗漱了一番躺下，想到陆清则就睡在隔壁的舱室，心情才好了点。他面朝着陆清则的舱室躺下，蜷成一团，缓解着胃里的不适。

外头水声阵阵，楼船在长河上行进，微微摇晃，起起伏伏，白日里感觉还没这么明显，夜里静悄悄的，感官就被放大了无数倍。

宁倦闭上眼，强迫自己休息。

他正有些迷迷糊糊，半梦半醒间，听到了舱室的门被轻轻推开的声音，刻意放低的脚步声随之传来。

刺杀？

卫鹤荣疯了吗，竟敢对他下手？

宁倦脑子里掠过这两个念头，在那脚步声靠到床边的瞬间，少年的动作丝毫看不出晕船带来的影响，翻身而起，利落迅疾似一匹头狼，寒光一闪，匕首将将要刺出去的瞬间，一股毛骨悚然的危机感随即浮现，让他硬生生止住了手。

熟悉的梅香旋即拂到鼻端。

陆清则站在原地一动未动，夸了句："警惕性不错。"

宁倦瞬间满头满背的冷汗，后怕得整个人都发起抖来，眼眶一下就红了："老师！你……你，你为什么不出声？"

万一他刺下去了呢！

陆清则也有点惊魂未定，但习惯使然，并没有太大幅度的动作，两指夹着匕首，轻轻移开，无奈道："我在外面叫过你一声，没回应，以为你睡着了。"

宁倦却没听他解释，身体还在发着抖，几乎有些哭腔，每一个字都在颤抖，咬牙切齿地说："陆怀雪，你要吓死我。"

陆清则怔了怔，没想到他反应这么大，轻轻拍了拍他的背："好了好了，我这不是没事吗？"

晕船的晕眩感好像消磨了宁倦的意志，被他温声一哄，平时总喜欢装得成熟稳重的少年大力攥着他的衣角，哭腔彻底放了出来，因为情绪的巨大起伏，呼吸的频率错乱，剧烈地倒抽着气，肺腑仿佛要随之炸掉一般，声音控制不住地放大："你差点就死了！"

陆清则还是头一次被宁倦吼，愕然地还想继续哄，忽然察觉到脖颈间有什么热烫的东西滴滴落下。

他静了静，后知后觉地意识到，那是少年皇帝的眼泪。

他看着宁倦长大，从未见宁倦掉过泪。

这是第一次。

上一世因心脏病，陆清则从小就学会控制自己的情绪，长大后也已成了本能，看似平易近人，其实情绪是很淡漠的，骨子里的温和与冷静杂糅，习惯了与旁人保持看不见的距离，无论发生什么事，他都是最冷静的那个。

所以他对情绪的感知能力，其实是比较弱的。

就像刚才，他只是以为宁倦被吓到了，直到宁倦哭了，他才恍惚意识到，宁倦好像不仅仅是被吓了一跳。

陆清则安静下来，轻轻拍着他的背，等待他慢慢从情绪里抽离出来。

不知过了多久，宁倦极度紊乱的呼吸渐渐平复下来，抬起头，眼尾湿漉漉的，勾着浓墨般惊人的黑，俊美的脸水洗过似的，浑似一只可怜兮兮的落水小狗。

他又仔细地打量了一圈陆清则，听到心口处传来的虽不算强劲却足够规律的心跳声，一阵一阵的，才终于从魇住了般的恐惧状态里挣脱了出来。

只是脑子依旧还在嗡嗡作响，心情就如身下的楼船，在水里漂浮不定。

陆清则喉结滚了滚，忍着没动，看他平静下来了，才伸手给他擦了擦脸："冷静了？"

宁倦的嘴唇动了动，依旧攥着他的衣角没吭声。

未来几日，如果陆清则不在他身边，他恐怕是再也睡不着了。

陆清则顺势把他往里面推了推，坐在床边："别想太多，我好好的，也不会离开，本来就是来看看你的情况的。"

说着，陆清则把手放到他胃部："还难受吗？"

宁倦苍白着脸摇摇头。

经过那一吓，什么凡尘俗事都被抛到了脑后，刚刚他太阳穴突突直跳，只感觉如果再吐，恐怕是该吐血了。

陆清则这会儿也不嫌宁倦热了，一手替他捂着胃，一手轻轻拍着他的背，嗓音柔和："安心睡吧，最近几日我都陪着你。"

清冷的梅香萦绕在身周，伴随着淡淡的清苦药味。

宁倦默不作声地点点头，深深地、长长地呼了口气。

太好了，陆清则没事。

宁倦终于合上微颤的眼睫。

连他自己都不知道，陆清则的安危原来对他这么重要。

大概是被吓得狠了，宁倦的晕船症状居然很快就好了，没再出现剧烈反应。

那一晚宁倦在大起大落之下展露的脆弱，陆清则也没再提。

小孔雀平时就那么要面子，在他面前哭了一次，等回过神来，心里大概又要不自在了。

宁倦这些年极为黏他，大抵是因为他是宁倦最彷徨无助时，第一个无条件对宁倦好的人。

但他也没想到，宁倦竟然会为他哭。

帝王真情实意的泪水，最是难得。

楼船上物资充沛，一路都未靠岸，日夜兼程顺水而下。小半月后，两岸的景色从平野变成葱茏的远黛，竹深树密，高槐绿柳，一幅江南夏景逐渐铺开在眼前。

楼船靠岸抛锚，附近早就清了场，江浙总兵、巡抚、布政使和知府一众全等在渡口，人还没下来，部分官员就忍不住互相交流了下眼神。

皇帝陛下年轻根浅，尚未掌权，朝中事务还是由那位卫首辅掌握着，居然还敢离京……听说那位先帝亲封的年轻帝师也来了，而且其人就出身临安府。

他们是去交个好，还是就那么放着？

放着吧，有点可惜；交好呢，又怕得罪卫首辅，那可是掌握着吏部的人，升迁调任都得看他脸色……

众人正内心纠结着，舣板缓缓放下来，数十个锦衣卫在先开路，端肃凛冽，片刻之后，陛下才出现在眼前。

和想象中活在权臣的阴影之下唯唯诺诺的样子不太一样，那是个高挑修长的少年，俊美矜贵，着窄袖四团龙常服，玉带皂靴，腰板笔挺，步态从容，行走间恍若有风，脸色淡淡的，看不出情绪与深浅。

江浙巡抚心里暗暗一惊，下意识地上前一步，想要迎接陛下，岂料少年皇帝看也没看岸边的人一眼，而是侧过身，扶着身后的人走上舣板，他目光全落在对方身上，没什么表情的脸上也露出了点笑意："风大，老师小心点。"

那就是陆太傅？

所有人都忍不住偷偷打量过去。

淡青常服裹着青年单薄清瘦的身形，只能从袖间与脖颈间露出的病态苍白肤色，看出的确与传闻里一样身体欠佳，倒是银色面具下露出的唇线优美，下颌雪白精致，一看就知道五官轮廓甚佳。

可惜毁了容，现在是个看一眼都要做噩梦的丑八怪。

众人心里唏嘘，一时也忘了，刚才还在纠结到底要不要与陆清则示个好。

见两人下来了，顿时哗啦跪了一片人，先后报出了自己的身份姓名，又齐呼万岁。

宁倦垂下眼皮，扫了眼这群心思各异的地方官，"嗯"了声："起来吧。"

江浙巡抚李洵最先上前一步，露出热切的笑容："臣等与百姓翘首以盼，终于将陛下盼来了，臣斗胆，在湖边的荷风楼为陛下设了洗尘宴……"

话还没说完，宁倦不咸不淡道："朕先回行宫休息片刻，洗尘宴晚上再说。"

李洵连忙应是。

渡口风大，陆清则不慎吃了口风，偏头轻咳了声，含笑冲李洵稍一点头："舟车劳顿，陛下也累了，多谢诸位一番心意，晚上必来与各位尽欢。"

他嗓音清润，如淌过石头的潺潺清泉，在燥热的晌午落入耳中，舒适得很，有种令人心静的力量，这群在烈日下等了许久却还不被赏脸的官员，心口的几分怨气便散了，纷纷拱手称是。

再看看陆清则，只觉得这位帝师风姿如月，虽然丑了点，但气质超群，还是可以尝试结交下的。

渡口边备好了马车，郑垚先上去检查了一番，才躬身请宁倦和陆清则上了马车，亲自策马，禁军与锦衣卫将马车护得严严实实的，浩浩荡荡一群人朝着临安府城内而去。

马车内微微晃着，陆清则喝了口茶润润喉，望向宁倦：“都安排妥当了吗？”

宁倦笑着点头："就等着晚上了。"

崇安帝在临安府修的行宫也不算大，但甚是华丽，与紫禁城的方正巍峨、大气磅礴不一样，走的是精致婉约的江南园林风。

陆清则走进去时，心里一时感慨，上辈子想进这种地方，可是得排队买票过安检的……

行宫内外巡守严密，除了锦衣卫与禁军，江浙总兵也调来人，在行宫外日夜看守，唯恐小皇帝在他们的地盘上出了事。

日头落下去，天色渐暗，添了几分凉意。

宁倦换了身衣裳，和陆清则坐着车驾，在郑垚与长顺的陪同下，来了西湖畔的荷风楼。

赴洗尘宴的官员有十几个，多半带上了家眷，心照不宣地将家里适龄的女儿带了出来，一眼看去，十数个少女姹紫嫣红，都精心装扮过。

随着宁倦踏进来，一群人跪下的瞬间，几个姑娘偷偷抬眼，瞧着远道而来的皇帝陛下，发现宁倦比自己想象的还要英俊后，微红了脸。

晚上出门前，她们被叮嘱过今晚该怎么好好表现。

陛下后宫空荡荡的，莫说立后，听说连个妃子也没有，若是能被陛下看中，带回京城，封个妃——说不定后位也会是囊中之物呢？

对于要去面对皇帝，她们本感到忐忑不安，却没想到新帝竟生得这般俊美。

陆清则走在宁倦身畔，扫一眼就知道这些地方官揣的什么心思，暗暗摇头之后，瞅了眼宁倦，眼底多了分笑意，忙里偷闲琢磨了下。

他虽看不上这些想靠嫁女儿来攀权势的人，但宁倦如果喜欢某个姑娘，也不是不可以。

他又不是教导主任，没什么意见。

青春期的少年人，也该对同龄女孩萌生好感了，怎么家里这只小孔雀就没什么苗头？

陆清则来了点兴致，趁着其他人还跪着，往宁倦身侧偏了偏，意味深长地说道：“江南果然出美人啊。”

宁倦的脚步一滞。

陆清则的话落到他耳中，一下变了个意思。

怎么，陆清则看上了哪个姑娘？

他的心口有点火燎，刚坐下来就觉得甚不安稳。

这些满心攀龙附凤的东西，竟敢带人来勾引老师！

他简直想立刻带着陆清则离开此处，离得远远的，但理智遏制了冲动，忍着怒意，声音都低了一度："庸脂俗粉罢了，不过如此。"

陆清则"啧"了声，小声教训他："怎么能这么说人家姑娘，明明都生得很好看。"

这话像一瓢油，令宁倦心底的那股无名火烧得更旺了。

两人窃窃私语了两句，便到了位置，众人平身赐座。

宁倦自然坐在首位，陆清则坐在宁倦左首下方。

江浙巡抚李洵先敬了酒，再次表达了江浙全体百姓对宁倦的热烈欢迎，宁倦心里窝火得很，却又不能发作，只能闷闷地将杯中的酒一饮而尽。

陆清则清楚自己的身体情况，不喝酒，只吃吃菜，看看风景。

荷风楼坐落在西湖畔，夜色里丝竹阵阵，清风徐徐，岸边杨柳依依，笼罩在夜色里的湖水荡着月色，荷风送香，景致甚好。

他前世身体不好，很少出远门，这还是第一次来临安，亲眼看到西湖。

等宁倦掌握大权，站稳脚跟了，他也能四处走走了。

陆清则偏头走神，宁倦的余光一直落在陆清则身上，见他没看席上的美人，而是望着外头，心情稍霁。

酒过三巡，江浙布政使捋了捋胡子，笑呵呵地说道："陛下远来，还没尝过临安的特产女儿红吧？不如让小女为陛下献上一盏。"

乖巧地坐在他身后的少女羞涩地抬起头，眼光盈盈，柔情似水。

宁倦握着酒杯的手一紧，下意识地看了眼陆清则，只见陆清则收回了目光，饶有兴致地望了过去。

又来了！

宁倦瞬间心火大炽，脸色冷下来："不必。"

敲冰戛玉似的一声落下去，气氛霎时僵住，那个姑娘也有点不知所措起来。

陆清则不赞同地瞪了眼宁倦。

不喜欢就不喜欢，何必这般让人家下不来台？

接收到陆清则的眼神，宁倦更郁闷了，但还是忍下了火气，声音淡下来："夜里寒凉，诸位大人的千金在此吹风，朕心不忍，都去隔壁雅间避避风吧。"

这话说出来，气氛稍微好了点，那个难堪的少女脸上的红霞也褪了下去，只是依旧有些茫然。

只有在场的官场人精们明白了：陛下对他们的女儿没兴趣。

新帝不近女色，那看来接下来的舞女也最好撤掉，免得惹陛下不快。

一屋子的美人都退了出去，陆清则没有看的了，宁倦总算松了口气。

用完了晚膳，没能讨到好的众官员又极力邀请陛下与帝师上画舫游湖。

好在这次宁倦不再推辞，给了面子，只是陆清则没能作陪，出了荷风楼，他便低低咳嗽起来，遗憾地先离了场。

众人也没感到奇怪——陆清则一看就病恹恹的，这么个药罐子，能坚持到酒席结束就不错了。

一部分锦衣卫护送陆清则回行宫，余下的人则登上了画舫。

因为宁倦的到来，今晚西湖附近都被清空了，往日满湖的画舫，也只留一艘，空荡荡地穿荷而过。

风清月白偏宜夜，一片琼田。

夜色下的西湖明月幽幽，美不胜收。

虽是做戏，望着这景色，宁倦的心情还是好了几分。

西湖盛景天下皆知，临安府又是陆清则的故乡，他不免多了几分好感，漫不经心地想，待江右的事情了了，给母亲祭拜过后，可以回来一趟，与老师泛舟游湖。

再让老师带他去以前住的地方看看，让老师介绍一下他长大的地方。

光是这么想想，被一群心思各异的人围着的烦躁也消了不少。

人群里，几道隐秘的视线落在宁倦身上，眼底有几分疑惑。

首辅大人是不是高看了这小皇帝？

看他如此醉心游乐，分明就有点乐不思蜀了。

露足了面，宁倦回了行宫。

当晚深夜，随行的太医忽然被召进行宫内殿，很快，陛下吹了风头痛外加上吐下泻的消息就传了出来。

陪行的官员们全都吓白了脸，局蹐不安，生怕降罪到自己头上，赶紧派人去检查了一番荷风楼上下。

等到白日，守在行宫里的禁军才放了这些一晚上没睡着的官员进了行宫。

满屋的药味，隔着层纱帘，众官员看见昨日还精神奕奕的陛下没什么精神地躺在床上，可能因为夜里吐了好几回，嗓音也哑了下来："水土不服罢了，不必大惊小怪，都回去吧。"

长顺也安抚了众人一番，亲自送这群官员离开，折回去时与出来取药的陈小刀撞上，两人对视一眼，心照不宣，微不可察地点了点头。

一行白鸟自上空掠过。

长顺丧着脸抬起头。

陛下和陆大人……您二位可千万不要出事啊。

长顺正焦心的时候，露过面后趁夜脱身的陆清则和宁倦，已坐着马车进入江右的地界。

马车赶了一整夜的路，即使长顺亲自将马车内布置得很柔软，对常人而言，一连坐这么久马车也是个挑战，何况是看起来随时要散架的陆清则。

不过陆清则一声也没吭，上了马车不久，稍感不适就自觉地裹着被子躺下来睡觉，尽量让自己休息充分。

本来陆清则是打算自己先去江右看看情况，反正他是个闻名大齐的药罐子，就算称病不见人，也没人会怀疑，但宁倦不放心，就选择了一起行动。

除了要防备卫鹤荣，江右那一班子肯定也收到了宁倦南下的消息，派人盯着临安，就怕小皇帝猝不及防杀到江右。

为了不被怀疑，郑垚、长顺、陈小刀等人都得留在临安的行宫里，替他们打掩护，以糊弄各方耳目——在诸多势力心目中，宁倦要去江右，必然会带上郑垚，以防不测。

所以能用的人不多，他可不能倒下。

晨光熹微时，陆清则从混沌破碎的梦境里醒来，身下的马车还在颠簸，身上却没有太多不适的疲惫感。

陆清则早上总要用很多时间醒神，醒了会儿神，睁开眼，才发现宁倦居然就坐在一旁。少年的气息灼热，身上还残留着淡淡的酒气。

这个年纪的孩子身板大多薄弱，但宁倦每日都有锻炼，看似单薄的身躯覆着层薄薄的肌肉，坚实有力，比他这个成年人硬朗多了。

陆清则抬起眼，发现宁倦还没醒。

这是怕他掉地上吗？

……难怪没觉得太难受。

陆清则的心情一时有点复杂。

马车的窗帘偶尔被风吹起，漏进几缕晨光，斜斜打在少年沉睡的立体五官上，干净的脸庞陷在半明半暗中，光暗交界处，勾勒出俊美的轮廓。

陆清则欣赏了下美少年，想要起身。

岂料马车似是滚过了石子，陡然一颠簸，他刚醒来，本来就没什么力气，"咚"地又倒了回去，一头撞在宁倦身上。宁倦轻"唔"了声，从睡梦里惊醒，漆黑的眼眸湿漉漉的，有些无辜的模样。

陆清则也被撞得头晕眼花，揉着额头低吟了声，哭笑不得："碰坏没有？给我看看。"

听到那声带着点痛意的鼻音，宁倦瞬间清醒。

恰巧马车又是一颠，陆清则又被晃了一下。

宁倦扶着额，冷声开口："驾得不稳当，就换个人。"

两人这趟秘密出行，只带了五十人，其中十名一到临安，便悄然带着一名经验丰富的太医前往江右，只余十人守在他俩身边，护送他们前去。剩下的人都被打发去寻人了。

这五十人并非锦衣卫，而是宁倦从锦衣卫或其他地方挑出来的最拔尖最忠诚的一批人，平时只藏在暗处，以姓氏与排行称呼，便是寻常百姓话本子里常言的"暗卫"，混在禁军与锦衣卫间，跟着南下而来。

此言一出，马车顿时平稳了不少。

陆清则还有点蒙，宁倦一只手轻轻揉了揉他的额角，嗓音还有些初醒的沙哑："我没碰疼你吧？"

顿了顿，他又轻轻说："红了。"

陆清则终于醒过神来，含混道："没事。"

宁倦皱着眉，打开旁边的暗格，从里面取出盒雪白的药膏，往他额头上擦。

陆清则瞅瞅宁倦被磕红的下巴，拿过那盒药："我也给你擦点。"

两人视线无意间一交会，忍不住同时笑了。

外面驾车的暗卫开了口："主子，前面的官道被官兵封锁，马车不能走了，可要暂歇一下？"

既然是暗中来的，自然不能一来就暴露身份，但没有加印的通行证，就只能改道了。

宁倦"嗯"了声："原地休整一炷香的时间。"

跟随的暗卫都是骑马的，宁倦先下了马车，过去吩咐几句，他们便原地生火，将随身携带的干粮拿出来烤。

外头的条件不比自己家里，陆清则跟下来，随手折了条杨柳枝，咬开露出纤维，就着刷了牙，又擦了擦脸，打理完了，热乎的干粮饼子也送了过来。

干粮烤过了也还是很硬，陆清则只能一口一口地磨着吃。

小时候在冷宫里被欺辱冷落时，为了抢口吃的，宁倦甚至和狗打过架，所以并不娇生惯养，吃这样的干粮也没感觉，但看陆清则跟小猫儿似的艰难进食的样子，忍不住就想吩咐人去弄点热食来。

陆清则都没抬头就猜出了宁倦的意图："不必。"

现在派人去打猎处理，再等烤熟，太浪费时间了，而且江右受了水灾，干净的水很重要。

宁倦蹙着眉，还在犹豫。

陆清则低垂的眼尾一撩，眼角的泪痣在晨光里很惹眼："上面还有芝麻呢，啃着挺香的。"

宁倦沉默地望着他眼角的泪痣，片刻，伸手拈去他唇角沾到的一粒芝麻，嗓音柔和："嗯。"

微凉的手指在唇角一掠而过。

陆清则默默擦了擦嘴。丢脸。

啃了半张饼，肚子也饱了，陆清则把剩下的用油纸裹着收好："不耽搁时间了，走吧。"

宁倦让大伙儿休息半个小时，主要是为了照顾他。

但他真没那么脆弱。

陆清则有点无奈，八成是初遇时他那副要死不活的样子，给宁倦的心里留下了阴影，到今天宁倦还觉得他是个一碰就碎的水晶人。

哪儿那么夸张，没孱弱到那个程度。

宁倦却没有动摇，还板起了脸："老师，君无戏言，说是一炷香的时间，就是一炷香的时间。"

陆清则：你还君无戏言起来了，平时耍赖要我多陪你几日的时候呢？

宁倦似是听出他心中所想，忽然靠近了他一点，声音压得很低，带着点不会在外人面前展露的黏糊："老师，我累了，想再休息会儿。"

陆清则看他一眼，不吭声了。

一炷香时间很快过去，众人整装出发。

因要改道潜入江右，走的路并不舒坦，需要上山，从一条窄窄的山道上过去，别说马车了，连马也过不了。

这几日江右时不时就是一场大雨，昨夜又下了一场，地上泥泞湿滑，不能走太快。

一上路，黄泥浆就打湿了靴子裤腿，沉甸甸的，又黏糊糊令人难受。

陆清则和宁倦被夹在中间，宁倦跟在陆清则后面，小心地注意着他的动作。

不过陆清则走得出乎意料地稳当，并不需要特别照顾。

其中一个年轻的暗卫忍不住偷偷抬头，看了眼平日里仙姿玉质却又病骨沉疴的帝师大人，不由得一愣。

纵使裤腿染着肮脏的泥污，青年的脊背依旧笔挺，侧过头时，风姿毓秀，如雪如月般，仍旧让人不敢直视。

他忽然隐隐约约有点理解了，陛下为什么会那么敬重爱护陆清则。

宁倦的眼神沉重。

陆清则很干净，也正是如此，初见之时，宁倦看着那双没有任何阴霾的眼睛，才动了恻隐之心，没有让他亲手杀人。

他很不喜欢别的什么东西把陆清则弄脏。

宁倦的喉结滚了滚，将这股难明的情绪咽了回去。

此前来江右的探子走过这条路，这段时日又往返过数次，探出了最快捷的路线，上山没花太多时间。

只是上山容易下山难，未开辟过的山道更加滑溜，从密密的林子里望下去，一片烟雨朦胧，看不清山脚，稍不注意脚下失足，便不知道要掉多远。

前面的暗卫开着路，不时地提醒一声，剩余时间，只有山间的虫鸣鸟叫、错杂的呼吸声与沉默的脚步声。

要不是山道太窄，宁倦简直恨不得把陆清则绑在裤腰带上走。

来之前设想过道路会难走，但没想到会这么难走，宁倦心惊胆战地抓着陆清则，生怕他打滑，心里隐隐后悔。

把陆清则留在临安，等解决了江右的事，他再来接陆清则不好吗？

可他又明白，江右这边，调查清楚情况，快刀斩乱麻解决那批不中用的东西后，就很需要陆清则的辅助。

而且……他私心，就是想要陆清则随时与他在一起的。

内心矛盾的撕扯使得宁倦抿紧了唇瓣，眉头紧蹙着，手上的力道也不由得加大了些。

陆清则察觉到了，还以为宁倦是害怕，心里琢磨着这孩子莫不是恐高，轻轻捏了捏他的手，以示安慰。趁着在一处稍平坦的地方暂歇脚时，他扭过头，眼神温和，轻轻动了动唇瓣，是一句无声的——"别往下看"。

宁倦怔了一下，意识到陆清则误会了，长睫低垂，露出个浅浅的笑，点了点头。

老师怎么这么好。

将近傍晚，众人才下了山。

提前来到江右的暗卫早就候在山下，准备好了马车和马匹以及新的衣物。

过了这道关卡，还要继续前进。

好在江右本地的兵力没那么充沛，不会在每个府县之间设置关卡——江右要是有那么充沛的兵力，那此行大概就又多了些问题。

陆清则和宁倦换了浑身泥泞的衣物，上了马车，继续赶往集安府。

走了将近一天，说不累是假的，陆清则差不多是强弩之末了，咬着剩下的半张干硬的饼子，咽了两口，靠着边壁上，不知不觉就睡了过去。

宁倦心疼，轻轻把他移到马车简易的小床上，陆清则还没睡死过去，察觉到动静，迷糊地呢喃了声："我的饼……"

这一声又把宁倦给逗笑了，他把那半张饼收起来放好，笑眯眯地说道："收起来了，老师放心睡吧。"

宁倦把外袍脱下给他盖上，想了想，又伸手捂住他的耳朵，才叫了暗卫上来问话。

上来的暗卫恭敬地垂着头压低声音，将江右的情况禀报了："大雨不休，赣江一带多处地方决堤，灾民持续增加，有数万之众，死伤难计。"

宁倦眼底一片冷沉："还在决堤？江右的地方官是死干净了吗！"

"回主子，有几个县府的官员意欲越级上报朝廷，被扣下奏章关押了起来。剩下零星几个，也心余力绌，功不补患，其余未受灾的府县恐惧染疫，自发设了关卡，拒收流民。"

宁倦皱了下眉，即使恨不得把这群尸位素餐的东西拖出来砍了，也只能先按下冰冷的杀意，先问当前最重要的问题之一："陈太医对疫病可有对策？"

根据目前打探到的消息，凡洪水过处，疫病遍染，染疫者起初不会出现症状，等过几日后，才会慢慢出现畏寒、发热、腹泻等不同症状。随即浑身红疹，昏死过去，十有七死，幸存者不到三成。所以即使洪水没把人淹死，随之卷起的疫病也会把人害死。

"暂无。"暗卫垂下了脑袋。

南下带来的几名太医，都是宁倦的人，路上就根据病症秘密讨论过，但没亲眼见过，也束手无策，所以宁倦命十名暗卫先护送了一名太医过去。

要解决江右之患，让临安府的人光明正大地进去，还需要一点时间。

宁倦略吸了口气，谨记陆清则说过的话，声音平稳冷静："让你们加紧搜寻的人找到了吗？"

暗卫的头埋得更低："尚未。"

"再派人找，江浙、江右一带，翻个底朝天，掘地三尺也要给朕把人找出来。"

"是！"

宁倦低头看了看陆清则，不悦："小点声。"

"……是。"

等陆清则醒来时，马车已经停了，宁倦也不在马车上，周围隐隐有水声。

陆清则揉了揉太阳穴，低下头，才发现自己身上还裹着宁倦的外袍。非常时期，这已经是暗卫能找到的最舒适的料子了。

不过他家孩子眉头也没皱一下。

陆清则笑了笑，掀开帘子，往外看了眼，十名暗卫就守在外面，马车停在一条大道上，天色昏暗，看不出是什么时辰。

陆清则脱下外袍，下了马车，左右看了看，宁倦没坐在火堆边，而是负手站在道旁。

少年一眨不眨地盯着远处，因天色已暗，只能看到那处似乎是一片湖泊。夜色下，黑沉沉的水反射着不明显的暗光，像一块表面不规则、折射着光线的黑水晶。

宁倦看得很出神，甚至没察觉到陆清则来到了自己身边。

也可能是注意到了，但他很放心陆清则，可以任由陆清则走到自己身边。

陆清则抬手将外袍给宁倦披上，嗓音还有些哑："在看什么？"

宁倦依旧盯着那处，半晌，突然道："老师，那里原本是一处村庄。"

陆清则的指尖一顿。

他也沉默下来，跟着宁倦一起凝望着那处被洪水吞没的村庄，良久，才低声问："陛下，望着这一切，你在想什么？"

"朕想，安顿百姓。"宁倦的声音放得很轻，却藏着绵密阴冷的杀意，"杀鸡儆猴。"

第五章 治水患

离集安府越近，水患肆虐后的景象就越多，洪水淹没了庄稼与农舍，有时候路过某个被淹没后水还未退的村庄，还会看到上面漂浮着家禽的尸体。

或者人的尸体。

每到这时候，宁倦就会把帘子放下来，不让陆清则再看。

不过路面上的水洼太多，也不再适合坐马车了。

雨仍在淅淅沥沥地下着，陆清则穿上雨披，翻身上了马。

宁倦不放心陆清则自个儿独骑，选择跟陆清则同乘，看他坐稳了，飞身上马，执起马缰。

骏马嘶鸣一声，扬蹄奔走，出于惯性，陆清则"砰"地就撞到了宁倦，缓了下才勉强直起身。

雨丝寒凉，空气却潮热，无处不在的水腥气与泥土味儿混在一起，给人一种闷闷的感觉，清爽的气息从后面笼罩过来，在这种环境下，反倒甘冽得让人陶醉。

陆清则的眼睫眨了眨，察觉到宁倦肌肉紧绷着，拍拍他的手臂，示意他放松："安心，我不会掉下去的。"

闻言，宁倦反而更不放心了："老师若是不舒服的话，就和我说。"

等陆清则再养养，早晚给宁倦表演个胸口碎大石。

省得这孩子每天都以为他要病死了似的。

抵达集安府时，就和预料中一样，已然空空荡荡。

江右自古繁华，集安府又是人杰地灵之处，现在却是这般凋零惨状。

先一步抵达集安府的暗卫现了身，与晚到的陆清则几人会合。

骑马太累，大腿两侧被磨得生疼不说，骨头架子也被颠得发酸，陆清则一声没吭过，偏头问:"一路过来,我们从未见到过流民,人都去哪儿了?"

暗卫道:"回大人,原本逃过洪水的灾民想躲在高处,等洪水退了,就回村子抢救房屋、用具、粮食,但疫病接连暴发,巡抚潘敬民派人将灾民全部带走,安置在了集安府外的灵山寺内,敢有擅自出逃者,一律格杀勿论。"

陆清则听得皱眉。

那么多灾民,全部安置在一个寺庙里?这样安排,没染病的也该染上了。

"我们先去灵山寺看看?"陆清则扭头问。

宁倦顿了顿,没有直接回答,转而问:"陈科呢?"

陈科便是那位先被派来的太医,在太医院中也颇有威望,年轻时曾随军行医过,也参与过治疗时疫,经验很丰富。

"回主子,就在不久前,属下发现了一个灾民藏身之处,其中似乎有灾民染疫,那些灾民十分警惕,我等不便强闯,陈太医亮出医者身份,才被放了进去。"

宁倦点头:"带路。"

暗卫便上了马,在前面带路。

刚歇了会儿,现在马儿又动起来,陆清则两腿磨得疼痛不已,不由得轻轻"咝"了声。

那声音很低,宁倦的耳朵却极灵,倾身靠过来,少年清亮的声音已有了三分成熟与沉稳:"马骑久了容易磨破皮,老师是不是哪里疼?"

可能是因为看不见脸,这样的宁倦无端多了三分强势,陆清则不太自在:"没有,我一个皮糙肉厚的大男人,哪儿那么容易磨破皮。"

宁倦默然垂下眼,视线落在陆清则露出的一截雪白的颈子上,羊脂美玉般细腻的肌肤。

皮糙肉厚,还真敢说。

陆怀雪,你当朕瞎?

在心里大逆不道地腹诽了几声,宁倦不动声色地调整了马儿的速度。

大水将家园淹没后,不少流离失所的灾民都藏了起来,暗卫能发现,还是因为灾民们囤积的食物吃完了,无奈出来寻找。

集安府附近,地势低洼的地方大多被淹没了,要藏身也只能往山里走,到了山脚下,便得下马步行。

下马的时候,陆清则腿一软,差点摔倒。

旁边的暗卫下意识想扶,皇帝陛下却比他更快一步,看得暗卫都蒙了一下。

宁倦蹙着双眉:"是不是真的磨破了?回去让我看看。"

浑身骨头都在打战似的发酸,陆清则很难感觉到大腿内侧有没有被磨破,不过就算被磨破了,他现在也不能脱下衣服看,只好有气无力地看了眼宁倦。

上次看他脱个外袍,羞涩得跟个什么似的,还想看他腿上的伤?

啧,小男生啊。

陆清则没把宁倦的话当回事，感觉腿稳了，轻轻推开宁倦的手："走吧。"

看得出陆清则没放在心上，宁倦不悦地抿紧唇角，勉强憋下委屈和担心，若有若无地护着陆清则朝前走去。

这群灾民躲在一个山洞里。

靠近的时候，还能看到一些有些拙劣的陷阱，暗卫个个身经百战，一眼就看出来，护着陆清则和宁倦靠近了山洞。

山洞口坐着个瘦巴巴的小孩儿，拿着个粗陶碗，里面装着野菜汤，见到有人来了，眼睛霎时瞪得溜圆："妈呀，官兵来了！"

声音一出，山洞内冲出一群穿着短褐粗衣的汉子，手里举着棍棒钉耙，紧张地看着宁倦一行人。

见他们拿着武器，暗卫下意识就想消除威胁，将武器夺走，下一瞬，山洞里又匆匆走出来个人影："诸位父老乡亲切莫冲动！不是官兵！"

正是那位老太医陈科。

陈科面上蒙着布巾，在里面看着病人，以为是暗卫又过来了，没想到一抬头就看到宁倦，连忙俯身行礼："见过……"

话音一顿，他不知道该不该暴露宁倦的身份，好在宁倦适时开了口："无须多礼。"

那群害怕又紧张的灾民看看陈科，又看看宁倦，犹豫了下，还是放下了手中的棍棒。

这位陈大夫才帮他们看了病呢，那面前这些人，应该不会是来抓人的官兵吧。

宁倦望了眼瘦得脱相的灾民们，拨开挡在身前的暗卫，往里走了一步："情况如何？"

陈科看出他应当是暂时不愿暴露身份，又行了一礼，微微叹了口气："情况……不太乐观。"

他们赶得急，事先虽对疫病进行了推测，但带来的能用的药不多，现在江右大多府县都拒收灾民，药材紧缺，很难买到，他就算想调配药方，也无从下手。

宁倦望了眼黑漆漆的山洞："带我进去看看。"

暗卫和陈科同时大惊："主子！"

皇帝陛下龙体金尊玉贵，出现在这种地方已经是奇闻了，还要进去，未免太冒险了！

但他们也不可能说得动宁倦，只能眼巴巴地看向陆清则。

陆清则抿了抿唇："我和他一起进去。"

这回换宁倦不赞同了："老师在这儿等等，我去去就来。"

说着，直接吩咐暗卫看好陆清则，摆明了没得商量。

虽然宁倦是陈太医带进来的，这群灾民依旧怀有三分警惕，没有人开口说话，但看态度，应该是默认允许他们进去了。

陆清则张了张嘴，也不好在暗卫和太医面前驳他的面子，只能从怀里掏出一块干净的帕子,递给宁倦:"把你自己的也拿出来,戴上遮好口鼻。"

也不知道是不是通过飞沫传染的,古代没有口罩,聊胜于无。

宁倦"嗯"了声,遮住了口鼻,幽淡的梅香取代了潮闷的泥腥味,他的嘴角翘了翘,才带着几名暗卫,跟着陈科弯腰钻进了山洞中。

山洞低矮,又因为这一阵一直下雨,又冷又潮,走了一小段路,才开阔了些。洞中并非是封闭的,顶上有洞漏了光进来,看起来随时会垮塌。

周遭一片昏暗,各种臭味夹杂着酸腐气息,冲淡了梅香。

有二三十个灾民躲在这儿,男女老少皆有,躺在席子上的三个病患呻吟着,被安置在距离人群最远的地方。

除了这几个病患,还有两三个意识陷入混乱的男人在哼哼,宁倦眼神很好,一眼看去,那几人的下肢肿胀如萝卜,已经开始溃烂了,空气里的怪味大概是从这里传来的。

其余人蜷缩在一起,每个人的脸色都很麻木,在昏暗的山洞里透着一股惨淡的苍白。

陈科叹了口气:"这里不适合您,看了难受。"

"朕不难受。"宁倦只庆幸没有让陆清则跟进来,话音淡淡的,"难受的是这些百姓。"

宁倦看了一圈,才转向那群蜷在一起的灾民,简短道:"此处并不安全,我能为各位提供住处、食物与药材。"

灾民们面面相觑,一时并不敢相信,依旧没人开口。

片晌,人群里传来一道少女清凌凌的声音:"你是谁?我们凭什么相信你?"

宁倦瞥去一眼。

开口的少女被几个人特地挡着,却没有缩在后面,而是站了起来,直迎着他的目光:"你真的能给我们提供食物和药材?"

一连串问话下来,宁倦只回了一句:"孙二,将干粮分发下去。"

紧跟在他身边的暗卫领命,打开随身携带的包袱,里面是满满当当的干粮。

方才还显得麻木的灾民们脸色纷纷有了变化,直勾勾地盯着那些干粮,忍不住咽了咽口水。

洪水淹没了家宅,又雨水不断,山上很危险,他们把附近的野菜都挖空了,许久没吃过粮食,都快忘记扎扎实实吃饱是什么感觉了。

少女静默了一下,不像其他人那般松动,冷笑了声:"你是朝廷派来的钦差?哈,我还以为朝廷已经把我们这些庶民忘了。"

话音里不乏嘲讽意味,听得陈科直擦汗。

宁倦并未动怒,不咸不淡地看她一眼,折身离开。

陈科左看看右看看,忧心忡忡地跟着往外走,压低了声线:"那位姑娘带着这些灾民逃到此处,是他们的头领,您莫怪她出言不逊。"

宁倦看他一眼:"朕肚量没那么小。"

"可是陛下，我等匆匆赶来江右，食物和药材也不足……"陈科又迟疑了下，怕宁倦只是说空话为让这群灾民离开这山洞。

宁倦的眉梢微一挑："朕还会诓你吗？"

陈科又擦了擦汗："微臣不敢。"

走出山洞，眼前豁然一亮，气息也正常了许多。

宁倦一抬眼，陆清则正在和方才坐在山洞口喝野菜汤的小孩儿说话，即使戴着面具看不见表情，宁倦也能猜到他必然是很温柔的。

也不知道都说了些什么。

小孩儿有点害羞地挠挠后脑勺，随即肚子"咕"地叫了声。

一点野菜汤，别说大人，连孩子的肚子都填不饱。

陆清则下意识地在怀里掏了掏，掏出被油纸包着的半张饼。看到吃的，小孩儿眼睛顿时亮了。

陆清则解释："这个被我咬过，我让人给你……"拿个新的。

对受灾的百姓而言，对吃的哪有什么嫌弃不嫌弃？

别说被人啃过，就算掉泥坑里了，也要捡回来吃了。

小孩儿使劲摇头，他早就饿狠了，伸手就想把饼抓过来，岂料还没碰到，眼前一花，饼不见了。

小孩儿"哇"的一声哭了，委屈又愤怒地扭过头，撞见宁倦冷飕飕的眼神，还没出口的呜咽就给吓得"咕咚"一声咽了回去。

陆清则也傻了："干什么呢？"

你堂堂一国皇帝，要什么没有，跟个小孩儿抢半张饼做什么？！

宁倦面不改色："饿了。"

怕陆清则责怪自己，赶紧又扭头吩咐："给这孩子拿点干粮。"

身旁的暗卫也看得一愣一愣的，但还是条件反射地服从命令，递给要哭不哭的小孩儿几张完整干净的饼子。

小孩儿失去了半张饼，又骤然得到了几张完整的饼，像只被松子淹没不知所措的小松鼠，吃惊地瞪着宁倦。

一时间场面有点诡异。

暗卫迷茫，太医迷茫，小孩儿迷茫，陆清则也很迷茫。

只有宁倦异常平静，剥开油纸，咬了口干硬的饼，以证明自己是真的饿了。

但宁倦咬都咬了，陆清则也不能去抢回来，只能把水囊递过去，怕孩子吃太快噎着："喝点水？"

宁倦轻柔地"嗯"了声，接下来喝了口水，三两句话将山洞里的情况说明了。

山洞湿冷，还有垮塌的危险，里面有染疫的其他病人，绝不能让这些灾民再继续待下去了。

躲起来的灾民肯定不止这些，必须尽快解决江右那一班子废物，才能有效治灾。

不过……灾民们为什么一听到官兵就那么害怕？

山洞口一阵窸窣之声，之前被人团团护着的少女走出了山洞，一眼就看到了人群里的陆清则和宁倦。

这两人太扎眼了。

仿佛天生就众星捧月般，能汇集所有人的目光，光凭气质，就知道不是常人。

到底是什么人？

或许那个少年不是钦差，钦差哪有这么年轻的？

看外面这群人都佩着刀……或许是山匪？

少女默默在心里衡量着，沙哑地开口："你刚才提的那些条件，需要我们做什么？"

陆清则刚从宁倦口中得知灾民的头领是这个少女，态度很和善："放心，我们不需要你们付出任何代价。"

他的嗓音舒缓，很能让人放下戒心。少女愣了一下，犹豫着点了下头："多谢你们的干粮，大家已经很久没有吃饱了。"

宁倦冷不丁地插进对话："你们为何要躲在这里？"

情愿待在这里，也不愿意去官府安排的灵山寺吗？灵山寺再不济，也有官府的救济粮，以及汤药救治，这里吃不饱穿不暖，还有染疫的病人，连药材也没有。

少女的脸色轻微变了变，声音低下来："我们听说，被抓去灵山寺的灾民，会无故消失。"

附近的人眼皮皆是一跳。

什么叫，会消失？

少女深深吸了口气，带着咬牙切齿的透骨恨意："听你们的口音，应当都不是江右人氏吧，难怪一点也不了解姓潘的做派，那狗官做出什么我都不意外。"

陈科忍不住道："但朝廷每年有派人……"

"朝廷？"少女"哧"了声，"先皇在位时不管，新皇继位后还管得了吗？朝廷到现在也没有动静，我猜那位新皇还被奸佞蒙在鼓里，不知道江右发生了什么，又做得了什么！"

这么大不敬的话，还是当着宁倦的面说的，老太医额上的冷汗"唰"地又冒了出来，后背都要湿透了，为这姑娘捏把汗，声音发颤："姑娘慎言，慎言啊！"

被当面骂了一遭，宁倦依旧没有表情："孙二，带人协助灾民转移。"

外人如何说他，对他来说并无影响。

跟着少女一起钻出来的暗卫领命，调了几个人，蒙好口鼻，转身进了山洞，帮助转移那些不能移动的病患。

除了最先到江右寻人的锦衣卫，以及散去的三十名暗卫，江右还有事前来找小世子的数十名锦衣卫。

来江右之前，他就命令这群人准备好了地方。

在解决潘敬民等人前，至少可以给灾民们遮风避雨，吃口热乎的，让他们得到医治。

少女安静了一瞬，郑重道："我叫于流玥，两位的恩情，我必铭记于心。"

"什么恩不恩的，这是我们应当做的。"

陆清则望着被抬出来的病患，心里并不好受，摇摇头道："护卫会将你们送去安置的地方，陈大夫也会跟过去，我们还有事，便先行一步了。"

转过头，他和宁倦对视了一眼，低声道："现在就去灵山寺吧。"

宁倦点了点头。

两人一同朝外走去，路上宁倦一直一言不发。

陆清则想了想，觉得还是有必要安慰下小崽子的，上了马，侧了侧头，低声细语："于姑娘并不清楚情况，不必把她方才的话放在心里。此番解决江右的事，得了民心后，无论朝堂还是民间，都会知晓你并非任人摆弄之辈，支持你的人也会越来越多。"

宁倦其实并不在意，但被陆清则一安慰，心思就活络起来，长睫眨了眨，眼底就露出几分委屈之色："嗯。"

鼻音扬起，听起来真有什么似的，脑袋轻轻磕在他的肩上："好难过，老师。"

陆清则一时无言。

这孩子，让他说什么好呢？

宁倦的嘴角勾了勾。

吃软不吃硬啊，老师真可爱。

灵山寺距离此地其实并不算远，不到一个时辰便能隐见，是座矗立在半山坡上的古寺，从前十分繁盛，占地甚广。不过崇安帝笃信道教，所以他在位时，道教压了佛教一头，这座寺庙便隐隐没落了下去，香火一直不算旺盛。

洪水肆虐，江畔低洼处被淹没，集安府一带的水患尤为严重，潘敬民便强征了这座寺庙，用以安置灾民。

快马赶至灵山寺附近时，陆清则嗅到了不一样的气息。

一群官兵正围在灵山寺外，穿甲佩刀，寺庙外站着数十个还算精壮的平头百姓，以及几个光头和尚，众人举着棍棒，守着寺门，为首的是个清秀瘦弱的少年，脸绷得紧紧的。

双方正在对峙，但实力差距一眼就能看出。

宁倦眼眸一眯，打了个手势，示意暗卫分散出去，但暂时别妄动。

先看看这是在做什么。

为首的官兵举着刀，对着这群平民怒喝："反了天了，敢拦军爷办事！"

站在瘦弱少年旁边的年轻和尚面带怒气："你们三天两头来寺里将病患带走，除非说明那些施主的去向，否则今日别想进入这灵山寺！"

陆清则轻轻吸了口气。

恐怕于流玥说的是真的。

以潘敬民的做派，水患他治不了，病患他不想治。

他想要减少这件事的影响，阻止疫病的扩散，不影响自己的官帽，那他会怎么做，那些被带走的人会是什么下场？

在场诸人脑筋都转得快，心底霎时一寒。

"找死。"为首的官兵没了耐心，脸色一沉，"把这群刁民拿下，今日杀鸡儆猴，看谁还敢有异议！"

他话音落下，宁倦眼底掠过一丝冷色，吐出四个字："留个活口。"

暗卫早就蹲守在最佳位置，得令立刻拔刀出鞘，冲了上去。

那群官兵没料到附近居然还埋伏着人，并且都提着刀，当即吓了一跳，嚷嚷着："反了反了，你们这群刁民，竟敢私通山贼！待我回去上报，一窝端了你们！"

为首的官兵嘴上聒噪，功夫竟也不差，抢起两把巨锤，力气奇大无比，能和功夫高强的暗卫打得有来有回。

宁倦坐于马背之上，面无表情地看了一会儿，径直取下背后的弓，搭箭拉弦，两石的长弓被徐徐拉至圆满，箭镞闪着冷光。

随即陆清则听到"铮"的一声弓弦振响，羽箭"咻"地飞出。

下一瞬，箭矢连穿三人，官兵应声倒地，被受惊的马儿踩踏。

少年脸色冷然，缓缓收回拉弓的动作，宽大的袍袖灌满了风，被吹得猎猎作响。

陆清则下了马，就站在不远处，望着这一幕，心跳忽地加快了几分。

宁倦垂下眼："吓到老师了吗？"

陆清则摇摇头。

他只是有点惊讶，宁倦居然能坐在马上，拉动两石的强弓。

小毛孩儿偷偷进步了啊，臂力这么强。

头头死了，即使人数占据绝对的优势，剩余的士兵也慌了手脚。

看到有人出手，那些守在门口的百姓也想上前帮忙，却被为首的少年伸手一挡，示意他们退后，然后盯准了一匹慌张的马儿，踢起一把染血的长刀握着，抓住马缰翻身上马，三两下制服了那匹马，也冲进了混战的人群里。

武艺竟然出乎意料地高强。

四散的士兵很快死得七七八八，血腥气漫过来，还剩最后一人时，那个武艺过人的少年提着刀要追上去，却被暗卫拦住。

他愣了愣，眼底疑惑，放下刀，比画了几个手势。

——竟然是个哑巴。

宁倦拧眉看着那个少年。

陆清则适时开口:"他在问,为什么不斩草除根,听说潘巡抚也在集安府,让那个人跑掉就糟糕了,我们杀了官兵,被官府通缉后,会有更多官兵围攻而来。"

见到有人能翻译自己的话,少年眼底顿时多了几分惊喜与感动,使劲点头。

宁倦没急着回答,讶异地望向陆清则:"老师还懂手语?"

"略懂一二。"陆清则回答宁倦后,望向少年,安抚地笑了笑,"不必担心,怕的就是他们不来。"

少年眼露茫然,迟疑了一下,还是放弃了追击,丢下刀后,被十几个人围着,又显出几分腼腆,朝两人打了几个手语:我叫林溪,多谢你们出手相助。

陆清则又翻译了一下,然后回答:"不必言谢。"

要陆清则一直翻译有点麻烦。

虽然宁倦很喜欢听陆清则说话,但他不喜欢陆清则总是注视着别人,视线在周围转了一圈,利落地翻身下了马,走向寺门口的僧人。

佛寺前沾染了血腥,那几个僧人不忍卒看,正双手合十,脸露不忍地无声念经。

为首的和尚慈眉善目的,看起来应当是这寺庙的住持。

"寺内的情况如何?"

听到问话,惊魂未定的僧人们睁开眼,因为宁倦等人的相助,他们并未设防,沉重地叹了口气:"山上有数以万计的灾民,屋内住不下的只能睡在院子里,不少人因此得了风寒……"

"起初官府还会送点粮食与药材来,慢慢就不送了,只派人守在寺外,隔几日就带走一批染了风寒的伤患……"

听着老住持的描述,陆清则也习惯了腿间的擦痛不适,走到宁倦身边:"进去看看吧。"

宁倦吩咐众人做好防护,随即从怀里掏出自己的手帕,伸手给陆清则仔细蒙住口鼻,又给自己蒙上了,才往寺里走去。

老住持所言非虚,寺内乌泱泱的灾民,都蜷缩在冰凉凉的地板上,情况好一点的,还能坐在席子上。

再往里走,住在屋里的,多半是老人和妇孺,甚至孕妇也有不少。

但更多人只能露天席地。

多雨的时节,外头人这么多,只能睡在地上,运气好点的不会感冒,运气不好的话……就有可能被官兵带走处理。

寺里的僧人已经尽量将病患与其他人隔绝开来,但地方就这么大,却要容纳那么多人,病疫仍在不可避免地传播扩散,不少接触病患较多的僧人也染了病。

一双双或惊惧或麻木或担忧的眼睛沉默地注视着他们,偶尔能听到努力憋着的咳嗽声,似乎担心下一刻就会被拖走。

宁倦眸色沉沉。

陆清则无声地闭了闭眼,握紧了拳。

就在宁倦一行走入灵山寺后,自以为逃出生天的那个卒子也骑着马奔入了集安府内,慌张地报上了此事。

潘敬民本来是不会亲自来集安府的,洪都府又没受灾,灾民也都被拦在城外,眼不见心不烦,他在豪华的府邸里,享受娇妻美妾的服侍不好吗,出来吃什么苦?

但他都下令解决那些染病的病患了,疫病仍未根除,一想到小皇帝就在隔壁待着,他就有些不安。

万一走漏了什么风声可就不好了,得尽快解决此事。

所以他是来与集安府知府商量,怎么处理灵山寺里那群麻烦的。

除了潘敬民,江右总兵与布政使也在侧。

桌上摆满了精致豪奢的珍馐,都是难得的食材,大人们皱皱眉就会被换下,珠帘之后坐着伶人,抚琴给他们助兴。

一群人刚七嘴八舌地商议到"不如趁夜一把火烧个干净,对外就说走水了",就有下头的人慌慌张张地跑来:"大人,不好了,灵山寺的刁民反了,勾结几个山贼,把派去的官兵都杀了!"

潘敬民本来就烦心,闻言脸色一沉:"这群刁民是要造反,不把本官放在眼里了!"

集安府知府赵正德也被吓了一跳,见他脸色不悦,谄媚地倒了杯茶:"潘大人,消消火,一群刁民,怎么配让您生气呢?不过这群刁民果然不安分,派人看着是对的,是得尽快解决,不如下官今夜就派人过去,一把火烧个干净?"

"今夜?"潘敬民从鼻孔里"哼"出一声,"愚蠢,他们敢将官兵杀了,放到今夜,都能杀到你府上来了!给本官调五百精兵来,走着,解决了这个麻烦,本官晚上也能睡个好觉了。"

江右布政使吃了一惊:"您要亲自过去吗?"

潘敬民眯了眯眼:"人那么多,当然得亲自看过了才放心。"

"可是寺里的人颇多,只带五百精兵……会不会少了点儿?"

潘敬民不怎么在意:"对付一群老弱病残罢了,足矣。"

近万人就跟小羊羔似的,被几十个官兵守着不准出入,屁都不敢放一个。

一群乡野小民,哪来的胆子反抗。

江右总兵灵光一现:"潘大人,其他地方也有灾民没处理,养着浪费粮食,不养着又可能要造反,不如把那几个山贼擒住,拷打一番,让他们承认与那些灾民勾结,都是反贼,这样剩下的也能处理了。等剿灭了反贼,还能在您的功绩上添一笔呢。"

赵正德和江右布政使内心齐齐一动,心道真够歹毒的,面上仍堆着笑,不敢吱声。

潘敬民闻言,心情顿时好了几分:"没想到你这个猪脑子,也能想到这么好的主意,回头也给你添上两笔。"

潘敬民在江右为官多年，治水和治疫都不行，但治刁民很有一手，当即就带着手下的士兵出发，顺便带了油和火把弓箭。

潘敬民都亲自去了，其他人当然得陪着，坐上马车时，赵正德不由得冒出个念头：这还是安置那堆灾民后，头一次去灵山寺吧？

大概也会是最后一次。

一群人风风火火的，很快就到了灵山寺。

这群人动静不小，守在寺外的暗卫见到山下的人影，立刻去通报了宁倦。

宁倦偏头问："老师，要随我去会会这位江右巡抚吗？"

陆清则从小到大的情绪都很平稳，几乎不会有太大的情绪波动。

——除了这次。

从踏进江右起，一路而来，良田被淹，灾民流离，官府不仅毫无作为，甚至肆意屠杀病患，早就将所有人的怒火点着了。

他随着宁倦走出灵山寺时，带着精兵的潘敬民几人也到了。

见到寺庙门口的十余人佩着刀，潘敬民了然，朝着显然是领头的宁倦一指："你就是屠杀官兵的反贼？"

宁倦八风不动，负手望着他，眉宇间浮起一丝冰冷森然的杀意："潘敬民，你好大的威风。"

潘敬民在江右就是个土皇帝，谁敢不捧着他，被直呼大名，顿感不悦。

集安知府一扫他的脸色，狗腿似的怒骂："什么东西，潘大人的姓名也是你叫得的！"

潘敬民冷哼了声，不再浪费时间，一抬手："给我生擒！"

他话音才落，山下"轰"地传来阵雷鸣般的响声。

是马蹄声。

郑垚带着两百人，满身泥水地纵马而来，厉声高喝："谁敢伤吾皇！"

听到这一声，正要动手的所有人一下都蒙了，愣愣地看着锦衣卫飞速越过他们，当先一人翻身下马，声若洪钟："锦衣卫指挥使郑垚，救驾来迟！"

什么？！

潘敬民以及身边一群狗腿子，生平第一次怀疑自己的耳朵。

锦衣卫指挥使郑垚？

是货真价实的锦衣卫吗……他们管那个反贼头子叫什么？

等等，那个少年身边有个戴银白面具的，听说帝师陆清则因面貌丑陋，一直戴着这么个面具。

但是小皇帝明明在临安府好好地待着，怎么可能……

潘敬民的脸一点点地白了，雨后甚是清爽，他的后背和头上还是止不住地冒汗，渗着股透心凉的寒气，身体也在不受控制地颤抖，脸皮抽搐。

大难临头的恐惧感笼罩了他肥胖的身体，他脑子里一时竟然什么都想不出来。

郑垚来的时间与宁倦预估的一样。

他带的人不多，又是秘密前来，潘敬民万一狗急跳墙，想要灭口——虽然不可能成功，但陆清则在身边，他不想有任何一丝风险，昨日就派人给郑垚传了信。

见过了江右的惨状，也没有必要再低调行事了。

宁倦垂下的眼重新抬起，不偏不倚，正好看向潘敬民，嗓音淡漠："怎么，潘大人，不是要生擒朕吗？"

郁书荣是集安府同知，去岁才到任，不清楚江右的官场情况，根底尚浅。

江右的水患祸端初现时，他就提议知府赵正德上报，却被按下。

等到水患事态越发严重，甚至出现了疫病时，他干脆越过赵正德，恳请巡抚潘敬民上报朝廷，依旧没得允准。

最后他一咬牙，不计后果，决定越级上报，与几个同僚一起，联名写了奏章送往京城，哪知道这一切都被潘敬民察觉，奏章半道被劫了下来，他们这群人则被关进了大牢。

这些时日，除了差吏会送来吃食，几乎没人记得他们了。

在暗无天日的大牢里待久了，精神是极度压抑的，郁书荣只能和老鼠说说话解闷，偶尔来送饭的差吏看到了，眼神像是看疯子。

郁书荣倒是很冷静，反正只要他还没听到老鼠回话，他的脑子应该就还没问题。

今日的午饭迟迟没有送来。

郁书荣背负双手，在牢里踱着步，时不时看一眼铁栏之外。

总觉得有什么事要发生。

忽然，外面传来了急促的脚步声，一大批差吏走了进来，打开牢门的锁，态度是一反常态的和善："郁大人，请出来吧。"

郁书荣心里一紧。

潘敬民难不成准备杀人灭口了？这么多人，他打算全杀了？

他一阵眩晕，干巴巴地问："我能先给我老娘写封遗书吗？"

领头的差吏愣了愣，反应过来，连忙摆手："您误会了，潘敬民及与之有关者，都已被收押入狱，亟待问责。眼下官署里无人，陛下让您暂代知府一职。"

"什么？"郁书荣怀疑自己是没睡醒，有点糊涂，"你说……谁来了？"

"对了，您还不知道，"差吏搓搓手，"陛下亲自从京城来了！"

陛下……亲自来了？

郁书荣怔了许久，走出大牢，望向隐隐透着亮光的大门。

他好像看到，笼罩在江右顶上的黑雾，就如这大牢的远处一般，散去了。

江右堆积的问题太多了。

亟须解决的，是河岸决堤、疫病传播、流民失所三大问题，得尽快治理洪水，安置流民，救治伤患。

所以把潘敬民等人下了狱后，陆清则和宁倦也没能闲下来。

事前安排在江右的锦衣卫递上了与潘敬民有勾连的官吏名单，潘敬民等人进去得太快，消息还没传出去，就又进去了一批。

之前因秘密上报而被关押的一堆官员，则都被放了出来，回到原位，或填补空位，各司其职，待日后褒奖。

宁倦全权接管了江右的大权，命各府将存粮情况报上，即刻修建安置所与病患所，开仓放粮，救济灾民。

与此同时，陆清则也走进了集安府存放档案的架阁库里，翻开了江右历年的水患记录，整理从前的治理方案，结合一路的见闻，斟酌适合当前情况的治水之法。

集安府繁华，也是最先遭水患的，因此灵山寺的灾民最多。

宁倦又命郑垚点了人，领着官兵带着太医和召集的郎中，安置灾民。等安置所建好，染疫者就能被安排进病患所，接受治疗。

身体健康的暂时留在灵山寺，等修筑河堤时，可自愿报名，领工钱干活。

因这疫病有几日的潜伏期，疑似染疫的人，得在灵山寺的后山观察几日，确认无虞之后，才能回到灵山寺。

几位太医也是接到命令就出发，只是不及习武之人的速度，晚郑垚小半天，随着一百禁军从江浙赶来。

锦衣卫骑着马，在各府之间穿梭，寻来江右本地有名的郎中，与太医商讨如何治疗病患，寻找治疫的方子。

一道道命令有条不紊地发出去，混乱的江右好像重新得到了一根主心骨，大大小小的事情都围着宁倦转了起来。

但出乎意料的是，集安府的官署里竟然空荡荡的，没什么存粮，干净得老鼠都不屑光顾。

江右不与外界往来多日，面对如此庞大数量的灾民，城内各大药铺所存的药材，自然是不够用的。

宁倦听完禁军汇报，薄薄的眼皮掀了掀，淡声道："你们找错地方了。"

两个时辰后，郑垚带着一批锦衣卫，骑着快马浩浩荡荡入了洪都府，跟悍匪似的，惹得百姓不住地伸长脖子偷看。

郑垚得了令，目标明确，来到洪都府最豪华的那家府邸前，看了眼匾额上的"潘府"二字，冷笑一声，伸手示意身边的人递来一把弓，搭箭拉弦，"咚"的一声，射穿了匾额。

不偏不倚，正好射在"潘"字的正中间。

旋即大摇大摆地踢开了潘敬民家的大门，在门房的惊呼声里，带着人鱼贯而入："锦衣卫办事,全部拿下!"

不出宁倦所料,潘敬民果然富得流油。

外面大水淹了农田粮食,不仅受灾的灾民挨饿,其他府的普通百姓也因此节衣缩食,不敢多吃半碗饭,潘府的宅子里却额外修建了好几个新仓库,里面堆满了药材与粮食。

明早就要施粥赈灾了,但集安府粮食紧缺,支撑不了几天,看到这些,郑垚"嚯"了声,美滋滋地叫人全部搬出去准备带走。

检查完几个仓库,他又溜达到潘敬民的私库,照样踹开,里面堆的是满满当当的箱子,看着普通,也不知道装的是什么。

郑垚上前两步,抽出腰间佩刀猛力一劈,铁锁"咔嗒"落地,他随意掀开箱子,呼吸顿时滞住。

周围所有人齐齐吸了口凉气。

竟然是满满一箱子的金锭!

众人下意识地咽了口唾沫,两眼放光:"老大,这其他箱子里,不会也都是……"

"亲娘嘞,这辈子没见过这么多金子。"

"这一锭抵我好几年俸禄了……有这么多金子,还当什么官啊,回家享清福不好吗?"

巨大的财富在前,不免有人起了点心思,几十双眼睛直勾勾地盯着黄灿灿的金子,心怦怦直跳。

郑垚也盯着那一箱子黄金,挣扎了一瞬,"嘭"地关上箱子,大马金刀地坐上去,冷冷道:"刚谁说不想当官了?站出来,老子回去就革了你的职。"

"清点数量,老子心里大致有数,若丢一锭,便剁了你们的狗头交给陛下!"

金锭从眼前消失了,大伙儿讪讪地回过神来,想到此刻正坐镇集安府的那位陛下,打了寒战,默默收起蠢蠢欲动的心思:"是!"

粮食和药材都被搬了出去,准备带回集安府,那堆装满金锭的箱子,则被郑垚压下了消息,等回了集安,便第一时间拿着统计好的清单报给了宁倦。

宁倦随意扫了眼,眉梢微抬:"哦?整数?"

郑垚猜出宁倦的言外之意,干笑着道:"回陛下,弟兄们一心为陛下办事,不可能做出偷窃之事,自然是整数。"

宁倦半眯着眼,盯着他看了会儿。

郑垚低着头,仍能感受到那强烈的凌厉视线,冷汗都被看出来了,半晌,听到宁倦从鼻腔轻轻"哼"出一声,似笑非笑:"是吗?"

声音听不出情绪,意思也很模糊。

这一声回应活像落到一半的石头,郑垚正抓耳挠腮,门外就走进来个人,声线如玉石般清冷,却浸着淡淡的柔和:"我统计了郑指挥使带来的粮食,恐怕还是支撑不到朝廷的赈灾粮下来。"

救星来了！

郑垚心里大喜。

那道笼罩在他身上的恐怖视线果然下一刻就移开了，皇帝陛下的声音甚至带了笑意，翻脸堪比翻书："郑指挥使在潘敬民家中还查抄到了二十万两黄金——起来吧，都辛苦了，除了这些黄金，潘敬民家里的其他值钱物件，让你手下人随便拿。"

郑垚睁大了眼："随便拿？陛下是说真的吗？"

宁倦瞥他："朕有说话不算话的时候？"

陆太傅果然是陛下的一味良药。

郑垚乐得差点笑出来，咧着嘴赶紧谢恩。

小崽子也知道给甜枣了。

陆清则在旁边看着这一幕，颇感欣慰，也没发表意见，等郑垚乐够了，才开口问："郑指挥使，可在潘敬民家中找到他与卫鹤荣来往的信件？"

提到这个，郑垚嘴角抑制不住的笑容就压了下去，皱眉道："翻遍了也没有，恐怕被藏到了别的地方，最糟的情况就是已经被烧了，不过就算烧了来往信件，账本也不会烧。潘府上下连条狗都被押走了，微臣会连夜审问潘敬民。"

最后两句是对宁倦说的。

宁倦"嗯"了声："下去办事吧。"

郑垚心情畅快地溜达出去，准备和兄弟们再去趟洪都府。

等郑垚离开了，宁倦的脸色才彻底缓和下来："老师怎么过来了？"

"我查阅了江右往年的水患记录，写了份治水的法子。"陆清则将手里叠着的数张纸递到宁倦面前，"看看怎么样。"

掌握现代的科学治水方法，对江右的水患成因与治理，陆清则心里颇有底，所以才会特地跟着过来。

洪水不治，流民不除，这才是根源。解决了漫堤的洪水，百姓才能安心回去耕种生活，重新建设家园，社会也会随之稳定。

宁倦接过来翻开，陆清则归纳了往年的水患原因以及治理方案，又分析了当下的情况，言语简略，却十分精准。余下的几张内容都是治水方案，还画了简单的示意图，条理清晰。

宁倦看着看着，嘴角便不自觉地噙了笑："老师写得很好，画得也好。"

时间已经接近傍晚，从早上来到集安府后，陆清则连盏热茶都没来得及喝，见宁倦桌上有热茶，不客气地抄起来暖着手抿了口，抬抬眼："如何？"

宁倦又看了一遍，点头："我觉得可行，这就把集安的代知府叫来。"

陆清则也没多留，又回去继续清点物资，离开的时候，还把茶杯给顺走了。

他走路不紧不慢的，走了会儿，就遇到被叫去面圣的郁书荣，礼貌地冲郁书荣微微颔首。

郁书荣刚被放出牢房，迎面就是一堆繁杂的事务，除了知道陛下来了，还不清楚都有谁跟来，一时没反应过来这是谁，稀里糊涂地跟着点了下头，快步进了屋，行了一礼："微臣见过陛下。"

宁倦平淡地"嗯"了声，将陆清则的手稿递过去："看看。"

郁书荣忙双手接过，仔细看起来，时不时"啧"一声。看完，他双眼发亮地抬起头："陛下，这份治水方案是谁写的？写得真是太好了！"

"朕的老师。"宁倦嘴角无声地勾了勾。

郁书荣猛地反应过来。

听说先帝临终前，将少年状元陆清则点给了新帝当老师，那位太傅曾被阉党构陷，差点丢了命，后来又为了保护新帝，脸上受伤，自此出入都戴着银面具，不再以真容示人。

身体孱弱，还戴着银面具的青年，可不就是方才他过来时，在路上遇到的那个人吗？！

天哪，他错失了和陆清则交流的机会！

郁书荣相当扼腕，又看了一遍手稿，再次给予了肯定："微臣以为，完全可以按照陆太傅的思路治水。"

"嗯，今日便安排下去，人手不够再来。"

宁倦觉得口渴，下意识伸手想拿茶盏，没碰到，愣了一下，才想起茶盏已经被陆清则顺走了，心里哑然失笑。

郁书荣连声应是，带着手稿转身离开。

步子还没跨出门槛，就听到皇帝陛下凉凉的嗓音从身后幽幽传来："这份治水方案，你自己誊抄一份，原稿给朕送回来，少一张都不行。"

啊？

郁书荣内心凌乱："……臣遵旨。"

稍微理清了下江右的局势，已经是深夜。

各种麻烦不断，藏起来的灾民不信任官府，即使听说皇帝本人到了，他们也怀疑是假的。

赈灾的粮食与药材都不够，朝廷那边虽事先安排好了，到底不能即刻赶到。

宁倦决定从附近富庶的江浙暂调，以解燃眉之急，但如何让江浙那帮人拱手送上赈灾物资，也是个问题。

潘敬民与卫鹤荣勾结的证据尚未拿到，潘敬民行事猖狂，胆大妄为，这方面却十分谨慎，他的一个正妻并十八房小妾以及八个孩子，竟然没一个能提供有效线索的，大概是被卫鹤荣敲打过，知道要好好藏起来。

以及当前最迫切的，治水方案有了，治疫的方子却依旧无着……

宁倦在书房里翻了会儿文书，边看边思考着问题，直到灯花"啪"地闪了一下，才恍惚想起，一慢三快的打更声似乎响过多时，现在大概离五更天不远了。

从江浙赶路来江右的这段时日，披星戴月的，本来就没休息好，几乎没怎么合过眼，今日又一直处理事务到这时候，宁倦也不可避免地有点疲倦了。

他坐了会儿，忽然很想见见陆清则，身随意动，便走出了书房。

暗卫静默地提着灯笼跟上。

正是黎明前最黑暗的时段，四周阒无人声，一切都笼罩在冷寂的夜色里，唯有灯笼朦胧淡黄的光，融雪般扫亮了前进的路。

一大批官员下了大牢，空出不少地方，他们暂住在集安府的官署里，陆清则就住在一间客院里，应该早就歇下了。

宁倦本来打算看一眼陆清则就回去，没想到走进院子，发现陆清则厢房里的烛火还亮着。

他微微一愣，疑心是陆清则太累，睡着忘了吹灭烛火，示意暗卫不必跟进去，走过去轻轻敲了敲门。

陆清则刚翻完了几卷卷宗，稍作洗漱，擦了擦身，穿上中衣准备躺下，又疲于起身去吹灭蜡烛，正在认真琢磨要不学习下武林高手，丢个东西把烛火灭了。

听到声响，他脑子一转，就知道是谁，懒洋洋地靠在床边，浑身从骨子累到精神，不想动弹："进来吧，门没闩。"

果然，门一推开，走进来的是宁倦。

少年帝王披着满身清寒，尽管眼下有了一分淡淡青黑，俊美的脸上却看不出一丝疲态，身板依旧笔挺如青松，天然的皇家教养仪态。

陆清则撑到现在，已经精疲力竭，困得东倒西歪，心里不由得羡慕地感叹了声"年轻真好啊"，打了个小小的哈欠："这么晚了，不去休息，找我有事？"

宁倦确实还记挂着一件事："老师，让我看看你的伤。"

陆清则生生被哈欠呛醒了。

陆清则都忘记这茬了，恍惚想起白日里，宁倦似乎说过，等到了晚上要看看他的伤怎样了，登时不太自在："不是说没事吗，不必了。"

话音才落，属于少年人清爽冷冽的气息便靠近了。

宁倦微俯下身，漆黑的眉眼低垂着，握住了陆清则的膝盖。

膝盖内侧一片乌青，猝不及防被碰到了痛处，陆清则顿时"嘶"了一声："做什么呢？"

这具身体格外娇气，忙起来的时候还好，等精神稍一放松，疲惫痛感就没完没了地往上涌。

陆清则都没注意到自己的语气有些软，带着股埋怨意味，和以往清冷的温和截然不同。

有些像他每天早上刚醒来时候的状态，精神慢慢苏醒了，身体却还没反应过来，便会产生些和往日不同的反应。

对宁倦来说，能看到陆清则的这一面，实在有趣。

"老师今天的走路姿势都不太对。"宁倦语气更缓，"让我看看。"

气氛一时僵持。

烛火一阵晃动，明暗交错里，勾勒着少年锋利俊美的眉眼轮廓。

外头又下起了沙沙的小雨，在死寂的夜色中格外清晰，反衬得屋内静得落针可闻。

陆清则很清楚这小崽子的倔强脾气。

他要是不给看，宁倦能跟他耗到天亮，趁他睡着了再检查。

想想那个画面，陆清则凝噎半响，最后还是认命地松开了双膝。

他坐在床上，往后坐了坐，主动掀起了下摆，修长细瘦的小腿露了出来。

小腿在马背上受到的摩擦不多，没什么痕迹，白玉般无瑕。

陆清则想就这么敷衍了事，长睫眨了下："看到了？可以了吧？"

宁倦依旧一动不动地站在他面前，目光落在他的小腿上，眸色如浓墨："往上卷。"

真难对付。

陆清则犹豫了会儿，磨磨蹭蹭地继续往上卷中衣。

内侧被碰得乌青的膝盖露了出来，宁倦的声音登时有点冷："继续。"

陆清则困得发蔫，只想对付完宁倦就睡觉，干脆一鼓作气，露出了腿上的伤。

他的大腿内侧简直惨不忍睹。

本该如美玉一般的肌肤，却在马背上被反反复复摩擦，硬生生磨到破皮，青红交加的一大片，与白皙的肌肤形成鲜明的反差，无比扎眼。

宁倦的呼吸一滞，喉结用力滚了滚。

他本该感到心疼的，却不知为何……心底陡然泛上了几丝说不清、道不明的气恼。

陆清则看他的脸色，大概是生气了，语气便缓和了点："只是小擦伤而已，过两天就好了，也不是什么大事。"

熟悉的清越嗓音落入耳中，仿佛惊梦一般，宁倦陡然回过神，脸色霎时更难看了。他强硬地截断了陆清则的话："怎么就不是大事了？"

陆清则方才擦洗时，看到自己的伤处也有些无言，再想想之前自己言之凿凿的"皮糙肉厚"，也有几分理亏气弱，尴尬道："知道了，我回头擦点药就好。天色也不早了，你回去歇息……"

话没说完，就中断了。

少年天子脸色如霜似雪，不声不响地半跪在他面前，从怀里摸出一盒药，看起来是准备给他擦药。

陆清则怔愣了一瞬："小崽子，你早有图谋啊？我自己来吧，把药留下就好。"

宁倦掀掀眼皮子，瞥他一眼，脸色还是冷的，显然仍在生气，一手按着他的膝盖，冷冷吐出两个字："坐好。"

态度和往日截然不同，充斥着不容置疑的强势冷漠。

如果平时在他面前撒娇卖乖的是宁果果，那眼前这个，就是大齐的皇帝宁倦。

陆清则一时哑然。

架子床偏高了点，宁倦半跪在地上，陆清则就有点俯视他的感觉，这种感觉相当奇妙。

但主导权牢牢地掌握在宁倦手中。

陆清则有点煎熬。

这小崽子的存在感不知何时变得这么强烈，像一把锋芒毕露的剑，或是蠢蠢欲动的凶兽，让他有点不安。

宁倦似乎不觉得堂堂一国皇帝半跪着伺候人有什么不对，神色认真，用手指拨了点白色的药膏，心无旁骛地给陆清则膝盖内侧乌青的肌肤仔细抹药。

药膏涂上抹开来，清清凉凉的，很是舒服。

然后是大腿。

虽然盯着陆清则伤处的眼神看起来很凶，不过宁倦的动作格外轻柔，怕是动作稍重一点，把他弄疼。

陆清则不觉得疼，反倒感觉有点绵长折磨般的痒，跟被羽毛尖尖轻轻擦过似的，让人受不了，禁不住开口催促："果果，再磨蹭天亮了，要不还是我自己来吧。"

宁倦还是没搭理他，动作依旧轻轻的，十分谨慎。

仔仔细细地给陆清则擦完了药，宁倦心里的那股气也还没消，火大得不知道该往哪儿撒，还是很想跟陆清则算账："老师，我还没跟你生气呢。"

见他得寸进尺，陆清则条件反射地一抬脚，忍无可忍地骂："小兔崽子，没完没了了是吧！"

宁倦被陆清则一脚踢在心口，非但不觉得恼怒，反而觉得有点好笑："我还没开始生气，老师就先生气了。"

顿了顿，他接着道："我只是不喜欢老师受了伤还瞒着我嘛，方才冒犯了老师，老师要是生气，就再踢我两脚。"

这小崽子！

宁倦笑着站起身来。

他蹲得太久，猛然站起身，眼前猝然一黑。

以宁倦的身体底子，其实这并不会有太大影响，但电光石火之间，他眨了下眼，脑子里飞蹿过一个念头，没有控制身体，任由身子摇晃了下，往前倒去。

陆清则本来还带着三分气，见宁倦脸色陡然苍白，连忙起身接住他："慢点，急什么！"

宁倦的嘴角无声勾了勾，嗅到了熟悉的浅淡梅香，想和陆清则再多待会儿："老师，要不要再一同看看下面的奏报？"

陆清则微笑："不要。"

他才不要加班。

宁倦委屈地望着他。

看起来跟只可怜的小狗似的，陆清则不为所动，冷漠地以两指抵开那颗毛茸茸的脑袋。

撒娇失败，宁倦静默了一下，决定先转移陆清则的注意力："潘敬民出乎意料地嘴硬，郑查命人审了一夜，他也没有开口。"

陆清则果然被转移了注意力："看来他对自己藏匿证据的地方很有自信。"

"或者说，他对卫鹤荣很有信心。"宁倦眼底掠过淡淡的嘲讽。

宁倦虽然是皇帝，但比起威慑力，竟然还不如卫鹤荣。

潘敬民害怕被卫鹤荣报复，也相信卫鹤荣会出手保他，他对卫鹤荣的恐惧，远超站在面前的皇帝。

陆清则看出宁倦眼底薄而锐的冷意，拍了拍他的肩："此番我们算是与卫鹤荣正面开战，不必急于一时，要小心防范。"

宁倦眼眸深深地望着他，点了点头："最近事务繁多，劳心劳神，还需要老师多多辅助，时候不早了，我们先休息吧。"

陆清则抱着手看他，嘴角挑起一丝笑，不上当："嗯，你出去时顺手帮我把灯灭了。"

看来今晚是要不成赖了。

宁倦深感遗憾，叹了口气，看着他躺上床了，忍不住又可怜巴巴地叫了声："老师……"

陆清则闭着眼，赶蚊子似的挥挥手，翻个身缩进薄毯里，不一会儿就传来均匀的呼吸声，侧影相当单薄且无情。

宁倦无奈地转身将烛火灭了，心事重重地走出了厢房，顺手小心地关好房门。

外头的雨就下了那么一阵，现下已经停了，水色洇得地面深一片浅一片的，跟过来的暗卫一动不动地隐没在黑暗里，见到宁倦出来，愣了一下。

宁倦瞥他一眼："怎么？"

暗卫不敢说话。

宁倦不耐："说。"

暗卫吓得"砰"地跪下，小声道："属下……属下还以为，陛下会和陆大人一起休息。"

哪壶不开提哪壶！

才刚被赶出房间的皇帝陛下面无表情，越过这很没眼色的暗卫，阔步往书房的方向走去。

翌日，陆清则醒来时已经是巳时。

在水上赶了半个月的路，脚一沾地又直接赶来江右，十几日都没能在床上好好躺一下了，身体过于疲惫，一不注意就睡过了头。

陆清则昏昏沉沉的，强迫自己爬起来，洗漱了一番，戴上面具走出去。

门外果然守着数名暗卫，严防死守。

见陆清则出来，一个脸上带疤的暗卫行了一礼："陆大人醒了，可要用早膳？"

严格来说，已经算是午膳了。

看到送上来的是双人份，陆清则便没急着动筷子。

昨日两人一到，便下令修建安置所，皇帝陛下亲自降临，没人敢偷懒，第一批病患安置所早上就完工了，已经开始陆续接引病患住进来了。

天蒙蒙亮时，宁倦亲自去视察了安置所和施粥现场，又去江堤边看过，估摸着时间回来，去换了身衣裳，才来陆清则的厢房，看到他，心情就好了三分："老师怎么不先用？休息得怎么样？"

陆清则睨他："还行吧，就是老梦到有鬼朝我吹凉风。"

宁倦默默地不吭声。

"外面怎么样了？"陆清则把人堵得说不出话了，才哼笑了声，慢悠悠地拿起筷子。

宁倦净了手坐下来："各府修建了安置所，今日开始施粥。按老师的办法，昨日派人扮作灾民，四散了消息，今日果然出现了不少藏匿起来的灾民，想来混口粥吃，其中有些染疫的病患，在劝说之下，也去了安置所。"

治水也已提上了日程，在潘敬民之前的官员有兴水利，打下了不错的基础，本地官员对治水也颇有心得，结合陆清则的方案，洪水退去也指日可待。

好像一切都在朝着好的方向发展。

接下来只要找到治疫方子，再撬开潘敬民的嘴就好了。

陆清则愉悦地多吃了两口饭，还没咽下去，郑指挥使就来求见了。

宁倦从小就不喜有人一直跟在身边伺候，更不喜欢和陆清则吃饭时被人打扰，凉凉的目光落到郑垚身上。

郑垚一听说陛下回来了，就直接过来求见了，感受到宁倦的目光，禁不住头皮发麻，不知道怎么就惹陛下不开心了。

难不成那群孙子还是偷偷把金子藏起来了？

宁倦收回眼神，冷淡地开了口："审问潘敬民有结果了？"

郑垚顿时气弱三分，声音小小："暂时没有。"

宁倦漠然道："你说什么？朕没听清楚，大声说出来。"

郑垚的眼皮狠狠跳了下，干脆闭上眼，遵旨大声说："还没有！"

话音甫落，宁倦手中的筷子"啪"地按到桌案上，冷冷道："给你一天一夜都没审出什么，还有脸喊这么大声？"

不是您让我大声的吗？

郑垚有苦说不出，越发怀疑是手底下那群孙子给自己惹的祸，脑袋低着，眼睛却在拼命往上抬，朝陆清则投去求救的眼神。

这点小动作自然逃不脱宁倦的眼睛，皇帝陛下的嗓音愈加寒凉："郑指挥使，你在朝谁送眼风？"

郑垚的眼角抽了抽，陡然意识到，给帝师大人"送眼风"，是比"没审出结果"更严重的罪责。

郑垚不敢吱声了。

陆清则也终于回过神，忍不住多看了郑垚两眼。

郑指挥使在原著里可是很有名的。

原著里描述郑垚是"暴君手下的一头恶犬"，在京城能吓得小儿不敢半夜啼哭，家家户户都用"再哭郑指挥使就来抓你了"来吓小孩儿，外貌方面与这个描述也十分相符，身材魁梧，面容凶悍，走路带风，眼神含煞。

宁果果这到底是有多近视啊？

陆清则饶有兴致地想着，也没注意，随着他含笑瞅着郑垚的时间越长，宁倦的眼神也越冰冷。

郑垚顶着巨大的压力，缓缓淌下一滴冷汗。

帝师大人，求求你别看我了！

陆清则看了会儿，心里觉得还有点好笑。

居然还会开玩笑了，看来宁倦也没多生气嘛。

他轻咳一声，撂下筷子，从容地解救下看起来十分煎熬不安的郑大人："郑大人特地过来，想必是有别的事吧？"

郑垚又不是傻子，审讯还没结果，巴巴地凑上来挨骂干吗。

郑垚闻言，才想起自己是来干什么的，赶紧提正事："是这样的，臣方才在外面见到行踪鬼祟的一位少年和一位少女，自称认识陛下和陆太傅。陛下与太傅是隐姓埋名而来，怎么会有认识的人？臣觉得可疑，想将他们拿下，没想到那个少年武艺高强，就是不会说话……"

陆清则越听越感觉不对劲："那小姑娘叫什么？"

"自称于流玥。"

陆清则正色道："我们的确认识。"

是山洞里带领灾民的那个少女。

武艺高强但不会说话的那个，恐怕是在灵山寺外身手不凡的哑巴少年。

郑垚：是不是又要挨骂了？

宁倦微拧了下眉："人呢？"

"关起来了……臣这就放人！"郑垚挠挠头，"陛下，要把人带上来吗？"

宁倦没急着给予答复，先看了眼陆清则，指尖点了点桌面："伤到没？"

若是弄伤了，浑身血糊糊的，恐怕不好看。

还是别放到老师跟前惹他不悦的好。

郑垚微微松了口气，感到庆幸："这倒没有，还没打起来，那个少年就被于姑娘叫住了，乖乖跟我们走了。"

宁倦这才"嗯"了声，慢条斯理地拭了拭唇角："带上来吧。"

两人吃得也差不多了，手下人来收走了餐碟。

听到人没受伤，陆清则也安心了点，习惯性地倒了杯茶，捧在手里，吹了吹袅袅的烟气，猜测于流玥的来意。

宁倦忽然看他一眼，笑道："老师又忘了。"

陆清则疑惑："什么？"

宁倦拿起搁在边上的白银面具，望着那张过于惹眼的清艳脸庞，温声细语："不能让其他人看见老师的脸哦。"

少年皇帝的声音柔软，好像只是担心他暴露毁容一事，陆清则的心跳却冷不防漏了一拍。

但他来不及探究，眼前就被面具遮了，什么都看不见了。

等视野再恢复，面前的宁倦笑得十分柔软无辜，刚才似乎只是错觉。

陆清则碰了碰脸上冰冷的面具，按下心底的疑惑。

等了片刻，于流玥与林溪就被郑垚带了上来。

见到宁倦和陆清则，于流玥麻利地拉着林溪跪下来，利落地一拜："民女于流玥，见过陛下，见过陆太傅，先前在山洞边，是民女出言无状，还望陛下与太傅海涵。"

宁倦虽然在陆清则的事情上颇有点斤斤计较，但在这些方面向来大度："无妨，起来吧。"

见于流玥还有点犹豫，像是怕宁倦只是嘴上说说、心里依旧怪罪，陆清则温和地开了口："我们隐瞒身份前来，正是为了看看江右的民情。放心，陛下宽仁大度，不会在意。方才郑大人不也误会了你们一场？算是扯平了，无须挂怀。"

陆清则的嗓音清润温柔，落入耳中有种蛊惑般的真诚。

郑垚的眉毛抽了抽，感到一丝淡淡的惆怅。

他怎么就没体会过陛下的宽仁大度？

但这话他是不敢说的。

听完陆清则的话，于流玥这才起了身。她身后的林溪又往她身后缩了缩，有些局促不安，似乎是害怕周围的人，但他还记得陆清则能读懂他的手语，便朝陆清则露出个有点害羞的笑容。

陆清则和善地朝他颔了颔首。

宁倦面无表情地抿了口茶。

看两人这风尘仆仆的样子，想必是一听说陛下亲临的消息就赶来了。陆清则收回打量的目光，道："都坐吧，不必拘束。我和陛下在灵山寺外见过林公子，没想到你们二人还相识。"

下头的侍从被宁倦一瞥，赶紧给两人搬来椅子。

林溪和于流玥不太自在地坐了下来，少女微微点了点头："林溪是民女的弟弟。"

陆清则聊家常般笑问："嗯？你们是一个随父姓，一个随母姓吗？"

他的语气不疾不徐的，却不会给人以轻慢的感觉，反而能让人不自觉地放松心情。面对他，于流玥不知不觉间也没那么紧张了，稍一犹豫后，爽快道："林溪是民女父亲从前走镖时捡到的孤儿，不过这么多年过去，与民女的亲弟弟也无异了。"

陆清则还想再继续打探下去，宁倦却没什么太大的耐性看陆清则和不相干的人耗着，不咸不淡地开口问："特地找来，有事相求？"

之前在山洞里时，于流玥就有点害怕宁倦，潜意识里感到这个少年十分危险。

但她是灾民们的头领，即使害怕，也要强撑不能露怯，现在知道宁倦的身份了……尤其还当着宁倦的面骂过他，对上他就感到有一丝尴尬的局促："是有两件事想求陛下。"

宁倦淡淡道："你们二人保护灾民，也算有功，说吧。"

于流玥抿了抿唇，声音低下来："疫病最开始是在集安府出现的，暴发之后，官府前来抓人，我们与母亲不慎失散，此后到处打听，最后听乡亲说，母亲被带去了灵山寺。民女留下来照顾其他乡亲，林溪去了灵山寺，但因人实在太多，没有找到她……听说陛下现在着人统计了灾民的名册，可否让人帮忙查一查？"

不是多大的事，宁倦向郑垚点了下头，道："统计名册，本也有为百姓寻回亲友之用。"

顿了顿，他的语气很淡漠："但也不一定能查到人，你要做好准备。"

灾民被关在灵山寺的那段时间，潘敬民三天两头就会派人前去，将疑似染疫以及确认染疫的灾民带走。

宁倦其实猜到了那些灾民的下场，但还是派人拷问了负责做这些事的兵士。

就在今早，他得知了那些灾民的去向，只是没告诉陆清则。

潘敬民命人在一座山脚下，挖了个深坑。

那些染了病的灾民被欺骗了，说是带他们去诊治，实则是被像牲畜一般，赶进坑里，乱箭射死之后，一把火烧了。

潘敬民犹怕这些病患的骨灰会让疫病蔓延，每这么弄一次，就盖上一层厚厚的土。

早上他亲自过去查看时，那道深坑里的尸骨与泥土混在一起，早已腐朽，分不清谁是谁了。

于流玥鼻头一酸，眼眶发热，她知道有这个可能，但一直怀揣着几分侥幸，不敢往这方面想，咬了咬唇："民女知道。"

陆清则无声地叹了口气，声音更柔和了几分："还有一件事呢？"

于流玥张了张口，嗓音发哽："还有……请陛下再帮帮忙，寻找一下民女的父亲。"

宁倦眉梢微扬。

为什么是要先提找母亲，才又求他帮忙找父亲？

看于流玥控制不住哽咽，林溪轻轻拍拍她的肩，示意他来说，便飞快地比画着。

陆清则看着看着，脸色凝重起来，沉吟半响，点头道："我会与陛下详说，你们姐弟俩先去休息吧。这些时日就先在此处住下，等一有结果，我便让人通知你们。"

林溪又比画了个手语：谢谢。

等两人终于跟着郑垚走了，宁倦立刻收敛起在外人面前的冷脸，往陆清则身边倾了倾，将陆清则的注意力拉回自己身上："老师，他方才说了什么？"

陆清则从沉思里回过神，看向宁倦，解释道："于流玥的父亲名为于铮，是集安府的捕头，武艺高强，林溪的武艺便是从他那儿习来的，但在江右乱起来之前，于铮就失踪了。"

宁倦乖乖点头："老师方才的脸色凝重得很，是于铮的失踪有问题？"

陆清则沉吟着道："林溪说，于铮失踪前几日，回家时的脸色很难看，然后干脆从官府请辞，带全家人回了于家村，不久后他便失踪了。他失踪后，夜里常有人在他家附近打转，不过还没进门，就被林溪打跑了。"

宁倦道："看来是得知了什么秘密，拿到了某些东西，害怕给全家引来杀身之祸。"

"想来也是。"陆清则呷了口茶，"只是洪水过后，林溪和于流玥带着母亲逃离村子，家里的东西应该没来得及拿走，顺着那东西，应当能觅到蛛丝马迹。"

陆清则认真地想了想，抬眸望着宁倦："既然我们已经应承下来了，之后便派人去于家村找找那东西吧。"

此事急不得，至少得等洪水退去。

但愿东西没被冲走。

看陆清则上心，宁倦自然不会驳他的意思："我再让郑垚去问清楚于铮的体貌特征，派人四处找找。"

说完，他也感到口干，想喝点茶，惯性一伸手，才发现没人给他倒。

外头不比乾清宫，江右还是这般情形，就算是皇帝陛下，待遇也不比以往，何况伺候的人都不在身边。

陆清则看宁倦明显是愣了一下的样子，心底好笑，亲自拿起茶盏，给他倒了杯热茶，两指推过去："尝尝，庐山云雾，郑指挥使的人昨晚从府库里翻出来的。没想到赵知府府上的茶，比宫里的御茶也不差——说到这个，昨晚我清点各府报上来的仓库清单，统计了一番。"

宁倦接过陆清则给自己倒的茶水，方才生出来的一丝不悦顿消："如何？"

"不太妙，洪水淹没庄稼，部分县府又因大雨不断，许多储备的粮食翻出来了，才发现已经发潮发霉，而灾民数量又太多，甚至还有许多躲藏起来的灾民，江右各府的余粮，恐怕坚持不了多久。"陆清则略微一顿，"陛下，粮食的问题，你打算怎么解决？"

南下亲临江右之前，陆清则和宁倦都没料到，以潘敬民为首的这班子废物，能把富庶的江右折腾成这样。

如今水陆两道都不好走，又远隔两千里，将江右的急报传去京城，再选定钦差南下赈灾，肯定是来不及的，往返就要折腾将近一月。

所以来之前，宁倦就安排了人，等到约定的时间，就提前着人假扮灾民，在京城散出江右的水患与疫病以及卫鹤荣私藏急报的消息，打消卫鹤荣在此事上插手的可能。

阻碍变小，冯阁老就能推动范兴言为钦差，而户部侍郎暗中筹备了赈灾物资，届时范兴言能立即领命，带着赈灾物资奔赴江右。

只是距离原本约定的时间还有几日，等范兴言日夜兼程赶来，也得是半月之后了。

"老师不必担心，昨夜我便发了御令去江浙施压。"宁倦轻描淡写道，"朕在此，李洵再肉疼，也不敢不割块肉来。再过几日，长顺和陈小刀就能从江浙带着粮食过来了，先解燃眉之急。"

如此一来，江右也能等到朝廷的赈灾粮。

原来没忘记长顺和陈小刀啊？

陆清则手肘抵着桌，手托着下颌，笑着用指尖点点宁倦的额心："这就是你把长顺和小刀留在那边的原因？"

那根竹节般修长的手指伸过来，拂来淡淡梅香，漫不经心地点了点。

宁倦没有避让。

按他的警觉性，其实一般没有人能这么近他的身，陆清则是唯一的例外。

这个想法一出来，宁倦的眼底就染上了笑意，像只摇着尾巴求夸奖的小狗："嗯！"

陆清则不知道少年心海底针，怎么忽然就这么高兴了，莫名其妙地伸手摸了摸孩子的额头。

没生病吧？

放下手，陆清则有点担忧："你去安置所时，有没有遮好口鼻？等下叫太医来给你看看。"

疫病的传播途径暂且还没探明，虽然空气传播的可能性比较小，否则灵山寺里的百姓就该全部染疫了，但还是要小心为上。

见陆清则主动关心自己，宁倦也没拒绝，随意笑着点点头："好。"

郑垚正好回来禀报消息，瞅见陛下在帝师大人面前那副灿烂的样子，又是一阵心酸。

明明是同样的时间投诚的，为什么……

虽然潘敬民依旧咬死了自己除了治水不力，没有其他任何罪责，也没有勾结朝臣，但好消息也来得很快。

隔日于流玥便在灾民群里找到了母亲。

又过了几日，集安府外的洪水稍退，于家村终于从洪水里冒了出来，得以重见天日。

消息传来的时候，陆清则和宁倦正好在从洪都府回来，还没回城，听闻消息，便干脆转道，顺便去了于家村附近。

锦衣卫已经将附近封锁了起来，见到宁倦几人过来，纷纷行礼。

洪水过境，整个村庄惨不忍睹，许多房屋已经被冲垮了，地上乱糟糟的，什么都有。

郑垚不敢让宁倦和陆清则下去："陛下与陆大人在此稍候，林公子带我们过去查找就好。"

于母虽然没有染疫，但也因饥寒交迫病倒，于流玥在官署里照顾着母亲，前来引路的是林溪。

姐姐不在，面对一群陌生人，林溪活像一只待宰的小兔子，缩起脑袋，一声不吭的，试图减少自己的存在感。

也是和宁倦年纪相仿的少年，陆清则多了几分怜惜之心，摸了摸小孩儿的脑袋："别怕，郑大人不会凶你的。"

"陆大人，千万别乱摸啊！"

郑垚偷偷瞟了眼宁倦的脸色，都为林溪的脑袋捏把汗。他是习武之人，对林溪这般根骨好的少年人，很有几分惜才之心，赶紧"喀喀"两声："万一洪水倒回就不好了，林公子，带路吧。"

林溪唯一不怕的人就是陆清则，被他安抚了一下，也没那么恐惧了，点点脑袋，带着郑垚几人朝着家里走去。

远处的洪水依旧未退去，陆清则和宁倦在高处等着。

下方的田地一片狼藉，看不清道路，损失的财物、庄稼难以计数，等洪水彻底退去，百姓还得费很多工夫，才能将家园重建。

裹着闷燥与泥腥味儿的风从远处卷来，掀动两人的衣袍。

陆清则负手站立着，轻声开口："陛下，从前我与你讲民生，皆在书中，此次来了趟江右，亲眼见到这一切后，你心里作何想？"

宁倦道："书中所写，原来不过十之一二。"

静默片刻，他的嗓音微沉："老师，我要当个能让百姓安居乐业、让天下海晏河清的皇帝。"

他说的是"要"，而不是"想"。

少年天子的声线有着这个年纪的清朗与意气，又掺杂了几分逐渐成熟的沉着，字字如金石。

陆清则的心口热了热，唇角一弯："嗯，我相信你。"

宁倦陡然转头望着他，眼睛微亮："老师会一直陪着我的，对吗？"

陆清则扬扬眉，顺口揶揄："陛下没想着鸟尽弓藏吗？"

哪知道一句话下去，没起到玩笑的作用，反而叫宁倦的脸色瞬时沉了下去："是谁给老师说的这种话？"

陆清则怔了怔，赶紧顺毛："没谁，开个玩笑。"

宁倦是当真烧起了心火，气恼地瞪了陆清则片刻，又舍不得冲他发脾气，咬牙切齿地把气往回咽，重重一挥袖，不肯搭理他了："这种玩笑，就算是老师也不能随意开！下次别再瞎说了！"

陆清则着实蒙了三秒。

真生气了？

他跟宁倦说话向来都不谈规矩，偶尔嘴皮子，顺口就说出来了……但没顾着宁倦敏感的心思，确实是他的错。

他刚要道歉，那边去找东西的郑垚几人就回来了："陛下！有发现！"

人多眼杂，不好说话，陆清则只好把话咽回去，望向郑垚带回来的东西。

是个不大不小的陶瓷瓶，用塞子紧紧塞着，埋在于家厨房的墙角下，所以没被冲走。

里面的东西不知道是什么，郑垚捧着陶瓷瓶，征询意见："陛下，要打开吗？"

宁倦垂眸扫了眼那瓶子，脸色沉冷地点点头。

郑垚便带着陶瓷瓶后退了一丈，将陶瓷瓶踩在脚下，拔出腰间的长刀，将塞子一拨。

里面并未飞出来什么东西。

郑垚把瓶子拨正，低头一看，脸色顿时古怪起来，俯身抓起瓶子，伸手将里面的东西掏出来，快步走到宁倦面前，弯腰一递："请陛下过目。"

看到陶瓷瓶里的东西，陆清则和宁倦不免一怔。

于流玥的父亲于铮藏起来的、那个引来杀身之祸的东西——

竟然是一本账册，并着一封亲笔信。

两人瞬间感到了不对劲。

宁倦打开那封信扫了一眼，眼神愈深，没有急着再看，抬头问："集安知府赵正德呢？"

"还在狱中。"郑垚不明所以，"因人手不足，最近的精力都放在潘敬民一家身上了，还没来得及审他。"

抓的人太多，排队候审的一大批，暂时还轮不到赵正德。

宁倦稍一颔首，不再多言："回官署。"

说完，也没睬陆清则，径直就转身上了马车。

郑垚的嘴不由自主张大，差点惊掉眼珠。

按照陛下一贯的风格，不应该是亲手将陆大人扶上马车吗？

怎么了这是，他才离开了会儿，就变天了？

面前的青年脸上覆着面具，看不见表情，但微微下抿的唇线显示出，他的心情也不算好。

嚯，天上要下刀子雨了是吧，陛下和陆大人居然吵架了！

郑垚实在是按捺不住蠢蠢欲动的好奇，趁宁倦走远了，忍不住问："陆老弟，你和陛下这是……"

陆清则揉了揉太阳穴："快别问了，一时嘴贱。陛下这会儿正在气头上，八成也不想见我。郑兄，等会儿你骑马带带我吧。"

他也没想到向来乖顺的宁倦会气成这样。

现在和他交流，恐怕只会让情况更糟。

听到这话，郑垚一张坚毅的糙汉脸简直大惊失色："那怎么行！"

他会被宰了的！

陆清则思考了下宁倦那个狗脾气："陛下八成要等到晚上才肯搭理我，你总不能看着我走回去吧？"

郑垚神情复杂道："不是我不肯带你，我是说，陛下怎么可能会让你骑马受苦……"

还是和别人同骑。

陛下是生气了,又不是失心疯了。

而且一看陆清则就是判断失误,把陛下对别人的标准放自己身上了。

陆清则能一样吗?陛下对别人是一套,但对陆清则,肯定即使陆清则不去哄,他都能自己很快把气消了。

但这些话又不好说出来,说了就是妄议天子,郑垚抓耳挠腮,扭头又看到陆清则在和林溪搭话。

林溪方才帮着刨地,没注意脸上都沾了泥印,陆清则发现了,掏出帕子递给他:"擦擦?"

林溪接过帕子,腼腆地冲他比了个"谢谢"。

郑垚头皮一麻,下意识地看向马车。

果然就看到马车窗帘被风拂开时,陛下那双幽幽望过来的眼。

郑指挥使深感自己为忠义付出了太多。

他抓掉了几根头发,干脆"喀"一声,中气十足地大声嚷嚷:"什么?陆大人你要骑马?但是马匹不够啊!"

陆清则还没搞清楚郑垚在搞什么名堂,宁倦就从马车上利落地跳了下来,大步流星、怒气冲冲走过来,忍无可忍地命令:"陆怀雪,给朕过来!"

还连姓带表字地叫上了?

陆清则感到十分茫然。

怎么感觉这孩子的怒气又升级了,他也没干什么吧?

没等他细思完毕,宁倦已经走到他面前,冷冷睨了眼林溪,拉着陆清则就走。

嘴上说着"给我过来",身体的实际行动却是自己刺溜跑了过来。

陆清则的困惑中混着一丝好笑,由着宁倦抓着自己往马车方向走。

宁倦简直火冒三丈:"郑垚不借你马,你还想去找那小哑巴带?"

还把手帕送他了!

这又是哪儿来的推论?

想想一开始火是自己撩出来的,陆清则张了张嘴,无奈道:"没有,真没有。"

少年的脸依旧绷得紧紧的,脸廓颇有几分冷峻。

陆清则欲言又止,看他一副气得冒烟儿的样子,还是决定先让孩子冷静冷静再聊聊。

两人上了马车,不像以往并排坐着,反而一左一右,沉默对坐。

老师居然没坐过来!

宁倦心里登时越发不爽,又憋着口气,不想主动求和,只能沉着脸,翻着郑垚从瓶子里找出来的那本账册,故意把信放在身畔,当钓鱼的饵。

陆清则无聊地坐了几息,目光缓缓落到宁倦身边的信上,稍一思索,便倾身靠过去,把信捞到手里。

还刻意避开了点宁倦,免得又不小心把小皇帝的火再次点着。

宁倦眼睁睁看着陆清则跟只轻巧的猫儿似的溜走,淡淡的梅香倏近又远,气得磨了磨牙。

陆清则,你是故意的吧!

陆清则对宁倦幽怨的眼神毫无所觉,低头展开那封信,从头到尾看了一遍。

是于铮的自述。

于铮是江右集安府于家村人氏,从前走南闯北走镖,十几年前攒了本,去了江浙开武馆,身手十分了得。

去岁因陈年旧伤复发,于铮思来想去,带着夫人女儿以及养子回了乡。

回到集安府,他才发现如今集安的知府赵正德,竟是他从前救过的人。

那时候赵正德只是个进京赶考的穷书生,如今也已飞黄腾达。见到从前的恩人,赵正德也很惊喜,知道于铮武艺高强,特请于铮为集安府捕头,巡守集安,保护百姓。

于铮欣然接受。

但于铮没想到,赵正德平日里看着仁义道德,却早就不是从前那个一心造福百姓、满身朝气与抱负的落魄书生了。

某个深夜,赵正德将他叫到自己屋里,语重心长地跟他谈起心,大致意思便是,官府太穷,豪绅又那么富,咱们配合一下,放个逃犯钻进城里的富人家,你带人去抓人,狠敲一笔。

若是那家人不配合,就把人全抓了,他们家里就会把银子乖乖送上来。

这方法他用着很顺手,不会不成的。

于铮想也不想就拒绝了,赵正德当即就撂了脸。

回去后于铮辗转反侧,怎么也想不通当初救的人会变成这样。

他越想越觉得不能坐视不理,借着职务之便,将赵正德的私人账本偷出来,看到上面的往来名字,顿时毛骨悚然。

赵正德的私人账本丢了,也警惕起来,很快锁定了于铮。

于铮唯恐祸及家人,只好连夜请辞,带着家里人,偷偷回村躲了起来。

这件事就像随时可能落下的铡刀,让他日夜不安,他担心自己迟早会出事,便将账本藏了起来,以作保命的东西。

陆清则看完信,习惯性开口问:"账册上是不是有潘敬民的名字?"

除了搜刮百姓,放高利贷和敲诈豪绅也是这些贪官污吏的惯用手段。

于铮把账本偷出来,应该是想去洪都府检举赵正德,但没想到整个江右话语权最大的那个,名字也赫然在列。

半晌没听到宁倦回应,陆清则恍然抬眼看去。

宁倦正聚精会神地看着账册,似乎没听到他的声音。

哦,还在生气来着。

陆清则看他那副赌气的样子，莫名生出丝诡异的笑："陛下，先前是我……"

话未说完，马车突然猛地一阵颠簸！

先前一直平缓，陆清则忘了防备，猝不及防间整个人几乎是朝前飞去，怕撞坏了宁倦，他下意识想避开。

似乎一直在认真看账册的宁倦头顶长了眼似的，一把将他捞了过去。

外头传来一迭声的告罪。

即使肉身比马车要柔软许多，陆清则还是难以避免地感到头晕眼花，好半晌才缓过来，还有点头晕："陛下，撞疼没？"

还叫陛下？

也不主动解释骑马和帕子的事！

宁倦心里的小人委屈成一团，从鼻子里冷冷"哼"出一声。

陆清则想直起身说话，腰刚直起来，外面又是一阵颠簸。

他又摔了回去。

陆清则纳闷地转头看向外边："这路有那么难走吗？来时不还挺平坦的。"

宁倦的嘴角微不可察地勾了一下，又迅速压了下去，依旧维持着非常冷酷的面容。

还在生气呢。

现在也不是纠结这个的时候，陆清则转回头，嗓音放柔："先前是我的错，我不该不顾及你的心情，胡乱开那种玩笑，我保证以后也不会开了。果果，别生老师的气了，好不好？"

被陆清则用这种温柔的声音哄着，宁倦的指尖不由得微微蜷了蜷，强忍住差点脱口而出的"好"，依旧绷着脸："方才为什么想骑马？"

"这不是怕陛下看我厌烦吗？"陆清则唇角弯了弯，"生气时不都是眼不见为净吗？"

宁倦拧眉反驳："没有厌烦。"

他怎么可能厌烦？

顿了顿，他的脸又拉下去，继续质问："你把帕子给那个小哑巴了？"

随身的手帕那么私人的东西，怎么能随便给人！

陆清则眨眨眼，这回是真有点稀奇了："他脸上沾了泥，我借给他擦擦，怎么了？"

只是借的？

宁倦心口的郁气勉强散了，垂下眼睫想，那他可以去要回来。

陆清则等了片刻，也没等到宁倦的回答，但看他脸色缓下来，应该是气消了，便重复刚才那个问题："账册上是不是有潘敬民的名字？"

潘敬民在江右是土皇帝般的存在，那日在灵山寺外更是一堆拥趸，也难怪于铮会连反抗的心思都没了。

宁倦没吭声，伸手揭开了陆清则的面具。

面具下清艳无双的面容露出来，只看一眼，什么气也都消了。

宁倦沉默了会儿:"老师,我之前的问题,你还没有回答我。"

陆清则想摆脱宁倦的桎梏,却发现力气悬殊太大,他竟然丝毫都奈何不了宁倦。

小崽子长大了,不再是以前那个他能拎起来的小毛孩子了。

只得无奈问:"什么?"

"老师会陪着我的,对吗?"宁倦凝视着他的眼眸,一眨不眨,眼神执拗。

陆清则怔了会儿,点头。

他当然会陪着宁倦,走到宁倦真正君临天下的那一日。

宁倦露出了轻松的笑意,松开手,陡然间恢复了以往的样子:"账册上,的确有潘敬民的名字——老师,要说到做到哦。"

自打关系好起来后,宁倦很少对陆清则真的生气,鲜有的几次,也是关心陆清则身体,故意拉着脸唬人,要么就是故意摆脸色,想讨陆清则的几句哄。

看垮个冷脸的小皇帝终于舒展开眉目了,陆清则也微微放了心,注意力拉回来,想回对面去坐着。

刚挪了一下就被宁倦单手摁了回去。

少年天子神色自若,语气诚恳:"马车颠簸,老师还是坐我身边吧,免得又摔了。"

陆清则也确实不想再摔了,他这身骨头皮肉都脆弱得很,碰一下都会乌青,再多摔几下,怕不是要散架。于是老老实实坐下来,认认真真提建议:"果果,不如推行一下马车里的安全带吧。"

宁倦茫然:"那是什么?"

"把带子扎在马车上,坐下后就能斜捆下来,固定住身体。"陆清则大致比画了一下,痛定思痛,"这样以后坐马车,就算再颠簸,也不会摔飞出去了。"

越讲越觉得有必要。

简直造福全体人民。

宁倦沉默了下,把手里的账本递过去,和颜悦色地问:"老师要看看吗?"

陆清则欣然颔首,翻开账本,就把安全带抛到了脑后。

宁倦靠到窗边,两指掀开帘子,不动声色地朝外面递去个眼神。

接下来的一路,意外地平坦,没再颠簸个不停。

回到下榻的官署,骑马当先的郑垚扭过头,看到少年皇帝先下了马车,又亲自将陆清则扶了下来。

果然啊。

宁倦扶着陆清则下来了,看向郑垚,将账本递过去:"拿着这个,去审赵正德。"

陆清则在路上将这本私人账本匆匆翻阅了一遍。

赵正德记账记得仔细,根据他的账本,能大致推测出他的一路官途,看得出他不过是小鱼小虾，账本里接触的最高级别的人物，也只是潘敬民。

之前赵正德不怎么起眼，毕竟抓的人太多了，一时都没来得及审他。

潘敬民还期待卫鹤荣得到消息，来捞自己，目前仍死咬着不松口。

但以赵正德为突破口，应该会容易许多。

郑垚正心虚着，忽然被叫，汗毛都竖起来了。

听清了命令，他顿时大喜，领了命令，摩拳擦掌地去提审赵正德。

潘敬民那死胖子脾气硬得惊人，几日没进展了，死磕下去他就该被问责了，好在这下找到突破口了。

林溪记挂着养母病情，还得赶紧去告诉于流玥情况，也跟着先一步进了官署。

候在官署外的禁军随即上前来报："启禀陛下，长顺公公差人来报，再过两刻钟，便能抵达集安城了。"

长顺和陈小刀不仅人来了，还带着满满当当的粮食。

皇帝陛下亲口要粮，江浙那帮人再怎么不乐意，也只能老老实实呈上来。

整整五万石粮食，陆陆续续押送到受灾的各府，一车车粮草，在路面上压出沉重的辙痕，马车进城之时，路过城外几日之间拔地而起的大片的安置所。

安置所分区明确，有士兵把守，井然有序，也让灾民暂时有了个住所。

不过尽管宁倦保证过，不会让他们再挨饿，但这些灾民在潘敬民手上过了一遭，对朝廷的信任十分淡薄，心底对过分年轻的陛下，难免抱有几分怀疑——就算是皇帝，也不能凭空变出粮食呀。

但看着这几十辆押送着粮草的车进了城，每个人的心底忽然都生出了新的希望。

陆清则听到消息，脚步一顿，便没急着回去。

他侧影单薄，风稍大点，都怕把人给吹折了，宁倦看着都揪心，侧身给他挡着风，不太乐意："老师等他们做什么，外面风大，随我先进去吧。"

"有墙挡着呢。"陆清则望着城门的方向，随意道，"你先去处理公务吧，我再等会儿，长顺和小刀应该就要到了。"

宁倦只好在心里把长顺和陈小刀分别骂了一遍，耐着性子跟陆清则一起等。

没多久，整齐的队伍从城外辘辘而来，长顺和陈小刀骑马当先，在禁军的保护下，行至官署前。

两人本来还凑到一起嘀嘀咕咕不知道说着什么，见到宁倦和陆清则，愣了一下，赶紧下马行礼。

长顺没想到陛下居然会特地在门口等着自己，感动得眼泪哗哗而下："陛下，奴婢与陈管家不负重托！"

宁倦懒得解释这个误会，平淡地"嗯"了声："起来吧。"

带来的粮食需要清点一番，再归入仓库，等待施粥发放给灾民。

这项工作不需要宁倦和陆清则亲自动手，交由下面的人来处理就行。

陈小刀起了身，立刻三两步蹿到陆清则身边，担忧地问："公子，我听说你们来江右时，局势颇为凶险，公子有没有受伤？"

"没有。"陆清则笑着打量他，"倒是你们，在江浙那边周旋，颇为辛苦吧？"

虽然找了冒牌货顶着，但要瞒过卫鹤荣的人以及江浙的地方官，还需要长顺和陈小刀打配合。

这俩一个机敏，一个擅长人际往来，在要粮这件事上应该也出了不少力。

讲到这个，陈小刀就有的聊了，小嘴一叭叭，话匣子就打开了。

陆清则这边活泼欢快，宁倦就没那么轻松了。

长顺一到，带来的除了粮草，还有江浙那边的消息，因为赵正德一事牵扯出的后续之事也等着他处理。

陆清则看他望来的眼神，忍不住笑道："又不是全让你一个人干活，晚点我再来陪你加班。"

宁倦的脸色这才缓了缓，无声地剜了眼蜜蜂似的围在陆清则身边转来转去的陈小刀，颇为不甘心地拎着长顺往书房去。

陆清则和陈小刀边走边聊，听他眉飞色舞地描述在江浙的见闻，以及他是怎么智斗临安上下官僚的，讲得绘声绘色，十分引人入胜。

身后虽然没人跟着了，但陆清则很清楚，宁倦派了暗卫守着他。

他扶了扶面具，回眸瞟了眼，也不确定人在哪儿。

陈小刀也偷偷左右瞄了瞄，依旧一副谈笑风生的样子，声音却低了三分："公子，我在江浙见到你说的那个人了。"

陆清则的目光动了动："如何？"

离开江浙之前，他拜托陈小刀帮他注意一个人。

段凌光。

那个原著里率兵围城，最终耗死了暴君宁倦，推翻大齐，建立新朝的主角。

"我和段家的门房搭上话，打听了一下，这位段二公子吧，"陈小刀挠挠脑袋，"平时就喜欢游湖听戏，逛街遛鸟；闲情逸致来了，还会写点艳词传唱，很得歌女追捧，但除此之外，好像也没什么特别的了。公子和他有什么渊源吗？"

他记得公子也是出身临安。

陆清则摇摇头。

按照原著的发展，这时候的宁倦还在京城忍辱负重，蛰伏着等待夺权，而主角则因为继母恶毒强势，假装闲散纨绔，引而不发，深藏不露。

虽然他已经导正了宁倦的发展轨迹，不会再出现原著里暴君的酷厉统治，但对这位原著主角，陆清则始终怀有几分忌惮。

毕竟他家小果果在原著里是妥妥的大反派，与主角天生气场不合。

谁知道会不会有什么原著之力，重新推动一切？

等江右这边事毕，他还得亲自去见见这位段二公子，确定一下他到底会不会威胁到宁倦。

如有必要……

陆清则垂下长睫，眸底掠过冰冷的暗色。

庭院中的槐树如盖，在陆清则身上投下阴影，陈小刀忽然感觉陆清则似乎有什么不一样了，不由得屏声静气，睁大了眼。

前方忽然传来声热情的呼唤："陆太傅！"

陆清则眉梢微动，唇角的弧度恢复如常，从阴影中步出，浑身便又重新披上一层炫目的光晕，皎皎人如月。

叫郁书荣的青年站在游廊上，眼下挂着俩黑眼圈，行色匆匆，精神却很不错似的，手里拿着沓什么东西。

郁书荣低头看着院子里白衣玉环的青年，十分激动："上次得见陆太傅，没来得及打招呼，前几日您和陛下去视察河道，下官又不巧错过……哎呀！总算见着您本人了！"

说着，竟然一撩下摆，非常没有读书人斯文气质地从栏杆上翻过来，疾步走到陆清则面前："久仰帝师大人，下官集安府同知郁书荣！"

陆清则哑然失笑："郁大人不必如此，你所做之事，我与陛下都知晓，我也很敬佩郁大人。"

在江右上下沉瀣一气的时候，为了百姓，敢违抗上级私自上报，这份勇气已经是很了不起的了。

陆清则唇角微弯，声音清润柔缓，听起来格外诚挚，听他说话，就给人一种自己被重视着的感觉。

明明他戴着面具，看不清面容，传闻里还生得丑陋无比，偏生他一笑，便有种光风霁月之感。

郁书荣忍不住耳根一热，一时不知道该回什么。

自古朝臣皆在品貌上有追求，丑陋残缺有疾者，莫不被耻笑，陆清则占了两样，却叫人不敢耻笑。

陆清则没想那么多，视线下滑，落到他抱在怀里的那沓东西上："郁大人是要去给陛下送文书？"

郁书荣回过神，下意识地顺着他的话低头看了眼怀里的东西，反应过来，"哦哦"两声："对，对，方才下官去送文书时，忘记把这个也送去了。"

说到这个，他又有精神了："这是您写的那份治水案，哎哟，您可真是字字珠玑，见解深刻，没想到您对治水还这么有研究。听说您老家是临安府的，临安也常闹水患吧？难怪呢！"

他又有点失落："陛下让下官誊抄一份，把原稿送回去，可惜了，下官还想珍藏……"

陆清则保持微笑，听到最后，笑容一滞。

他那日翻阅了所有能翻到的水患资料，结合后世的治水方法，才写了这份方案。

尽管已经努力简略用词，但为了能精确地表达意思，加起来也是有几千字的。

这位郁大人是怎么得罪宁倦了吗，竟然还要被罚抄？

这小兔崽子，人家在江堤边负责修筑堤坝多忙啊，还不干人事！

陆清则略一思忖，含笑伸手："我正好要去找陛下，不如交给我，我带过去吧。"

郁书荣还得回去监督分洪与抗洪，工作尤其重要。

官兵人手不足，所以召集了许多百姓参与，发的工钱不少，还管吃管住，附近的百姓，包括灵山寺内的灾民都去了。

只是人一多，难免就有浑水摸鱼的，得随时有个人盯着。

虽然有点遗憾不能多和陆清则说几句，但正事要紧，郁书荣也没拒绝，反正手稿也是陆清则写的。

他连连道了谢，才匆匆离开。

人一走，陈小刀终于忍不住，打了个大大的哈欠。

他嘴上说得轻松，但在江浙一日都不敢放松精神，带着粮草赶来的路上也提心吊胆的。

江右的局势虽然被宁倦控制住了，但听说也有落草为寇的百姓，他和长顺在路上生怕出什么变故，没敢睡太实。

陆清则看陈小刀努力睁大眼睛的样子，伸手摸了摸他的脑袋："去睡会儿吧，我找陛下说点事。"

陈小刀也不跟陆清则客气，揉着眼睛就找地方睡觉去了。

陆清则站在原地，翻了翻手里保存完好的一沓手稿，拿着去找宁倦算账。

处理公务的书房离得不远，陆清则进去也不需要通传，进去的时候，郑垚居然已经提审赵正德回来了。

见陆清则走进来，宁倦眼中一亮。

陆清则冲他轻轻比了个"嘘"，抱着那卷手稿，慢吞吞地走到边上坐下，听郑垚的汇报。

赵正德不比潘敬民，性子懦弱，被郑垚凶神恶煞地一提出来，再将账本一扔，就面色煞白地全交代了。

当年赵正德中进士后不久，被分到个鸟不拉屎的小地方，做了几年知县，穷得勒着裤腰带过活，也没什么升官的指望。

大概就是这样的失望，改变了他造福百姓的心态，不久他就遇到了自己的"贵人"，得到"指点"，学会了巧立名目征税，和乡绅往来，一来二去积攒了点资本，打通了关系，日子也逐渐滋润起来。

就这么一路上来，最后升为集安府知府。

那个"贵人",就是潘敬民。

赵正德没有半点犹豫,把潘敬民出卖得一干二净,甚至都不需要太过施压。

宁倦扫完郑垚呈上的状纸,眉峰冷冽,淡声道:"明晚之前,把潘敬民的账本和画押的状纸交给朕。"

郑垚恭声应是,又急匆匆地去提审潘敬民了。

陆清则旁听完,扭头问:"于姑娘父亲的下落,赵正德交代了吗?"

明明离得也不远,宁倦非要凑过来答话,一只手搭在陆清则的椅背上靠过来,清爽的少年气息涌过来,搞得陆清则觉得背后像是拱着团太阳,热烘烘的。

"于铮被赵正德的人逼落下了悬崖,我已经派人去寻了。"

宁倦垂眸顺眼,歪着脑袋,看陆清则的嘴唇有些干涸,替他倒了杯茶:"赵正德没找到账本,本来准备继续对于家其他人下手,没料到林溪身手极好,他几次三番也没找到机会。"

不久洪水袭来,将于家村淹了。

赵正德以为账册也没了,颇为安心,没料到还能给宁倦派人掘出来,见到账本的瞬间,就再也生不出一丝狡辩的心思了。

被逼得落了崖,又这么久都没消息,恐怕凶多吉少。

陆清则无声一叹。

宁倦凉薄,没怎么将无关之人的生死太放在心上,目光落到陆清则怀里的东西上,好奇地低下头:"老师手上的是什么?"

差点忘了。

陆清则和善地微笑着,将东西递过去:"这就要陛下来解释了,为什么非要郁大人誊抄一篇,送回原稿?郁大人怎么得罪你了?"

平时他还挺光明正大,甚至在乾清宫里有一个私库,专门用来珍藏陆清则的笔墨。

但这不代表他能在陆清则面前也那么理直气壮。

宁倦肉眼可见地窘迫起来,半点也没了在郑垚面前的冷肃:"我,老师……"

陆清则和颜悦色,鼻音微扬:"嗯?"

宁倦:"我……"

陆清则好整以暇地看着他:"哦?"

两人视线交会,宁倦"我"了半晌,什么也说不出来。

气氛正有些微妙,外面忽然传来"嗒嗒嗒"的脚步声,郑垚去而复返:"哎,对了陛下,您还没把赵正德的账本给臣呢……哇!"

郑垚钉在门口,惊恐地张嘴瞪大了眼:"我的陛下喂!您是不是生病了?脸怎么恁红,微臣这就去找太医……"

话没说完,宁倦恼怒地抄起桌上账本丢过去,冷冰冰骂道:"滚!"

郑指挥使无辜又灰溜溜地抓着账本滚了。

那股诡异的气氛成功被郑垚打破了。

再追究就不合适了，陆清则轻咳一声，用手里的手稿轻轻拍了下宁倦的脑袋："那么凶做什么。"

这小崽子，从小到大对他以外的人脾气都不怎么好。

郑大人吃口公家饭不容易啊。

周围的暗卫看得眼角一抽。

堂堂天子，被训小孩儿似的，倒也不恼，反而还开心地又往陆清则身边蹭了蹭，黏糊得不行，好声好气地说："我错了老师。"

嘴上错了，下次还敢。

陆清则睨他一眼："收着吧，让郁大人抄完还给你送来，真有你的。"

"郁书荣不是为此事来的。"宁倦立刻叫屈，"是为另一桩事。"

还有什么事，值得郁书荣百忙中亲自跑一趟？

陆清则蹙了蹙眉："怎么了？与疫病有关？"

江右这疫病潜伏时，症状与寻常风寒差不多，过了三五日就会发病，开始漫长的折磨，上吐下泻，食水不进，多则一月，少则十日，人就没了。

这段时日，太医们日夜钻研，尝试了许多方子，却都无法找到对付疫病的良方。

因疫病有传染性，病患所只有巡守的士兵与大夫能进，每日有人统计病患情况上报。

疫病仍在病患所内蔓延，好在病患所建在距离集安城颇远的地方，不至于传染到城中百姓。

原书里没有提过江右的瘟疫，陆清则在这方面也没有涉猎，帮不上忙，只能靠大夫们想办法。

宁倦顺手把陆清则脸上的面具摘下来，随手从书案上拿起一份文书，递给他道："不是，是另一件事。"

心火太旺，很想杀人。

得多看老师两眼缓缓。

你摘我面具做什么？陆清则一头雾水地接过文书，耳边传来宁倦微微冷沉的嗓音："朕看他们是不想活了。"

陆清则翻开文书。

文书上面先是一封密信，是锦衣卫递上来的。天气炎热，每日施粥不便，城外另有发放米粮，锦衣卫在维持秩序时，发现来领取赈灾粮的灾民队伍中似有浑水摸鱼者，观察了两日后，确定是来冒领救灾粮的。

陆清则浅锁眉头："这些人竟连灾民的救灾粮都贪？弄清楚身份了吗？"

从前听闻某些地方施粥，会掺点土进去，就是为了防止这些冒领多领的人，让真正饿肚子的灾民都能吃到粥。

没想到当真会发生这种事。

宁倦点点头:"是集安府城内粮行老板。"他眼底流过一丝冰冷的嘲讽之色,"倒很会做生意。"

领了粮食,带回自己的粮行,掺着卖,无本买卖。

自江右水患大疫以来,江右各府的商贾都在哄抬粮价。

莫说灾民,就算是没有受灾的百姓,也快吃不上饭了。

陆清则蹙着眉又看了眼下面的文书,这份是郁书荣上报的。

这几日修筑堤坝,正需大量毛石等材料,石料商眼看着有机会,便把毛石翻了好几倍价格卖给官府。郁书荣起初觉得这种事不好上报给宁倦,便亲自去和那些商贾谈。

在平头百姓饿得面黄肌瘦的时候,这些商贾依旧个个穿金戴银,富得流油,被找上来了,也振振有词:"洪水肆虐,本来就给我们的生意造成了巨大损失,我们下头可还有几百号人等着吃口热饭呢,郁大人,贱价卖给你们了,我们吃什么?灾民百姓是人,我们也是人啊!"

"郁大人,我们也要做生意啊,大家都有难处,您也体谅体谅我们。"

"我们若是不卖,官府莫非还要强抢吗?"

郁书荣嘴笨,被说得目瞪口呆,最后被恭恭敬敬请出了府邸,才反应过来,气不打一处来。

此后他又去了几次,却实在应付不来这群人,担心延误时机,只得无奈上报了。

看完,陆清则终于明白宁倦为什么那么火大了。

他看了眼最后附带的商贾名单,眉梢微扬:"我没记错的话,这几个人……"

宁倦抱着手倚在桌旁,陆清则看文书的时候,宁倦在看他。

光是看着陆清则,他就感到内心平静,火气也消下去了些:"看来老师也想起来了。"

郁书荣提及的那些商贾名字,都在赵正德的账册里出现过。

虽然大多富商斗不过官府,但薅了羊毛也得给草吃,否则以后还怎么继续薅?

赵正德便是打一棍子,再给个甜枣,一边索取巨额银子,一边给这些人行各种方便,互惠互利。

久而久之,这些商人为了方便,还会主动递交大把的银子上来,与之相对,赵正德对他们做的事也睁一只眼闭一只眼。

这才把这群人养得如此嚣张无度。

当真是五毒俱全。

陆清则揉揉额角:"果果,你准备怎么处置这些人?"

宁倦上下唇瓣一碰,吐出两个字:"杀了。"

抄家,砍头。

最利落的解决方法。

陆清则攥着茶盏的手一顿。

他也厌恶极了这些投机倒把的奸商，但看宁倦这个架势，是准备将所有参与其中的人都杀了。

这让他禁不住想到了原著里杀人无度的暴君，以及就在江浙的原著主角。

他这些年试图将宁倦导正，但又怕矫枉过正。

宁倦是皇帝，身在其位，若他是个纯恶之人，会是整个大齐的灾难，但他若是个纯善之人，不仅是大齐的灾难，还会是他自己的灾难。

陆清则一直小心地平衡着宁倦的天性，想要教导出一代明君。

他皱起眉，张了张嘴，正想说点什么，外面就有锦衣卫来通报："陛下，您让带的人都带来了。"

陆清则还没吭出声，眼前一黑。

这小浑蛋，第一反应居然是直接抄起面具，给他盖了上来！

宁倦面不改色地给陆清则戴好面具，端起了皇帝陛下的架势："带上来。"

陆清则扶了扶面具，把话咽回喉咙，决定晚上再收拾这小兔崽子。

片刻之后，几个中年男人被锦衣卫带进了书房，穿的都是绫罗绸缎，非富即贵，纷纷俯首叩拜，齐声叫道："草民叩见陛下。"

陆清则半眯起眼，猜出了这几人身份，和他方才看的密信和文书八成关系匪浅。

他暗自打量这些被敲诈过，又与赵正德等人勾结的富商。

这些人被赵正德等人敲诈，算是受害者，但也是共犯，趁着大灾捞大财，更是施害者。

宁倦脸色冷淡，并未搭理跪在地上的几人，走到书案前，随意拿起本册子。

书房内静悄悄的，只有轻微的翻页声。

这几人被锦衣卫带走时，心里就有了猜测，但也没有太恐慌。

毕竟虽然给石料、粮食涨了价，但他们也没敢给官府卖天价，皇上若要问责，他们搬出之前那套说辞，再主动将价格砍下一半，还能在皇上面前卖个乖。

但没想到小皇帝上来就是个下马威。

几人暗暗交换目光，察觉到有些非同寻常的气氛，都有些迟疑。

怎么了这是？

半晌之后，他们听到旁边传来道清润的声音："诸位可知道，陛下为何要叫你们过来？"

听到声音，那几人才恍惚察觉到屋内还坐着一个人。

皇帝陛下都站着，怎么还有人能坐着？

几人忍不住偏过脑袋，朝着那边投去视线，看见白衣青年脸上的面具，心下顿时了悟。

商人的信息比平头百姓来得要快，一看到戴面具的，他们就猜出了陆清则的身份。

为首的圆脸富商咽了口唾沫，瞅了瞅陛下毫无所动的样子，小心开口："是因草民等与官府的交易？"

陆清则不紧不慢地抿了口茶："我并未如此说，这位主动提出来，看来是觉得你们与官府的交易有什么问题了？"

……被带进去了！

甫一见面就不小心将主动权交了出去，圆脸富商脸色稍变。

与此同时，站在桌案旁的一言不发、气质尊华的少年皇帝也看了过来。

凉凉淡淡的目光笼罩在几人身上，无形的威慑感沉甸甸地压下来，冰沉沉地打量着每一个人，叫人喘不上气。

几人几乎是立刻就冒出了冷汗，跪在圆脸富商身后的山羊胡子正是石料的开采商，浑身都不禁抖了抖，战战兢兢开口："石料开采运送因洪水价贵，也非草民本意，但……但草民觉得，江右正是水深火热之时，修筑堤坝乃是造福万民之举，往后石料折上三折，陛下以为如何？"

虽然畏惧，但商人本性，还是下意识当成桩生意在讨价还价。

陆清则微微笑笑，看向另一个富商："你们其他人以为呢？"

第一个人开了口折价，剩下的人心里再怎么不情愿，也只能跟着纷纷应是："应该的，应该的。"

陆清则又抿了口热茶，笑道："诸位如此盛情，我与陛下十分欣慰，不过我有点好奇。"

圆脸富商已经察觉到陆清则没看起来那般无害，心里隐隐生出几分不安："陆大人……好奇什么？"

"朕好奇，"宁倦冷不防开口，微微沉下的嗓音盖住了明显的少年声线，每个字都沉甸甸地砸在人心口，"你们与他们是什么关系？"

几人愣了愣，半晌才醒悟过来，顺着宁倦的视线朝后看去。

身后不知何时被押来几个难民打扮的人，嘴里都被东西塞着，看到他们扭过头来，"唔唔"着求救。

霎时有两个中年男人变了脸色。

不等他们有所反应，面前又轻飘飘地飞来几张纸，少年帝王的嗓音自头顶传来："这也解释一下？"

画了押的状纸飘下来，不偏不倚落在圆脸富商面前。

上面赫然写着他们几人的名字！

几人认出了那是什么，愣了一下之后，脸上瞬间失去了血色，一股寒意从脚底腾地蹿到天灵盖，想也不想就磕起了头，颤声求饶："草民知罪！草民知罪！"

"陛下饶命，陛下明鉴，草民是被逼的啊！"

"草民再也不敢了，陛下，草民家中还有老母妻儿……"

宁倦面无表情地看着地上跪伏着的几人，眼底涌动着杀意。

只要他一声令下，锦衣卫就会立刻把这几人拖下去砍了脑袋，挂在城墙上示众，以震慑江右所有趁乱发财的奸商。

他的视线扫过这几人,看向微抿着唇瓣望着他的陆清则。

青年身形虽单薄,但腰背笔直,静静坐在那边,周身笼罩着不食人间烟火般的气质,始终如雪如月般,有一种遥不可及的距离感。

但只要他的视线落过来,便让人恍惚觉得,似乎也是能触碰到的。

静默片刻后,宁倦淡声道:"念在你等起初的确是被胁迫的分上,朕便不治重罪。"

几个还在争先恐后磕头的人全部顿住。

他们方才是真的感受到了这位年轻的陛下毫不掩饰的杀意,是以都怀疑是自己听错了。

"而今江右有难,"宁倦背手俯视着他们,"你们可以做什么?"

跪在地上的几个富商听出了宁倦的意思。

命重要,还是钱重要?

再重利的商人,在面对这个抉择时,也立刻反应过来,连忙磕头道:"草民知罪,草民愿散尽家财,为百姓提供做工的地方,为陛下分忧解难!"

其余人也反应过来:"草民知罪,草民愿配合官府免费放粮……"

"修筑堤坝本就是草民的职责,往后石料草民愿分文不取,亲自运送!"

这些话听起来无比赤忱,少年天子的情绪却依旧没什么变化,漆黑的瞳仁里没有一丝情绪,静寂地注视着他们。

几人内心惶惶,忐忑起来。

都说君无戏言,陛下……不会出尔反尔吧?

等耳边乱糟糟的声音都消失了,宁倦才冷淡开了口:"把你们的人领回去,再有下次,带着棺材来领人。"

几个富商还没反应过来,陆清则摩挲着茶盏边沿,慢悠悠添了句:"陛下的意思是,你们可以走了,还是诸位想留下来,一起用个晚膳?"

谁敢啊!

几人不敢再多言,又叩行了一礼,鹌鹑似的退了下去,和来时敲着算盘的模样大相径庭。

陆清则望向宁倦,露出个真心实意的笑:"留着他们有用,陛下做得很好。"

宁倦凝视着他,仔细观摩着他面具下微弯的唇角,嘴角轻轻牵了牵:"那老师开心吗?"

"我开不开心不重要,"陆清则正色,"陛下自己怎么想的才重要。"

宁倦漫不经心地拨弄了下手边的砚屏。

他怎么想的才重要吗?

他想的是,如果不杀那些人,能让陆清则开心的话——

那放过他们也不是不行。

事情算是解决了,陆清则又瞟了眼桌上堆积如山的公文,撸起袖子:"怎么这么多,分一半给我吧。"

宁倦心里一暖，不想让陆清则费神："不必，我来就好。"

陆清则也没多想："那我先回去了。"

宁倦脸色稍变："别走！"

"我不帮你的话，在这儿干坐着做什么？"

宁倦抿了抿唇，小声说："老师坐在边上陪我，好不好？"

陆清则莫名其妙："不好。"

宁倦沉默了一下，闭了闭眼，分了一小半文书，放到对面："老师慢慢来。"

师生两人坐在书房里，一人一堆公文，相对而坐。

陆清则翻开查看，发现都是各府递来的公文。

初至江右，将潘敬民等人逮走后，宁倦无比火大，命锦衣卫抓了所有治水不力的官吏，大大小小全下了狱。

若不是救灾更重要，恐怕会当即将人全部提出来问斩。

现在各府的官署空空荡荡，大牢满满当当，下头的人惴惴不安，生怕不小心做错什么，要被追责，便干脆事无巨细地报上来。

早上两人去洪都府，也是为了解决类似的琐事。

零零碎碎、大大小小的事全压过来，甚至连某府需要新增多少间安置所，也要来问问宁倦的意见。

实在是过于冗杂了。

年轻气盛的皇帝陛下精力旺盛，一天只睡一两个时辰，似乎并不觉得有什么问题。

但这还只是一个省的文书，将来得掌大权之后呢？

陆清则掀起眼睑，越过面前层叠如山的文书，朝小皇帝瞥去一眼。

明晃晃的日光漏进书房，勾勒出少年俊美干净的轮廓，也清晰地映照出三分肉眼可见的疲惫。

宁倦的眼下已经有了浅浅的乌青。

原著里暴君高度集权，搞得朝廷内外血流成河。

其中一个原因便是，他眼里容不下沙子。

凡贪污受贿者，杀；凡鱼肉百姓者，杀；凡尸位素餐者，杀……出发点是好的，但水至清则无鱼，酷厉的统治并没有让大齐走得更远，压抑的后果，便是大规模的起义叛变。

陆清则自然不想宁倦走上这样的路。

他早就想提此事了，只是清楚宁倦性格里执拗的那一面，没有贸然开口。

既然宁倦已经懂得了放过江右那几大富商，现在应该也是提及的时机了。

宁倦被陆清则盯着，简直如坐针毡，想努力忽视陆清则的目光都不行，最后还是耳根发红着抬起头，忍无可忍问："老师，怎么了？"

陆清则托着下颌，指尖点点面前这堆玩意儿："果果，那些涉事下狱的官员，你打算怎么处置？"

宁倦略微一顿："老师想让我宽仁以待吗？"

陆清则摇摇头，加重了语气："我说过，重要的不是我的想法，而是你的想法。"

宁倦垂下眼，神色很认真："老师当真想听我的想法？"

陆清则点头。

"我觉得，"宁倦漆黑的眼底透着如冰的寒意，语气凉薄，"将他们丢进那个尸坑之中，先乱箭射杀，再掩土活埋，就是他们最好的结局了。"

陆清则沉默了一下。

他忽然发现，他能理解原著里暴君的某些做法，就比如现在，情感上，他认同宁倦的想法。

但理智上……

似乎是察觉到自己的语气太过冷酷，宁倦也迅速调整了神态，冲着陆清则露出个纯善的笑："不过只是想想而已。"

他慢慢拿起一份文书翻开，语气缓下来："若是人都杀光了，反而起不到杀鸡儆猴的作用，各处空位太多，也不利于江右恢复。犯大错者诛之，犯小错者暂时放归原位，待事后惩戒。想必在牢里关了这些日子，他们也足够老实，不敢再吃闲饭——江右的杂事太多，我不该被杂事困于书房之中。"

宁倦声音还带着清朗的少年气，但条理清晰，语气沉肃。

陆清则轻轻松了口气，凝视着宁倦，有几分欣慰："果果越来越有皇帝的样子了。"

宁倦目光微动，没有说话。

他其实并不是陆清则期盼的仁善君主，仿佛一条天生喜欢见血的狼，对于那些犯事的官员，只想全部诛之而后快。

但为了陆清则，他愿意宽宏大量，做陆清则心目中张弛有度的仁君。

这样会让陆清则高兴。

只要满足陆清则对他的所有期待，陆清则就没有理由离开了，不是吗？

虽然之后会把部分犯事的官员放出来干活，但眼下的活儿还是得先解决的。

陆清则心情不错，收敛心神，开始帮着宁倦处理。

书房内静悄悄的，唯有翻页与笔落在纸上的轻微沙沙声，气氛祥和静谧，暗卫与侍卫都守在外面，不来打扰两人。

不过这种安静没有持续太久。

郑垚又风驰电掣地从大牢回来，并且带来个好消息："陛下，潘敬民招了！"

陆清则略感惊讶："这么快？"

郑垚龇了龇大白牙，露出个略显凶残的笑："用了点小手段。"

被宁倦不咸不淡地剜了眼，他赶紧收敛起满脸的煞气，免得吓到陆清则。

陆清则倒没被吓到，好奇地接过摁了个血手印的状纸，和宁倦凑在一起看。

潘敬民如实供述了自己与卫鹤荣的关系。

他每岁向内阁首辅卫鹤荣孝敬银两，多年下来，有数百万之巨，所以他的官途一路坦荡，年纪轻轻就晋升为江右巡抚。

来到江右，把控了军政大权后，潘敬民就把视线放到了平头百姓上，巧立名目私征火耗，火耗能高至百分之五十，生生把富庶的江右扒皮抽筋，又敲骨吸髓，累积下百万两白银与数十万两黄金的身家。

卫鹤荣承诺了，再过两年，便将他调去直隶。

这也是他捂着江右水患消息的另一个原因——这可都是和政绩挂钩的。

没想到这件事越捂越大，直接把皇帝给捂来了。

本来在潘敬民心里，独揽大权的卫首辅比皇帝陛下可怕多了，只要他咬死了不出卖卫鹤荣，卫鹤荣就会救他，毕竟他还有来往的证据。

卫首辅出手了，皇帝又能如何？

但他没想到，赵正德那蠢货，信誓旦旦地说账本已经被水冲走了，转个头，账本就落到了皇上手里。

连日的拷问早就让潘敬民精疲力竭了，赵正德的账本就是压垮他的最后一根稻草。

宁倦看完状纸，掀掀眼皮："账本呢？"

锦衣卫前段时间把潘府的每一寸瓦都给翻遍了，就是没找到潘敬民的私人账本，以及与卫鹤荣往来的信件记录。

郑垚的嘴角抽了抽："这个……"

看他迟疑，陆清则反而来了兴致，兴致勃勃地转去了视线："哦？"

宁倦无奈地朝郑垚点了点头。

"潘敬民生性多疑，得知陛下南下后做贼心虚，更是恐惧，就将账册裹好，藏进了……"郑垚略微一停顿，脸色古怪，"潘府猪圈的粪堆里。"

锦衣卫就是再兢兢业业，也不会想到去淘粪啊！

姓潘的，真有你的。

宁倦两指轻敲了下桌面，面无表情道："将潘敬民带去洪都府，叫他自己亲手把账本掏出来。"

不用派自己人掏，郑垚顿时舒展了眉目，露出个十分灿烂的笑，咧着嘴道："臣这就去办！"

郑垚黑旋风似的冲出去，"啪"一下，正颠着小碎步进门的长顺差点被拍成张纸。

郑垚一贯看不上阉人，不过长顺是宁倦身边伺候的人，他就算不屑也不敢驳宁倦的面子，连忙把长顺拽住，道了声不是，才咕咕哝哝地走了。

长顺被撞得头晕眼花的，进了门，晕乎乎道："陛下，奴婢去找那位林公子把陆大人的帕子要回来了，不过林公子把帕子洗了……"

说完话，才注意到陆清则也在屋里。

长顺捧着帕子的手，微微颤抖。

陆清则一头雾水，十分迷惑地一伸手，将那条帕子钩到指尖，缓缓打量了两眼。

然后挑高了眉，望向宁倦，要笑不笑的："哦——陛下，解释解释？"

宁倦绷着脸，再次在心里把郑垚和长顺臭骂了一顿。

在陆清则好奇混着好笑的目光中，宁倦只能僵硬地别开脸，努力辩驳："帕子这种私人物品，自然不能流落在外，万一给有心之人拿去呢？"

长顺：陛下啊！

这话他听了都不信，能糊弄住陆太傅才怪啊！

陆清则往椅背上靠了靠，捶了捶酸痛的肩，似笑非笑地说："是吗，比如哪种有心之人？"

宁倦当然解释不出什么花儿来。

他只能借着这个机会，立刻转到陆清则的椅背后，低眉顺眼地给陆清则捏肩，犹有些不甘地轻声嘟囔："老师都没送过我帕子，就先给别人了。"

原来是计较这个？

陆清则虽然也来了几年了，不得不遵循这个世界的规则而活，但灵魂还是现代人，对"帕子"是个私密物品这种事没什么概念，听宁倦这么一嘀咕，又瞟了眼似乎很委屈巴巴的小孩儿。

捏得他还挺舒服的。

陆清则懒洋洋道："不就是条帕子，你要我还会不给？"

说着从怀里掏出条新帕子，递给宁倦："喏。"

宁倦呆住了。

甚至给陆清则按着肩膀的手也不可避免地一停顿。

陆清则奇怪："不要吗？那回头可别再闹这件事……"

话音未落，帕子就被抢过去了。

"还闹吗？"陆清则以手肘抵着椅子扶手，手掌托着下颌，脑袋转过去，笑看着宁倦。

宁倦默默攥紧了那条帕子，小声道："不闹了。"

长顺：陛下，您真好哄。

郑垚的动作很快，当天就拎着潘敬民去了洪都府，踢开贴了封条的潘府大门，把被拷问得半残不废的潘敬民扔进猪圈里："潘大人，劳烦咯。"

潘敬民一条腿站不起来，扑通倒地。

周围顿时一阵哄笑声。

恶臭袭来，恶心得潘敬民无暇顾及那些嘲笑鄙夷的视线，"哇"地狂呕不止，口涎和泪水哗哗直流，却是自作自受，只能屈辱地趴在地上，心里疯狂咒骂着郑垚，颤抖着伸手，将账本翻了出来。

他盯着账册，脸上的肉堆挤着，细长的眼里闪过恶毒之色，忽然双手一用力，意图将账本撕毁！

郑垚蒙着布巾，手里灵活地把玩着一把飞刀，优哉地在外面和手下说着话，余光却一直在盯着潘敬民的动作，见势不对，想也不想，一记飞刀射去。

潘敬民的手掌当场被捅了个对穿！

潘敬民手中的账本"啪"地掉地，他抑制不住地痛叫出声，伴随着一阵尖锐的咒骂："狗娘养的郑垚，竟敢如此对本官，等本官出去了，砍了你的脑袋当尿壶！"

"哟，潘大人，还以为自己是高高在上的江右巡抚啊？"

郑垚环抱着手，眼底的冷笑倏然一凝，露出几分凶狠的煞气："潘敬民，老子劝你不要再给自己找罪受，否则在你能死之前，会无比痛恨能活着这件事。"

潘敬民下意识地一哆嗦，彻底瘫倒在了一片糟污恶臭之中。

眼睁睁看着郑垚用长棍将账本拨走，那一瞬间，他忽然无比后悔。

不是后悔剥削鱼肉百姓，也不是后悔不治洪水、毫无人性地处置病患，而是后悔他轻视了小皇帝。

早知现在，他当初为何要信卫鹤荣？

账本当晚就递交到了宁倦手上，好在被东西包着，不至于有一言难尽的味道。

江右的天气闷热得喘气都难受，白日里出去一趟，就感觉浑身湿黏黏的，夜里也没好多少，依旧闷得不行，不像在京城，随时能运来贮藏的冰降暑，开了窗通风就飞进蚊虫叮咬，烦人得紧。

不过这点问题与江右百姓遇到的灾难对比，轻微得不值一提。

客房太小，放不下浴桶，陆清则去浴房洗完澡，回到屋里，头发干了点，散开头发擦了擦，听到外头传来"咚咚"的敲门声。

彼此太过熟悉，一听节奏就知道是谁。

陆清则随意拢了拢衣领，闲闲地走过去，直接开了门，调侃道："怎么，又来讨帕子了？"

宁倦携着潘敬民的私人账本，揣着正当理由上门，一听到这话，有些尴尬："老师。"

门被拉开，陆清则背着光，像是被烛光镀了层温暖的金边，连披散着的乌黑长发边缘都被描摹上色，衬得一张脸美玉般莹润，整个人好看得似在发光。

看陆清则领口都没拢好，露出了截消瘦锁骨，宁倦顿感不悦："老师怎么随随便便就给人开门，也不问一声？万一来的不是我，而是陈小刀，你也这么开门吗？"

陆清则略感不解："那又如何？"

什么叫那又如何!

宁倦牙痒痒的，决定办完正事，就好好教育教育陆清则，板着脸道："潘敬民与卫鹤荣来往的信件皆被焚毁，不过账本拿到了，老师要一起看看吗？"

陆清则欣然侧身："进来吧。"

宁倦这几日忙得只能宿在书房里，说不上舒适，休息得也不好，精神总是紧绷着。走进陆清则的房间，方才感到精神松弛了点，坐到榻上，拍拍自己身边的位置，眼睛亮晶晶的："老师坐这里吧。"

还是黏黏糊糊的。

陆清则睨他一眼，依言坐到他身边。

沐浴之后，淡淡的芬芳浸润着湿意，梅香也仿佛过了水般朦胧。

那张容颜在水洗过后越发清丽。

崇安帝虽然修仙问道，但可没戒色，宫中美人众多，宁倦小时候到处躲皇后派来的人时，爬墙钻狗洞都不在话下，经常逃到各宫各院，见过各地送来的美人。

虽然都会像条野狗一样被驱逐走。

那些美人环肥燕瘦，千娇百媚。

但都不及陆清则一根指头。

宁倦主动摊开账本给陆清则看："这账本上有潘敬民和卫鹤荣这几年的交往记录，但少了往来书信，只得回头秘密将潘敬民押回京城，送往三司会审。"

陆清则大略翻完，也没发现账本有不妥之处，颔首道："便多留他几日性命。"

账本到手，也算是解决了潘敬民的事。

宁倦的心情畅快了不少，半眯着眼，忍不住开始安排之后的事："等江右的局势明朗些了，我们就把剩下的烂摊子交给范兴言和郁书荣来处理，随即去江浙给母后祭扫，再去老师家里看看。"

陆清则含笑听着前半段，本来还没觉得有什么，甚至听到"母后"两个字，还颇为怜惜宁倦。

直到听到最后一句，才发现事情不妙。

家里？什么家里？

平时在人前惜字如金的少年陛下，还在陆清则耳边不停说着："到时候老师带我去你从小长大的地方转转吧，待回了京，往后再想来临安，恐怕就没这么容易了。"

陆清则欲言又止。

小皇帝莫不是要带他"衣锦还乡"？

这问题就大了。

原著对小炮灰引线"陆清则"也就三言两语带过，哪儿介绍过生平过往，他这些年借用宁倦的人查人，也不敢拿去查"陆清则"的生平。

自己查自己，谁看都有鬼。

陆清则只能不动声色地靠旁敲侧击，从旁人那里了解点原著陆清则的设定，但原著陆清则高中后昙花一现，死得太早，在京城没几个熟人，打探不出什么。

唯一有点用处的东西，还是从程文昂那里撬出来的。

但说是同乡，临安府那么大，程文昂与原著陆清则上京赶考前也没交集，了解没深到那份上。

所以他哪儿知道原著陆清则在哪儿长大的，都去过哪里，家在哪里，认识些什么人！

陆清则想着想着，头开始隐隐作痛，温声打断宁倦的话："时候不早了，我有些困了，果果，要不要休息？"

宁倦耳朵都竖起来了似的，眼睛一亮："要！"

看小皇帝注意力转移，开开心心地去整理床铺了，陆清则长长地松了口气。

可算是糊弄过去了。

若是宁倦真把他带回临安，要他介绍介绍他"从小长大"的地方，他总不能装失忆吧？

他对临安府的那点书面了解，恐怕还没过目不忘的宁倦深，旁人他还能稀里糊涂地混过去，在宁倦面前露出马脚，可就收不回去了。

小崽子机敏着呢。

虽然在教导宁倦的过程中，陆清则有意无意地渗透了一些现代观念，但他是在宁倦的三观已经初步形成的时候与宁倦相遇的，再怎么春风化雨，也不可能把一个古代人扭转成时代的弄潮儿，何况宁倦本身就是个性格略偏执的人。

若是得知他其实是一缕附身的游魂……

这种事就算是现代人都不能接受，更何况是古人。

感情再好，也得被抓去跳大神驱邪吧。

陆清则并不想被抓去驱邪，暗暗摇头，收好账本，又摸了摸头发，天气太热，他散开这么会儿，都干得差不多了。

他捏捏额角，拿着油灯走过去，屋内并排放着两张床，他借着灯光把床边驱蚊的药包换了新的，才吹了灯，放下纱帐，趁着月色躺下："这边蚊虫颇多，陈太医的药包似乎也不能全部防住，有没有被叮咬？"

宁倦摇头："没有，老师呢？"

陆清则："蚊虫看到你就跑了，哪儿有空来咬我。"

宁倦忍不住笑了。

官署里的厢房都简陋得很，架子床也窄窄的，与宫里没法比。

宁倦委屈地瘪瘪嘴："下头的人怎么还不送冰来？"

他有些恼，最近忙昏头了，竟然忘记注意这件事了。

忍不住在心里埋怨起自己来。

陆清则道:"这儿又不是宫里,大伙儿都忙,没谁惯这些臭毛病,些许小事罢了,无足挂齿。"

宁倦知道陆清则说得有理。

不说郑垚恨不得劈成八个用,他自己也很想多出几只手处理事务,从京城带过来的人,就没谁是吃闲饭的。

一时不知道该怎么回应陆清则。

屋里一片幽暗,只有从窗外投射进的模糊月色,些许铺陈到床边。

陆清则安抚他:"好了,最近那么累,难得能早点睡了,还不睡?"

宁倦摇头:"想和老师说说话。"

"嗯?"陆清则笑了笑,"你说,我听着。"

宁倦的脸一板:"下次有人敲门,没有问清身份之前,老师切不可再冒冒失失地直接开门,衣服也要穿好,像今日那般,万一被图谋不轨的人撞见了呢?"

陆清则没想到小崽子的这个"说话"是"说教",原本都闭上了的眼再次缓缓睁开,相当不领情:"院子里都是你的人,哪来图谋不轨的人?"

宁倦听他不在意的语调,越发上火,张口就想反驳。

怎么就没有了?

可是话到嘴边,他却又一顿。

陆清则感觉他应该是没话说了,哼笑一声,翻身躺平。

小浑蛋,还敢说你的老师。

宁倦闷了半晌,忍不住又开了口:"总之,老师你总是这般粗心大意的,叫我怎么放心?"

陆清则稀奇道:"你可想得真远。"

宁倦不悦地抿紧唇角:"老师,这是你答应我的,要一直陪着我。"

陆清则心想我可没签订这"卖身"协议,三度睁眼,扭头看过去,调侃他:"要一直和我在一起啊,那你不娶媳妇了?"

"不娶。"

陆清则简直啼笑皆非:"现在说这种话,小心往后脸疼。"

听他这么说,宁倦反而觉得委屈:"难道老师也要催我选后了吗?"

"哪有的事,不要冤枉我。"陆清则有些迷糊了,声音逐渐变小,"你才多大,现在说这些还为时尚早,以后若是遇到喜欢的姑娘,可不能再这么别别扭扭的了。"

宁倦又不吱声了。

陆清则没等到宁倦的回应,感觉自己应当是说服了这嘴硬的兔崽子,呼吸逐渐均匀,放任自己睡了过去。

第六章 瘟疫病

陆清则这一觉意外地睡得十分安稳。

梦里像是有微风徐徐，伴他直到天明。

等醒来的时候，这几日因睡得不好而疲惫的精神好了许多。

宁倦早就起床了。

虽然潘敬民的事告一段落，但等着皇帝陛下处理的事还多着呢。

陆清则醒了半天神，恍惚总觉得屋里有什么不一样，掐掐眉心，低下脑袋一看，终于发现了不同。

屋里多了盆冰，散发着凉丝丝的寒气，将屋内的燥热都消减了不少。

哪来的冰？

陆清则眯着眼，一下就猜到了这是谁的手笔。他起床洗了把脸，用自制的牙刷刷了牙，推开门。

吃饱睡足的陈小刀已经在外面溜达，意图跟暗卫大哥也唠唠。

陆清则靠在门边观察了下，笑着开口："小刀，精神不错啊。"

暗卫与寻常侍卫不同，讲得天花乱坠也面无表情，一向无往不利的陈小刀头次吃瘪，正试图再接再厉，听到声音，精神奕奕地扭过头："公子醒啦，要不要现在用早饭？"

陆清则没什么胃口，摇摇头："陛下呢？"

陈小刀当没看到他的动作："陛下去建昌府视察了，走之前让厨房煮了消暑的绿豆汤……对了，还有西瓜！现在就镇在井水里，陛下吩咐我盯着您，您只能吃两块。"

陆清则来不及抗议自己只能吃两块冰西瓜的待遇，先感到了诧异："哪儿来的西瓜？"

这一带的农田都被淹了，宁倦莫不是让人夜驰三百里，跑去其他地方买的西瓜？

陈小刀嘿嘿笑道："是今早几个老农送来的。西瓜种在山上，幸免于难，几位老伯本来是藏在家里，陛下到江右后，灾民都能吃上饭了，他们感念陛下的恩德，挑了车西瓜送来，个个又大又圆。锦衣卫已盘查过，才送进了官署，陛下让人给了米粮，送他们回去了。"

陆清则心里复杂，又有些欣慰。

正说着，厨房的绿豆汤也送来了，还有碟切好的西瓜，籽儿挑得干净，泛发着香甜气息，甚是诱人。

这天热得干坐着都狂流汗，陈小刀看着冰西瓜，忍不住吞咽了下口水："陛下说留几个品相好的，剩余的赏下去，问问您的意思。"

陆清则思索了下，摇头："不患寡而患不均。人那么多，一车西瓜不够分，天这么热，大家都一样辛苦，给这个那个不满，对陛下也会产生怨言。"

陈小刀热得脑子发蒙，只想着能有西瓜吃了，也没想那么多，闻言呆了一下，挠头："那怎么办啊？"

陆清则扭头看了眼床头的冰盆："这是哪儿来的冰？"

"昨儿被锦衣卫逮来的那几个富商家里的，"陈小刀早就打听到了，露出幸灾乐祸的神情，"陛下一大早就让郑指挥使去查抄……啊不是，去礼貌询问了，那些人也识相得很，乖乖把自家的冰窖打开了，由着郑指挥使搬走。"

难怪呢。

陆清则哭笑不得。

宁倦虽然身份尊贵，但因为小时候的经历，对吃穿用度没那么讲究，要不是因为他，估计也不会盯上那堆奸商家里的冰窖。

不过这也方便了他。

看陈小刀馋得不行，陆清则顺手把面前的西瓜碟子推到他面前："让厨房把西瓜全部削皮，切好放入桶中，加入冰块和一点薄荷叶捣碎出汁，再加水和糖，调好味道，趁凉快送给大伙儿都尝尝，就说是陛下的意思。"

不是每个人都吃得到西瓜，那就喝个冰镇西瓜汁。

陈小刀咬着西瓜，眼睛亮亮地点头："公子的方法好，那您先吃着，我去找郑指挥使。"

"不急，先吃了再说。"陆清则喝了口解暑的绿豆汤，"郑指挥使怎么没跟陛下去建昌府？"

"陛下说不放心您，让郑指挥使留下来保护您呢。"

陆清则无言："我好好地待在官署里，能有什么事？听说江右不少百姓被逼得落草为寇，在各地抢掠，运去其他府的粮食都险些被劫，到底谁才危险？"

陈小刀可没胆子议论皇帝陛下，干脆专心吃瓜："那您得跟陛下说，我们可拗不过陛下。"

陆清则把剩下的绿豆汤喝了，又吃了块冰西瓜，拭了拭唇角："走吧，我和你一起去找郑指挥使。"

虽然郑垚来了江右后，一直干的是跑腿的活儿，但本质上，他最主要的职责还是保护皇帝陛下，所以住得离陆清则和宁倦的院子也不远。

两人寻摸过去，路上也没撞见其他的锦衣卫，跨进院子，才发现人都在院子里围着，不时爆发出一阵喝彩声。

也不知道在看什么。

陈小刀最爱看热闹了，兴冲冲地挤上去："兄弟们，干啥呢这是？借道借道，让我也看看。"

从京城乘船南下那半个月，陈小刀就跟船上的锦衣卫都混熟了，大伙儿都认识他，见他来了，热热闹闹地打招呼。

再一扭头，发现陆清则也来了，众人赶紧让道："陆大人！"

"陆太傅来此有何要事吗？"

陆清则感觉面具被晒得有点烫，痛苦地摆摆手："找郑指挥使有点小事。"

随着众人分开，陆清则才看到里面的情景。

原来是郑垚在和林溪比武。

两人都拿着没开刃的刀，大概是嫌热，郑垚脱了上衣，古铜色的肌肉块垒，身上刀疤纵横，看起来相当有威慑力。

相比之下，清清瘦瘦的林溪看起来活像只小鸡崽，好在他力气虽没郑垚大，但胜在灵巧，在郑垚的攻势下也不落下风。

有人大吼一声提醒："老大！陆大人来了！"

从第一次遇到林溪，郑垚就想跟他切磋了。前几天忙得像个陀螺，压根没时间，就算有时间，宁倦在侧，他也不敢瞎闹。好不容易有机会了，他正在兴头上，恋战不舍，头也没回："陆老弟，急不急，不急等我一会儿！"

陆清则被晒得头晕，十分敬佩郑垚，便往阴影里避了避，含笑点头："你先忙。"

郑垚"嘿"了一声，为了不让陆清则等他太久，攻势更猛。

林溪再厉害，到底也还是个半大少年，方才郑垚没拿出真功夫，现在在郑垚这根老油条的爪下，顿时有点力有不逮，不小心露出破绽。

就算是没开刃的刀，在郑垚的手中也威势十足，就听"刺啦"一声，林溪肩上的衣服顿时破了个洞，即使郑垚及时改劈为拍，"啪"一下打在了林溪肩上的力道也不小。

郑垚连忙收手："不好意思林兄弟，没收住力。"

林溪脸上露出丝痛色，捂着肩膀轻轻摇头。

陆清则也看得眉毛一抖。

郑垚那狗熊似的力气，这一下下去，林溪骨头没事都算好的，肩膀恐怕得肿一段时间了。

郑垚心里愧疚，手一伸，就有人递上药油。他拔开塞子，大咧咧地去扒林溪的衣服："应该没伤到骨头，我给你擦点药油，这是我们北镇抚司代代相传的好东西，抹上揉一揉，三五日就能好。"

林溪被打了一下，眉头都没皱，被他拽衣服，脸顿时通红一片，狂摇着头，偏偏他还不会说话，遇到的又是郑垚这位莽夫中的莽夫。

　　郑垚可不会看他摇头就放弃。

　　林溪急得都要哭了，捂着衣领，活像光天化日之下被强抢的良家妇男，绝望地看向陆清则求救。

　　陆清则也有点看不下去了，人稍微多点林溪都会很腼腆，一看就是个有点"社恐"的害羞小孩儿，这不是要人家难堪吗？

　　他快步走出阴凉地，过去劝阻："郑兄，你要是过意不去，把药油给林溪带回去自己擦就是了，当众脱人家衣服做什么……"

　　话还没说完，就听"刺啦"一声。

　　周围安静了一瞬，林溪的衣服被郑垚的狗熊之力撕开了。

　　林溪的脸瞬间红了个彻底，瞳孔剧烈颤动。

　　郑垚张大了嘴，无措地放开手："我刚想放的……别生气，林兄弟，回头我赔你三件，不，三十件衣裳！"

　　陆清则忽然有点理解郑垚为什么总挨宁倦的训了。

　　他啼笑皆非地看向林溪，刚想安慰他两句，目光陡然一凝。

　　林溪肩上被撕破的衣裳下，一个胎记若隐若现。

　　郑垚目光锐利，瞥去一眼，也顿住了。

　　两人脑中不约而同地浮现出一个猜想。

　　十七八岁、武艺颇高、肩上有月牙胎记，也是在江南一带……

　　郑垚反应极快，立刻上前，继续扒拉林溪，嘴上不住道歉："林兄弟，我真不是故意的，你别介意，我这就叫人给你拿新衣服来。啊，这衣服若是对你有特殊意义，我郑某人今天就为你手持绣花针缝上。你别看我大老粗一个，我绣功还是很不错的，缝缝补补不是问题……"

　　混乱间，林溪躲避时扭了扭身，挣扎时肩上胎记又清晰了几分。

　　他的肩上，的确有一个月牙形的胎记。

　　十几年前，鞑靼与瓦剌联合进犯，漠北战乱，崇安帝坐视不理，朝廷阉党作乱，武国公史容风在前线报以必死的决心，暗中派亲兵护送小世子回京，不料途中遭袭，亲兵悉数战死，唯独不见小世子的尸体。

　　原著中小世子流落到江南一带，肩上有一月牙形胎记。

　　林溪都对上了。

　　原著里，主角是在几年后才找到小世子的，那时候小世子会说话。

　　难不成林溪的哑症不是天生的？

　　陆清则思索了下，没有立刻下决断，看林溪还在可怜兮兮地躲着郑垚，伸手轻轻把林溪扯到身后："郑兄，放过小林公子吧。"

林溪躲在陆清则背后，两眼泪汪汪的，露出一丝得救的表情。

陆清则扭过头，可怜地摸摸这孩子的脑袋，又看了眼他露出的红肿肩头："都这么肿了，得赶紧擦药，你不想被看到，就去屋里擦，换了衣裳再回去，怎么样？"

林溪有些犹豫。

陆清则温声道："衣服破了，你也不想于夫人和于姑娘担心吧？"

这句话出来，林溪才点了头，小心地接过郑垚递来的药油，捂着肩膀朝屋里走。

郑垚不太放心，抻着脖子大嗓门："林兄弟，你自己恐怕不方便，要不我来帮你擦？"

林溪害怕极了，脚步都加快了，"嗖"一下窜进屋里，"砰"地关上了门。

郑垚纳闷地抓了把头发："我有那么可怕吗？"

岂止是可怕！

对于林溪那样的"社恐"人士，郑垚简直是恐怖。

陆清则无奈地摇摇头："郑兄，你啊……"

郑垚一身臭汗，在陆清则面前有点不好意思。

脑子一转，陛下要是知道他在陆清则面前没穿上衣，他会不会倒大霉？

郑垚在这方面的直觉非常灵敏，赶紧接过手下递来的衣服穿上，压低声音道："陆老弟，你方才也看清楚了吧，林兄弟肩上的确有个月牙形状的胎记，他会不会就是陛下要找的人？"

虽然不清楚陛下让他找的是什么人，不过能阴错阳差地找到人，也是有功一件。

陆清则沉吟了一下："年龄和体貌特征的确都符合，不过还得再确认一下。小刀。"

陈小刀"哎"了声，跑过来："公子？"

"有个任务要交给你，"陆清则拍拍陈小刀的肩膀，委以重任，"去找于夫人唠唠嗑，打听一下林溪的事，要做得不露痕迹。"

这个任务交给陈小刀再适合不过了。

也就发挥下特长的事，陈小刀来了精神，摩拳擦掌："好，我这就过去，公子等我！"

郑垚乐了，随便点了个人："带小刀过去。"

看陈小刀跟着带路的人走远了，郑垚才想起另一件事："对了，陆老弟，你刚才来找我有什么事吗？"

陆清则颔首："是有点事。"

他将西瓜的事与郑垚说了说，郑垚听完，一拍手："这主意好！那么点瓜，怎么够分，大热天的，谁不想来点冰的，这下都能尝尝西瓜味儿。我叫人安排下去，你尽管放心。"

陆清则跟着他走到廊下，躲着毒辣的太阳，忍不住记挂宁倦："陛下什么时候回来？"

"估摸着晚一点才能回来。"郑垚擦了把汗，"陆老弟放心，建昌府离集安府不远，不会出问题的。"

陆清则点点头，琢磨着等宁倦回来，就把林溪的事给他说一说。

本来这趟下江南，只为了救灾，顺道树威信，也是宁倦施展手脚的机会，两人都忘了找小世子的事，没想到还能凑巧撞上。

两人聊了几句，林溪也擦好药油，从屋里出来了。看到郑垚还在外面，又是一阵瞳孔颤动，林溪手语打得飞快：谢谢大人的药，我先走了。

陆清则也准备走了，含笑道："一道离开吧。"

虽然他向来平易近人，不过大伙儿似乎见到他都会有些紧张，他并无意叫人觉得不自在。

林溪对陆清则还是很有好感的，小鸡啄米般点头，跟着陆清则一起走出这院子，大大地松了口气。

陆清则安慰他："郑指挥使没有恶意，只是人比较莽撞，你不要介意。"

林溪比画：我知道的，只是不太习惯。

陆清则也不急着回去，跟他闲聊："看你武艺这么厉害，今年多大了？"

林溪并不设防：十七。

陆清则又试探着询问了几个问题，一些林溪答不上来，神色茫然。

虽然八九不离十了，不过在确认清楚身份之前，陆清则也不打算告诉林溪此事，免得徒生困扰，看拖延得差不多了，便与林溪道了别，走回院子。

因宁倦不在，下头人拿不定主意，便把文书都送到他这儿来了，所以还得处理文书。

没有等待太久，陈小刀就回来了，还端着碗西瓜冰水："公子，厨房那边做好了，喝下去可真舒服，加了薄荷更清爽了，刚送出去，大伙儿都很开心呢，我给您也拿来了一碗。"

陆清则接过来喝了口，清清爽爽、冰冰凉凉入喉，带着西瓜的香甜味儿，一口下去，浑身毛孔都张开了般。他贪凉喝了小半碗，才看向陈小刀："打听得怎么样？"

陈小刀一屁股坐下来："于夫人是挺好撬开嘴的，就是那位于姑娘，还挺警惕，我费了点工夫才打听到。十几年前，那位失踪的于老爷曾在北方走过镖，便是那时候捡到林溪的。刚捡到林溪的时候，他不会说话，浑身是血，呆呆的，也不理人，于夫人还以为是个小傻子。

"他们在林溪身上发现个东西，又看他浑身是血，感觉他的身份可能不一般。夫妇俩害怕会惹祸上身，但林溪年纪尚幼，把他丢下，又良心过不去，思来想去，于夫人还是答应收养了他。

"不过林溪似乎什么也不记得了，从未说过小时候的经历，之后于铮到江浙开了家武馆，直到去年，才携一家回了老家集安府。"

陆清则呼了口气。

全部对上了。

不过，古代又没有亲子鉴定技术，滴血验亲也不靠谱，林溪走丢时才五岁，总得有个信物证明身份。

或许就是于家夫妇在林溪身上发现的东西。

陈小刀猜出陆清则在想什么："于夫人说，那个信物被于老爷藏起来了，本来是打算再过两年，告诉林溪他小时候的事后再还给他的，但现在于老爷失踪了，也不知道东西放哪儿了……"

说到"失踪"时，陈小刀有点气馁。

他也了解了前后经过，从于铮失踪到现在，已经有一个多月了，从悬崖上掉下去，能有多大概率还活着？

虽然宁倦派去的人没有找到尸体，但这个天气，或许腐烂了，或许被冲走了，或许被山里的野兽叼走吃了……反正活着的机会十分渺茫。

陆清则头疼地揉了揉太阳穴。

十几年前漠北那一战，恐怕已经把史大将军对皇室的信任和热血消磨殆尽了，他们把林溪领到大将军面前，告诉他这就是小世子，史大将军会相信吗？

就算把林溪的身世来龙去脉说清楚，史大将军八成也会觉得这又是皇室的阴谋诡计，就为了夺走他手上的兵权。

难不成还得寄托于血浓于水的亲情力量，让大将军和林溪来点心灵感应？

算了，先等宁倦回来再商量吧。

陆清则抽回神，朝陈小刀赞赏点头："厉害啊小刀，能打听到这么多。"

陈小刀又骄傲地挺起胸膛，嘿嘿笑着挠了挠鼻尖："公子在帮陛下处理公务吗？我给您磨墨！"

陆清则道："只是帮忙处理些杂务，重要的文书还得等陛下回来自己处理。"顿了顿，"'帮陛下处理公务'这话，在我面前说就好了，在其他人面前可不能这么说。"

陈小刀也感到不妥，赶紧应声。

日头渐渐落下去的时候，空气里也没那么燥闷了。

陈小刀陪着陆清则坐了一下午，出了一身汗，晕乎乎地起身："公子，我去厨房看看今晚吃什么，顺便冲个冷水澡。"

"去吧。"陆清则用笔蘸了蘸墨，头也不抬，"别贪凉，小心风寒。"

陈小刀前脚刚走不久，后脚郑垚就来了。

"出事了，陆老弟！"

郑垚走路带风，旋风般跨进屋里，眉头紧皱，语速极快："陛下本该这个时辰回来的，但迟迟不见踪影，我便派人沿路探去建昌府，撞见个过路人，说一刻钟前，有一队人马在官道上被一伙山匪劫走了，听形容，就是陛下一行！"

陆清则手中的笔"啪"地坠落，脸色瞬变。

事态紧急，郑垚点了两百人先疾行而去，其余人随后。

陆清则准备上马时，郑垚还有些担心犹豫："不太好吧？陆老弟，你真要一起去？"

宁倦下的死命令是"朕不在时，一切都听陆太傅的；朕在时，也要听陆太傅的"。

虽然他和陆清则私底下的关系好，但命令就是命令，陆清则做的决定，他不能违抗。

但是……

会被陛下削的吧？

陆清则上马的动作很利落，轻盈似风，稳稳地落到马背上，勒着马缰"嗯"了声："附近大多是被逼得落草为寇的良民，既然陛下来了，江右太平，就还没到不可收拾的地步，眼下各地灾民刚安稳下来，不宜大动干戈。"

况且宁倦哪儿是会让人乖乖带走的性格，他怀疑宁倦是察觉到了什么，才自愿过去的。

情况有些复杂，他跟过去，除了担心宁倦的安危，还担心宁倦会把那群山匪都杀了。

眼下能稳住宁倦的人只有他。

郑垚抓抓头发："可是，万一陛下怪罪下来……"

"我兜着。"

夜色倾盖而下，陆清则一身天青色，晚风中袍袖猎猎而动，脸上的半片面具遮挡着面容，语气却没有半分犹豫："走了。"

郑垚仰头看着他，不免愣了一下。

陆清则不再耽搁，抖开缰绳："驾！"

郑垚只好翻身上马："走着！护好陆大人，务必一根汗毛都不能掉！"

"是！"

两百人的队伍飞驰出城，扬起一片尘土。

迎面的夜风掺着几分凉意，陆清则骑着马，速度并不比其他人慢，察觉到周围的人频频看过来，仿佛是在确认他的安危，心道，都是小崽子惹的祸。

之前从江浙赶来时，路上马车换成了马背，宁倦总担心他一个人骑马会摔，非要和他同乘，随时看护着。

他的身体是稍微弱了点，容易生病了点，但也是个瓷实的人，真不是什么琉璃水晶。

全速奔驰之下，众人很快抵达了探子所说的山贼窝点。

事先派来做探子的几个锦衣卫已经摸排过一通，见郑垚和陆清则来了，赶紧出来汇报："报告大人，贼子就在这座山上。上山的路上有不少路障，不过劣质得很，属下摸排时已顺手拆了；山顶的确有一个营寨，原先是一座小寺庙，陛下一行人在里面。"

若是强攻，对方拿陛下当人质，或是误伤到陛下怎么办？

陆清则沉吟了一下："陛下身边带有多少侍卫？对方多少人？"

"陛下带了五十人，山上估摸有四五百人。"

宁倦身边的暗卫，都是精锐中的精锐，对上训练有素的士兵，都是以一当十的，何况是对付些揭竿而起、没受过训的普通百姓，实在绰绰有余。

果然是故意跟去的。

"足够了。"陆清则神色不变，语气平和，"先上去看看情况，你们能想办法与陛下身边的人取得联系吗？"

旁边一个年轻的锦衣卫道："回大人，只要能靠近寨子，小的能模仿鸟鸣声，与陛下身边的侍卫传递暗号。"

还有这种技能？

陆清则颔首："上山吧。"

山下留了几个人接应，随即一行人先后有序地上了山。

这座山并不高，只是颇为陡峭，山上以前有座小寺庙，寺庙破落后，僧人都走了，山贼便占了山头，以此为寨。

上山难免费些体力，陆清则的体力是弱项，没强撑着要面子，让身边几个锦衣卫帮忙搭了把手。

到山寨门口时，先爬上去的几人已经将巡守在外的贼众解决了。

一个锦衣卫忍不住嘀咕："就这些虾兵蟹将，是怎么把陛下劫走的？"

听到这一声，郑垚若有所悟，忍不住回头看了眼陆清则。

难怪陆清则会跟过来，恐怕早就猜到了这边的情况。

现在已经靠近寨子了，郑垚拍了下之前说能模仿鸟鸣传消息的锦衣卫："小靳，该你了。"

小靳点点头，上前两步，鼓起腮，随即响起一阵婉转鸟鸣，惟妙惟肖。

片刻之后，寨子里传来了回应的鸣叫声。

郑垚摸着下巴，边听边给陆清则翻译："寨子有四百来人，还有些妇孺，陛下和其他人被关在最后的大殿里，从寨子后面绕过去就能接应。"

陆清则惊讶："你也听得懂？"

郑垚："那是自然，我也训练过。"

"那你怎么不叫？"陆清则狐疑地看看他。

郑垚还挺骄傲："因为其他人学的是鸟鸣，我学的是鹰唳。"

陆清则无语。

郑垚留了一半人在前面，剩下的人绕到后面。

因原先就是个小寺庙，山贼也没能力修葺，只在原先的基础上修了修寨门，四处的院墙不高，陆清则也能翻过去。

宁倦几人被关在殿内，大概是觉得此山陡峭，一时半会儿不会有人寻来，外头也没有人看守，门上只落了个大铁锁。

陆清则跟着郑垚疾步走到殿门前，郑垚拍了拍门："陛下，臣来了！"

说罢就拔出刀，"哐哐"砍了两下，大锁纹丝不动。

郑垚"啧"了声，往后招招手："来开锁。"

方才那个会模仿鸟鸣的小靳又上前来，掏出根长针，插进锁孔里，拨弄了几下。

"咔"的一声，锁开了。

陆清则忍不住道："厉害。"

大殿内。

外面的动静颇大，殿内众人安然不动。

即使郑垚不来，侍卫也能带着宁倦离开此地，因此大伙儿其实并不担忧。

宁倦负手，站在半身铜锈的佛像前，俊美的面容隐没在阴影里，神情模糊。

然后他似乎听到了熟悉的声音。

铁锁哐当落地，殿门"吱呀"一声，宁倦霍然回头。

月色幽幽，殿门口的风大，陆清则跨过门槛走进来，天青色的衣袍上有了柔软的光晕，抬头望来时，两人的目光恰好撞上。

陆清则的唇角牵了牵："陛下，没来迟吧？"

有那么一瞬间，宁倦还以为这是一场梦，陆清则扶门而入，进入了他的梦里。

旋即他反应过来，脸色勃然一变，原本的冷静从容荡然无存，几乎是跑到了陆清则面前："老师？你怎么也来了！"

"我来很奇怪吗？"陆清则上上下下仔细看他，"陛下有没有受伤？"

宁倦没吭声，他心火旺得厉害，咬了咬牙，闭上眼，深深吸了口气，嗅到近在咫尺的幽淡梅香，才勉强压下了火气，再睁眼时，眼神刀子似的，狠狠剜了眼缩着脖子的郑垚。

"别看郑指挥使，是我非要来的，他也拦不住我，陛下要怪罪就连我一起怪罪。"

看宁果果还是个整果儿，完好无损的，陆清则松了口气，又有些啼笑皆非："这群山贼胆子怎么那么肥，还敢劫陛下？"

宁倦的脸色依旧有点阴，但面对陆清则，还是忍了下来，回答道："他们以为我是建昌府的府差。"

难怪。

被逼成贼寇的百姓恨极了官府，以为自己劫到了官府的人，恐怕还挺兴奋。

但没想到，劫的其实是大齐的皇帝。

……简直是诈骗的程度。

陆清则还想问宁倦怎么来了兴致，要上山周游一圈，大殿外忽然传来阵喊叫声："他们逃出来了！"

"别放这狗官走。"

"他们一走，官府的人就会来了！"

随着吼声，外面亮堂起来，一群山贼举着火把，提刀带棍，团团围住了大殿。

宁倦神色一凝，侧身一步，将陆清则密不透风地护在身后，淡淡扫了眼叫嚣着的山贼。

这些山贼里，的确有一些是被逼上山的良民。

但也有一半，本就是穷凶极恶的山贼，胆大妄为到敢劫官差。

第六章　祛疫病

　　他跟过来只是为了一窝端了这贼窝，上山后准备动手时有了点意外的发现，便暂时没动手。

　　现在陆清则来了，他不想在陆清则面前杀人。

　　宁倦叫："郑垚。"

　　听到宁倦开口，郑垚明白他的意思，横前一步，抽出腰刀，冷声道："大胆贼众，知道你们劫的是什么人吗？这是当朝天子，见到陛下，还不束手就擒！"

　　此话一出，山贼们沉默了一瞬，轰地全炸了。

　　"皇帝？"

　　"哪来的皇帝？皇帝怎么可能在这里！"

　　"发什么癫呢，讲这种话谁信，我看你比我们瞧着更像悍匪！"

　　郑垚脸黑了一圈，心道，要不是陆大人跟过来了，你们还有生路可选？

　　给你们条生路都不走，真是找死。

　　陆清则被宁倦密密实实地遮着，才恍然发现宁倦已经比他高了。

　　上次两人在宫里比身高时，宁倦还和他一样高呢。

　　陆清则心情复杂了一瞬，从宁倦背后探出脑袋，看向那群沸腾的山贼："你们寨子的当家呢？"

　　宁倦有点不满，伸手把陆清则的脑袋摁回去："老师，在我背后待好。"

　　这些山贼不信宁倦就是皇帝，但看郑垚的气势，又有些惊疑不定，一时不敢直接冲上去，听到陆清则的话，才想起还有老大，赶紧去叫人。

　　小寺庙也不大，不过片刻，贼窝里的大当家和二当家一起来了。

　　大当家一脸髯须，膀大腰圆，露着半个膀子，眼睛却似有精光，和看起来的莽撞形象不太相似。

　　二当家面貌端正，身材高大，一股与贼众格格不入的正气。

　　陆清则又默默探出脑袋，目光扫过大当家，落在"二当家"身上，眉尖浅浅拧起："这人……好像有点面熟。"

　　宁倦觉得这个大当家真是不堪入目极了，生怕脏了陆清则的眼睛，侧身挡了挡："老师觉得眼熟很正常，这个'二当家'，与于流玥绘制的于铮画像一模一样。"

　　这件事陆清则颇为上心，他才按捺住了杀心，没有立刻行动。

　　陆清则毫不客气地拍开宁倦企图再次把他的脑袋摁回去的手，又仔细看了两眼："确实与于铮的画像一模一样。"

　　但如果那是于铮，既然他还活着，怎么放着老婆孩子不管，还跑上山当了贼窝的二当家？

　　看于铮所行之事，也不是不负责任的人，反而颇富正义感。

　　"大当家！"见人来了，一个小山贼指着宁倦，嘲笑道，"您来晚了，刚那个一脸匪气的说，中间那小子是皇帝。您说他是不是脑子有病，皇帝不是在京城待着吗？"

陆清则：可算是知道这群人为什么那么大胆了，原来是村里没通网。

之前江右封锁起来，灾民流离四处，这些山贼大概许久没下山了，甚至不知道宁倦来了江右。

小毛贼这话一出，大当家的脸色却变了，仔细看了看郑垚手中的刀，"噌"地倒退了一大步。

哦？这个倒是有点眼力。

陆清则看宁倦没有和贼众交流的意图，干脆从宁倦身后绕了出来，缓声开口："看来阁下知晓陛下的消息，那为了你身后那群兄弟着想，还是劝说他们立刻放下武器的好，弃械归降者，可从轻处理。"

大当家的反应与陆清则的话一结合，神似于铮的"二当家"立马反应了过来，神色一震："那位当真是……诸位兄弟，放下刀棍！"

若这位当真是皇帝陛下，山下恐怕已经被包围了。

大当家却依旧一声不吭，默不作声地往人群里躲。

见此情况，现场顿时一片死寂。

旋即传来了稀稀拉拉的刀棍落地声。

若对面只是个寻常官差，他们大不了直接把人杀了就是。

但是若当真是皇帝……

这属实是，"超纲"了。

宁倦皱了皱眉，也没有反驳陆清则的话，见他走出来，漠然扫了眼贼众，走出了大殿。

少年的身形挺拔，气质尊华，步出昏暗的大殿，叫人眼前豁然一亮，当真是天潢贵胄，山贼们一时慌了神，连连倒退，不敢接近他。

"于铮？"

宁倦并不在意其他人如何，目光直接落到他按兵不动的目标人物身上，吐出这两个字。

二当家听到这个名字，脸露一丝茫然。

旁边的小贼意识到了什么，反应很快，赶紧抓住生机："陛……陛下，二当家是我们从崖下救回来的，磕着脑袋了，忘了些事，您……您与他认识吗？哎，草民真不是故意劫您的，主要是那建昌府知府太可恨……"

有第一个人开了口，很快就有第二个人哆哆嗦嗦接上话："若知道您是陛下，我们也不敢劫啊！"

"我们是良民，真的是良民，请陛下明鉴！"

"我……我不是自愿上山的，请陛下饶命啊……"

声音越来越杂，越来越乱。

方才还被说是比山匪看起来更像悍匪的郑垚提着刀，面容带煞，冷冷开口："放肆！如此吵闹，在陛下面前成何体统！是不是良民，过后再说，老实静下来！"

众人心惊胆战，又闭上了嘴。

现场顿时又静了下来，落针可闻。

放下刀棍的只有一半人，剩下一半神情紧张，怕放下了就当真没有了依仗。陆清则不动声色地收回目光，再次开口："诸位都是因洪水才上山搏一线生机，并不是没有改过自新的机会。眼下各府已建好安置所，也统计了名册，大批灾民得到了妥善安置。想必你们逃灾之时，有不少人与亲朋好友离散吧。"

此话一出，顿时有人动容。

陆清则笑了笑："诸位难道不想回去过正常日子吗？现在各府皆在开仓放粮，何须以抢掠为生？待江堤稳固，洪水退去，你们还能重获良田。"

陆清则的声音惯来清润柔和，不疾不徐地落入耳中，便让人打消疑虑，刻意放低声音说话时，又显得格外真诚。

原本还紧张不安拿着武器的山贼听着这样的话，犹豫了一下，俱丢下了武器。

把人基本都稳住了，陆清则望向拥有最终决定权的宁倦："陛下认为呢？"

宁倦顿了顿，露出笑容："嗯，老师说得对。"

这人是皇帝的老师？

山贼们终于顺畅地呼出了口气。

陆清则又看向不安的二当家："你本名于铮，是集安府人氏。我们是受你家人所托，特来寻你的。于夫人、于姑娘与小林公子都在等你，你随我们下山，过会儿回到集安府，就能见到他们了。"

听到这话，于铮的神色恍惚了一下，用力点头。

看情势是彻底稳下来了，不必见血，郑垚大手一挥："全部押走。"

无论是对皇帝天然的畏惧，还是被陆清则提出的条件所诱惑，绝大部分人已经没有了反抗之心，乖乖投降。

陆清则的神情也缓了缓，目光从贼众回到宁倦身上。

这才发现，宁倦居然一直在看着他。

他咂摸了一下，发现宁倦的情绪依旧不高，压低声音问："还在生气啊，陛下？"

宁倦抿了抿唇，脸上写着"对，还在气"，嘴上却道："没有。"

陆清则看他口不对心的，好笑地正想开口。

眼前的宁倦瞳孔倏然一缩，他还没反应过来，就被抱着翻身一躲。

与此同时，守在身畔的暗卫扑了过去，以身挡住了从暗处射来的冷箭，手臂当即被那支箭刺穿！

宁倦的心脏狂跳不止，脸色覆了层寒霜，方才还只是赌气的脸显出几分阴鸷的冷："一群废物，把人抓起来！"

方才陆清则站在他身侧。

陆清则差点就受伤了！

陆清则猝不及防被宁倦扯过去，晕头转向的，等明白过来发生了什么，错愕地望向冷箭射来的方向。

分明已经有被宽恕的希望了，山下就是正常的生活，为何还有人要对他或者宁倦下手？！

看陆清则差点受伤，郑垚简直头皮发麻，当即丢下手头的事，和暗卫一起追去。

不过片刻，发出冷箭的人就被暗卫抓了过来。

竟然是个半大的孩子。

那小孩儿被暗卫反拧着手提出来，嗷嗷叫嚷着："放开我，放开我！你们这些狗官，我爹说你们都该死！"

他还在挣扎着，陡然撞上宁倦的视线。

那双漆黑的眼珠如同深冬夜里封冻的冰层一般，寒气凛冽，底下暗潮汹涌，翻腾着的是冰冷的杀意。

小孩儿的叫嚷倏地打住，浑身一抖。

周围的山贼也都吓得不轻："这……这不是大当家家的狗娃……"

"大当家呢？"

"亲娘啊，狗娃，你怎么敢行刺皇帝！"

陆清则愕然地望着那小孩儿。

这么小的孩子，到底怎么回事？

片刻之后，郑垚嘴里骂着跑了回来："陛下，人趁乱跑了，臣已派人四处追踪了，山下大军包围，必然不会叫他跑掉！"

那个大当家一打眼就能认出郑垚的刀，这小孩儿也十分异常，这个寨子不是普通的山贼窝。

宁倦面无表情道："全部押回去彻查。"

"是！"

陆清则略有几分心惊，但看那吓得脸色惨白的小孩儿，还是忍不住低声问："果果，你打算怎么处置？"

宁倦顿了顿，他胸口翻腾着冰冷的杀气，胆敢对陆清则下手，已经破了他的底线。

但他还是微笑着："先彻查清楚再说。"

陆清则点了点头："也是。"

山上风大，宁倦蹙起眉，解开外袍给陆清则裹上，和陆清则一起往外走："老师既然猜到了我没事，又何必跑一趟。"

陆清则点了点他的额头："说的什么话，若是易地而处，你会丢下我不管？"

宁倦眉心痒了痒，露出丝笑："不会。"

老师是在担心他啊。

后知后觉地反应过来，宁倦的笑意更深了几分。

下山的路上，陆清则顺道说了说林溪的事。
宁倦听完，颔首道："等回去了，让太医想办法帮于铮恢复记忆，若是不行，我也会想办法让武国公认出林溪，老师不必担心。"
小毛孩子，还挺靠谱。
陆清则"嗯"了声，奔波一路的疲惫慢慢涌上来，只想快点回去睡觉。
下了山，山下已经围满了大军，见宁倦平安无事，所有人紧绷的精神都松了下去。
若是皇帝陛下出事了，那不仅江右，整个大齐都该乱起来了。
附近各府赶来了不少地方官，诚惶诚恐地嘘寒问暖。
宁倦看了眼露出丝疲态的陆清则，不太耐烦地赶人："都散了。"
陆清则本来想独自骑马回去，赶完人的宁倦就过来了："老师，我带你。"
说完也不等陆清则同意，就一蹬马镫，利落地落到了陆清则背后。
独自骑马的权利惨遭剥夺，陆清则有点郁闷："我一个人可以，来的时候我都是一个人骑的马，不信你回头去问问郑指挥使。"
宁倦嗓音发沉："还敢说，回去让我看看受伤没有。"
陆清则想起某些尴尬的回忆，顿感不太自在："……这就不用了，就骑了这么会儿，哪儿会破皮？"
宁倦面露怀疑。
不过骑马的确是挺累的。
反正背后是自己的学生，这儿也不是规矩众多的宫里，陆清则干脆把宁倦当靠背，卸力靠了过去，顺口教训："下次可不能再做这种事了，你是皇帝，是大齐上下心里的支柱，万万不可将自己置身险境，哪怕只是一丝危险都不行，知道吗？"
他絮絮叨叨地叮嘱，宁倦倒也没有不耐烦，乖乖听训。

回到集安府的时候，天色已经很晚了。
陈小刀和长顺焦急地等在官署门口，远远看到策马而来的一行人，一溜烟跑过去，看清同乘的宁倦和陆清则，一颗心终于落回了肚子里。
长顺白日里去当了监军，回来就听说这么桩事，吓得差点晕过去，咬着小手帕要哭不哭，眼泪汪汪的。
陆清则骑马骑得腿都麻了，下马时一时不防，腿一软，差点摔了。
还好宁倦一直注意着他，及时伸手拦腰一扶："老师小心！"
也不知道是不是近几日没休息好的原因，陆清则感觉脑子有点晕乎。
这具身体小毛病忒多，三不五时地就出点问题，他都习惯了。

一同被带回集安府的还有于铮。

宁倦瞥了眼还在用小帕子擦眼角的长顺，按了按额角："带他去于家暂住的院子里。"

长顺一秒收回小帕子："遵命，陛下。"

陆清则看得有些好笑，拍了拍陈小刀的脑袋："没什么事，去休息吧。"

他又往官署里走了两步，脚下没稳住又晃了一下。

宁倦拧着眉，伸手扶住陆清则："老师是不是累了？我陪你回去休息吧。"

陆清则眼睛酸涩，估摸着是身体又快熬到极限了，收回手，懒洋洋地指了指书房的方向："虽然我也很想让你休息，不过书房里整理了三堆文书，左边是最重要的，需要你来决断；中间是一般重要的，我处理完了，你不放心就检查一下；右边是没必要搭理的，阿谀奉承吹嘘拍马的。除此之外，你应该还有别的事要做，去吧，我先回房休息了。"

陆清则没看小崽子的一脸委屈，提脚就溜了。

他可不想被宁倦发现身体有恙，又大张旗鼓、大惊小怪地逼他喝药。

回到屋里，陆清则洗漱了一番，便昏昏沉沉地倒头睡去。

不知道过了多久，似乎只是一小会儿，他忽然从一股热意里醒来，头昏脑涨地睁开眼。

骨头里好似都在泛着微微的酸疼，像被关在蒸笼里，喘息间，热气仿佛从五脏六腑里溢了出来，连呼吸都是滚烫的。

因为意识模糊了许久，陆清则甚至没能在第一时间意识到自己在生病，恍恍惚惚地以为是屋内太热。

直到渴得喉咙发痛，想去倒杯茶，却在翻身下床时脚一软，摔在地上后，他的意识才恢复了几分，迟钝地冒出两个字：不妙。

这个症状，像是发烧。

也像是……

陆清则心底陡然一沉，倒了杯温温的茶水，灌进喉咙里，温热的茶水淌过喉咙，带来几分清明。

他飞快思索起来。

来到江右后，他对自己身体的抵抗力一直很有数，除了蒙着布巾，隔着一段距离见过灵山寺的灾民，再未主动接近任何病患。

这场疫病应该不是空气传播的瘟疫，否则不只灵山寺，整个江右都早该沦陷了。

但不可不防。

陆清则轻吸了口气，攒了点力气，清清嗓子，尽量让自己的声音听起来底气足一些："外面的兄弟，劳烦帮我把陈小刀叫过来。"

窗牖被轻轻敲了一下，代表守在外面的暗卫听了令。

陆清则的喘息有些沉重，闭了闭眼，摸出手帕，捂住口鼻。

总之，最好先不要惊动宁倦。

上次差点弄伤他，就哭得上气不接下气的。

那小崽子，遇到这种事，恐怕不会比陈小刀冷静。

就在陈小刀被叫起来，揉着眼睛，嘟嘟囔囔跑去陆清则的院子时，还在书房处理公务的宁倦忽然眼皮一跳，陡然生出一股焦躁。

与此同时，郑垚旋风似的跨进屋里："陛下，人逮到了！方才丢进牢里拷问了一番。"

宁倦头也没抬地"嗯"了声。

"这伙山贼的领头大当家名为韦献，行刺您与陆大人的小孩儿是他收养的孩子。韦献称自己从前受潘敬民指示，专劫官道，当初郁书荣等人联名上报朝廷，信件便是被韦献所劫。因潘敬民被抓，见到今晚的乱象后，韦献以为是来抓自己的，恐慌之下，推出了养子刺杀陛下，意图引起混乱，趁机逃走。"

宁倦："潘敬民呢？"

"臣提审过了，潘敬民的确认识韦献，但拒不承认有指使韦献劫道的行为。韦献山寨里有一半以上的贼子，有知情者，也有不知情的。"郑垚顿了顿，低声问，"陛下，怎么处理？"

宁倦的指尖点了点桌案，正要开口，长顺忽然从外面匆匆跑了进来："陛下，陛下，出大事了！"

看他慌慌张张的，宁倦的眼皮没来由地又跳了跳："慌什么，说。"

"几刻钟前，林公子突然在院中倒下，昏迷不醒。"长顺顺着胸口，神色惊惶，"奴婢赶紧去叫了陈太医。陈太医探过病症，确认林公子染了疫，与之接触过的于姑娘也出现了病症。"

说到这里，长顺的脑袋缩低了点："然后……陈小刀也来找太医，说陆大人也出现风寒症状，方才将太医请进了屋里。"

宁倦怔了怔，浑身霎时一寒，手中的笔"啪"地坠落，猛地望向陆清则所在的院子方向。

从书房赶去小院时，跟在宁倦身边的暗卫从未见过陛下如此失态的样子，竟连脸色都苍白了三分。

宁倦几乎是用跑的。

他脸上没有表情，耳中却在嗡嗡作响，只感觉浑身的血液都在倒流，寒意几乎渗透了指尖。

这条路竟似天路般漫长，恍惚让他想起，当年他在兵荒马乱中，方从冷宫里被放出来受封太子，不过几日，便又被挟持般登上皇位时走的御道。

周围都是看不清的面孔，每一张脸都是麻木的，唯有一双双意味深长的眼，居高临下地俯视着他。

御道渺渺，一眼望不到头。

只有他一个人在走。

抵达院子的时候，院中已经站着许多人了。

陈小刀被陆清则叫过来，跑去找了相熟的陈太医，现在陈太医正在屋里。

他六神无主地抠着柱子，脸色惨白，见宁倦来了，才缓过口气："陛下！公子……公子他……"

宁倦恍若未闻，步子迈得又快又急，目光没有停留在任何一个人身上，就要直接进屋。

忽而"嘎吱"一声，屋门打开条缝。

陈科提着医箱，满脸疲倦与忧心，从屋内走出来，见到宁倦，连忙关上门，上前两步想要行礼。

宁倦脚步一顿，沉沉地吸了口气："老师怎么样？"

少年的脸上明明没有任何表情，却瘆人无比，陈科的眉毛都抖了下："微臣探查了一番，陆大人眼下只出现了风寒症状，但是……"

但是，这疫病就是有几日的潜伏期的。

许多染疫的病患，在前期便像染了寻常风寒。

等到三五日后，有些人身体弱熬不过，发病就会没了；命硬点的，熬半个来月，再在反复的折磨中不成人样地死去。

来到江右才十来日，几位太医能找出延缓之法，已是尽了全力，眼下对这疫病仍是束手无策，没有特别有效的药。

宁倦的脸色又白了一分。

不知道是不是眼花，陈科竟觉得向来持重的陛下，似乎晃了一晃。

仅一瞬之后，宁倦不声不响地越过陈科，就要直接跨进屋里。

陈科吓了一跳，立刻拦住他，语气急切："陛下！林公子最先确认染疫，随后于姑娘也倒下了，陆大人与林公子接触过几回，万一……眼下还不确定陆大人究竟如何，您还是不要进去……"

瘟疫可不分尊卑贵贱，就算是天子来了，也照染不误。

宁倦可是大齐的皇帝！

此番他来了江右，已是冒险，若是染了疫，有个什么好歹，那就真要变天了！

宁倦脑子里只有一个想法——

他要见陆清则。

他面无表情地看了眼陈科："让开。"

陈老太医满头大汗，不知道是急的，还是热的，声音都变了调："陛下，还是等几日……"

"朕令你，"宁倦盯着他，漆黑的眼底暗沉无光，嗓音发寒，"让开。"

那个眼神深潭一般，没有丝毫波动，冷沉沉的，陈科后背一寒，一时被骇住，生出股惊惧之感，心脏狂跳，竟不敢再去阻拦。

陈小刀呆了半天，也反应过来了，推了把长顺，一起上前阻止："陛下，小的进去照顾公子就好，您龙体贵重……"

长顺却没敢上前。

他跟在宁倦身边，实在太清楚陛下对陆大人有多看重了，手中的帕子几乎都要被绞破——怎么就是陆大人倒下了呢！

宁倦理也没理陈小刀。

除了灌入四肢百骸的恐惧与担忧，他心底还隐隐藏着一分怒意。

陆清则出了事，第一反应居然不是找他，而是找陈小刀。

甚至还想瞒着他！

没有人敢再拦宁倦，他走到门前推了一下——没推开。

门被闩住了。

老师不让他进去？

宁倦眼眶一红，心口都在发颤，又推了一下门，忽然就有点控制不住情绪，死死盯着那扇门，声音蓦地拔高："孙二！拿刀来！"

少年皇帝此刻仿佛一只濒临失控的野兽，理智系于紧绷待发的细弦之上，随时可能绷断。

在场无人敢反驳，暗卫屏住呼吸，上前正想递刀。

宁倦忽然听到门后传来游丝般的低哑虚弱的声音："果果。"

很轻很轻，只有紧靠在门边的宁倦能听到。

濒临失控边缘的理智猛地收束。

宁倦急促的呼吸止住了，死死咬着牙，控制着声音，却掩饰不住地发抖："老师，让我进去。"

"别闹。"

陆清则本来躺在床上，半昏半寐之间，听到外面的声响，才跌跌撞撞地扶着墙靠到了门边，将门闩上。

此时他彻底没了力气，软倒靠在门边，身体忽冷忽热，太阳穴也在突突直跳着，眼前一阵接着一阵地发黑。

他撑着发着高热的脑门，意识有点模糊，但理智尚存，语气柔和，却不容拒绝："听老师的话，回去。"

宁倦的喉头一哽，眼圈更红了，额头抵着门，声音里几乎有一丝乞求："老师，让我进去看看你……"

小皇帝从小到大倔强又拧巴，上一次陆清则看到宁倦情绪失控，还是因为他晕船时差点伤到他。

陆清则靠着冰凉的门板，脑子里混沌了一瞬，模糊地想：这孩子，不会又哭了吧？

堂堂天子哭哭啼啼的，他又不是真要死了。

"我没事，就是寻常的风寒。"陆清则花了点时间，才重新整理好乱成一团的思绪，嗓音很哑，闷闷地咳了几声，"风寒会传染，若是你也病倒了，江右谁来管？去忙你的事，等我好了就来见你。"

往日只要陆清则这么哄一哄，宁倦就会很听他的话。

这次却没那么好哄了。

谁来管？爱谁管谁管！

宁倦用力闭了闭眼，再睁开时，已经有了三分冷静，但若是陆清则站在他面前，细看之下，定能察觉他眼底的狂乱。

外面安静了半晌，陆清则以为宁倦已经走了，忽然听到少年轻轻的声音："如果我非要进来呢？"

陆清则怔了怔，迟钝地察觉到一丝不妙。

下一瞬，窗棂"砰"的一声被推开。

门前的脚步声离开，陆清则眼前模糊，勉力抬起头，看到一道修长的身影从外面利落地翻了进来，大步朝着他这边走来。

……这小兔崽子！

陆清则心里骂了一声。

宁倦破窗而入，把他扶了起来。

陆清则气得闭着眼，好半晌没能缓过来，等到被放到床上时，才抓着宁倦的领子，嗓音沙哑得不行，恼怒道："你作什么死！不怕染疫吗？！"

如果是寻常风寒，他躺几天，喝点药便好了，左右他也习惯了。

但如果是染疫了，再不幸地传染给了宁倦呢！

"那又如何？"宁倦红着眼瞪着他，冷冷回了一嘴。

陆清则被他气得太阳穴突突直跳，一时间感觉自己活像回光返照了，甚至有力气骂人了："回来时我是怎么和你说的？不要把自己置入险境，你是大齐的皇帝……"

"我在你面前就只是大齐的皇帝吗？"宁倦从牙缝里挤出几个字，"陆清则，你知道我有多害怕吗？"

听到林溪染疫，传染了于流玥的那一瞬间，他都要吓疯了。

陆清则却听不清了。

那一丝愤怒把他最后一点力气也燃烧殆尽了。

他眼睫合着，眉尖深蹙，额上覆着层薄薄的汗，颧骨上泛着不正常的病态红，唇瓣却苍白而干涸，整个人衰弱了下去，仿佛枝头上将枯萎的一朵海棠花。

宁倦顿时收了声，心尖一抽一抽地缩着，疼得厉害。

分明回来时还好好的。

他看着陆清则，发了一瞬呆，倏地扭头看向外面，厉声道："药呢？！"

听到屋内的声音，长顺心惊胆战地跑到窗边："药在厨房煎着，马上送过来了！陛下，您……您要出来吧，一会儿奴婢来给陆大人喂……"

屋内却没声儿了。

显然是压根儿没把这话听进去。

屋外一群人面面相觑，心里焦急，却很清楚——平时就只有陆大人能劝动陛下，陛下也只听陆大人的话。

现在连帝师大人本人的话也不管用了，他们说什么都没用。

外界的一切似乎都远去了。

宁倦打湿了帕子，心无旁骛地给陆清则擦了额上的汗。

他出了很多汗，发丝也微微被浸湿，乌黑的发凌乱地贴在雪白的脸颊上，强烈的对比看得人惊心动魄。

宁倦垂下的目光扫到陆清则干燥的唇瓣上。

平时老师总是姿态松懒，说话时带着笃定的从容，浓睫一眨，便满眼笑意，时时爱捧着杯热茶，薄红的唇被浸得湿润如花瓣。

现在却一副病态的苍白，是一种枯萎的柔软。

从小到大，宁倦经常看到陆清则生病。

他很厌恶这种代表着衰微的病气出现在陆清则身上，仿佛陆清则会就这样离开他。

陆清则其实并未彻底昏死过去，只是身体与意识都被高温煎熬着，意识浑浑噩噩的，模糊感受到冰冷的触碰，昏沉的意识冷不丁被拉回了一瞬。

高热之下，陆清则的唇瓣越发干燥，甚至有些干裂，宁倦正想去倒杯茶水，手腕忽然被一片柔软的高热圈住。

沙哑的声音伴随着沉重的呼吸，从身后传来："陛……陛下。"

那只手软绵绵的，下一瞬就无力地滑了下去。

宁倦心中一惊，反手用力地抓回去，倏地转过头："老师？"

陆清则的瞳孔有些散乱，聚不了焦，脸上浮着虚汗，脸色苍白得可怕，张了张嘴，想说什么，却不防呛了口气，陡然咳嗽起来，却因为实在脱力，咳也咳得没甚大动静，单薄如纸的身子发着颤，仿佛要将最后那一口生气也咳出去般。

宁倦简直胆战心惊，慌忙半跪下来，给陆清则轻拍着背："别急，老师，你想说什么？"

陆清则终于又捡回一点清晰的意识，勉强撑开眼皮，嗓子嘶哑到不行："别怪罪林溪……喀，别耍小孩脾气，即使林溪不是小世子，也该给他们姐弟送药。"

宁倦静默下来，没有立刻答应，眼底含着丝令人不寒而栗的冷酷。

没有听到回复，陆清则抓着他的手紧了三分，语气加重："果果……你还听老师的话吗？"

一阵窒息的死寂之后，宁倦深深地吸了口气，将陆清则的手掌紧紧回握住，低声道："我听话。老师，我听你的。"

君无戏言。

听到宁倦的回应，陆清则紧绷着的心弦一松，闭上眼，彻底陷入了昏迷。

宁倦一动不动地僵坐在床前，掌中的手还在发着烫。

少年俊美的眉眼阴郁，嗓音幽冷，缓缓补充："但这一切建立在你没有染疫的前提上。"

初登基时，宁琮在他面前肆无忌惮地侮辱陆清则，他却什么都做不了，从那时起，他就下定决心，要保护好陆清则。

什么武国公，小世子，卫鹤荣……他做的这一切，只不过是为了稳稳地抓住本该属于他的权力，护住重要的人。

宁倦慢慢低下头，额头抵在那只瘦长的手上，来到江右后几乎事事顺遂，直至此刻，恐惧与担忧的阴影笼罩，他忽然生出些无力感。

"老师，你若是死了……这一切还有什么意义呢。"

厨房煎好的药送来时，长顺有点犯难。

这药怎么送进屋？

长顺抻着脖子，小心翼翼往里张望了一下，正准备大着胆子，再唤一下宁倦，门口就传来"嘎吱"一声。

被闭上的门开了。

再次出现在众人面前的宁倦脸上蒙着布巾，看上去已经平静下来，望了眼长顺的方向，伸出手，示意他把药拿来。

长顺连忙小碎步上前，双手把药奉上。

宁倦接过药碗，瞥了眼匆匆赶来的锦衣卫小靳。

小靳赶紧报告："禀报陛下，郑指挥使已经派人出发寻人了，三日之内定会带回您说的人！"

陈小刀一阵迷茫。

找人？

找什么人？

陛下之前急得理智全无的样子，还有心思让人去找人？

小靳继续道："按陛下的命令，所有接触过林公子与于姑娘的人，皆已排查清楚，包括郑指挥使在内，都前往了安置所进行隔离处置，三日后没有风寒症状才能离开。至于林公子和于姑娘，现在还在官署里……陛下，是否要将他们送去城外的病患所？"

本来按规矩，是应该直接送过去的，但因为陆清则的事，负责此事的人犯了难。

陛下有多看重陆清则，是有目共睹的。

所以……陛下会如何处置疑似传染了陆清则疫病的人？

众人顾虑于此，也就暂时没动于流玥和林溪，等着宁倦发话。

宁倦垂下长睫，默然片刻，才开了口："留在官署里，每日送药，随时看着。"

这话一出，连陈小刀和长顺都愣了一下。

这……应该是陆大人的意思吧？

宁倦摩挲着碗沿，扫了眼陈小刀，语气不咸不淡的："陈小刀也送去安置所隔离。"

郑垚和林溪比武时，陈小刀也在场。

陈小刀没想到自己忽然被点名，呆了一下，踮脚担忧地看了眼屋里，鼓起勇气道："陛下，既然我也接触过小林公子，不如我留下来照顾公子吧……"

宁倦冷冷望了他一眼，漆黑的眼眸如冰湖般："朕不是在和你商量。"

陈小刀总觉得陛下想拧断他的脖子，默默缩了缩脑袋。

小靳咽了咽唾沫，虽然知道现在不是说话的时候，还是硬着头皮请示道："那陛下，今晚抓来的那些山贼该如何处置？"

"除在籍良民外，"宁倦没有表情，"全部拖到潘敬民与贼首面前，挨个处置。"

挨个处置的意思是……

小靳眼皮一跳，无声垂下头："是！"

将应了陆清则的话兑现了，宁倦不再多言，没什么表情，"砰"地关上门。

意思很明显：别进来碍眼。

长顺扒着柱子挠，欲哭无泪："我的爷哟……"

宁倦把外头的人全抛到了脑后，端着药碗，径直回到床边。

陆清则已经彻底陷入了昏睡，几乎没有声息一般，静静地躺在床上。

宁倦不敢帮陆清则换衣服，生怕陆清则会着凉，只将他的头发解散了，好让他舒服一点。

乌黑的长发披散开来，衬得那张脸越发苍白，因颧骨有不正常的红，眼角的泪痣点映其间，如被揉碎的花汁染了般，散发着一股病态又脆弱的美。

宁倦不敢多看，这样盛极的模样，总叫人心惊，担心下一瞬就会折了。

没有发病之前，太医也不能确定陆清则是染疫还是寻常风寒，为保险起见，开的是预防的药。

宁倦解开布巾，先抿了口碗里黑乎乎的药，奇苦无比的药味儿在口腔里蔓延开，温度正好。

宁倦面不改色地咽下去，把药碗搁在边上，用瓷勺舀了勺药，单手捏着陆清则的下巴，迫使他微微张开嘴，正想喂药时，忽然想起，陆清则其实很不喜欢喝药。

派去陆府的人，会定期向他汇报府上的情况，很多都是琐碎的事。

有段时间，陆清则常常睡不着，半夜时常冒着虚汗惊醒，他便令太医院的人调制了新药送去陆府。

不久在陆府当差的暗卫就上报，言陆大人喝药经常拖拖拉拉的，有时候还会趁人不注意，偷偷把药倒进花盆里，留个空碗搁着，假装自己喝了。

暗卫就算发现了也不好说什么，陈小刀拿陆清则也没辙。

宁倦又气又好笑，特地抽空去陆府住了两晚。

当着他的面，陆清则反而又很老实，甚至还风轻云淡的，一口气就把药喝光了，让宁倦想教训都没处教训去。

他其实不喜欢这样。

不喜欢陆清则在他面前隐瞒自己真实的情绪。

"老师，这药不苦的。"虽然知道陆清则听不见，宁倦还是低低地开口，"我也会陪你喝，等你醒了，就让厨房做你爱吃的糖蒸酥酪。"

药喂到陆清则嘴边，没什么阻碍就喂了进去——这是陆清则的身体惯性，才刚醒来的那两年，他偶尔发个严重点的风寒，指不定就要晕几天，药都是这么喂下去的，相当令人省心。

只是再怎么习惯，不喜欢就是不喜欢。

陆清则的眉宇深深蹙着，无意识地发出"嗯唔"的抗拒声。

这药越来越苦了。

喝得很不情愿。

他上辈子就离不开药，从小到大不知道吃了多少，重活一世，虽然心脏没问题了，却更病歪歪的，三天两头生病喝药，一直都喝得极不情愿。

宁倦没想到陆清则昏迷时还会这么抗拒。

偏偏抗拒中又带着一丝无奈的逆来顺受，乖乖把药咽了下去。

陆清则清醒的时候，基本不会露出这样的一面。

他似乎总是那样温和而包容的，却也因此，越发显出内在的疏离感，他只是病弱，却并不脆弱。

能看到他这样是很难得的。

宁倦盯着他看了会儿，靠过去，轻轻抚平他紧皱的眉："老师，再喝一口好不好？等好了就不用再喝了。"

少年清爽的气息很熟悉，陆清则的眼睫颤了一下，紧紧蹙着的眉头缓缓地松开来，无意识流露出的信赖让宁倦心尖发颤，漫上股半酸不苦的滋味儿，复杂难言。

宁倦沉沉地呼了口气，一口口耐心地喂完了一整碗药。

大概是嗅到了宁倦的气息，难得闹点小脾气的陆太傅想在学生面前维持靠谱的大人形象，不再面露难色，喝得十分顺从。

宁倦扯了下嘴角，不知道是想笑，还是心疼，起身拿着药碗走了出去。

天色愈深，官署里却灯火通明，陈小刀已经被带去安置所了，只有长顺、陈科和几个暗卫还候在院里，见宁倦又出来了，连忙纷纷看过来。

也没多久的工夫，陈太医花白的头发都被汗湿透了，心里却拔凉拔凉的："陛下，唉，您……您有感到什么不适吗？"

虽说接触了不一定会传染，但陛下之前进去时都没有遮一下口鼻，万一出了什么事呢！

宁倦看了他一眼："无碍。"

其实他不在乎。

陆清则若是无碍，那他也无碍。

陆清则若是染疫，救治无力死了……

宁倦心口骤然一缩，闭上眼深深吸了口气，不敢再想下去。

"按照朕制定的疫病方略，朕也该单独隔离开来，从今晚起，朕与老师隔离在院中。"宁倦睁眼，平静地开了口，"这几日老师喝什么药，朕就喝什么药，陈太医每日来诊脉开药，长顺负责送水和吃食。"

陈科无可奈何地揖手："老臣遵旨。"

宁倦有条不紊地又下了几道命令后，从袖中掏出份名单，丢给长顺："将名单上的人放出来做事，往后的文书都送到此处。"

长顺忙不迭双手接住，打开看了一眼。

都是初来江右时，顺藤摸瓜揪出来的一些贪腐败坏、办事不力的官员。郑垚带着下属去抓时，跟串珠似的，老长的队伍，大牢都险些不够关的，有些地方的官署抓得就剩几个人了。

也是因此，宁倦才会忙得脚不沾地，许多事都得亲力亲为。

就像陆清则预料的一样，初尝权力滋味的宁倦舍不得放开，也容不下沙子，但总归会明白，个人精力有限。

虽然实际发生的情况，和他预料的不太一样。

长顺忍不住又偷偷瞅了瞅看起来已经彻底冷静下来的皇帝陛下。

虽然丝毫看不出之前濒临失控的样子了……但以他对陛下的熟悉，总觉着，这只是一种风雨欲来的平静。

长顺退下去传令，心揪得紧紧的，不住地祈祷。

陆大人，您可千万别出事啊。

当晚，宁倦彻夜未眠。

在陈老太医老泪纵横的恳请之下，他没有住在陆清则的屋里。

他开着窗，时不时看一眼对面，再逼迫自己处理桌上的文书，大大小小的，都看了一遍，包括陆清则说的"阿谀奉承吹嘘拍马"的那批。

然后再拔腿去对面看一眼陆清则。

天上的星子由亮转暗，院子里的杂草被踩塌了一路。

天微亮时，陆清则依旧没有醒来。

长顺也一宿没睡，不放心地守在厨房盯着下人煎药。

虽然连续两日没有睡觉，宁倦却丝毫没有睡意，也不敢睡。

他必须让自己的脑子随时处于运转的状态，否则一旦松懈下来，闭上眼，脑中就是陆清则苍白病气的脸。

唯愿陆清则只是普通的风寒，愿太医研究了半月的药能奏效。

上天却没听到宁倦的祈祷。

第二日中午，陆清则病得越发重了。

他浑身都发起了高热，呼吸如火灼般，额头滚烫，宁倦被烫得指尖蜷了蜷，转头镇定地叫了陈科过来。

风寒愈重，与病患所里的病患病况相似。

陈太医眉头紧皱着，暗暗叹了口气，又给陆清则开了一剂药。

宁倦亲手给陆清则喂下后，观察了许久，看他的呼吸稍微平稳了些，才发现自己已经惊出了一身的汗。

屋里闷热，蒙着特制的布巾更是呼吸不畅，宁倦冒出的却是冷汗。

离开了屋子，长顺端来放了药的水盆，两人净了手，陈科斟酌着说辞，劝宁倦远离陆清则是劝不动的，便换了个方向："陛下，您还是回去歇歇吧，您看您几日没歇过了，过两日陆太傅好了，您却病倒了，陆太傅恐怕也不会高兴。"

"朕不累。"

宁倦语气平淡，洗完手，头也不抬地扯下蒙口鼻的布巾，接过长顺递来的浸了冷水的帕子，擦了把脸，锋利俊美的年轻面孔又积淀了几分沉着。

长顺低眉顺目的，又双手捧上碗药。

他接过来，眉也不皱地喝了。

陈科心情复杂。

无情帝王家，怎么生出个这么尊师重道的皇帝？

但这些话陈科也不敢乱说，只得又行了一礼，回去继续与诸位同僚加急研制药方。

宁倦也不敢再离开陆清则的床边，干脆将书案搬到了陆清则屋子的窗边，随时守着。

这一整日，陆清则都在昏睡。

只在傍晚时短暂地醒来了几瞬。

宁倦握着他的手，又惊又喜，眼眶发热，一句"老师"还没说出口，就得来一句虚弱沙哑的骂声："……滚出去！"

然后又陷入了无休止的昏迷之中。

宁倦抿紧了唇瓣，一声不吭地给陆清则又喂下了一碗药。

到第三日，陆清则彻底昏迷过去，连偶尔的清醒也没了。

仅仅两三日，他像是又枯瘦了一圈，侧影单薄得像张纸，衣袍都空荡了几分，无声无息地躺在架子床上，脸上没有几分血色，呼吸越发衰微，气若游丝。

不仅是陈科，其他太医也进进出出的，感到为难。

按照他们这段时间在病患所的经验来看，陆太傅这高热不退、昏迷不醒的症状当真是……像极了染疫。

林溪和于流玥的症状便是这样的，只是林溪的体质比陆清则好得多，即使发病了，情况也比陆清则要好。

陆太傅这……十有八九就是了。

可是这话谁也不敢在宁倦跟前说，只能再三以头抢地，劝宁倦别离陆清则太近，减少接触，戴好布巾以遮口鼻云云。

宁倦都听进去了，又像是没听进去，他会戴好特制的布巾遮好口鼻，从陆清则房间里出来就洗手更衣，但药一定要亲手喂，不愿假他人之手。

一股阴云似乎笼罩在官署上空，过往的人都低头敛目，神色凝重，不敢说笑。

好在几日过去，接触过林溪的人都没有出现症状，包括宁倦也依旧安稳无事。

第四日，郑垚先从安置所里出来了，宁倦难得跨出了小院，给郑垚吩咐了几句话。

一刻钟后，郑垚便又领了一百人，策马狂奔，离开了集安府。

宁倦稍微离开了会儿，便由一位太医和长顺在屋里照看着陆清则。

等他回到屋里，就听到了更糟糕的消息。

长顺尖细的嗓音像根绷紧了的弦，颤声道："陛下，陆大人……陆大人忽然喝不进药了，您之前喂的药，都吐出来了……怎么办啊陛下？"

宁倦的脸色一下变得极度难看。

病患所的很多病患就是这样的。

头一天出现风寒的症状，第二、三天越发严重，然后开始吃不进药，吐个不停，这就是发病的前兆了。

一旦发病，痛苦就会升级，要忍受生不如死的病痛，许多人甚至熬不过这一关。

分明是伏暑，一股寒气却从脚底蹿到了后脑门，宁倦的心口都在发凉，连日来的不眠不休似乎要将他击垮，他的身体忽然晃了一下。

长顺声音都变了调，和太医慌忙扶住宁倦："陛下！"

宁倦闭了闭眼，抬抬手，示意他们安静，走到床边坐下。

陆清则的眼睫自然地合着，仿佛是当真睡着了，那丝生机聚在眉间，有种将散未散的摇摇欲坠之感。宁倦只是看一眼，就感觉心被一只无形的冰冷大手捏住了，但隔着一层布巾，他连稍重一点呼吸都不敢，唯恐将陆清则最后的生气惊散了。

他不声不响地将陆清则扶起来，陆清则毫无意识，身体没有丝毫力气，软软地靠在他身前，接过长顺手里的药碗，小心地给陆清则喂下了小半碗的药。

给陆清则喂药是很省心的事，没有什么阻碍就顺利喂进了半碗。

宁倦的心方才稍微松了点，身前的身躯忽然挣动了一下。

陆清则偏过头，呛咳着将方才喝下去的药吐得一干二净，眉目被汗浸得湿漉漉的，呼吸短促而急切，瘦弱的胸膛剧烈地上下起伏。

宁倦怕他呛到，连忙给他拍了拍背。

良久，陆清则才平复下来，昏睡中也不甚安稳，眉紧紧拧着。

宁倦嗓音低哑，带着几分微不可察的祈求与恐惧："老师，别吐，咽下去……咽下去好不好？"

陆清则却连一丝回应也没有了。

长顺出去打了盆热水，重新回到屋里时，就看到宁倦低着头，半边脸都埋没在阴影里。

他下意识地屏住了呼吸。

坐在那里的皇帝陛下那么年轻，分明该是全天下最意气风发的人，此刻浑身却笼罩着无力的绝望感。

但也仅仅只有一瞬而已。

再抬起头时，宁倦的眼神恢复如常，搁下空掉的药碗，语气冷淡："继续煎药送来。"

长顺张了张嘴，把话咽回去，放下热水，走到院门边，吩咐守在外面的侍卫去厨房再端碗药来。

这一夜，所有人都过得极度煎熬。

夜色像化不开的浓墨，沉沉地笼罩着集安府的天空，夏夜竟无星无月，仿佛乌云遮蔽，官署里彻夜灯火通明。

宁倦陪着陆清则又一次熬到了晨光熹微。

他倔强地一定要陆清则将药咽下去，陆清则就像跟他对着干般，每每喝完药没多久，又把药悉数吐了出来，折磨着宁倦的精神。

但小皇帝的偏执也令人心惊。

连长顺都想开口，求宁倦别再折腾了，陆大人的喉咙都吐哑了。

但偶然间对上少年天子似乎微潮的发红的眼角，他就说不出这句话了。

长顺提心吊胆地低着头，惶惶地想，那是……眼泪吗？

转机出现在第六日的中午。

两日前刚回官署，又带着人离开的郑垚回来了。

并且带回来一个特殊的人。

江南梁家曾风光一时，二十多年前，先帝下江南，水土不服时，梁家独女被当地官员请去诊治，崇安帝在病中一眼看上了梁家的独女，强行将她带回京城，封为静嫔。

因着女儿入宫，梁家的声名也更显赫了几分。

几年后，静嫔谋害皇嗣的消息传回江南，静嫔被打入冷宫，梁家也被连坐问罪，随后又被皇后母家人报复打压。

又几年，静嫔在冷宫里病死，梁家也在一场不知因何而起的大火后，死的死，伤的伤，余下的悉数散去，再无声息。

郑垚找回来的人，虽然不姓梁，但与梁家关系匪浅，是被梁家收养的孤儿，也是宁倦母亲的师兄。

宁倦的记忆很好，幼时在冷宫里，母亲和他说过的往事，他都记得一清二楚。

她除了讲一讲曾短暂看过的外面的世界，便是讲宁倦素未谋面的外公外婆，还有她那位医术无双的天才师兄。

那个人叫徐恕。

说到徐恕时，母亲总会沉默下来，望着冷宫顶上寂寥的夜空，发很久的呆，然后没头没脑地说一句："若是当初我没有出诊……"

便没有下文了。

宁倦虽然记得母亲对他说的每一个字，但幼时他并不懂母亲为何要做这样的假设。

长大后回忆此事，才明白过来。

母亲是在后悔当初出诊，遇见了崇安帝，才被他强行带回京城，当了后宫里被绣在锦屏上的一朵不起眼的花。

他也渐渐明白，为什么母亲偶尔望向他的眼神里，会掺杂着几丝说不清道不明的厌恶。

那丝扎人的厌恶是他美好回忆里的一根刺，所以他从未同陆清则说过这件事。

徐恕是在江右北部的一个小村庄里被郑垚找到的。

早在下江南前，宁倦就在派人掘地三尺地找人了，还好，总算是找着了。

具体来说，应该是被逮来的。

梁家树倒猢狲散，徐恕也离开了，隐姓埋名，化名徐圆，四处游医，半年前在江右北部的小村子里开了家小药铺，暂时歇脚。

小村子没被水患波及，但消息闭塞，徐恕甚至都不清楚皇帝来江右了。

被锦衣卫找上门时，徐恕的态度十分抵触，拒不愿从，郑垚赶时间，干脆直接把人绑起来，丢到马背上，骑着马飞奔回来。

徐恕一个大夫，又不是武夫，在马背上差点被颠吐了，抵达集安府时，脸色相当难看，累得七荤八素了，还有精力一路骂骂咧咧："朝廷的人就是这般土匪行径吗？我说过了，我只是个普通郎中，你们要救什么贵人，我救不来！"

郑垚充耳不闻，拎着他下了马，直接快步行至小院门口，叫人进去通报。

宁倦连续几日通宵未眠，眼眶泛着淡淡乌青，眼里也布满了血丝，听到长顺的通传，也没有过多的波澜，淡淡地"嗯"了声，不紧不慢耐心细致地给陆清则擦好手，才转身走出屋子，洗了把手，摘下面巾，走到还在骂个不停的徐恕面前。

眼前陡然覆盖一片阴影，徐恕一抬头，就看到了身量比他高许多的挺拔少年。

对方负着手，垂眸看着他，冰冷的眉目盖着阴影，吐出两个字："徐恕。"

被一语叫破真名，徐恕心里一凛，暴躁的表情收了收。

郑垚不清楚徐恕是谁，路上并未和徐恕解释过情况，但徐恕行医多年，见过无数病患，一眼就看出来，面前这个少年即使满身疲倦，气质也尊贵非凡，必然非富即贵。

恐怕是什么王孙贵族。

真是稀奇，这种身份的人，居然跑来闹瘟疫的江右。

徐恕对所有与皇室沾边的人都没有好感，冷笑一声："我不知道你是哪个世家公子，对你是怎么知道我的，也不感兴趣，反正人，我是救不了的。"

"放肆！"郑垚一瞪眼，声如洪钟，"知道你在跟谁说话吗！"

徐恕孑然一身，破罐子破摔，抱着手以鼻孔看天，不怕死也不怕吓。

"你还没见过人，怎么就救不了？"宁倦并未动怒，缓缓打量着徐恕，"母后夸你医术绝世，莫非是她过誉了？"

听到后半句话，徐恕愣了一瞬，嘴唇颤抖了一下，猛地看向宁倦的脸。

方才他太过愤怒，也没仔细看面前这少年的脸，现在仔细一看，才发觉这张脸竟有些刻骨难忘的熟悉感，脱口而出："你是……"

停顿了一下，徐恕终于后知后觉地意识到了宁倦的身份，提了一口气，徐徐吐出来，脸色有些微古怪："没想到堂堂天子，竟然会出现在这个地方……草民参见陛下。"

"人你救得了吗？"宁倦并不作答，平淡地盯着他。

徐恕沉默了片刻，扭头冷冷剜了眼郑垚："把我的医箱拿来。"

郑垚抓人时，顺便把徐恕的医箱也带上了，闻言立刻叫人拿上来，觍着脸亲手递过去："先前多有得罪，劳烦了，徐大夫。"

徐恕一看到他就满肚子火，又剜了一眼，抢过自己的医箱，跟在宁倦身后进了屋。

屋子里被封得严严实实的，一丝风也透不进。

即使蒙上布巾，一进屋也能嗅到苦涩浓重的药味，走进屋子，床边垂着只手，瘦弱、修长，雪白得近乎透明，青筋脉络清晰可见。

再靠近一点，就看到昏睡在床上的人。

即使在病中消瘦得厉害，容色竟也没有折损几分，反倒叫人看了愈加心惊。

徐恕扫了一眼，也没问这是谁，托起陆清则的手放在脉枕之上，辨别了会儿脉象，眉头缓缓蹙了起来。

长顺睁大了眼，紧张地绞紧了小帕子。

宁倦心平气定地望着陆清则，心脏却跳得他几乎有些站立不稳，手心无声地冒着虚汗。

如果徐恕也不行呢？

片刻后，徐恕沉吟着放开手，起身探了探陆清则的额头，翻开他的眼皮看了看。

看徐恕半天不吭声，长顺终于忍不住，颤抖地问："大夫，陆大人的情况如何了？"

徐恕不知道面前这位"陆大人"是什么人，他不耐烦听宫里的消息，这些年四处行走，除了得知先皇宾天、宁倦登基时开心地买了场醉，其余的也不大清楚。

他瞥了眼长顺："他病几日了？"

长顺正要回答，宁倦先一步开口："差不多五日一夜。"

"有没有呕吐或者腹泻？"

"没有，高热发汗不止，昨日便喝不下药了。"

徐恕问什么，宁倦就答什么，他一直守在陆清则身边，比长顺还清楚情况，长顺几次意图开口，醒悟过来后，默默把嘴闭上。

徐恕沉吟片刻，忽然又道："把他这几日喝的药方给我看看。"

长顺终于能起到作用，连忙从怀里掏出药方递过去："您请看。"

徐恕翻着那几张方子，眉头越皱越紧，长顺的心高高悬起，紧张地咽着唾沫："这方子……有什么问题吗？"

徐恕从鼻腔里"哼"出一声，随手将药方一丢，坐到桌旁，拿起狼毫，蘸了蘸墨，龙飞凤舞地写了张方子，语气不阴不阳地说道："宫里来的太医就这么点水平？您家这位陆大人又没染疫，不对症下药，能有什么用？好在那方子里有几味药撞上了，才没给耽误到底。"

宁倦怔愣了一瞬，反应过来，立刻抓到了最重要的点，眼底迸发出惊喜的光芒："老师……没有染疫？"

徐恕对待皇帝陛下态度也拽拽的，又轻轻"哼"了声："湿热蕴积，风寒侵袭，这段时间又颇为积劳，休息不周，加之他身体底子太虚，便这样了。虽说不似疫病那般致命，但再延误下去，人不烧傻，也该烧废了。"

宁倦按着的眉心跳了跳。

江右疫病严重，陆清则的病症与疫病前期症状相似，又接触过染疫的林溪，太医们便下意识地判断陆清则是染了疫，才耽搁了这么久。

道理他都明白，但……

长顺用余光注意到宁倦的神色，心口冷冷一跳，赶紧开口："咱家现在就拿着方子去抓药煎。徐大夫，陆大人喝了药，什么时候能醒啊？"

徐恕瞥了眼桌上剩余的半碗药："你们方才给他灌了药？那等晚上再煎药，只要他能把药喝下去，明日就能醒了，再喝个三五日，调养调养，就能起来了。"

宁倦的心弦霎时一松。

陆清则没有染疫，并且明日就能醒来，这无疑是最好的消息。

他稍显疲态的脸精神一振，吩咐长顺先去抓药，旋即捕捉到了另一个重点："徐大夫看起来对疫病也有了解？朕派人请你过来，也是为了此事。"

徐恕稍微回想了一下被丢到马背上、狂颠着赶来的经历，眼角狠狠抽了抽。

你把这叫"请"？！

但面前的到底是师妹的孩子，还是大齐的皇帝陛下，忍了。

徐恕勉强压下怒气，埋头收拾自己的医箱："江右封锁之前，有一些病患曾逃到村庄附近,村里人收留了那些病患后,也有被染了疫的,那些病患我没救成,便一直在研究,前几天写出张方子,不过为时已晚,病患都死完了,也没试过药,不保证一定奏效。"

语气轻描淡写的,似乎对那些死去的病患并不在意。

不过倘若当真不在意,也不会埋头琢磨了。

宁倦又看了看陆清则,将他的手轻轻塞回被子里,带着徐恕回到院中。

郑垚还在院子外打转,伸着脖子意图探清屋里的情况,见宁倦出来了,立刻止住步子。

宁倦解下布巾,冲郑垚微抬了下下颌:"带徐大夫到于家姐弟的院中去看看。"

徐恕正眼也不给郑垚一个,拎着他那个沉重巨大的医箱往外走。

郑垚一看宁倦的脸色,就猜出陆清则的情况应当比预料中的要好些,又瞅了瞅这位被自己得罪了的神医,凑上去想帮忙提下医箱,顺便告个罪。

手刚伸出去,就被徐恕一巴掌毫不留情"啪"地扇了下去。

郑垚:不是说医者仁心吗!

徐恕过去的时候,陈科也在林溪那边。

虽说太医院的太医都被骂是废物,但陈科是太医的头,行医经验丰富,徐恕勉强看得过眼,两人探讨了一番后,将方子又改了一味药,随即便给林溪和于流玥试了一剂。

天色稍晚,下面的人跑来传了消息:"禀报陛下!徐大夫与陈太医的药效用极好,林溪与于流玥两人情况好转,已经不再持续发热!"

若是能成功稳定病情,让这二人恢复如初,江右的疫病就有望平息了。

宁倦坐在床头,垂眸思索了片刻,吩咐长顺看好陆清则,便起身去了趟书房,叫徐恕来见。

徐恕来得很快。

在给林溪和于流玥看病时,他也多少了解了点江右眼下的情况,看宁倦的目光就更怪异了。

对于师妹与先帝的骨血,徐恕的心情相当复杂。

当年若不是那个狗皇帝,师妹就不会被迫背井离乡,被锁进深宫,卷入宫闱斗争,香消玉殒于冷宫之中。

梁家也能平平安安的,不至于没落。

但宁倦又和昏庸无能的先帝不一样。

至少他敢亲自来到江右赈灾。

宁倦坐在椅子上,垂眼把玩着手里的梅花簪,注意到徐恕的视线,掀了掀眼皮:"看够了?"

徐恕方觉冒犯,别开眼:"陛下与您母亲,长得有几分像。"

宁倦不置可否:"坐吧。"

徐恕也不客气,他骨头都差点颠散了,来到集安府后还没来得及坐一坐呢。

宁倦抚摸着簪头的梅花,语气平静,却语出惊人:"你与朕的母后有旧情?"

徐恕吓得差点跳起来,脸色又红又白:"陛下您……"

"朕看你医箱上,也雕着一朵蜡梅,雕工手法颇为熟悉。"宁倦伸手,将把玩着的那支白玉梅花簪放到桌上,语气冷冷,"怎么,你不敢承认?"

徐恕盯着那支簪子,眸中错愕与震惊之色交织,回过神来,没料到这位小陛下会这般泰然地说出这种话,僵硬了好半晌,紧绷着的脊背一松,倒回椅背上,咬咬牙,浮着虚汗,又看了眼桌上那支簪子,最后吐出一句话:"这是我亲手打磨送给她的。"

在冷宫里最艰苦的时候,静嫔也没舍得换掉这支玉簪。

最后留给宁倦的东西,也只是它。

宁倦垂着目光,打量着这支簪子。

病入膏肓那段时间,母亲常常摩挲着这支簪子。

这是他母亲不敢宣告于人的私情。

原来承载的是另一片情。

书房内死寂片刻之后,宁倦忽然伸手,将玉簪递了过去。

徐恕愣住:"陛下这是?"

少年天子长睫低敛着,神色看不出情绪:"还给你。"

徐恕惊愕不已,喉头不住地发哽,却还是没忍住,双手颤抖着接过来:"没关系吗?陛下,这是您母亲留给您的……"

听闻静嫔的消息后,他去过京城,却什么也做不了,就连托人带些银子进宫也做不到。

冷宫里会是什么日子不难猜。

大概师妹只给儿子留下了这个。

"收着吧。"

小的时候,宁倦需要时不时地看看簪子,汲取母亲遗留的温暖,努力在宫里存活。

后来他有了陆清则。

"朕不需要了。"

既然这是母亲的牵挂与未了的心意,他不介意将这份从未诉之于口的思念,送归该持有的人手里。

不是为了徐恕,只是为了他的母亲。

徐恕眼眶发红,嘴唇抖了抖,深深地低下头:"多谢……陛下。"

宁倦又看了眼簪子,视线移开,不再过多留恋:"你与陈太医对疫病有几分把握?"

突然跳转到这个话题上,徐恕还有点没反应过来,思索了下:"我此前的思路是对的,今日与陈太医聊过后,稍一改善,便有所成效。不过最好再带几位病患前来,我也更好试药,至多十天,我有信心研究出治疗的方子。"

宁倦无声地缓了口气,颔首:"有需要就找郑大人。"

徐恕：能换个人吗？

与徐恕谈完，天色变幻不定，如被打翻的墨汁般，宁倦匆匆回到小院的时候，天幕也被徐徐洇黑了。

厨房的药正好送到，送药的侍卫见到宁倦，想要行礼。

宁倦劈手将药碗接过，摆摆手："下去。"

话毕，大步跨进了屋内。

陆清则依旧陷在昏睡中，唇色苍白，呼吸浅浅。

长顺坐在窗边，小心翼翼地给陆清则擦着汗，见宁倦端着药进来了，很有眼色地起身让开。

宁倦习以为常地试了试碗里药的温度，感觉差不多了，才舀起一勺药，给陆清则喂去。

或许是昨晚折腾狠了，反复吐反复喂，陆清则虽然仍陷在高热混沌的睡梦中，感受到靠近的药味儿，还是一阵条件反射，胃里翻腾，浅拧着眉，恹恹地别开头。

宁倦微微一怔，脸色微沉，伸手捏住陆清则的下颌固定住，将药喂进他口中。

不料陆清则的反应更大，漆黑的鸦睫颤着，苍白的眉心深蹙，抗拒地扭过头。

一勺药飞溅而出，泼洒到宁倦的手上。

长顺赶紧拿起帕子，凑过来擦拭："哎哟，这是怎么了？陆大人头一次这么不配合，徐大夫吩咐了，这药一定得喝下去啊！"

宁倦脑子里似乎有什么东西"啪"地断了，面无表情地坐着，一动不动地注视着陆清则几乎毫无生机的脸庞，待长顺擦好了，才淡淡出声："出去。"

长顺出了声："啊？"

宁倦扭过头，冷厉的眼眸如寒星般，长顺被看得缩了缩脖子："是，是。"

长顺一溜小跑出了屋。

屋内只剩下宁倦和陆清则。

宁倦不再急着把药强行喂下去，他仔细看了看陆清则，大概是吐了几次药，唇瓣漫着血色。

因着这点红，陆清则脸上的病气奇迹般消退了许多，像是生机焕发，与颧骨边的病态红晕相映，更像是醉了酒，泪痣那一片也泛着红。

但下一瞬，那张唇瓣的颜色又恢复了苍白，失去了红润血色，了无生息。

宁倦闭了闭眼。

他反复尝试了许多次，陆清则都喝不下药，明知道陆清则听不见，宁倦还是低低开了口，似有一丝乞求的哭腔："老师，喝下这服药就能好了，求你……快喝下去，好起来吧。"

不知昏睡中的陆清则是不是听到了他的声音。

僵持良久后，床上的人喉结滚了滚，终于咽下了那口药。

陆清则不知道自己睡了多久。

意识如同陷进了层层蛛丝之间，世界扭曲变化不停，找不到一个出口，浑浑噩噩，不知西东。

身体像被放在蒸笼上蒸着，窒闷的高热，酸软的四肢，混沌的神志甚至无法调动一根手指。

他还以为自己会就此迷失，无边的雾气之中，却忽然伸出一双手，将他狠狠地拽了出去。

酸涩的眼皮慢慢睁开时，陆清则对上了一双疲惫的眼睛。

见到他睁眼的瞬间，那双眼睛霎时熠熠生辉，灿若星斗。

耳边也传来喜极而泣的哭声："陆大人，您总算是醒了！呜呜，奴婢真的好担心您，幸好您没有染疫……"

昏迷了好几日，陆清则的脑子还有点乱，眩晕不已，迟钝地分析着那道声音和近在咫尺的这双眼睛的联系。

半晌之后，才反应过来。

是果果。

少年半身埋没在阴影里，明亮的眼睛盯着他，一言未发，但那种得救般的庆幸却清晰地传递了过来。

陆清则垂下眼，抬手，慢慢拍了拍他的手，嗓音沙哑得如同被沙砾磨过："别哭。"

几日的昏睡让他十分虚弱，落下来的力道轻若鸿毛。

宁倦本来不想哭，感受着那股力度，喉间反而一下哽咽了："……我没有哭。"

"是吗？"陆清则的唇色依旧苍白，喉咙稍稍牵动一下就会发痛，所以说话的声音很低，几乎是气音，带着些许柔和的笑意，"让我看看。"

半晌，少年终于抬起了脸。

熟悉的俊美脸庞映入眼帘。

也就过了几日，少年的气质似乎又变了些许，大概是成长了，变得更成熟锋锐，眼下泛着微微的青黑，神情中有掩饰不住的疲倦，漆黑的瞳孔却极亮，如浸在泉水中的黑曜石般耀眼。

陆清则认真观察了半晌，微微弯了下唇角："嗯。"

他抬手，宁倦就乖乖低下头，给他摸了摸脑袋："老师没事了。"

熟悉的手掌抚摸着自己，宁倦的眼眶蓦地一红，喃喃道："老师，你再不醒，我当真要疯了……"

徐恕估计陆清则晚上喝完药，隔日一早就能醒，但现在是下午。

比徐恕预估的时间晚了半天。

从昨夜到现在，这煎熬的十数个时辰里，他脑子里划过无数个念头，望向那几个误诊的太医时，神情都无比骇人。

万幸，陆清则还是醒了。

长顺知道陛下这会儿大概想单独和陆清则说说话，脚底跟走针尖上似的，刺溜一下就跑出了屋，小心地掩上了门。

陆清则安抚了会儿宁倦，自个儿也逐渐找回了昏睡前的记忆，落在宁倦后脑上的指尖一顿，往下一滑，拧着宁倦的后领，用力提了提。

他实在虚弱，用足了力气，也轻微得像是狂风里摇曳的烛火。

宁倦压根不敢有任何抗拒，顺着力道抬起脑袋，茫然地看向陆清则，看着那张没什么血色的脸庞，声音放轻："老师，怎么了？"

陆清则冷下脸："还敢问我怎么了？"

躺着骂人很不方便，还得仰着看这兔崽子。

陆清则越回想越火大，试图撑着半坐起来，却因为实在没有力气，撑了两下也没能撑起来。

丢脸。

宁倦愣了一下，看出他的意图，殷切地伸出手，半扶着陆清则，让他半靠在床头，然后仰头望着陆清则。

一双眼亮晶晶的，活像一只做错了事摇着尾巴无辜卖乖的小狗。

陆清则的心软了一瞬间，理智又将这丝心软压了下去，嗓音冷下来："我同你说过什么，你转头便忘了？你是君王，行不履危，坐戒垂堂！在不清楚我有没有染疫的情况下，谁让你冲动进来的！"

宁倦低下头，抿了抿唇，不吭声。

一副"我错了，下次还敢"的模样。

陆清则的语气重了一分："抬头看我。"

宁倦听话地抬起头，露出笑容："老师有没有哪里不舒服？顺子应当把大夫请来了，我叫他进来给你看看。"

陆清则被他气得太阳穴突突直跳："宁倦！"

宁倦怔了一下。

这似乎是从小到大，陆清则第一次连名带姓地这么叫他。

但他还是很快反应过来，连忙顺了顺陆清则的背："老师别生气，我知道错了，要不要喝点水？饿不饿？"

这小兔崽子，敷衍他倒是一套套的！

陆清则怒极反笑："你当真知道错了？那下次再有类似的情况，你会怎么做？"

宁倦一下收了声。

他不太想向陆清则撒谎。

陆清则火更大了:"说。"

要不是他现在没力气,他简直想把宁倦拎起来抽一顿,让宁倦长长记性,但现实是他发了几句火,脑子就又开始发晕了。

宁倦张了张嘴,忍不住道:"若当日是我生了病,有染疫的风险,老师难道不会想进来看看我、亲手照顾我吗?"

"我想。"陆清则面无表情道,"但我知道不该。"

宁倦脸色难看,身侧的手无声握了起来,半晌,起身道:"我去叫大夫。"

在他转身的瞬间,陆清则合了合眼,提醒道:"陛下,不要忘记,你是皇帝。"

千金之子,坐不垂堂。

宁倦沉着脸走到门边,拉开了房门。

长顺已经把徐恕请来了,房门打开,宁倦的脸色却不好看,长顺无声打了个寒战。

这……这是怎么了?

长顺相当谨言慎行,把徐恕引回房门前,半句话也不多说。

宁倦淡淡扫了他一眼,带着徐恕回了屋里。

陆清则才醒来就发了通火,精力用去大半,徐恕进来的时候,他已经又接近昏睡状态了。

宁倦仔细地将他扶着躺回去,反倒让原本不太在意的徐恕多看了一眼。

皇帝陛下看起来很在意这个老师啊。

他给陆清则把了把脉,点头道:"脉象好些了,只是仍十分虚弱,需要好好休养,等回头我再开服药调理下陆大人的气血。"他皱了下眉,"年纪轻轻的,怎么身子糟蹋成这样,简直一塌糊涂。"

宁倦握了握陆清则冰凉的手:"这些年朕让人调养着,比以前已经好些了。"顿了顿,他望向徐恕,"你有法子能调养好老师的身子?"

徐恕直言不讳:"陛下如果是说调养得与常人无异,那不可能,但增强体魄,延年益寿,还是可以的。"

宁倦静默片刻:"有劳了。"

徐恕也没多待,便继续去忙活疫病的方子了。

陆清则这一觉睡下去,断断续续地醒了两次,意识不清地被宁倦喂了点水,又喝了药,便又昏昏沉沉地继续睡着,好在退了高热。

等到真正醒来,已经是隔日巳时了。

宁倦这几日提心吊胆,见陆清则又昏睡过去,即使徐恕说没关系,也还是不放心,仍继续守在床边。

陆清则清醒的时候,扭头就发现宁倦趴在床边小憩着,眉宇深蹙,呼吸浅浅的。

他一动,小皇帝就警敏地醒了过来,直勾勾地看向他。

陆清则还没散的余火都被看得消了小半。

但他火气还没消完，宁倦反而又闹了小脾气，看他醒来了，闷声不吭地起身离开，片刻之后，端来碗肉粥和药，药搁在一旁，手贴在粥碗边试了试温度，舀起一勺递到他嘴边。

厨房的人将肉剁得很细，尽量把油星子都撇去了，还放了菜中和肉味儿，但陆清则嗅到味道，还是一阵止不住地反胃，拧着眉别开头。

宁倦和他僵持了半晌，搁下那碗肉粥，冷声叫："顺子。"

长顺就候在外面，闻言立刻托着一盘搁着各种餐点的托盘走进来。

宁倦就挨个地拿起托盘上的餐点，试图给陆清则喂，陆清则蹙着眉，冷眼看这小崽子还能再怎么折腾。

见眼前的食物都没得陆清则青眼，宁倦没什么表情地开口："叫厨房再重新做十道菜上来。"

陆清则实在看不下去了，忍着喉咙又疼又涩的感觉，哑声开口："闹够了没有？"

宁倦不吱声。

宁倦也不想陆清则好不容易醒来，就和他置气。

但是他一想到昨日陆清则的回答，就控制不住胸口翻涌的气血。

他并非想要陆清则也像他这般，哪怕有染疫风险，也不顾一切地冲到他身边，甚至希望真发生那样的事时，陆清则能离他远点。

但哪怕说句好听的话呢？！

就那般轻描淡写地否决了。

看他犟成这样，陆清则再好脾气，脸色也冷了冷："陛下若是想不明白，就去书房将臣教你的话多抄几遍。饭食就不必浪费了，臣不敢劳烦。"

这话戳得宁倦肺管子疼，他"腾"一下站了起来，想要说什么，眼前却猛地一花，身体不受控制地歪倒下去。

陆清则一惊，病歪歪的身体忽然生出了力气，起身一把接住了宁倦。长顺也吓了一大跳，赶忙放下托盘跑过来惊呼："陛下！"

宁倦眼前发黑，脸色惨白，竟一时没缓过来。

长顺泪花都吓出来了，转身就跑出去叫太医了。

几个太医和侍卫哗啦拥了进来，七手八脚地扶着宁倦躺到对面的小榻上，一时间小小的房间里挤满了人。

长顺却没挤过去，犹豫着瞅了瞅忧心望着那边的陆清则，压低声音道："奴婢大概能猜到您和陛下为何这样，但是陆大人……这些日子，陛下一直守在您身边，不眠不休地看着您，谁劝都不肯离开……加上昨夜，陛下已经六七日没睡过囫囵觉了，您就算是心疼陛下，也别与陛下置气了，可以吗？"

陆清则沉默了会儿，长长地叹了口气。

自己的宝贝学生，还能怎么办。

宁倦隔了会儿才缓过来，发现身边围了一堆人，不太耐烦地挥挥手，示意他们散了，又僵着脸走回陆清则的床边，试图给他喂吃食。

陆清则瞥了眼他的黑眼圈，还是张开了嘴，忍着喉咙的刺痛，咽了下去。

宁倦的眼底亮了亮，脸色缓下来。

陆清则也不说话，由着他喂自己吃了大半碗红枣花胶粥，才摇摇头，哑声开口："吃不下了。"

能吃下大半碗已经不错了，宁倦满意地搁下碗。

陆清则扫了眼那一案板的碗碟，大概是考虑到他大病初愈，分量都不多，但他肯定是不可能吃完的："怎么做了那么多，外面的灾民还只能饱腹，府里却这般派头，岂不是浪费？"

"我还没用早膳。"宁倦看他似乎是不打算提那件事了，小声开了口，"不浪费。"

说完，竟也不嫌弃陆清则吃剩的小半碗粥，低头两口就吃完了。

陆清则眼睁睁地看着他的动作，欲言又止。

他三秒前才说了"浪费"，这时候阻止宁倦消灭剩饭，貌似有点打脸。

皇帝陛下都不嫌弃他吃过的粥，他还能说什么？

吃过早饭，宁倦的心情似乎也好了许多，看药凉得差不多了，又端过来，巴巴儿地看着陆清则，试图喂他。

陆清则吃了点东西，其实已经恢复点力气了，但对上小皇帝湿漉漉的、诚挚的眼神，还是默默放下了手，接受了学生敬爱师长的行为。

等陆清则喝完药，宁倦的脸色肉眼可见地多云转晴，又露出了笑容："老师还有哪里不舒服吗？我让徐大夫再来给你看看。"

陆清则摇摇头，感受到身上的不适，抿了抿唇："没有不舒服，我想沐浴更衣。"

前几日陆清则病得厉害，怕他着凉，宁倦连擦身也不敢。

陆清则慢慢醒了神，就感觉浑身黏腻，皮肤都汗渍渍的，难受得厉害。

宁倦伸手拨开他细碎的鬓发，语气温和，态度却很强硬："大夫还没说能洗，老师再忍忍，先让大夫看看。"

俨然是将陆清则当成了一捧雪，生怕一不小心就融化了。

陆清则只好点了点头。

徐恕很快就被长顺请了来。

前两次见，陆清则都气若游丝地躺在床上，合着双睫，今日还是他第一次见陆清则睁开眼。

床上的青年身形单薄瘦削，袖口与腰带宽松空荡，脊背却很笔直，即使仍在病中，也难掩风采。

尤其是睁开眼后，看起来便更不一样了，有种令人不敢直视的气质。

徐恕再不关心外界，也知道这位就是当朝帝师了，直到这会儿，才有点惊诧于传闻里的帝师的过人风姿。

不过他对外人一般也没什么兴致，多看了一眼就收回视线，诊了会儿脉，点头："既已退了热，就无碍了，可以适当出去走走。"

陆清则方才也在打量这位被宁倦掘地三尺挖出来的神医，含笑道："多谢徐大夫，听陛下说，徐大夫研制出了疫病的方子，救了在下一命，又救万人于水火，悬壶济世，不外乎此，在下与江右的百姓都该谢你。"

他的话音很和缓，虽然嗓音沙哑，徐徐落入耳中，仍然叫人觉得舒适。

徐恕一向感觉这些话皆是虚情假意，但话从陆清则口中说出来，反而感觉没什么虚伪之感，不轻不重地"嗯"了声："不全是我的功劳，陈太医他们虽误诊了陆大人，不过在此事上也出了不少力。"

话里隐约有几分暗示。

误诊？

陆清则瞬间明白过来，含笑看向宁倦，盯着他的眼睛："徐大夫说得很对，陛下觉得呢？"

宁倦沉默了几息，最终点了下头，淡淡道："老师都开了口，朕自然也会记得他们的功劳。"

看起来是不会计较误诊的事了。

目的达到了，徐恕看陆清则又顺眼了一分，拱拱手准备回去继续忙活。

宁倦却忽然将视线转到他身上："老师在外向来不露真容，徐大夫应该明白朕的意思。"

徐恕愣了下，忍不住又看了眼陆清则的脸。

有这么张脸，还藏起来做什么？

他不清楚这其中有什么弯弯绕绕，不过也懒得深究："明白，我不会说出去的。"

"对了，徐大夫，"陆清则还是很不自在，握拳抵唇，轻咳了声，"我现在可以沐浴吗？"

徐恕想了想："也不是不行，但要尽快，别吹风着凉了。"

等徐恕离开了，陆清则笑着望向宁倦，调侃着问："陛下，听到大夫的话了？这下能准允我沐浴了吧？"

怕陆清则着凉，宁倦浅拧着眉，还是有点不乐意。

陆清则偏头嗅了嗅自己身上的味道，眉尖皱着，露出几分嫌弃："再捂就臭了。"

宁倦立刻反驳："不臭，香的。"

陆清则的气息是浅淡清冷的梅香，混着苦涩的药味儿。

陆清则哭笑不得："就会拣好听的说。"

宁倦的嘴角短促地翘了一下，没有说什么。

陆清则揉了揉额角。

不知道是不是错觉，这次醒来后，总觉得这小兔崽子似乎发生了什么变化。

具体是哪里出了问题，又一时说不上来。

非要大逆不道地说的话……像是从一只只会撒娇的小狗，变成了一只会咬人的小狗？

……什么乱七八糟的！

陆清则锁着眉头，又看了眼宁倦。

后者刚去吩咐完外头的人准备热水，又凑到了他身边，眼眸亮晶晶的，一眨不眨地看着他："老师渴不渴？要不要喝点水？"

陆清则内心顿时盈满了罪恶感，甩去脑子里那些乱糟糟的念头，微笑着点点头。

这不还是一只可爱的狗狗？

没等太久，下头的人鱼贯而入，搬进浴桶，又送上热水、毛巾胰子和干净衣物等。

热水一进来，屋里登时水雾弥漫，本就是三伏天，现在更加闷热不已。

陆清则攒了会儿精神，感觉又恢复了几丝力气，迫不及待地想要洗一洗，等人都退出去了，手搭在衣襟上，忍不住睇了眼某位没眼色的："我要沐浴了。"

宁倦坐在原处，一动不动："嗯，我知道。"

陆清则好脾气地指了指门外："听长顺说，你也许久没休息好了，趁现在去补会儿觉吧。"

宁倦依旧八风不动，稳如泰山地坐着，抬眸注视着他："我担心老师。"

宁倦眼睛狭长，因为身居高位，看人时总有三分漫不经心的凌厉，现在却是从下往上仰视着陆清则，眼眸看起来便有种小狗般的诚挚灼热，仿佛是真的很忧心陆清则一个人洗澡，怕他会力竭昏倒。

陆清则着实愣了三秒，他很得小动物喜欢，自然也很喜欢小动物，尤其喜欢狗狗。

那么赤诚热烈又无辜的小狗。

陆清则简直不能承受这样的眼神，理智摇摇欲坠了三秒，才守住底线，肃容再次赶人："我一个人可以，不必忧心。"

在宁倦面前换换衣服无所谓，但脱光他就不太能接受了。

尤其他现在感觉自己又脏又臭。

宁倦并不回应陆清则的话，自然而然道："我给老师洗头发吧。"

陆清则看他油盐不进的样子，琢磨了下。

这孩子，是不是又受刺激了？

刚认识那会儿，他替宁倦挡了刺客一剑，失血昏迷了几日，小皇帝整日担心他会半夜突然没了，每天晚上都要来试探一下他的呼吸，才能安心睡着。

这次他病得颇重，昏睡了好几日，宁倦不眠不休地守着他，忧心比从前更甚。

这孩子偏执起来谁也拉不回。

算了，反正都是男人，还怕看吗？

陆清则稍一想想宁倦这几日衣不解带地照顾自己，心就止不住发软，妥协道："好吧，那你转过头去。"

宁倦坐在桌旁，手掌托腮，含笑眨了下眼，听话地别开了头。

他是真的担心陆清则的身体，担心他会在沐浴时出什么事。

片刻之后，"哗啦"一阵水声，陆清则沉入温热的水中，舒适地眯了眯眼。

萦绕在身周的淡淡不安感也消失了。

屋里明明只有他和宁倦，方才他却有种仿佛被什么人紧盯着的感觉。

真是奇怪。

外边重重锦衣卫和禁军看守，还有暗卫盯梢，谁能越过他们，窥视他和宁倦？

不过比他五感敏锐的宁倦都没发觉，看来只是错觉。

陆清则认真思索着，身后传来熟悉的脚步声。

随即就感觉自己的头发被捧了起来。

陆清则偏过头，微微笑了笑："陛下，你还真要给我洗头发啊？"

"嗯。"宁倦捧起他的头发，语气严肃，"别怕，我会好好洗的。"

陆清则：本来不怕的，你这么一说就怕了。

他家这位小陛下比较独立，平时的衣食起居并不是很依赖外人。

但到底是皇帝陛下，身边伺候的人也不是吃干饭的。

要宁倦伺候人，其实还是有点为难了。

好在小皇帝的手法虽说没有多周到细致，却很小心翼翼，活像在对待什么易碎物品，生怕不小心扯疼了陆清则。

陆清则没那些被伺候的臭毛病，只要不是病到动不了手指，都是自己收拾自己的，纠结了会儿，从一开始的别扭到坦然，慢慢地生出股由衷的欣慰来，越琢磨越美滋滋。

儿子养得好啊，都知道给他洗头发了。

换他以前班里那群小鬼头，这会儿还忙着叛逆和家长吵架呢，哪儿知道要孝顺长辈？

宁倦轻轻梳洗好陆清则的头发，垂下眼眸，握了握手中柔软浓密的头发，略微收紧了五指。

陆清则毫无所觉，语气揶揄地夸奖了一句："陛下伺候得不错啊。"

宁倦嘴角勾了勾："老师喜欢吗？"

"还行吧，"陆清则嗓音发哑，语气懒洋洋的，"下次光临。"

还能有下次？

宁倦满意地放下陆清则的头发，乖乖地退到了屏风后："老师有事就叫我。"

陆清则大致擦洗了一遍，也没洗多久，眼前就已经开始发黑，呼吸也有些急促，只得赶紧走出浴桶，头昏脑涨地擦干换上干净衣裳。

换好衣裳,浑身清爽,才感觉真正活过来了。

往外瞅了眼,没听到宁倦的动静,陆清则扶着桌子缓了会儿,擦着头发绕到屏风后,疑惑地叫:"果果?"

却看到少年一手支在椅子的扶手上,手背抵着额角,长睫闭合着,呼吸均匀。

竟然就这么坐着睡过去了。

这段时间熬下来,就算少年人精力旺盛,身体也撑不住了,下眼睑上的青黑明显。

陆清则怔了怔,心疼中夹杂着几分无奈,没有立刻吵醒他,轻手轻脚走到门边,拜托守在门外的侍卫来搬走东西,动作轻些。

听到进进出出的细微动静,宁倦的眼皮动了动。

陆清则示意长顺来帮忙搭把手,两人合力把宁倦挪去旁边的榻上,陆清则顺便哄了声:"没事,继续睡。"

本来挣扎着想睁开眼的少年天子拧着眉,嗅到熟悉的气息后,还真就平静下来了,由着陆清则帮他脱去外衣鞋袜,踏踏实实地睡了过去。

这段日子,长顺怎么都劝不动宁倦上床睡一觉,看着这一幕,欣慰地掏出小帕子擦眼角,心里感叹。

还得是陆大人啊。

陆清则暂时不想再睡觉,待在屋里怕吵到宁倦,朝长顺比了个"嘘"的手势,随手拿起支簪子,将还有些湿润的头发绾起来,轻轻退出了这个屋子。

许多日不见光不见风,走出屋子呼吸到新鲜空气的瞬间,陆清则眯了眯眼,扭头问长顺:"我昏睡的这几日,都发生了什么事?"

长顺自然不可能把每件事都告诉陆清则。

虽然陆清则是陛下的老师……可君臣君臣,就算是老师,说到底,也只是陛下的臣子。

万人之上,在陛下的一念之间;一人之下,也在陛下的一念之间。

他挤出个笑:"倒也没有什么新鲜事,郁大人主持修筑江堤十分顺利,那些个偷奸耍滑的富商不敢再有小动作,陛下将关在大牢里的地方官放出来办事也不用大小事都操心了,各地安置所都修建好了,交上了统计名册……"

长顺大致说了几句,看陆清则的脸色还是不太好看,十分机灵:"要不您还是回屋里再睡会儿?"

陛下醒来见陆大人不好好休息,肯定又会生气。

陆清则摆摆手:"再不走走,都要忘记怎么走路了。"

睡了那么久,早睡够了。

陛下……奴婢努力过了。

长顺默默把话吞了回去,扶着陆清则,在院子里缓慢地溜达了两圈。

早上还不是太热,不过就这么几步,陆清则额上也浮出了点汗,感到体力不支。

他不想回房间打扰宁倦休息，长顺便搀扶着他，走进对面的房间坐下。

这里说是宁倦休息的房间，但实际上压根儿没得到过皇帝陛下的临幸，也就书案上堆了些文书，有了点生活痕迹。

陆清则一坐下，就看到一册摊开的文书，是病患所上报的。

扫了两眼，他的眉头就蹙了起来。

上面记载了连日来病患所里染疫者的情况。

染疫者在不断增加。

整个病患所现在已经被彻底封锁，只有少数人能持令出入。

他体质弱，抵抗力更弱，一年里有一半时间都在因为各种原因生病，按理说，如果是接触就会传染，他接触过林溪那么多次，应当不会幸免。

所以传染途径到底是什么？

陆清则摩挲着下颔，回忆着前世看过的各种传染病案例，又翻了翻桌案上关于病患所的文书。

病患所离集安城较远，因风险太大，宁倦只去视察过两次，便没有再去。徐大夫与几位太医试药，也是从病患所里挑了发病程度不同的患者出来，没有进去涉险，否则他们一旦染疫，江右就没人管得住了。

在病患所里的人很难出来，里面的实际情况到底如何，都是由下面人上报的。

本该派人去实地查看的，但宁倦这几日的注意力八成都放在他身上了。

陆清则拈着那一纸文书，思索良久，抬眸看向长顺："长顺，能不能找两个人去病患所探探实际情况？不要报陛下的名号，低调点。"

长顺正要点头，门外传来一阵急匆匆的脚步声。

少年才睡醒，带着丝低哑的声音从门边传来："老师有事找我便是，找长顺做什么。"

长顺立刻闭上嘴，默默往角落里缩了缩。

陆清则惊讶地看过去："陛下不是才睡下吗，怎么这就醒了？"

宁倦的脸色隐约发着白，目光死死锁在他脸上，语气却很平稳："老师不在身边，我睡不着。"

他本来没想睡的，只是见陆清则终于醒了，精神稍稍一松，身体太过疲倦，靠在椅子上一闭眼，就陷入了黑甜的梦乡。

直到他做了个噩梦，心脏紧缩着惊醒，睁眼陆清则却不见了。

那一瞬间他几乎以为噩梦成真，冷汗顷刻间如雨而下，慌忙跳下床到处找人。

他外袍都没来得及穿好，冲出房间时吓了守在外面的暗卫一跳。

好在对面屋里的书案被搬到了窗边，他踏出屋子便看到了陆清则，狂跳不停的心脏这才安定下来。

陆清则看他急急忙忙的样子，额头上还浮着虚汗，直勾勾地看着自己，猜到他大概是做了噩梦，起身摸出帕子，给他擦了擦汗："做梦了？和我有关？"

宁倦不声不响地点点头，走到他身边坐下，又小声叫了声："老师。"

陆清则无奈地顺了顺他的背："好了，我这不是好好的？"

宁倦低缓地"嗯"了声，良久，重新抬起头来。

他的头发没有梳，凌乱地披散着，透出了几分平时难见的少年气："老师说得在理，底下那群宛如灯下之黑，是我疏忽了。"

他觑了眼长顺，淡淡道："传令给郑垚，叫两个人低调点去探探病患所的情况，再将所见所闻，一五一十地报上来。"

郑垚看不起阉人，长顺也不太喜欢和郑垚打交道，闷闷地应了声。

见长顺要出去了，陆清则眨了下眼，忽然想起点什么："是不是少了个人？"

宁倦没睡足，困倦重新涌上来，声音打飘："有吗？"

陆清则左右看了看，终于明白从醒来到现在，心里那股微妙的不和谐感是从何而来了："陈小刀呢？"

宁倦缓缓睁开了眼。

走到门口的长顺神色惶惶。

陆清则瞬间看出几分不对，把往他身上黏的宁倦推开，微眯起眼："嗯？"

"……顺子。"宁倦面不改色，"让人去把陈小刀接出来。"

陈小刀还在隔离疑似病患的安置所里待着呢。

长顺不敢回头看，头一次那么思念郑指挥使的悍匪脸，连忙应了一声，飞快逃离现场。

陆清则面无表情地点了点宁倦的额头："解释一下？"

宁倦抿抿唇，掀起眼皮，盯着他："老师生了病，第一反应却是找陈小刀，我不喜欢。"

陆清则用力敲了下他的脑门："我为什么找小刀你还不清楚？因为他不会不由分说地破门而入！"

宁倦并不觉得这是自己的错。

但再讨论这件事，必然会又吵起来。

陆清则好不容易醒过来，他不想再在这件事上和陆清则吵起来了，干脆捂着额头痛叫一声，小声撒娇："老师，我头好疼。"

这件事必须纠正宁倦的想法，但现在显然不是时候。

他怎么舍得真的教训对他掏心掏肺的小孩儿？

但也实在气不过。

陆清则又敲了他一下，冷冷道："去睡觉。"

第二下敲下来，力道明显比第一下轻了许多，没有什么惩罚意味。

宁倦的嘴角悄悄弯了弯，再接再厉，知道陆清则的弱点，故意用无辜的眼神仰望着他："可是老师不在身边，我睡不着。"

陆清则自然知道他那点小九九："我倒是不知道，什么时候我还有安神助眠的效果了？"

话是这么说，他还是陪着宁倦回去了。

陆清则大病初愈，精力不足，醒来折腾了这么会儿，身体又叫唤着想休息了。

本来是想哄小孩儿睡觉的，自己却坐在那儿摇摇欲坠。

宁倦与他相反，身体与精神虽然疲累到了极致，但躺下来后，他却没那么想睡，只想和陆清则说会儿话。他忍不住又磨磨蹭蹭地叫："老师……"

陆清则迷迷糊糊地"嗯"了声，示意小崽子别吵了，要睡就好好睡。

宁倦看他困得眼睛都睁不开了，给碗糖蒸酥酪就能直接拐走，忍不住笑了笑，方才那股气也消了。

沐浴过后，陆清则身上浸透了的苦涩药味儿散去了许多，那股沁人心脾的幽冷梅香又浮了上来。

是宁倦最熟悉的味道。

这股味道总能让宁倦感到心安，原本没什么睡意，盯着陆清则看了一会儿后，也不知不觉睡了过去。

然而这一觉也没能睡多久。

他连续做了几个光怪陆离的梦后，竟又续上了之前独自睡着时的那个噩梦。

梦里的陆清则染了疫，最终没有醒来。

所有人都在劝他烧掉陆清则的尸体，以免瘟疫传播。

他看着陆清则苍白地躺在床上，眉宇间那点风中之烛般的生气彻底消弭，指尖变得冰冷，心口也随之冷了下去。

那其实是他这几日反反复复的噩梦。

只要他稍微打个盹，就会在短暂的睡眠里梦到这一切。

他不敢睡。

这次的梦里，不知道是谁点了一把火。

冲天的火光烈烈，烧红了宁倦的眼，他不顾一切地冲进火场，入眼却是把烧得焦黑的尸骨。

宁倦再次被噩梦惊醒。

宁倦的胸口剧烈起伏着，浑身颤抖，滞涩地扭过头，眼神狂乱，直到看清另一张床上躺着的人，看他胸膛轻微地起伏着，从梦中带出的痛感才消减下去。

他忍不住走过去，手停在陆清则的胸口上，感受着手底下并不强劲但足够稳定的心跳声。

是活的，温热的。

不是梦里那具枯骨。

不知道过了多久，宁倦的呼吸才稍微平复下来。

只是噩梦而已。

幸好只是噩梦。

宁倦闭了闭眼，竭力将意识从混乱的梦里抽出，撑起身子，低声叫："老师……怀雪。"

陆清则只是眼睫抖了抖，便没有其他的反应了。

这是陆清则对他的信任。

宁倦很喜欢这样的信任，正如他信任陆清则一样。

外头忽然传来阵脚步声，长顺略有些尖细的嗓音响起："陛下，有封密信，奴婢给您送……"

踏进门槛，看到陆清则睡着了，长顺的声音戛然而止。

宁倦解开床帘放下，目光淡淡的，掠去一眼："小点声。"

长顺压低声音："陛下，那密信……您要看吗？"

宁倦仔细拉好床帘，离架子床远了些，才放低声音："嗯。"

见宁倦这么小心，长顺也屏住呼吸，踮着脚上前来，恭恭敬敬地把信送到宁倦手上。

宁倦拆开信封扫了眼。

是京城的来信。

信上将京城最近发生的大事小事都说了一通，除此之外，还有一则消息——

明日一早，由范兴言带领的朝廷赈灾队伍便能抵达了。

如此一来，在江右重建恢复之前，灾民不会再无米可食，等江堤修好，解决疫病，也能基本恢复安定了。

宁倦攥着信笺，垂眸静思。

再过些时日就是母亲的忌日，他想赶在那之前回江浙。

在那之前，得将事情交接给范兴言。

江右的沉疴宿疾非一朝一夕能拔除，等他离开之后，现在显得老老实实的各府官员、乡绅富商可不会那么好说话。

不过那都是范兴言的事。

他若是连这点事都处理不好，就证明不堪大用。

但离开之前，需要处理的还是得处理一下……

正思索着，垂下的床帘忽然被一只白皙瘦长的手拉开一角。

陆清则露出半张脸，睡眼惺忪地看来："怎么我睡着了？"

真把人吵醒了！

长顺默默地缩到一边自行面壁。

宁倦剜了眼长顺的后脑勺，转头眉宇一松，嘴边衔了笑意："老师醒了吗？刚接到消息，范兴言明日便能抵达江右。"

陆清则眯着眼，打了个小小的哈欠："总算来了。等交接一下，便回江浙吧。"

宁倦嘴角弯了弯。

陆清则慢条斯理地拢好衣领坐起来，心里琢磨了一番。

宁倦母亲的忌辰也快到了，到时候他陪宁倦去祭拜。

小家伙应当会在当地停留个几日，届时他找个借口，独自溜回临安府，去见见主角段凌光，没什么大碍的话，就可以回京城了。

他们离开这段日子，卫党在京城应该没少闹腾，也是时候回去了。

回过神来，陆清则又揉了下眼，发现面壁中的长顺，诧异道："你又怎么长顺了？长顺，别面壁了，转过来吧。"

听到陆清则的声音，长顺默默又转了过来。

宁倦睨了眼长顺，含笑的目光里带着三分警告。

长顺摇摇手："没……没什么，奴婢就是来送封密信的，顺便回禀陛下，郑指挥使已经派人前去病患所探查，陈小刀也回来了。"

陆清则挑挑眉，不太相信。

不过还是陈小刀更重要点。

"小刀人呢？"

长顺早猜到了陆清则会想见陈小刀，弯腰道："陈小刀就在院子外等着。"

陆清则往外看了看："快带他进来。"

虽说陈小刀接触过林溪，但被关了这么久，显然是宁倦这兔崽子的私心。

宁倦猜到陆清则的想法，不悦地抿了抿唇。

前几日他那般焦灼煎熬，哪有心思去教训陈小刀，只不过是把人忘了而已。

陈小刀很快进了屋，先朝宁倦行了一礼。

再一转头，看到陆清则完好无损、清醒如常地坐在那儿，他的眼眶一下湿了，冲过来时声音都哽咽了下："公子！"

他一直在陆清则身边，见他病倒昏迷过无数次，但像这次这般严重的，也还是第一次，慌得六神无主。

好在陆清则没事。

陆清则摸了摸陈小刀的脑袋："我没大碍了，在安置所受委屈没？"

陈小刀看他脸色也好看了点，傻乐摇头："没有，大伙儿都很照顾我。"

宁倦虽然不高兴，但也不会故意去折腾陈小刀，他又是陆清则身边的人，自然不会有人亏待，在安置所待得也好好的。

只是很牵挂陆清则。

陈小刀十分兴奋，也没注意到宁倦的不满，围着陆清则叽叽喳喳说个不停："安置所里的灾民都很感激陛下和公子呢，说等洪水退了，就给陛下和公子供长生牌呢。"

陆清则含笑听他说着，时而附和一下。

宁倦就像只被人盯着骨头的小狗，气得团团转，但又没办法，只能闷在一边生气。

长顺为陈小刀狠狠捏了把汗，试图挽救一下局面："小刀过来得急，还没吃饭吧？刚好咱家也没吃，要不要一起？陆大人才醒不久，也需要多休息呢。"

陈小刀的确来得急匆匆的，听长顺这么一提，才感觉到饿意："是哦。"

陆清则似笑非笑看了眼长顺，颔首道："快去吃饭吧。"

陈小刀"嘿嘿"笑了声，就乐颠颠地跟着长顺走了。

宁倦的脸色这才好看了点。

陆清则抄起杯茶水，抿了两口，不去戳破宁倦的小心思："差点忘记问了，林溪与于姑娘的情况如何了？"

"服了徐恕的方子，今日也退了热，需再观察两日。"宁倦顺坡往下走，脸色如常地切换话题，"他们二人是最先服药的，若能恢复，徐恕的方子便也能推广了。"

陆清则略松了口气，就算林溪不是小世子，他也希望林溪能早日康复。

稍晚，郑垚派去病患所的人总算回到了官署。

郑垚立刻领着人去求见宁倦。

前几日，来往之人路过小院附近，连步子都会放轻，生怕惊动帝王。

生病的虽然是陆清则，但大伙儿也不太好挨。

听说陆清则醒来的那一瞬间，郑垚满心都是：嚯，救星重临世间了！

不过陛下没有召见，他也不敢主动来求见。

一到院子外，郑垚抻着脖子往里看了眼，一眼就看到了在廊下的两人："陛下，臣郑垚求见！"

郑指挥使跟头黑熊似的，嗓音相当具有穿透力，精力十足。

陆清则转头一笑："郑指挥使来了，请进。"

郑垚带着人进了门，偷偷用余光瞟了眼陆清则。

病了这么一场，本来就清瘦的人又清减了几分，倚栏而坐着，弱柳扶风般。

啧，也不怪陛下担心。

郑垚也就只瞟了一眼，轻咳一声，把身后的人推出来："把在病患所的所见所闻一五一十说出来，不得有任何虚言。"

陆清则笼着袖看向郑垚身后的人，意外发现是熟面孔。

是上回去贼窝营救宁倦时，那个又会小语种又会开锁、相当多才多艺的锦衣卫小靳。

小靳"砰"地单膝跪地行礼，低下脑袋，口齿清晰："启禀陛下，城外的病患所虽建了不少，但因患者众多，且染疫者每日增加，一间病患所内，至少有十余名病患，病患躺在窄硬的木板上，周遭除了低泣，只余痛吟。"

宁倦眼神一沉。

他此前去病患所视察时，条件可不是这样的。

下面那群吃了熊心豹子胆的，竟当真敢在他眼下玩这种把戏！

莫不是觉得他来江右后，只关不杀，心慈手软？

宁倦的面色莫测，淡淡道："继续。"

想到在病患所看到的一切，小靳无声叹了口气："暑气溽热，东西烂得快，人也是。有的病患下肢已经开始溃烂而不自知，引来了苍蝇蚊虫，又因着发病后，许多病人会上吐下泻，病患所地上积垢一片，隔着布巾，都会闻到浓浓的恶臭。"

郑垚听得已经有些反胃了，瞪着眼看过去："没人清理打扫吗？"

小靳犹豫了一下，看向宁倦，不知道该说不该说。

陆清则按了按突突直跳的太阳穴："想说什么便说吧。"

小靳还是不敢说。

宁倦负着手，居高临下望着他，眸子如一块冷凝的冰："说，朕不会怪罪你。"

"属下听到管理病患所的官员闲谈，原话是……"小靳咽了口唾沫，"'这小皇帝在京城被卫首辅压着，就来江右逞威风，脏活累活都丢给我们干，自己逍遥快活赚好名声'，另一个说'这群染了病的贱民，早点死干净了好，省得本官成天提心吊胆的'。"

周遭的气氛死寂了一瞬。

宁倦冷冷勾了勾唇角。

郑垚眼皮狂跳个不停，瞪了眼死心眼的小靳。

让你原模原样说，你还真就原模原样说啊？！

总有人跳着想找死，陆清则脑仁发疼，瞅了瞅没表情的宁倦，感觉他应该快气疯了，轻轻吐出口气："看来有人不服气啊，陛下。"

宁倦对着他还能露出笑来："老师才醒不久，听这些事伤神，朕去书房与郑大人详谈，你先回去歇息吧。"

语气柔和，但不容置疑。

陆清则愣了一下。

怎么还要特地把他支走再谈？

但宁倦做的决定，他一般不会反对，也不会利用老师的身份，强硬地要求宁倦做什么，只是心下失落了一瞬，便点点头，没有非要插手不可："好。"

见陆清则转身回了房，宁倦的脸色彻底沉下来，一整衣袖，下了台阶，大步朝外走去，一直走到书房里，才叫了声："郑垚。"

郑垚和小靳一直跟在后头，低首应声："陛下请吩咐。"

宁倦从桌上捡起两本名册，漫不经心地翻开，薄唇启合，似乎是自言自语："朕好像让他们误以为朕很仁慈。"

那语气也不冷，尾音却渗着说不清的森寒，直往人头皮里钻，听得郑垚眼皮又跳了跳。

宁倦扫了眼手中的名册，丢过去："去做你该做的事。"

一刻钟后，在官署里休息了几日的锦衣卫全员出动，骑着快马飞奔出城，如雷的马蹄声踏遍江右。

不到一个时辰，十几个曾在这场天灾人祸中火上浇油的酷吏从大牢里被提出来，锁上镣铐。

郑垚骑着马，拖行这十几人，一路到了洪都府。

洪都府的百姓虽未受灾，但在江右这班子地方官手下过得也十分水深火热，在发现被拖行的竟是平日里那些高高在上、盘剥自己的官员后，百姓们一下沸腾了，几乎是全城出动，围观唾骂。

绕城跑马一圈后，这些人也都半死不活，快没气了。

郑垚将人拉到城门口，脸色冷酷："尔等贪污受贿，玩忽职守，鱼肉乡里，罪不容诛——依陛下御令，当场斩首！"

十数人脑袋哐当落地，一溜被挂于城门之上，示众百日。

江右的百姓平日里受够了欺压，这会儿不仅不害怕，反而拍手叫好，争相围观。

这个消息很快传到了各地。

前些日子，因陆清则病重，宁倦力绌，便将部分被关押的官员放了出来，协同处理江右的事务，拖到洪都府斩首的，都是当时没有放出来的那批。

被放出来、逃过一劫的人得知消息后，三伏天的，一股凉意从脚底蹿上了后脑勺，连呼吸都不敢太大声，生怕稍重一点，自己的脑袋就得跟着挂上去。

接着，郑垚就大摇大摆地领着锦衣卫来逮人了。

各个官署又被清理了一波，包括集安府外病患所。

所有人战战兢兢的，皆以为自己就要被押去城门口赴黄泉了，没想到他们并未被拉去洪都府砍头，反而被带回了集安府官署，隔着门跪见了圣上。

众人面面相觑，茫然的同时，心里又生出了几分希望。

陛下莫不是召他们来问话的，还有一线生机？

宁倦靠坐在椅子上，面前摊着院子里跪着的那批官员的名册，上面列着名字、官职、生平作为等，除了锦衣卫的调查，剩下的来自之前见过的几大商户，以及狱中的拷问交代。

他执起朱笔，没有废话的意思，轻描淡写地划去第一个名字："程岳秀。"

外面传来一阵长刀破风声。

惨叫与惊呼随即而至，磕头求饶声也响了起来。

宁倦眉也没抬一下，继续划去下一个名字："朱玮。"

"姚茂。"

"卜斌。"

"桂玉平。"

……

一个个名字念出口，朱笔划去，面前的名册仿佛生死簿，少年帝王的声音成了催命符。

屋内静得落针可闻，外面的惊呼惨叫求饶声也渐渐消失，陷入了长久的死寂。

长顺屏息静气地伺候在旁，等了许久，见宁倦随意翻弄着名册没再说话，试探着开口："陛下，可是结束了？"

宁倦"嗯"了声，搁下了朱笔。

老师告诉过他，水至清则无鱼，若是都杀光了，江右恐怕也要陷入瘫痪了。

修剪点烂枝烂叶罢了。

此番数十名官吏的血泼洒而下，足以变成江右本地官头顶的血色阴影。

不仅是江右的地方官——

消息传出去，想必各地的官员都会对传闻里懦弱无能的少帝改观，不敢再轻视怠慢，阳奉阴违之举也能减少不少。

余下的这些再行处置，罚俸降级皆看功过。

屋内没有再传出声音，郑垚估摸着是结束了，甩了甩刀上淋漓的鲜血，凶悍的脸皮笑肉不笑："陛下的话说完了，诸位还不叩拜谢恩？"

满地流淌着温热的血，染红活下来的人的膝盖，混着他们滴下来的汗水。

余下的官员身体抖得停不下来，仿佛现在不是三伏盛夏，而是数九寒天。

鼻端充斥着浓重的血腥气，眼角稍稍一斜，就能看到满院倒地的、脸庞或相熟或陌生的人。

所有人都不由自主地咽了口唾沫，战战兢兢地一头磕了下去："微臣……谢恩。"

再抬起头时，每个人的脸上都沾了血。

郑垚鄙夷地睨着这群平日里为祸百姓的狗官，拖长了声音："诸位大人，可以散了，陛下仁慈，允准各位回去休憩半日。"

那声"仁慈"落进耳中，有种说不出的讽刺。

来时一大片人，回去时不到一半，他们想立即离开这里，却腿软得几乎爬不起来，好不容易互相搀扶着站起来，又再次谢了恩，瘸瘸拐拐地回去了。

郑垚不屑地"嗤"了声，跨过脚下的尸体，走进书房："陛下，都办妥了。"

宁倦勾画出几个替补的官员，兴致缺缺地合上了名单。

郑垚杀了个尽兴，血都还在沸腾，兴冲冲地问："陛下，接下来做什么？"

宁倦看了眼外头，折腾了一下午，已然落日熔金，暮色四合。

他接过长顺递来的丝帕，低头擦了擦手："天色暗了。"

郑垚一时没反应过来："啊？"

"老师该喝药了。"宁倦道，"通知下替补官员，收拾下外头，别让老师知道这件事。"

郑垚顿时肃容："微臣晓得，必不会让陆大人知道此事。"

陆大人病歪歪弱不禁风的，要是知道今天这场，再病倒一次，倒霉的就该是他了。

宁倦"嗯"了声，放心地走出书房门，看也没看地上那一片血色蜿蜒。

长顺也不敢多看，跟在宁倦身后，一溜烟离开书房，胸口那颗怦怦直跳的心脏才安稳下来。

快到陆清则休憩的院子时，宁倦的脚步忽然一顿，想起了什么似的："朕身上有血腥气吗？"

您还在意这个？

长顺壮着胆，上前嗅了嗅，摇头："回陛下，没有。"

宁倦垂下眼，略作思索之后，还是没有走进院子，找了间空房，让人送来新衣裳换上，确保一丝血腥气也无，这才跨进了院子。

晚膳和药都已经送上来了，陆清则被宁倦当成雪人，禁止多走动，禁止多吹风，禁止处理公务，连看书也不许，无聊到了极点，听陈小刀说了一下午单口相声，才勉强挨下来。

听到院子里传来脚步声，便知道是宁倦回来了。

陆清则在心里数了三秒，少年挺拔的身影就出现在门口，朝他露出个灿烂的笑："老师，在等我吗？"

陆清则打了个小小的哈欠，揶揄道："厨房送来的是双份晚饭，都是陛下的旨意，哪儿敢不等。"

长顺极有眼力见儿，看陈小刀还没反应过来，上去拉着他就往外走："小刀，陛下不喜欢人伺候着用饭，咱们也下去吃饭吧。"

陈小刀感觉他急急忙忙的，摸不着头脑："哦哦，好，你很饿吗？"

长顺稍微一想书房那边发生的事，就吃不下饭，含泪道："对，咱家饿死了。"

闲杂人等离开了，宁倦颇感满意，净了净手，坐下来给陆清则布菜："早上才吃了半碗粥，中午听说也没吃什么，老师得多吃点，好得才快。"

陆清则病了这么几天，药一碗碗地灌，灌得嘴里没甚滋味，厨房送来的菜又偏清淡，一眼望去全是药膳，搞得他本就不振的食欲越发浅淡。

不过在宁倦担忧热忱的目光中，他还是努力了一下，夹起菜往嘴里塞。

宁倦望着陆清则，为能看到他好好坐着吃饭感到欣慰。小皇帝的视线存在感极强，陆清则在他看过来时就有所察觉了，忍了一会儿，见这小混账还是没收敛，忍不住偏头看过去，撞上宁倦含笑的脸。

陆清则调侃："馋就自己吃，老师可不会喂你。"

这话一出口，宁倦忽然又笑了。

是那种低低笑出声的，在胸腔里都有共鸣的笑。

"嗯，谢谢老师。"宁倦满眼笑意地望着他，"我会自己吃的。"

第七章

翌日清晨。

从京城出发、带着大批赈灾物资的范兴言，终于风尘仆仆地赶到了江右。

天才亮起一线微光，马车辘辘进了城，一到官署大门口，范兴言抹了把脸，来不及休息，赶紧先去拜见皇帝陛下。

跨进院子的时候，范兴言便嗅到了一股浓浓的药味儿。

他心里一惊，都不迷瞪了，拉住带路的长顺，紧张地问：“长顺公公，敢问陛下可是……龙体欠安？”

进城时，他看到了城外大片大片的安置所，还远远看了眼病患所。

一路而来，听闻陛下亲自去探视过好几趟病患所，如今看官署内气氛凝重，来往的禁军和锦衣卫巡守森严，下人行色匆匆，难不成……

范兴言顿时脸都白了。

长顺看他一眼，露出副高深莫测的表情，只吐出四个字：“不是陛下。”

不是陛下？

范兴言有点疑惑，等进屋，看到瘦了一圈、戴着面具靠坐在榻上的陆清则，以及一脸严肃地用手贴着药碗正在试温的陛下，才恍然大悟。

见人来了，宁倦将药碗捧给陆清则，睇了眼范兴言：“说说，朕离京后，都发生了什么事。”

陆清则一大早被挖起来喝药，脑子还没开机，迷迷瞪瞪地捧着药碗，听他们说话。

范兴言担忧地偷偷瞅了几眼陆清则，低头回答宁倦的问题："陛下离京之后，卫党更加肆无忌惮，极为猖狂。

"五军营总兵樊炜当街纵马伤人，几位御史弹劾上谏，隔日，竟被拉到暗巷中殴打了一通!

"左佥都御史陈大人忍无可忍怒斥卫鹤荣,被刑部无文书关押……"

范兴言本来就是个细致的性子,事无巨细地说了一遍。

宁倦脸色淡淡地听着。

范兴言所说的,与他接到的密信中禀报的无二。

五品官员说关就关,卫党这派头,与当初祸乱朝纲的阉党,已无差别。

陆清则在旁边艰难地把药灌完了,含着蜜饯问:"卫鹤荣呢?"

说了那么多,似乎都没有卫鹤荣本人的动作。

江右出了这么大的事,宁倦亲临到此,朝廷里必然很热闹。卫鹤荣发现自己被小皇帝摆了一道,吃了个大亏,也晓得潘敬民在他们手上了,难道没反应吗?

范兴言摇头道:"江右事发后,卫鹤荣被指袒护潘敬民、私扣灾情奏章,卫鹤荣不否认也未承认,只是再没有出头,低调隐在卫府,对外称病。"

江右一事,为宁倦收获了民心,也动摇了卫鹤荣。

想必卫鹤荣不会坐以待毙,只是以退为进罢了。

等回京后,还有场仗要打。

宁倦收回漫游的思绪,指尖轻点着榻上的桌案:"范大人,朕有一事交由你来处理。"

范兴言肃容:"陛下请说,臣万死不辞!"

"进城之时,你应当远远见过病患所。"宁倦的语气很沉静,锐利的目光笼罩着范兴言,缓声道,"之前监管病患所的人因失职已被斩杀,如今病患所无人监管,你可敢前去?"

陆清则也正了正色,望向范兴言。

之前太过匆忙,用错了人,此番必得选一个性格坚毅之人才行。

病患所那地方,监管的官员虽不必亲自接触病患,但到底有风险。

范兴言的妻子才被查出有身孕,他此番离开京城前来江右,至少也得分别几月,如今又要接手有染疫风险的任务,对他而言压力必然极大。

他愿意吗?

在两人的注视下,范兴言只是怔了一瞬,复又神情坚定,长长一揖:"臣必恪尽职守,不会辜负陛下的期望。"

陆清则不知道范兴言在那一瞬间都想了些什么。

但在这一刻,他是很敬佩范兴言的。

"范大人,不必担心,"陆清则低低咳了一声,弯了弯发白的唇角,"已有一位神医与太医共同研制出了治疫方子,这几日正在一些病患身上试药,卓有成效,待过几日推行下去,疫病很快便能消除。"

范兴言愣了几秒,忽然就无意识地松了口气。

他家中还有行动不便的老母,以及怀胎三月的妻子,若是能少沾染点危险,谁不乐意呢?

宁倦收回试探的目光，低头抿了口茶："行了，舟车劳顿，下去歇歇吧。"

范兴言又行了一礼，这才依言离开。

陆清则继续往嘴里塞蜜饯，欣慰地想，小范大人这是面试成功了。

范兴言前脚才走，郑垚后脚又来了，禀报病患所的情况。

"禀报陛下，病患所已经基本清理干净，按陆大人所言，病患的呕吐物和排泄物已经掺进石灰处理掩埋，病患的旧衣也已挖坑烧尽，每间病患所发足恭桶、夜壶和痰盂，每日处理一次。"

陆清则在旁边仔细听着。

每日送进病患所的食物和水源都是经过把控的，不会出错，病患所内疫病之所以还在蔓延，他猜测跟病患所内排泄物遍地、蚊虫肆虐脱不了干系。

他们现在还在江右，病患所那帮人得了令，不敢疏忽，等他们离开了，这件事就得交给范兴言来处理了。

大清早的，先是范兴言，后是郑垚，没一会儿长顺又来送公文了。

陆清则目前被划定为啥也不能干的人，他百无聊赖地再次往嘴里塞蜜饯。

宁倦眼睁睁看着他跟只仓鼠似的，一会儿塞一个，一会儿又塞一个，一盘蜜饯都要见底了，终于忍不住，扭头钳住陆清则的手，啼笑皆非："老师，少吃点这个，当心你的牙！"

陆清则叹了口气，也没挣扎，老实松开手，擦手时喃喃："我连吃点甜食的自由也没了吗?"

宁倦听他自言自语，感觉又好笑又心疼。

他恨不得把全天下所有好吃好玩的都堆到陆清则面前，让他挑选，但眼下为了他的身体，也只能小心谨慎些。

陆清则的猜测果然是对的。

在宁倦的严令与范兴言的监督之下，各地的病患所都被修整了一番，清理出来的秽物用石灰消毒。

徐恕也呈上了最终的药方，推广到各地病患所。

如此过了几日后，再交上统计名单，果然就几乎不再有新的染疫者出现了。

"九成以上的病患服下药后，都有了明显的转好，不再呕吐腹泻。"

范兴言面带喜色："听闻堤坝也已重建了，多亏了陛下与陆大人，若是没有您二位亲临，江右的情况恐怕不会这么快就好起来。"

若是他独自前来，首先就得对上潘敬民等人。

光潘敬民就让他吃不消了，还有那些投机倒把的奸商，推三阻四、阳奉阴违的下级，稍不注意，被吃了都反应不过来，阻碍重重。

陆清则摆摆手:"能这么快整理好秩序,还是陛下的功劳,我没做什么。"

两人正面对面坐在亭子里,熏风阵阵。

范兴言一到江右,就扑进病患所忙活,要不是今日回来汇报情况,两人也见不着面。

前几日见面,顾忌宁倦在场,范兴言都不好多问,现在仔细观察着清减了几分的陆清则,忍不住叹气:"怀雪,我听闻你大病了一场,差点没醒来……"

陆清则眨了下眼,笑:"听小刀说的?哪儿有那么夸张,现在不是好好的,就当是节省衣料了。"

范兴言简直哭笑不得:"怀雪,你也太乐观了。"

陆清则上辈子一直笼罩在死亡的阴影里,这辈子又在鬼门关反复横跳,对生死颇有点看淡的心态,随意道:"药也喝了,让调养也调养了,尽人事听天命,身体不争气,我也没法子,总不能成日里愁眉苦脸、唉声叹气的吧,那样岂不是死得更快?"

范兴言眼睛一瞪,还没"呸呸呸",边上就传来刻意踩重了一分的脚步声。

宁倦走过来时瞪了眼轻松将生死挂在嘴边的陆清则,脸色不悦:"范大人,公务烦琐,先去忙吧。"

唉,被听到了。

陆清则垂眉耷眼,当起鹌鹑。

范兴言看他从侃侃而谈到被抓包的样子,不等陆清则开口挽留,就幸灾乐祸地起身行礼告辞,走得飞快。

陆清则张了张嘴,只得在宁倦还没兴师问罪之前,立刻先截断话题:"听说林溪已经康愈了?我们就快离开江右了,事不宜迟,尽快与他说清楚吧。"

宁倦没好气:"老师,下次你再这般口无遮拦,我就要教育你了。"

陆清则非常敷衍:"哦哦哦,好好好。"

宁倦气结。

老师还是把他当小孩儿哄着!

陆清则什么时候才能发现他已经长大成人了?

他气得磨了磨牙,忍气吞声地盼咐长顺:"去把林溪和于铮带过来。"

当日发病之后,得到宁倦命令的太医一直在用心诊治,此后徐恕又被带来集安府,林溪与于流玥近水楼台,最先得到治疗,好得也最快。

生死在前,于铮照顾着女儿和养子,记忆也恢复了大半。

一家人早就想来拜见宁倦,以表谢意,只是虽同在官署里,皇帝陛下却也不是想见就能见的,长顺去叫了人后,林溪和于铮当即放下手上的事,很快便过来了。

林溪年轻体壮,又是练武之人,大病初愈也不显憔悴,步伐十分稳健。

陆清则羡慕地叹了口气。

林溪依旧有点害羞,跟在于铮身后,不太敢与人直视。

父子俩被长顺引着走进亭子里，见到宁倦，想要行礼，宁倦抬了抬手："免礼。"

陆清则含笑打量着林溪："两位不必多礼，陛下叫你们过来，只是想问一件事。"

林溪还有些不明所以，于铮却已经猜到了什么似的，脸色顿变。

宁倦一眼看出了于铮的脸色变化，脸色浅淡的，看不出情绪："看来你已经知道朕想说什么了。"

于铮的面色变幻不定，他的记忆恢复后，想起了赵正德的事，对人的信任感也不免薄弱了三分，尤其听闻当日被带下山的山贼，多半没了踪迹。

眼前这位小陛下并不是什么手软之辈。

万一林溪其实是什么罪臣之子，陛下是来赶尽杀绝的呢？

万般念头闪过脑海，他最后还是低下了头，手无声紧握："草民明白。"

既然已经将他们找上来，料想陛下已经调查清楚了，再意图隐瞒也是枉费工夫。

于铮舔了下干燥的嘴唇，忽然"砰"的一声跪下，艰涩地说道："陛下，无论林溪的父辈做过什么，但草民捡到他时，他不过是个总角小儿，什么也不知道，望陛下……"

"于先生，你误会了，"陆清则看他着急的样子，愣了一下，笑着起身去扶他，"快快请起，陛下不是来问责的，林溪的身世我们确实已经调查清楚，但与你想的相反。"

他望向惶然不知所措的林溪，温和道："林溪的父亲不是什么罪臣，而是守卫大齐的功臣。"

于铮和林溪一齐愣住，尤其是林溪，大大的眼睛里充满了迷惑。

陆清则和宁倦对视一眼，开口解释："十二年前，漠北战乱，史容风大将军派亲兵护送五岁的小世子回京，不料途中遭袭，小世子失踪。小世子肩上有一月牙形胎记，身上带着信物，这些年来，大将军一直在寻找小世子。"

只是林溪被带到了江南，史大将军身在漠北，手实在伸不了这么长。

陆清则的话一出口，于铮惊愕不已，倒吸一口气："史……史大将军？"

大齐的黎民百姓，谁不知道史家军？

他们或许不知道崇安帝叫什么，但必然都知道史容风的名字，并对他怀有无尽的崇敬。

便是有史大将军镇守漠北，震慑着虎视眈眈的鞑靼与瓦剌，大齐才能免于战乱，安定至今。

如果林溪当真是史大将军的孩子，那他当初冒险收养林溪，当真是做了一件天大的好事！

相比又惊又喜、兼之情绪复杂的于铮，林溪则一直处于发蒙的状态。

他忘了幼时的事，听陆清则说起这些，脑子中模模糊糊的有如浮光掠影，很难拼凑出具体的印象，忍不住揉了下太阳穴。

陆清则耐心地等了会儿这对养父子消化信息，才又徐徐开口问："于先生，你愿意助史大将军认回独子吗？"

于铮拍了拍林溪的背，心里虽不舍，挣扎了一下后，还是点头："就算林溪不是史大将军的孩子，既然当初并非有意遗弃，也该让他回到亲生父母身边。"

"那你呢？"陆清则转向林溪，循循善诱问，"林溪，你愿意寻回亲生父亲吗？"

若是对陆清则说的话毫无印象，林溪会毫不犹豫地摇头。

可是他确实隐隐约约想起了一些东西，因此沉默下来，没有否决，也没有立刻答应。

这样的反应在陆清则和宁倦的意料之中。

宁倦冷眼旁观了许久，开口道："当初你遇到林溪之时，捡到的信物在何处？"

于铮递给林溪一个安抚的眼神，从怀里掏出了一块玉佩："这几日草民回了趟于家村家中拿东西，正好将玉佩带了出来，陛下请过目。"

长顺垂首接过玉佩，呈给宁倦。

玉佩颇为精致，上面雕刻着一个特殊的字符。

缝隙间隐隐有洗不掉的血迹。

"是漠北史家军的标识。"

一锤定音。

陆清则心里一松。

彻底确定了。

看林溪还有些回不过神的样子，陆清则也能猜出他的纠结，不免又多了几分怜惜，语气更为温和："林溪，你若是拿不定主意，便先回去与家人商量一下，如何？我想你应当想随我们回去见见史大将军。"

林溪张了张嘴，想说什么，才想起自己说不出话来，只得伸手比画了一下：谢谢。

于铮的心情也复杂极了，行了一礼后，带着林溪回暂住的小院。

宁倦全程没说几句话，看陆清则有些口干舌燥了，把自己身边的茶盏推过去："老师喝点茶。"

陆清则也没在意，接过来便喝了。

宁倦的嘴角勾了勾，随意问："老师觉得，林溪会同我们回京吗？"

陆清则瞥了他一眼："我倒想问问，若是他不愿意，陛下打算怎么做？"

平日里陆清则都是称呼宁倦的小名，在外人前则一本正经地叫他"陛下"，两人私底下相处时，很少会这么叫，有时是对待某件严肃之事，为了提醒他他的身份；有时则是这样……不那么正经，带着点调侃的调调。

宁倦垂下眼皮，微笑："老师怎么这么问？"

如果林溪不肯，不过就得麻烦一点，让郑垚去把人打晕带走罢了。

他能有什么坏心思呢？

陆清则一猜就猜到了宁倦的坏心思，但若是林溪不答应，要达成目的，的确得用点非常手段，只得默认："你啊……决定好让谁来辅助范兴言了吗？"

"嗯，"宁倦颔首，"郁书荣。"

郁书荣才从江堤边苦哈哈地回来，代知府这个名头里的"代"字就被划掉了。

陆清则调侃："哦？你罚过他抄写，我还以为你看不惯人家。"

宁倦：这事实在不知道怎么解释。

他无奈地弯了弯唇角。

算了，罚抄就罚抄吧。

又过了两日，宁倦逐渐放权给范兴言与郁书荣，慢慢退出江右的管理。

病患所那边也传来喜讯，徐恕的药方救了上万名在生死边缘徘徊的病患。

瘟疫有了对策，江堤修筑完毕，各府堆着赈灾粮，只待洪水退去。

混乱的江右终于拨乱反正，余下的那些修复工作，就交给范兴言和郁书荣解决了。

再过三日就是静嫔的忌辰，去江浙的时间比较紧，好在宁倦早就做好了准备，有条不紊地交代好了所有事。

林溪当了几天小鸵鸟，既舍不得于家的人，又想去见见史大将军，摇摆不定的，难以抉择。

眼见着宁倦就要离开集安府了，于铮本就是个暴脾气，忍无可忍，直接在当日清晨将林溪绑起来，丢给了郑垚。

林溪呆滞地看着郑垚那张凶恶的脸，吓得含泪默默缩进了马车里，不敢再挣扎。

郑垚咧嘴道："于捕头放心，我会照顾好小林公子的。"

陆清则坐在铺得软和舒适的马车里，听陈小刀跑来讲这事，忍不住笑了下。

虽然都是被绑来的，不过被于铮绑来，和被郑垚绑走还是不一样的……也算个好事了。

清早，天边才泄出一丝晨光，城内静悄悄的，随行的三百禁军与三百锦衣卫前后开路，护着一列马车，朝着城外而去。

宁倦眼神示意长顺把陈小刀拐走，周遭清净了，才满意地开口："时辰还早，老师要不再睡会儿？"

陆清则打了个哈欠："不困。"

宁倦：真是嘴比身子硬。

快出城的时候，外面忽然一阵骚乱。

宁倦皱皱眉，敲了下马车壁："外面怎么了？"

郑垚骑着马守在外头，闻声勒马过来，弯腰回道："陛下，百姓在为您送别。"

江右原先那帮人搅得百姓不得安生，恨不得将百姓敲骨吸髓，死了那么多人。

那些被射死、活埋、差点被烧死在灵山寺的灾民就是证明。

宁倦来了一月余，贪官污吏便被抓的抓，杀的杀，百姓重新有安身之地，能吃饱穿暖，有了救治之策，对朝廷也从起初的不信任，慢慢有了改观。

说到底，平头百姓的要求并不高，只要有个容身之所，能吃饱穿暖，便能安稳度日。

　　天色才蒙蒙亮，道路两旁竟站满了来送行的百姓，老弱妇孺皆有，朝着辘辘而行的马车深深而拜。

　　呼唤声从四面八方传来："陛下永福！"

　　嘈杂，却又诚挚而热烈。

　　宁倦怔了怔。

　　陆清则掀开帘子看着外面，面上露出几分笑意，眼底流露光彩："陛下，听到了吗？百姓在祝福你。"

　　往后他的小果果定当彪炳青史，流芳百世。

　　丝丝凉风从马车窗外而进，拂动陆清则的额发，晨光将他的面容勾勒得近乎圣洁。

　　半响，宁倦微微笑了一下："嗯。"

　　湖州府距离临安府并不远，因湖笔而得天下文人共赏。

　　梁家最辉煌之时，特地来湖州府求医者数不胜数，连当地官员也巴结着梁家，煊赫非常。

　　后因宫中之乱，梁家得罪贵人，在一场大火过后彻底消失，老宅早被掘了地基，改了新房。

　　湖州知府在听闻陛下要降临时，就赶紧着人将占着梁家旧地的人赶了出去，连夜换了府上匾额，琢磨着到时候告诉陛下，这是他为梁家新修的宅子。

　　一干人左等右等，就等着陛下光临。

　　哪知道陛下却没来梁家宅子，甚至没有进城，得知消息时，车队已经直接去了梁家的祖坟。

　　梁家虽然没落多年，不过祖坟还不至于被人扒了，只是荒凉得很，就算宁倦登基后，也几乎没人记得宁倦的母家就是湖州梁家。

　　不过湖州知府提前派人割了荒草，上了供奉，所以宁倦抵达的时候，看上去也没有那么凄惨。

　　昨夜才下过场潇潇小雨，空气也没那么黏稠湿热，只是进祖坟的道不好走，路面泥泞，走上去有些湿滑，容易摔倒。

　　宁倦掀开帘子看了眼外头，眼瞅着长顺走过来时"哎哟"一声，"砰"地摔了个屁股蹲儿，淡定地扭过头："路不好走，老师就不用下去了，我去上炷香，很快回来。"

　　赶了两天路，陆清则浑身骨头都在疼，见了风容易咳嗽，他也没为难自己，探头道："长顺，没摔坏吧？"

　　宁倦把他的脑袋按了回去，免得他又吹了风咳嗽。

　　身子那么单薄，每次咳得撕心裂肺的，都像是要把肺咳出来，叫人揪心。

　　陈小刀笑嘻嘻地跑过来，把闹得个脸红的长顺扶起来，调侃："顺子啊，我们都知道你对陛下忠心耿耿，但也不必随时行如此大礼啊。"

听着这话，长顺也没那么尴尬了，偷瞟宁倦。

宁倦整整衣袖，不等人搬凳子来，利落地下车，清淡的目光落下来："去换身衣服。"

话毕，带着几个侍卫，又看了眼跟过来的徐恕，未发一言。

风有些凉，陆清则也不想咳得浑身散架，就在马车里好好待着。

静嫔当年是病死在冷宫中的，梁家人在老家为她立了个衣冠冢。

走进梁家的祖坟地，宁倦的脚步没有停留，目光扫过一块块石碑，最后落到了静嫔的碑上。

静嫔闺名梁圆。

宁倦停下步子，凝视着那个名字，潮热的湿气弥漫周遭，隐约勾起了些回忆。

他记事很早，时至今日，依旧记得那个燥热的夏日。

那是定安十八年七月的一个早晨，京城暑气正旺。

他从母亲冰冷的怀里醒来。

皇后身边的侍从三不五时地就会来折磨羞辱一番静嫔，那天也气势汹汹地来到冷宫，推推搡搡时发现她已经没气了，才慌了神，跑去禀报了皇后。

没多久，仪态万方的皇后就降临了冷宫。

那时候宁倦还太小太矮，仰着头只觉得光芒刺眼，看不清这个倨傲的女人的面容。

他安安静静地坐在床边，紧紧抓着母亲冷冰冰的手。

和冷宫里腐朽发潮的气息不一样，皇后身上充斥着一股刺鼻的浓香，手指涂着血一般的蔻丹，掐着他母亲的下颔看了眼，冷冷笑了："贱人，害死本宫的孩子，死得倒轻巧。"

边上的小太监点头哈腰："静嫔是病死的，娘娘可得小心，别沾染了晦气。"

皇后面露嫌恶，立刻收回手擦了擦手指。

另一个宫女问："娘娘，静嫔的尸首该如何处置？"

"还要如何处置？"皇后低头瞥了眼一动不动守在母亲尸身边的小宁倦，当着他的面，嗓音里淬着恶意，"万一染了什么病传到宫里怎么办，烧了。"

在那几个宫人准备把静嫔抬出去的时候，宁倦忽然动了，他冲上去，想要抢回母亲的尸体，拼命撕咬怒踹——但一个五岁孩童的力气又有多大？

小太监一脚踹到他腹上，"啐"了声："小杂种，下一个就是你！"

皇后前呼后拥地离开，冷宫的大门"嘎吱"一声，"砰"地重重关上。

小腹的剧痛让他眼前猛地发黑，呼吸一时续不上来，他蜷缩成一小团，眼睫忽闪地眨着，日光中，他在大门的缝隙里，眼睁睁看着母亲的尸首被卷在席子里，越抬越远，他努力伸出手，却怎么也够不着。

宁倦清晰地记得那一日所有来到冷宫中人说的话、做的事，以及他们的语气和脸色，他甚至记得当时冷宫中独有的一种腐朽气息。

却唯独记不清自己蜷缩在地上，有没有哭出来。

前些年抓那个偷东西的宫女时，他让郑垚将当年参与其中的那些宫人也全部抓来，挨个折磨拷问，到底也没能问出她被丢去了哪儿。

不过他继位登基后，静嫔被追封为圣母皇太后，以衣冠葬入了皇陵。

——讽刺极了。

生前负罪名，身后徒劳补。

唯留两空空。

从久远的回忆里回神，宁倦接过侍卫递来的香，跪到蒲团之上，给母亲的衣冠冢上了三炷香。

徐恕跟在后头，试探问："陛下，我能上香吗？"

宁倦没说什么，起身退开，让母亲见见她牵挂的师兄。

徐恕也不客气，上前给师妹上香烧纸。

他游历在外多年，这还是第一次回湖州府，不过每至清明和忌日，都会在外为梁圆烧一把纸。

宁倦幽幽盯着徐恕的背影，想到他在外化名徐圆，母亲生前又总是望着那支簪子发呆，扯了下嘴角。

若是从前不清楚，现在也该明白了。

母亲是痛恨崇安帝的。

崇安帝不仅断了她为医者的前途，还断了她和她心悦的师兄的缘分，将她折翼锁在深宫里，腻味厌倦后就不再搭理。在她被陷害时，为了消除皇后母家不满，二话不说直接将她并她的孩子打入冷宫。

凭什么不恨呢？

所以连带着恨他也很正常。

在冷宫里的最后那段时日，病得神志不清时，她时常呢喃，也无数次在梦里梦到没有出诊，没有被崇安帝看上，而是在江南继续行医，满心欢喜地嫁给徐恕。

崇安帝未曾对他这个儿子上过心，只在临终病床前见过一面。

母亲虽然爱他，但也厌恶他。

宁倦正有些出神，肩膀忽然被拍了一下。

在还未反应过来前，微冷的清幽梅香拂到了鼻端。

陆清则在马车里等得无聊，掀开帘子远远地看去，虽然只能隐约看到小皇帝的背影，却能看出他是独自一人站着的，看上去有些寂寥。

于是想也没想就过来了，反正也没人敢拦他。

"果果，想什么呢？"

熟悉的嗓音随即到达耳边。

宁倦陡然从那股莫名的冷寂情绪中抽了出来，转头时忍不住露出笑意，又赶紧板起脸："老师，不是让你在马车上待着吗，怎么过来了？"

　　陆清则戴着面具，只露出微红湿润的唇瓣，比之前看起来丰润有气色："大老远来一趟，也该给皇太后上炷香。"

　　说完，也没搭理宁倦的小脾气，接了香，也去拜了拜。

　　宁倦看着他的背影，后知后觉，陆清则大概是过来安慰他的。

　　不由得露出丝笑来，至少他还有老师一心一意对他。

　　也永远不会离开他。

　　这场祭祀十分简单，宁倦向来不喜人多，也不想有人来打扰梁家的祖坟，湖州知府准备的大排场也没派上用场。

　　禁军和锦衣卫守在祖坟外，禁止闲杂人等进入。

　　湖州知府匆匆赶来，碰了个壁，得知陛下不喜欢热闹，又赶紧回到城外，减少了点闲杂人等——也就是去掉些来蹭站位的小官，保留了各家推出来的少女，梦想着万一陛下进城时看上哪家姑娘，往后就结了皇亲。

　　毕竟宁倦在江右所做之事已经传开了，杀伐冷酷，利落果断，手腕强硬。

　　如今谁还敢小瞧这传说中的傀儡小皇帝？

　　卫鹤荣现在是势大，但小皇帝也不是吃素的。

　　江右这场仗，皇帝陛下走得险，但赢了个满贯。

　　等到这位陛下真正君临天下那日，昔日怠慢得罪过他的，都会是什么下场？

　　然而湖州知府左等右等，等到太阳都快下山了，也没等到皇帝陛下的车队进城。

　　他忍不住派了随从去探了探。

　　派出去的人很快便回来了，一头雾水："大人，没看到有车队来啊？"

　　"怎么可能，陛下先前还在梁家祖坟祭祀。"湖州知府擦着脸上的热汗，挥挥手，"再去探。"

　　随从只得再骑马离开。

　　等到他再回来时，天色已然暗沉，天边的落日几乎被云霞吞没。

　　随从急匆匆地赶回来，报道："大人，陛下并未停驻，祭祀完后，便改道去了临安府！"

　　湖州知府及身后一众登时傻眼。

　　湖州知府在城门外干等着的时候，陆清则坐在马车里，喝完随行的人熬的药。

　　他悄悄打着小算盘——等祭祀完后，宁倦怎么说也要进湖州城休息一下，与湖州知府客套客套，再去看看梁家的旧址吧？

　　他就趁机编个像样点的谎话，哄骗一番宁倦，独自去临安府一趟，见见原著主角。

　　反正湖州府距离临安府也不是很远，往返一趟来得及。

左右来都来了，不去见见主角段凌光怎么行？

他心里对这个主角始终怀有警惕，不论如何，最好别让宁倦和段凌光对上。

只是喝完药后，最近几日赶路的疲劳也涌上来，随着马车轻微的晃动，不知不觉就睡了过去。

等他醒来时，天色已经黑了。

身上盖着件外袍，也不知道睡了多久。

……进城的路有这么远吗？

还是他只睡了一小会儿？

陆清则陡然生出股不祥的预感。

他稍微动了动，正安静翻看着书的宁倦便低下头来："老师醒了？饿不饿？"

陆清则本来想问怎么还没到，见他在看书，先教训了一句："烛光微弱，仔细伤眼睛。"

宁倦很享受被陆清则用严厉的语气教训，笑眯眯地听完了，才给自己辩解了一句："消磨下时间，才刚拿起来，老师就醒了，不打紧。"

陆清则撑坐起来，昏头涨脑地扫了眼那本书，脸上表情空白："你看《金刚经》做什么？"

他家皇帝陛下不是最厌憎鬼神佛道之说吗？

他就睡了会儿，醒来学生都要皈依我佛了？

宁倦随意丢开那本书："就是和老师说的那样，随便消磨下时间罢了。"

听说读佛经能让人凝心静神，他读了半天，并未感到一丝一毫的清与静。

果然佛道之说，都是虚妄。

陆清则狐疑地又瞅了几眼那本书："真没半路遇到哪位高僧，把陛下给度化了？"

这话就是开玩笑了。

也只有陆清则敢开这样的玩笑。

宁倦莞尔，敲了三下马车，顺着他说下去："那恐怕就算是真佛下来，要度化朕也不够格。"

陆清则也没再纠结那本佛经，刚醒来口渴得很，伸手想倒杯茶水。

宁倦动作比他快，手一伸，稳稳地倒了杯茶，递到他嘴边。

温热的茶水入喉，缓解了干渴，陆清则欣慰地掀起眼皮瞅了眼宁倦。

想来等以后宁倦遇到喜欢的女孩子，也会这般体贴入微。

哪个女孩子会不喜欢他家小崽子呢？

他闷着乐了下，掀开帘子往外看了眼："怎么，还没到湖州吗？"

宁倦怕行途匆匆，颠散了他好不容易"凑起来"的老师，所以马车行得很慢。

长顺和陈小刀正在外面走着，叽叽哇哇地讨论些八卦，听到敲击的声音，长顺提着点心就爬上了马车。

正巧听到陆清则的话，长顺笑着解答："陆大人睡糊涂啦，这不是去湖州的路，是去临安府的。"

陆清则的表情有一瞬间的凝滞。

因为大病了一场，病前有些模糊的回忆忽然清晰起来。

他生病前一夜，宁倦和他说的什么来着？

宁倦想带他回临安府，让他带他去从小长大的地方转转……他哪儿知道去哪儿转！

他完全忘了这茬。

现在装大病过后记忆模糊还来得及吗？

陆清则一时极为头疼，思考完装病的可能性，想想徐恕随行，又缓缓放弃了这个念头。

小兔崽子，唯一的退路都给他断了。

宁倦察觉到陆清则的情绪似乎有些不对："老师？"

"没事，刚醒来，脑子有点发蒙。"陆清则知道这小崽子敏锐得很，按下内心复杂的心绪，脸色如常，"我们离开京城太久，卫鹤荣若是得知我们离开江右，恐怕也会有行动了，不宜久作停留，还是尽早回京为好。"

宁倦托着腮，注视着他："老师许久没有回家乡了，上次下船，匆匆而过，这次仔细去看看也是应该的，三五日而已，耽误得起。"

陆清则：真是谢谢你的一片孝心啊。

不过转念一想，他的身体还未痊愈，一副随时要断气的病歪歪模样，实在糊弄不过去的时候，大不了就晕倒，反正这套流程他熟。

倒是宁倦主动去临安府，免了他找借口，毕竟要宁倦放心他独自离开，难度更大。

陆清则迅速镇定下来，神色自若地和宁倦吃完点心，谈笑风生。

等填了肚子，马车也终于慢悠悠地晃到了临安府。

临安府一众官员比湖州知府要会来事多了，早就派人探清楚马车从哪儿过来，悉数等候在侧。

有了上回招待的经验，巡抚李洵并未弄太大排场，待马车停下时，恭恭敬敬地来请见宁倦，心里打着鼓。

陛下的御令传来，让他拨粮支援江右时，他不是很情愿，给得也不多。

小陛下大刀阔斧地在江右搞了那么番大动作，又特地来了趟临安府，应该不是来找他算账的吧？

长顺昂着脑袋，拿捏着御前大总管的气质："陛下要先回行宫歇着了，李巡抚让人都散了吧。"

看起来不像是来算账的？

李洵脸上堆着笑应是，心口一松，赶紧让人都散了，别烦到陛下的眼前。

车队又辘辘进了城，到了先前的行宫。

陆清则喝了药就很嗜睡，中途在马车上醒来那么一会儿已经是难得，稍作洗漱后，把意图和他睡一屋的陛下拍到门板后面，倒头就睡了。

连续几日都睡在马车上，铺得再软那也是马车，睡着始终不如床踏实，浑身骨头都泛着酸，好容易躺到床上了，陆清则这一觉就不可避免地有点久，醒来时天光都大亮了。

他自行洗漱了一番，出去时正好见着宁倦在庭院里练剑。

前段时间在江右时，每日疲于公务，又要经常四处视察，宁倦已经好些日子没练武了，好在并未生疏。

少年身姿矫健，剑法行云流水，是蕴含着力量的视觉享受。

陆清则含笑倚着柱子观赏完一套剑法，真心实意地鼓了鼓掌。

宁倦方才就看到陆清则出来了，挽了个漂亮的剑花，"噌"的一声将剑收归入鞘，接过帕子擦了擦汗，才扭过头大步走来，朝气勃勃："老师醒了？我见你睡得熟，没忍心叫醒你。"

陆清则恍惚感觉自己像是看到了只开屏的小孔雀。

宁倦努力克制了一下，没把屏开到底，拍拍手示意长顺送早膳上来："老师离开临安府多年，想必很想家吧，用完早膳我就陪老师去看看。"

陆清则微笑："……嗯。"

用过早饭，陆清则在宁倦的盯视下，喝上了新药。

徐恕说要给陆清则调理调理，这两天就琢磨出了新方子，只是路上不便找药材，昨晚到了临安府，宁倦就吩咐人去抓药了。

新的方子倒没那么苦，陆清则喝得很爽快，不再磨磨叽叽。

喝完药，两人便换了辆普通的马车，只带了几个侍从，离开了行宫。

陆清则甚至不太清楚原身住哪儿，路上十分缄默，多说多错，只偶尔看看外面，努力做出怀念的样子。

宁倦也饶有兴致地掀开帘子，看着外头热闹的街景："临安人喜甜，街上都似有股甜香味儿，难怪老师喜欢吃甜的。"

陆清则笑而不语。

他也没那么嗜甜，只是总得喝药，喝得嘴里没滋没味的，舌根发苦，只有甜食能缓解缓解。

马车路过个街角铺子，宁倦瞥去一眼，忽然问："那边的糖水铺子看起来生意很不错，老师去过吗？"

陆清则哪儿知道去没去过，瞥去一眼，看是个老店的样子，挂起来的招牌也很普通，价位应该不高，与从前清贫的原身适配，便模棱两可地糊弄："去过吧。"

宁倦的笑意忽然一顿，深深看了眼陆清则。

他只是见陆清则兴致不高的样子，突发奇想试探一下——那家铺子是近两年才开始卖糖水的。

宁倦想起来，他生辰那晚，陆清则提出的奇怪习俗。

他忽然生出几分窥探到陆清则秘密的兴奋感。

很久以前，他对陆清则就充满了好奇，诸如陆清则对朝中许多臣子的了解，以及总能切中要害的预判。

仿佛他不是此间人，而是从天而降的神仙。

老师也的确如仙如月，不只是风姿，还有他的性格。

那种看似平易近人却总与人有种淡漠的疏离感，像是天然便有一层隔膜，靠得再近也触碰不到最真实的他。

他想看清楚陆清则。

宁倦的面色未变，坐下来凑到陆清则身边："说起来，老师伯父的忌辰也快到了吧，但我们过两日便该回京，赶不上了，我陪老师去上炷香吧？"

陆清则刚要点头，脑袋点到一半，生生止住了，疑惑地看了眼宁倦："果果，你还会记错时间吗？"

虽然他不是很清楚原身伯父的具体忌日，但既是在进京赶考前病逝的，春闱是三月，从江浙赶去京城，再慢也不会超过俩月。

忌辰怎么也不可能是这时候。

陆清则和善地与满眼无辜的宁倦对视着。

这小崽子，在试探他？

气氛微妙了那么几瞬。

宁倦垂下眼角，他眼眸狭长锋锐，眼眸深黑，望着人时，总有些深渊般的冷意，极具攻击性，但在陆清则面前，示弱示得十分熟练："昨晚临时让郑垚去查的，看来他办事不力，弄错了时间，老师生气了吗？"

边说边低着脑袋，小心翼翼地拉了拉陆清则的袖子。

堂堂皇帝陛下，做足了低姿态。

临时查的？

陆清则心想，以你的性格，刚得到锦衣卫的暗中支持，就查过好几遍了吧。

他也不恼宁倦暗中查他，皇帝陛下没这么点心思反倒不正常，微笑着摸摸少年毛茸茸的脑袋："有什么好生气的，你说得也对，难得回来一次，当然要去上炷香。"

宁倦朝着陆清则笑起来："嗯。"

只是个老铺子罢了，老师多年未归，记错也没什么。

凭此就想揪出老师的小秘密，好像有点冒进了。

下次可得小心些。

师生俩相视一笑，心思各异。

外头的侍卫充当着马夫，知道里面两位都金贵得很，尤其是那位陆大人。

不求速度，只求稳当，马车不紧不慢地穿过长街。

陆清则换了个放松的姿势靠着，随意道："南北方的精怪故事好似不大一样，京城流传的故事皆是狐狸报恩，临安这头是白蛇定情。"

宁倦对鬼神精怪之说向来没什么兴趣，托腮注视着陆清则眼角的泪痣，漫不经心道："老师还信这些吗，什么仙女、精怪的，不过是酸腐秀才白日做梦，痴心妄想罢了。"

陆清则道："不可妄断鬼神，小时候我还听说附近有人借尸还魂呢。"

宁倦眉梢轻抬，只以为陆清则在同他随意闲聊，轻描淡写道："装神弄鬼罢了。"

陆清则笑了笑，也不再继续说下去。

如他所想，宁倦是不相信这些东西的，万一他当真察觉到自己的老师就是个借尸还魂的孤魂野鬼，也不知道会吓成什么样，做出什么事。

还是捂住的好。

马车慢慢停在了一条颇为破败的街巷前，侍卫回头道："陛下，到地方了，您和陆大人要下来走走吗？"

宁倦道："不必，继续朝前。"

陆清则身体还没好，他对此处的好奇，都是源于对陆清则的好奇，孰轻孰重，分得很清。

陆清则无声松了口气。

和他想的一样，宁倦会在意他的身体能不能承受。

虽然他也没娇弱到路都走不了，不过眼下还是别逞这个强的好。

这条街巷有些陈旧，附近有小河穿过，石桥青砖，垂柳扶风，颜色明净，婉约秀致。

宁倦往外瞅着，颇有兴致地左看右看，试图追寻陆清则长大的痕迹："老师从前来过此处吗？"

陆清则心道我哪儿知道："嗯。"

宁倦顿了顿，对情绪的捕捉十分敏锐："老师好像不太开心？"

陆清则垂下眼睫，语气平淡："也没什么，只是想起了一些旧事。"

宁倦脸色一滞。

陆清则父母早亡，小时候想必吃了不少苦。

就连感情深厚的伯父，也在他进京赶考时亡逝。

皇家亲缘浅薄，他凉薄得很，从未仔细考虑过这些。

虽说于他而言，陆清则没有太多亲友算一件好事，那样老师就只能依靠他了。

但故地于陆清则而言，应当也算是伤心之处。

宁倦抿了抿嘴，像只做错事的小狗，耳朵一下耷拉下去："老师，对不起。"

陆清则就是想避免谈及旧事，看宁倦这副模样，小小地愧疚了三秒，温和地摸摸他的脑袋："没事，去陆家祖宅看看吧。"

从前原身就是与伯父一同住在祖宅里，原身父母和大伯的牌位应当都供在里头。

他既然占了人家的壳子，代他继续存活世间，也该去上炷香。

宁倦仔细看了看陆清则的脸色，见他的确没有特别不悦的样子，才稍微放下心。

马车很快到了陆家的祖宅，说是祖宅，但确实不怎么大，甚至有些破败。

从门前挂着的略微褪色的灯笼看得出，里头有人住着。

陆清则透过帘子看了眼，蹙了蹙眉。

陆家祖宅的地契在他手上，就压在京城的府里，虽说他不在这儿住着，但归属权也是他的，怎么还有人住在里头？

宁倦也看出不妥，抬指敲了下车壁："去打听一下。"

侍卫得了令，跳下马车，去找附近的行人小贩打听。

不一会儿便回来了。

"禀陛下，周围的乡亲说，这宅子是陆家的，眼下被陆大人的二伯陆福明占着。"

陆清则眉梢微扬："他又没有地契，占着我的宅子，官府也不管？"

侍卫都打听到了："大人当年高中状元，消息传回临安府，陆福明便以状元郎二伯的身份自居，说都是一家人，他还是长辈，占了这宅子，也没人敢说什么。"

陆清则先前只知道原身有个大伯，没想到又跳出来个二伯，且听起来不像个好东西的样子，静默片刻后，他取出面具戴上："果果，下去走走吧。"

如果不是什么好东西，那他也该替原身解决点问题。

宁倦朝随侍在旁的侍卫丢了个眼神，亲自扶着陆清则下了马车。

离开行宫时，宁倦不欲引起太多关注，马车看起来普通，两人穿得也低调——至少看起来很低调。

方才被侍卫问话的老伯就坐在附近卖着菱角，瞅了两人几眼："两位莫不是来找陆老二的？"

陆清则点点头："算是吧。"

"那得小心点，"老伯打量着他单薄的身形，感觉他病歪歪的，像是一碰就倒，便好心提醒，"这陆老二可是个无赖。"

宁倦眯了眯眼，示意身旁的人掏钱。

身边的侍卫立刻麻利地掏出银钱，把摊子上的东西全买了。

这才开了口："无赖，怎么说？"

东西都被买了，老伯的脸色瞬间更慈和了，嘿嘿笑道："这位小公子官话说得地道，是京城来的吧？莫不是陆家那位状元郎从京城派来的？"

皇帝陛下这是头一遭被认成小厮吧？

陆清则心里闷笑："老伯好眼力。"

"当年陆家分家产，陆老二哄着陆老爹，说他照顾陆小公子，借机把家产全分走了，就留这么个破宅子给陆老大。等家产到手，找了人牙子就想把陆小公子卖了，还好陆老大及时赶去，不然我们这儿哪儿出得了状元郎？

"陆老二还嘲笑陆老大捡了个拖油瓶，等他自个儿把家产挥霍完了，见陆家小公子中举了又变了脸，凑上来要这要那。后来陆老大死了，他又跳出来，把宅子占了，赖着不走，还借着状元二伯的名头，平日做这做那的……

"这陆家状元郎从小就沉默寡言的，像个书呆子，是个好欺负的闷葫芦，被这么占便宜了也不出声，如今派你们来，难不成是终于想明白了？"

住一条街的，对彼此的事简直了如指掌，老伯细细碎碎说着，边说边摇头。

陆清则听着听着，就感到一丝不对。

怎么还说起他了？

宁倦也扭头看向陆清则，眼里生起几分明显的疑惑。

沉默寡言的闷葫芦？

老师以前是那样的吗？

日光太毒，老伯说完，笑呵呵地收起摊子，提前收工回家。

这回换陆清则无辜地和宁倦对视了。

宁倦很清楚陆清则的脾气，他的老师向来温和淡静，从容不迫，瞧着病骨支离的，脊背却永远笔直。

和这个老伯口中的陆清则简直判若两人。

人的性格会发生改变，但最核心的东西是不会变的。

老师的小秘密还真是多啊。

"看来乡亲对老师误解颇深。"半响，宁倦笑了一声，没有深究也没有多问，"老师要把宅子拿回来吗？"

陆清则对这宅子没什么念想，但此处对原身来说想必很重要，即使有让宁倦进一步察觉到真相的可能，也还是点了点头。

见两人有了决断，侍卫便过去敲了敲门。

没有回应。

侍卫并不气馁，继续敲门。

依旧没有回应。

就在侍卫准备拔刀破门而入的时候，一个中年妇女"唰"地开了门，面容有些尖酸，语气极冲："谁啊！青天白日的敲个不停，要死啦！"

宁倦眼底露出几分冷意。

陆清则不欲多生事，开门见山道："这座宅子的地契不在你们手上，你们也没有租赁，占着宅子，于法不合，今日若不搬走，官府就来人了。"

那妇人的脸色顿时变了，"嘭"地砸上门，脚步声急匆匆远去。

没多久，门又开了。

这回出现的是个一脸醉相的中年男人，应当就是陆老二陆福明。

大概是听了那妇人的话，以为陆清则是官府来的人，张口就骂道："我侄儿是当朝皇帝的老师，你算老几，不搬！信不信我修书一封去京城，罢了你家老爷的官！"

陆清则顿感啼笑皆非，这无赖平日里就是这么借着他的名头招摇撞骗的？

宁倦厌恶地蹙了蹙眉，嗓音冷凝："陆清则是皇帝的老师，与你何干，搬不搬由不得你。"

"你又是什么东西？"

陆福明瞅他一眼，青年和少年站在门前的阴影里，身上的衣料看起来暗沉沉灰扑扑的，一看就不是什么名贵装束，见他年纪不大，并不放在眼里："知府老爷都管不了我，有你说话的份儿？"

后面的一众侍卫听得冷汗涔涔。

陛下可不是什么好脾气，若不是陆大人在这儿，这个无赖还能站着说话？

陆清则简直被气笑了。

不仅借他的名字招摇撞骗，还敢拿着他的名头去压临安知府？

难怪上次在荷风楼的宴席时，临安知府望向他的眼神总是有些欲言又止。

"我怎么都不知道，"陆清则再是好脾气，语气也微冷了下去，"陆清则的名头还能这么好使？"

话音才落，后头传来急匆匆的脚步声。

陆福明抬头一看，竟然是临安知府带着一众捕头捕快来了。

他心里不满，刚想说话，就看到临安知府"砰"地一下，干净利落地跪了下去："微臣参见陛下！微臣惶恐，陆家老宅一事，是微臣处理不周，还望陛下见谅！"

陆福明方才当然是胡说八道，临安知府就是顾忌陆清则的名头，给他三分薄面罢了，罢官不罢官的哪儿是他说了算。

眼见着临安的父母官声音微颤地跪下来，他有些呆滞，好半晌才反应过来。

陛下？哪儿来的陛下？

然后就听到方才那个穿着普通的少年朝前走了一步，俯视着临安的父母官，平淡开了口："望朕见什么谅，太傅还未说话呢。"

直至此刻，陆福明才后知后觉，这少年穿得并不普通。

那身暗蓝色的袍子绣着暗纹，站在阴影里不显，走到阳光底下，仔细一看，就会发觉暗纹流动如云，光彩闪动，端的是贵气逼人。

跟"普通"可沾不上半点关系。

他脸色大骇，呆滞地看了宁倦半晌，陡然反应过来，看向戴着面具的陆清则："你是……"

临安知府生怕他再多说两句，替自己把陆清则得罪得更深，惊慌地一挥手："陆福明，你强占私宅，在陛下面前还敢辩驳？带走带走！捂着嘴，别让他在陛下面前胡说八道。"

后头的官差呼啦一圈全上来，熟练地捂住陆福明的嘴，抓着就走。

在门后探头探脑的妇人也被官差抓过来，捂着嘴一并带走。

陆福明呜呜挣扎着，竟然还蹦出两句："陆清则……陆清则，老子是你二伯，你敢目无尊长……陛下冤枉啊……"

临安知府听得眼皮狂跳，拼命打手势，示意把人带回去关好，转向陆清则，干巴巴地开口："陆大人，这……"

陆清则看他冷汗都浸出来了，开口接话："怪不得知府大人，我远在京城，并不知晓这些。此事便交给大人处理了，相信大人会处理好的。"

临安知府一时分不清楚，陆大人的气消了没？

总之处理好那个无赖，就是对的。

他只是稍微想一下江右那边传过来的仿佛沾染着血腥气的消息，就冷汗冒个不停，小心翼翼道："陛下在江右一行辛苦，微臣等重新设了宴，不知陛下今晚能否赏光？"

这次的宴席和上次不一样。

上次只是接风洗尘，众位官员想的都是陪这小皇帝耍耍，心里也没太把宁倦放在心上。

但经过江右一事，谁还敢小瞧宁倦？

明显宁倦下江南游玩只是掩人耳目，真实目的就是解决江右的事。

宁倦向来不喜欢热闹，更不喜欢这种虚与委蛇的宴会，眉心一皱，刚想拒绝，就被陆清则暗暗拍了下腰。

他委屈了下，到口的话只好改成了声淡漠威仪的"嗯"。

江浙富庶，当地官既然有心讨好，这点面子总要给的。

陆清则不动声色地收回手。

旁边全程在场的侍卫看得心惊胆战，望着陆清则的目光又多了三分敬畏。

临安知府话说完了，很有眼色地不再在这两位面前晃悠，带着人回去。

附近的百姓不知道发生了什么，躲在屋后投来纷乱的视线，陆清则担心有原身的什么熟人又上来认亲，扒拉了一下宁倦："外头这么晒，进去吧。"

话罢先走进了祖宅里。

祖宅并不大，上头的片瓦破破烂烂的，一看就漏雨，院子里也乱糟糟的，杂草丛生，唯有天井下干净些。

看得出虽有人住着，但并不上心打理。

几个侍卫跟随着鱼贯而入，仔细检查了下各个屋子，确认没什么危险，才请两人到了后头供奉灵牌的灵堂。

灵堂也不知道多久没上香了，门一开，灰尘扑出来，在阳光下经久不散。

宁倦怕陆清则呛到，皱着眉拉住他往后退了退，伸手挡着陆清则的口鼻，吩咐道："进去打扫一下。"

几个侍卫得令，蒙上布巾，任劳任怨地进去吭哧吭哧打扫。

陆清则哭笑不得："隔着这么远呢，还不放开？"

陆清则清瘦，脸也小，天太热了，他进了宅子耐不住戴着面具的不适，就摘下了面具，此时半张脸都被他的手遮着，只露出一双明亮温和的眼，微微睁大看着他。

宁倦心底蓦然生出几分奇妙的掌控感。他停顿了片刻，才将手放下。

灵堂的蒲团实在打理不干净，侍卫脱了外袍，铺在脏兮兮的蒲团上，又点上带来的香烛，一番折腾过后，总算有了灵堂的样子。

桌上供奉着的灵牌并不多。

陆清则看着那些陌生的名字，也不知道谁是谁，安安静静地接过线香，代替原身，恭恭敬敬地磕了头。

宁倦天潢贵胄，值得他下跪祭拜的只有祖宗天地，并未跟进去，只站在门边，看着陆清则的背影。

他对情绪的捕捉极为敏感，从离开行宫后，就察觉到一股幽微的违和感，现在终于弄清楚，那股违和感是从何而来了。

似乎就算是祭拜之时，陆清则的情绪也是淡淡的。

无论是对临安，还是对陆家祖宅、陆福明以及桌上的灵牌，老师的态度都有些难言的疏淡。

并非是因为性格淡静，鲜少外露情绪使然，而是一种天生的疏淡。

简单说来，就是——不熟。

分明是老师从小长大的地方，以及从小相识的人，为何会不熟？

他隐隐抓到了什么，却一时想不清楚。

离开陆家的祖宅时，陆清则还在琢磨。

原身死得悄无声息，连场葬礼也没有，不如他让人做个灵牌，也供在祖宅里好了，左右他们离开临安府后，也不会有人再进来。

只是不能让人发现了，否则自己给自己供灵牌……让宁果果知道了，没他好果子吃。

不过宁倦跟小狗似的，随时黏在他身边"嗒嗒嗒"跟着，要独自办点事都不方便。

陆清则想了想，有了主意，捏了捏额角，微微沙哑的嗓音听起来有些虚弱："果果，晚上我便不陪你去参宴了，方才好像吹了风，有些头疼。"

宁倦立刻敛起脑中乱七八糟的念头，严肃地探了探陆清则的额温，确定他没发热，才安下心，点头道："那种乱糟糟的场合，也不适合老师去，老师便在行宫里好好休憩吧。"

陆清则眉梢一挑："人家精心为你准备的宴席，怎么就乱糟糟了？"

宁倦涌起点不好的回忆，快快不乐地问道："老师难不成喜欢那种场合？还是喜欢那些漂亮的姑娘？"

这都哪跟哪？

陆清则无言半晌，也伸手探了探宁倦的额温："也没发热，怎么就开始胡言了？我只是比较欣赏美罢了。"

宁倦"哼"了一声："哦？那老师有看到喜欢的姑娘吗？老师若是喜欢谁，我帮你。"

"都是些小姑娘，和你一样大，什么喜不喜欢的。"陆清则没想到话题会拐到这上面来，懒洋洋地笑了笑，调侃道，"放心，往后若是真遇到了，我会请陛下赐婚的。"

没有一个字是宁倦爱听的。宁倦抿了抿唇："赐婚？"

外头有人在叫卖桂花藕粉。

陆清则别上面具，两指掀开车帘子，好奇地往外瞅了瞅，恰好错过了宁倦那一瞬间的眼神，随口道："陛下难道不愿意吗……孙侍卫，劳烦帮我去买点藕粉吧。"

跟随在外头的侍卫应了声，帮忙跑腿去买藕粉。

陆清则再转过头来，宁倦已经收起了满脸的不悦，冲他笑得格外灿烂："当然愿意，老师便好好等着吧。"

不应该是你等着吗？

陆清则两辈子身体不好，随时谨记保持心态平和，情绪淡漠，所以与宁倦相反，对情绪的捕捉能力没那么敏感，没察觉到他不太高兴。

他身子还没养好，出来一趟的确是累了，眼皮有点发涩，靠着车壁合上眼，不一会儿就昏沉地睡了过去。

没想到这一觉就睡到了下午。

醒来时接近傍晚，宁倦已经去赴宴了。

他洗了把脸，昏沉的脑袋清醒了点，叫来陈小刀："小刀，帮我个忙。"

陈小刀很机灵，一下就猜到了："公子是不是要去找那位段公子？"

"对，"陆清则赞赏点头，"此事不好叫陛下知道，帮我引开守着的暗卫，我会在陛下回来之前回行宫的。"

陈小刀莫名生出几分兴奋感："好嘞，看我的！"

趁着陈小刀出去吸引注意力，陆清则换了身衣裳。

根据上次的经验，那些官员颇为难缠，吃完饭还要来点娱乐活动，宁倦八成要挺晚才能回来。

他只要行动快一点，早去早回，不会被发现的。

新皇登基后，大赦天下，取消了宵禁，临安府本就是大齐首屈一指的繁荣地，夜市更是格外热闹，灯火灿烂，吆喝声此起彼伏。

戴着面具的陆清则走在人群里，便没那么显眼了。

段凌光每晚会登临湖边的画舫，在画舫上游览，醉生梦死一晚，隔日清早才下船回家——都不用陈小刀去打听，随便逮个路人都知道。

夜里没白日那么燥热，湖边清风阵阵，陆清则一路溜达过去，权当是散心了。

宁倦在他身边时，恨不得把他揣起来走，就算宁倦不在身边，身后也总是跟着几个暗卫，行动不便。

虽说是为了他的安全，但随时随地被人盯着，很不好受。

难得能一个人清静点。

此时华灯初上，画舫零零散散的，湖边却热闹，灯火辉煌。

画舫大多还未靠岸，段凌光是湖边的名人，他来了，整条街都会热闹起来，陆清则也不担心会错过。

从行宫走到这里，他有些气喘，扶着柳树驻足，抬头便觑见不远处有位老婆婆在卖花。

是亭亭玉立的粉荷，上头还沾着水露，像是才摘下来的。

陆清则匀了气息，移步过去，从袖中掏出几个铜板递过去："婆婆，买枝荷花。"

老婆婆笑眯眯地把花递给他，见他身形单薄，又抓了一大把新鲜的菱角，兜在荷叶里递给他。

陆清则笑着谢过，老婆婆又咕哝说了几句临安话。

他歪歪脑袋，只能听懂零星几个字。

但左右无事，也不妨碍他聊起来："婆婆，临安府夜夜都是这么热闹吗？"

老婆婆也听不太懂他的话，又说了几句话。

两人鸡同鸭讲，陆清则捻着荷花瓣，陷入沉思。

附近忽然传来声笑："也不是夜夜都这么热闹，只是七夕才过，大伙儿还没玩够。"

陆清则恍然，七夕啊。

掐指一算，七夕当日，他还躺在集安府的官署里昏迷不醒，醒来又休养了几日，哪知道今夕何夕。

不过就算他没生病，以江右的情况，也不可能有人有心情过这节日。

他扭过头，看向发声的人："多谢兄台解惑。"

对方站在柳树下，手里拿着把扇子，上上下下打量着他："客气了，我看朋友像是京城来的，对临安府颇有些困惑的样子，正好我也对京城很好奇，不如一同泛舟游湖，聊聊天？"

陆清则眯了眯眼，片刻，微微一笑："好啊。"

站在柳树下的人分花拂柳，步出阴影，手中的扇子"啪"地一展，颇有些风流倜傥："我的船已经过来了，请——"

说话间，果真有一艘画舫停在了岸旁。

陆清则扶了扶脸上的面具，抱着荷花和一兜菱角，从容地跟过去。

那人利落地上了船，转回身想扶一下陆清则。

陆清则朝后避了避，淡声道："多谢，我自己能走。"

对方耸耸肩，也不在意。

待陆清则上了画舫坐稳，画舫便慢慢划向了湖中心。

附近还漂着许多游船，大大小小，各种式样，精巧如雕琢的物件，靡靡丝竹声伴着水声阵阵，迎头照面的风掺着凉意，满湖的荷风伴着脂粉香。

画舫上倒没有什么美人如云，只有几个小厮，弯腰给两人斟了酒，便乖觉地退到了船尾。

陆清则腰背笔直如松，稳稳当当地坐着，心思却一时没收住。

上回宴席，最后的娱乐活动是游湖，这回那些当地官员不至于还请宁倦游湖吧？

今晚这么多船，鱼龙混杂的，李洵等人应当也不敢。

真不敢想象，要是在这儿撞见宁果果会发生什么。

应当也不会发生什么吧？

他不过就是避开暗卫的视线，一个人出来走走罢了，小崽子顶多和他发个小脾气。

陆清则漫不经心想着，玉白指尖转着白玉酒杯，并未饮酒。

对面那人看他不动，恍悟："兄台是不是不会喝酒？疏忽了，我叫人换成茶。"

"不必。"陆清则收回望着外头的目光，"泛舟游湖，美景美酒，不必因我折损兴致。"

年轻男子也不客气，自顾自饮下两杯，才开口："既是我待客不周，那就请阁下先问，我来答吧，必定知无不言，言无不尽。"

陆清则似笑非笑："当真？"

"当真。"

"嗯，"陆清则轻描淡写道，"那阁下觉得，大齐眼下的情势如何？"

张口就是天下大势，对面的人忍不住笑："凡夫俗子，不可妄议政事。朋友，你胆挺肥啊。"

"反正也不是天子脚下，"画舫在水面上轻晃，陆清则安然不动，唇角的弧度未改，"议论议论又如何。"

"说得也是。"对方一副深觉有理的模样，点了点头，"那我就直说了，我觉得吧，稀烂。"

陆清则："听起来你的胆更肥。"

"这不是你让我说的吗？"

陆清则心道，也没让你说这么直白。

"先皇醉心修行，不理朝政，在位二十多年，积弊良多，导致权佞当政，贪官横行，地方官阳奉阴违，朝廷里阉党与内阁热闹地打成一团。内阁获胜后，又以内阁首辅为首，形成了新的党派。"对方也不避讳，摇晃着酒盏，谈笑自如，"我远在临安府，也听说过不少京城传来的事，卫党如此嚣张，恐怕那位卫首辅也始料未及，控制不了了，养蛊终被反噬啊……哎呀，一不留神说了这么多，这是可以说的吗？"

陆清则安静地听着，颔首："隔墙无耳，自然可以。"

"那你还有什么想问的吗？"

陆清则身体微微前倾，温润沉静的眼眸一眨不眨地盯着对面人的脸："阁下都发表对先皇、朝廷和卫首辅的见解了，不如再大胆点，说说对当今陛下的见解？"

这一回，侃侃而谈了许久的年轻人却安静了下来，指尖搭在酒盏边沿敲了敲，才出声道："江右的事，我也听说了，倒是很出乎意料。我想皇帝陛下冒险亲自降临江右，原因有三，一是为了抓卫首辅的把柄，二是为了拯救灾民于水火之中，三是为了博得声名。真没料到，陛下竟是这般的人。"

"哦？"陆清则挑起眉毛，"你原来以为的陛下，是什么样的？"

对方又安静了片刻，吐出几个字："嗜杀残暴、冷血无情、不择手段。"

湖面的风泛着凉意，陆清则却毫无所觉，脊背不知何时绷紧起来，盯着他没吭声。

年轻男子又镇定地饮了一杯酒："你都问我三个问题了，为公平起见，也该我问你了。"

陆清则预料到了他想问什么，语气淡淡："请说。"

"陆太傅，你不是临安人吗？"对方笑道，"怎么连临安话也听不懂？"

陆清则眼也不眨："离开多年，听到乡音略有恍惚罢了。倒是段公子，你一语道破我的身份，像是处心积虑已久，派人盯着我，看起来更是可疑。"

段凌光叹气道："是很久，从听说你还活着开始，我就在猜想你会不会来，毕竟借尸还魂这种事，或许无独有偶呢？"

居然直接就说穿了。

陆清则瞥他一眼，指尖甚至都没颤动一下，剥了个菱角，没有露出任何异状。

看他那么四平八稳的，竟连一丝情绪起伏也无，激动得恨不得跳进湖里游三圈的段凌光忍了会儿，还是没忍住，拍案而起："老乡？是老乡吧？不是老乡你特地找我问小皇帝做什么，别装了啊，我都猜到了！"

陆清则往嘴里递了个菱角，语气平静："嗯。"

段凌光激动地凑到他面前："我来了七八年了，你呢？"

陆清则："比你晚一点。"

段凌光哐哐拍桌："你怎么这么淡定？你都不激动吗?!"

陆清则测了测自己的脉搏，感觉心跳应该没上八十，想了想："还好。"

方才在岸上见到主动来搭讪的段凌光，他就生出一丝疑惑了，等到坐下来，听他那番言论，他就隐隐猜到了，心里确实没多大起伏。

陆清则的冷静十分能感染人，段凌光的情绪很快平静下来，默默坐回去跟着一起剥菱角，嘴上碎碎念："我这位原身是被继母陷害推进水里淹死的。我加班猝死，再睁眼就出现在这儿了，幸好看了点原文，了解点剧情……"

陆清则听他倾诉，又往嘴里放了个脆嫩清甜的菱角："我可以再问你一个问题吗？"

"说说说，尽管说。"

"既然你那样看待陛下，"陆清则盯着他的眼睛，"还打算按原剧情走吗？"

段凌光果断摇头："不。"

段凌光也往嘴里丢了个菱角，权当下酒菜，摇摇手指："上辈子当'社畜'，这辈子做'咸鱼'，谁爱造反谁去。原书主角都斗不过你家小皇帝，更别说我了，留在临安府不挺好的？家有豪宅，腰缠万贯，不愁吃喝，闲得发霉了还能宅斗一下，调剂生活，多滋润。"

看他表情真挚，对原来的发展路线避之唯恐不及，陆清则确认他所说的都是真心话，嘴角弯了弯，露出了第一个真心实意的笑容，抬起的手也不动声色地放了下去。

宁倦总担心陆清则会遇到危险，下江南前，命人改造了一个袖里飞箭。

很是精巧的小玩意，扣在手腕上，几乎察觉不到重量，里面有三枚淬了毒的袖箭，轻轻按动机关，毒箭便能"嗖"地飞出，讲究的就是个出其不意。

无论段凌光是不是同乡，他都不太想杀这样一个人。

何况段凌光与他一样，来自另一个世界。

能不杀人自然是最好的。

段凌光没察觉到危险擦身而过，又饮了杯酒，神色微醺："我是准备留在临安府养老的，你呢？京城和临安府不一样吧，你又是小皇帝的老师，位置那么显眼，挺危险的吧？等你们解决了卫首辅，你还要继续在朝为官吗？"

陆清则待人虽然客气温和，但内里疏离，鲜少谈及心事，难得遇到个同乡人，沉吟了会儿，还是回了话："不了，等做些力所能及的事后，我准备辞了官，四处走走。"

上辈子因为心脏病，被困在原地，这辈子要是再不能四处走走，岂不愧对这第二条命？

段凌光鼓掌："急流勇退，谓之知机！我就说嘛，规矩那么多，待在传闻里阴晴不定、杀人如麻的暴君身边，你都不害怕吗？"

陆清则微拧了下眉，想也不想地反驳："他不是那个暴君。"

宁倦是拧巴了些，但在他面前，那孩子只是可爱的宁果果。

像小狗般讨人喜欢。

段凌光看他这么回护宁倦，咂舌道："你们还挺师生情深的哈。不过……兄弟，我们是一个地方来的，所以我就有话直说了，我们看过那么多史书，皇帝的老师可是高危职业，卸磨杀驴、兔死狗烹，司空见惯，到时你想走，小皇帝也未必会放你走，你还是留点心吧。"

陆清则眼底泛起浅浅微光，果断摇头："他不会的。"

看他这么信任小皇帝，段凌光便也不再劝解，就算是同乡，聒噪了也引人嫌。

画舫不知何时漂到了湖中心，靠近了另一艘巨大的楼船。

那艘楼船气势巍峨，极为气派，船舷边近百人井然有序地按刀巡逻，虽都穿着便衣，但陆清则太过熟悉那种气质，仅仅扫了一眼，就看出不对——

都是宫里的侍卫。

正在此时，一道熟悉的身影被人簇拥着，出现在船舷边。湖面风大，那道玄色的身影岿然不动，在一众人里鹤立鸡群，挺拔而俊秀，气质尊贵。

也不知道围在他身边的人在说什么，那人似乎往这边看了一眼。

就算又遇到个借尸还魂的也依旧淡静从容的陆大人登时有点不太淡定了，倏而扭头，语气急切："快远离这艘楼船！"

段凌光发蒙地"啊"了声，拍了拍手，吩咐下去。

画舫急匆匆地划开。

陆清则的心跳都快了一拍，难得在心里骂了一声。

这些地方官，临安盛景数都数不过来，就没其他可以去的地方，没有其他的娱乐了吗？

怎么每次宴席结束，都是请宁倦来游湖？

不怕风吹得皇帝陛下头疼吗？

也不清清场。

纵使有千言万语，陆清则腹诽半天，也只能汇成一句话：附近画舫游船这么多，宁倦应该没看到他吧？

他坐在画舫里，夜色迷蒙，离得也远，应该没有。

段凌光也反应过来了："方才那艘船上的人是暴……你家皇帝学生？"

陆清则揉了揉额角，目光依旧落在那艘楼船上，见宁倦纹丝未动，仍在一群官员的簇拥之下，负手望着临安府的夜景，心里那口气松了一半，点头道："差点被看到。"

段凌光："……就算被看到又如何，你那么心虚做什么？你可是皇帝老师哎，他还管你交朋友？你又不是来找我密谋造反的。"

他边说边摇头："遇到我这个同乡，都没见你有这么大情绪起伏。啧，你刚才那副样子，活像被抓包似的。"

陆清则凉凉地看他一眼：你可真会形容。

段凌光又往那边瞅瞅，比画了一下："隔着那——么远的距离呢，根据我的经验，从那艘楼船上看下来，底下的画舫密密麻麻的，一堆黑点，要立刻找出哪艘画舫都是问题，更别说看清上面的人了。"

说得有道理。

陆清则彻底松了口气。

段凌光坐回去，好奇地看着他脸上的面具："我听说你为了保护小皇帝，脸受了伤，所以一直戴着面具，真的假的？"

知道陆清则没有毁容的人其实不少，但都是宁倦的人，并着个陈小刀，最近还多了个徐恕。

这位同乡如此坦诚，陆清则也不觉得露个脸有什么问题——他当初遮脸，一是为了避免像宁琮那样的麻烦，二则是为了给小皇帝圆谎。

圆谎的成分居多。

画舫已远离湖中心，周遭已经没有其他船只了，两岸幽静。

陆清则便抬手摘下了面具。

粼粼波光自湖中折射而出，一跃落到他脸上。

一瞬间段凌光感觉自己仿佛见到了一抹如雪的月色。

他呼吸都放轻了点，半晌，点头赞同："你这脸，是该遮起来，快把面具戴回去吧。"

陆清则奇怪地看他一眼，把面具戴回去："我有那么见不得人吗？"

是这么理解的吗？！

段凌光欲言又止："你知不知道……"

话说到一半，看对面人的眼神那么干净，段凌光张了张嘴，还是把话咽了回去，讪讪地摇了摇扇子："算了，我胡思乱想，你不用在意。"

陆清则也没追问，他没那么多好奇心，思忖片刻，迟疑着开口："段兄，可否帮个忙？"

"你说，"段凌光道，"只要我能做到。"

"应当也不算太麻烦。"陆清则笑了笑，"后日我便该随陛下启程回京了，等我们离开后，你能不能请人做个'陆清则'的灵牌，供进陆家的祖宅里？"

段凌光被这番言论震得扇子都掉了，着实愣了好一会儿，才明白他的意思："你吓我一跳……没问题，多大点事，包在我身上。"

陆清则身体不好，吹了这么会儿风，思绪收回后，才发觉浑身都在发冷，隐隐感到不适，又揉了揉额角，发现头疼不是错觉，缓声道："劳烦让画舫靠岸吧，我该回去了。"

段凌光有点收不住话，但看他唇色都发白了，便让人靠了岸。

陆清则怕把荷花带回去后露馅，便没有带走，上了岸，朝着段凌光微一颔首："今夜会见，是我们彼此的秘密，往后若是来临安，再来找你。"

段凌光生出几分遗憾不舍，但也没有挽留，站在画舫上，一展扇子，笑道："在京城万事小心，一路平安，望有缘再会，同乡。"

陆清则朝他挥了挥手，转身离开，寻摸着回去的路。

此处离行宫有些远，陆清则气虚体弱的，走一阵，停一阵，耗费了点时间，才回到约定好的行宫侧门处。

陈小刀坐在台阶上，灯笼也没敢点，在夜色中跟"嗡嗡"叫个不停的蚊子奋战了半天，见陆清则终于回来了，拍拍胸口："公子，怎么迟了一刻才回来，吓死我了。"

陆清则把路上特地买的荷花糕递给他，眼角弯了下："和段公子多说了两句话，略微耽搁了下。没被人发现吧？"

"我办事，公子尽管放心！"看到好吃的，陈小刀两眼放光，欢欢喜喜地接过抱在怀里，领着陆清则进了侧门。

陆清则忽然想起在湖上遇到宁倦的事，又有些不安："陛下回来了吗？"

"没有。"陈小刀十分笃定，"前头没动静，我方才来侧门等您的时候，长顺也还在呢。陛下要是回来了，整个行宫的人都会知道，您就放心吧。看您这唇色白的，快回屋沐浴一番，换身衣裳，喝碗药睡下吧，您要是再受风寒倒下，陛下又该急了。"

陆清则并不想喝药，假装没听到最后一句。

陈小刀不急着吃荷花糕，把陆清则送到门口后，飞快跑去厨房端药。

陆清则看着他匆匆离去的背影，无奈地笑了笑，推开房门走进屋。

屋内黑灯瞎火的，什么也看不清。

他回忆着奏章放在哪儿，缓慢地摸去床边，刚摸到架子床的边沿，脚下猝不及防被什么东西一绊，控制不住地朝前摔去。

下一瞬，陆清则微微冒出层冷汗。

他没有摔到柔软的被褥上，而是被人拽住了。

进屋时未曾察觉的香甜酒气浮动在空气中。

淡淡的嗓音惊雷一般，从头顶传来："上哪儿去了？陆怀雪。"

陆清则的眼皮跳了跳，活了两辈子，头一次体会到了什么叫惊悚。

连名带字地叫上，看来怒气不小。

亏段凌光还信誓旦旦，说宁倦一定看不到他。

周遭浓墨般，黑魆魆的，只有些朦胧的光线从窗外透进来，探不到底，视力受限，所以他也看不清面前的人是什么表情。

没有听到回答，握着他手的力道重了一分，少年的嗓音再次落入耳中，情绪莫测："不想说吗？"

黑灯瞎火的，看不见表情，读不清语气，这种感觉让陆清则没来由地感到心慌，试图先安抚这小崽子的情绪："果果，先放开我，点了灯再说，好不好？"

宁倦依旧钳制着他，一动不动，淡声道："老师身上好冷。"

刚从外面回来，陆清则身上的确有些冷。

但现在他已经出了点汗了。

哑然一瞬后，陆清则决定直接摊开了讲："你在船上就看到我了？我……"

"什么船？"宁倦打断他的话，嗓音凉凉的，"老师不是身体不适，在我赴宴后就早早睡下了吗？陈小刀还让暗卫去帮忙捉行宫里的知了鸣虫，怕吵醒了你。"

陆清则只感觉方才在船上吹凉风吹疼的脑袋，此刻更疼了，语气诚挚："我的确绕开你的人，独自出去了一趟，这是我不对，但事出有因，不便与你详说。"

在看不清的地方，宁倦的脸色又沉了一分。

不便与他详说？

他们之间，有什么是不能详说的？

是那些藏着掖着的秘密，不允许他触碰的角落？

陆清则清晰地感觉到，握着他的那只手，指腹上带着薄薄的茧，耳边的嗓音压得既低且沉，有种莫名的压抑："有什么是朕不能知道的？"

……这你确实不能知道啊。

非但是借尸还魂，还是两只从另一个世界飘来的孤魂野鬼。

陆清则脑子急转，思索着该怎么找出个合理的解释。

这简直印证了段凌光开玩笑说的那句"你又不是来找我密谋造反的"。

以他和宁倦的关系，除了密谋造反，还能有什么理由，是他必须避开宁倦的所有眼线，独自偷溜出去的？

这可真是……

陆清则头更疼了，几个不靠谱的理由在嘴边绕了一遍，也没能吐出来，反倒是脑子里倏地惊雷一劈，意识到什么，反手握住了宁倦的手，语气里多了分急切："小刀呢？还有段凌光，你没把段凌光怎么样吧？"

陈小刀方才去厨房给他拿药了，厨房离此处不远，他却这么久还未回来，定然是被宁倦的人按下了。

还有段凌光。

以这小崽子的性格，段凌光指不定已经被绑到郑垚面前拷问了！

陆清则的身体吃亏，就算他觉得自己用了十分的力，落到宁倦手上，也轻飘飘的，都不用什么力气，就能轻松挣开。

宁倦却任由他抓着自己的右手，不声不响地抬起另一只手，摘下他脸上的面具，锐利的视线如鹰。

今晚散宴后，是他突发奇想，想要再坐船看看，想着等陆清则身体好些了，就带他来泛舟游湖。

在船上坐了会儿，却忽然又感到有点晕船，他借口出来吹吹风，被一群人簇拥着走到船舷边，在胸闷恶心时一低头，就看到了陆清则与另一个人坐在画舫上，相谈甚欢。

虽然看不清神情，但凭借对陆清则的熟悉，他也能看出来，那时候的陆清则是很放松的。

还微微歪着头，仔细倾听对方的话，扬着唇角，露出好看的笑。

陆怀雪居然在一个他所不知悉的陌生人面前那般。

纵然在他面前，陆清则也不会那样。

因为陆清则是他的老师，而他在陆清则眼里，只是个还没长大的孩子。

他扶着船舷，晕船的痛苦都消减了下去，冷冷地看着那艘画舫仓皇划走。

那一刻他心底生起个难以自抑的念头，胸口沸腾着冰冷的情绪。

那个情绪是——嫉妒，以及感到被背叛的愤怒。

"陈小刀引开保护你的暗卫，置你的安危于不顾，当受惩罚。"

宁倦嗓音淡淡的："今晚负责守夜的暗卫，悉数领鞭三十，罚俸一年。"

却只字未提段凌光。

"关他们什么事？"

陆清则原本还有些心虚，也没觉得这是什么大事，听到这里，终于察觉不对，眉头一皱，语气微厉："陈小刀是听我的命令，那些暗卫也不过是被欺瞒了，真要罚，就罚我。"

相比难得情绪激烈一些的陆清则，宁倦的语气依旧很平静："老师有没有想过，万一你在外头出了什么事，纵使他们死一万次，也难以抵罪。"

陆清则想也不想："若我在外面出了事，那也是我咎由自取，自作自受，与他人何干！"

宁倦肺里本来就滚着火气，还半点未消，被他一句话点得更旺，陡然一把掐住他的下颌，冷冷道："陆怀雪，你要明白，你的命和他们的不一样！

"失职便是失职，今日被陈小刀欺瞒，没有看好你，明日就该走神放进刺客，领罚长记性，是他们应得的。"

下颌被掐着，动弹不得，陆清则的太阳穴突突直跳，在头疼欲裂中，忽然发现了问题所在。

他和宁倦看待此事的角度不同，他以私人目光看待，宁倦的处理方式却是帝王的视角。

这根本说不到一处，也说不清对错。

对一个皇帝而言，今晚无论是他、陈小刀，还是那些暗卫，都的确该罚。

因为这挑衅了皇帝的权威与安危。

陆清则被掐得下颌发疼，轻轻"咝"了声，借由这点疼痛，又冷静了点，决定先捞一个是一个："那段凌光总该放了。你尽可放心，我没有与他说过任何机密要务，只是碰巧遇上，一同游湖而已。"

宁倦并不想简单放过段凌光，不置可否道："到底如何，郑垚会报上来。"

陆清则不免愣了一瞬，连下颌上的疼痛都恍惚变轻了。

宁倦这是……不信任他吗？

郑垚若是拷问段凌光，那后果简直不堪设想。

他抓着宁倦手腕的指尖都泛白，一字一顿道："放了段凌光，你要拷问，不如拷问我！"

这句话一出，仿佛忽然刺到了宁倦的神经。

身边的少年呼吸都有些发抖，沾染着几分酒气，轻轻的声音似是从齿缝间磨出来的："老师与他多大的情分，竟甘愿为他受罚？"

陆清则蹙了蹙眉，尽量把语气放得更稳，以免再刺激到他："萍水相逢，颇为投缘而已，我只是不愿意再牵涉无辜的人。"

他轻轻吸了口气，声音里带着丝恳求："果果，把人放了吧。"

老师在为一个陌生人求他？

也可能，并不是陌生人。

宁倦眸色更冷，没有回应。

陆清则感觉太阳穴都在突突直跳，牵引着他脑子里那根弦，疼得他头脑混乱。

在画舫上，段凌光直言不讳地提醒他那些忌讳时，他断然否定，因为他觉得自己很熟悉宁倦的性格，他看着宁倦长大，教养宁倦，是这个世界上最了解他的人。

但现在他产生了一丝怀疑。

他真的很了解宁倦吗？

至少眼前这个带着沉沉威压、步步紧逼的年轻帝王，让他产生了一丝微淡的陌生感。

陆清则回过神来，发现自己不知何时出了身汗，喉间泛起阵阵的微痒，脑中尖锐的疼痛让眼前恍如烟花炸开般，片片绚烂发白。

他不想示弱，咬着牙没吭声，宁倦便也没有察觉他的异状，只嗅到他身上熟悉的清冷梅香，以及丝丝缕缕陌生的荷香。

他的动作一滞，轻声细语："你还送了枝荷花给他？"

像是在问，语气却是平铺直叙的调子。

诘责拷问，陆清则都能接受。

但在黑暗之中，被这般不讲理地诘问，他也有些火了，干脆松开宁倦的袖子，冷声道："只不过是怕被你发现，留在那儿罢了——怎么，陛下今晚是打算掐死我吗？"

"老师怎么会这么觉得？"宁倦忽然含糊地笑了，"我怎么舍得。"

他嗓音喑哑，又轻轻重复了声："怎么舍得。"

视野里一片昏黑，所以陆清则也没看到宁倦的眼神与他嘴角的弧度。

那是个说不上良善的笑，似一匹眼中泛着残忍绿光的恶狼，叫人毛骨悚然。

或许是喝了酒的缘故，宁倦脑子里岩浆似的沸腾着。

陆清则那么不听话，今晚都敢绕开他的人去找人私会了，那下一次呢，陆清则会不会直接就离他而去了？

若是陆清则走了，他怎么办？

陆清则从小教导他，他是大齐的皇帝，想要什么，便自己去拿，不必求人。

他只是想要陆清则永远留在他身边而已，又有什么错呢？

谨遵师命罢了。

宁倦眼底晦暗不清，带着一种志在必得的掠夺。

陆清则知道宁倦大概是不会伤害他的。

这一刻潜意识里却感到了极度的危险。

喉间的痒蓦地加剧。

陆清则本来想说点什么，一张嘴，却陡然爆发出一阵撕心裂肺的咳嗽，单薄瘦弱的身躯剧烈地震颤着，骨头都要折了似的。

所有怒火顷刻间熄灭，宁倦立刻扶起陆清则，拍着他的背给他顺气，朝外厉喝一声："药呢！"

门板"吱呀"一声，守在外面的长顺迈着小碎步端着药走进屋。

屋里没点烛火，他探了探脑袋，一时分不清方向，怕把药洒了，又不敢自己点亮烛火，踯躅了下，叫了声："……陛下？"

宁倦皱了皱眉，抽身而起，想去拿药。

手却被一把攥住了。

陆清则咳得眼前发黑，喉间似被沙子磨过，浮起些许血腥味，开口时嗓子已经哑得不行："陛下，放了段凌光和陈小刀。"

那声音低微而疲惫，似是不再将他当作可以训斥的学生，而是当成了万人之上的皇帝陛下。

宁倦的心口陡然泛起细密的疼。

他没有拂开陆清则的手，也没有立刻答应。

屋内死寂了一瞬，长顺满头大汗，将药碗放到桌边，悄无声息地退了下去。

宁倦端起药，一声不吭地递到陆清则嘴唇边。

陆清则脑子里乱糟糟的，别开头，极力压抑着喉间的痒，瘦弱的胸腔大幅度起伏着，喘息很沉，断断续续道："我保证，今夜之事，不会再有第二次。"

又是一阵死寂后，宁倦闭上眼，沉沉地吸了口气，朝外面吩咐："把陈小刀和段凌光放了。"

陆清则的肩头骤然一松。

宁倦顺手点了床边的烛火，暖暖的烛光盈满了屋内，眼前倏然亮起来，陆清则闭了闭眼，再睁开时，眼底又出现了那碗药。

宁倦冷道："现在总该愿意喝药了吧？"

陆清则脱力地靠在床边，没什么力气地撩起眼皮看了他一眼，又深深闭合了下几乎被汗水浸湿的长睫。

在烛光映照下，那张脸却苍白得很，覆着层薄薄的冷汗，发冠不知何时被弄散了，头发有几缕凌乱地贴在脸颊上，衬得肤色冷玉般白得惊人，颜色浅淡的薄唇也在情绪激烈时被自己咬磨得发红。

陆清则这么虚弱，被自己逼成了这个样子。

宁倦很清楚这个事实，看着气息急促的陆清则，沉默下来，垂下眼，舀起一勺药喂给陆清则。

陆清则的喉咙咽一下都生痛，脑子更是涨痛，感觉谁再戳一下自己，就要不受控制地倒下了。

甚至没力气再咳嗽和生气。

他感觉眼角处还是炙热一片，再次别开头，开口时气息不稳："出去。"

看着他这副模样，宁倦的喉结滚了滚，忽然就气弱下来："老师，我先喂你喝药，等你喝了药我就出去。"

"我自己喝。"今晚的宁倦实在有点陌生，陆清则没看他，自己需要缓一缓，理理纷乱的思绪，重复道，"出去。"

宁倦盯了他一阵，漆黑的瞳仁里弥漫着某种情绪，最终还是点了下头，放下药碗，退了出去。

长顺守在门口，见宁倦出来，俯身关门时，偷偷往里瞥了一眼，瞅到陆清则虚弱的模样，顿时头皮发麻，低眉顺眼，不敢多看。

陛下也太可怕了。

宁倦走到院子里，看不出喜怒："去把陈小刀叫过来。"

陈小刀是陆清则身边的人，宁倦也没有把他怎么样。

虽然不愿意承认，但他若是敢动陈小刀，陆清则这辈子估计都不会再给他一个好脸色。

所以陈小刀只是被扣押了。

他被关在屋子里，不知道陆清则怎么样了，急得满地乱转，被传唤后，跑着回到偏殿，见到宁倦挺拔的身影，脚步才猛地顿住，头皮发麻地想要下跪。

宁倦不太耐烦，挥了挥袖："进去照看老师。"

陈小刀求之不得，刺溜一下就钻了进去。

长顺摸不清现在是个什么情况，他只知道陛下回来的时候快气疯了。

他的话到嘴边，闭眼深呼吸了几轮的宁倦睁开眼，再次开口："让徐恕来看看。"

长顺咽回了话："是。"

长顺人刚走，郑垚又过来了："陛下，按您的吩咐，段凌光已经放走了。"

宁倦薄薄的眼皮一掀："上刑了？"

"还没来得及，威逼恐吓了他一番，什么也没说。"郑垚挠挠头，"微臣派人去找了陆大人从前的街坊邻居，以及段府附近的百姓，都说不知道陆大人与段凌光认识。"

宁倦面无表情地揉碎了荷花："再查，将段凌光生平每一件事，从大到小，悉数翻出来。"

别人不知道，他却很清楚，以陆清则的性子，不可能和一个刚认识的人那么亲近，还上了人家的画舫，和人家相谈甚欢。

方才他让人诈了一下陈小刀，陈小刀很机敏，虽然没问出什么，却还是露了点破绽——在听到段凌光的名字时，表情有了不同的变化。

陆清则偷溜出去，是为了见段凌光。

段凌光有什么特别的？

他没办法将那些强硬的手段加诸陆清则身上，那就把段凌光翻个底朝天。

总能发现陆清则避而不谈的秘密。

陆清则是他的老师，这件事，无论是出于私心，还是其他什么，他都必须查清楚。

郑垚许久没见宁倦发这么大火了，默默为陆清则祈祷了两声，退了下去。

一门之隔的屋内，陆清则也在陈小刀的帮助下喝完了药。

不一会儿，大半夜被从床上挖起来的徐恕脸色不善地推门进屋，跟入无人之境似的，毫不客气地拉过陆清则的手，把住他的脉搏，诊了会儿脉，又观察了下他的气色，没好气地教训了句："身体不好就少折腾，你不嫌折腾，我还折腾呢。"

说完，不等陆清则说话，又拔腿离开了屋子，走出去对守在院中的宁倦道："气急攻心，又受了凉，没什么大碍，按着现在的方子，再喝两天药就没事了。"

说着，打了个哈欠，忍不住八卦："陆太傅平日里四平八稳的，心境最是沉稳，陛下是做了什么，才把他气成那样？"

宁倦一时无言。

要不是陆清则先把他气成那样，他也不会把陆清则气成这样。

又是恼怒又是心疼，火都没处撒去。

见他阴沉着脸不答，徐恕忍不住翻了个小小的白眼，打着哈欠回去睡觉了。

陆清则喝了药，又缓了会儿，身心都平复了一点，恢复了点力气，靠着枕头打量陈小刀："有没有受伤？"

陈小刀摇头："没有，只是被关在了屋里一会儿而已。"

陆清则轻轻吐出口气："抱歉，是我连累你了，也不知道段凌光怎么样了。"

"哪有的事，什么连累不连累。"陈小刀听到后半句，安慰道，"段公子无碍，没有被上刑，公子放心吧。"

方才他见陆清则额上都是汗，去水盆边浸湿帕子时，听到院子里郑垚的回禀了。

但也没敢听太多，怕被察觉。

今晚的陛下看起来真的相当可怕，和上次陆清则疑似染疫时的可怕不太一样，是另一种恐怖。

头已经没那么疼了，陆清则掐了掐眉心，声音很低："那就好……是我盲目自信，我以前一直以为，我很了解陛下，今日才发现，也没有那么了解。"

从前他觉得，宁倦只是有些任性罢了，今日的宁倦，却给他一种很陌生的攻击感。

陈小刀不清楚发生了什么，看他情绪有些低沉的样子，挠挠头道："公子别这么想，陛下很关心您呢，到现在还守在门外，院子里的蚊子可多了，换作是我，都不一定乐意在那儿待着。"

陆清则嘶哑地笑了笑，顺着他的话望向门边。

外头点着灯笼，被晚风吹得摇摇晃晃。

少年的剪影模糊地映在门上，影动人未动。

若是今晚不把他叫进来，恐怕皇帝陛下真要在外头喂一晚上蚊子。

他凝视那道影子良久，无声叹了口气："去把陛下叫进来吧。"

今日也的确是他不对。

明明是他一直在教、在提醒宁倦身为帝王该有的意识，该做的事，也不断警告自己，勿要虚荣，勿以皇帝的老师自居，做出什么妄图更改宁倦意志的事，却还是不经意地挑战了皇帝的威严。

宁倦生气很正常。

倒不如说，宁倦的反应才是一个皇帝该有的反应。

他刚才被气成那样，也只是因为黑暗里潜藏的攻击性，以及迫问。

要不是顾及他的身子，还不知道宁倦会做什么。

脑中不由得闪过今晚段凌光说过的那些话。

他胡思乱想了一阵，便听到"吱呀"一声，陈小刀退出房间，旋即熟悉的脚步声靠近。

陆清则抬起头。

少年皇帝却蹲了下来，不同于之前的咄咄逼人，又从恶狼变回了温驯的小狗，乖乖的、柔顺的，轻轻拢住他的手，低头蹭了一下，小声道："老师，对不起，别生我的气好吗？"

陆清则心里就是再生气，也被这一声给抚平了大半。

他忍不住顺势摸了摸宁倦柔软的头发，注视着他，犹豫了一下："果果，你今晚……是不是喝醉了？"

宁倦顿了顿，朝他笑了一下，点头："嗯，我喝醉了。"

这一夜很不太平。

虽然陆清则与宁倦达成了微妙的"和解"，但两人之间的气氛还是有点奇怪。

宁倦再担心陆清则，最后还是一步三回头地离开了这间屋子，没有像往日一样，撒娇卖乖，要留下来。

也不知道是不是被追问的经历不太愉快，陆清则辗转反侧，做了一晚上的噩梦，隔日醒来时，精神反倒更疲惫了，前几日养回来的一点红润气色，又消失了个干净。

好在徐恕妙手回春，开的方子喝下去十分有用，昨天撕扯炸裂般的脑仁已经不疼了，只是还细碎咳嗽着，喉咙发痛。

他醒了许久的神，才双眼蒙眬地起身洗漱了一番。

陈小刀担心陆清则半夜发烧，宿在榻上想随时守着，结果半夜就撑不住睡过去，这会儿还呼呼大睡着。

听到动静，陈小刀从睡梦中惊醒，一骨碌爬起身，打了个哈欠，揉着眼睛绕过屏风："公子这么早就醒了，怎么不多睡会儿……呀！"

陆清则擦了把脸，疑惑地看着他："怎么？"

陈小刀指着他的下颌，脸色惶恐："公子，你的下巴怎么青了？"

陆清则愣了一下，借着逐渐静下来的水面，仔细看了看，才发觉下颌果然有些发青。

他心里生出点不妙的预感，低头撩开袖子，瞅了眼手腕。

果然也有些青。

陈小刀震撼不已，凑过来围着陆清则打量："昨晚陛下是不是打你了？陛下怎么这样！"

陆清则无言片刻："想什么呢，没有。"

昨晚宁倦在盛怒之下，但也只是稍微用力捏了捏他，察觉到他痛，就立刻松开了。

这身皮肉也太娇气了，这都能留下痕迹。

两人正面面相觑着，房门被轻轻敲了敲，长顺的声音从外面传来："陆大人可是醒了？咱家给您送早膳和药来了。"

陈小刀咕哝"怎么是长顺"，过去开门。

陆清则皮肤太白，那道瘀青就显得格外触目惊心，他往外瞥了一眼，放下袖子，遮住痕迹。

门开了，出乎意料的，外头只有长顺，往常会黏黏糊糊靠过来的宁倦居然不在。

今日的早饭是临安府有名的"片儿川"，浇头是倒笃菜、笋片和瘦肉片，闻着便鲜美。

长顺猜他嗓子不舒服，让厨房将面煮得很软和，又忙里忙外的，着人换了屋里的冰盆。

陆清则坐下来，又往外看了一眼，收回视线。

嗓子太疼，懒得问那小崽子去哪儿了。

陈小刀去外头洗漱了，屋里只剩下长顺。

长顺偷瞄了眼陆清则，见到他下颌上的痕迹，嘴角狠狠抽了抽，再一瞅他病恹恹的样子，心里十分复杂。

陛下平日里对陆大人恨不得捧在手心里，怕他化了，怎么昨夜就那么不小心呢？

长顺暗暗长吁短叹，见陆清则往外看了两次，脑瓜子灵光，就猜出他想问什么，凑过来殷勤地给他扇扇子："李巡抚和江右布政使等一干人，大清早就求见陛下，陛下无法推托，便跟出去视察民情了，应当晚点回来。"

陆清则看他一眼，嗓音沙哑："所以把你留下来看着我？"

长顺瞬间满额冷汗，"哈哈"地干笑了两声："怎么会呢，陛下只是见您又病了，暂时又不能待在您身边，便让我跟着来照顾您。"

陆清则不置可否地"唔"了声，勉强吃了大半碗面，就吃不下了，等消化了会儿，又蹙着眉，把旁边凉着的一碗苦药喝完了，含着蜜饯缓了会儿。

长顺正绞尽脑汁地思索怎么打开话题，为宁倦说说好话，便见陆清则起了身，打开自己随身的小箱子。

小箱子是陆清则画了图纸，请木匠仿照行李箱做的，还有四个小轮子，拎起来十分方便。

里面除了衣物，以及一些自制的现代化洗漱用品，便是些金银细软。

宁倦见这小箱子挺有意思的，也让工匠给自己做了一套。

陆清则只能庆幸，这个世界虽与他原来的世界有些相似，发展轨迹却不相同。

陆清则把里面的银子全部拿出来，点了点，回身递给长顺："长顺，劳烦帮我把这些分给昨晚受罚的侍卫。"

宁倦惩罚失职的侍卫，无可指摘。

但他是在现代社会长大的，内心再疏淡，也不可能接受动辄打杀的惩罚方式，也不赞同宁倦的话，他这条随时可能嗝屁的命，怎么就比旁人矜贵了？

这些人是因他而受罚扣俸的，不给一点补偿，他于心不安。

长顺没想到陆清则会这么做，睁大了眼，连连摆手："哎哟，这可不行，陛下要是知道的话……"

"知道又怎么，"陆清则淡淡道，"难不成会觉得我在行贿？"

长顺噎了下："您言重了，只是……"他抓耳挠腮，不敢接下这差事，知道陆清则一向好商量，"要不，您等陛下回来了，和陛下说？"

看他为难，陆清则没有强塞过去，也没有应下长顺的话。

他昨晚梦到被一团黑影沉沉压着，动弹不得，睡得累得慌，到现在也很疲乏。

暂时不想和小崽子说话。

"既然不能送银子，"陆清则靠回榻上，抄起杯热茶，抿了一口，"那能否给我解解惑？"

长顺提起警惕："您说？"

"陛下有再派人去找段凌光吗？"

今日的差事显然很危险，长顺痛苦地回道："……要不您还是别说了？"

陆清则有些不解。

怎么段凌光还成了个禁忌角色？

他只是不希望宁倦和段凌光有一丝一毫的牵扯，即使段凌光并非原著里的段凌光，也答应了他不会走原著里的路线。

但以这小崽子昨晚的疯态，万一做了什么，逼得段凌光还是走上了原剧情，那岂不是在冥冥之中，又与天意合了？

陈小刀不知道什么时候也钻进了屋里，趴在旁边的椅背上听了许久，闻声忍不住插嘴："顺儿啊，昨晚郑大人问过段公子了吧？他不就是个普通的纨绔公子哥儿吗？陛下怎么那么在意……"

长顺一个头两个大，简直想逃离这间屋子。

还能有什么原因？

两个人偷偷私会，这不就跟背着陛下密谋什么似的吗？但他又不敢说，说了不就是挑拨陛下与陆大人的关系？

长顺胆战心惊地，摆了摆手："陆大人哟，您要是心疼小的，就……就别问这些了。"顿了顿，小声提醒，"最好也别去问陛下。"

陆清则："那你只用回我一句话。"

长顺劫后余生，掏出小帕子擦泪花："您说。"

"段凌光没事吧？"

天哪，陆大人怎么这么关心那个段公子？

难不成真有什么？

长顺努力为宁倦说话："您放心，昨儿个离开的时候，那位段公子只是衣服乱了些，郑大人没得到陛下的吩咐，不敢乱用刑。您也了解陛下，陛下一诺千金，答应过您的事，哪回落空了？说过不会伤害段公子了，就不会再动他的。"

陆清则垂下眼睫。

昨晚段凌光就算没受伤害，也受了惊吓吧。

只是他没迈出门，就能察觉到屋外守着的侍卫又多了许多，恐怕一言一行，都在宁倦的眼皮子底下。

他若是让陈小刀去送个道歉信，那小崽子指不定又得发什么疯。

他和宁倦之间，恐怕有了丝猜疑。

是他无意间弄出来的，却也很难抹除，毕竟借尸还魂这种事……

陆清则无声叹了口气，止住了心思，不再多问，让陈小刀找了本书来，靠在榻上，安静地看起书来，不再吭声。

在长顺忐忑地待在陆清则身边时，宁倦在外又见过了一批乡民。

现在江浙的本地官都十分老实。

宁倦在江浙每多一天，他们醒来后的第一件事都是确认一下自己的脑袋还在不在，有没有搬家，因此态度都很殷勤，主动邀请宁倦视察乡间民情，展示江浙的繁荣安定给小陛下看。

就差呐喊：陛下你看，我们和潘敬民那帮人不一样！不一样！

李巡抚也是个肠子弯弯绕绕的货，但比起脑满肠肥、一心敛财的潘敬民而言，还是有点真材实料的，官员班底要好上不少。

至少在表面上，江浙也算井井有条，每年缴纳国库的税银也很有分量。

底下那些被接见的乡民，想都不必想，定是下面人提前安排的。

估计连说什么词儿，都是提前打磨背好的，没什么意思。

宁倦也没拂了这些当地官的面，只是心里牵挂着陆清则，漫不经心地走了几个过场。

正当要结束时，人群中忽然挤出个小孩儿，仰着头望着修长英挺的年轻天子，脸红红地举起朵清艳的荷花，想送给宁倦。

旁边的侍卫想也不想，就要拦住这小孩儿，宁倦伸手示意别动，接过了荷花。

昨晚郑垚从段凌光的画舫上搜出荷花，得知是陆清则留下的，他气得简直想把整个湖里的荷花全都铲掉。

老师应当还挺喜欢这花的。

以李洵为首的官员见宁倦面上并无不悦，又松了口气。

一行人坐上马车，往城里走去。

宁倦捏着荷花正在发怔，消失了一天的郑垚骑着快马而来，在外面禀报一声，随即钻上了马车："陛下，臣查到了一些关于段凌光的事，颇有疑点。"

宁倦放下荷花，淡淡地"嗯"了声："详细说说。"

"段家靠丝绸、茶叶发家，在临安府也是数一数二的大富商。段凌光曾有一哥哥，和生母在他六岁时双双病逝后，段凌光便变得沉默寡言。再两年，段父续弦葛氏，诞下一子，葛氏口蜜腹剑，偏袒幼子，一直想置段凌光于死地，为自己儿子夺得段家家产，因此两人关系极差。"

郑垚迅速说完，顿了顿，说到了自己也疑惑的地方："七年前，段凌光被人推入水池，被捞出来后，已经没了呼吸。在段家为他准备后事时，又忽然活了过来，大病一场后，说自己失忆了，自此性格也变得与从前不同。

"他与继母表面关系变得极好，暗地里却在做自己的生意，十四五岁后经常出入画舫游船，临安府都传段凌光是风流浪荡的纨绔子弟，实则他每日在画舫上，都是接见天南地北的客人，与表象相差甚远。"

宁倦随意抚弄着荷花瓣的动作微顿。

落入水中没了呼吸，又忽然活了过来。

大病一场后失忆。

前后态度的转变，性格发生的变化。

宁倦反复斟酌着这几条信息，低敛着眼睑，语气平缓："确认老师与他从未见过面？"

郑垚点头："段凌光落水后，不得见风，病了足足一年，算算时间，他刚能起身时，陆大人正好进京赶考，没有见面的机会。而且陆家附近的街坊都说，陆大人寒窗苦读，十分勤勉，兼之沉默寡言，鲜少出门，陆家祖宅距离段家也很有一段距离，即使出门了，应该也很难碰上。"

宁倦听着郑垚的汇报，不知怎么忽然想起，那日在去陆府的路上，陆清则与他的闲聊，说了些山精鬼怪的逸事。

他向来不信鬼神，陆清则很清楚，却还是在马车上与他谈及这些。

这不像老师的性格。

不仅如此，老师对于临安府，仿佛有种格格不入的陌生疏离感，不像在这个地方长大的人。就算是在陆家的灵堂里，面对亲人父母的灵牌，陆清则的态度依旧是恭敬有余，态度不熟。

或者说，他整个人与世间都仿佛隔着一层什么看不见的东西，飘忽不定，恍如浮萍。

宁倦的心情沉了沉。

他忽然感觉，陆清则和段凌光的经历似乎有点像。

六年前的年末，陆清则耿直上谏祸乱宫廷朝纲的阉党，被恼羞成怒的阉党下狱，关押在水牢之中。

隔年初春，卫鹤荣协同五军营指挥使樊炜，带兵闯入宫廷，以清君侧名，当庭斩杀所有阉党，救出了被困的崇安帝，此后陆清则才被放了出来。

他对陆清则的一切都格外在意，看过太医的脉案。

脉案里写得清楚，彼时的陆清则已无脉搏。

在太医们摇头叹息，准备叫人将他抬下去时，他忽然又有了轻微的呼吸。

那就是那口气续上了命，他的老师才活了下来。

醒来之后的陆清则对过往闭口不谈，不过也没有人会问他那些。

当初的状元郎昙花一现，没什么熟悉的人，陆清则也鲜少出现在人前，因此直到来到临安府，他才知晓，过去的陆清则竟然是"沉默寡言的书呆子"。

这和他的老师可并不相似。

荷花瓣被不小心扯掉了一片。

宁倦面上毫无波澜，内心翻江倒海，脑中冷不丁冒出陆清则状似无意间说的那四个大字——

"借尸还魂"。

虽然他不信这些，但这样一来，不就说得通了吗？

陆清则知道很多本不该他知道的事，诸如如何预知到有人要推他入池子，母亲留下的簪子的去向，甚至在刺客来袭时，一口咬定郑垚是可信之人……

莫非真如他从前朦胧的猜想，陆清则是天上的神仙？

或是，某只不知何处来的孤魂。

他与段凌光初见便能聊到一处，或许是因为，他们的境遇相似。

所以这就是陆清则隐瞒着，不肯告诉他的秘密吗？

郑垚见宁倦半晌没说话，忍不住出声："陛下？还要继续查吗？"

宁倦倏然回神。

他的嘴唇动了动，内心陡然盈满了焦灼的不安感。

这些猜想十分玄奥又大胆，但倘若他的猜想都是对的，老师当真不是此间人呢？

他半点也不在乎陆清则到底是哪个陆清则，是天上的神仙，还是地狱的孤魂。

陆清则就是陪着他长大的那个陆清则。

他只是觉得，本就与这尘俗有着一层看不见隔膜的陆清则，忽然间离自己又远了几分，并且随时可能离开。

"……不必。"

宁倦捏紧了手里的荷花，仿佛想抓住什么，声音微微发紧："盼咐下去，明日回京，派几个人留下，盯着段凌光的一举一动，随时禀报。"

郑垚怔了下，把到口边的话咽了下去："是！"

不知道是不是他的错觉，怎么感觉……陛下突然很急着离开临安府？

陆清则足不出户，在屋内看了一天的书，累了就闭眼歇会儿。

全然没有长顺猜想的，要求出去走走的想法。

长顺拽着陈小刀，蹲在窗下，两颗脑袋凑在一起窃窃私语："陆大人瞅着是不是不太开心？"

陈小刀翻了个白眼："陛下让这么多人看着公子，换你你能开心？"

"放肆！"长顺瞪他一眼，"你个臭小子，咱家还没教训你呢，居然敢帮着陆大人跑出去，就陆大人那个身子骨，要是在外头出了什么事，你负得起责吗？"

陈小刀顿时有些心虚，他只是下意识地就听了陆清则的话，也没多想会不会有危险。

"昨晚陛下和陆大人……"长顺含蓄地道，"吵了一架，陆大人虽然表面不显，但心里还是憋闷的吧，肯定是生陛下的气了。"

陈小刀："我也觉得，你说陛下是不是也在生公子的气？"

陆清则翻了页书，往窗口瞟了眼。

虽然他现在身体是弱了点，但这两人不会以为他是聋的吧？

他没生气，只是在边看书，边认真琢磨段凌光说的话。

他之前想得轻松，一直想着，等到宁倦真正执掌大权，就安心辞官养老。

但正如段凌光所言，宁倦是他的学生不错，但也是皇帝，他一直这么告诉自己，但似乎也会有认知偏差的时候。

说到底，他们是师生，更是君臣。

昨晚他让宁倦有了猜疑，生出嫌隙，若这嫌隙继续生根发芽，君臣相和的美名还能在吗？

陆清则揉了揉额角，当真没想到他和宁倦之间也会发生这种事。

越想越看不下书。

外头的长顺忽然腾地跳起来："哎呀，陛下好像回来了！"

陈小刀："你小点声，别吵到公子看书！"

陆清则麻木地又翻了页书。

看来外面那俩真当他是聋的。

今天一天，也够把段凌光的祖宗八代扒个底朝天了。

不过光凭那点东西应当也看不出什么。

他和宁倦昨晚算不上互相和解原谅，也算不上不欢而散，顶多是宁倦看他虚弱，把气憋了回去，估计还窝着火。

陆清则彻底看不下书了，看看外头天色都暗了，厨房还没送来晚饭，往后一靠，自言自语："不送饭的话，是不是也可以不喝药了？"

长顺正好带着人送了晚饭来，闻言板起脸："自然不可以了，陆大人，徐大夫说了，您得好好吃饭，好好喝药，好得才快。"

陆清则喝药喝得嘴里寡淡麻木，吃什么都没滋味，再加上暑热，就更没胃口了。

但他也不是什么心性幼稚的稚子，再不情愿，还是叹了口气，下了榻来吃饭。

今晚厨房的菜色倒是特别简单，除了一碗莲子红豆粥，便是几道简单小菜，结果一入口，他就变了想法，努力咽下去后，疑惑地看了眼碗里的粥。

方才还说嘴里没滋味，没想到这会儿就能被这么难吃的味道直冲天灵盖，真是疏忽了。

长顺紧张地守在边上，见他忽然顿住，咽了咽唾沫："怎……怎么了陆大人？"

陆清则心里已经明白了："……没事。"

他脸色平淡，一口口将这碗甜到发苦的粥全吃光了。

长顺看他吃完了，长长地舒了口气，夸奖道："陆大人今晚胃口不错！"

陆清则瞥了他一眼，把碗搁下，倒了杯浓茶，等着看长顺接下来的动作。

果不其然，等药凉下来了，陆清则灌了药，长顺又忽然一拍手，略显夸张："哎哟，咱家忽然想到，今儿行宫外似乎有什么有意思的东西，陆大人在屋里闷一天了，不如出去看看？"

陆清则心道长顺领个俸禄不容易，点头："好。"

长顺使个眼色，让人拿了挡风的袍子来，给陆清则披上了。

外面架着个梯子，长顺紧张道："陆大人慢点爬，别摔了。"

陆清则心里觉得好笑，依旧没拒绝，顺着梯子爬到了偏殿的屋檐，坐到屋脊上。

他被关在屋里一天，的确有些烦闷，现在爬上了屋顶，不再被人盯着，凉爽的夜风习习吹来，拂在面上极为舒适。夜色里行宫秀丽，宫灯飘摇，隔着一条街外的长街上行人络绎不绝，仰头是漫天灿烂星斗。

霎时豁然开朗，心情好了不少。

就在此时，忽然听到"咻"的一声，天空中倏地炸起绚烂的烟花，五光十色，映亮了整片夜空。

连热闹的长街处，也有不少人驻足，纷纷仰头看来。

陆清则抱着双膝，抬头看着天空中灿烂夺目的烟花，身后忽然传来脚步声，旋即不知不觉掉下去的挡风外袍被人提起来，又给他好好披上了。

他没有回头，由着人默默蹲到他身边。

好半晌，陆清则被那道炙亮的目光盯得不得不扭过头："做什么？"

宁倦低头耷脑的，像只做错事的小狗："给老师赔礼道歉。"

陆清则："是吗？今晚那碗粥一入口，我还以为陛下是派人赐毒药来的。"

陆清则偶尔嘴毒起来，忒戳人肺管子，宁倦脸都僵住了："……不好喝吗？"

他回来就钻进了厨房，做好了也没敢来见陆清则。

长顺回禀他说陆清则喝得很开心，还难得吃光了一整碗，居然敢谎报军情！

陆清则眼风未动："坐好，成何体统。"

宁倦便蹭过来了一点，坐在他身边，眼睛依旧是黏在他身上的。

和他想的一样，陆清则就是陆清则，没什么不一样的。

但是陆清则若真是从另一个地方来的，会不会有一天，他又会离开？

陆清则毫无所觉，直到烟花稍歇了，才瞥了两眼宁倦。

皇帝陛下亲手为他下厨，确实有些惊世骇俗。

他有一丝在被年轻的陛下小心翼翼讨好的错觉。

"老师，我错了。"察觉到陆清则的目光，宁倦立刻毫不犹豫地认错，"别生气好不好？"

陆清则淡淡道："我没生气。"

他只是在考量揣度与宁倦的关系。

是会恢复原貌，还是走向君臣？

正思索着，衣角忽然被钩住了。

陆清则愣了一下，扭过头。

宁倦担心他生气似的，只敢钩着他的衣袖，低声道："听长顺说，老师想补偿那些侍卫，我已经吩咐下去了，也着人发了赏赐去段家，往后我不会对段凌光出手，老师要是不信，我可以立字据……"

陆清则挑眉打断："立字据就不必了，把盯着我的人撤走就行。"

他倒是想看看，宁倦会不会愿意撤走监视他的人。

皇帝陛下的猜疑，有那么容易消除吗？

没想到他的话一出，宁倦犹豫了一下，还是点头："但要等回了京城。"

陆清则沉默下来

他能感受到宁倦想要将那丝嫌隙修补好的急迫。

至少在现在，宁倦还是视他为老师，全心全意对待他的。

无论是为他下厨，还是让人准备这么一场盛大的烟火。

陆清则安静半晌后，露出了今日的第一个笑容："好。"

他笑起来太好看，宁倦歪头看着他，目光移不开："老师不生气了吗？"

"早就不气了。"陆清则没什么力气，腔调也懒洋洋的，"我哪儿有陛下能生气，陛下这会儿心里还是只河豚吧？"

宁倦没有辩驳这句话，视线落到他下颔的淡青色掐痕上，顿了顿，小心地伸手碰了碰："还疼不疼？"

陆清则摇了摇头，想到无辜的段凌光，还是忍不住再说道："果果，手握重权者，便如手持利刃，你掌握杀伐，就得学会使用这把利刃，否则终究伤人伤己。我这么多年，就是在教你如何正确地使用这把刀。"

他的目光落在这个已经比自己高了的少年身上，沉声道："陛下，如果昨晚我没有阻止你，你会怎么对段凌光？"

宁倦抿了抿唇，垂下眼眸，不敢和陆清则对视。

按他当时的心情，若是段凌光再不开口，他应当会让郑垚用刑。

陆清则两指掐着宁倦下颌，将他的下巴抬起来，让他正视自己，凝视着他的眼睛："你是万人之上的天子，几乎所有人的生死与荣华都在你的一念之间，所以更不可冲动。"

宁倦和他对视许久，认真地点了点头，乖顺地轻轻蹭了蹭他的手指："我知道了，老师。"

无论人高低贵贱，老师似乎都有种近乎悲悯的同情。

曾经宁倦有些困惑，他从小长在冷宫中，随时要防备先皇后对他下死手，见惯了宫里不把人当人的场面，内心淡漠。

不过在猜到陆清则的秘密之后，一切都有了解释。

但他愿意向陆清则靠拢。

只要陆清则还在他身边。

第八章

七月中，以南下祭母为由，金蝉脱壳去江右来了一番大手笔的皇帝陛下，终于在江浙一众官员的期盼之下，早早启程归京。

江浙一众官员是长长地松了口气，感动不已——终于送走这位煞神陛下了。

车驾一早便准备好了，锦衣卫和禁军贴身随行，不过皇帝陛下似乎也不怎么着急快点回京，马车一路上都行得不紧不慢。

个中原因，只有陛下身边的郑指挥使和长顺大总管知道。

车驾一路向北，至八月中，鸣蝉不休，车队终于赶回了京城。

以卫鹤荣为首的百官在城外等候已久，在宁倦露面时，不论众人心情如何，皆跪拜齐呼万岁。

分明知道自己的把柄落入人手，小皇帝来者不善，卫首辅的表情依旧看不出什么惊慌之色。他看了眼随同在侧、脸覆银面的年轻帝师，露出个捉摸不定的笑："恭迎陛下，陛下能平安归来，臣心甚慰。"

宁倦不用再在卫鹤荣面前装得唯唯诺诺，话音淡然："首辅替朕分忧，操劳国事也辛苦了，听说前几日你刚生了场病，朕既然回来了，你也不必那般辛劳了。"

卫鹤荣自然听得懂这话里的两重含义，眉毛微微一扬，朝后面的十几辆马车看了一眼，瞧见了潘敬民等人。

既是囚犯，自然也不会有多好的待遇，囚车一路行来，风吹日晒，入伏的毒辣太阳把那群曾高高在上的狗官晒成了干枯的狗尾巴草，一个个眼神呆滞麻木。

潘敬民在烈日下熬着油，肥胖的身躯还瘦了几圈。

听到声音，潘敬民僵硬地转过头，看到卫鹤荣，愣了一瞬之后，眼底猛然迸发出巨大的惊喜，努力张大嘴，大喊"卫首辅救我"。

却因为嗓子干得冒烟儿，喉咙渗出了血，声音嘶哑得只有自己能听见。

卫鹤荣眼神凉薄，移开视线，伸手一礼："陛下，请。"

一到京城，宁倦先回了宫，还有一堆事务等着他，保皇一党日等夜等，也等着见他。

尚在病中的陆清则则带着陈小刀和林溪，低调地回了阔别已久的陆府。

被一起带回京的，除了即将被送去大理寺狱接受三司会审的江右巡抚潘敬民、集安知府赵正德、江右总兵一干人，还有十几车浩浩荡荡的金银珠宝、玉雕字画，林林总总加起来，有百万之巨。

这些东西大部分充入了空虚已久的国库，户部尚书脸上的笑就没停下来过。

小部分宁倦留了下来，当晚在百忙之中，抽空选出了十几样，让人全部送去了陆府。

陆清则刚沐浴出来，后脚宫里的赏赐就到了。

宁倦挑的都是些符合陆清则审美的玩意儿，云锦蜀锦、玉环如意、青田石、名家字画，一堆赏赐下来，赏得陆清则莫名其妙："陛下发了笔横财，我还能沾沾光？"

……也就您敢这么说了。

长顺掏出小帕子擦擦汗："陛下说陆大人于治水案和辅助江右重建上有功，亲自挑了物件儿让咱家送来呢。"

宁倦倒也没厚此薄彼，偏心得太明显。

除了陆清则，其他人也收到了赏赐，比如从江右带回来的徐恕。

徐恕治好了江右的疫病，救了数以万计的灾民，此等大功，就是直接封为太医院院使，也无人不服。

但徐恕不想做官，宁倦便赏了他黄金，并着城东的一座四进大宅，兼之亲笔书写的"悬壶济世"四个大字。

初到京城，化名徐圆的徐恕就名动京城，第二天就有不少达官贵人亲自登门拜访，求这位徐神医治病。

徐恕药到病除，竟然几天就解决了几个贵人多年不愈的老毛病，一时门庭若市。

虽然他性格怪异，还不通礼数，但既然是能救命的神医，谁会嫌他脾气臭。

陆清则虽然足不出户，但耳听八方，京城的消息一个没漏，全被陈小刀带回来了。

坐了一个来月的马车回来，就是马车里再舒适，他浑身的骨头也仿佛错位了，酸疼到了骨子里，兼之苦夏困乏，昏昏沉沉地在家睡了几日，那种浑身上下一碰就碎似的感觉才缓缓消退，精神恢复了些。

醒来时是下午，陆清则蒙眬揉了下眼，听到外面有声音，游魂似的飘下去，发现陈小刀和林溪正在院子里拉拉扯扯。

他一坐下来，陈小刀就放开林溪扭过头来："公子醒了？天这么热，要不要喝点什么？"

陆清则摇摇头，按了按发涨的太阳穴，感觉再睡下去人就该废了："外头有没有什么新消息?"

陈小刀最大的乐趣就是每天跑出去遛,找人聊天,听到问话就来了劲:"公子是想问'那边'的消息吧,暂时还没呢,听说潘敬民在狱中又忽然改口翻供了,咬死不认卫鹤荣,刑部和大理寺意见不一,都察院也没表示,一时半会儿可能出不了结果。"

陆清则皱了皱眉:"徐恕那边呢?"

陈小刀摇头:"也没见卫府派人去。"

陆清则不咸不淡道:"卫首辅倒很沉得住气。"

卫鹤荣的独子卫樵,出生便患有不治之症,为了保护这个体弱多病的孩子,卫鹤荣甚至狠心将幼子送回了亡妻的老家,多年来不闻不问,营造出他并不在意卫樵的假象。

不过端午前,卫樵大抵是不太好了,卫鹤荣又秘密让人把卫樵带回了京城,寻京城的名医诊治。

显然,卫鹤荣不想放弃拯救卫樵的性命,但面对徐恕这么大的诱惑,他居然还能继续保持冷静,冷眼旁观着。

虽然徐恕化名徐圆,与梁家、与宁倦的关系都被抹除,无人知晓,不过人是他们从江右带回来的,卫鹤荣必然很警惕。

除非卫樵再次发病,陷入险境,否则卫鹤荣应该还会选择再观察一段时间,但拖太久不是什么好事,拖得越久,卫鹤荣能查出来的东西越多。

得去宫里一趟,找宁倦商量商量。

陆清则懒洋洋地靠着栏杆,心里打定了主意,抬眸一看,陈小刀又在热情地拉着林溪说话。

前者一脸热情:"林溪,你那天和郑大人打得有来有回的,也忒厉害了,能不能教我两招!"

后者一脸惊恐,连连后退,恨不得缩进阴暗的角落里,变成一朵无人在意的小蘑菇。

陈小刀纵横人情网十几年,头一次遇到林溪这样蒸不熟煮不烂的,从江右到江浙,又从江浙回京,前前后后也快有一个月了,他居然还和林溪搭不上话!

别说混不熟了,林溪实在躲不掉的时候,就缓缓"自闭",闭上眼睛放空大脑。

陈小刀越挫越勇,每天都试图和林溪搭话。

两个"社恐"啊。

陆清则摸了摸下巴,不过陈小刀是社交恐怖分子,林溪是社交恐惧人士。

林溪初来京城,人生地不熟的,没什么安全感,陈小刀虽然唠叨了点,也是一腔赤诚的善意,两人推拉了一通,林溪忍无可忍,飞快地比画了几个手语。

陈小刀试探猜测,全部猜错。

林溪气鼓鼓地拉着他蹲下去,一边在地上写字,一边默默地比画着手语,教陈小刀认手语。

陆清则饶有兴致地观赏完拉扯全程，闷闷地笑了声。

被陈小刀带着，林溪都没以前自闭了，让这俩孩子闹腾，家里也热闹些。

说不定林溪能在武国公回京之前，再度开口呢？

陆清则起了身，进屋自个儿换了身衣裳，再出来时手里拿着面具："我进宫一趟，小刀就不必送我了，陪林溪玩儿吧。"

陈小刀："啊？那谁送您啊？"

陆清则："尤五。"

陆府里的几个侍卫都是宁倦精挑细选的，平时并不会出来打扰陆清则，在内院扫洒干活儿也尤其麻利。

陈小刀不太清楚这几人有多厉害，但他清楚待卫领头的"尤五"有多厉害——上次他冒冒失失地端着菜冲进来，脚下没防一绊，差点连人带菜摔进池子里，尤五一伸手，稳稳当当地连人带菜全部接住，功夫相当了得。

陈小刀顿感放心："那公子你今晚还回来吗？"

陆清则莫名有种要出门，被父母问"今晚留门吗"的既视感，甩了甩头把这个乱七八糟的念头甩开，肃然："自然是要回来的。"

总是留宿宫中，御史的笔都要按不住了。

陈小刀蹲在地上，嘀嘀咕咕："我怎么感觉悬呢？您进了宫，陛下还会放您回来？"

陆清则戴上面具，不怎么在意："陛下还会拦我不成？"

林溪眼神迷茫，不清楚这其中有什么故事。

看着陆清则跨出院子的清瘦背影，陈小刀转头道："看见没？公子每次进宫，十回有八回都是这么说的，八回有四回被留在宫里。"

林溪这才晓得陈小刀那个诡异的表情从何而来，忍不住露出个笑。

陈小刀含泪鼓掌："你笑了你笑了！我陈小刀的一世英名，终于保住了！"

陆清则不知道陈小刀是怎么跟林溪说的，陆府离皇城不远，他坐上马车，没等太久，就到了宫门前，递过进宫的牙牌。

禁军看过牙牌，立刻放行。

到乾清宫时，宁倦正在南书房里批奏章。

从前宁倦名义上亲政，却被卫鹤荣压着，奏疏都是先送去卫府，批阅过后，再送到宁倦面前，过残渣似的，把处理过的丢给宁倦。

此番他崭露头角，卫鹤荣自然不能再以少帝不懂事为由，这么肆无忌惮了，至少奏疏大部分都送到了宁倦面前。

但掌握一国的政事，比管理一省的政事要繁杂困难无数倍。

卫鹤荣故意丢来的都是些麻烦的奏章。

卫党翘首以盼，暗中祈祷小皇帝只是花架子，对这些奏章无从下手，解决不了问题，最后丢回给内阁，大权便依旧能稳稳掌握于卫鹤荣手中。

不过他们的期盼显然会落空。

听到长顺通报陆清则求见，埋首于政务中勤奋耕耘的皇帝陛下惊喜抬头："通报什么？快让老师进来！"

陆清则跨进书房，慢吞吞走到书案边，瞅了眼案头积累的一堆奏疏，习惯性想要拿起，帮忙看看，手伸到一半，指尖一顿，还是收了回去："听长顺说，你这几日不眠不休的，也要注意下身体。"

宁倦敏锐地注意到他细微的动作，顿生不悦。

他知道陆清则只是习以为常地想帮自己的忙，但想看便看，何必谨慎？

在江右处理公务的时候，他们之间可不是这样的。

宁倦勉强按捺着情绪，没有显露在脸上，起身把陆清则推到自己的座前，按着他坐下去，站在椅背后，两手撑在桌上撒娇："这群废物点心，芝麻大的事也要上报，眼睛累得慌，老师也帮我看看嘛。"

长顺看得眼角一抽，使了个眼色，让书房里伺候的宫人都出去，自个儿也默不作声地退到了门口。

陆清则也有点不自在。

宁倦早就不是能被他抱在怀里念书的瘦弱小孩儿了，变得比他要高大挺拔，这个姿势要说强迫，倒也不至于，但想要起身，也是不可能的，退路都被堵死了。

被推着坐到皇帝陛下的书房正座上，陆清则颇感不妥，猜出宁倦是什么意思，无奈道："果果，朝廷奏本和一省的政事不同。"

一同商量没问题，但让他来批奏疏，就越界了。

他可不想做权臣。

宁倦喉结滚了滚，一句"那又如何"到嘴边，又咽了回去。

他其实再清楚不过，陆清则对权力没什么欲望。

或者说，陆清则似乎对所有东西都没什么欲望，生杀大权，金银珠宝，情情爱爱，都和他隔着层距离，当真似九天之上的明月，唯有清辉洒在人间，想要用世俗的手去触碰，却甚为遥远。

这是宁倦最惶恐的一点。

最可怕的不是权欲熏心之人，而是没有欲望的人，他想要将陆清则牢牢地按在身边一辈子，却找不到可以引诱陆清则留下来的东西。

只能拼命把自己觉得好的东西都送到陆清则手上。

就比如皇帝的这点权力。

宁倦低低道："老师是不一样的。"

陆清则看看这满桌的奏本，又回头瞅了眼少年眼眶的淡淡青黑，还是没能忍心不管："把不重要的都交给我来处理吧。"

宁倦笑了笑，至少他清楚，陆清则吃软不吃硬。

但他的目的并不是让陆清则劳累，只是想让陆清则"拥有权力"，没有把话题接下去，转而问："老师许久不来宫里看我了，突然过来，是有什么事吧？"

话到最后，带了几分寂寥的叹息。

伴着那一脸的失落，活像一只被主人遗忘在家、以为自己被抛弃了的小狗。

陆清则听他说得幽怨，哭笑不得："回京统共不到七日，哪有许久？"

宁倦也不生气，顺手拉过椅子坐下来，趴在陆清则身边，再接再厉地撒娇："可是我很想老师。"

顿了顿，他又低落道："老师在家中，左有陈小刀，右有林溪，热闹非凡，恐怕都想不起我吧。若不是今日有事，也不会来宫里看我。不过老师能顺便来看看我，我也很高兴了。"

这小兔崽子，怎么"茶里茶气"的？

陆清则越听越觉得好笑，往他脑瓜上扇了一巴掌，动作轻得像在抚摸，笑骂道："你一回宫便忙成那样，我又有些咳嗽，进宫来干什么，打扰你，顺便传染你一起咳吗？收着点。"

宁倦适时收起小脾气，顺便小声争辩："老师来宫里怎么会是打扰我，而且我身体好得很，不会被传染的。"

陆清则这回用了点力，拍了下他的脑瓜："坐直，陛下，你的皇家仪态呢？"

见陆清则又像以往一样教训自己了，宁倦的嘴角满意地勾了勾。

看宁倦正正经经地坐直了，陆清则才想起此行的目的："我来宫里，是想与你谈谈徐恕的事。"

眼下潘敬民突然翻供，咬死不认，只有账本却无书信往来，无法奈何卫鹤荣，反而很容易被卫鹤荣挣脱，半途出什么变故。

卫党在朝廷人多势众，根深蒂固，五军营指挥使樊炜还是卫鹤荣的绝对拥趸，这股力量太庞大，要想干净利落地拆除，是不可能的，得先削弱卫党的力量，再一举拔除。

五军营就驻扎在京卫所，扭头便是京师，樊炜绝对是个大问题，有他在，暂时也不能随意动卫鹤荣。

不过他们本也没想这次能直接解决卫鹤荣。

用徐恕或许能加快进程。

若不是徐恕在江右的动静颇大，瞒不过去，他们是想安排徐恕用另一重身份进京的，能让卫鹤荣少一些警惕。

宁倦知道陆清则在说什么，了然道："探子上报，卫樵目前病情还算稳定，卫鹤荣并不急于一时，我和老师一样，也想加快一点速度。"

他两指一伸，从堆得满满当当的书案间，精准地抽出一封密信，递给陆清则："这是徐恕的身世,我觉得可以利用一下。"

皇家的调查十分厉害啊。

陆清则接过密信,打开一看,眉梢不由得微微扬起。

他知道徐恕是梁家收养的孩子,但没想到,徐恕居然和朝廷也有些关系。

三十多年前,太医院曾有位姓许的院判,这位许院判医术了得,负责一位贵妃娘娘的平安脉。

未料那位贵妃娘娘被惊动胎气,半夜突然生产,大出血而亡。

于是负责请脉,又救人失败的许院判就遭了殃。

那位贵妃是皇帝的心头宠,皇帝震怒之下,许院判一家被下了狱,女眷没入掖庭,男丁悉数处死。

徐恕就是那个漏网之鱼。

出事时,他正在江南的外婆家中,官兵抓捕而来,他匆忙逃跑,坠入了江水里。

别说是个小孩儿,就算是身强力壮的成年男子,坠入了江中,活下来的可能性也很低,官兵等了许久没见人冒上来,便感觉徐恕已经死了,离开报了上去。

但徐恕没死,他很通水性,九死一生逃出来,被梁家的人救了。

梁家家主与许院判有同窗之谊,颇为交好,眼见许院判一家出事,不忍之下,暗地里收养了徐恕,并把他的姓从"许"改成了"徐",对外只说徐恕是孤儿,见他可怜,便收养了他。

陆清则看完密信,暗暗摇头。

"救不了人,你们一块儿陪葬。"——这句话在后世是个被无数人吐槽的烂梗,但在这个时代,从皇帝嘴里说出来,是很可怕的。

先是自己家出了事,后又是师妹被皇帝强行带走,再是收养自己的梁家被宫中牵连,静嫔也病死冷宫。

难怪徐恕这么厌恶京城与皇室。

若宁倦不是梁圆的孩子,他恐怕也不会给面子,宁肯被砍了头,也不会进京帮忙吧。

"徐恕答应了吗?你准备怎么用?"

陆清则想了会儿,放下密信,眼睫一抬,才发现他看信的时候,宁倦支着肘托着腮,在看他。

也不知道看了多久。

见陆清则抬头,宁倦也不慌张,淡定地和他对视:"他应当不会有意见,调查此事,也有他自己的意思。如今过去的线索抹除,徐圆就是徐恕,被梁家收养一事,只有我们知道。"

闻弦歌而知雅意,陆清则从他话里嗅出几分意思:"你是想说,利用徐恕对皇室的'仇恨'下手?"

一家人都死在皇帝的盛怒波及之下,简直是飞来横祸。

谁能不恨?

见陆清则立马明白了自己的意思，宁倦露出几分笑意："嗯，演出戏给卫鹤荣看。过段时日，让徐恕请脉时给我下毒，再着人查出是他下的毒，暴露徐恕是许家遗脉一事，如此一来，徐恕便彻底站到了我们的'对立面'，不会是我们的人。"

陆清则接道："卫鹤荣自然不会错过这个施恩于徐恕的机会，刑部是他的地盘，徐恕被打入刑部大牢后，他必然会想办法把徐恕救出来，带进卫府，给卫樵治病。"

宁倦笑意更浓："正是如此。"

顺利地商量完毕，陆清则放心不少，便不再耽搁，帮宁倦分去小半的奏疏，两人同坐书房里，一起奋笔疾书。

不知不觉天色便暗了。

陆清则揉揉太阳穴，看了眼外头："宫门要落锁了，我该回府了。"

宁倦静默了一下，搁下毛笔，幽幽道："我就知道，若不是有事，老师绝不会进宫看我……罢了，老师回去和陈小刀共用晚饭吧，切莫忘了喝药，要仔细身体，如果记得想一下我，我会很高兴的。"

长顺缓缓从外面冒出脑袋："陛下，您今日早膳和午膳都没用，晚膳要宣吗？"

宁倦垂下眼："撤了吧，没胃口。"

陆清则对上宁倦偷偷瞄过来的眼神，无言地坐回去，又气又好笑："有完没完，别演了！长顺你跟着瞎凑什么热闹，我留下来还不成吗？"

陆府。

待到宫门落锁，也没见陆清则回来的陈小刀丝毫不奇怪，和林溪一人捧着一瓣西瓜，冲自己比了比大拇指："看吧，我料事如神。"

林溪啃着瓜，赞同地点头。

今晚乾清宫的晚膳相当丰富。

长顺在听到陆清则进宫时，毫不犹豫地就去吩咐，让厨房将晚膳改成了药膳。

陆清则看一眼菜色，就猜到了三分，似笑非笑地看了眼宁倦："长顺倒是越来越机灵了，你平日里少欺负他。"

"知道了。"宁倦乖乖应下，仔细看看陆清则，又不满，"暑热难消，老师看起来又清减了几分，陈小刀在府里就是这般照看你的吗？"

陆清则："差不多得了啊。"

陆清则的胃口一直很差，今晚在宁倦的贴心投喂下，多吃了大半碗，吃完只感觉胃里发胀，塞得过于饱和，不溜达溜达消消食的话，肯定是睡不着了。

他稍一琢磨，猛然想起件事："对了，小雪怎么样了？"

走去鹰房看看小雪，再走回来，就消化得差不多了。

宁倦很不喜欢那只破鸟，不太情愿地回道："应当好了吧。"

陆清则站起身，道："那我过去看看。"

宁倦腾地跟着起身："我陪……"

"陛下就接着处理政务吧，"陆清则两指敲敲桌面，指了指书房的方向，"别偷懒，卫鹤荣的人都在等着看你闹笑话呢。"

闻声，宁倦也只能硬生生地收回了腿，怕陆清则觉得自己不务正业，闷闷地"哦"了声，叫了两个侍卫，提着灯给他引路。

看陆清则就要走了，忍不住嘱咐："那老师早点回来。"

那只破鸟心机深沉，别被勾得不想回来了！

陆清则头也不回地挥了挥手，跟着侍卫离开了乾清宫。

长顺跟着宁倦回了书房伺候，见他像是不太高兴，了然安慰道："陛下，陆大人今晚留宿宫中，说不定明后日也愿意留下，陛下早些批完奏章，也能与陆大人多些时间相处呢。"

宁倦瞥了他一眼，不置可否，想起陆清则的话，淡淡道："你最近的差事办得不错。"

今晚的药膳也安排得不错。

挽留陆清则的法子，还是长顺提醒了一嘴，陆清则吃软不吃硬。

上次在临安府的事过后，虽说已经和好了，但大概是那一晚太过混乱，陆清则留下的记忆不好，在对待宁倦时，偶尔会多出一分他自己未发觉的、从前没有过的谨慎。

就比如今日来看他，想看看奏本，又止住了手。

从江浙回京城的路上，陆清则都独自在另一辆马车上，说是怕将病气过给他。

他只能多卖卖乖，让陆清则心软。

长顺垂下脑袋："陛下过奖了，能为陛下分忧，奴婢就十分欣喜了。"

"这次从潘敬民那儿缴了一对金碗和金杯，赏你了。"宁倦执起笔，在旁人面前，又成了威严淡漠的帝王，"去领了吧。"

长顺眼睛一亮，喜滋滋地谢恩："谢陛下赏赐！"

陆清则离开乾清宫，不紧不慢地溜达着，跨进了阔别已久的鹰房。

天色已暗，驯鹰师却还没睡下，正坐在门口刻鸽哨，听到脚步声一抬头，见到不远处行来面覆银面具的白衣青年，"哎"了声，惊喜地蹦了起来："陆太傅，您可算回来了！"

陆清则含笑颔首："我来看看小雪，它伤养好了吗？"

提到小雪，驯鹰师的脸色顿时十分复杂："您与陛下南下不久，小雪的伤便养好了，只是……"

"怎么？"见他面露难色，陆清则的心微微提起。

"只是……哎呀，一言难尽，您进去看看就知道了！"驯鹰师摆摆手，收起鸽哨，在前头带路，唏嘘不已，"小的前前后后也熬过五六只鹰了，这还是头一回遇到这样的！"

陆清则怀着满腔疑惑，跟着他走进关着小雪的鹰房。

巨大的鹰笼中，一团庞大的雪球缩在角落里，支在架子上，脑袋埋在一侧的翅膀里，似是已经睡着了。

听到脚步声，角落里的海东青脑袋动了一下，警觉地扭过脑袋看来。

一人一鸟的目光对上。

陆清则不免愣了下："怎么……胖了这么多？"

胖成个球。

驯鹰师语气沉重："因为它不愿意飞，还吃得忒多。"

小雪认出了陆清则，锐利的鹰眼一下睁圆，唳叫着撞上笼子，想飞出来。

驯鹰师连忙过去，把锁扣打开。

下一瞬，张着三丈多长翅膀的大鸟扑腾着飞了出来，鹰嘴倒钩如刀，在烛光下寒光闪烁，看得驯鹰师心惊胆战。

这可是猛禽！

他冲过去想要阻止，陆清则却已经伸出手，把小雪抱了个满怀，笑意加深："这才多久，怎么长了这么多？"

见小雪没有袭击陆清则，驯鹰师擦了擦额上的冷汗，大吐苦水："陆太傅有所不知，它吃得实在是太多了！一天就要吃掉三四只肥兔子，还得喂到它嘴边，哄着劝着才肯吃，吃完了放它出来，又不肯动，戳一下动一下，这要是放到猎场上，连猎物都逮不着啊！"

小雪仿佛听懂了驯鹰师的背后吐槽，脑袋一歪，鹰眼横了眼驯鹰师。

驯鹰师立马闭嘴。

这胖鸟不仅吃得多不肯动，还记仇。

陆清则费劲地掂了掂重量。

胖是胖了点，不过伤也养好了，再继续这样喂养下去，让这小家伙丢了捕猎的天性，就不好了。

还要放归的。

听驯鹰师说小雪不肯动，陆清则想了想，干脆带着它来到外头，放开这大鸟，试图与它交流："我抛起食物，你能接住吗？"

小雪收起翅膀，歪歪脑袋，似是不甚明白。

陆清则接过驯鹰师递来的夹子，夹起块肉，小雪还以为是要喂自己，张开了嘴。

却见陆清则用尽全力一抛，将肉扔向了天空！

"唰"一下，院中几人眼前黑影一掠，大鹰双翅一振，快得犹如闪电，稳稳地在半空中叼住了那块肉，扇扇翅膀，优雅地落到屋檐上，得意地昂首挺胸，傲视底下众人，低头吧唧吧唧吃了。

驯鹰师目瞪口呆："原来它还会飞？"

陆清则摸摸下巴："这就是血脉的力量吧。"

看来不需要担心这胖鸟放归后连食物都找不到了。

驯鹰师缓缓合上张大的嘴巴:"您不知道,我们也尝试这样喂小雪,但它压根不理的,还得是您才成。"

陆清则啼笑皆非:"我若是有空,就常来锻炼锻炼小雪吧。"

陪着兴奋的大鸟玩了会儿,陆清则深感不仅小雪得到了运动,自个儿也是,出了身热汗。

见时间不早,再不回去,宁倦八成要派人来催了,他便把小雪送了回去,与驯鹰师道了别,回了乾清宫。

路过南书房,里头烛火未熄,陛下还在奋笔疾书。

陆清则去沐浴了一番出来,皇帝陛下还在奋笔疾书。

先前陆清则陪宁倦看了一下午奏本,深感头大。

这些奏本所用词句极为烦琐,骈四俪六,啰里啰唆,看完洋洋洒洒的一大篇,再提出重点信息,费神又伤眼睛,甚至可能看完长篇累牍,也提取不到有效信息。

难怪会有皇帝看完五千字废话后,选择廷杖官员。

本来许多奏章应该先交给内阁处理,内阁票拟后,再汇报给宁倦,宁倦只需要裁定,交由司礼监官批红便可。

但卫鹤荣故意将这些奏本也送到了宁倦面前,工作便极为烦琐。

大概是想让宁倦知难而退,放权回内阁,但内阁又以卫党为首。

孩子还没年满十八呢,放到现代,都是雇用童工了。

陆清则看看灯火通明的书房,有点心疼孩子,去小厨房端了碗冰镇着的绿豆银耳汤,回到南书房,敲了敲门。

宁倦正锁眉看着面前废话连篇的玩意儿,以为门外是长顺,随意应了声:"进。"

人进来了,却没出声,反而有什么东西被搁到了桌上,宁倦烦躁地抬起眉,看到陆清则的脸,斥责的话顿时咽了下去,不由自主地先露出笑来:"老师回来了?是给我带的汤吗?"

陆清则看他烦闷的样子,摸了摸他的脑袋:"喝点解暑的汤,稍微歇歇,还剩多少?我给你批,你在旁边看着吧。"

晚上点的蜡烛再多,看这些东西多少也有点伤眼,宁倦不太乐意:"不多了,一会儿就能批完。"

有过一次猜疑后,陆清则其实很难界定一些距离。

是不想让他看吗?

他琢磨了下,又怀疑是自己多想了,也没说什么,坐在一边,托着腮看宁倦喝汤。

宁倦边喝甜汤,边偷偷觑陆清则。

衣袖落下去,露出的一截手腕瘦削雪白,视线上移,便能看到因刚沐浴完而有了几分红润气色的面颊,被披散着的乌发衬得仿佛会发光。

宁倦捏着瓷勺,半晌才漫不经心地撇开目光。

陆清则捻了捻还微微发潮的头发，随口闲聊："小雪的伤养好了，方才我去鹰房看它，胖了许多，好在它捕猎的技巧没减退多少，找个时间把它放归了吧。"

宁倦一顿："老师不是很喜欢它吗？"

喜欢的话，为何不留下来？

陆清则眨了眨眼："便是喜欢，所以更不能锁着它，否则强行留下，消磨了它的天性，岂不是悲剧一桩？"

宁倦握着瓷碗的手一紧。

他几乎要以为，陆清则这番话是对他说的。

他深深地看了眼陆清则："让它在京城待着，每日有人喂食，想要出去散心，也会有人带着，与放归的生活相比，也没什么不同，甚至不会再有危险，岂不是更好？"

之前讨论小雪时，小崽子不是主动说要放了小雪吗？

怎么这会儿又忽然改了主意？

陆清则微蹙了下眉。

两人相遇时，宁倦已经十一二岁，三观性格基本都固定了，陆清则很难地将一些不同于当下世俗的观念教给宁倦。

而且也不能真把皇帝教成具有现代思维的青年，否则宁倦只会死得更快。

所以他犹豫半晌，没有争辩："除非它自愿留下吧，否则关在这里，总会枯萎的。"

宁倦抿了抿唇，他赞同陆清则的绝大多数观念。

但或许是陆清则无意间说的这些话精准地戳到了他的心思，他难得生出了几分不赞同。

留在他身边有什么不好？

外面那般危险，只会比在他身边难过。

心底膨胀的阴暗念头翻涌不停，宁倦咽下最后一口绿豆汤，浅浅一笑："老师再等我一会儿，我很快就好了。"

陆清则没得到个准确的答复，也有些纳闷，看宁倦又埋首伏案，只能暂时按下心思，等着宁倦处理完最后一点奏本。

全弄完时已是深夜，宁倦去沐浴了一番，眼底熬得有些红血丝。

长顺挑着灯，将两人送到寝殿前，便迅速迈着小碎步消失。

等进了屋，他才发现不对劲，纳闷地瞥了眼皇帝陛下："你跟进来做什么？"

宁倦更无辜："老师，这是我的寝殿。"

说得也是。

陆清则方才等宁倦沐浴时喝了药，现在已经困了，打了个小小的哈欠："那你早点睡，明儿还要上朝。"

说完，转身就想离开。

宁倦被他气得简直心梗，忍无可忍，一把捞住陆清则，咬牙切齿："长顺都提着灯走了，外头黑漆漆的，你去哪儿？"

陆清则这才晓得长顺怎么飞快溜了，一时无言。

宁倦抓着他的手腕，敛起眉眼，郁闷地看着陆清则："老师当真与我生出嫌隙了吗？"

陆清则愣了一下，陡然感觉，这样的宁倦和那一晚有些像。

那一晚宁倦并未给他造成实质性的伤害，却让他产生了几分若有似无的危机感。

这小崽子似乎不只是会撒娇的小狗，还有着尖牙利爪。

出于潜意识的不安，便不太想和宁倦距离太近了。

似乎是察觉到了自己的态度，宁倦立刻松了手，落寞垂眼："我就知道，老师果然还在怪我。"

又来了！

这小崽子演就算了，他怎么就这么吃这招？！

陆清则欲言又止，最后也没说出那番伤人的话，面无表情地道出另一个原因："实话实说吧，跟你睡一个屋太热了，你跟个小火炉似的。"

宁倦："……我让人再加个冰盆。"

入夏以来，他是第几次被陆清则嫌弃了？

拉扯了一通，最终陆清则还是败下阵来，不情不愿地睡在准备好的软榻上。

宁倦憋闷得火都没处发去。

不知道多少人想巴结他还巴结不了，只有陆清则，想拉近点关系，都得哄着劝着骗着，还得小心被他嫌弃。

年轻的陛下郁闷地躺了下来。

他平时睡得不好，寝殿内点着安息香，不是很有效果，翻来覆去睡不着。

临近中秋，窗外的玉盘越来越圆，皎皎月辉洒进屋内，穿过薄纱床帐，均匀地抹在陆清则的脸上，那两道长睫安静地闭合着。

看陆清则沉沉地睡了过去，宁倦低低叫了声："怀雪？"

也不知道是因为在宁倦身边，还是因为点了安息香，陆清则睡得很沉。

看来还是信任他的嘛，待在他身边也能很快睡着。

宁倦笑了笑，这才安心合上眼。

隔日一大清早，陆清则醒来。

精神和身体没有同步清醒，陆清则坐了片刻，感知逐步恢复后，才意识到时间不早了，赶紧上去推了推宁倦："果果，果果，起床了，上朝要迟到了。"

宁倦从甜美的睡梦里被惊醒，警觉地睁开眼，还没反应过来，又被推了一下，少年顿时蹙着眉头，困得发蔫："老师，让我再睡半刻钟吧。"

陆清则铁面无私："不行，起来，上朝。"

长顺已经敲了回门了，没听到应声，带着人又来敲了一次，准备进来提醒宁倦该起身更衣上朝了，还没敲上去，就听到屋内传来"咚"的一声。

长顺心里一惊，顾不得许多，连忙推开房门冲进去："怎么了？怎么了？"

便看到陆清则坐在床头，皇帝陛下则倒在床下，皱着眉坐起身，冷冷瞥来一眼，抓起旁边的鞋子就丢了过去，嗓音犹带几分哑，语气不善："谁让你进来的？出去！"

一瞬间，长顺仿佛看到自己的小金碗飞走了。

他想也没想，"嗖"地退出去，"砰"地关上门，板起脸守在门外，禁止其他人靠近。

战战兢兢地等了许久，陛下自个儿净了面出来了，话语平淡："去旁边的暖阁更衣。"

长顺：所以到底发生了什么？

陛下这是——因为赖床，被陆大人拉下了龙床？

这话是不敢问出口的，犹豫再三，长顺还是小声道："陛下，您额头有些青……要不要涂点药？"

见宁倦不语，长顺不敢再吭声，默默伺候着宁倦更衣，换上了衮服。宁倦瘫着脸，换好衮服。

方才陆清则倒也不是故意的，只是宁倦睡觉不太老实，不知什么时候蹭到了床边，陆清则见他不起床，拉了一下，就把皇帝陛下拉下了床。

发生事故，陆清则难得肉眼可见地尴尬起来，耳根都在发着红，像是被投了石子的镜湖，打破了一贯的从容淡定，眼神游移了许久，才轻咳一声："还不起？"

想想陆清则尴尬无措的样子，宁倦的心情忽然愉快不少，慢条斯理地接过茶水喝了一口："留着老师，别给驾辇让他出宫。"

若不是时间不够……等下朝回来，他还要再逗逗老师。

宁倦想得很美好，不过陆清则是长着腿的。

被拦着不给驾辇，他就靠着两条腿，慢悠悠地晃出了宫城。

路上听见些小宫女太监八卦，今日陛下上朝时，额角好像有点青，也泰然自若，只当没听到。

等宁倦下朝回来的时候，人早就溜了。

长顺也很无奈："陆大人一定要走，奴婢也不敢真拦着，怕伤到他……"

他坚信，在陛下心里，陆大人的安危，肯定比把陆大人留下来要重要。

宁倦语塞，拿陆清则没办法，只能差遣长顺再跑趟陆府，多送些消暑的物件，又派人去搜罗新的玩意儿。

免得下次还要被嫌弃。

陆清则回到陆府，忽略陈小刀调侃的眼神，板起脸道："这两日先闭门不见客。"

陈小刀猜他是不是又和陛下吵架了，挠挠头应是。

醒得太早，陆清则还发着困，摇摇晃晃地回屋里补觉。

他一向沾着枕头就能睡着，这回却辗转反侧，怎么都入不了眠。

一想到早上的事，就尴尬得浑身都不对劲。

其实没什么好在意的，宁倦也不会在意。

只是借由此事，陆清则又意识到了——宁倦作为九五之尊，对他这么宽容，是否不妥？陆清则在府里待了几日，宫里的赏赐三不五时地送来，长顺每回都隐晦地提陛下很想他，他也只是笑笑，没打算去宫里。

又过了两日，皇宫里闹得风风雨雨，藏着掖着的，隐约传来个消息。

陛下被人下毒，昏迷不醒。

还未至夜，天色便已经乌沉沉的，风雨交加，电光撕开黑压压的乌云，沉闷的滚雷之后，冷雨簌簌急下。

宫中来人急切地敲开了陆府的大门，陆清则坐在书房里，第一时间听到了消息。

陆清则没有多言，行云流水地披上外袍，扣上面具，嘱咐陈小刀："我可能会离开几日，这几日看好家里，大门关上，不须见客。"

陈小刀原本还有些慌，见他四平八稳的从容模样，吸了口气点点头，撑着伞，忧心忡忡地将陆清则送进了在大门外候着的马车里。

陆清则坐在马车里，闭了闭眼，徐徐呼出口气。

不必恐慌。

和前几日与宁倦讨论的一样，只是计划的一部分罢了。

宁倦假装中毒，引出徐恕的身世，引卫鹤荣上钩。

这几年他们尝试派人潜入卫府，却始终被拦在最边缘。卫鹤荣过于警惕，将卫府内院守得密不透风，宛如铁桶，徐恕若能进去，便是在这铁桶上钻出了一条缝隙。

这几日他没进宫，宁倦应该是安排好了。

只是这小混账行动之前，怎么也不提前通知他一下？

因这突发的情况，宫城的巡防显然比往日要更严密几分，就算是陆清则，也经过了重重筛查。

路上还碰到了闻讯而来的冯阁老、左都御史秦晖几人，众人面带忧容，谁也没吭声。等到了乾清宫门口，以卫党为首的卫鹤荣、许阁老等人竟已经先到了一步，只是锦衣卫挎着刀守在宫门口，禁止任何人出入。

与其他大臣一起，陆清则自然没有坐车驾，赶来时气息不均，唇色苍白，看上去受惊不小，上前拱了拱手，淡淡道："卫首辅消息倒是灵通得很。"

卫鹤荣衣冠齐整，来得并不匆忙，闻声反而意味不明地笑了一下，没有回答。

许阁老站在屋檐下等了许久，就是撑着伞，下摆也被雨溅湿了，闻言冷笑一声："我等忧心陛下身体，听闻消息便赶来了，不过来得再快也无用，郑指挥使派人守着乾清宫，眼下既然陆大人来了，看来我们也能进去了。"

仿佛印证了他的话。

守在宫门口的数名锦衣卫里，为首的是之前见过的那个多才多艺的小靳。见到陆清则，他便侧了侧身："陆大人，请。"

许阁老的脸顿时又沉了几分，心里很不痛快。

江右一事后，傻子才看不出郑垚早就效忠小皇帝了，锦衣卫的态度，便是小皇帝的态度。

这小皇帝当年在他们面前俯仰唯唯，现在当真是翅膀硬了，被这陆清则教得连几位阁老的面子都不给了。

他抬步想跟着陆清则进去，却被锦衣卫伸手挡住。

直属皇帝的锦衣卫可不会看候在外面的这些人是谁、官职多大。

卫鹤荣慢条斯理地开了口："郑大人好大的权力，我等担忧陛下的情况，郑大人却只让陆太傅一人进去，如此作为，不怕寒了诸位大人的心？"

此次计划仅有几人知晓，并未告知太多人，几人着急赶来，听到卫鹤荣的话，脸色登时有些复杂。

锦衣卫的态度就是皇上的态度。

他们在皇上尚幼时，就无条件地选择拥护正统，然而皇上依旧只信任先皇点的太傅，对他们并无信任。

这感觉确实是……让人有点寒心啊。

陆清则越过这几人，冷冷睇他一眼："卫大人若真担心陛下，还是少说两句挑拨的话吧。"

顿了顿，他扫了眼赶来的几个大臣："郑大人担心陛下安危，仓促之间考虑不周，外头雨这般大，几位大人能进去避避雨吗？"

最后一句话是对小靳说的。

小靳犹豫了一下，想到老大说的"等陆大人来了一切听陆大人的"，拱手道："自然可以，诸位大人，方才多有得罪，请。"

许阁老"哼"了一声，抬脚跨进乾清宫。

整座宫殿里的气氛紧张，来往宫人行色匆匆，长顺面色惨白地在寝殿外来回转着，听到脚步声，抬头见到陆清则背后的卫鹤荣，眼里多了丝警惕，绷着脸细声细气道："陛下眼下不宜被打扰，先请陆大人一人进去便可，劳烦诸位大人等候片刻了。"

文人武将没有看得起阉人的，但长顺是宁倦身边伺候的人，说话有分量，一贯也不会踩低捧高阴阳怪气，语气比外头那些就会横刀阻拦的锦衣卫好多了，其他人便暂时没了意见，看着陆清则步入寝殿。

陆清则本来以为，进了寝殿看到的会是精神奕奕的宁倦，装作中毒躺在床上，见到他就蹦起来撒娇卖乖。

左右就是设局，为了让卫鹤荣跳进圈套罢了。

但没想到，走进寝殿时，迎接他的是静静躺在床上的宁倦。

以陈科为首的几个太医围在龙床边转着，少年皇帝脸色苍白，长睫闭合着，唇色透着点不太正常的微青，额上微微发汗，陷在昏迷之中。

一路上都十分从容的陆清则瞬间变了脸色。

难道计划有误，假戏变真了？

他竭力稳住自己，但步子依旧乱了："陈太医，陛下怎么样了？"

陈老太医躬了躬身，注意到他转瞬即逝的慌乱，怔了一下，陡然想起在江右时，因陆清则病倒而险些失去理智的皇帝陛下。

这师生俩的态度虽然不尽相同，但感情的确很深啊。

他擦了擦额上细密的汗，叹气道："陛下中的是一种前朝的毒，药性复杂，早就消失多年了，下官派人翻遍太医院脉案，却只有两则中毒记录，并未记载解法……"

陆清则紧抿的唇色越发苍白："陛下是怎么中的毒？"

陈科道："陛下睡梦不稳，每夜会焚点安息香，方才郑大人派人搜查了一通，查出香灰有异，下官看过，是安息香中被掺了毒。"

顿了顿，他看看陆清则紧握在一起的手，低头补充道："此毒毒性猛烈，极为危险，好在陛下只是焚烧吸入，暂时不会有性命之忧，我等会竭尽全力找出解毒之法。"

陆清则深深吸了口气，忽然想到什么似的："徐大夫呢？"

陈科脸色更显遗憾，叹息一声："您应该发现了，郑大人不在，自徐大夫随着陛下进京以来，都是徐大夫进宫为陛下请平安脉，方才排查了一通后，确认只有徐大夫有机会下毒……徐大夫医术甚为高明，以他的天资，毒术与医术必然皆不俗，恐怕……郑大人已经去抓捕徐大夫了。"

听到这句话，陆清则反而冷静了下来。

既然郑垚去抓徐恕了，那这就是还在按计划走着。

只是……

他扶着床架，额角还是禁不住突突直跳，简直想把宁倦掀起来。

做戏就做戏，你做那么全套干什么？想让卫鹤荣给你发个"小金人"吗？

陆清则垂下眼睫，半跪在床边，握住宁倦冷冰冰的手。

和少年以往炽烈、充满生命活力的热度不一样。

就算知道这是做戏，宁倦会醒过来，他也不想看宁倦这样冷冰冰地躺在床上。

他应该是意气风发、志骄气盈的。

虽然经常嫌这小崽子，但他还是喜欢摸起来热乎乎的宁倦。

陆清则盯着宁倦苍白俊美的面容，花费了一点时间整理思绪，仔细将宁倦的手掖进被子里，转身时已经看不出什么情绪，他朝着几个太医深深一鞠："诸位，陛下就交给你们了。"

几个太医连忙回礼。

"在陛下醒来之前，诸位便请住在偏殿吧。"陆清则望着他们，语气很温和，"陛下的情况，切莫外泄。"

他的瞳仁颜色原本较浅，不知是不是因为戴着面具，又多了一重阴影，盯着人看时，目光冰冷，陈科几人被看得莫名背后一寒，齐声应下。

陆清则这才旋身出了寝殿。

外面的几个大臣还在巴巴儿地等着，保皇党忧心如焚，唯恐陛下有个什么闪失。

卫党则幸灾乐祸，巴不得小皇帝早点完蛋，方便他们名正言顺地从宗族抱个三岁小儿立为新帝，扶持个新的傀儡。

听话可以是真的，不会说话就不会是假的了。

两拨人本来就互相不对付，平时撞见少不得唇枪舌剑、互相挖苦，这会儿难得齐心协力，保持静默。

见清则出来了，秦晖忍不住朝前跨了一步："陆大人，陛下怎么样了？"

陆清则神色如常，语气平和："陛下没什么大碍，只是方才醒来，实在没有精力见人，诸位散了吧。"

此话一出，冯阁老的脸色依旧没有转晴。

朝野上下，谁不知道卫鹤荣狼子野心，妄图当个无名的摄政王？

少帝初露锋芒，卫党感到威胁，此刻若是少帝倒下了，卫党自然欣喜雀跃，所以陆清则说的也不一定是真话，陛下很有可能还昏迷着。

看卫鹤荣冷眼旁观、置身事外的模样，这毒就是卫党下的也未可知。

毕竟潘敬民还在狱中，若他改口咬死卫鹤荣，再次翻供，卫鹤荣还想独善其身，就不可能了，少帝若是死了，对他们百利而无一害。

许阁老自然也想到了这一层，眯着眼盯着陆清则，思考他话里的虚实，眼前的青年气度沉静，却是看不出什么。他捋捋胡子，犹带狐疑："陛下既然无碍，那便让老朽进去看看，我等在此等候多时，总要看看天颜，回去才安心哪。"

秦晖虽然也担心宁倦的情况，闻言冷笑一声："是吗，就怕许阁老进去见着陛下了，今晚都会睡不着。"

许阁老吹胡子瞪眼："你！"

陆清则比了个噤声的动作："陛下精神不振，方才又歇下了，不宜喧哗，也不便见诸位，等陛下精神好些了，自然会召集诸位见上一见，请回吧。"

他的语气从始至终都很平静，看不出什么破绽。

卫鹤荣和陆清则对视半晌，随手一揖："那就劳烦陆太傅，代我等照看陛下了。"

话毕，领先离开。

其余的卫党虽有不甘，但以卫鹤荣马首是瞻，还是跟着走了。

那几人一走，冯阁老的脚步便慢了一拍，压低声音问："陆大人，陛下的情况……"

"冯老安心，"陆清则不便道出真相，宽慰道，"太医正在全力施救，陛下不会有事的。"

有陆清则的话，几人这才放心了些，纷纷告辞离开。

把人都送走后，陆清则在檐下站立了半响，抬手接了一手冰凉的雨，用力握了握，转身时正好撞见从寝殿里出来、提着药箱的几位太医。

几人先前已经商讨着写了药方，但只求稳，具体的解毒之法，还得回一趟太医院，再翻看一遍所有的卷宗脉案，寻求突破。

陆清则朝他们微微颔首，叫了几个锦衣卫，护送兼监视，撑着伞送他们回太医院。

雨还在淅淅沥沥下着，天色昏蒙。

陆清则目送几个太医离开后，折身回了寝殿，一走进去，就听到"哐"的一声，他心里一紧，赶紧绕过屏风，却撞上了长顺哭丧着的脸："陆大人，陛下不喝咱家喂的药，还把药打翻了，可能得您才能喂得进了。"

陆清则脚步一顿，愣了下："这是什么道理？"

宁倦昏迷着，哪儿还能认出谁是谁，他喂和长顺喂，有什么区别。

"因为您是陛下的老师，您在陛下就安心哪。"长顺把搁在桌上的另一碗药递给陆清则，又草草擦了擦地上的药渍，捡起地上的药碗，"陆大人安心，这药是徐大夫开的，咱家全程盯着熬的……您先喂药，咱家再去厨房盯着！"

说完，不等陆清则回话，一溜烟就跑了。

陆清则只好端着药碗坐到床沿上，见宁倦昏睡中无意识蹙着眉，觉得有些心疼又好笑。

小崽子皮实得很，从小到大几乎没生过病，闻到苦涩的药味，排斥也正常。

何况又是个警惕性子，平日里要到他嘴里的东西都得经过几重检查，睡梦里打翻药碗也在意料之中。

陆清则有很丰富的喝药经验，担心宁倦又把药碗打翻，便坐到床头，把宁倦移到自己身前半躺着，顺带钳制住他的双手，然后舀了一勺药，试图喂进他嘴里。

或许是嗅到了熟悉的梅香，宁倦紧蹙着的眉尖松开了许多，没有什么挣扎，很乖地将药喝了下去。

和长顺说的"极度不配合"正相反。

这不是挺简单的嘛，哪有那么难伺候。

陆清则安心地想着，放松对宁倦的钳制，耐心地一勺勺喂了药。

毒是徐恕下的，解药也是徐恕给的，应当不会有问题。

但是喂完药后，过了许久，宁倦依旧没有醒来。

陆清则竭力按下焦虑，拧了块湿帕子，给宁倦擦了擦额上的细汗，才带着空药碗出去：

"药陛下已经喝下了,郑指挥使那边如何了?"

外头便有锦衣卫守着,闻声立刻回道:"指挥使已带人捉拿了徐恕,现已带回北镇抚司审讯了。"

陆清则顿了顿,下毒都来真的,审讯不会也来真的吧?

猜到他是怎么想的,小靳小声道:"陆大人放心,指挥使心里有数。"

闻言,陆清则点点头,递去空碗,关上门回到殿里,守在宁倦身边。

天色愈来愈暗,小雨转急,隆隆的闷雷声不断,整个乾清宫却静得落针可闻,陆清则只能听到自己的呼吸声,以及宁倦微弱的呼吸声。

宁倦既然敢这么做,想来也把事情都交代好了。

出了这么一遭事,今夜不知道多少人会睡不着觉。

陆清则睨了眼床上的罪魁祸首。

宁倦依旧静静地躺在床上,无声无息的,让他很不习惯。

他喜欢的是那个一见到他就眼神亮起来、黏黏糊糊小狗似的宁倦,即使有时候黏糊得叫人受不了,但都好过这般了无生气地躺在床上。

等这小混账醒来,他一定要狠狠地骂一顿才解气。

时间一点一滴流逝,屋外噼里啪啦的雨声很远,陆清则趴在床边,不知道守了宁倦多久,迷迷蒙蒙地睡过去了一小会儿。

宁倦醒来时见到的便是趴在他身边的陆清则,虽浑身因毒发痛,嘴角还是勾了勾。

如他所料,陆清则会忧心地守着他。

宁倦漫不经心地伸手,看陆清则睡得不太安稳,想叫他上床去睡。

还没开口,陆清则就先醒了,揉了下眼,抬头对上宁倦的眼睛。

两人都不由得愣了愣。

老师的眼神好像有点不善。

察觉到不对,宁倦迅速切换眼神,可怜无辜地望着陆清则:"老师怎么趴在床边,万一着凉了怎么办。"

陆清则不吃这套,霍然站起来,气得肝火旺:"小兔崽子,两天不看着你,你就做出这种事,谁让你用真毒的?!"

宁倦虚弱地咳了两声:"老师,我是有原因的,怕你不同意,才……"

"说,"陆清则面无表情,"说不出个合理的理由,今年我不会再进宫来看你。"

宁倦忍着毒发的痛,脸色一直淡然自若,听到这话,面色顿时变了,急急忙忙地拉住陆清则的袖子,生怕他下一刻就要转身离开。

他平日里身体再好不过,难得虚弱一点,看着便觉得脆弱可怜,陆清则发现自己忍不住又心软了,在心里唾弃了一番自己,不解气地狠狠揉了把他的头发:"好好说话,不准卖惨。"

宁倦眨了眨黑亮的眼眸,嘴唇动了动,声音有些低,听不太清。

陆清则只能坐到床上，俯下身，微微贴近他："你说什么？"

宁倦的声音听起来很虚弱："太医院，有卫鹤荣的人。"

一句话，就让陆清则明白了过来。

这出戏里，最难的部分，自然是让卫鹤荣相信宁倦被徐恕下了致命的毒，能证实这一点的就是太医。

太医院的御医都是当世数一数二的医者，要瞒过他们，要么他们有绝对的忠心，要么就用真毒。

即使如此，陆清则的脸色还是有点难看："你可真是舍得。"

敢拿自己来冒险！

这小崽子就没把他的话听进去过！

但不得不承认，要想引得卫鹤荣进圈套，宁倦自己就是最好的饵。

宁倦笑了笑："就是怕老师不同意，才没有提前告知老师的。放心，徐恕对剂量有把握。"

陆清则放心个屁。

但事情已经发生了，他也不想揪着虚弱的宁倦骂个不停，忍了忍怒意："太医院的内鬼是谁？"

外头倏然电光一闪，他脑中也恍如惊雷一劈，脸色微微变了："莫非是……"

"是他。"宁倦淡声肯定，"回京之后，潘敬民突然翻供，联系到误诊老师一事，我才确定。"

陆清则不由得朝着太医院的方向看了一眼。

当初他们南下之际，猜到了卫鹤荣会安插眼线进入南下的队伍，排查了一通，没想到会漏过一个。

陈科。

陈老太医。

陈科行医几十年，对治疗时疫很有经验，在太医院德高望重，为人低调谦和，也从未与卫鹤荣有过接触。

当时考虑到江右的疫病严重，便直接带上了他。

宁倦说话的声音变得更低了。

陆清则不得又往下靠了靠："所以，从一开始，卫鹤荣就知道，我们是去江右救灾，翻他老本的。"

宁倦轻轻应了一声："其实从误诊老师那次开始，我就对陈科有疑虑了。"

一个行医几十年、经验丰富的御医，一开始误诊便算了，眼睁睁看着陆清则发了好几日高烧，灌下去的药几乎没什么用，怎么会依旧没有发现任何问题，没想过其他可能？

陆清则敛眉道："难怪我们回京后，卫鹤荣一直没有动作，我们拿到的账本，恐怕也有些问题，就算拿出来，也没法让他伤筋动骨。"

这老狐狸。

就说江右一行怎么顺利得那么不可思议。

他之前还疑惑过，卫鹤荣和潘敬民合作敛财，也不安插人手在潘敬民身边盯着吗？

回京的路上，他们也做好了被袭击的准备，却依旧没有遇到任何问题，顺顺当当地抵达了京师。

因为卫鹤荣知道他们拿到的账本奈何不了自己，没必要多做手脚，给自己引来祸端。

幸好，他们还有徐恕这条线。

虽然见到宁倦真的中毒时，陆清则的表现有些失态，但这种表现在陈科面前，恰恰更为合理。

等陈科去回了卫鹤荣，明日再将徐恕的消息散播出去，卫鹤荣就该着手把徐恕捞回去了。

陆清则把前后都想通了，不需要宁倦再解答什么，把他按回床上，掖好被子："好了，别说话了，看你越来越虚弱了，虽说喝了药，但还是不舒服吧，好好休息。"

宁倦自作自受，只得微笑："嗯。"

陆清则又出去，找长顺要了床小被子："我今晚睡榻上，你半夜若有哪里不舒服，就直接叫醒我。唔，我看这戏还得再唱几日，毒是不是也得分好几次才能彻底拔除？"

"嗯，我明日还会昏睡过去，一切就交给老师了，"顿了顿，宁倦虚弱道，"老师，我声音很小，你睡在榻上，我就是有事也叫不醒你。"

说得也是。

陆清则转过身，又去找长顺要了床厚被子，铺在拔步床下面厚厚的羊绒毯上："那我睡这儿。"

宁倦无言半晌。

毒发时骨子里都在发酸发疼，宁倦难耐地忍了忍，但没露出异色，只是又笑了笑。

虽然查出了陈科是内奸，但其实也不是一定要用真毒，只是如此钓到卫鹤荣的概率才更大。

徐恕在听到他的命令时，眼神仿佛在看怪物，欲言又止的，但他觉得这笔买卖很值当。

不仅能安插眼线，进入心腹大患的腹地，揪出他的致命证据，还能消弭他和陆清则之间的嫌隙。

中一点毒，昏睡几日，一点代价，换得数个报偿，一罐蜜糖，再值当不过了。

老师总是对他谆谆教诲，告诉他，他是天子，要远离风险，不要做任何危险的事。

但连这点冒险的胆量都没有，岂不是枉为天子。

何况他骨子里还是个疯子。

宁倦疼得额间微微发汗，蒙蒙眬眬地闭上了眼。

这一夜整个皇城都不太平。

第八章 计策定

天还未亮时，宁倦已经从半昏半睡转为了彻底昏迷，失去了意识。

大概是毒发后疼得厉害，即使已经陷入昏迷，宁倦的呼吸也不太平稳。

陆清则轻轻顺着他的背，安抚他焦躁不安的情绪与持续的阵痛。

待到宁倦的呼吸终于平稳下来，陆清则想去换条帕子，给他擦擦汗。

方才一动，衣袖就被宁倦揪紧了。

即使已经失去意识，皇帝陛下依旧霸道，不允许身边的人离开。

陆清则不免愣了一下。

他知道宁倦的安全感一直很低，所以会不断地寻求他的安慰，想要贴到他身边，渴求温暖。

没想到离开一时片刻都不安。

他稍作考量，没有再离开。

虽然知晓堕入此间的除了他，还有段凌光，但萍水相逢，与多年陪伴是不一样的。

他看着宁倦长大，是宁倦唯一的慰藉，宁倦亦是他孤旅漂泊时的唯一慰藉。

天稍亮时，陆清则站起身，感受到少年轻微的阻拦意味，摸了摸他的脑袋："你先睡着，我不会离开。"

他的声音十分温润，低低说话时有种安慰人般的温和，宁倦像是被安慰到了，乖乖放开了陆清则。

走出寝殿时，外面依旧有大批锦衣卫巡守，暗处也有暗卫盯着四面八方，守在寝殿外。

长顺坐在寝殿外，迷迷瞪瞪睡了一宿，听到脚步声传出来，仰起脑袋："陆大人？您怎么出来了？"

见长顺想起来，又因为抱着腿睡了一宿，腿麻了，起身时"哎哟"了一下，眼见着就要滑倒摔个屁股蹲儿，陆清则手疾眼快，拉了他一把。

长顺莫名有些触动。

旁人都嫌阉人腌臜，若是郑垚或其他大臣在此，肯定只会冷眼看着他摔回去，就像附近这几个锦衣卫一般，虽都对他表面恭敬，但心底怎么想的就不一定了。

只有陆大人，从初见到现在，从未对他露出过一分一毫的异色，从始至终都将他当成正常人看待。

"昨日陛下昏睡之前，有没有交给你什么？"

陆清则带着长顺走进寝殿里，回身看他。

长顺略微吃惊地睁圆了眼："您怎么知道？有，咱家这就拿给您看。"

说着，小步跑去寝殿内，在榻下的暗格里找出一道谕旨，递给陆清则："这是陛下给您的。"

陆清则打开一看，半眯起眼。

"陛下说，若您问起，再将谕旨交给您；若您没问，就不必交予您。"长顺低着脑袋，"劳神伤身,陛下不想您过多劳神。"

陆清则反复看了几遍,摇摇头:"有什么劳神不劳神的,陛下就劳烦你多看顾了。"

长顺也不太清楚谕旨上写的是什么,见陆清则要离开的样子,瞪圆了眼:"您要去哪儿啊?"

陆清则道:"放心,我不出宫。"

他戴好面具,出了寝殿,看了眼守在外头的小靳:"小靳,带两个人,随我去文渊阁。"

小靳愣了一下,去文渊阁做什么?

他还以为陆清则会选择待在宫里,一直守在宁倦身边,直至此事结束——这里是最安全的。

但思及郑老大说的话,他没有多问:"是!"

陛下昏迷的第二日,暂时罢朝,大权似有若无地又落回内阁。

天下皆知,内阁现在是姓卫的。

自小皇帝回京以来,内阁独掌多年的大权又被分了回去,许阁老不爽已久,几个阁老聚首在文渊阁议事,见冯阁老脸色紧绷着,他还来不及欣慰,便听到外面通传:"陆太傅到。"

许阁老顿时不悦地蹙起眉:"他来做什么?"

这些年陆清则低调得很,大概是为了配合宁倦,除非有急事应召,否则从不踏入,专心致志地当着他半死不活的病秧子。

陆清则不紧不慢地走进来时,几位阁老面色各异。

许阁老打量着他,嗤道:"陆大人不好好在乾清宫照看着陛下,来这边做什么?"

陆清则瞥他一眼,没有多言,打开谕旨,嗓音凉淡:"奉陛下谕旨代行奏对,诸位若无意见,从今日起,一切决策皆经由我手。"

谕旨展开,先入目的就是一枚红印。

看清上面的字后,连卫鹤荣眉梢都是一挑。

上面的确是宁倦的字迹——经过多年练习,皇帝陛下的字已经从爬到站,算得上赏心悦目了。

落款是许久以前的了,至少是在他们南下之前,寥寥几字,意思简单:若宁倦因任何缘故,暂时无法执掌大权时,由太傅陆清则摄政。

陆清则平静地接受一群人投来的各色目光,灼热的、冰冷的、恨不得他就地病死的。

虽然他对当权臣没有一丝兴趣,但现在宁倦得睡上几日,卫党又虎视眈眈,他至少得帮宁倦守着点好不容易夺来的一点权力。

许阁老年逾六十,乃是三代朝臣,是在座资历最老的一个,就算是崇安帝,不昏聩的时候也会对他多三分尊敬。

所以他对宁倦信服陆清则,一直很不服气。

凑近看清上面的字，许阁老的脸色立时沉了下去："若老朽有意见呢？"

陆清则轻飘飘地看去一眼，嗓音里有不同往日的寒冽："不尊皇命，不敬天子，诏狱的风冷，许阁老年事已高，应当也不想去体会。"

青年腰背笔挺，站在一众老臣面前，分毫没有怯弱，不似往日的低调沉默，隐隐显露锋芒，话中的意思很明显，且不留情面。

其他人被震慑住，察觉到陆清则不是虚张声势，纷纷沉默下来。

再怎么不情愿，这是陛下下的谕旨，公然违抗，反倒是给了陆清则处置他们的理由。

相比于其他卫党的不情不愿，卫鹤荣反倒想得更多。

都逼得陆清则出面了，看来小皇帝的情况并不算好。

依昨日太医院那边传来的消息，陆清则昨日进寝殿时，见到小皇帝的表现也不似作伪。

那么，暂时放权给陆清则又如何。

若是宁倦长久地那么睡下去，或者一命呜呼，又有谁会在意一个已经不会再醒来的皇帝的太傅？

况且陆清则就当真接得住这个大权？

卫鹤荣微微一笑："陛下有命，臣等自当遵守，辅助陆太傅处理国事。"

"那么，"陆清则与他视线对上，也弯了弯唇，"就请诸位坐回去吧，今日的奏疏，劳烦一一报上。"

见陆清则镇住了从昨日起就不太安分了的卫党一众，一直静默不言的冯阁老微微松了口气。

自卫鹤荣成为首辅后，除他之外，其余四位阁老，有三个都是卫党，剩下那个摇摆不定，鲜少发言。

他能稳住脚跟，已十分不易。

现在陆清则能加进来，自然最好不过。

内阁处理的奏疏十分复杂，上到军政大事，下到鸡毛蒜皮之事。

陆清则接过一封奏疏，是礼部发来询问中秋宴的。

眼见着中秋将近，陛下却中毒昏迷，鸿胪寺和礼部一时为难，奏请询问中秋的宫宴是否还需如期举办。

陆清则提笔划过。

否。

国库空虚，从江右带来那点还不够塞牙缝的，况且江右百废待兴，此后还需拨款救助，与其拿银子开宫宴铺张浪费，不如削减这种没必要的排场。

宁倦这一躺，八成要把中秋躺过了，也算是遂了他的意——毕竟小皇帝很不喜欢这种锣鼓喧天的热闹，每年都不情不愿地参宴。

下一封是从漠北传来的急报。

武国公史容风领军击退瓦剌，请求朝廷拨粮。

陆清则写下"准"字。

离原著里史老将军离世只有几年了，他不知道史容风是什么时候在战场上中的暗算，但显然史容风越早回京见林溪，越早给予宁倦支持越好。

卫鹤荣有五军营的支持，便已十分棘手，若是被逼急了，五军营攻入皇城，光锦衣卫的人手可不够看的。

手掌兵权才是硬道理。

得修书一封，随拨粮的队伍送信去漠北。

再下一封，又是鞑靼发来的传信。

信中言，鞑靼三王子乌力罕欲在今年秋猎之时觐见天颜，恳请大齐允许他亲自前来。

陆清则眉梢微扬："这位三王子……"

上次宁倦的寿宴，送来小雪的就是他吧。

卫鹤荣闲闲道："自七年前鞑靼可汗领兵进犯，被伤了一条腿后，鞑靼便由三王子乌力罕逐步掌权。"

冯阁老摸了摸胡子："乌力罕幼时，曾随鞑靼可汗来过大齐，先帝特赐汉名'宁修永'，取愿修两族永宁之意。自他掌权后，鞑靼便鲜少进犯，恢复了每岁朝贡，态度恭敬有加，比他那个不知天高地厚的爹知礼多了。"

陆清则听着冯阁老的话，扯了扯嘴角。

这个乌力罕可不是什么好相与之辈。

原著里，史大将军逝去后，压在头顶几十年的阴影散去，鞑靼立刻疯狂反扑，联合瓦剌南下进犯，朝中并无可用之人，还是宁倦亲自率军北征，将这群外族驱逐回了老家，却也因为这场仗，又添了暗伤。

而其中牵头的人，就是这个乌力罕。

往后乌力罕也必然会成为宁倦的心腹大患。

他盯着这份上报，半晌，写下了"准"字。

旋即又是各地来奏，江右的奏疏也快马加鞭，今日送到了。

范兴言在奏疏上写，江右眼下洪水皆退，疫病已除，百姓正在重建家园，百废待兴。

陆清则正处理着，外头忽然又来了人，是从北镇抚司来的，陆清则颇为眼熟，是一个常跟在郑垚身边的镇抚使。

镇抚使进入文渊阁，抱手一礼后，目不斜视地将一封密信递给陆清则："陆大人，徐圆招了。"

来了。

密信上还沾着血迹，隐约可嗅到刺鼻的铁腥味。

陆清则翻开密信，看完之后，下颌线有了一瞬间的紧绷，随即毫不犹豫地一折密信，又恢复了从容气度："我暂离片刻，诸位阁老先行票拟。"

他那一丝细微的变化转瞬即逝，卫鹤荣却捕捉得清清楚楚，慢条斯理开口："既然徐圆招了，理应让内阁也知晓此事，眼下陆太傅掌领大权，却在陛下的事上藏着掖着，莫非……"

他盯着陆清则无意识捏紧了那封信的发白指尖，笑容似有深意："是有什么秘密，我等不能知道？"

一顶诛心的大帽子扣下来，明里暗里的，就差指着陆清则的鼻子，质疑他是不是仗着有这道谕旨，背后操纵徐圆下毒，与郑垚勾结。

陆清则被这番话架得进退两难，优美的下颔线紧绷着，冷冷望过去，与他对视半响，将密信拍到桌案上："卫首辅，请。"

到底是年轻了些。

卫鹤荣翻开那封密信，看完之后，眼底浮现出几丝惊诧。

他对宫中之事了如指掌，对许院判此事自然也很清楚。

三十多年前，许院判因救治贵妃不力，女眷没入掖庭，男丁悉数斩首，此事在当时其实也掀起了小小的风波，许多人颇为不满。

崇安帝上位后，派人将许家的女眷也悉数处死，意图抹去此事对他老子以及皇家名声的影响。

没想到许院判的小儿子竟然逃了出来。

那一切就很合理了。

蛰伏多年，化许为徐，借由江右的疫病，博得小皇帝的信任，伺机毒杀皇帝，为自己一家报仇。

神医啊……若是死在狱中，就有点可惜了。

卫鹤荣心底的疑虑消去大半，不动声色地放下密信："看来是我错怪了陆太傅，卫某忧心陛下，一时着急失言，请勿怪罪。"

"怎敢怪罪首辅，"陆清则隐藏在面具阴影下的眼底划过一丝嘲讽，"今日便到这里吧。"

陆清则拂袖而去，在座诸人也将密信传阅了一番，神色各异。

一个全家都因为皇室而死、无比仇恨皇室的神医下的毒，当真有解？

小皇帝还醒得过来吗？

出了文渊阁，陆清则便钻进了候在外面的轿辇里，嘴角勾了勾。

他方才的演技，怎么说也得打个十分吧。

为了把戏做全，离开文渊阁后，陆清则便去了趟北镇抚司。

郑垚早上接到宫里传来的消息后，就着人配合陆清则表演了，正在镇抚司里来来回回走着，听到通报陆清则来了，赶忙亲自上前相迎："陆大人，怎么样了？"

陆清则下了轿子，朝他微微颔首："鱼上钩了。"

郑垚一直提着的那口气吐了出来："那便好，这卫老狗平日里看着招摇，实则谨慎非常，想让他消除怀疑，当真是不容易。"

"徐大夫呢？"陆清则左右看了看。

郑垚顿时迟疑了一下："在狱中绑着……你不会想去见见吧？"

陆清则点头。

郑垚更迟疑了："不好吧，牢里腥煞气重，万一冲撞到你……"

陛下要把他的皮剥了的！

郑垚这番话，对他而言已经是相当含蓄了。

煞气冲撞不冲撞的另说，当年阉党祸乱超纲时，陆清则就是从诏狱里九死一生爬出来的啊。

看他清瘦单薄，病骨沉疴的，再进一次这种地方，不怕引起噩梦般的回忆吗？

陆清则神色没什么变化："进去吧。"

郑垚也只好领着他往诏狱去。

从外面走进牢里的瞬间，好似进入了另一个世界，酷暑的炎热消失殆尽，冷森森的气息扑面而来，阴寒瘆人。

陆清则恍惚了一下，意识里忽然钻出几个破碎的片段。

当年他初到这个世界，意识第一次清醒，其实不是在陆府，而是在诏狱里。

血腥气混着冷冰冰湿黏的水汽，湿冷与痛楚透进了骨子里。

他睁眼时，原身已经死去多时了。

那具身体到了山穷水尽的地步，他也没能熬太久，或许一天，或许两天，阴暗的牢里不知岁月，若不是卫鹤荣的人清君侧，恐怕他穿过来不久，就被生生熬死了。

被解救出时，他的意识已经模糊了，再醒来就是在陆府里，睁眼见到的是陈小刀泪汪汪红通通的眼。

在诏狱里的那几日极为痛苦，意识自动屏蔽了那段记忆，他后来一直以为自己是在陈小刀的呼唤下才睁眼的。

但潜意识里显然还记得牢狱的恐怖，一到这鬼地方，记忆就被唤醒了。

在某种程度上，当年卫鹤荣还算是救了他一命。

陆清则闭了闭眼，挥去那些令人不快的阴冷回忆，稳稳地走了进去。

郑垚小心观察着陆清则，见他没有任何异状，提起来的心才放了下去。

徐恕被关在最深处的大牢里，陆清则就算做好了"假戏得真做"的准备，看到他时，也着实惊了一下。

他穿着囚服，身上全是数不清的血迹，血糊糊的，视觉冲击力极大，看得陆清则眼皮直跳。

听到脚步声，徐恕掀了掀眼皮，见是陆清则，哼出一声："病人还跑这种地方来，我看你是又想折腾我了。"

陆清则张了张唇："……现在看起来比较像病人的，应当不是我吧。"

徐恕又看了他一眼。

然后突然跳了起来，抖了抖衣袖，背着手，一脸傲然："我是医者，自然清楚哪里该伤，哪里不该伤，哪里伤了后看起来最唬人，收起你那一脸的担心，这是对我的侮辱。"

陆清则自然看得出来，没徐恕说得那么简单。

他静默良久，低声问："徐大夫，您为何……"

"非要说的话，算是报恩吧。"徐恕缓缓地坐下来，"陛下将师妹生前的最后一件遗物，交予了我。"

是那支梅花簪？

陆清则完全没料到，宁倦居然会将这个交给徐恕。

在原著里，那支梅花簪可是暴君心中唯一的慰藉。

陆清则静默良久，低声开口道："徐大夫，与卫鹤荣往来，需慎之又慎，你想好如何应对他了吗？"

徐恕皱着眉："他既然会是我的'救命恩人'，自然是感激得无以复加，有什么不对吗？"

陆清则摇头："错了，卫鹤荣一开始恐怕不会暴露身份给你，面对卫鹤荣，你若是上来便这般态度，反而会引得他生疑，所以只需要以你平日的态度对待便可。"

"什么态度？"

郑垚抱着手靠在边上，闻声插了个嘴："就你那个'天王老子来了老子都不给面子'的大爷脸。"

徐恕："……知道了，你嘴都白了，赶紧滚出去，免得陛下又来找我的晦气。"

出了诏狱后，陆清则又在北镇抚司待了会儿，甚至和郑垚一起用了晚饭，直到天色稍暗，才离开官署，回了乾清宫。

抵达的时候，太医们刚从寝殿里出来。

见到陆清则，陈科上前来问："听说陆大人去了诏狱审问徐圆，可有审出什么？"

陆清则垂下眼，似是疲惫地沉沉叹了口气："徐圆拒不开口。"顿了顿，他眼底流过一丝凌厉的冷光，"就算徐圆不交出解药，以太医院之能，找出解药配方也不需多久，谋害天子，罪不容诛。"

陈科低下头，隐藏眼底的神色："唉……真是糊涂啊，陆大人放心，太医院正在竭尽所能，陛下必会安然无恙。"

陆清则朝他一揖，不再多言，目送陈科等人回到偏殿，继续商议解药药方。

太医院当然会竭尽所能。

就算卫鹤荣想命陈科做什么手脚也做不了，毕竟宁倦身份摆在那里，十几名御医会诊，共同商量药方，反复审阅，想在里面掺上什么，必然会被一眼看出。

陆清则收回视线，走向寝殿的脚步快了三分。

长顺寸步不离地守在御床边一整日，见陆清则终于回来了，果断把手上的药碗交给他。

陆清则伸手接过，有点疑惑："白日里的药呢？"

长顺嘿嘿笑："按照徐大夫的嘱咐，陛下这药每日只需喝一次。白日里太医都在，为防他们发现，咱家端来的是他们开的药，再趁他们不注意，全倒掉了。"

不然白日也要喝药的话，陆清则不在，还有谁能给陛下灌进去啊？

陆清则弯了弯眼："你倒是机灵，去准备些清淡的吃食来吧，我给陛下喂药，等陛下醒了填填肚子。"

长顺应了一声，乖乖下去了。

怕宁倦平躺着不好喂，陆清则依着昨日的姿势，给他喂下了药。

大概是昨日的药起了效果，今日宁倦醒得比昨日要快。

长顺送来吃食后没太久，少年的长睫动了动，还没睁开眼，先沙哑地叫了声："老师。"

听到陆清则的回应，宁倦含笑睁开眼："这种感觉真好。"

陆清则弹了下他的额头："病歪歪的，哪里好了？"

宁倦直勾勾地望向他，脸色略有些苍白，语气理所当然："能有老师关心照顾，不是很好吗？"

宁倦说话时眼睛微微亮着，语气很认真。

他是当真把陆清则当作最亲近最信任的人的。

饶是陆清则的情绪一向平淡，看着少年皇帝诚挚的眼神，也有所触动。

宁倦不太喜欢示弱，努力自己撑坐起来，眨了眨眼："老师，我好饿。"

陆清则点点头，去把给他准备好的吃食端过来。

宁倦还中着毒，浑身没什么力气，碗勺也拿不动，只能由陆清则来喂。

皇帝陛下就跟只雏鸟似的，陆清则喂一口，他就吃一口，咽下后，扫了眼陆清则的衣裳："老师出去过？"

在等待宁倦醒来时，陆清则其实去沐浴了一番，又换回了寝衣，不过宁倦能看出来，也不意外。

他便将持着谕旨去文渊阁，以及去北镇抚司的事说了说。

宁倦叹了一声："老师还是去了，我不想老师劳神的。"

真的不想吗？

陆清则又喂了他一勺汤，状似漫不经意地问："听徐大夫说，你将那支白玉梅花簪给他了？"

面对陆清则，宁倦很坦然："那支簪子于我而言已经没用，给了徐恕，一则圆了母亲生前心意，二则能让徐恕心甘情愿为我办事，很划算。"

陆清则目光浅浅，若有所思："所以你这是算计了徐恕？"

"这是算计吗？"宁倦歪了歪头，眼神无辜。

陆清则搅了搅碗里的燕窝银耳汤，嘴角含笑："是与不是，唯看陛下，不看我。不过不告诉我此次计划的详情，特地让我在陈科面前流露出自然的神态破绽，我想应当算是吧？"

宁倦整个人登时一僵。

陆清则看他那副僵硬的样子，安慰道："果果这是什么表情，我并未在意，只是想解惑而已。"

他就完全没往这方面想过，直到听到徐恕那么说才有了一丝怀疑。

昨日内有陈科，外有卫鹤荣，宁倦需要一个不知情的他，来同时骗到这二人，就为了计划进行得更顺利一些，所以什么都不告诉他。

有些出乎他的意料，又完全在意料之中，毕竟宁倦做决定的时候，也的确从不会特地知会谁。

宁倦的反应却比他想的要大得多，猛然一把攥住他的衣袖，呼吸有些急促："老师别生气，我只是……只是……"

只是什么，他却说不出来。

陆清则安抚地拍了拍他："都说了我没有在意，别急。"

宁倦的脸色又似白了几分，抓着他的衣袖不放，一时却又说不出什么。

窗户开着，夜色又侵下了三分，或许是昨日下雨的缘故，今日也不见月，一阵风从外面吹入，倏忽吹灭了蜡烛，室内顿然陷入黑暗。

眼前陡然一暗，陆清则想要拉开宁倦，去重新点亮蜡烛，宁倦像是被他的动作惊到了，抓着他衣袖的力道越发大。

好在中了毒的宁倦力道不如以往，否则以他的力气，陆清则怀疑自己的袖子会被扯烂。

他已经开始后悔问宁倦那个问题了。

心里有答案便是了，问出来做什么。

只是被最信任的学生，在不知情的情况下顺手利用了一把，有种不得信任的感觉，心里有点发闷罢了。

宁倦干涩着嗓子道歉："老师，我不是故意的。"

陆清则和颜悦色地"嗯"了声："老师知道。"

"……你不知道。"

宁倦额上浮出层冷汗，不知道是痛意还是黑暗，让他呼吸越发促乱，声音低微下来："老师，我不需要那支簪子了，是因为……你。"

虚无缥缈的慰藉，比不上老师从小到大的陪伴。

陆清则愣了片刻，眉头缓缓松开："天暗了，看不清东西，也说不清话，我去点灯。"

幽暗的屋内，冷风直入。

陆清则的手抽开的瞬间，宁倦的眼睫颤动了一下，他现在情绪激动，陆清则淡淡的一声

"看不清东西，也说不清话"落入耳中，顿时变了个味道，像是陆清则在质疑他的真诚，觉得他在说瞎话。

宁倦的脸色有点难看，僵硬地坐在床边，脸上的表情慢慢消失，冷冷地看着那道熟悉的身影摸索着找到灯盏，眼底是化不开的浓墨，无声攥紧了拳头。

几息之后，室内倏然一亮。

暖黄的烛光被风吹得跃动不止，摇曳着勾勒出桌边人清瘦单薄的线条，隐没于忽明忽暗之中。

陆清则能清晰地感觉到宁倦直勾勾落在他身上的眼神。

存在感过于明显了。

宁倦这孩子，因为自小的经历，性格比较偏执顽固，恐怕是曲解他的意思了。

再一次感受到宁倦的偏执拧巴，陆清则有点无奈。

他活了两辈子，情绪鲜少有波澜，大多数时候的情绪起伏都是因为宁倦。

点亮灯盏后，他又折身走到窗边，关上窗户，准备再和宁倦好好谈谈。

他将宁倦当作小孩儿看待，觉得自己"如师如父"，但他们之间的年龄差距，实际上也不过七岁。

何况宁倦比这个年龄段的少年要早熟许多，很多时候他可能做得也不算好。

十七岁的宁倦，说幼稚也不算幼稚，但要说成熟，又还不够成熟。

青春期的小男生安全感不足，最信赖的人是陪他一起长大、教他读书习字、谋划策略、保护他的老师，将所有对于温情的渴盼，都系于一人身上时，就很容易钻牛角尖。

理性地思考着该怎么导正宁倦这拧巴性子，陆清则再次关上一扇窗。

小孩子都不喜欢被说有心理问题的，不能直说，会伤到这孩子的心。

但得帮他分析心理，让他明白世界上除了老师，还有其他可以依靠信任的人，再……

陆清则在心里一步步地斟酌着，正想继续关窗，手忽然被按住了。

按在他手上的那只手修长有力，只是冷冰冰的，不复往日的热度。

少年低沉平静的声音在身后响起："老师，这是百宝阁，虽然你掀了它也没什么，不过上头的瓷器砸到地上太响，会吓到你的。"

陆清则倏然回神，分明落在手背上的手指没什么温度，手还是被烫到了似的一缩，抬头才发现自己已经走到了百宝阁前。

"掀了没什么"说得倒是很轻巧——这上头摆着的东西，哪一样不是有价无市的稀世珍品，就连一个小小的花瓶，也是价值连城。

教育方针还没思考完呢，他镇定地回头看过去："怎么起来了？"

宁倦神色如常，脸上带着几分和往日并无不同的笑意："难得见老师呆呆的，想来吓吓你，而且躺了两日了，也想下来走走。"

陆清则："……"

怎么看起来跟个没事人儿似的。

他准备好的开场白都被宁倦的态度给噎了回去，只得先把宁倦推到榻上坐着，感觉这件事还是很有必要再说说的。

只是从前的学生也没宁倦这样的，陆清则经验实在不多，顿了顿，开口道："果果，你方才是不是……"

误会了？

"老师还在生气吗？"宁倦坐下来，歪头看着他，"隐瞒了你，的确是我不对，下次我会与老师商量的，不要生气好不好？"

尾音可怜巴巴地低了下去，让人不忍苛责。

陆清则哑然："谁和你说这个了，我不生气。我是说，你方才……"

"老师是关心我的身子吗？"

宁倦再次抢答，大概是罗汉床躺着不太舒服，他半靠在榻上，一条长腿懒散地搭在边沿，另一条腿支下来晃了晃，满身少年气，语气很随意："徐恕这药会让我偶尔心慌口渴，不是什么大事。"

陆清则怔了怔，因为宁倦的表现太轻描淡写，完全不像中了连整个太医院都束手无策的毒。

大概是为了拖时间，又得让太医院暂时束手无策，才下了这么个阴毒的毒。

宁倦对自己和对敌人一向都狠。

……当真是因为毒发，才那样偏执吗？

见陆清则不语，宁倦平淡地回视着他："至于那支簪子，老师也不必介怀。我早已不是从前那个无能懵懂的小儿了，的确不需要它了，虽说有借机利用徐恕的心思，但更多的，确实是为了我母亲，等事成之后，徐恕也会得到相应的回报……"

说着，他蹙了下眉："老师，我好疼。"

从神态到语气都极为自然，最后甚至还熟练地撒了个娇。

陆清则差点因为心疼心软了，审视了许久，竟然从他身上找不到什么破绽。

宁倦演技太好了，大多时候在他面前都是扮演个乖孩子，他才没发现这孩子心里还有症结。

但刚刚打的腹稿，在宁倦这么一通话打乱之后，的确也说不出口了。

半响，陆清则指了指外间："我让长顺准备了热水，现在应该能抬进来了，你去沐浴一番，回来接着休息吧，这几日的军政大事，我白日处理完，晚上回来告知你。"

宁倦乖乖点头，从榻上起身，脚步没有平时那么稳。

陆清则扶了他一下，见他自如地转身离开，似乎心情当真恢复了点，眉头松了松。

只是他没看到，背过身去后宁倦脸上的笑意便消失得干干净净，眼神阴鸷。

在江浙时他的确做得过分了，没想到就因为那件事，让老师离他越来越远。

若是陆清则离开了，他不确定自己会做出什么事来。

陆清则如果乖乖的，他不介意在老师面前一直做一只乖巧的小狗，千依百顺。

宁倦面无表情地走到殿门边，敲了三下门。

长顺进来时，正好对上皇帝陛下那张仿佛在冰窖里冷藏了十八年的脸，忍不住打了个哆嗦，双腿发软："陛……陛下？"

陆大人不是在里面吗，怎么还一脸杀气啊？

宁倦脸色冰寒，语气倒很平和："传热水上来。"

陆清则远远地听着，感觉倒也还好。

临安府的那一夜，宁倦发现他和段凌光见面时，或许是有了被背叛的情绪——毕竟宁倦生平最恨被人背叛，他那晚借酒发了场疯，今日却丝毫未见有什么激烈的情绪。

不过不管是真是假，他都得提防一下。

他好好教导皇帝，想教出个明君，不是想给自己养只会反口咬人的狼。

陆清则边想着，边把自己的寝具一股脑全抱到了榻上铺好，又牵了根线，越过屏风，系在床与榻之间，再挂上一只铃铛。

等宁倦梳洗了一番回来，见此略微沉默了一下："老师这是做什么？"

为免小崽子闹脾气，自己中途心软，陆清则已经躺到了榻上，缩进被子里，闭上眼做昏昏欲睡状，懒洋洋道："你晚上若有什么事，便拨一下线，铃响了，我就知道了。"

宁倦暗暗磨了磨牙，盯着陆清则。但最终，他只是神情自若地笑了笑："好。"

这一晚上两人睡得都不怎么安稳。

隔日清早，陆清则从睡梦中惊醒，轻手轻脚地下了床，收起线和铃铛，俯身看了看宁倦。

少年已经再次陷入了昏迷，眉尖紧蹙着，仿佛沉在什么噩梦之中。

陆清则轻轻抚平他的眉宇，安静地离开了寝殿，在旁边的暖阁洗漱一番，向长顺要来纸笔，思索了下。

史大将军对朝廷心寒已久，他若是发信过去，直言找到小世子了，恐怕并不会得到回应。

想了想，他没有直接写字，提笔勾勒，依着回忆，将林溪身上的玉佩画了出来，又看了两遍，确认上面繁复的花纹一丝未错，才搁下笔吹了吹，换上了长顺差人去陆府拿的朝服。

等用了早餐，纸上的墨也干涸了，他折起信，塞进信封里，走出暖阁，交给小靳："烦请将这封信送去漠北，务必交到史大将军手中。"

小靳收好信："是！"

漠北军务繁忙，回京之时听闻史大将军早已带兵去了瓦剌，昨日收到了军报，想必仗也快打完了，收到这封信时正好。

陆清则戴好面具，看着小靳离开后，便又在锦衣卫的护卫之下，去了文渊阁。

几位阁臣也是差不多时间抵达，看陆清则准时来了，都纷纷露出假笑。

这病秧子，往日里三天两头就得昏倒喝药，这会儿怎么还没倒下？

陆清则非但没倒下，奏对时反而挺有精神，游刃有余。

文渊阁内一片安静，陆清则翻看着阁臣票拟的奏本，淡淡提问："礼部员外郎丘荣蔚与同僚醉酒狎妓，按律当杖责六十，为何按下？"

"太常寺少卿之子阎泉明当街纵马，踩踏卖菜郎致死，被抓去大牢后，仅两日便被放出，刑部上折言是卖菜郎一家讹诈，既如此，就让北镇抚司去查查，到底是不是讹诈。"

"工部上月二十日开支三百万两，详细用途、去向未禀明，让杨尚书递个奏本说清楚。"

"礼部和鸿胪寺拟的秋猎单子驳回重做。"

"御史孙安上谏，太安知府刘平原向吏部郎中鲁威行冰敬……"

陆清则的声音十分平稳，清清淡淡的，不高不低，兼之声线清润，入耳动听。

但此刻钻入耳中的话，却让众人一阵阵头大。

那些按下的、不予处置的，除了与他们多少有点关系，还能有什么原因？

陆清则看着柔和，行事怎么这般不圆滑！

但经此一事，也看得出来陆清则不像表面上看上去那般平和，代行大权，强硬起来，是会动真格的。

他们只能强压不满。

从清早到晌午，众人才稍歇片刻，伺候的宫人上前奉了茶。

陆清则低头抿了口茶，润了润发干的喉咙，余光觑了眼优哉的卫鹤荣。

其他几位阁臣觉得他抢了权，压了他们一头，心中不满，卫鹤荣这位大权在握多年的首辅倒没什么意见的样子。

他不怕吗？

如他这般名不正言不顺的权佞，待他失去权力那一日，就是葬身之时。

陆清则摩挲着茶盏，正想着，外头来了个小太监，满脸喜色："陆大人！长顺公公派我来告诉您，几位御医的药起了效，陛下方才醒了一小会儿，陈太医说已有了方向，余毒清理，也只是时日的问题！"

这话一出，除了陆清则、冯阁老和卫鹤荣，其余人眼中皆难掩失望之色。

这小皇帝，倒是命大。

这出戏虽然不是陆清则安排的，不过也在他的预料之中。

卫鹤荣虽然不能让陈科在药里动手脚，但能命陈科故意干扰其他太医的思路，让他们一时半会儿找不到解毒的方向。

现在卫鹤荣需要太医发挥作用，便让陈科又带领各位太医走回正确方向，如此，徐恕就"失去作用"，移交刑部以待处死，否则就算是卫鹤荣的手，也伸不到诏狱去。

卫鹤荣彻底上套了。

陆清则腾地起了身，露出个如释重负的笑："那便好，那便好，陛下有说什么吗？"

小太监低头道："陛下醒来时不是很有精神，没说什么便又睡过去了，但脸色比前两日好看许多。"

陆清则抬脚就想赶去乾清宫看看，却又脚步一顿，略有迟疑地看了看身后各位阁臣。

除了冯阁老，其他人恨不得他快滚，露出含蓄的笑："陆大人，陛下既然醒过一会儿了，说不定还会再醒，你要不要去看看？"

"是啊，这些奏疏等我处理完了，再叫人送去乾清宫吧。"

"看你脸色不好，恐怕也是累了，你这身子，若是累倒了可怎么办。"

陆清则露出副深思苦想的模样，然后感动地坐了回来，语气坚定："诸位大人年事已高，皆尽忠职守，还如此体谅我这个年轻人，我怎么好意思离开，将繁重事务全交予你们？陛下有整个太医院看着，我去了也不能为陛下解毒，倒不如为陛下多做两件事，待陛下再醒来，也能宽心些。来，我们继续吧。"

几个人简直眼前一黑，被他那句"为陛下多做两件事"堵得没话说，话都给陆清则说完了，再催陆清则离开，好像就是让他少为陛下办事似的。

刚才还不如不说话，让他自个儿走了算了！

卫鹤荣作为首辅，坐得离陆清则最近，呵呵一笑，低声道："看来陆太傅的心情不错，还有心思逗他们几人。"

陆清则不清楚卫鹤荣搭话的意图，又抿了口茶，不咸不淡道："陛下有所好转，我自然心情好。我看卫首辅神色怡然，也撞见什么好事了吗？"

见话题被引到自己身上，卫鹤荣一笑，自然道："当然也是因陛下见好，十分欣喜。"

顿了顿，卫鹤荣也端起面前的茶，看着里面浮浮沉沉的茶叶："陛下醒来时必然着急想见你，陆太傅当真不回去吗？"

陆清则和善地和他对视一眼。

看这样子，这老狐狸似乎是知晓他与宁倦平素相处的样子了，否则不会这样说。

乾清宫内的宫人极少，且都被详细摸清了祖宗十八代，个个都是清白出身，而且很少能接近南书房和寝殿，负责护卫的锦衣卫也经过了重重筛查，除了这两日有几个御医住进了偏殿，其余人都可保密。

那就是在江右时发生的事？

他疑似染疫，陈科误诊，宁倦不顾危险冲到他身边，手把手地照顾着他，衣不解带守了他数日。

小皇帝之于他，确实称得上恩重。

这人一副好心的样子，不就是想尽快把他赶出文渊阁吗。

他若不快去见宁倦，便是白眼狼了。

陆清则语气平淡："陛下醒来想见我自会宣见，就不劳卫首辅操心了。"

说完便不再看他，重新捡起奏本。

他们因陈科而更改策略，暂时搁置了潘敬民与账本的事，但一直不动，卫鹤荣也会发现不对，或许会察觉到他们已经发现陈科是内贼。

那本好不容易得到的账本，就算没办法弄倒卫鹤荣，也该发挥点作用。

陆清则一心两用想着，处理完了今日的奏本，天色已暗，他与几个阁老道了别，从容地坐上轿辇回乾清宫。

刚到乾清宫不久，就有人来传信："陆大人，刑部来人，将徐大夫提走了。"

陆清则挑了下眉："这么着急？卫樵怎么样了？"

"不好，秦远安昨日放值，想去见见卫樵，却被拦住了。"

左都御史秦晖之子秦远安与卫樵自幼交好，在卫樵的身体还好的时候，卫鹤荣大概是想让他稍微开心一点，会允许秦远安偶尔进一次卫府前院，与卫樵说说话。

若是闭门不见，应当就是卫樵的身子不好了。

难怪卫鹤荣会心急，想把徐恕早点带回去。

虽然是个不折不扣的大奸臣，但对唯一的儿子，倒是极为上心。

不过，只将自己的血脉视为人，而不将他人当人，陆清则不会被这样的舐犊情深感动，只摇摇头，让人盯紧卫府、秦远安和刑部三方，随即写下几个名字，递给了来报信的锦衣卫："让郑大人去查这几人，越细越好。"

"是！"

长顺在边上盯着陆清则，总觉得他在发号施令时，与宁倦有些微妙的相似。

其实两人的气质天差地别，陛下像一把出了鞘、闪着寒芒、令人恐惧而不由自主想要拜服的利剑，而陆大人则春风化雨般，语气虽然平和，却很有力量，不疾不徐的，仿佛没什么能让他着急的。

但就是很像。

长顺心里犯嘀咕，可能因为是师生？

见陆清则忙完了，长顺才凑上来道："陆大人去给陛下喂药吧？"

从容不迫的陆清则动作稍顿："我想先去沐浴一番，长顺你去给陛下喂吧。"

"咱家喂不进呀，但凡是旁人喂的药，陛下都不肯喝。"长顺挠挠头，隐约猜到了昨晚陛下冷着张脸的原因，小心翼翼地问，"陆大人，您和陛下是不是又吵架了？"

又？

陆清则想了想，这段时间他和宁倦确实经常闹矛盾。

但昨晚也不算吧，勉勉强强算是和平解决的。

他只是……在产生一些怀疑之后，有些不知怎么面对宁倦醒来后，望着他的眼睛。

总是那么认真、热烈而明亮，格外像一只摇着尾巴的小狗。

可是宁倦不是小狗，他是大齐的皇帝。

"没吵。"陆清则迟疑了一下,"药放凉了吗?给我吧,我去喂。"

长顺立时眉开眼笑,忙不迭送了药来。

陆清则端着药又回到熟悉的寝殿里,看看沉睡中的少年皇帝,垫高了他的脑袋,给他喂了药。

宁倦一次比一次醒得快,今日就比昨日还提早一刻钟醒来。

醒来的瞬间,他下意识地追逐向坐在桌旁的陆清则,眼睛亮起来,露出个笑:"老师。"

陆清则指尖转了转茶盏,也朝他笑了笑,便说了说今日处理的大小事,大事详细说说,小事略略讲讲,着重讲送往漠北的那封信与卫鹤荣的表现、态度。

宁倦才刚醒来,接收这些信息倒也还好,顺着问了陆清则几句,露出放心的神情:"这两日辛苦老师了,既要处理政务,又得和卫鹤荣之流周旋。"

"无妨,挺有意思的,不累人。今日我还看到几个奏本,恳请陛下早日选秀,立后管理后宫,我驳回了。"

陆清则琢磨着,继续道:"不过你也长大了,若是想这些事也正常。"

宁倦问:"想什么?"

这几日气氛紧绷,陆清则决定聊点家常,抬眸看他:"果果有没有喜欢的人,想要共度一生的那种?"

没想到陆清则会问这个,宁倦愣了片刻,语气平和:"老师不会看了那些酸腐老头写的奏本,被影响了吧。前些时日,你不是还说我现在不适合立后吗?"

陆清则漫不经心地把玩着手中的面具,摇头道:"我不是说选妃,也不是说立后,知慕少艾,你这个年纪,要成婚生子确实还早了点,但若是有喜欢的姑娘,也很正常。"

宁倦摇头:"眼下卫党未除,谈这些还早,老师放心,往后我若是遇上喜欢的人……"

"一定请老师过目。"

宁倦说的话也没毛病。

卫党虎视眈眈,一日未除,追求情情爱爱就太早。宁倦若是有了喜欢的人,既成盔甲,也是软肋,万一被卫鹤荣发现,加以利用,就不妙了。

陆清则从善如流地换了个话题:"也对,不过我很好奇,果果喜欢什么样的人?说给老师听听,老师也帮你注意注意。"

宁倦思索了会儿,吐出几个字:"遇事从容的吧。"

小家伙原来喜欢这样的?

陆清则还没说话,宁倦又笑着问:"那老师呢,喜欢什么样的人?"

陆清则被问得愣了一下。

喜欢什么样的人,他从未思考过。

因为身体不好,心性冷淡,他整个人像是一点快被浇灭的微弱炭火,又像是绿柳下一捧苍白的残雪,病气孱弱,没什么生机。

自然也不会有心思想那些花前月下。

陆清则难得回答不上来宁倦的提问，支吾了下，考虑到宁倦的性格，不答反问："果果，将来你若是遇到喜欢的人，准备如何追求？"

宁倦没想过。

比起追求，他可能更习惯铺设陷阱。

他已经习惯了这样的生活方式——即使再饥饿难耐，也不会骤然露出獠牙利爪，只会挖一个坑，等着猎物掉入坑中，好叫他饱餐一顿。

宁倦张了张嘴，无辜地望着陆清则："我不知道，老师能教教我吗？"

怎么把问题抛回来了？

你的老师也只会纸上谈兵啊。

陆清则不想让宁倦看出来自己的急促，试图维持自己无所不知的老师形象，从容地摆出自己的答案："首先，最基础的，自然是要对那个人好。"

窸窸窣窣地，宁倦从帐内探出身，坐到床沿，苍白英挺的面容露出来，含笑点了下头："那是自然。"

陆清则："不能伤害到那个人。"

宁倦点头。

"爱之敬之，想其所想。"

宁倦认真地重复。

像个上课听讲时，郑重其事做着笔记的学生，态度一丝不苟。

陆清则嘴角弯了弯，忽然想起另外一茬，斟酌犹豫良久，低声道："果果，虽然我知道这样说，你可能会觉得很奇怪，抑或不合理，但……其实我希望，你在找到自己喜欢的人，确定心意，与之结亲后，能有'一生一世一双人'的打算。"

这话的确很不合理，自古以来，有几个皇帝能做到仅有中宫皇后，没有三宫六院？

就算感情深笃，也很难实现，本朝开国皇帝，与妻子是少年夫妻，同甘共苦、情比金坚，就算如此，也有两个妃子，还生下了几位皇子。

能真正做到的，简直凤毛麟角。

就算是他以前身处的时代，能一心一意的人都很少，要求金尊玉贵的皇帝一夫一妻，更是难如登天吧。不说皇帝本人的想法如何，肯定会被底下的大臣天天进谏，遇到个别激愤点的，八成还会以死劝谏。

陆清则稍微想想就头大，但也没后悔说出这番在这个时代的人看来惊世骇俗的话。

别人他管不着，但他实在很难接受自己看着长大的学生也是个花心大萝卜啊！

陆清则又补充道："这些只是我的想法，你自己没有想法吗？"

宁倦脾气很好地笑笑："我都听老师的。"

陆清则："往后你和人家在一起的时候，别总是一口一个'老师说，老师说'，你这样的，得叫……"

陆清则思考了一下，肯定道："师宝。"

宁倦歪歪脑袋："可是我觉得老师说得确实很有道理。"

顺利地进行了一场恋爱辅导，宁倦的表现还如此出色，看不出心里有什么毛病，陆清则安下心，搁下把玩了许久的面具，催促宁倦："去洗把脸，我叫长顺送饭进来。"

宁倦乖巧地点点头，赤足走下床，因昏睡了半日，柔软的黑发还有些许凌乱，并不服帖，雪白的丝质寝衣包裹着少年的躯体，即使身高腿长，也尚有一丝这个年龄独有的单薄感，看上去没有任何攻击性。

陆清则看得心里也不由得一软，折身去叫长顺时，反思了一下自己最近对宁倦是不是太不关心了。

清淡的晚膳送上来，看着宁倦，陆清则的语气也柔和了许多："你明日是不是该醒了？"

师生俩在饭桌上并不严格遵守"食不言寝不语"准则，宁倦点头道："白日里太医院开的方子，已经接近解药药方，是该醒一醒了。"

当然不能像现在这样，而是醒半天，睡半天，慢慢来，恢复太快也会引起怀疑。

陆清则望了眼刑部大牢的方向："卫樵的病加重了，卫鹤荣今日急急忙忙让人将徐恕提去了刑部，说不定这两日就会有所行动。"

宁倦道："我想会是今晚。"

陆清则怔了一下："那也急过头了吧，今日就将人带走已经很明显了，再匆忙行动，也不符合卫鹤荣谨慎的性格。"

宁倦托着腮，莞尔看他："老师要不要和我赌一赌？赌卫鹤荣是今晚就行动，还是过两晚再行动。"

陆清则很谨慎："赌什么？"

"就赌，答应对方一个要求如何？"宁倦仿佛知道陆清则在警惕什么，下一句便道，"简单的要求，不能过分，若是对方不允，也能拒绝。"

这样的话，似乎也没什么。

陆清则思考片刻，点了点头："行。"

都察院的御史几乎每天都有几封奏章递上来，痛斥卫鹤荣没有礼数，罔顾尊卑，不敬皇家，不敬天子。

但实际上，卫鹤荣是一个足够谨言慎行的人，他明面上所做的事，只是为了转移重点，转移言官的注意力罢了。

否则这么多年了，也不至于即使知晓他的罪行，也依旧抓不到能定他罪的把柄。

这样一个谨慎的人，怎么会连续冲动两次？

陆清则客观分析，感觉自己的判断不会错，安然地和宁倦一起用完了晚膳。

因偏殿里还住着几个太医，也不好出去散步消食，好在寝殿内足够宽敞，陆清则溜达了两圈，看外面月色正好，才想起明日就是中秋了。

宁倦还"缠绵病榻昏迷不醒"着，今岁的中秋宴自然不可能办下去。

不过虽然办不了中秋宴，陆清则还是命礼部拟了单子，赐礼给各部王公大臣，并休沐一日。

类比一下，朝廷也像个公司，过个重要的节日，上面不给点福利怎么成。

唯有恩威并施，那些狡猾的大臣才肯老实办事。

陆清则站在窗边，微微仰首望着天幕之上的月亮，优美的线条被薄霜般的月光勾勒，从额头直到肩颈，最后流畅地收束于领口。

宁倦望着他，冷不丁心头一突："老师是不是想家了？"

陆清则的家不是临安府那个小小的陆府祖宅。

老师曾告诉他，这个世界其实是一个球形，除了大齐与周遭的边陲小国，还有许多国家，只是相隔太远，所以没有出现在版图之上。

看陆清则所透露出的一些信息，既似大齐，又非大齐。

所以，他是从那些地方来的吗，他的家是不是很遥远？

陆清则回过神来，朝宁倦笑了笑："确实有点想了。"

宁倦眸中黯淡。

倘若有朝一日，陆清则想回去了……

一些危险的想法还没酝酿出来，寝殿的门忽然被敲了敲，长顺在外头捏着嗓子小声叫："陆大人，有急报。"

陆清则当即转身拔足，开门接过急信，展开一看，脸色顿时有点古怪。

宁倦的思绪被打断，漫不经意地跟过来，还没看信，先注意到陆清则神色间的细微变化，就知道那封急报写的是什么了，嘴角一弯，从陆清则背后看过去："是刑部那边传来的？"

少年的语气带有几分得意，陆清则一瞥，见宁倦很认真地看着急报，姿态端正，神情肃然，一副正经样。

急报上的内容很简单，如同宁倦预测的，卫鹤荣行动了。

就在一刻钟前，刑部大牢走水，火势冲天，蔓延到了关押重刑死囚犯的牢房，眼下还在救火，不知道情况如何。

炎炎夏夜，天干物燥，的确容易走水。

但卫鹤荣不觉得这么做太显眼了吗？

谁不知道刑部尚书是卫鹤荣的党羽，傍晚刚将徐恕提去刑部，晚上就走了水，瞎子才看不出这其中必定有异。

见陆清则不解，宁倦笑意更深："老师输了。"

陆清则微微叹了口气："好吧，愿赌服输，你想让我做什么？"

宁倦的心情愉悦了几分:"眼下还想不到,等往后想到了再说。"

陆清则又看了眼急报,拧眉:"就算卫樵病了,卫鹤荣怎么如此反常?卫府内就养着大夫,不至于……"

"老师不懂。"宁倦轻轻一顿,嗓音低哑,"所系之人躺在病床上,生死难测,自己却无能为力之时,哪里还管得了那么多。"

在这一点上,他和卫鹤荣有过相同的经历,感同身受。

因此笃定卫鹤荣今晚就会有行动。

陆清则猜出他话里的意思,怔然片刻,输得心服口服:"的确是我刻板了。"

再理性的人也会有不理性的时候,并且一旦冲破理性的束缚,恐怕会比他人所想的更为莽撞。

卫鹤荣便是如此。

刑部这场大火烧了许久,直到后半夜才被彻底扑灭,差役在大火刚起时就忙不迭跑了,压根儿没管里面关押着的犯人,里面关押着的死囚犯还没等到秋后问斩,就先全被烧上了天。

谋害陛下的"徐圆"既然被提到了刑部,这样重要的人,陆清则当然得问过,半夜就披着外裳,亲自去了趟刑部。

他亲自来了,刑部尚书向志明赶紧来见,装模作样地唉声叹气:"本官实在没想到会出这种事,是下面人的疏忽,待回头本官定然狠狠教训他们,陆大人千万别太怪罪,反正死的也是些按律当斩的,死不足惜。"

陆清则面色淡淡的,并不回应:"尸体呢?"

"都烧得极为恐怖,陆大人还是别去看了。"向志明打了个哈欠,随意递上一份名单,"死者便是这些。"

他瞅着这位暂行大权的陆大人伸手来接,动作不疾不徐,手指匀称修长,烛光下近乎有些透明的玉石质感,心里不由得啧啧一声。

瞥了眼陆清则脸上的面具,又大倒胃口。

可惜啊。

陆清则扫了眼今夜被烧死的倒霉鬼名单,上面除了名字,还有他们犯下的罪行。

"徐圆"的名字赫然在列。

"带我去看看尸体。"

向志明有些不耐了:"名单就在这里了,烧得一团黑的尸体有什么好看的,陆大人回去……"

"向志明。"陆清则淡淡地盯着他,"我不是在请求你,而是在命令你。"

那双颜色清浅的眼中透出几分冷意,像某种无机质的玻璃,与他对上的时候,向志明的眼皮跳了跳,心跳都加速了几分。

等反应过来自己居然有那么一瞬间,被这个要死不活的病秧子吓到了,向志明的脸色陡然有些难看,瞅了眼陆清则身后几个杀气腾腾的锦衣卫,还是咽下了不满的话,带着陆清则去了停放尸体的地方。

向志明冷笑一声,等着看陆清则被吓到的丑态。

"陆大人,请吧。"

那十几具尸体颇为狰狞,被搁在地上,姿势不一,身上仅余些许衣料残片,面目模糊,很难分清谁是谁。

陆清则淡漠地看过去,并未像向志明猜的那样被吓得后退惊叫,平静地看了一圈:"徐圆在哪儿?"

向志明愣了一下,不敢再小觑这位看起来弱不禁风的陆太傅,指了指其中一个:"按牢房的位置,这就是徐圆。"

陆清则过去扫了两眼,体型与徐恕确实一模一样。

不过那日他去诏狱时,徐恕告诉他,自己小时候为逃追兵,坠入了江中,寒冬腊月的,冻坏了一只小脚趾,不得不砍掉,这种私密的事,除了梁家为徐恕诊治的人,只有徐恕自己知道。

这具尸体上的脚趾是完整的。

是卫鹤荣让人找来的替死鬼。

看来徐恕这会儿已经被带走了,相信很快就会被秘密送入卫府内院。

见陆清则盯着那具尸体,向志明的心不由得提了起来。

难不成陆清则还能看出尸体有问题?

半晌,陆清则收回视线,声音清淡:"陛下方才醒来过,听闻此事,念在徐圆也曾救过江右数万百姓,准他留个全尸。找个地方葬下吧。"

向志明长长地舒了口气:"下官遵命,陛下宅心仁厚。"

心里补了句,妇人之仁。

陆清则看出他心里那点小九九,置之一笑,低低咳了一声,转身离开了刑部。

大半夜的,具体的损失还没统计完毕,第二日向志明才递了奏本,检讨了一番刑部此次的失职。

陆清则看完奏本,望向身边明显心情更好了几分的卫鹤荣,微笑道:"损失事小,失职事大,我认为此次刑部尚书向志明当重罚,卫大人以为呢?"

陆清则的反应完全在常理之中。

向志明是卫鹤荣一党的,陆清则揪住这次机会,痛击猛打很正常,若他轻飘飘地放过了向志明,那才有问题。

卫鹤荣打量完他的脸色,颔首:"决策权在陆太傅手里,自然由你定夺。"

傍晚的时候,乾清宫的小太监又来报喜:"陆大人,陛下醒了,说是想见见您,还有各位大人。"

一群阁臣顿时也骚动起来，神色各异。

陆清则搁下手里的笔，冲其他人露出笑意："各位前些日子不是还急着见陛下吗？现在能见着了，走吧。"

卫党几人："……"

他们想见的是昏迷不醒或者两腿一蹬的小皇帝，不是这个。

陆清则在皇城之内，都是坐轿辇的，这独一份的特权，连卫鹤荣都没有，因着所有阁臣都被召见，其他人也头一次在皇城内坐上了轿辇。

许阁老阴阳怪气道："还得是沾了陆大人的光啊。"

陆清则看他一眼，露出苦恼之色："许阁老说笑了，我本不想坐的，是陛下顾惜我的身体，非要如此，我若是不坐，陛下还会生气。这样吧，不如一会儿许阁老给陛下提提意见，让陛下取消？"

这明恼暗秀的样子，许阁老气得胡子发抖。

许阁老虽然还不知道"凡尔赛"是什么，但已经先尝过了一回滋味。

陆清则安然地坐了回去。

待众人到乾清宫，昏睡了几日的皇帝陛下孱弱得下不了床，躺在床上接见了几位大臣，隔着层纱帘，能听到陛下微哑虚弱的嗓音。

心里再期盼小皇帝病死，也没人敢说出来，众人假惺惺地表示了一下关切与欣喜，宁倦则赞赏了一番几位大臣的忠心操劳，一派君臣和睦的景象。

陆清则忍着笑，猜宁倦这会儿心里肯定恶心得够呛。

在场最情深意切的是冯阁老，其他几人全是做样子，唯一一个没演戏的，只有卫鹤荣。

他饶有兴致地看着大伙儿演完了一场，才慢慢开口，帮着收个尾："陛下既然醒了，我等也能安心多了，万望陛下保重龙体，早日康复。"

宁倦掀起薄薄的眼皮，看向他："多谢首辅关心，朕会的。"

该表演的君臣戏也表演完了，其余人先回文渊阁，陆清则被单独留了下来。

皇帝陛下最信任的老师嘛，众人也不意外，提脚就走了。

待人都散了，陆清则看宁倦还病歪歪地躺在床上不动，哭笑不得地掀开帘子，走了进去："陛下，戏瘾还没过够呢？"

宁倦半靠在床头，脸色苍白，演得十分投入："老师，我心口疼。"

陆清则无情地戳了两下他的心口："疼就对了，该喝药了。"

那两下轻轻的，也不疼。

宁倦半坐起身来，看着陆清则去门口取药。

长顺正好端着放凉了些的药来了，见陆清则过来，就顺势递给了陆清则："今日也劳烦陆大人了。"

陆清则刚想应下，顿了顿，发现不对。

宁倦醒着，人好好的，劳烦他什么。

他自个儿喝。

正要转身回到床边，陆清则神色忽然一凝，又低头仔细嗅了嗅，眉宇深深蹙起："这药与前两日的闻起来有些不同，长顺，你可是全程盯着煎熬的？"

长顺恍然大悟："哦哦，咱家忘说了，是不同。徐大夫吩咐了，等陛下准备开始'拔毒'了，就改动一下方子，因毒性寒，所以这次加了些其他的药一起煎。陆大人放心，咱家全程看着，也着人试过药了。"

陆清则这才安下心，点点头。

宁倦等了半晌，没等到陆清则回来，只好探了探头望过来，发现陆清则端着药，不知道在想什么："老师怎么了？"

陆清则示意长顺下去，把药碗递给宁倦："问了问长顺，方子稍微改动了一下，喝吧。"

宁倦眨了下眼："老师不喂我了吗？我好虚弱。"

"你现在下了床，走得恐怕能比我跑得快。"陆清则不吃这套，"自己喝。"

宁倦只好接过药碗，仰头一口喝了个干净，比平日里喝药磨蹭的陆清则利落多了。

陆清则："怎么样？"

"刚喝完，能有什么感觉？"宁倦玩笑道，"莫不是老师给我端的是碗毒药？"

陆清则挑眉："若真是毒药，你怎么办？"

宁倦眨了眨眼睛："既是老师端来的，那我甘之如饴。"

小孩儿嘴还挺甜。

陆清则观察了下，看宁倦似乎并无不妥，放下心来。

"一起用晚膳吧，今儿是中秋，因你病着，也没操办中秋宴，省下了笔钱。"陆清则指了指外头，"我让厨房做了月饼，桂花酒是不能喝的，不过泡了桂花茶，去外面走走，闷在屋里这么几日，很难受吧？"

说着一笑："现在我们也算是大病号和小病号了。"

他的目光好似窗外的溶溶月色，温和地静静流淌，让人看着就觉得整个人都宁静下来，不再心浮气躁。

宁倦看着他笑，忍不住也跟着笑，眼底闪动着细碎的光："嗯。"

陆清则的官服还没脱，今日的腰带束得有些紧，宽大的腰带将一把窄腰勒得更细三分，沈郎腰瘦，风姿如鹤。

外边的小宫人刚把碟子放下，转头望到他，发了下呆，被人敲了下脑袋，才"哎哟"一声，赶紧退了下去。

宁倦正要跟出去，忽觉心火燥热燎烧，热血有些翻涌，有点头晕。

"果果？"

见宁倦没有跟上来，陆清则疑惑地回过头唤了声："发什么呆，是不是还在难受？"

长顺不是说按徐恕的说法，到今日就不会再那么痛了吗？

"嗯……我没事，来了。"

宁倦缓缓应了一声，深深地吸了口气，抬步跟过去。

中秋佳节，乾清宫的宫人大多得了假去歇着了，不用开宫宴，省下不少开支，除了朝廷众臣发下了赏赐，陆清则还划出部分来，命长顺打赏给了各宫宫人，并着两块月饼，大伙一块过节。

几个太医也被请离了乾清宫。

毕竟宁倦已经"清醒过来"了。

眼下整个宫殿里安安静静的，都是自己人。

长顺让人在院里备好了晚膳和桂花茶，便悄无声息地带着人退了下去，很有眼色地不打扰两人。

虽然没有察觉到人，不过陆清则揣测，暗处应该有暗卫在警戒。

回京之后，宁倦倒是很守约地撤走了他身边盯着的人——也确实没必要。

他要么待在陆府，府内有宁倦拨的侍卫以及武艺高强的林溪，要么在宫里，来来去去都有锦衣卫跟着，在乾清宫就更不可能出事了。

走进院中，便能嗅到淡淡的桂花香。

宁倦住进乾清宫的第二个中秋，嫌桂香太浓，扰人安眠，命人将宫里的桂花树都砍了，只剩下一棵，每年到了时节，这棵硕果仅存的桂花树都小心翼翼地绽放一下，以免惹得皇帝陛下不快，把它也给砍了。

当空一轮明月，皎皎如轮。

月光如洗，明亮的清辉泼洒而下，给宏伟的宫殿覆上一层如霜的白，即使不点灯，院子里也很明亮，屋檐上挂着的六角宫灯摇摇晃晃的，远处宫楼上挂着的铃铛随风而动，轻响阵阵。

因为宁倦和陆清则都是病人，厨房准备的晚膳也很清淡，还做了一碟精致的月饼，六个月饼，口味各不相同。

宁倦抬眸看看坐到对面的陆清则，心下一暖。

每年大节小节，免不了要开一场宫宴，宴请百官，陆清则若是身子不适来不了便罢了，就算是身体好些能过来的时候，也得在他的座下，隔着一段距离。

就算他私心将陆清则放到很近的位置，也依旧很远。

宁倦想要的是一伸手就能触及的位置。

陆清则看着他长大，只有陆清则坐在他身边，他才能感到安心。

"还是这样好，"宁倦扬了扬唇角，"中秋本是团圆时节，就该与老师一起，安安静静两个人过的，比在外头设宴，和一大帮子虚情假意的人待在一起好多了。"

陆清则闲闲地给两人各倒了盏茶，恋爱辅导见缝插针："等往后你有喜欢的人了，就是和旁人了。"

宁倦的笑容一顿，今晚心情莫名地烦躁，他总怀疑陆清则是不是想离开，只能尽力别开视线，不回应这句话，岔开话题："听郑垚来报说，老师让他去查了几个人，有什么发现吗？"

这事还没查出来，陆清则便暂时还没跟宁倦说，听宁倦提及，才想起锦衣卫正儿八经的顶头上司是宁倦，笑了笑："也没什么，就是这几日看奏本，发现不少有趣的事，想先让人去查查看，说不准账本就用得上了。"

"哦？"

"都察院御史孙安进谏，太安府的知府刘平原向吏部郎中鲁威行冰敬，"陆清则摩挲着茶盏，"此事已经被上奏多次，一直被按下来，没传到你耳朵里，叫我看到了。"

宁倦想了想："鲁威是定安十七年进士，任吏部文选清吏司郎中。"

文选清吏司掌考文官品级，以及选补升调之事和月选的政令，所以吏部郎中虽只是个区区五品，听起来也不怎么威风，但手握实权，在底下的官员之间，都暗暗将吏部郎中称为天下第一五品官。

吏部在卫鹤荣的掌控之下，鲁威自然是他手下的得力干将。

下面人行冰敬炭敬，是历代以来默认的潜规则，就算被御史谏到了脸上，基本上也是睁一只眼闭一只眼的。

若因冰敬处责鲁威，京城就没几个能独善其身的官员了，毕竟"法不责众"。

就算陆清则和宁倦看不惯这种行径，目前也不能做什么。

陆清则道："虽不能因冰敬扣下鲁威，不过我发现，鲁威也曾在江右当过几年知府。"

江右那一系盘根错节的，跟卫鹤荣牵涉既然这么深，鲁威又在江右也任过职，顺藤摸瓜查下去，肯定能揪到点什么。

宁倦笑着点点头："老师费心了。"

陆清则捏起块月饼尝了尝，厨房特地做的酥皮月饼，里头包着核桃和松仁之类的坚果，还加了糖，咬上去酥香清甜。陆清则怕掉渣，用手接着吃完，抬头发现宁倦笑看着自己，眉梢微抬："看我做什么？吃月饼。"

"老师，吃到嘴边了。"

宁倦伸手过来，指了指他唇角上的酥皮。

陆清则唔了声，把嘴边的酥皮拂开，抿了口茶。

喉间忽然感受到难以忍受的干渴，宁倦艰难地咽了口唾沫，抄起手边的茶，一口饮尽了杯中的茶水。

陆清则吃了块月饼，也有点发腻了，见宁倦微拧着眉，只喝茶不吃菜，有些担忧："果果，当真没事吗？若是难受，就回去再躺会儿，不要硬撑。"

宁倦干哑地"嗯"了声:"没事。"

喝再多的茶,也难以抵挡喉间的干渴。

他像个在沙漠中迷途的旅人,追逐着水源,干渴得仿佛下一秒就要死去,眼前出现虚妄的幻觉,以为出现了绿洲,却发现那些虚假的水,压根无法浇灭心底的火。

宁倦呼吸滚烫,脑袋也有些昏沉。

莫不是中毒一次,身体就不行了?

不对。

身体深处的躁动不像是体虚。

宁倦咬着牙,轻轻呼出口气,不想让陆清则担心,又舍不得太早结束和陆清则两人团圆的中秋,只得一边忍耐着警告自己,一边神色如常地和陆清则聊天用膳。

陆清则也一直在打量宁倦,看他从头到尾都很冷静的模样,似乎当真没感觉了。

不过宁倦的身子还没大好,他不放心晚上留宁倦一个人睡,今晚还是得守着。

两人用完饭,又赏了会儿月。

宁倦感觉翻涌的气血平息了些,也安了点心,托腮望着陆清则,忽然开口问:"先前去老师老家时,也没来得及多看一眼,说好的要去老师小时候住的地方瞅瞅呢,往后大概也没什么机会再去了……老师以前的房间是什么样的?"

他刻意不提临安府,有了前面几句铺垫,问出最后一句,陆清则也不好避而不答。

陆清则自然也没见过原身以前住的房间是什么样,凭空捏造不了,想了想,慢慢回忆起从前在爷爷家里的房间:"我的房间是西厢房,阳光很好。"

老人家好古,陆清则小时候被送过去时,住的房间现代化气息也不重。

"外面的檐角挂着只风铃。

"房间西南角有一只花瓶,被我不小心摔碎后……大伯帮我粘起来。"

明月之下,陆清则探寻着已经有些模糊的记忆,嘴角微微弯起。

虽然不能光明正大地说起他的故乡,不过能在这个节日,与他在这个世间关系最亲密的学生说起一些往事,能让他开怀不少。

宁倦听得也很认真。

他将陆清则说的每一个字都刻进脑海,脑中缓缓浮现出陆清则长大的那个房间的模样。

陆清则讲完之后,安静了好半晌,才扭头笑道:"好了,你身上余毒未清,也该沐浴歇息了,我去鹰房看看小雪。"

宁倦几乎喝完了一整壶桂花茶,心火还是烧得旺,胡乱点了下头。

陆清则便起身,自己挑了灯往鹰房去。

宁倦坐在原地,喝下最后一口桂花茶,喉间仍然灼烧般难耐,刚刚也没吃什么,又饿得厉害,垂眸看到碟子里的月饼。

有一个是肉馅的,陆清则吃了一口,表情凝固了一下,又吃了一口,露出副匪夷所思的表情，最后又啃了一小口，实在是接受不了，才搁下。

宁倦想想他那个表情就想笑，捏起另一块月饼，冲着空无一人的身后冷淡地盼咐了句："把长顺拎过来。"吃了月饼充充饥，身体也舒服了点，总算没那么难受了。

没多久，在自个儿屋子里吃着月饼的长顺就被暗卫"拎"了过来。

长顺被拎着后领带过来，一头雾水，见陆清则不在，有点惴惴不安："陛下，奴婢做错了什么吗？"

"以后月饼不要做肉馅的。"

宁倦直切主题。

半晌，宁倦忽然又道："让人煎碗静心的药来。"

陆清则到达鹰房的时候，驯鹰师也不在，告假回家团圆去了。

小雪孤零零地支在笼子里，缩成一个孤独的雪球，听到熟悉的脚步声，转过头来，开心地拍着翅膀。

陆清则把它放出鹰笼，摸了摸它的翅膀，笑道："来给你喂顿消夜。"

鹰隼应当当空翱翔，而不是被困锁在鹰笼之中。

陆清则给小雪喂着它喜欢吃的兔肉，忽然轻轻叹了口气："今儿是中秋，人会想家，动物亦然。小雪，你想不想回草原？"

小雪欢快地扑腾着翅膀吃着肉，听不懂这么复杂的话，但隐约能明白陆清则的意思，歪头盯着陆清则，没吱声。

"放心，我会说服陛下放你走。"

陆清则又摸了摸它的脑袋，给它喂了点消夜，陪孤零零的海东青玩了会儿，才把它放回鹰笼里，折身回了乾清宫。

回到乾清宫，长顺正守在院里，见陆清则回来了，拍拍胸口："陆大人，可算回来了。"

陆清则朝寝殿的方向看了看："陛下歇着了？"

长顺点点头，瞅着他欲言又止。

从江南回来后，陛下和陆大人总是在吵架闹矛盾，有时候看着像是生分了，没从前那么亲密。

陛下像是想弥补裂缝，但因在江浙时陆大人私自外出那件事，看起来没从前信任陆大人了。

可是不信任的话，会将大权暂交到他手里吗？

天子心思太难揣测，就算是跟在宁倦身边多年，长顺也摸不清楚小陛下的心思，踯躅着，不知道该不该提醒一下陆清则。

但他到底是天子近侍。

陆清则压根儿没注意到长顺纠结的心情，拍拍他的肩："不是让你早些回去休息吗？今儿不必守夜，快去歇着吧。"

"……嗯，"长顺眼神复杂，最后还是没开口，"热水已经备好了，您去沐浴吧。"

陆清则含笑说了声"谢谢"，便去隔壁暖阁沐浴了一番，换了寝衣，才轻手轻脚地推门进了寝殿。

龙床上的纱帘里有个影子，陆清则猜测宁倦应当睡熟了。

月色正好，探进窗户，屋内不用点灯也能大概看清，他慢慢走到窗下的榻边，小心躺下。

细微声响里，宁倦无声地睁开了眼。

他睡不着。

屋内这扇绢布屏风上山水壮阔，乃名家之作，价值连城，今夜月色明亮，透过屏风，隐约可以窥见榻下的身影。

宁倦微不可闻地轻声叫："老师……"

大概是因为喝了点茶，陆清则今晚入眠没往日那么快。

半睡半醒间，他隐约听到少年轻飘飘的声音。

陆清则无意识地"嗯"了声。

"……不要丢下我。"

陆清则好笑地叹了口气，含糊不清道："想什么呢，怎么会？"

话毕，他彻底陷入了梦乡。

得到陆清则的承诺，宁倦眼神明亮："怀雪。"

你要信守诺言。

【养狼·第一册 正文 完】

装病

番外篇

自大臣联名进谏，要幼帝入朝听政、择大家讲学之后，陆清则的日子陡然清闲了很多，人也越发低调，几乎足不出户。

毕竟此次当真把卫鹤荣得罪大了——虽然陆清则已经很仔细地抹去了自己在此事中的痕迹，出头的都是以秦晖、冯阁老为首的人，但卫鹤荣显然猜到了背后推动的人是谁。

上一次陆清则在宫里撞见卫鹤荣，对方就意味深长地朝他笑了笑。

所以陆清则连进宫的次数都肉眼可见地少了起来。

对外宣称是休养身体，到讲学的日子才进宫讲学，结束了便径直离开，哪怕小皇帝眼泪汪汪的，撒娇要他多留些时间，陆清则也坚定地拒绝了。

如此一连几个月，朝堂里的风波已经平息得差不多了，陆清则还是维持原貌。

宁倦越发闷闷不乐。

他就知道会这样，陆清则进宫的次数少了，也不愿时常留宿，肯定天天都在府里陪那个陈小刀！

小皇帝心酸，练字的时候也心不在焉。

然后就被陆清则逮住了："果果，你这是什么鬼画符？"

陆清则伸手拿起宁倦的练字成果，看着上面惨不忍睹的字迹，抖了两下。

宁倦心里忽然一动。

如果他假装字怎么都练不好，老师是不是就会留下来多陪陪他了？

宁倦越想越觉得可行，昂起小脑袋，巴巴地看着陆清则："我总是练不好，老师能不能再教教我？"

陆清则是个好老师，学生不会，他当然就教。

从后面靠近宁倦，准备调整他的姿势时，陆清则才发现宁倦的姿势相当标准，便顺势握着他的手,嗓音温和:"你方才那副字写得太乱,练字切忌心思浮躁,心不稳则字不正。"

温暖的梅香萦绕着几丝苦涩的药味笼罩下来,陆清则的身子单薄瘦弱,但却比任何人的怀抱都要令人心安。

宁倦眷恋地忍不住往陆清则怀里蹭了蹭,想蹭一点老师身上的气息,说不定晚上就能做个好梦了。

刚蹭了一下,就被陆清则察觉了,陆清则奇怪地低头看了眼怀里的"小萝卜头",轻轻打了下他的背:"偷偷摸摸做什么,老实练字。"

小萝卜头委屈地"哦"了声。

陆清则认真地手把手带着宁倦临了几行字帖,便收回手,看宁倦写得像模像样了,才欣慰地点了下头:"不错,"

宁倦想起陆清则以前随口说过"陈小刀字也丑",心里一动,小脸上努力做出"我就随便问问"的表情:"老师,你觉得我和陈小刀的字,谁的好看些?"

陆清则仔细看着宁倦重新写的字,随口道:"你现在写得比他好。"

说完他又抖了抖另一张写失败的:"这张不分伯仲。"

宁倦的小脸顿时就垮了。

他才不要和陈小刀不分伯仲!

不行,不能假装字写得差,让老师误会了。

讲完学、练完字,天色也不早了,陆清则陪着宁倦用了晚膳,慢悠悠将最后一口糖蒸酥酪咽下了,又陪着宁倦在后花园里转了转消食。

京城已经到了初秋,晚风颇凉,一吹过来,陆清则的嗓子就有些痒,止不住地闷闷咳了两声,唇色苍白:"今日便到这里吧,我先回去了,果果早些休息。"

小皇帝又舍不得又心疼,让长顺去拿大氅来给陆清则披上,拽着他的衣角,眼巴巴地说道:"老师,我忽然想起我有几个问题想问你,不如今日你就宿在宫里吧。"

陆清则哪儿看不出来这小孩的那点小心思,笑着揉了揉他的脑袋:"不行。"

他一介外臣,要是在宫里留宿多了,御史们就要闹翻天了。

那群御史可是谁都敢参一本的,以他们眼下的弱势情况,少沾上为妙。

宁倦也知晓利害,声音闷闷的:"那明日老师要早点来。"

陆清则莞尔:"知道了,天冷了,晚上早些休息,别看书看太晚了,当心生病。"

宁倦一路把陆清则送到宫道上,才一步三回头、依依不舍地回到乾清宫。

长顺跟在旁边,把宁倦的反应都看在眼里,见到陆清则离开之后,宁倦脸上止不住的失落表情,欲言又止,最终不敢吱声。

陆清则一不在,少年天子的笑容就消失得无影无踪,俊秀的小脸上没有一点表情,平淡地看了眼长顺:"有话便说。"

长顺没想到自己这也能被发现，连忙低头，恭恭敬敬地说道："奴婢见陛下格外想念陆太傅，便想到从前奴婢在家时，舍不得离开父母，也会这般，有时还会装病骗爹娘回来看一眼……"

听到长顺的话，宁倦陡然之间福至心灵。

陆清则很守信用，隔日早早就进了宫，先到书房等着。

没等多久，宁倦就过来了，乖乖巧巧坐下来，开始听课。

陆清则一如既往地开始讲课，讲着讲着，忽然发觉不对劲，平时都很认真听课的宁倦今日老是神游天外，脑袋一点一点的，和往常大相径庭。

直到宁倦的脑袋第三次差点磕到桌子上，陆清则终于忍不住问道："果果，今日是怎么了？"

一凑近，才发现宁倦的脸蛋和眼眶都有些发红，他伸手一探宁倦的额头，果然发烫。

陆清则的手指微凉，落到额头上还挺舒服，宁倦忍不住蹭了蹭他的手指，跟只求摸摸的小狗似的。

陆清则担忧地皱起眉，立刻搁下书，戴上银面具，回身去找长顺，让他去找御医来，话罢，直接一俯身，就把还有点晕乎的小皇帝抱起来，往寝殿里走。

他身子骨瘦得厉害，宁倦吓了一跳，想下去自己走："老师，你放我下来……"

"别乱动。"陆清则这点力气还是有的，托了他一下，"生病了怎么不说？"

宁倦眨了下眼，把脑袋抵在他肩上不吭声。

御医来得很快，给宁倦诊了脉，确定是着了凉，开了方子去煎药。

折腾了一通，今日也不必讲学了，陆清则让长顺在厨房盯紧煎药的人，防止有人做手脚，自个儿留在寝殿里照顾宁倦。

小皇帝平时就黏着陆清则，生病以后就更黏人了，一直抱着陆清则的手要跟他说话，喝药都是陆清则给他喂的。

喝了药漱了口，宁倦又巴巴地仰头望着陆清则："老师，能不能陪我睡会儿？"

比起讲学，宁倦的身体更重要，陆清则温和地摸摸他的脑袋，点点头。

这一觉睡到了接近晚上的时候，陆清则身子不好，睡醒之后要恢复精神很难，方睡醒，便模糊听到床帐外传来宁倦和长顺的声音。

"库里那只小金碗拿去吧。"这是宁倦的声音。

"奴婢多谢陛下。"这是喜不自胜的长顺的声音。

"你说朕是不是还得再吹吹风，老师才会多留几日……"

后面的声音有点模糊，陆清则没听清，昏昏沉沉地爬起来，不小心将床边的软枕弄下了床，弄出了动静，那声音立刻止住，随即床帐外钻进来个小脑袋："老师醒啦？"

陆清则勉强撑开眼皮，伸手把他拉过来，探了探他的额头。

宁倦这孩子，从小受了不少苦，但身体相当皮实，喝完药睡了一觉，脑门就没那么烫了。

他心里松了口气，开口时嗓音发哑："什么时辰了？"

宁倦飞快爬到床上，重新抱住陆清则的胳膊，可怜兮兮地眨眼："老师，我好难受，今晚就留宿在宫里陪我好不好？"

陆清则很想拒绝，但努力睁着双小狗眼的小皇帝看起来实在是太惹人怜惜了。

……反正现在风头也过了，小皇帝年纪尚小，偶尔留宿宫里，也没什么。

挣扎了一番后，陆清则还是答应了，听到他的回答，小皇帝登时喜不自胜。

然而宁倦没能高兴多久。

当天半夜，也不知道是不是因为和生病的宁倦接触，被过了病气，陆清则起了高热，病情来势汹汹，宁倦是被他烫醒的，一摸陆清则的额头，吓得心里一颤，厉声喝令长顺请太医来。

太医匆匆赶来时，陆清则已经陷入了半昏迷中，颧骨烧得发红，唇色却无比苍白，整个人似一张一戳就破的纸，看得人胆战心惊。

宁倦穿着寝衣，紧抿着唇看太医隔着帘子给陆清则诊脉，心一抽一抽的，有些茫然无措，又饱受愧疚的煎熬。

为了让陆清则留在宫里陪陪他，他故意把自己弄病，陆清则很可能就是因为他而生病的……

可是他没想到，陆清则的身体已经脆弱成了这般。

无尽的后悔与懊恼充斥着少年的心，他死死攥着拳头，深深地吐出口气，待太医离开去写方子抓药时，握紧了陆清则滚烫瘦弱的手。

烧得接近昏迷的陆清则模糊地感到宁倦的动作，无意识地轻轻抚了抚他的手，睁眼撞上小皇帝红通通的眼睛，安慰地笑了一下："不碍事，习惯了。"

宁倦更难过了："对不起，老师，都怪我……"

陆清则摇摇头，勉力抬手摸了摸他的脑袋，莞尔道："这回我宿在宫里，就不会有人有意见了吧。"

安慰完宁倦，他又昏昏沉沉地睡了过去，连厨房送药来，宁倦亲自给他喂下时，人都是昏睡着的。

看着陆清则呼吸渐渐平稳，宁倦咬紧了牙，一个执念如同种子埋进心田，开始生根发芽。

从今往后，他一定要保护好老师。

谁也不能让老师受到伤害。

图书在版编目（CIP）数据

养狼 / 青端著.
—武汉：长江出版社，2024.2
ISBN 978-7-5492-9219-6
Ⅰ.①养… Ⅱ.①青… Ⅲ.①长篇小说—中国—当代 Ⅳ.① I247.5
中国国家版本馆 CIP 数据核字（2023）第 219060 号

养狼 / 青端 著
YANGLANG

出　　版	长江出版社
	（武汉市解放大道1863号）
选题策划	澜　亭
市场发行	长江出版社发行部
网　　址	http://www.cjpress.cn
责任编辑	陈　辉
特约编辑	澜　亭
印　　刷	北京盛通印刷股份有限公司
版　　次	2024年2月第1版
印　　次	2024年2月第1次印刷
开　　本	700mm×1000mm 1/16
印　　张	20.5
字　　数	470千字
书　　号	ISBN 978-7-5492-9219-6
定　　价	49.80元

版权所有　盗版必究（举报电话：027-82926804）
（如发现印装质量问题，请寄本社调换，电话 027-82926804）